अपार ख़ुशी का घराना

राजकमल से प्रकाशित लेखक की अन्य कृतियाँ

कथा साहित्य

मामूली चीज़ों का देवता

कथेतर साहित्य

न्याय का गणित

आहत देश

भूमकाल : कॉमरेडों के साथ

कठघरे में लोकतंत्र

एक था डॉक्टर एक था संत

आज़ादी

बहुजन हिताय

कल्पना का अंत यहाँ

अपार ख़ुशी का घराना

अरुंधति रॉय

अनुवाद
मंगलेश डबराल

राजकमल प्रकाशन

मूल कृति *The Ministry of Utmost Happiness* का अनुवाद

ISBN : 978-93-88753-58-6

मूल्य : ₹499

पहला संस्करण : जनवरी, 2019
तीसरा संस्करण : मार्च, 2025

प्रकाशक : राजकमल प्रकाशन प्रा. लि.
1-बी, नेताजी सुभाष मार्ग, दरियागंज
नई दिल्ली-110 002

शाखाएँ : अशोक राजपथ, साइंस कॉलेज के सामने, पटना-800 006
पहली मंजिल, दरबारी बिल्डिंग, महात्मा गांधी मार्ग, प्रयागराज-211 001
1, अनमोल सोराबजी संतुक लेन, धोबी तलाव, मरीन लाइंस, मुम्बई-400 002

वेबसाइट : www.rajkamalprakashan.com
ई-मेल : info@rajkamalprakashan.com

यश प्रिंटोग्राफिक्स
नोएडा-201 301 (उत्तर प्रदेश)
द्वारा मुद्रित

APAAR KHUSHI KA GHARANA
Novel by Arundhati Roy
Translated by Mangalesh Dabral

बेक़रारों के नाम

यानी सारा मामला दिल का है...

नाज़िम हिकमत

क्रम

उन जादुई पलों में जब सूरज डूब चुका होता है, लेकिन उजास बचा रहता है, पुराने क़ब्रिस्तान में चमगादड़ों की .फौज बरगद के पेड़ से छूटती है और धुएँ की तरह शहर के ऊपर पसरने लगती है। जब चमगादड़ चले जाते हैं तो कौवे घर लौटते हैं। उनकी घर-वापसी का कोलाहल उस सन्नाटे को पूरी तरह ख़त्म नहीं कर पाता, जिसे लापता हो चुकी गोरैयों और उन बूढ़े, सफ़ेद पीठ वाले गिद्धों ने छोड़ा था जो दस करोड़ साल तक मृतकों की रखवाली करते रहे थे और अब ख़त्म कर दिए गए थे। गिद्धों की मौत डाइक्लोफ़ेनेक ज़हर से हुई। जानवरों की मांसपेशियाँ ढीली करने, दर्द कम करने और दूध का उत्पादन बढ़ाने के लिए दी जाने वाली काऊ-एस्प्रिन डाइक्लोफ़ेनेक सफ़ेद पीठ वाले गिद्धों के लिए नर्व-गैस की तरह होती थी और होती है। इस दर्द-निवारक केमिकल से राहत पाकर जब कोई दुधारू गाय या भैंस मरी तो गिद्धों का ज़हरीला चारा बन गई। जानवर जैसे-जैसे बेहतर डेयरी मशीनों में तब्दील हुए, जैसे-जैसे शहर ज़्यादा आइस्क्रीम, बटरस्कॉच, नटी-बडी और चॉकलेट चिप खाने लगा, जैसे-जैसे वह ज़्यादा मैंगो-मिल्क शेक पीने लगा, गिद्धों की गर्दनें झुकने लगीं गोया वे थकान से पस्त हो गए हों और अब जगे रहना उनके लिए मुमकिन नहीं रह गया हो। उनकी चोंचों से चाँदी-जैसी लार गिरी और एक के बाद एक वे अपनी शाखों से लुढ़क गए। मुर्दा।

इन बूढ़े दोस्ताना परिंदों के गुज़रने पर बहुत लोगों ने ग़ौर नहीं किया। ग़ौर करने के लिए और भी बहुत कुछ था।

1

बूढ़े परिंदे मरने के लिए कहाँ जाते हैं?

क़ब्रिस्तान में वह एक पेड़ की तरह रहती थी। भोर होने पर कौवों को विदा करती और चमगादड़ों का स्वागत करती। शाम को ठीक इसके उलट करती। दो पालियों के बीच उसकी गपशप गिद्धों के प्रेतों से होती जो उसकी ऊँची शाखों पर सायों की तरह पसरे थे। उनके पंजों की नरम पकड़ से उसे ऐसा दर्द महसूस होता जैसे शरीर के किसी अंग को काट देने पर होता है। उसका ख़याल था कि उन्हें इसका ख़ास मलाल नहीं है कि वे क़िस्से से पूरी तरह बाहर हो गए हैं और उनकी कोई भूमिका नहीं रह गई है।

जब वह पहले-पहल यहाँ आई थी तो कुछ महीनों तक थोड़ी-बहुत बेरहमी झेलती रही ठीक जैसे एक पेड़ झेलता है—अपनी जगह से हिले बगैर। उसने कभी गर्दन मोड़कर नहीं देखा कि किस बच्चे ने उस पर पत्थर फेंका है, या किसने उसकी छाल पर क्या-क्या गालियाँ गोदी हैं। जब लोगों ने उस पर फ़िकरे कसे—बिना सर्कस की जोकर, बिना महल की शहजादी—तो उसने इन तमाम चोटों को हवा की तरह अपनी शाखों के बीच से गुज़र जाने दिया और दर्द कम करने के लिए अपने सरसराते पत्तों के संगीत को मरहम की तरह माना।

जब अंधे इमाम ज़ियाउद्दीन—जिन्होंने कभी फ़तहपुरी मस्जिद में नमाज़ की इमामत की थी—उसके दोस्त बने और उससे मिलने आने लगे तो पास-पड़ोस के लोगों ने तय किया कि अब उसे अपने हाल पर छोड़ देना बेहतर है।

बहुत पहले एक आदमी ने, जो अंग्रेज़ी जानता था, उससे कहा था कि अगर उसके नाम को उल्टी तरफ़ से लिखा जाए तो उसका उच्चारण मजनू होगा। उसने कहा था कि अगर अंग्रेज़ी में लैला और मजनू की दास्तान का तर्जुमा किया जाए तो मजनू रोमियो होगा और लैला जूलियट। यह उसे बड़ी मज़ाहिया बात लगी थी। उसने पूछा था, 'मतलब कि मैंने उस कहानी की खिचड़ी बना डाली है? और तब क्या होगा जब लोगों को पता चलेगा कि लैला मजनू हो सकती है और रोमी जूली?' अगली बार जब वह अंग्रेज़ी जानने वाला उससे मिला तो उसने कहा कि उससे ग़लती हो गई थी। अगर उसके नाम को उल्टी तरफ़ से लिखें तो 'मुजना' होगा, जो कोई नाम नहीं है और जिसका कोई मतलब नहीं निकलता। इस पर उसने कहा, 'क्या फ़र्क़ पड़ता है? मैं सभी कुछ हूँ। मैं रोमी और जूली हूँ, लैला और मजनू हूँ *और* मुजना भी, क्यों नहीं? किसने कहा कि मेरा नाम अंजुम है? मैं अंजुम नहीं, अंजुमन हूँ। महफ़िल। हरेक की और किसी की नहीं, हर चीज़ की और किसी चीज़ की नहीं। क्या और भी कोई है जिसे आप शामिल करना चाहते हैं? सबको दावत है।'

अंग्रेज़ी जानने वाले ने कहा कि तुमने बहुत होशियारी की बात कही है, मुझे तो ऐसा ख़याल भी न आता। उसने जवाब दिया, 'आपकी उर्दू का जो हाल है, उसमें आपको आ भी कैसे सकता है? क्या आप समझते हैं कि अंग्रेज़ी जानने से आदमी ख़ुद-ब-ख़ुद होशियार हो जाता है?'

वह हँस पड़ा। वह उसके हँसने पर हँसी। उन्होंने एक फ़िल्टर सिगरेट जलाकर बारी-बारी से पी। उसने कहा कि विल्स नेवी कट सिगरेट छोटी और पिद्दी होती हैं और जितना उनका दाम है उतनी अच्छी वे हैं नहीं। जवाब में वह बोली कि वे फ़ोर स्कॉयर या मर्दाना क़िस्म की रेड एंड ह्वाइट सिगरेट से तो बेहतर हैं।

अब उसे उसका नाम याद नहीं था। शायद वह कभी जानती नहीं थी। अंग्रेज़ी जानने वाला बहुत पहले चला गया था, जहाँ भी उसे जाना रहा हो। और वह सरकारी अस्पताल के पिछवाड़े क़ब्रिस्तान में रह रही थी। लोहे की एक गोदरेज अलमारी उसकी साथी थी जिसमें वह अपना संगीत—खरोंच-लगे रिकॉर्ड और टेप, एक पुराना हारमोनियम, कपड़े, ज़ेवर, अपने वालिद की शायरी की किताबें, तस्वीरों के एल्बम और अख़बारी कतरनें रखती थी, जो ख़्वाबगाह की आग में बची रह गई थीं। उसकी चाबी एक काले धागे में मुड़ी हुई चाँदी की खुरचनी के साथ उसके गले में लटकी हुई थी। सोने के लिए उसके पास तार-तार हो चुका एक ईरानी क़ालीन था जिसे वह दिन में अलमारी

में बंद कर देती और रात को दो क़ब्रों के बीच फैला देती। (एक निजी मज़ाक़ के तौर पर कहा जाए तो उसने कभी लगातार दो रातें किन्हीं दो क़ब्रों के बीच नहीं काटीं)। वह अब भी सिगरेट पीती थी। अब भी नेवी कट।

एक सुबह जब वह अख़बार पढ़कर सुना रही थी, बूढ़े इमाम ने, जो बिल्कुल भी कान नहीं दे रहे थे, इत्तेफ़ाकन पूछने का दिखावा किया, 'क्या यह सच है कि तुम लोगों में हिंदुओं को भी दफ़नाया जाता है? जलाया नहीं जाता?'

उसने आती हुई बला को टालने की कोशिश की, 'सच? क्या है सच? आख़िर सच्चाई है क्या?'

अपनी पूछताछ पर डटे इमाम ने मशीनी ढंग से जवाब दिया, 'सच ख़ुदा है। ख़ुदा ही सच है।' ऐसी सूक्तियाँ उन रँगे-पुते ट्रकों के पीछे लिखी रहती थीं जो राजमार्गों पर दहाड़ते हुए गुज़रते थे। उन्होंने अपनी सब्ज़-अंधी आँखों को सिकोड़कर एक सब्ज़-सयानी फुसफुसाहट के साथ कहा, 'यह तो बताओ, तुम लोगों के यहाँ जब कोई मरता है तो उसे कहाँ दफ़नाते हैं? मुर्दे को कौन नहलाता है? नमाज़े-जनाज़ा कौन पढ़ाता है?'

अंजुम देर तक कुछ नहीं बोली। फिर वह उनकी तरफ़ झुकी और एक ग़ैर-पेड़नुमा अंदाज़ में फुसफुसाई, 'इमाम साहब, जब लोग किसी रंग की बात करते हैं—लाल, नीला, नारंगी—जब वे डूबते सूरज के वक़्त आसमान की रंगत का ज़िक्र करते हैं या रमज़ान के दिनों में चाँद दिखने का—तब आपके ज़हन में क्या आता है?'

इस तरह दोनों एक-दूसरे को गहरे और लगभग क़ातिलाना नश्तर लगाते हुए किसी की धूप-भरी क़ब्र के क़रीब ख़ामोशी और रिसते हुए ज़ख़्मों के साथ अगल-बग़ल बैठे रहे। आख़िर अंजुम ने ख़ामोशी तोड़ी।

'आप मुझे बताओ,' उसने कहा, 'इमाम साहब आप हैं, मैं नहीं। बताओ, बूढ़े परिंदे मरने के लिए कहाँ जाते हैं? क्या वे आसमान से पत्थरों की तरह नीचे गिर पड़ते हैं? क्या हम गलियों में उनकी लाशों पर ठोकरें खाते हैं? क्या आपको नहीं लगता कि वह जो परवरदिगार है, जिसने हमें इस धरती पर रख छोड़ा है, उसने हमें ले जाने के लिए भी क़ायदे के इंतज़ाम कर रखे हैं?'

उस रोज़ इमाम की मुलाक़ात आम दिनों से पहले ही ख़त्म हो गई। अंजुम ने उन्हें जाते हुए देखा—ठक-ठक करते, क़ब्रों के बीच से रास्ता बनाते हुए, अपनी नज़र-नुमा छड़ी से इधर-उधर बिखरी शराब की ख़ाली बोतलों और इस्तेमाल की हुई सीरिंजों का संगीत पैदा करते हुए। उसने उन्हें रोका नहीं। वह

जानती थी कि वे फिर आएँगे। अकेलेपन का बाहरी तामझाम कितना भी लंबा-चौड़ा क्यों न हो, वह तुरंत उसे पहचान जाती थी, और उसने भाँप लिया था कि एक अजब तरीक़े से, किसी सतह पर इमाम को उसकी छाँह की उतनी ही ज़रूरत है जितनी उसे इमाम की है। और वह अपने अनुभव से जानती थी कि ज़रूरत एक बड़ा-सा गोदाम है जहाँ ढेर सारी बेरहमी की गुंजाइश रहती है।

ख़्वाबगाह से अंजुम की विदाई ख़ुशगवार नहीं थी, लेकिन वह जानती थी कि वह उसके ख़्वाबों और रहस्यों की अकेली और ऐसी हक़दार नहीं है कि उनके साथ दग़ा की जाए।

2

ख़्वाबगाह

पाँच बच्चों में वह चौथी थी जो दिल्ली के फ़सीलबंद शहर शाहजहानाबाद में जनवरी की एक सर्द रात, लैंप की रोशनी में (बिजली गुल थी) पैदा हुई। ज़चगी कराने वाली दाई अहलाम बाजी ने उसे दो शॉलों में लपेटकर माँ की गोद में देते हुए कहा, 'बेटा है।' जैसे हालात थे, उन्हें देखते हुए इस भूल को समझा जा सकता था।

गर्भ के पहले ही महीने जहाँआरा बेगम और उनके शौहर ने तय किया था कि अगर उनके बेटा हुआ तो उसका नाम आफ़ताब रखेंगे। पहले की तीनों संतानें लड़कियाँ थीं। आफ़ताब के लिए उन्होंने क़रीब छह साल इंतज़ार किया था। जिस रात बच्चा पैदा हुआ, वह जहाँआरा की ज़िंदगी की सबसे ख़ुशगवार रात थी।

अगली सुबह जब सूरज उगने पर कमरा तपकर कुछ आरामदेह हो गया, उन्होंने नन्हे आफ़ताब का शॉल हटाया और राहत और इत्मीनान से उसकी नाज़ुक देह को टटोलकर देखा—आँखें, नाक, सर, गर्दन, काँख, अँगुलियाँ, अँगूठे। और तब उन्हें देह के दूसरे हिस्सों के नीचे छिपा हुआ एक छोटा-सा और अन-बना, लेकिन अचूक रूप से ज़नाना, हिस्सा नज़र आया।

क्या यह मुमकिन है कि कोई माँ अपने बच्चे को देखकर डर जाए? जहाँआरा बेगम डर गईं। उनकी पहली प्रतिक्रिया यह थी कि उन्हें अपना दिल सिकुड़ता हुआ और हड्डियाँ राख होती हुई लगीं। दूसरी प्रतिक्रिया यह थी कि

उन्होंने एक बार फिर से देखा कि देखने में कोई चूक तो नहीं हुई है। तीसरी प्रतिक्रिया यह थी कि उन्होंने अपने ही रचे हुए से मुँह फेर लिया, जिससे उनके पेट में ऐंठन हुई और टाँगों पर दस्त की एक पतली धार बह निकली। चौथी प्रतिक्रिया यह थी कि उन्होंने ख़ुद को और अपनी संतान को ख़त्म करने के बारे में सोचा। पाँचवीं प्रतिक्रिया यह थी कि उन्होंने बच्चे को आग़ोश में लिया और जिस दुनिया को वे जानती थीं और जिन दुनियाओं के वजूद से अनजान थीं, उनके बीच किसी दरार से नीचे गिरती चली गईं—एक रसातल के अँधेरे में चक्कर खाती हुईं, जहाँ हर छोटी-से-छोटी और बड़ी-से-बड़ी चीज़, जिसके बारे में वे अभी तक मुतमइन थीं, उनकी समझ से बाहर हो गई। उर्दू के अलावा वे और कोई भाषा नहीं जानती थीं और उसमें *तमाम* चीज़ों, ज़िंदा ही नहीं बल्कि तमाम चीज़ों—क़ालीन, कपड़े, किताबें, क़लम, बाजे-गाजे—का कोई न कोई लिंग था। हर चीज़ या तो पुल्लिंग थी या स्त्रीलिंग, आदमी थी या औरत। उनके बच्चे के अलावा हर चीज़। वे यह ज़रूर जानती थीं कि उस जैसों के लिए भी एक लफ़्ज़ है—*हिजड़ा,* बल्कि दो लफ़्ज़ हैं—*हिजड़ा* और *किन्नर;* लेकिन दो लफ़्ज़ों से कोई भाषा तो नहीं बनती।

क्या यह मुमकिन है कि भाषा के बाहर रह लिया जाए? यह सवाल कुदरती तौर पर उनके भीतर लफ़्ज़ों की शक्ल में या पूरे और साफ़ वाक्य की तरह नहीं फूटा। वह एक बेआवाज़, भ्रूण की गुर्राहट की तरह आया।

छठी प्रतिक्रिया यह थी कि उन्होंने अपनी साफ़-सफ़ाई की और तय किया कि फ़िलहाल किसी को कुछ नहीं बताएँगी। अपने शौहर को भी नहीं। सातवीं प्रतिक्रिया यह थी कि वे आफ़ताब की बग़ल में लेट गईं और आराम करने लगीं। उसी तरह, जैसे ईसाइयों के प्रभु ने स्वर्ग और पृथ्वी की रचना करने के बाद किया था। फ़र्क़ सिर्फ़ यह था कि उस परवरदिगार ने तब आराम किया जब अपनी बनाई हुई दुनिया को कोई मा'नी दे दिया, लेकिन जहाँआरा बेगम को आराम तब नसीब हुआ जब उन्होंने जो कुछ बनाया था, उसने दुनिया के बारे में उनकी पूरी समझ को ही उलट दिया।

उन्होंने ख़ुद को समझाया कि आख़िर यह सचमुच की, असली योनि नहीं है। उसके छेद खुले हुए नहीं थे (उन्होंने जाँच की थी)। वह महज़ एक पैबंद था। छोटा-सा। शायद वह बंद हो जाए, ठीक हो जाए या किसी तरह मिट जाए। वे जिन-जिन दरगाहों को जानती हैं वहाँ दुआ करेंगी और परवरदिगार से रहम की फ़रियाद करेंगी। और वे जानती हैं कि परवरदिगार यह करेगा। और

हो सकता है यह उसी का करम हो जिसे वे पूरी तरह समझ नहीं पा रही हों।

जब जहाँआरा बेगम को लगा कि वे घर से निकलने लायक़ हैं तो पहले ही दिन वे नन्हे आफ़ताब को लेकर हज़रत सरमद शहीद की दरगाह गईं जो उनके घर से दस मिनट के पैदल फ़ासले पर थी। तब तक उन्हें हज़रत सरमद शहीद के बारे में कुछ पता नहीं था और यह एहसास भी नहीं था कि आख़िर किसने उनके क़दम उनके आस्ताने की तरफ़ इतने यक़ीन के साथ मोड़ दिए हैं। शायद उन्होंने ही उन्हें अपने पास बुलाया हो या शायद वे ख़ुद ही उन अजीबोग़रीब लोगों की तरफ़ खिंची चली आई हों, जिन्हें वे मीना बाज़ार जाते वक़्त वहाँ डेरा डाले देखती थीं। पहले की बात होती तो वे ऐसे लोगों की तरफ़ नज़र उठाकर भी न देखतीं या तभी देखतीं जब वे उनके रास्ते में पड़ते। लेकिन अब अचानक वे उन्हें दुनिया के सबसे अहम लोग लगने लगे।

हज़रत सरमद शहीद की दरगाह में आने वाले सभी लोग उनकी दास्तान से परिचित नहीं थे। कुछ लोगों को टुकड़ा-टुकड़ा जानकारी थी, कुछ को कुछ नहीं और कुछ के पास मनगढ़ंत क़िस्से थे। ज़्यादातर लोग यह जानते थे कि वे एक आर्मीनियाई यहूदी सौदागर थे जो अपनी ज़िंदगी के सबसे बड़े इश्क़ की तलाश में फ़ारस से दिल्ली आए थे। कम लोग यह जानते थे कि उनका इश्क़ अभय चंद नाम का एक हिंदू लड़का था, जिससे सिंध में उनकी मुलाक़ात हुई थी। ज़्यादातर लोग यह जानते थे कि उन्होंने यहूदी धर्म को छोड़कर इस्लाम अपना लिया था। कम लोग यह जानते थे कि अपनी रूहानी तलाश में उन्होंने आख़िरकार इस्लाम को भी छोड़ दिया था। ज़्यादातर लोग यह जानते थे कि सरेआम क़त्ल किए जाने से पहले वे शाहजहानाबाद की गलियों में एक नंगे फ़क़ीर की तरह घूमते थे। कम लोग यह जानते थे कि उन्हें क़त्ल करने की वजह उनका सरेआम नंगे रहना नहीं, बल्कि मज़हब पर सवाल खड़े करके जज़्बात को ठेस पहुँचाना था। उस दौर के बादशाह औरंगज़ेब ने सरमद को अपने दरबार में बुलवाया और कलमा पढ़कर ख़ुद को सच्चा मुसलमान साबित करने को कहा था—*ला इलाहा, इल्लल्लाह, मुहम्मदुर्रसूल-अल्लाह*—अल्लाह के सिवा कोई ख़ुदा नहीं है और मोहम्मद उसके नबी हैं। सरमद लाल क़िले में क़ाज़ियों और मौलानाओं की शाही अदालत में नंगे खड़े थे। जैसे ही उन्होंने कलमा पढ़ना शुरू किया, आसमान में बादलों का तैरना रुक गया, परिंदे बीच उड़ान में थम गए और क़िले की हवा भारी और सख़्त हो गई। लेकिन वे शुरू करते ही रुक गए। उन्होंने महज़ पहला जुमला कहा : *ला इलाहा*। कोई ख़ुदा नहीं है। उन्होंने कहा कि वे तब तक आगे नहीं बढ़ सकते जब तक उनकी

रूहानी तलाश पूरी नहीं हो जाती और वे तहे-दिल से अल्लाह को नहीं अपना लेते। उन्होंने कहा, तब तक कलमा पढ़ना इबादत का मज़ाक़ उड़ाना होगा। क़ाज़ियों की रज़ामंदी से औरंगज़ेब ने सरमद को सज़ा-ए-मौत का हुक्म दे दिया।

इससे यह अंदाज़ा लगाना ग़लत होगा कि जो लोग पूरी दास्तान जाने बग़ैर हज़रत सरमद शहीद के हुज़ूर में जाते थे, वे नादान थे और हक़ीक़त और इतिहास के लिए उनके भीतर कोई इज़्ज़त नहीं थी। इसलिए कि दरगाह के भीतर सरमद की विद्रोही, उत्कट, साफ़ और तमाम ऐतिहासिक क़िस्सों से भी ज़्यादा असल रूह उन लोगों पर ज़ाहिर हो जाती थी जो वहाँ दुआ माँगने आते थे। वह कोई नसीहत नहीं देती थी, बल्कि कर्मकांड की बजाय रूहानियत, तड़क-भड़क की बजाय सादगी और ख़त्म कर दिए जाने के जोख़िम के रू-ब-रू अडिग रहकर प्रेम के परम आनंद को तरजीह देती थी। सरमद की रूह अपनी शरण में आने वालों को इसकी इजाज़त देती थी कि वे उनकी दास्तान को अपनाएँ और उसमें मन मुताबिक़ फेरबदल करें।

जब जहाँआरा बेगम दरगाह में एक जानी-पहचानी शख़्सियत बन गईं तो उन्हें यह दास्तान सुनने को मिली (और वे इसे छिटपुट ढंग से बयान भी करती थीं) कि किस तरह जामा मस्जिद की सीढ़ियों पर अलविदा कहने के लिए आए हुए मुरीदों के समुद्र के सामने सरमद का सर काटा गया, किस तरह धड़ से अलग होने के बाद भी उनका सर इश्क़िया शायरी सुनाता रहा और शायरी सुनाते सर को उन्होंने इतनी सहजता से उठाया जैसे कोई मोटरसाइकिल सवार अपना हेल्मेट उठाता है, और जामा मस्जिद की सीढ़ियों पर चढ़ने लगे और उतनी ही सहजता से सीधे जन्नत को चले गए। जहाँआरा बेगम कहती थीं (जो भी सुनना चाहे) कि इसीलिए हज़रत सरमद की छोटी-सी दरगाह में (जो जामा मस्जिद की सीढ़ियों के पूरब की तरफ़, जहाँ उनका ख़ून गिरकर जमा हुआ था, एक घोंघे जैसी दिखती थी) फ़र्श लाल है, दीवारें लाल हैं और छत लाल है। वे कहती थीं कि तीन सौ साल से भी ज़्यादा हो चुके हैं, फिर भी हज़रत सरमद का ख़ून धोया नहीं जा सका। दरगाह पर कोई कैसा भी रंग पोत दे, कुछ वक़्त बाद वह ख़ुद-ब-ख़ुद लाल हो जाता है।

जहाँआरा बेगम जब पहली बार वहाँ गईं तो उन्हें भीड़ के बीच से रास्ता बनाना पड़ा, जहाँ इत्र और तावीज़ बेचने वाले, ज़ायरीन के जूतों के रखवाले, लूले-लँगड़े भिखारी, बेघरबार लोग और ईद पर क़ुर्बानी के लिए मोटे किए जाते बकरे और बुज़ुर्ग हिजड़ों के ख़ामोश हुजूम थे जिन्होंने दरगाह के बाहर

एक तिरपाल के नीचे डेरा जमा रखा था। छोटी-सी लाल कोठरी में पहुँचने पर ही उन्हें चैन आया। गलियों की आवाज़ें इतनी मद्धिम हो गई थीं जैसे वे कहीं दूर से आ रही हों। सोये हुए बच्चे को गोद में लेकर वे एक कोने में बैठ गईं और लोगों को देखने लगीं, जिनमें मुसलमान और हिंदू दोनों थे और जो थोड़ा-थोड़ा करके आते और मक़बरे के चारों तरफ़ लगी हुई सलाख़ों पर लाल धागे, लाल चूड़ियाँ और काग़ज़ के पुर्जे बाँधकर मनौती मानते थे। जहाँआरा बेगम ने जब एक कोने में रूखी, काग़ज़ जैसी ख़ाल वाले, पारदर्शी लगते बूढ़े को देखा, जिसकी दाढ़ी धुँधले महीन उजाले जैसी थी और जो आगे-पीछे हिलते हुए चुपचाप ऐसे रो रहा था जैसे वह बेहद निराश हो, तो उन्होंने भी अपने आँसुओं को बह जाने दिया। उन्होंने फुसफुसाते स्वर में हज़रत सरमद से कहा : *यह मेरा बेटा आफ़ताब है। इसे आपके दर तक लाई हूँ। इसे सलामत रखिए। और मुझे सिखाइए कि इससे कैसे प्यार करूँ।*

हज़रत सरमद ने यही किया।

※

आफ़ताब की ज़िंदगी के शुरुआती कुछ साल तक जहाँआरा बेगम का राज़ छिपा रहा। वे बच्चे के ज़नाना हिस्से के ठीक होने का इंतज़ार करती रहीं, उसे सीने से लगाए रहीं और उसे लेकर ख़ूब एहतियात बरतती रहीं। यहाँ तक कि जब छोटा बेटा साक़िब पैदा हो गया, तब भी वे आफ़ताब को अपने से ज़्यादा दूर नहीं जाने देती थीं। ऐसा बर्ताव एक ऐसी औरत के लिए ज़रा भी अटपटा नहीं माना गया जो इतने साल तक और इतनी फ़िक्र के साथ बेटा होने का इंतज़ार करती रही हो।

जब आफ़ताब पाँच साल का हुआ तो वह चूड़ीवालान के उर्दू-हिंदी मदरसे में पढ़ने जाने लगा। एक साल के भीतर ही वह अरबी में क़ुरआने-पाक की बहुत-सी आयतें पढ़ने लगा, हालाँकि यह साफ़ नहीं था कि वह उन्हें कितना समझ पाता था—यह दूसरे बच्चों के मामले में भी सच था। आफ़ताब पढ़ने में औसत से बेहतर था, लेकिन जब वह बहुत छोटा था तभी पता चल गया था कि संगीत उसकी असली लियाक़त है। उसकी आवाज़ मीठी-सुरीली थी और जिस धुन को वह एक बार सुन लेता, उसे याद हो जाती। माँ-बाप ने उसे नौजवान उस्ताद हमीद ख़ाँ के पास भेजना तय किया जो एक लाजवाब संगीतकार थे और चाँदनी महल की तंग कोठरी में बच्चों को तालीम दिया करते थे। नन्हें

आफ़ताब ने कभी क्लास में नागा नहीं किया। नौ साल का होते-होते वह बीस मिनट तक राग यमन, दुर्गा और भैरव में बड़ा ख़याल गाने और राग पूरिया धनाश्री में कोमल रिखभ को इस ख़ूबी से छूने लगा जैसे झील की सतह पर फेंका हुआ पत्थर फिसलता है। वह चैती और ठुमरी भी लखनऊ की दरबारी तवायफ़ों जैसी महारत और सधाव के साथ गाना सीख गया। यह बात लोगों को पहले दिलचस्प लगी और उन्होंने हौसला-अफ़ज़ाई भी की, लेकिन जल्दी ही दूसरे बच्चे उसकी हँसी उड़ाने और चिढ़ाने लगे : *वह तो वो है। वह न तो वो है और न वो है। वह वो है और वो भी है। वो-वो। वो-वो। ही इज शी। शी इज ही। ही! ही! ही!*

जब यह चुहल बर्दाश्त के बाहर हो गई तो आफ़ताब ने संगीत सीखने जाना बंद कर दिया। लेकिन उस्ताद हमीद ने, जो उसे दिल से चाहते थे, ख़ुद उसे अलग से पढ़ाने की मंशा ज़ाहिर की। इस तरह संगीत सीखना जारी रहा हालाँकि उसने क्लास में जाने से इनकार कर दिया। अब तक जहाँआरा बेगम की उम्मीदें काफ़ी कुछ मुरझा गई थीं। आसमान में दूर-दूर तक बच्चे के ठीक होने के आसार नहीं थे। कुछ साल तक वे नए-नए बहाने बनाकर उसके ख़तने को टालती आई थीं। लेकिन छोटा बेटा साक़िब अपनी बारी का इंतज़ार कर रहा था और उन्हें पता था कि अब ज़्यादा नहीं टाला जा सकता। आख़िरकार उन्होंने वही किया जो उन्हें करना था। उन्होंने हिम्मत जुटाई और रोते-कलपते हुए यह बात अपने शौहर को बता दी, जिसमें तकलीफ़ तो थी, लेकिन हल्की-सी राहत भी थी कि आख़िरकार कोई उनके दुःस्वप्न को साझा करने वाला है।

उनके शौहर हकीम मुलाक़ात अली जड़ी-बूटियों के नुस्ख़ों के माहिर और उर्दू-फ़ारसी शायरी के मुरीद थे। उन्होंने अपनी पूरी ज़िंदगी हकीम अब्दुल मजीद के ख़ानदान में नौकरी करते हुए बिताई थी, जिन्होंने रूहअफ़ज़ा (आत्मा का अमृत) नाम का लोकप्रिय शर्बत ईजाद किया था। रूहअफ़ज़ा ख़ुर्फ़ा के बीजों, अंगूर, संतरे, तरबूज़, पुदीना, गाजर, थोड़े-से पालक, खसखस, कमल, दो क़िस्म के लिली के फूलों और दमिश्की गुलाबों से टॉनिक के तौर पर बनाया गया था। लेकिन लोगों ने पाया कि माणिक के रंग का यह चमकदार पेय दूध या पानी में दो चम्मच घोलने पर न सिर्फ़ बहुत ज़ायकेदार बन जाता है, बल्कि दिल्ली की चिलचिलाती गर्मी और रेतीली हवाओं में आने वाले अजब क़िस्म के बुख़ारों में भी राहत पहुँचाता है। इस तरह दवा के तौर पर बना रूहअफ़ज़ा जल्दी ही गर्मियों के पेय के तौर पर पूरे इलाक़े के घरों में छा गया और एक कामयाब कारोबार बन गया। चालीस साल तक उसकी बादशाहत

बनी रही और वह पुरानी दिल्ली के कारख़ाने से दक्खिन में हैदराबाद और पश्चिम में अफ़ग़ानिस्तान तक पहुँचने लगा। फिर बँटवारा आया। हिंदुस्तान और पाकिस्तान की नई सरहद पर जैसे ख़ुदा की शहरग खुल गई और नफ़रत ने दस लाख लोगों की जान ले ली। पड़ोसी इस तरह एक-दूसरे पर टूट पड़े जैसे वे कभी एक-दूसरे को न जानते थे, न कभी एक-दूसरे के शादी-ब्याह में शरीक़ हुए थे और न कभी उन्होंने एक-दूसरे के गीतों को गाया था। फ़सीलबंद शहर दरक गया। पुराने कुनबे भाग खड़े हुए (मुसलमान)। नए कुनबे आ पहुँचे (हिंदू) और फ़सीलों के इर्द-गिर्द बस गए। रूहअफ़ज़ा को भारी झटका लगा, लेकिन जल्द ही वह इससे उबर गया और उसने पाकिस्तान में अपनी एक ब्रांच खोल ली। चौथाई सदी गुज़रने पर पूर्वी पाकिस्तान में हुई तबाही के बाद ताज़ा उभरे मुल्क बांग्लादेश में उसने एक और ब्रांच शुरू की। लेकिन आख़िरकार कोकाकोला ने दुनिया की दूसरी चीज़ों की तरह आत्मा के इस अमृत को भी मात दे दी, जो तीन मुल्कों की जंग और ख़ूनी पैदाइश के बावजूद अपने को बचाए हुए था।

मुलाक़ात अली हकीम अब्दुल मजीद के अहम और भरोसेमंद मुलाजिम थे, लेकिन उनकी तनख़्वाह इतनी नहीं थी कि ठीक से गुज़र-बसर हो सके। इसलिए नौकरी के अलावा वे घर पर भी मरीज़ों को देखते। जहाँआरा बेगम सफ़ेद सूती कपड़े की टोपियाँ सिलतीं, उन्हें थोक में चाँदनी चौक के हिंदू दूकानदारों को बेचतीं और उस पैसे से घर की आमदनी कुछ बढ़ा देतीं।

मुलाक़ात अली अपने ख़ानदान का रिश्ता सीधे मंगोल बादशाह चंगेज़ ख़ाँ से उसके बेटे चग़ताई की मार्फ़त जोड़ते थे। उनके पास एक तिड़के हुए चर्मपट पर दर्ज लंबा-चौड़ा वंशवृक्ष और एक छोटे-से संदूक़ में रखे हुए भुरभुरे ज़र्द काग़ज़ात थे, जिनके दम पर वे यक़ीन के साथ दावा करते थे कि गोबी के रेगिस्तान से आए हुए दरवेश, जो अथाह नीले आसमान की इबादत करते थे और एक दौर में इस्लाम के दुश्मन समझे जाते थे, किस तरह उस मुग़ल वंश के पुरखे बने जिसने सदियों तक हिंदुस्तान पर हुकूमत की और किस तरह मुग़लों का वारिस मुलाक़ात अली का ख़ानदान, जो पहले सुन्नी था, शिया बन गया। कभी-कभार, शायद साल में एक बार वे अपना संदूक़ खोलते और घर आए किसी अख़बारनवीस को वे दस्तावेज़ दिखलाते, हालाँकि वह न तो उनकी बातें ग़ौर से सुनता था और न उन्हें संजीदगी से लेता था। वे कितने ही लंबे इंटरव्यू देते, लेकिन उन्हें अख़बारों के साप्ताहिक परिशिष्टों में मामूली तरीक़े से छापा जाता, जिसमें पुरानी दिल्ली की बाबत एक दिलचस्प विवरण होता था—दो

पन्नों पर मुग़लिया खानों की क्लोज़-अप तस्वीरें, मैली-कुचैली तंग गलियों में साइकिल रिक्शों पर बैठी बुर्क़ाधारी मुसलमान औरतों के दूर से लिए गए शॉट, और हर हाल में, जामा मस्जिद में एक क़तार में क़रीने से बैठे हुए, सजदे में झुके हुए सफ़ेद टोपीधारी हज़ारों मुसलमानों के विहंगम दृश्य, जिनके बीच हद से हद मुलाक़ात अली की एक छोटी-सी तस्वीर छपी रहती। ये तस्वीरें कुछ पाठकों की निगाह में इस बात का सबूत थीं कि हिंदुस्तान धर्मनिरपेक्ष उसूलों और मज़हबी भाईचारे पर गहरा यक़ीन रखता है। कुछ लोगों को यह देखकर कुछ राहत मिलती थी कि दिल्ली की मुस्लिम आबादी अपनी गुंजायमान बस्तियों में चैन से रह रही है। कुछ ऐसे भी थे जिन्हें लगता था कि मुसलमान 'एकीकरण' नहीं चाहते और बच्चे पैदा करने और गोलबंद होने में ही लगे रहते हैं और जल्दी ही हिंदू भारत के लिए ख़तरा बनने वाले हैं। इस विचार को मानने वालों का असर बेतरह बढ़ रहा था।

अख़बारों में छपने या न छपने से बेपरवाह मुलाक़ात अली बड़े प्यार और एक कुलीन तबक़े की फीकी पड़ चुकी शान के साथ अपनी तंग कोठरी में मेहमानों की आवभगत करते थे। वे अतीत का ज़िक्र इज़्ज़त के साथ करते, लेकिन मोह के साथ नहीं। वे बतलाते थे कि किस तरह तेरहवीं सदी में उनके पुरखों ने उस सल्तनत पर हुकूमत की थी, जो उन मुल्कों तक फैली हुई थी जो अब अपने को वियतनाम, कोरिया, हंगरी और बालकान कहते हैं और वह उत्तरी साइबेरिया से लेकर हिंदुस्तान के दकनी पठार तक चली गई थी और दुनिया में इससे पहले इससे बड़ी कोई सल्तनत नहीं हुई। बातों के सिलसिले को वे अकसर अपने पसंदीदा शायर मीर तक़ी मीर के शे'र से ख़त्म करते :

जिस सर को ग़ुरूर आज है याँ ताजवरी का
कल उस पे यहीं शोर है फिर नौहागरी का

उनके यहाँ आने वाले ज़्यादातर मेहमान नए हुक्मरानों के नौजवान नुमाइंदे होते थे, जो अपनी बातों से छलकने वाले ग़ुरूर से अनजान थे और उस शायरी में छिपे मा'नी की परतों को समझ नहीं पाते थे, जो उन्हें इस तरह सुनाई जाती थी जैसे वह भी एक नाश्ता हो जिसे अंगुश्ताने के बराबर प्याले में दी गई गाढ़ी मीठी चाय के साथ हलक़ से उतारना है। बेशक, उनकी समझ में यह आता था कि यह एक ढही हुई सल्तनत का मर्सिया है जिसकी अंतरराष्ट्रीय सरहदें अब एक पुराने शहर की खंडहर हो चुकी फ़सीलों से घिरी मैली-कुचैली बस्ती तक सिमट कर रह गई हैं; और बेशक, उन्हें इसका एहसास था कि यह शे'र मुलाक़ात

अली की अपनी तंगहाली का भी उदास बयान है, लेकिन यह उनकी समझ से परे था कि वह शे'र भी एक फ़रेबी क़िस्म का नाश्ता है, एक दग़ाबाज़ समोसा, मातम में लिपटी हुई एक चेतावनी, जिसे एक बनावटी शराफ़त के साथ वह आलिम इंसान पेश कर रहा है जो बख़ूबी जानता है कि उसे सुनने वाले को वह ज़बान नहीं आती जिसे उर्दू कहते हैं और जो उसे बोलने वालों की ही तरह धीरे-धीरे कुछ बस्तियों में खदेड़ी जा चुकी है।

शायरी से मुलाक़ात अली की मुहब्बत हकीमी से अलग महज़ एक शौक़ नहीं थी। उन्हें यक़ीन था कि शायरी से हर तकलीफ़ का इलाज हो सकता है या कम से कम, वह इलाज में बड़ी हद तक मददगार हो सकती है। वे अपने मरीज़ों के नुस्ख़े में शायरी भी उसी तरह तजवीज़ करते जैसे दूसरे हकीम दवा लिखते थे। वे हर तकलीफ़, हर मौक़े और मूड और सियासी माहौल में होने वाले रद्दोबदल के मुताबिक़ अपने बीहड़ भंडार से कोई शे'र निकालकर लिख देते थे जो एक अजब ढंग से मौज़ूँ होता। इस आदत के कारण उनके इर्द-गिर्द की ज़िंदगी कुछ ज़्यादा संजीदा और जैसी वह थी उससे कुछ कम ख़ास नज़र आती थी। उसने हर चीज़ को एक बारीक़ ठहराव के एहसास से भर दिया था। यह एहसास कि हर चीज़ पहले हो चुकी है, सब कुछ पहले लिखा जा चुका है, गाया जा चुका है, समझाया जा चुका है, इतिहास में दर्ज किया जा चुका है और अब नया कुछ होना नामुमकिन है। शायद यही वजह थी कि उनके इर्द-गिर्द जमा नौजवान जैसे ही देखते कि वे कोई शे'र पेश करने वाले हैं तो ही-ही करते हुए भाग खड़े होते।

जहाँआरा बेगम ने जब उन्हें आफ़ताब के बारे में बताया तो उनकी ज़िंदगी में शायद पहली बार ऐसा हुआ कि इस मौक़े के लिए उन्हें कोई अच्छा शे'र नहीं मिला। शुरुआती सदमे से उबरने में उन्हें कुछ वक़्त लगा। फिर उन्होंने यह बात पहले न बताने के लिए बीवी को फटकार लगाई। उन्होंने कहा कि ज़माना बदल गया है, अब नया ज़माना है और उन्हें पूरा यक़ीन है कि उनके बेटे के मसले का कोई न कोई आसान मेडिकल हल निकल आएगा। वे पुराने शहर के मोहल्लों में चलने वाली कानाफूसी और गप्पों से दूर, नई दिल्ली में किसी डॉक्टर का पता लगाएँगे। उन्होंने बीवी से सख़्त लहज़े में कहा कि ख़ुदा सिर्फ़ उनकी मदद करता है जो अपनी मदद ख़ुद करते हैं।

एक हफ़्ते बाद उन्होंने अपनी सबसे अच्छी पोशाक पहनी, बेचारे आफ़ताब को सलेटी भूरा पठानी सूट और कढ़ाईदार काली सदरी, टोपी और गोंडोला जैसी आगे से मुड़ी हुई जूतियाँ पहनाईं और ताँगे में बैठकर बस्ती निज़ामुद्दीन

के लिए चल पड़े। कहने के लिए इस एक दिन की छुट्टी का मक़सद मुलाक़ात अली के बड़े भाई के सबसे छोटे बेटे यानी उनके भतीजे ऐजाज़ के लिए संभावित दुल्हन को देखना था। मुलाक़ात अली के बड़े भाई क़ासिम बँटवारे के बाद पाकिस्तान चले गए थे और रूहअफ़ज़ा की कराची ब्रांच में नौकरी करते थे, लेकिन असल वजह यह थी कि उन्हें डॉक्टर ग़ुलाम नबी से मिलना था जो ख़ुद को 'सेक्सोलॉजिस्ट' कहते थे।

डॉ. नबी को गुमान था कि वे दोटूक और वैज्ञानिक मिजाज़ के साफ़गो इंसान हैं। आफ़ताब की जाँच के बाद उन्होंने कहा कि डॉक्टरी नज़र से वह हिजड़ा—आदमी के बदन में फँसी हुई औरत—नहीं है, लेकिन दुनियावी हिसाब से इस लफ़्ज़ का इस्तेमाल किया जा सकता है। उन्होंने कहा कि आफ़ताब उभयलिंगी होने की नायाब मिसाल है, जिसमें आदमी और औरत दोनों की ख़ुसूसियात होती हैं हालाँकि ऊपरी तौर पर उसमें आदमी ज़्यादा लगता है। उन्होंने कहा कि वे एक सर्जन का नाम सुझा सकते हैं जो ज़नाना हिस्से को बंद कर देगा या सिल देगा और कुछ गोलियाँ भी लिख देगा। उन्होंने कहा, मगर यह सिर्फ़ ऊपरी मसला नहीं है। इलाज से फ़ायदा ज़रूर होगा, मगर इससे बच्चे की हिजड़े वाली फ़ितरत का दूर होना मुमकिन नहीं लगता। यानी वे शर्तिया और पूरी कामयाबी का वादा नहीं कर सकते। डूबते को तिनके का सहारा देखकर मुलाक़ात अली खिल उठे। उन्होंने कहा, 'फ़ितरत? फ़ितरत कोई मसला नहीं है। हर किसी की कोई न कोई फ़ितरत होती है...फ़ितरतों का तो इंतज़ाम किया जा सकता है।'

डॉ. नबी से मिलने पर हालाँकि तुरंत उस मसले का हल नहीं निकला, जिसे मुलाक़ात अली आफ़ताब की तकलीफ़ मानते थे, लेकिन इससे उन्हें एक बड़ा फ़ायदा हुआ। उन्हें अपनी स्थिति तय करने और असमंजस के ग़ैर-शायराना समुद्र में ख़तरनाक ढंग से डगमगाते अपने जहाज़ को स्थिर करने का मौक़ा मिल गया। अब वे अपनी मुसीबत को एक अमली शक्ल दे सकते थे और सारा ध्यान और ज़ोर उस चीज़ पर लगा सकते थे जो उनकी समझ में आई थी : सर्जरी के लिए ज़रूरी पैसा कैसे जुटाया जाए?

उन्होंने घरेलू ख़र्चों में कटौती की और उन लोगों और रिश्तेदारों की फ़ेहरिस्त बनाई जिनसे पैसा उधार लिया जा सकता था। इसी के साथ वे आफ़ताब की मर्दानगी बढ़ाने की सांस्कृतिक परियोजना में जुट गए। उन्होंने अपनी शायरी की मुहब्बत आफ़ताब को सौंपी और उसे ठुमरी और चैती गाने से मना किया। वे देर रात तक जागते और आफ़ताब को अपने बहादुर पुरखों और जंग के मैदान

में उनकी मर्दानगी के क़िस्से सुनाते। आफ़ताब पर इनका कोई असर नहीं हुआ, लेकिन जब उसने तेमुजिन—चंगेज़ ख़ाँ—का क़िस्सा सुना कि कैसे वह अपनी ख़ूबसूरत बीवी बोर्ते ख़ातून का हाथ माँगने में कामयाब हुआ, कैसे एक दुश्मन क़बीले ने उसका अपहरण किया और तेमुजिन उसे हासिल करने के लिए अकेले दम एक पूरी फ़ौज से लड़ा क्योंकि वह उसे बहुत चाहता था, तो उसकी बोर्ते ख़ातून बनने की इच्छा हुई।

जब भाई-बहन मदरसे चले जाते तो आफ़ताब देर तक घर की छोटी-सी बालकनी से नीचे चितली क़बर को देखता रहता, जो एक चित्तीदार बकरी का छोटा-सा मज़ार था और कहा जाता था कि उसके पास रूहानी ताक़त है। उसकी निगाह सड़क की गहमागहमी पर पड़ती जो वहाँ से मटियामहल चौक तक जाती थी। जल्दी ही वह इलाक़े के सुर-ताल से परिचित हो गया, जिसमें बुनियादी तौर पर उर्दू गालियों की बौछारें होती थीं : *तुम्हारी माँ चोद दूँगा। जा, अपनी बहन को चोद। माँ के लौड़े की क़सम।* यह सिलसिला दिन में पाँच बार थमता था जब जामा मस्जिद और पुराने शहर की छोटी-छोटी मस्जिदों से अज़ान की आवाज़ आती। बालकनी से आफ़ताब किसी एक चीज़ पर नहीं, बल्कि रोज़मर्रा की आम चहल-पहल पर नज़रें गड़ाए रहता, जहाँ हर रोज़ सुबह चौक के बीचोंबीच मछली बेचने वाले खुंदकी गुड्डू भाई का ताज़ा चमचमाती मछलियों का ठेला लगता था, जो दोपहर को सूर्योदय और सूर्यास्त जैसे तयशुदा अंदाज़ में लंबे-तगड़े और हँसमुख नान-ख़ताई वाले वसीम में बदल जाता था, फिर शाम को फल बेचने वाले नाटे-पतले यूनुस में समा जाता और फिर देर रात तक बड़े से ताँबे के देग में मटियामहल की बेहतरीन बिरयानी बेचने वाले हसन मियाँ की शक्ल में फैल-फूल जाता था।

वसंत की एक सुबह आफ़ताब ने छरहरी, पतले कूल्हों वाली एक औरत को चमकदार लिपस्टिक लगाए, सुनहरे हाई हील और चमकीले हरे रंग के साटिन की सलवार-कमीज पहने हुए देखा, जो चितली कबर की चौकीदारी करने वाले चूड़ीहार मीर से चूड़ियाँ ख़रीद रही थी। रात में दरगाह और दूकान बंद करने के बाद वह चूड़ियों का ख़ज़ाना मज़ार में रख देता था (दोनों धंधे साथ-साथ चलते थे)। आफ़ताब ने लिपस्टिक वाली उस छरहरी औरत जैसा कुछ पहले कभी नहीं देखा था। वह खड़ी सीढ़ियों से उतरकर गली में आया और गुपचुप उसे देखता रहा, जब वह बकरे के पाए, बालों के क्लिप और अमरूद ख़रीद रही थी और अपने सैंडिल के फीते ठीक करा रही थी।

उसने उस जैसा होना चाहा।

सड़क पर वह उस औरत के पीछे-पीछे तुर्कमान गेट तक चलता गया और जब वह एक नीले दरवाज़े से ग़ायब हो गई तो देर तक बाहर खड़ा रहा। कोई आम औरत शाहजहानाबाद की गलियों में ऐसे कपड़ों में और इस नज़ाकत से चलने की जुर्रत नहीं कर सकती थी। शाहजहानाबाद की आम औरतें बुर्क़ा पहनती थीं या कम से कम, हाथों और पैरों को छोड़कर अपने सर और बदन के हर हिस्से को ढँके हुए रहती थीं। आफ़ताब ने जिस औरत का पीछा किया, वह जैसे कपड़े पहने थी और जिस तरह चल रही थी, वह इसलिए था कि वह कोई औरत नहीं थी। लेकिन वह जो भी थी, आफ़ताब वही होना चाहता था। बोर्ते ख़ातून से कहीं ज़्यादा वह उसके जैसा होना चाहता था। उसकी तरह वह भी चाहता था कि गोश्त की दूकानों से झलमल करते हुए निकले, जहाँ समूचे बकरों की खाल-उतरी लाशें गोश्त की फ़सीलों जैसी लटकी हुई थीं; वह चाहता था कि न्यू लाइफ़-स्टाइल मेंस हेयर ड्रेसिंग सैलून से अपने दाँत निपोरते हुए गुज़र जाए, जहाँ इलियास नाई एक कमसिन कसाई लियाक़त के बाल काट रहा था और उन्हें ब्रिल क्रीम से चमका रहा था। वह चाहता था कि अपना नेलपॉलिश वाला हाथ और चूड़ियों से भरी कलाई आगे बढ़ाए और दूकान पर मोलभाव करने से पहले नज़ाकत के साथ मछली का गलफड़ा उठाकर देखे कि वह ताज़ा है या नहीं। वह चाहता था कि सड़क पर एक डबरे को पार करते हुए अपनी सलवार को इतना उठा ले कि उसकी चाँदी की पाज़ेब नज़र आने लगे।

आफ़ताब का ज़नाना हिस्सा महज़ एक पैबंद नहीं था।

उसने अपना वक़्त संगीत की कक्षाओं और गली दकोतान के उस नीले दरवाज़े वाले मकान के आसपास बिताना शुरू किया, जहाँ वह छरहरी औरत रहती थी। पता चला कि उसका नाम बांबे सिल्क है और उस जैसी सात और हैं—बुलबुल, रज़िया, हीरा, बेबी, निम्मो, मैरी और गुड़िया—जो नीले दरवाज़े वाली हवेली में एक साथ रहती हैं और उनके अलावा उनकी एक उस्ताद कुलसूम बी भी है जो उस गृहस्थी की मुखिया है। आफ़ताब को पता चला कि उनकी हवेली ख़्वाबगाह कहलाती है—सपनों का घर।

पहले तो आफ़ताब को वहाँ से भगाया जाता रहा क्योंकि ख़्वाबगाह के बाशिंदों समेत सभी लोग मुलाक़ात अली को जानते थे और उनकी नाराज़गी मोल नहीं लेना चाहते थे। लेकिन आफ़ताब हर रोज़ ज़िद करके वहाँ आ जाता, भले ही इसके लिए उसे डाँट-फटकार और सज़ा झेलनी पड़े। उसकी दुनिया में यही अकेली जगह थी जहाँ की हवा उसे रास्ता देती लगती थी। वहाँ जाने पर लगता, वह कुछ हट गई है, थोड़ा खिसक गई है, जैसे स्कूल के किसी दोस्त ने

क्लास में बेंच पर उसके लिए जगह बना दी हो। कुछ महीनों तक आफ़ताब उनके काम करता रहा, वे जब शहर में यहाँ-वहाँ घूम रही होतीं तो उनके थैले और बाजे ढोता और दिन-भर की भागदौड़ के बाद उनके थके हुए पैरों की मालिश करता, और इस तरह उसके लिए ख़्वाबगाह के दरवाज़े खुल गए। फिर ऐसा भी दिन आया जब उसे प्रवेश मिल गया। उस मामूली, टूटी-फूटी हवेली में उसने इस तरह प्रवेश किया जैसे जन्नत में दाख़िल हो रहा हो।

नीला दरवाज़ा ऊँची दीवारों वाले खड़ंजे के दालान में खुलता था। एक कोने में हैंडपंप था और दूसरे कोने में अनार का एक पेड़। लंबे-चौड़े बरामदे और खाँचेदार खंभों के पीछे दो कमरे थे जिनमें से एक की छत धँस चुकी थी, दीवारें मलबे के ढेर की शक्ल में नीचे आ गिरी थीं और उस पर बिल्लियों का ख़ानदान बसा हुआ था। जो कमरा गिरने से बच गया था, वह काफ़ी बड़ा और ठीकठाक हालत में था। उसकी पपड़ियाई हुई ज़र्द हरी दीवारों से सटी चार लकड़ी की और दो गोदरेज की अलमारियाँ थीं जिन पर फ़िल्मी सितारों की तस्वीरें चिपकी थीं—मधुबाला, वहीदा रहमान, नरगिस, दिलीप कुमार (जिसका असली नाम मोहम्मद यूसुफ़ ख़ान था), गुरुदत्त, और उसी इलाक़े का जॉनी वॉकर (बदरुद्दीन जमालुद्दीन क़ाज़ी) नाम का मसख़रा, जो दुनिया के उदास से उदास आदमी को भी हँसा सकता था। एक अलमारी के दरवाज़े पर धुँधला आदमक़द आईना लगा था और दूसरे कोने पर पुराना घिसा हुआ ड्रेसिंग टेबल। ऊँची छत से जगह-जगह छिला और टूटा हुआ झाड़-फ़ानूस (उसका एक ही बल्ब जलता था) और लंबी डंडी वाला गहरा भूरा पंखा लटक रहा था। इस पंखे की फ़ितरत इंसानों जैसी थी—संकोची, मनमौजी और ग़ैर-भरोसेमंद। उसका एक नाम भी था—उषा। उषा अब जवान नहीं रह गई थी और खंभे पर धीरे-धीरे घूमती नर्तकी की तरह अक्सर तभी अपना काम शुरू करती जब एक लंबी मूठवाला झाड़ू उसकी सेवा में हाज़िर होता और उसे कोंचकर नींद से जगाता। हवेली में अकेले बिस्तर पर सिर्फ़ उस्ताद कुलसूम बी अपने सुग्गे बीरबल की संगत में सोती थी, जो बिस्तर के ठीक ऊपर पिंजरे में निवास करता था। रात में अगर कुलसूम बी नहीं आतीं तो वह इस तरह चीख़ता जैसे कोई उसका ख़ून क़िये दे रहा हो। जागते वक़्त बीरबल तेज़ हथियारनुमा गालियों की बौछार फेंकने में माहिर था और उसके बोलने की शुरुआत कुछ नखरे-कुछ खिलवाड़ के साथ होती—*आय हाय*! यह उसने घर के सदस्यों से सीखा था। बीरबल की जो सबसे पसंदीदा गाली ख़्वाबगाह में अक्सर गूँजती थी, वह थी : *साली रंडी हिजड़ा*। बीरबल को इसे बोलने के कई अंदाज़ पता थे। कभी

बुदबुदाते हुए, कभी नखरों के साथ, कभी मज़ाक़ में, कभी प्यार से और कभी प्रचंड ग़ुस्से में।

दूसरे सभी लोग बरामदे में सोते। दिन में उनके बिस्तर बड़े-बड़े मसनदों की तरह बाँध दिए जाते। सर्दियों में जब दालान ठंडक और धुंध से भर जाता तो सबके सब कुलसूम बी के कमरे में आ जाते। टॉयलेट का रास्ता उजड़े हुए कमरे से होकर जाता था। नहाने के लिए लोग बारी-बारी से हैंडपंप का इस्तेमाल करते। एक अटपटे क़िस्म की खड़ी और तंग सीढ़ी पहली मंज़िल पर रसोईघर तक जाती थी। रसोईघर की खिड़की से होली ट्रिनिटी चर्च का गुंबद दिखाई देता था।

ख़्वाबगाह के बाशिंदों में मैरी अकेली ईसाई थी। वह चर्च नहीं जाती थी, लेकिन अपने गले में छोटा-सा क्रॉस पहने रहती थी। गुड़िया और बुलबुल दोनों हिंदू थीं और कभी-कभार उन मंदिरों में चली जाती थीं जहाँ उन्हें प्रवेश करने की अनुमति हो। बाक़ी सब मुसलमान थीं। वे जामा मस्जिद और ऐसी दरगाहों में जाती थीं जहाँ अंदरूनी हिस्सों में जाने की मुमानियत नहीं थी (जीती-जागती औरतों के उलट, हिजड़ों को नापाक नहीं माना जाता क्योंकि उन्हें माहवारी नहीं होती)। लेकिन ख़्वाबगाह में जो सबसे मर्दाना इंसान थी, उसे माहवारी होती थी। बिस्मिल्लाह पहली मंज़िल पर रसोईघर की छत पर सोती थी। वह एक नाटी, स्याह, सींकिया-सी औरत थी और उसकी आवाज़ बस के हॉर्न जैसी थी। उसने इस्लाम अपना लिया था और ख़्वाबगाह में कुछ साल पहले तब आई थी (दोनों घटनाओं का आपस में कोई संबंध नहीं था) जब दिल्ली ट्रांसपोर्ट कार्पोरेशन में ड्राइवरी करने वाले उसके पति ने उसे बच्चा पैदा न करने के इल्जाम में घर से निकाल दिया था। यह और बात है कि उसे कभी ख़याल नहीं आया कि संतान न होने का ज़िम्मेदार वह ख़ुद भी हो सकता है। बिस्मिल्लाह (पुराना नाम बिमला) रसोईघर का इंतज़ाम देखती थी और शिकागो के किसी पेशेवर गुंडे के अंदाज़ में बड़ी सख़्ती और बेरहमी से बिन-बुलाए मेहमानों को ख़्वाबगाह से भगाती थी। नौजवानों को उसकी दोटूक इजाज़त के बिना ख़्वाबगाह में घुसने की मनाही थी। यहाँ तक कि नियमित ग्राहकों, अंजुम के 'अंग्रेज़ी जानने वाले' जैसे भावी ग्राहकों के लिए भी प्रवेश मना था और उन्हें मुलाक़ात की जगह बाहर ही रखनी पड़ती। छत पर बिस्मिल्लाह की साथी रज़िया थी जो अपना दिमाग़ और याददाश्त दोनों खो चुकी थी और भूल चुकी थी कि वह कौन है और कहाँ से आई है। रज़िया हिजड़ा नहीं, मर्द थी जिसे औरतों के कपड़ों में रहना पसंद था, लेकिन वह चाहती थी कि उसे औरत नहीं,

बल्कि ऐसा मर्द माना जाए जो औरत होना चाहता है। उसने बहुत पहले ही इस फ़र्क़ को लोगों (हिजड़ों समेत) को समझाना बंद कर दिया था। रज़िया छत पर कबूतरों को दाना खिलाते हुए दिन बितातीं और अपनी हर बात को एक गोपनीय सरकारी स्कीम की तरफ़ मोड़ देती, जिस पर अमल नहीं किया गया था और जिसे उसने हिजड़ों और उस जैसे लोगों के लिए कहीं से ढूँढ़ निकाला था (वह इसे दाँव-पेंच कहती थी)। स्कीम यह थी कि वे सबकी सब एक हाउसिंग कॉलोनी में रहेंगी, सरकार उन्हें पेंशन देगी और उन्हें रोज़ी-रोटी के लिए वह सब नहीं करना पड़ेगा जिसे वह 'बदतमीज़ी' मानती थी। गलियों की आवारा बिल्लियों के लिए सरकारी पेंशन का इंतज़ाम भी उसकी एक और स्कीम थी। पता नहीं कैसे उसका बे-लगाम, बे-याददाश्त दिमाग़ पूरी तरह सरकारी स्कीमों में फँसा रहता था।

ख़्वाबगाह में निम्मो गोरखपुरी आफ़ताब की पहली असली दोस्त बनी, जो सबसे कम उम्र की थी और हाईस्कूल पास करने वाली अकेली हिजड़ा थी। निम्मो गोरखपुर में अपने घर से भागकर आई थी, जहाँ उसके पिता बड़े डाकख़ाने में सीनियर डिविज़नल क्लर्क थे। निम्मो आफ़ताब से सिर्फ़ छह या सात साल बड़ी थी, लेकिन कहीं ज़्यादा बुज़ुर्ग होने की हवा बाँधे रहती थी। वह छोटी, गोल-मटोल थी, बाल घने और घुँघराले थे, एक जोड़ा तुर्की तलवार जैसी सुंदर भौंहें और ख़ूब घनी पलकें थीं। वह ख़ूबसूरत कही जा सकती थी, लेकिन चेहरे पर तेज़ी से उगते बालों की वजह से उसके गाल हजामत करने के बाद भी मेकअप के नीचे नीले नज़र आते थे। निम्मो विदेशी औरतों के फ़ैशन पर फ़िदा थी। उसे अपनी फ़ैशन पत्रिकाओं के संग्रह पर भी ख़ासा नाज़ था, जिन्हें वह ख़्वाबगाह से पाँच मिनट की पैदल दूरी पर दरियागंज के फ़ुटपाथों पर इतवार को लगने वाले सेकंड हैंड किताबों के बाज़ार से ख़रीदकर लाती थी। वहाँ एक दूकानदार नौशाद इन पत्रिकाओं को शांतिपथ पर विदेशी दूतावासों की रद्दी उठाने वालों से ख़रीदता था। वह उन्हें अलग रख देता और काफ़ी छूट के साथ निम्मो को बेचता।

एक शाम जब वह 1967 की *वोग* मैगज़ीन के जगह-जगह मुड़े-तुड़े अंक को उलट-पलट रही थी और नंगी टाँगों और सुनहरे बालों वाली औरतों पर लहालोट थी, उसने आफ़ताब से पूछा, 'तुम्हें पता है, ख़ुदा ने हिजड़ों को क्यों बनाया?'

'नहीं तो, क्यों?'

'यह एक तजरबा था। उसने एक चीज़ बनाने की सोची। एक ऐसी ज़िंदा

चीज़, जो ख़ुश होने में नाकाम हो। इसलिए उसने हम लोगों को बनाया।'

उसकी बात से आफ़ताब को धक्का लगा, 'यह तुम कैसे कह रही हो? यहाँ तुम सब लोग ख़ुश हो! यह तो ख़्वाबगाह है!' कहते हुए उसकी परेशानी बढ़ रही थी।

'कौन ख़ुश है यहाँ? सब ढोंग और धोखा है।' निम्मो ने पत्रिका से आँखें उठाए बग़ैर दो टूक कहा, 'यहाँ कोई ख़ुश नहीं है, यह मुमकिन ही नहीं है। अरे यार, ज़रा सोचो, ऐसी कौन-सी चीज़ें हैं जो तुम आम लोगों को नाख़ुश करती हैं? मेरा मतलब तुमसे नहीं, बल्कि तुम्हारे जैसे जवान लोगों से है। तुम किस बात से नाख़ुश होते हो? चीज़ों के बढ़ते दाम, स्कूल में बच्चों का दाख़िला, शौहरों से पिटना, बीवियों की धोखाधड़ी, हिंदू-मुस्लिम दंगे, हिंदुस्तान-पाकिस्तान जंग—यानी वे सब बाहरी चीज़ें, जो आख़िरकार ख़त्म हो जाती हैं। लेकिन हमारे लिए चीज़ों के दाम और स्कूली दाख़िले और पीटने वाले शौहर और धोखा देने वाली बीवियाँ, सब कुछ हमारे *अंदर* हैं। सारा दंगा हमारे *अंदर* है, सारी लड़ाई हमारे *अंदर* है। हमारे *अंदर* ही हिंदुस्तान-पाकिस्तान है और यह कभी ख़त्म नहीं होगा, हो ही नहीं सकता।'

आफ़ताब शिद्दत से उसकी बात को काटना और कहना चाहता था कि वह पूरी तरह ग़लत है। इसलिए कि *वह* तो यहाँ ख़ुश है और इतना ख़ुश, जितना पहले कभी नहीं था। वह इस बात का जीता-जागता सबूत है कि निम्मो गोरखपुरी की बात ग़लत है। नहीं क्या? लेकिन उसने कुछ नहीं कहा क्योंकि कहने का मतलब होता कि उसे यह बतलाना पड़ता कि वह *सामान्य आदमी* नहीं है। इस राज़ को खोलने के लिए वह अभी तैयार नहीं था।

जब आफ़ताब चौदह साल का हो गया और निम्मो स्टेट ट्रांसपोर्ट के एक बस ड्राइवर के साथ ख़्वाबगाह से भाग गई (जिसने जल्दी ही उसे छोड़ दिया और वापस अपने परिवार के पास चला गया), तब जाकर उसे समझ में आया कि उसकी बात का क्या मतलब था। उसकी देह ने जैसे अचानक उस पर धावा बोल दिया। वह लंबा और हट्टा-कट्टा होने लगा। बालदार। घबराहट में उसने अपने चेहरे और देह के बालों को जलने पर लगाए जाने वाले मरहम बरनॉल से मिटाने की कोशिश की, जिससे त्वचा पर स्याह धब्बे उभर आए। फिर उसने ऐनफ्रेंच हेयर रिमूवर आज़माया जो उसने अपनी बहनों से चुराया था (इसका पता जल्दी चल गया क्योंकि उससे नाबदान जैसी बदबू आती थी)। उसने अपनी झाड़ीनुमा भौंहों को अर्ध-चंद्राकार बनाने के लिए चिमटे जैसे लगने वाले ट्वीजर की मदद ली। उसके गले में टेंटुआ उभर आया जो ऊपर-नीचे

हरकत करता था। उसकी तबीयत हुई कि उसे अपने गले से निकाल फेंके। उसके बाद सबसे क्रूर विश्वासघात हुआ, जिसके आगे वह एकदम लाचार था : उसकी आवाज़ फट गई। पहले की मीठी-ऊँची आवाज़ की जगह एक गहरी दमदार मर्दाना आवाज़ ने ले ली। वह जब भी बोलता, डर जाता। वह अक्सर ख़ामोश रहने लगा और तभी कुछ कहता जब यही आख़िरी उपाय हो और इसके अलावा कोई चारा न हो। उसका गाना भी बंद हो गया। जब वह संगीत सुनता तो उसे ग़ौर से देखने वाले को एक ऊँची, बमुश्किल सुनाई देने वाली कीड़े जैसी भिनभिनाहट सुनाई देती, जो उसके सर के ऊपर किसी बारीक़ सूराख़ से निकलती हुई लगती। उसे कितना ही मनाया गया, ख़ुद उस्ताद हमीद ने समझाया, लेकिन उसके गले से संगीत नहीं फूटा। उसने फिर कभी नहीं गाया, सिवा हिजड़ों के उजड्ड जमावड़ों में फ़िल्मी गानों की फूहड़ नक़ल करते हुए या तब, जब वे अपने पेशे के सिलसिले में आम लोगों के यहाँ जातीं, उनके समारोहों, शादियों, पैदाइश और गृह-प्रवेश के जश्नों में अपनी पूरी फ़ीस मिल जाने तक नाचतीं, कर्कश आवाज़ में गातीं, आशीषें देतीं, मेजबानों को अपने मुचड़े हुए गुप्तांग दिखाकर शर्मिंदा करतीं और शाप देते हुए गालियों की अकल्पनीय अश्लीलता का प्रदर्शन करतीं (रज़िया इसी को बदतमीज़ी कहती थी और निम्मो गोरखपुरी ने इसी का हवाला दिया था, जब उसने कहा था, 'हम दूसरों की ख़ुशियों की ख़ुराक पर ज़िंदा रहने वाले सियार हैं। हम ख़ुशी के शिकारी हैं।' उसने *ख़ुशी-ख़ोर* कहा था)।

संगीत का साथ छूट गया तो आफ़ताब के लिए उस सचमुच के संसार में रहने की कोई वजह नहीं रह गई जिसे हिजड़े *दुनिया* कहते थे। एक रात उसने कुछ पैसे और अपनी बहनों के बढ़िया कपड़े चुराए और ख़्वाबगाह चला आया। बेधड़क स्वभाव की जहाँआरा बेगम उसे वापस लाने के लिए भिड़ गईं, लेकिन उसने जाने से इनकार कर दिया। जहाँआरा बेगम आख़िरकार चली आईं, लेकिन उन्होंने उस्ताद कुलसूम बी से यह वायदा लिया कि कम से कम हफ़्ते के आख़िरी दिनों में आफ़ताब को आम कपड़े पहनाए जाएँगे और घर भेजा जाएगा। उस्ताद कुलसूम बी ने वायदा पूरा करने की हरचंद कोशिश की, लेकिन यह इंतज़ाम कुछ ही महीने चल पाया।

और इस तरह पंद्रह की उम्र में आफ़ताब एक मामूली से दरवाज़े से होकर एक दूसरी ही दुनिया में दाख़िल हुआ—वहाँ से महज़ कुछ सौ गज की दूरी पर जहाँ उसका ख़ानदान सदियों से रह रहा था। ख़्वाबगाह की स्थायी निवासी के तौर पर उसने पहली रात सबकी पसंदीदा फ़िल्म *मुग़ले-आज़म* के सबके

पसंदीदा गीत 'प्यार किया तो डरना क्या' पर नाच पेश किया। एक छोटे-से जश्न में आधी रात को हरे रंग का ख़्वाबगाही दुपट्टा उसकी नज़र किया गया और उन क़ायदों और रिवाज़ों की हिदायत दी गई जो हिजड़ा बिरादरी का सदस्य बनने के लिए ज़रूरी थे। आफ़ताब अब अंजुम बन गया। उस दिल्ली घराने की उस्ताद कुलसूम बी का शागिर्द, जो मुल्क के सात इलाक़ाई हिजड़ा घरानों में से एक था, जिसका मुखिया नायक कहलाता था और सबके ऊपर एक प्रधान मुखिया—सुप्रीम चीफ़—होता था।

जहाँआरा बेगम फिर कभी अफ़ताब से मिलने नहीं गईं, लेकिन कई साल तक वे ख़्वाबगाह में ताज़ा गर्म खाना भिजवाती रहीं। दरगाह हज़रत सरमद शहीद ही अकेली जगह थी जहाँ वे अंजुम से मिल लेती थीं। वे वहाँ कुछ देर बैठे रहते—क़रीब छह फ़ुट लंबी अंजुम, जिसका सर बेतरतीब ढंग से चमकीले दुपट्टे से ढँका होता था और छोटी-सी जहाँआरा बेगम, जिनके बाल काले बुर्क़े के नीचे सफ़ेद होने लगे थे। कभी-कभी वे एक-दूसरे का हाथ थामे हुए लुकी-छिपी से बैठी रहतीं। मुलाक़ात अली को ये हालात कम मंजूर थे। उनके तार-तार दिल को फिर कभी रफ़ू नहीं किया जा सका। वे अब भी लोगों को इंटरव्यू देते, लेकिन कभी ज़ाती या खुले तौर पर उस बदनसीबी का ज़िक्र तक नहीं करते जो चंग़ेज ख़ाँ के ख़ानदान पर आ पड़ी थी। उन्होंने अपनी संतान से सारे रिश्ते तोड़ना तय किया। वे न कभी अंजुम से मिले न उससे कभी बात की। जब कभी वे सड़क पर आमने-सामने होते तो दोनों एक-दूसरे की तरफ़ देखते, मगर उनमें कभी दुआ-सलाम नहीं हुई। कभी नहीं।

कुछ ही साल में अंजुम दिल्ली की सबसे मशहूर हिजड़ा बन गई। फ़िल्मकारों के बीच उसके लिए होड़ मच गई। एनजीओ उसे ख़ज़ाना समझने लगे। विदेशी अख़बारनवीस अपने हमपेशा लोगों को मदद के तौर पर उसका फ़ोन नंबर साझा करने लगे जैसे वे पक्षियों के अस्पताल के नंबर और 'बैंडिट क्वीन' के नाम से मशहूर एक आत्म-समर्पित डकैत फूलन देवी के नंबर और उस औरत के संपर्क-सूत्र भी देते थे, जो ख़ुद को अवध की बेगम कहती थी और रिज फ़ॉरेस्ट के एक पुराने खंडहर में अपने नौकरों और फ़ानूसों से घिरी रहती थी और एक ऐसी सल्तनत की मालिक होने का दावा करती थी, जिसका कोई वजूद ही नहीं था। लोग इंटरव्यू के दौरान अंजुम को उकसा कर पूछते कि घर छोड़ने से पहले उस पर मुसलमान माँ-बाप, भाई-बहनों और पड़ोसियों ने जो जुल्म और बेरहमियाँ ढाईं, उनके बारे में कुछ बताए। जब वह कहती कि उसकी अम्मी और अब्बा उससे बहुत प्यार करते थे और बल्कि वही थी जो बेरहम

बनी रही, तो वे मायूस हो जाते। वह कहती, 'दूसरों के पास कई ख़ौफ़नाक दास्तानें हैं—उस तरह की स्टोरी, जैसी तुम लोग लिखना पसंद करते हो। उनसे क्यों नहीं बात करते?' लेकिन अख़बारों का काम इस तरह नहीं चलता। उन्हें तो वही चाहिए थी। स्टोरी उसी की होनी थी, भले ही पाठकों के हाज़मे और उम्मीद के हिसाब से उसमें फेरबदल कर दिया जाए।

ख़्वाबगाह की स्थायी बाशिंदा बनने के बाद अंजुम अपने मनचाहे कपड़े पहनने में कामयाब हुई—सलमे-सितारों से जड़े महीन कुर्ते और चुन्नटदार पटियाला सलवार, शरारे, ग़रारे, चाँदी की पाज़ेब, काँच की चूड़ियाँ और लटकनदार बुंदे। उसने अपनी नाक छिदवाई और एक बड़ी-सी पत्थर-जड़ी लौंग पहनी, आँखों में काजल और नीली आइशैडो लगाई और चमकीली लाल लिपस्टिक से होठों को मधुबाला अंदाज़ में दिलकश और कँटीला बना दिया। उसके बाल बहुत लंबे नहीं होते थे, लेकिन पराँदे में गूँथने लायक़ थे। उसका चेहरा मज़बूत और तराशा हुआ था और अपने वालिद जैसी प्रभावशाली और मुड़ी हुई नाक थी। वह बांबे सिल्क की तरह ख़ूबसूरत नहीं थी, लेकिन कहीं ज़्यादा सेक्सी, रहस्यमय और लुभावनी लगती थी जैसी कुछ ही औरतें लगा करती हैं। इसके साथ ही उसमें एक बेहिसाब और चौंका देने वाला ज़नानापन भी था जिसके आगे आसपास की जीती-जागती औरतें—पूरा बुर्क़ा न पहनने वाली भी—फीकी और निस्तेज पड़ जाती थीं। उसने चलते वक़्त अपने कूल्हों को ज़्यादा ज़ोर से मटकाने की अदा और अँगुलियों की चौड़ी हिजड़ा-ताली की भाषा सीख ली थी, जो बंदूक़ की गोली की तरह छूटती और जिसका मतलब कुछ भी हो सकता था—*हाँ, नहीं, शायद, वाह। बहन का लौड़ा, भोसड़ी के।* दूसरे हिजड़े ही यह समझ सकते थे कि किसी ख़ास लम्हे में किसी ख़ास ताली का क्या मतलब होता है।

अंजुम अठारह साल की हुई तो कुलसूम बी ने ख़्वाबगाह में एक दावत रखी। शहर-भर के हिजड़े इकट्ठा हुए और कुछ बाहर से भी आए। अंजुम ने ज़िंदगी में पहली बार एक साड़ी—लाल 'डिस्को' साड़ी और बिना पीठ की चोली पहनी। उस रात उसने सपने में देखा कि वह एक नई-नवेली दुल्हन है और यह उसकी शादी की रात है। अचानक एक तकलीफ़ के साथ जागकर उसने अपने नए और सुंदर कपड़ों के भीतर एक मर्द के रूप में चरम संभोग-सुख को उजागर होते पाया। ऐसा पहली बार नहीं हुआ था, लेकिन किसी वजह से, शायद साड़ी की वजह से उसे ऐसी शर्मिंदगी महसूस हुई जैसी पहले कभी नहीं हुई थी। वह दालान में बैठ गई और अपने सर और टाँगों के बीच के हिस्से

को पीटती हुई, आत्मपीड़ा से चीख़ती हुई भेड़िये की तरह गुर्राने लगी। उस्ताद कुलसूम बी इस तरह के ड्रामाई अंदाज़ से अनजान नहीं थीं। उन्होंने उसे कोई ट्रैंक्विलाइजर दिया और उसके कमरे में ले गईं।

जब अंजुम शांत हुई तो उस्ताद कुलसूम बी ने उससे इतने चैन से बात की जैसी पहले कभी नहीं की थी। कुलसूम बी ने उससे कहा कि किसी चीज़ पर शर्मिंदा होने की वजह नहीं है। इसलिए कि हिजड़े ख़ुदा के बंदे, परवरदिगार के प्यारे होते हैं और हिजड़े का मतलब एक ऐसी देह होता है जिसमें पाक रूह रहा करती है। जल्दी ही अंजुम जान गई कि ये पाक रूहें भी क़िस्म-क़िस्म की हैं और ख़्वाबगाह की दुनिया अगर ज़्यादा नहीं तो उतनी ही उलझी हुई है जितनी बाक़ी दुनिया है। हिंदू हिजड़ा बुलबुल और गुड़िया को ख़्वाबगाह में आने से पहले बंबई में बधिया होते वक़्त बड़ी तकलीफ़ से गुज़रना पड़ा था। बांबे सिल्क और हीरा को भी यही करना पड़ता, लेकिन वे मुसलमान थीं और यह मानती थीं कि इस्लाम ख़ुदा के दिए हुए लिंग को बदलने की इजाज़त नहीं देता, इसलिए वे किसी तरह अपने को बचाए रहीं। रज़िया की तरह बेबी भी एक मर्द थी जो मर्द रहते हुए औरत होना चाहती थी। उस्ताद कुलसूम बी ने कहा कि वे इस्लाम के बारे में बांबे सिल्क और हीरा की बातों से सहमत नहीं हैं। वे और निम्मो गोरखपुरी दोनों सर्जरी करवा चुकी थीं हालाँकि दोनों अलग-अलग पीढ़ियों की थीं। उन्होंने कहा कि वे एक डॉ. मुख़्तार को जानती हैं, जिन पर भरोसा किया जा सकता है और जो अपना मुँह बंद रखते हैं और पुरानी दिल्ली के गली-कूचों में अपने मरीज़ों के बारे में अफ़वाहें नहीं फैलाते। उन्होंने अंजुम से इस पर ग़ौर करने और तय करने के लिए कहा कि वह क्या चाहती है। अंजुम को तय करने में पूरे तीन मिनट लगे।

डॉ. मुख़्तार डॉ. नबी के मुक़ाबले ज़्यादा भरोसे के आदमी थे। उन्होंने कहा कि वे अंजुम का मर्दाना हिस्सा निकाल देंगे और उसकी मौजूदा योनि को चौड़ा कर देंगे। उन्होंने उसकी आवाज़ को अन-गहरा करने और छातियाँ बड़ी करने की कुछ गोलियाँ भी सुझाईं। कुलसूम बी ने इसरार किया कि आपको कुछ छूट देनी होगी। डॉ. मुख़्तार ने हामी भरी। सर्जरी और हार्मोन की गोलियों का भुगतान कुलसूम बी ने किया, जिसे अंजुम अगले कई वर्षों तक कई गुना बढ़ी हुई किस्तों में चुकाती रही।

सर्जरी मुश्किल थी और इससे हुए जख़्म का भरना और भी मुश्किल, लेकिन आख़िर में राहत मिली। अंजुम को लगा जैसे उसके ख़ून में छाया कोहरा छँट गया है और सोच साफ़ हो गई है। लेकिन डॉ. मुख़्तार की योनि धोखा

साबित हुई। उससे काम तो चल गया, लेकिन दो बार सुधार करने के बावजूद उस तरह नहीं, जैसा उन्होंने भरोसा दिया था। उन्होंने पूरा या आंशिक पैसा लौटाने की बात भी नहीं की। इसके उलट, वे मायूस लोगों को नक़ली और घटिया दर्जे के अंग बेचकर आराम की ज़िंदगी जीते रहे और मालामाल आदमी के तौर पर मरे, जिनके दो बेटों के लक्ष्मीनगर में दो मकान थे और बेटी रामपुर के एक अमीर बिल्डर को ब्याही गई थी।

अंजुम हालाँकि एक ऐसी माशूक़ा हो चली थी जिसकी बहुत माँग थी और जिसे मज़ा देने में माहिर माना जाता था, लेकिन वह रति-सुख जो उसने लाल डिस्को साड़ी पहनकर पाया था, उसके जीवन का आख़िरी सुख था। और हालाँकि डॉ. नबी ने जिस फ़ितरत के बारे में उसके वालिद को आगाह किया था वह बनी रही, डॉ. मुख़्तार की गोलियों ने उसकी आवाज़ को अन-गहरा कर दिया। अलबत्ता, उसमें गूँज बहुत कम रह गई, लय में खुरदरापन आ गया और वह कर्कश हो गई जिसे सुनकर कभी-कभी लगता कि एक नहीं, बल्कि दो आवाज़ें आपस में उलझ रही हैं। इससे दूसरे लोग घबरा जाते थे, लेकिन उस आवाज़ की मालकिन को वैसी घबराहट नहीं होती थी जैसी ख़ुदा की उस देन से हुई थी। ऐसा भी नहीं कि वह इससे ख़ुश थी।

तीस साल से भी ज़्यादा वक़्त तक अंजुम अपनी थिगली-लगी देह और अधूरे सपनों के साथ ख़्वाबगाह में रहती रही।

जब वह छियालीस साल की हुई तो उसने एलान किया कि वह यहाँ से जाना चाहती है। मुलाक़ात अली की मौत हो चुकी थी। जहाँआरा बेगम कमोबेश बिस्तर पर थीं और चितली कबर के पुराने मकान के एक हिस्से में साक़िब और उसके परिवार के साथ रहती थीं (दूसरा हिस्सा एक अजीब से शर्मीले नौजवान को किराये पर उठा दिया था, जहाँ वह फ़र्श, बिस्तर और जगह-जगह बिखरी ढेरों सेकेंडहैंड अंग्रेज़ी किताबों के बीच रहता था)। अंजुम को कभी-कभार वहाँ आने की छूट थी, लेकिन रुकने की नहीं। ख़्वाबगाह नई पीढ़ी के बाशिंदों का घर बन चुकी थी और पुरानों में से सिर्फ़ उस्ताद कुलसूम बी, बांबे सिल्क, रज़िया, बिस्मिल्लाह और मैरी वहाँ रह गई थीं।

जाने के लिए अंजुम के पास कोई जगह नहीं थी।

❧

शायद यही वजह थी कि उसकी बात को किसी ने संजीदगी से नहीं लिया।

बेबुनियाद जलन, अंतहीन साज़िशें और लगातार बदलती वफ़ादारियाँ ख़्वाबगाह की रोज़मर्रा ज़िंदगी का हिस्सा थीं, जिनके जवाब में इस जगह को छोड़कर जाने और ख़ुदकुशी करने के नाटकीय एलान होते रहते थे। एक बार फिर सभी ने डॉक्टर को दिखाने और गोलियाँ खाने का सुझाव दिया और कहा कि डॉ. भगत की गोलियाँ हर कोई खाता है। अंजुम ने कहा, 'लेकिन मैं हर कोई नहीं हूँ।' इसके साथ ही कानाफूसियों का दौर (पक्ष और विपक्ष में) चल पड़ा कि घमंड कितनी ख़तरनाक चीज़ है और वह अपने को पता नहीं क्या समझती है।

वह अपने को *क्या* समझती थी? कुछ भी नहीं और बहुत कुछ, कोई इसे जिस तरह भी समझे। हाँ, उसकी अपनी मुरादें थीं जो घूम-फिरकर वहीं पहुँच गई थीं। अब वह दुनिया में लौटना चाहती थी और एक आम इंसान की तरह रहना चाहती थी। वह माँ बनना चाहती थी। वह एक ऐसे घर में सोना-जागना चाहती थी जो उसका अपना हो। वह ज़ैनब को स्कूली ड्रेस में देखना चाहती थी, उसे किताबों और टिफ़िन के डिब्बे के साथ स्कूल भेजना चाहती थी। लेकिन सवाल यह था कि इस तरह की मुरादें पालना उस जैसी औरत के लिए वाजिब भी है या नहीं?

ज़ैनब अंजुम का एकमात्र प्यार थी। अंजुम ने उसे तीन साल पहले एक दोपहर को पाया था जब तेज़ हवा में नमाज़ियों के सर से टोपियाँ उड़ रही थीं और ग़ुब्बारे बेचने वालों के ग़ुब्बारे एक तरफ़ लुढ़क रहे थे। वह जामा मस्जिद की सीढ़ियों पर अकेली ज़ार-ज़ार रो रही थी। मरियल चुहिया जैसी चीज़, जिसकी आँखें बड़ी-बड़ी और डरी हुई थीं। अंजुम ने अंदाज़ा लगाया कि वह तीनेक साल की होगी। वह ज़र्द हरा सलवार-क़मीज़ और एक गंदला-सा सफ़ेद हिजाब पहने थी। जब अंजुम ने झुककर उसकी तरफ़ अपनी अँगुली बढ़ाई तो उसने ज़रा-सा ऊपर देखा, उसे थामा और बे-रोक रोती गई। हिजाब वाली चुहिया को इसका भान भी नहीं था कि उसने जिसकी अँगुली पकड़ी है, उसके भीतर भरोसा बँधाने वाले इस छोटे-से संयोग ने कैसा तूफ़ान ला दिया है। जब अंजुम ने देखा कि वह नन्ही-सी जान डरने की बजाय उस पर कोई ग़ौर ही नहीं कर रही है तो उसके अंदर की वह जंग कुछ देर के लिए शांत हो गई, जिसे निम्मो गोरखपुरी ने काफ़ी पहले बड़ी समझदारी से 'हिंदुस्तान-पाकिस्तान जंग' कहा था। अंजुम के भीतर दोनों जंगी गुट ख़ामोश हो गए। उसे अपनी देह लड़ाई का मैदान नहीं, बल्कि एक उदार मेजबान की तरह लगी। क्या यह कोई मृत्यु थी या कोई जन्म था? अंजुम तय नहीं कर पाई। उसने सोचा कि यह जो

कुछ भी है, हर तरह से अपने में एक समूचा और मुकम्मिल अनुभव है। वह नीचे झुकी, चुहिया को अपनी बाँहों में उठाया और आपस में उलझती हुई अपनी आवाज़ों में कुछ बड़बड़ाने लगी। लेकिन इस पर भी बच्ची का रोने का कार्यक्रम बंद नहीं हुआ। अंजुम कुछ देर ख़ुश होकर मुस्कुराती हुई वहीं खड़ी रही और वह नन्ही जान उसकी गोद में रोती रही। फिर उसने उसे नीचे सीढ़ियों पर रखा, उसके लिए गुलाबी रंग के बुढ़िया के बाल ख़रीदकर लाई और अनमने ढंग से बड़े लोगों जैसी बातें करती रही ताकि बच्ची का ध्यान बँट सके। उसे उम्मीद थी कि इस तरह कुछ वक़्त बीत जाएगा और बच्ची जिसकी भी है, वह लेने आ जाएगा। लेकिन यह वार्तालाप एकतरफ़ा रहा। लगता था कि वह चुहिया अपने बारे में ज़्यादा कुछ नहीं जानती, उसे अपना नाम पता नहीं था और वह कुछ बताना भी नहीं चाह रही थी। जब उसने बुढ़िया के बालों को निपटा दिया या बाल मुँह में निपट गए तो उसकी ठोड़ी पर चमकीला गुलाबी रंग लग गया और अँगुलियाँ चिपचिपी हो गईं। उसका रोना-चिल्लाना सिसकियों में बदल गया और आख़िरकार वह चुप हो गई। अंजुम उसे लेकर देर तक सीढ़ियों पर इस उम्मीद में बैठी रही कि शायद कोई लेने आए, और राहगीरों से पूछती रही कि क्या किसी की बच्ची खो गई है। जब शाम हुई और जामा मस्जिद के विशाल लकड़ी के दरवाज़े बंद हो गए, अंजुम ने चुहिया-बच्ची को अपने कंधे पर उठाया और ख़्वाबगाह में ले आई। वहाँ उसे फटकार सुनने को मिली और कहा गया कि ऐसे हालात में खोयी हुई बच्ची के बारे में मस्जिद मैनेजमेंट को ख़बर करनी चाहिए थी। अगली सुबह वह ख़बर करने पहुँची (कहें कि पूरे बेमन से, अपने पैरों को घसीटती हुई और उम्मीद के ख़िलाफ़ एक उम्मीद लगाए हुए क्योंकि अब वह प्यार में दीवानी हो चुकी थी)।

अगले एक हफ़्ते तक कई मस्जिदों से दिन में कई बार एलान किया जाता रहा, लेकिन चुहिया को लेने कोई नहीं आया। कई हफ़्ते बीतने पर भी कोई नहीं आया और इस तरह ज़ैनब—अंजुम ने उसका यही नाम रखा—बिला वजह ख़्वाबगाह में रह गई जहाँ उसे और भी कई माँओं (और एक तरह से पिताओं) का ऐसा प्यार मिला जैसा कम ही बच्चों को मिलता होगा। जल्दी ही वह अपनी नई ज़िंदगी में ढल गई, जिससे ज़ाहिर था कि वह अपनी पिछली ज़िंदगी से बहुत जुड़ी हुई नहीं है। अंजुम को यक़ीन हो गया कि वह खोयी हुई नहीं, बल्कि छोड़ी हुई बच्ची है।

कुछ ही हफ़्तों में उसने अंजुम को 'मम्मी' कहना शुरू कर दिया (अंजुम ख़ुद भी यही कहने लगी थी)। दूसरी सभी बाशिंदा (अंजुम के सिखाने पर)

ख़ाला कहलाती थीं और मैरी ईसाई होने के कारण मैरी आंटी। उस्ताद कुलसूम बी और बिस्मिल्लाह बड़ी नानी और छोटी नानी बन गईं। वहाँ मिलने वाला सारा प्यार-दुलार रेत में समुद्र की तरह चुहिया के भीतर जज़्ब हो जाता। बहुत जल्दी वह ख़ूब ऊधम मचाने वाली ढीठ किशोरी में बदल गई, जिसकी आदतें एक मोटे चूहे जैसी थीं (जो मुश्किल से ही वश में आती थीं)।

लेकिन मम्मी इस बीच दिनोंदिन और बावली होती गई। वह सहसा इस एहसास से चकित रह गई थी कि एक इंसान किसी दूसरे इंसान से इतना ज़्यादा और मुकम्मिल प्यार कर सकता है। वह इस क्षेत्र में बिल्कुल नई थी, इसलिए शुरू में वह बहुत तेज़ी और उतावली से अपनी भावनाएँ व्यक्त करती, जैसे किसी बच्चे को पहली बार उसका कोई पसंदीदा पालतू जानवर मिला हो। वह ज़ैनब के लिए बहुत से ग़ैर-ज़रूरी खिलौने और कपड़े (बुग्गीदार, ग़ुब्बारे-जैसी फ़्रॉक और चीन में बने चमकीले-चरमराते जूते, जिनकी एड़ी में टिमटिमाते बल्ब लगे थे) ख़रीदकर लाई। वह उसे नहलाती, बिना ज़रूरत बार-बार कपड़े बदलती, उसके बालों में तेल लगाती, उन्हें गूँथकर चोटी बनाती और खोलती, उन पर तरह-तरह के मेल-बेमेल रिबन बाँधती, जो उसने एक पुराने टीन के बक्से में मोड़कर रखे थे। वह उसे ठूँस-ठूँसकर खिलाती, पास-पड़ोस में घुमाने ले जाती और जब उसने देखा कि उसका जानवरों से बहुत लगाव है तो उसके लिए एक ख़रगोश ले आई (उसे पहली ही रात ख़्वाबगाह में एक बिल्ली ने मार डाला)। उसने उसके लिए मौलाना जैसी दाढ़ी वाला एक बकरा भी ख़रीदा, जो अहाते में उछल-कूद करता रहता और उदासीन चेहरे के साथ चारों तरफ़ चमकीली मींगनियाँ गिराता रहता।

ख़्वाबगाह की हालत पहले के मुक़ाबले बेहतर हो चली थी। उजड़ा हुआ कमरा फिर से बना लिया गया था और उसके ऊपर पहली मंज़िल पर एक नया कमरा बन गया था जहाँ अब अंजुम और मैरी रहती थीं। अंजुम फ़र्श पर एक गद्दे पर ज़ैनब के साथ सोती और उसकी लंबी-सी देह छोटी बच्ची के चारों तरफ़ शहर की फ़सील की तरह लिपटी रहती। रात को उसे सुलाने के लिए वह गीत सुनाती जो फुसफुसाहटों जैसे होते। जब ज़ैनब कुछ समझदार हो गई तो अंजुम ने उसे कहानियाँ सुनाना शुरू किया। शुरू में ये कहानियाँ एक बच्ची के लिहाज़ से ख़ासी अटपटी थीं। वे अंजुम की तरफ़ से गँवाए हुए वक़्त की भरपाई करने, ज़ैनब के दिलोदिमाग़ में घर करने और बग़ैर किसी चालाकी के उसके भीतर उतरने की अनाड़ी कोशिशें थीं ताकि दोनों मुकम्मिल तरीक़े से एक-दूसरे की हो सकें। नतीजा यह हुआ कि ज़ैनब उसके लिए एक ऐसा

बंदरगाह बन गई जहाँ वह अपना सारा बोझ उतार सकती थी—अपनी ख़ुशियों और हादसों को, अपनी ज़िंदगी के जज़्बाती मोड़ों को। लेकिन ये बहुत सारी कहानियाँ ज़ैनब को सुलाना तो दूर, उसके लिए बुरे ख़्वाब साबित होती थीं, उसे घंटों डरातीं और चिड़चिड़ा कर देतीं। कहानी सुनाते हुए कभी-कभी अंजुम ख़ुद रोने लगती। ज़ैनब को सोने में डर लगता, लेकिन वह जल्दी से अपनी आँखें बंद कर सोने का नाटक करती ताकि कोई दूसरी कहानी न सुननी पड़े। वक़्त बीतने के साथ अंजुम ने (अपने से छोटी ख़ालाओं की मदद से) इन कहानियों में कुछ काट-छाँट शुरू की। उन्हें बच्चों के अनुकूल बनाया गया। नतीजा यह हुआ कि जैनब रात की इस रस्म का इंतज़ार करने लगी।

उसे फ़्लाइओवर वाली कहानी सबसे ज़्यादा पसंद आई थी, जिसमें यह ज़िक्र था कि कैसे एक बार अंजुम और उसकी सहेलियाँ देर रात दक्षिण दिल्ली की डिफ़ेंस कॉलोनी से तुर्कमान गेट तक पैदल आईं। वे पाँच या छह थीं—सब ख़ूब सजी-धजी थीं और डी ब्लॉक में किसी सेठ के घर रात की धूम-धाम मनाकर लौटते हुए ग़ज़ब की सुंदर दिख रही थीं। पार्टी के बाद उन्होंने कुछ देर ताज़ा हवा में पैदल चलना तय किया। अंजुम ने ज़ैनब को बताया कि तब दिल्ली में ताज़ा हवा जैसी एक चीज़ हुआ करती थी। वे जब डिफ़ेंस कॉलोनी के फ़्लाइओवर पर (तब वह दिल्ली का अकेला फ़्लाइओवर था) आधे रास्ते तक पहुँचीं तो अचानक बारिश होने लगी। और जब फ़्लाइओवर पर बारिश हो रही हो तो लोग क्या करेंगे?

'उन्हें चलते रहना पड़ेगा।' ज़ैनब बुज़ुर्गों जैसे अंदाज़ में बोलती थी।

'बिल्कुल ठीक। तो हम चलते रहे।' अंजुम कहती, 'फिर क्या हुआ?'

'फिर तुम्हें सू-सू लग गई!'

'हाँ, सू-सू लग गई!'

'लेकिन तुम रुक नहीं पाई!'

'रुक नहीं पाई।'

'तुम्हें चलते ही रहना पड़ा!'

'मुझे चलते ही रहना पड़ा!'

'तो घाघरे में ही सू-सू कर दी!' ज़ैनब चिल्लाकर कहती। वह उम्र के उस मोड़ पर थी, जहाँ टट्टी-पेशाब करना और पादना सभी कहानियों का सबसे बड़ा या शायद *समूचा* मोड़ हुआ करता था।

'बिल्कुल। दुनिया में इससे बड़ा मज़ा और कुछ नहीं है।' अंजुम कहती। उस बड़े से सुनसान फ़्लाइओवर पर हम बारिश में तरबतर चल रहे थे और

ऊपर एक ख़ूब बड़ा-सा विज्ञापन टँगा था जिसमें एक भीगी हुई औरत बांबे डाइंग के तौलिये से अपने को पोंछ रही थी।'

'तौलिया क़ालीन जित्ता बड़ा था।'

'हाँ, बिल्कुल क़ालीन जित्ता बड़ा।'

'फिर तुमने उस औरत से पूछा कि सुखाने के लिए ज़रा अपना तौलिया दे दो।'

'और उस औरत ने क्या कहा?'

'उसने कहा, नहीं! नहीं! नहीं!'

'उसने कहा, नहीं! नहीं! नहीं! और हम भीगते रहे और चलते रहे...'

'और तुम्हारी ठंडी-ठंडी टाँगों पर गरम-गरम सू-सू बहती रही!'

जैसे ही कहानी इस मोड़ तक पहुँचती, ज़ैनब मुस्कुराते हुए तुरंत सो जाती थी। अंजुम की कहानियों से वे तमाम प्रसंग हटा दिए गए थे जिनमें किसी मुसीबत या तकलीफ़ का ज़िक्र था। उसे सबसे अच्छा तब लगता था जब अंजुम अपने को एक सुरीली, सेक्सी सुंदरी के रूप में पेश करती, जिसने भड़कीले कपड़ों में, रंग-रोग़न लगे नाख़ूनों और प्रशंसकों की भीड़ के साथ संगीत और नृत्य में डूबी हुई तड़क-भड़क वाली ज़िंदगी जी है।

इस तरह ऐसे ही तरीक़ों से ज़ैनब को ख़ुश रखने के लिए अंजुम ने अपनी ज़िंदगी को एक सरल और ख़ुशनुमा ढंग से फिर रचने की कोशिश की। बदले में इस कोशिश ने अंजुम को एक ज़्यादा सरल और ज़्यादा ख़ुश इंसान बनाना शुरू कर दिया।

मसलन, फ़्लाइओवर की कहानी से जो चीज़ हटा दी गई थी, वह यह थी कि यह घटना 1976 में सचमुच हुई थी जब इंदिरा गाँधी ने इमरजेंसी लागू की थी, जो इक्कीस महीने चली थी। उनका बिगड़ैल छोटा बेटा संजय गाँधी युवा कांग्रेस का मुखिया था और पूरे देश को कुछ इस तरह चला रहा था जैसे वह उसका खिलौना हो। नागरिक अधिकार भंग कर दिए गए थे, अख़बारों पर सेंसर लग गया था और जनसंख्या-नियंत्रण के नाम पर हज़ारों (ज़्यादातर मुसलमान) लोगों को कैंपों में ले जाकर उनकी ज़बरिया नसबंदी कर दी गई थी। आंतरिक सुरक्षा अधिनियम नाम के एक नए क़ानून के तहत सरकार को मनमाने ढंग से जिसे चाहे उसे गिरफ़्तार करने की छूट थी। जेलें भरी हुई थीं और संजय गाँधी के फ़रमाबरदार गुर्गों का एक छोटा-सा गिरोह आम लोगों पर क़हर बरपा रहा था।

फ़्लाइओवर की कहानी वाली रात अंजुम और उसकी सहेलियाँ शादी के जिस जश्न में धमक पड़ी थीं, उस पर पुलिस ने छापा मारा। पुलिस मेजबान

और तीन मेहमानों को गिरफ़्तार करके गाड़ियों में ले गई। किसी को पता नहीं चला कि क्यों। जो ड्राइवर अंजुम एंड कंपनी को अपनी गाड़ी से उस जश्न में लाया था, उसने उन्हें गाड़ी में भरकर निकलने की कोशिश की। इस गुस्ताख़ी के लिए उसके बाएँ हाथ की अँगुलियों के जोड़ों और दाएँ घुटने को तोड़ दिया गया। सवारियों को मैटाडोर से खींचकर बाहर निकाला गया, उनके पीछे लातें लगाई गईं जैसे कि वे सर्कस के जोकर हों और उनसे कहा गया कि फ़ौरन भाग जाओ, भागते-भागते ही घर पहुँचो, वरना उन्हें वेश्यावृत्ति और अश्लीलता के आरोप में गिरफ़्तार कर लिया जाएगा। वे सब आतंकित होकर प्रेतों की तरह अँधेरे और मूसलाधार बारिश में दौड़ने लगीं। उनका मेकअप उनके पैरों से भी ज़्यादा तेज़ रफ्तार से बह रहा था और भीगे हुए झीने कपड़े आगे बढ़ने से रोक रहे थे और उनकी चाल को सुस्त कर रहे थे। बेशक, हिजड़ों के लिए यह ज़िल्लत एक दस्तूर थी, इसमें कुछ भी असामान्य नहीं था और उन ख़ौफ़नाक महीनों के दौरान दूसरे लोगों ने जो मुसीबतें झेलीं, उनके मुक़ाबले यह कुछ भी नहीं था।

यह कुछ भी नहीं था, फिर भी कुछ था।

काट-छाँट करने के बाद भी फ़्लाइओवर की कहानी में सच्चाई का कुछ अंश बचा रहा। मसलन, उस रात सचमुच बारिश हुई थी। और अंजुम ने सचमुच भागते हुए पेशाब की थी। डिफ़ेंस कॉलोनी फ़्लाइओवर पर सचमुच बांबे डाइंग के तौलिये का विज्ञापन था और विज्ञापन वाली औरत ने सचमुच अपना तौलिया देने से मना कर दिया था।

❦

ज़ैनब जब स्कूल जाने लायक़ हुई तो उसके साल-भर पहले से ही मम्मी की तैयारियाँ शुरू हो गई थीं। अपने भाई साक़िब से इजाज़त लेकर वह अपने पुराने घर में गई और मुलाक़ात अली की किताबों का भंडार ख़्वाबगाह ले आई। वह पालथी लगाए हुए अक्सर कोई किताब (क़ुरआने-पाक नहीं) खोलकर बैठी हुई दिखती। किसी पन्ने की एक लाइन पर अपनी अँगुली फिराकर मुँह में कुछ बोलती या आँखें बंद करके आगे-पीछे हिलती या जो कुछ अभी उसने पढ़ा होता, उसके बारे में सोचने लगती या शायद अपनी याद्दाश्त के दलदल को छानती हुई ऐसी कोई चीज़ ढूँढ़ने की कोशिश करती जिसके बारे में वह कभी जानती थी।

ज़ैनब जब पाँच साल की हुई तो अंजुम उसे संगीत की तालीम के लिए उस्ताद हमीद के पास ले गई। शुरू में ही यह साफ़ हो गया कि संगीत उसके बस का रोग नहीं है। कक्षा में उसका ज़रा भी मन नहीं लगता था और वह ग़लत सुर इतने सही ढंग से लगाती थी जैसे यह भी कोई हुनर हो। सब्र-मिज़ाज ख़ानदानी उस्ताद मुँह में ठंडी होती चाय का घूँट भरे इस तरह सर हिलाते जैसे उन्हें कोई मक्खी परेशान कर रही हो। वे अपनी अँगुलियों से हारमोनियम की कुंजियाँ दबाए रहते, जिसका मतलब यह था कि वे शागिर्द को एक और मौक़ा देना चाहते हैं। जब ऐसा दुर्लभ क्षण आता कि ज़ैनब सही सुर लगाने के क़रीब पहुँचती तो वे ख़ुशी से सर हिलाकर कहते, 'दैट्'स माई ब्वॉय!' इस जुमले को उन्होंने कार्टून नेटवर्क पर *द टॉम एंड जैरी शो* से सीखा था जो उन्हें काफ़ी पसंद था और उसे वे अपने नाती-पोतों के साथ देखते थे (वे अंग्रेज़ी मीडियम स्कूलों में पढ़ रहे थे)। यह उनका तारीफ़ करने का ख़ास अंदाज़ था, शागिर्द चाहे लड़का हो या लड़की। वे ज़ैनब की तारीफ़ इसलिए नहीं करते थे कि वह वाक़ई इस लायक़ थी, बल्कि इसलिए कि उनके दिल में अंजुम के लिए और उस दौर की यादों के लिए बहुत इज़्ज़त थी, जब वह (तब वह आफ़ताब थी) बड़े ख़ूबसूरत ढंग से गाया करती थी। अंजुम सभी कक्षाओं में बैठी रहती थी। उसके सर-पर-छेद-वाली कीड़े जैसी भनभनाहट फिर से उभर आई थी और इस बार वह ऐसे गोपनीय प्रयोग की तरह थी, जिसका मक़सद ज़ैनब की अड़ियल आवाज़ को ठीक करना और उसे सुर में लाना था। लेकिन यह सब बेकार था। वह मूस गा ही नहीं सकती थी।

पता चला कि ज़ैनब का असली प्यार जानवर हैं। पुराने शहर की गलियों में वह एक क़यामत की तरह थी। वह जैसे ही कसाईख़ानों के बाहर एक के ऊपर एक रखे हुए गंदे पिंजड़ों में ठुँसे हुए अधगंजे-अधमरे मुर्ग़ों को देखती, उन्हें आज़ाद करने के लिए उतावली हो उठती। रास्ते में गुज़रने वाली बिल्लियों से बात करने के लिए ललकती और खुली हुई नालियों में बहते कीचड़, छीछड़ों और कूड़े में लोटते तमाम आवारा पिल्लों को घर ले जाना चाहती। लोग उससे कहते कि कुत्ते मुसलमानों की निगाह में गंदे-*नाजिस*-होते हैं और वे उन्हें छूते नहीं हैं, लेकिन वह एक न सुनती। वह कड़े बालों वाले बड़े-बड़े चूहों को देखकर भागती नहीं थी जो उन गलियों में दौड़ते रहते थे जहाँ से होकर उसे रोज़ जाना पड़ता था। लगता था, वह मुर्ग़ों के पीले पंजों, बकरों के कटे हुए टखनों, अंधी, घूरती हुई नीली आँखों वाले उनके सरों के ढेर और मोती जैसे सफ़ेद मग़ज़ देखना बर्दाश्त नहीं कर पा रही है, जो गलियों में रखे

बड़े बर्तनों में जेली की तरह सनसनाते रहते थे।

ज़ैनब की ही वजह से उसका प्यारा बकरा तीन बकरीदों तक शहीद होने से बचा रहा और फिर अंजुम उसके लिए एक सुंदर-सा मुर्ग़ा भी ले आई जिसने पहली मुलाक़ात में अपनी नई मालकिन का स्वागत दर्दनाक ढंग से चोंच मारकर किया। ज़ैनब ज़ोरों से रोने लगी—दर्द से नहीं, बल्कि दिल टूटने की वजह से। मुर्ग़े ने चोंच मारकर जैसे उसे कोई सज़ा दी थी, लेकिन तब भी उस प्राणी से उसके प्यार में कमी नहीं आई। जब भी उसका मुर्ग़ा-प्रेम जागृत होता, वह अपनी बाँहें अंजुम की टाँगों से चिपका लेती, मम्मी के घुटनों पर ज़ोर से बार-बार चुम्मा देती और बीच-बीच में मुड़कर दुलार और ललक के साथ मुर्ग़े की तरफ़ भी देखती जाती ताकि यह ग़लतफ़हमी न रहे कि उसका प्यार किसके लिए है और उसके बहाने किसे चूमा जा रहा है। कुछ अर्थों में ज़ैनब को लेकर अंजुम का बावलापन वैसा ही था जैसा ज़ैनब का जानवरों के मामले में था। इसके बावजूद ज़िंदा प्राणियों के लिए उसकी नाजुकख़याली कभी उसकी भुक्खड़ क़िस्म की गोश्तख़ोरी के आड़े न आती। साल में कम से कम दो बार अंजुम उसे पुराने क़िले के चिड़ियाघर ले जाकर गैंडा, दरियाई घोड़ा और उसका सबसे पसंदीदा किरदार, गिबन, दिखाना नहीं भूलती थी, जिसे बोर्नियो से लाया गया था।

ज़ैनब का दाख़िला दरियागंज के टेंडर बड्स नर्सरी स्कूल के केजीबी (किंडर गार्टन-सेक्शन बी) में हुआ। साक़िब और उसकी बीवी उसके आधिकारिक माता-पिता बने। कुछ महीने बाद आम तौर पर चुस्त-दुरुस्त रहने वाली मूस बीमार पड़ गई। कोई गंभीर बीमारी नहीं थी, लेकिन वह दूर नहीं हुई और उसने उसे कमज़ोर कर दिया क्योंकि वह एक के बाद एक और बीमारियों की चपेट में आ रही थी। मलेरिया के बाद फ़्लू हो गया, उसके बाद एक हल्का और एक तेज़ वायरल बुख़ार। अंजुम लाचारी के साथ जैनब के लिए तिलमिलाती रहती, ख़्वाबगाह में अपनी ज़िम्मेदारियों (जो अब देखरेख और इंतज़ाम तक सीमित थीं) को ठीक से न निभाने के कारण होने वाली शिकायतों को भी अनदेखा करती और रात-दिन गुपचुप और पागलों की तरह मूस की सेवा में जुटी रहती। उसे यक़ीन हो गया था कि ज़ैनब पर किसी ने जादू कर दिया है, जो उसकी ख़ुशियों से जलता है। शक की सुई सीधे सईदा की तरफ़ जा रही थी जो ख़्वाबगाह की अपेक्षाकृत नई मेंबर थी। सईदा अंजुम से काफ़ी छोटी थी और ज़ैनब का लगाव अपनी अम्मा के बाद सबसे ज़्यादा उसी से था। वह ग्रेजुएट थी और अंग्रेज़ी जानती थी। इससे भी ख़ास बात यह कि वह नए ज़माने की नई भाषा बोल सकती थी—वह *सिस-**मैन*** और ***एफ़टुएम*** और ***एमटुएफ़***

जैसे जुमलों का इस्तेमाल करती थी और इंटरव्यू वग़ैरह देते समय ख़ुद को 'ट्रांसपर्सन' बतलाती थी। दूसरी तरफ़, अंजुम उसके 'ट्रांस-फ्रांस' का मज़ाक़ उड़ाती और अपने को हिजड़ा कहे जाने पर इसरार करती थी।

नई पीढ़ी के दूसरे बहुत से लोगों की तरह सईदा रिवायती सलवार-क़मीज़ से लेकर पश्चिमी काट तक के कपड़े पहनती थी—जींस, स्कर्ट और हाल्टर-नेक, जिससे उसकी लंबी, सुंदर और मांसल पीठ दिखाई देती थी। उसके पास देसी ढंग की लज़्ज़त और गुज़रे ज़माने का दिलकश अंदाज़ तो नहीं था, लेकिन अपनी आधुनिक समझ, लैंगिक अधिकारों के लिए काम करने वाली संस्थाओं से गहरे रिश्तों और क़ानूनी जानकारी से वह इस कमी को पूरा कर लेती थी (वह दो कॉन्फ्रेंसों में बोल भी चुकी थी)। इसका नतीजा यह हुआ कि उसका रुतबा अंजुम से ऊँचा हो गया। यही नहीं, सईदा ने मीडिया में अंजुम की नंबर-एक जगह को भी हथिया लिया। विदेशी अख़बार पुरानी दिलचस्पियों को छोड़कर नई पीढ़ी को तरजीह देने लगे थे। पुराने आकर्षण नए भारत की उस छवि से मेल नहीं खाते थे जिसके पास अब परमाणु ताक़त थी और जो अंतरराष्ट्रीय वित्तीय पूँजी का नया पड़ाव बन रहा था। उस्ताद कुलसूम बी—एक बूढ़ी चतुर लोमड़ी—बदलाव की इस लहर को पहचानती थी और ख़्वाबगाह के लिए फ़ायदेमंद मानती थी, इसलिए वरिष्ठता में कम होने के बावजूद सईदा ख़्वाबगाह की कमान सँभालने के लिए अंजुम से होड़ लिये हुए थी कि कुलसूम बी जब अपनी जिम्मेदारी छोड़ेंगी तो वही सँभालेगी, हालाँकि इंग्लैंड की महारानी की तरह, कुलसूम बी किसी जल्दबाज़ी में नहीं थीं।

ख़्वाबगाह के फ़ैसले अब भी कुलसूम बी के हाथ में थे, लेकिन रोज़मर्रा के मसलों में वे बहुत सक्रिय नहीं रह गई थीं। सुबह जब गठिया परेशान करता तो उन्हें दालान में चारपाई पर धूप सेंकने के लिए लिटा दिया जाता, जहाँ बग़ल में नींबू और आम के अचार के मर्तबान रखे होते और घुन निकालने के लिए अख़बार पर गेहूँ का आटा भी। जब धूप तेज़ हो जाती तो उन्हें भीतर ले जाया जाता, उनके पैर दबाए जाते और उनकी झुर्रियों पर सरसों के तेल की मालिश होती। अब वे मर्दों की तरह एक लंबे पीले कुर्ते—पीला इसलिए कि वे हज़रत निज़ामुद्दीन औलिया की शागिर्द थीं—और चौख़ानेदार लुंगी में रहती थीं। उनके सर पर बाल बहुत कम रह गए थे जिन्हें पीछे की तरफ़ गुच्छे की तरह बाँध दिया जाता। कभी-कभार उनके पुराने दोस्त हाजी मियाँ, जो नीचे गली में सिगरेट और पान बेचते थे, सबकी पसंदीदा फ़िल्म *मुग़ले आज़म* का ऑडियो कैसेट लेकर आ जाते। फ़िल्म का हर गाना और हर संवाद उन्हें मुँहज़बानी याद

था, इसलिए वे टेप बजने के साथ-साथ ख़ुद भी गाते और बोलते रहते। उनका ख़याल था कि ऐसी उर्दू कभी कोई नहीं लिख सकता और कोई अभिनेता दिलीप कुमार के अंदाज़ और अदायगी की बराबरी नहीं कर सकता। उस्ताद कुलसूम बी कभी शहंशाह अकबर और कभी फ़िल्म के हीरो शहज़ादे सलीम का रोल करतीं और हाजी मियाँ शहज़ादे सलीम की माशूक़ा और कनीज़ अनारकली (मधुबाला) बनते। कभी-कभी उनके रोल उलट जाते। उनकी यह साझा अदायगी एक खोये हुए वैभव और एक मरती हुई ज़बान की याद को जगाने की कोशिश भर थी।

एक शाम अंजुम अपने कमरे में मूस के गर्म माथे पर ठंडी पट्टी रख रही थी, जब उसने दालान में शोरगुल सुना—तेज़ आवाज़ें, भागते हुए पैर और चीख़ते हुए लोग। उसने तुरंत अंदाज़ा लगाया कि कहीं आग लग गई है। यह अक्सर होता था—गली के ऊपर बिछे बिजली के नंगे तारों के उलझे-पुलझे जाल में चिंगारियों से आग लग जाती थी। उसने ज़ैनब को उठाया और सीढ़ियों से नीचे भागी। सभी उस्ताद कुलसूम बी के कमरे में टेलीविज़न के सामने जमा थीं और उनके चेहरे टीवी की रोशनी से झलमला रहे थे। एक हवाई जहाज़ एक ऊँची इमारत से टकरा गया था और उसका आधा हिस्सा अब भी बाहर को निकला हुआ, हवा में एक टूटे हुए ख़तरनाक खिलौने की तरह अटका हुआ था। कुछ ही लम्हों में एक दूसरा जहाज़ एक दूसरी इमारत से जा टकराया और आग के गोले में बदल गया। ख़्वाबगाह के आमतौर पर बातूनी बाशिंदे भी एकदम ख़ामोश देख रहे थे कि दोनों इमारतें रेत के खंभों की तरह ढह रही हैं। चारों तरफ़ धुआँ था और सफ़ेद धूल थी। धूल भी कुछ अलग क़िस्म की थी—साफ़ और विदेशी। ऊँची इमारतों से छलाँग लगाते लोग राख के फाहों की तरह हवा में तैर रहे थे।

टेलीविज़न वालों ने कहा, यह कोई फ़िल्म नहीं है। यह अमेरिका में सचमुच हो रहा है। एक शहर में, जिसका नाम न्यूयॉर्क है।

एक गंभीर सवाल से ख़्वाबगाह की ऐतिहासिक ख़ामोशी टूटी।

'क्या वहाँ लोग उर्दू बोलते हैं?' बिस्मिल्लाह जानना चाहती थी।

कोई जवाब नहीं आया।

कमरे की थरथराहटें ज़ैनब तक पहुँचीं और वह बुख़ार में एक सपने से कुनमुनाती हुई दूसरे सपने में लुढ़क गई। वह टेलीविज़न पर होने वाले री-प्ले के बारे में नहीं जानती थी, इसलिए उसने दस इमारतों पर दस जहाज़ों की टक्कर गिनी।

'आलटुगेदर टेन,' उसने गंभीरता से अपनी नई-नई, टेंडर बड्स वाली अंग्रेज़ी में कहा और फिर अपना गोल, तपता हुआ गाल अंजुम की गर्दन से टिका दिया।

ज़ैनब पर किए गए जादू-टोने से जैसे पूरी दुनिया बीमार पड़ गई थी। यह एक ज़बर्दस्त सिफ़्ली जादू था। अंजुम ने चालाक और तिरछी नज़रों से सईदा को देखकर भाँपने की कोशिश की कि वह अपनी कामयाबी पर बेशर्म ख़ुशी जता रही है या मासूमियत का नाटक कर रही है। वह मक्कार कुतिया ऐसे दिखा रही थी जैसे दूसरे लोगों की तरह उसे भी गहरा धक्का लगा हो।

दिसंबर तक पुरानी दिल्ली अफ़ग़ानी परिवारों से भर गई, जो अपने आसमान में बेमौसम मच्छरों की तरह मँडराते जंगी जहाज़ों और इस्पाती बारिश की तरह गिरने वाले बमों से बचकर आए थे। बेशक, इस बारे में राजनीतिज्ञों (जिनमें पुराने शहर का हर दूकानदार और मौलाना शामिल था) के अपने-अपने ख़यालात थे। बाक़ी लोग ठीक-ठीक समझ नहीं पा रहे थे कि अमेरिका की ऊँची इमारतों से इन बेचारों का क्या लेना-देना हो सकता है। वे समझ भी कैसे सकते थे? अंजुम के अलावा भला किसे पता हो सकता था कि इस तबाही का मास्टर प्लान जिसने तैयार किया है, वह न तो दहशतग़र्द ओसामा बिन लादेन है और न अमेरिका का राष्ट्रपति जॉर्ज डब्ल्यू. बुश है, बल्कि उनसे भी कहीं ज़्यादा मज़बूत और गुप्त ताक़त है और उसका नाम है : सईदा (उर्फ़ गुल मोहम्मद), साकिन ख़्वाबगाह, गली दकोतान, दिल्ली-110006, भारत।

जिस दुनिया में मूस पल-बढ़ रही थी, उसके सियासी दाँवपेच को बेहतर ढंग से समझने और पढ़ी-लिखी सईदा के सिफ़्ली जादू की काट करने या कम-से-कम पहले से उसका अंदाज़ा लगाने के लिए मम्मी ने ग़ौर से अख़बार पढ़ना और, सीरियल देखने वाले दूसरे लोग जब चैनल बदलने की छूट देते, टीवी पर ख़बरें देखना शुरू कर दिया।

अमेरिका में ऊँची इमारतों से जहाज़ों का टकराना हिंदुस्तान में भी कइयों के लिए वरदान साबित हुआ। मुल्क के कवि-प्रधानमंत्री और उनके कई वरिष्ठ मंत्री एक पुराने संगठन के सदस्य थे जिसका ख़याल था कि हिंदुस्तान बुनियादी तौर पर हिंदू राष्ट्र है और जैसे पाकिस्तान ने अपने को इस्लामी गणराज्य घोषित किया है, उसी तरह हिंदुस्तान को भी हिंदू राष्ट्र होने का एलान कर देना चाहिए। उसके कई समर्थक और सिद्धांतकार खुल्लमखुल्ला हिटलर की तारीफ़ करते थे

और मुसलमानों को जर्मन यहूदियों जैसा मानते थे। अब जब अचानक मुसलमानों से वैर-भाव बढ़ रहा था, इस संगठन को लगा कि पूरी दुनिया उसके पक्ष में है। कवि-प्रधानमंत्री ने एक तोतला भाषण दिया जिसमें शब्दों की चातुरी थी, लेकिन अक्सर तर्क का सिरा छूटने पर वे बीच-बीच में लंबी उबाऊ चुप्पी ओढ़ लेते थे। वे बूढ़े आदमी थे, लेकिन बोलते वक़्त अपना सर जवानों जैसी अदा में हिलाते, जैसा साठ के दशक के फ़िल्मी सितारे किया करते थे। 'मुस्सलमान, उसे कोई दूसरा पसंद नहीं आता,' उन्होंने अपनी शायराना हिंदी में कहा और आदत से ज़्यादा देर तक ख़ामोश रहे, 'वह आतंक के ज़रिये अपने मज़हब को फैलाता।' उन्होंने अपनी यह तुकबंदी तत्काल ईज़ाद की थी और ख़ुद ही इस पर मचल उठे थे। जब भी वे *मुस्लिम* या *मुस्सलमान* कहते, उनकी तुतलाहट बच्चों जैसी भोली हो जाती। नई सरकार में उन्हें उदार माना जाता था। उन्होंने चेतावनी दी कि अमेरिका में जो कुछ हुआ है वह हिंदुस्तान में भी आसानी से हो सकता है और अब वक़्त आ गया है कि सरकार सुरक्षा के लिए एहतियात के तौर पर एक नया आतंकवाद विरोधी क़ानून बनाए।

नई-नई दर्शक बनी अंजुम रोज़ टीवी पर बम विस्फोटों और दहशतग़र्द हमलों की रिपोर्टें देखने लगी जो मलेरिया की तरह अचानक बढ़ गए थे। उर्दू अख़बारों में मुस्लिम नौजवानों के मारे जाने—जो पुलिस के मुताबिक़ 'एनकाउंटर' थे—या उन्हें आतंकी हमलों की योजना बनाते हुए रँगे हाथ पकड़े जाने की ख़बरें होती थीं। एक नया क़ानून भी पास हो गया ज़िसमें संदिग्ध लोगों को महीनों तक बिना मुक़दमे के हिरासत में रखने का इंतज़ाम था। नतीजतन जेलख़ाने मुसलमान नौजवानों से भरने लगे। अंजुम ने परवरदिगार का शुक्रिया अदा किया कि ज़ैनब लड़का नहीं, लड़की है। यह कहीं ज़्यादा निरापद था।

सर्दियाँ शुरू होने पर मूस को दमे का तेज़ दौरा पड़ा। अंजुम उसे हल्दी-दूध पिलाती, रात-भर जागकर दमे की घरघराहट सुनती और कलपती रहती। वह हज़रत निज़ामुद्दीन औलिया की दरगाह गई, जहाँ एक कुछ कम लालची ख़ादिम से उसकी अच्छी जान-पहचान थी। उसने उसे ज़ैनब की बीमारी के बारे में बताया और सईदा के सिफ़्ली जादू को बेअसर करने का तरीक़ा पूछा। उसने कहा कि मामला हाथ से निकल गया है और अब यह एक छोटी बच्ची के भविष्य से भी बड़ा सवाल है और सारी जवाबदेही उसकी है क्योंकि वही जानती है कि मसला क्या है। जो कुछ करना ज़रूरी हो, उसके लिए वह किसी भी हद तक जाने को तैयार थी। उसने कहा कि वह कोई भी क़ीमत अदा कर सकती है, भले ही फाँसी पर चढ़ना पड़े। सईदा को किसी भी तरह रोकना

ज़रूरी है। इसके लिए वह ख़ादिम की दुआ चाहती है। वह इतने भावुक और ड्रामाई अंदाज़ में बोल रही थी कि लोग घूरकर देखने लगे और ख़ादिम को उसे चुप कराना पड़ा। उसने अंजुम से पूछा कि जब से ज़ैनब उसकी ज़िंदगी में आई है, क्या वह कभी अजमेर में हज़रत ग़रीबनवाज़ की दरगाह पर गई है। जब अंजुम ने बताया कि किसी न किसी वजह से वह वहाँ जा नहीं पाई तो ख़ादिम ने कहा कि मसला यही है, किसी का सिफ़्ली जादू नहीं है। उसने कुछ सख़्ती से उसे सलाह दी कि जादू-टोने जैसी चीज़ों पर यक़ीन न करे क्योंकि उसकी हिफ़ाज़त के लिए ख़ुद हज़रत ग़रीबनवाज़ मौजूद हैं। अंजुम पूरी तरह संतुष्ट नहीं हुई, लेकिन उसे यह यक़ीन हो गया कि तीन साल से अजमेर शरीफ़ की ज़ियारत न करके उससे भारी चूक हुई है।

फ़रवरी के आख़िर में ज़ैनब काफ़ी कुछ ठीक हो गई तो अंजुम को लगा कि वह कुछ दिन उसे छोड़कर जा सकती है। A-1 फ़्लावर के मालिक और मैनेजिंग डायरेक्टर ज़ाकिर मियाँ उसके साथ चलने को राज़ी हो गए। ज़ाकिर मियाँ मुलाक़ात अली के दोस्त थे और अंजुम को पैदाइश के वक़्त से ही जानते थे। वे सतत्तर के पेटे में थे और इस बुढ़ापे में उन्हें एक हिजड़े के साथ सफ़र करते हुए देखे जाने की परवाह नहीं थी। उनकी दूकान A-1 फ़्लावर कमर जितने ऊँचे एक वर्ग मीटर सीमेंट के चबूतरे पर थी—अंजुम के पुराने घर की बालकनी के नीचे एक कोने पर, जहाँ चितली कबर मटियामहल चौक पर खुलती थी। ज़ाकिर मियाँ ने उसे मुलाक़ात अली—और अब साक़िब—से किराये पर लिया था और पचास से भी ज़्यादा साल से A-1 फ़्लावर चला रहे थे। वे दिन-भर एक टाट बिछाकर बैठते और सुर्ख़ गुलाबों की मालाएँ और (अलग से) एकदम नए नोटों को छोटे-छोटे पंखों या नन्ही चिड़ियों की शक्ल में ढालकर मालाएँ तैयार करते जो निकाह के दिन दूल्हों को पहनाई जाती थीं। उनके लिए चुनौती यह थी कि उस छोटी-सी जगह में कैसे गुलाबों को ताज़ा और नम और नोटों को क़रारा और सूखा रखा जाए। ज़ाकिर मियाँ ने कहा कि उन्हें भी अजमेर जाना है और फिर आगे गुजरात भी, जहाँ अहमदाबाद में उन्हें अपनी बेगम के परिवार से कुछ काम है। अंजुम को लगा कि अगर वह अजमेर से अकेले लौटी तो कुछ परेशानी और शर्मिंदगी उठानी पड़ेगी—भले कोई उसे देखे या न देखे। इसलिए उसने भी ज़ाकिर मियाँ के साथ अहमदाबाद जाना तय किया। ज़ाकिर मियाँ अब ख़ासे कमज़ोर थे इसलिए ख़ुश थे कि उन्हें कोई सामान ढोने वाला मिल रहा है। उन्होंने सुझाव दिया कि अहमदाबाद में वली दकनी की मज़ार पर भी दुआ माँग लेना चाहिए जो सत्रहवीं सदी में इश्क़ के

महान उर्दू शायर के तौर पर जाने जाते थे और मुलाक़ात अली को बहुत पसंद थे। उन्होंने सफ़र का ख़ाक़ा तैयार किया और हँसते हुए इस शायर का एक शे'र दोहराया जो मुलाक़ात अली को भी प्रिय था :

जिसे इश्क़ का तीर कारी लगे
उसे ज़िंदगी क्यूँ न भारी लगे

कुछ दिन बाद उन्होंने ट्रेन पकड़ी। दो दिन वे अजमेर शरीफ़ रहे। अंजुम ने ज़ायरीन के बीच से रास्ता बनाकर ज़ैनब के नाम से हज़रत ग़रीबनवाज़ पर चढ़ाने के लिए एक हज़ार रुपए में सुनहरी-हरी चादर ख़रीदी। दोनों दिन वह सार्वजनिक टेलिफ़ोन बूथ से ख़्वाबगाह में फ़ोन करती रही। उसे ज़ैनब की इस क़दर फ़िक्र थी कि तीसरे दिन भी अहमदाबाद के लिए ग़रीबनवाज़ एक्सप्रेस पकड़ने से पहले उसने फिर फ़ोन किया। इसके बाद उसकी या ज़ाकिर मियाँ की कोई ख़बर नहीं मिली। उनके बेटे ने अहमदाबाद में अपनी माँ के घर फ़ोन किया। फ़ोन कटा हुआ था।

❧

अंजुम की भी कोई ख़बर नहीं थी, लेकिन गुजरात से जो ख़बर आई वह बहुत डरावनी थी। एक ट्रेन के कोच में आग लगा दी गई थी जिसे अख़बारों ने शुरू में कुछ 'उपद्रवियों' का काम बताया। साठ हिंदू तीर्थयात्री ज़िंदा जला दिए गए थे। वे अयोध्या से घर लौट रहे थे। वे उस जगह एक भव्य हिंदू मंदिर की नींव के लिए ईंटें पहुँचाकर लौट रहे थे, जहाँ एक पुरानी मस्जिद हुआ करती थी। दस साल पहले बाबरी मस्जिद नाम की इस मस्जिद को एक चीख़ती-चिल्लाती भीड़ ने ढहा दिया था। एक वरिष्ठ कैबिनेट मंत्री ने (जो उन दिनों विपक्ष में थे और जिनकी मौजूदगी में चीख़ती हुई भीड़ ने मस्जिद को गिराया था) कहा कि ट्रेन को जलाने की घटना पक्के तौर पर पाकिस्तानी दहशतग़र्दों की करतूत है। पुलिस ने नए आतंकवाद- विरोधी क़ानून के तहत रेलवे स्टेशन के आसपास के इलाक़े से सैकड़ों मुसलमानों को—जो उनकी निगाह में पाकिस्तानियों के मददगार थे—गिरफ़्तार करके जेल में डाल दिया। उस वक़्त गुजरात के मुख्यमंत्री, जो उस संगठन के वफ़ादार सदस्य थे (गृहमंत्री और प्रधानमंत्री की ही तरह), फिर से चुनाव लड़ने जा रहे थे। वे केसरिया रंग का कुर्ता पहने और माथे पर टीका लगाए हुए टीवी पर प्रकट हुए और अपनी ठंडी-मुर्दा आँखों के साथ एलान

किया कि हिंदू तीर्थयात्रियों के जले हुए शव राज्य की राजधानी अहमदाबाद लाए जाएँगे जहाँ उन्हें आम जनता के अंतिम दर्शन के लिए रखा जाएगा। एक शातिर 'ग़ैर-सरकारी प्रवक्ता' ने 'ग़ैर-सरकारी ढंग' से घोषणा की कि हर क्रिया की एक वैसी ही और उसके उलट प्रतिक्रिया होती है, हालाँकि उसने न्यूटन का नाम नहीं लिया क्योंकि तब जैसा माहौल था, उसमें इसका डंका बजाया जा रहा था कि सारा विज्ञान प्राचीन काल में हिंदुओं का ही खोजा हुआ है।

अगर यह सचमुच 'प्रतिक्रिया' थी तो न तो ठीक वैसी थी और न उलट। हफ़्तों तक मारकाट चलती रही और सिर्फ़ शहरों तक सीमित नहीं रही। भीड़ तलवारें और त्रिशूल उठाए हुए, सर पर केसरिया पट्टे बाँधे हुए थी। उसके पास मुस्लिम घरों, व्यापारिक संस्थानों और दूकानों की फ़ेहरिस्त थी और गैस सिलिंडरों का भंडार था (इससे समझा जा सकता था कि पिछले कुछ हफ़्तों से गैस की क़िल्लत क्यों थी)। जब घायलों को अस्पताल ले जाया गया तो भीड़ ने अस्पताल पर भी हमला किया। पुलिस हत्या के मामले दर्ज नहीं कर रही थी। उसका तर्क था—और ठीक ही था—कि वह पहले लाशों को देखना चाहती है। खेल यह था कि अक्सर पुलिस ही भीड़ का हिस्सा होती थी और जब भीड़ अपने काम को अंजाम दे देती तो लाशें भी लाशों जैसी नहीं रह जाती थीं।

सईदा के इस सुझाव से सभी सहमत थे (वह अंजुम से प्यार करती थी और अपने बारे में अंजुम के शक़-शुबहे से बिल्कुल अनजान थी)कि टीवी पर सीरियल वग़ैरह देखना फ़िलहाल बंद कर दिया जाए, ख़बरें चलाई जाएँ और उन्हें बंद न किया जाए क्योंकि हो सकता है, किसी इत्तेफ़ाक से अंजुम और ज़ाकिर मियाँ का सुराग़ मिल जाए। जब उत्तेजित, हड़बड़ाए टीवी रिपोर्टरों ने गुजरात के हज़ारों मुसलमानों से भरे शरणार्थी शिविरों से सीधे ख़बरें देना शुरू कीं तो ख़्वाबगाह की बाशिंदों ने टीवी की आवाज़ बंद कर दी और ग़ौर से उन दृश्यों की छानबीन करने लगीं, जिनमें उम्मीद थी कि अंजुम और ज़ाकिर मियाँ की झलक मिल सकेगी जो शायद खाना या कंबल लेने के लिए क़तार में खड़े हों या किसी तंबू में ठुँसे हुए हों। लगे हाथ वे यह भी जान गईं कि वली दकनी के मज़ार को नेस्तनाबूद कर दिया गया है और उस पर तारकोल की एक सड़क बन गई है और अब वहाँ मज़ार का निशान भी बाक़ी नहीं है (मज़ार की जगह वहाँ अब नई तारकोल की सड़क थी, लोग सड़क पर ही फूल चढ़ाने लगे थे, लेकिन न तो पुलिस और न भीड़ और न मुख्यमंत्री उनका कुछ बिगाड़ सकते थे। जब तेज़-रफ़्तार कारों के पहियों से फूलों की लुग़दी बन जाती तो ताज़ा

फूल आ जाते। मसले हुए फूलों और शायरी के रिश्ते पर किसका वश चलता है?) सईदा जितने भी पत्रकारों और एनजीओ कार्यकर्ताओं को जानती थी, उन सबसे उसने मदद की फ़रियाद की, लेकिन कोई कुछ बता नहीं पाया। हफ़्तों बीत गए, कहीं से कोई ख़बर नहीं आई। ज़ैनब की बीमारी दूर हो गई थी और वह स्कूल जाने लगी थी, लेकिन स्कूल से लौटने के बाद वह चिड़चिड़ाती और दिन-रात सईदा से चिपकी रहती।

❧

दो महीने बाद जब हत्याएँ छिटपुट रह गईं और कम होने लगीं, तो ज़ाकिर मियाँ का बड़ा बेटा मंसूर तीसरी बार अपने अब्बा की तलाश में अहमदाबाद गया। एहतियात के तौर पर उसने अपनी दाढ़ी मुड़ाई और कलाई पर लाल रंग का कलावा बाँधा ताकि लोग उसे हिंदू समझें। उसे अब्बा तो नहीं मिले, लेकिन यह पता लग गया कि उनके साथ क्या हुआ था। यह तलाश उसे अहमदाबाद के बाहरी हिस्से में एक मस्जिद के भीतर छोटे-से शरणार्थी कैंप तक ले गई जहाँ उसने मर्दाना हिस्से में अंजुम को पाया और वह उसे वापस ख़्वाबगाह ले आया।

उसके बाल कटे हुए थे। और जो बचे रह गए थे वे सर पर हेल्मेट की तरह दिखते थे। वह एक मामूली सरकारी कारिंदे जैसी गहरी भूरी टेरीकॉट की पैंट और आधी बाँह की चौख़ानेदार सफ़ारी शर्ट पहने हुए थी। उसका वज़न काफ़ी गिर गया था।

ज़ैनब अंजुम का मर्दाना हुलिया देखकर पहले कुछ डरी, लेकिन फिर उसका डर दूर हो गया और वह किलकारती हुई उसकी बाँहों की तरफ़ लपकी। अंजुम ने उसे अपने से चिपटा लिया, लेकिन दूसरे लोगों के आँसुओं, सवालों और अगवानी करती गलबहियों पर उसने बेरुख़ी ही दिखाई, जैसे यह अगवानी एक तरह की यातना हो जिसे स्वीकार करने के अलावा उसके पास कोई चारा न हो। अंजुम का ठंडापन देखकर उन्हें बुरा लगा और कुछ घबराहट भी हुई, लेकिन इसके बावजूद वे असामान्य ढंग से चिंता और हमदर्दी जतलाती रहीं।

अंजुम जल्दी से अपने कमरे में गई और कुछ ही घंटे बाद अपने असली कपड़े पहनकर, लिपस्टिक और मेकअप और बालों में कुछ सुंदर क्लिप लगाकर आई। जल्द ही ज़ाहिर हो गया कि वह नहीं बताना चाहती कि क्या हुआ था। उसने ज़ाकिर मियाँ के बारे में किसी सवाल का जवाब नहीं दिया। सिर्फ़ यही कहती रही, 'ख़ुदा की मर्ज़ी थी।'

अंजुम की ग़ैर-मौजूदगी में ज़ैनब निचले हिस्से में सईदा के साथ सोती थी। वह सोने के लिए अंजुम के पास लौट आई, लेकिन अंजुम ने देखा कि वह सईदा को भी 'मम्मी' कह रही है।

कुछ दिन बाद अंजुम ने ज़ैनब से पूछा, 'मम्मी वह है तो मैं कौन हूँ? क्या किसी की दो मम्मियाँ हो सकती हैं?'

'बड़ी मम्मी।' ज़ैनब ने जवाब दिया।

उस्ताद कुलसूम बी ने हिदायत दी कि अंजुम को चैन से रहने दिया जाए। वह जो करना चाहे, करे। जब तक करना चाहे।

अंजुम यही चाहती थी कि उसे अकेला छोड़ दिया जाए।

वह चिंताजनक ढंग से शांत थी और अपना ज़्यादातर वक़्त किताबों के बीच बिताती थी। हफ़्ते-भर बाद उसने ज़ैनब को एक ऐसी चीज़ सिखाई जिसे ख़्वाबगाह में कोई नहीं समझता था। अंजुम ने कहा कि यह संस्कृत का गायत्री मंत्र है जो उसने तब सीखा था जब वह गुजरात के शरणार्थी शिविर में थी। वहाँ लोगों ने कहा था कि इसे याद करना ठीक रहेगा ताकि जब कभी दंगाइयों की भीड़ से सामना हो तो इसे बोलने पर वे तुम्हें हिंदू समझकर छोड़ दें। जैनब को वह जल्दी ही याद हो गया हालाँकि उसका मतलब न तो उसे पता था और न अंजुम को। वह दिन में बीस बार, स्कूल के लिए तैयार होते वक़्त, किताबें उठाते या बकरे को खाना देते वक़्त, ख़ुशी-ख़ुशी रटने लगी :

ओम् भुर्भुवः स्वः
तत् सवितुर्वरेण्यं
भर्गो देवस्य धीमहि
धियो यो नः प्रचोदयात्

एक सुबह अंजुम ज़ैनब को साथ लेकर घर से निकली और जब लौटी तो मूस का हुलिया बिल्कुल बदला हुआ था। उसके बाल छोटे कर दिए गए थे और वह लड़कों जैसे कपड़े, पठानी बच्चा-सूट, कढ़ाईदार जैकेट और गोंडोला जैसी आगे को मुड़ी हुई जूतियाँ पहने थी।

'ऐसे रहना कहीं ज़्यादा महफ़ूज़ है।' अंजुम ने सफ़ाई देते हुए कहा, 'गुजरात कभी भी दिल्ली पहुँच सकता है। हम इसे महदी कहकर बुलाएँगे।'

ज़ैनब का ज़ार-ज़ार रोना नीचे गली तक सुनाई दे रहा था जिसे पिंजड़ों में बंद मुर्ग़े और नालियों के पिल्ले भी सुन रहे थे।

एक आपातकालीन बैठक बुलाई गई। बैठक उन दो घंटों के बीच रखी गई जब बिजली गुल रहती थी ताकि किसी को यह शिकायत न हो कि उसे टीवी सीरियल देखने को नहीं मिला। ज़ैनब को उस शाम हसन मियाँ के पोतों के साथ खेलने के लिए भेज दिया गया। उसका मुर्ग़ा टीवी के पास लकड़ी के खाने में अपने सोने की जगह पर था। बैठक उस्ताद कुलसूम बी ने ली, जो बिस्तर पर अपनी पीठ एक लपेटी हुई रजाई से टिकाए बैठी थीं। सब लोग ज़मीन पर बैठ गए। अंजुम रूठी हुई-सी दहलीज़ पर खड़ी थी। पेट्रोमैक्स की फुफकारती हुई नीली रोशनी में कुलसूम बी का चेहरा एक सूखी नदी के मुहाने जैसा दिख रहा था और सफ़ेद बाल पीछे खिसकते हुए ग्लेशियर जैसे, जहाँ से कभी वह नदी निकली होगी। इस मौक़े पर उन्होंने अपने तकलीफ़देह दाँतों का सेट भी लगा लिया था। उन्होंने पूरी हक़दारी और ग़ज़ब के ड्रामाई अंदाज़ में बोलना शुरू किया। उनके शब्द ऊपरी तौर पर ख़्वाबगाह की नई सदस्यों के लिए थे, लेकिन अंदाज़ ऐसा था जैसे अंजुम को सुनाए जा रहे हों।

'इस मकान, इस गृहस्थी का इतिहास उतना ही अटूट और पुराना है, जितना इस टूटे-फूटे शहर का।' उन्होंने कहा। 'ये पपड़ियाई हुई दीवारें, टपकती हुई छत, धूप-भरा दालान—यह सब एक ज़माने में बहुत ख़ूबसूरत था। इसके फ़र्श पर क़ालीन बिछे होते थे जो सीधे इस्फ़हान से आते थे और छत पर आईने मढ़े थे। जिस वक़्त शहंशाह शाहजहाँ ने लाल क़िले और जामा मस्जिद की तामीर की, जब उन्होंने चहारदीवारी वाला शहर बनवाया तो हमारी यह छोटी-सी हवेली भी बनवाई। हमारे लिए। हमेशा याद रखिए, हम लोग किसी मामूली जगह की मामूली हिजड़ा नहीं हैं। हम शाहजहानाबाद की हिजड़ा हैं। हमारे हुक्मरानों को हम पर इतना यक़ीन था कि उन्होंने अपनी बीवियों और अम्माओं की देखरेख का ज़िम्मा हमें सौंप रखा था। एक ज़माने में हम लाल क़िले के अंदर, उसके अंदरूनी कमरों में, उसके ज़नाना हिस्से में आज़ाद घूमती थीं। वे ताक़तवर बादशाह और उनकी बेगमें--सब चल बसे, लेकिन हम अभी तक यहीं हैं। सोचिए और ख़ुद से पूछिए कि ऐसा कैसे हुआ होगा।'

कुलसूम बी जब भी ख़्वाबगाह के इतिहास को याद करतीं, उसमें लाल क़िले का ज़िक्र ज़रूर आता। पुराने दिनों में जब वे भली-तगड़ी थीं, नई-नई दाख़िल हुईं हिजड़ों को लाल क़िले में साउंड एंड लाइट शो दिखलाना उनका एक अहम काम था। वे बेहतरीन कपड़े पहनकर हाथ में हाथ थामे हुए झुंड बनाकर जाती थीं और चाँदनी चौक के ट्रैफ़िक की अफ़रातफ़री से बचती हुई चलती थीं, जहाँ कारों, बसों, रिक्शों और ताँगों को चलाने वाले लोग धीमी

रफ़्तार के बावजूद अपना उजड्डपना दिखा ही देते थे।

क़िला पुराने शहर के ऊपर बलुआ पत्थर के लंबे-चौड़े पठार की तरह फैला हुआ था। उसने आसमान को इतना ज़्यादा घेर रखा था कि वह आसपास के लोगों को कम ही नज़र आता था। अगर कुलसूम बी इसरार नहीं करतीं तो उसके अंदर जाने की हिम्मत शायद ख़्वाबगाह की कोई सदस्य, यहाँ तक कि अंजुम भी नहीं कर पाती जो उसी के साये में पैदा हुई और पली-बढ़ी थी। जैसे ही वे कूड़े और मच्छरों से भरी खाई के उस पार पहुँचतीं तो लगता कि शहर का नामोनिशान मिट गया है। वहाँ छोटी और बावली आँखों वाले बंदर बलुआ पत्थर की उन फ़सीलों पर उछलकूद करते, जिनकी तामीर इतने बड़े पैमाने पर इतनी शान से की गई थी कि आधुनिक दिमाग़ सोच भी नहीं सकता था। क़िले के भीतर एक दूसरी ही दुनिया थी, एक दूसरा वक़्त, एक दूसरी हवा (जिसमें गाँजे की गंध भी घुली रहती थी) और एक दूसरा ही आसमान था—सँकरा, गली जितना चौड़ा और बिजली के तारों के जाल में बमुश्किल नज़र आने वाला नहीं, बल्कि एक अथाह आसमान जहाँ ऊँचाई पर चुपचाप चीलें उड़ रही होती थीं।

साउंड एंड लाइट शो एक सरकारी कार्यक्रम था (नई हुकूमत ने अभी तक उसे छेड़ा नहीं था) जिसमें लाल क़िले और उन बादशाहों का इतिहास बतलाया जाता था, जिन्होंने दो सौ से ज़्यादा साल तक वहाँ से हुकूमत की थी—उसे बनाने वाले शाहजहाँ से लेकर आख़िरी मुग़ल बादशाह बहादुर शाह ज़फ़र तक, जिन्हें 1857 की नाकाम बग़ावत के बाद अंग्रेज़ों ने देश-निकाला दे दिया था। कुलसूम बी को इतना ही इतिहास मालूम था, हालाँकि उनकी समझ इतिहास लिखने वालों से बहुत अलग और गैर-परंपरागत थी। क़िले में जाकर वे और उनकी छोटी-सी मंडली बाक़ी दर्शकों (जिनमें ज़्यादातर पर्यटक और स्कूली बच्चे होते थे) के साथ लकड़ी के बेंचों पर बैठ जाती, जिनके नीचे मच्छरों के घने झुंड होते थे। उनसे बचने के लिए दर्शकों को ज़बरन उदासीन बने रहना पड़ता और ताजपोशी, जंग, क़त्लेआम, फ़तह और हार के दृश्यों के समय उनकी टाँगें हिलती रहतीं।

उस्ताद कुलसूम बी की ख़ास दिलचस्पी अठाहरवीं सदी के बादशाह मोहम्मद शाह रँगीला के दौर में थी जो अय्याशी, संगीत और चित्रकारी के मशहूर शौक़ीन थे—तमाम मुग़लों में सबसे ज़्यादा ख़ुशमिजाज़। वे अपनी शागिर्दों को साल 1739 पर ख़ास ग़ौर करने के लिए कहती थीं। उसकी शुरुआत घोड़ों की गरजती टापों से होती जो दर्शकों के पीछे से आती हुई सुनाई देतीं और मँडराती

हुई क़िले में प्रवेश करतीं—पहले मद्धिम, फिर तेज़, तेज़तर, तेज़तरीन। यह नादिरशाह के घुड़सवारों की फ़ौज थी जो फ़ारस से ग़ज़नी, काबुल, कंधार, पेशावर, लाहौर और सरहिंद को पार करती, शहर-दर-शहर लूटपाट मचाती दिल्ली की तरफ़ बढ़ी आ रही थी। बादशाह मोहम्मद शाह के सिपहसालार उन्हें चेतावनी देते हैं कि क़यामत आने वाली है, लेकिन वे बेफ़िक्र होकर हुक्म देते हैं कि संगीत-नृत्य जारी रखा जाए। इस मोड़ पर दीवाने-ख़ास की रोशनियाँ भड़कीली हो उठतीं। ज़नाना हिस्सा ग़ुलाबी रोशनी (*क्यों नहीं*) में नहा जाता और औरतों की हँसी, रेशम की सरसराहट और पायलों की छम-छम-छम से भर जाता। फिर अचानक उन नाज़ुक, ख़ुशग़वार ज़नाना आवाज़ों के बीच से किसी दरबारी हिजड़े की साफ़, गहरी, अलग, भोथरी, नखरीली खिलखिलाहट सुनाई देती।

'वो देखो!' उस्ताद कुलसूम बी इस तरह कहतीं जैसे किसी प्राणीवैज्ञानिक ने कोई दुर्लभ पतिंगा देख लिया हो। 'सुना तुमने? ये *हम* हैं। यही हमारे पुरखे हैं, हमारा इतिहास, हमारी दास्तान। अरे, हम कोई मामूली लोग नहीं थे। हम शाही महल के अमले के लोग हुआ करते थे।'

वह लम्हा दिल की एक धड़कन में बीत जाता था। लेकिन यह कोई बड़ी बात नहीं थी। बड़ी बात यह थी कि वह था। इतिहास में उसकी हैसियत भले ही एक बेडौल-सी हँसी से ज़्यादा न थी, उसमें अनुपस्थित रहने या दर्ज न होने के मुक़ाबले यह कोसों आगे की, बहुत बड़ी चीज़ थी। आख़िर, वह बेढब हँसी भी भविष्य की दीवार में एक पायदान बन गई थी।

उस्ताद कुलसूम बी बहुत ग़ौर से इस लम्हे की तरफ़ इशारा करती थीं। इसके बावजूद अगर कोई उसे अनसुना करता तो वे उस पर बरस पड़तीं। उनकी नाराज़गी इतनी बढ़ जाती कि पुरानी सदस्य नई सदस्यों को खुलेआम डाँट-फटकार से बचने के लिए राय देतीं कि अगर वे नहीं सुन पाई हों तब भी यही कहें कि सुन ली है।

एक बार गुड़िया ने उन्हें यह बताने की कोशिश की कि हिंदू मिथकों में भी हिजड़ों को ख़ूब प्यार और इज़्ज़त दी गई है। उसने कुलसूम बी से कहा कि किस तरह राम, उनकी पत्नी सीता और छोटे भाई लक्ष्मण को जब चौदह साल का वनवास मिला तो राम को चाहने वाले लोग यह फ़ैसला करके उनके पीछे चल दिए कि वे अपने राजा का साथ नहीं छोड़ेंगे। जब वे अयोध्या के बाहरी हिस्से में पहुँचे, जहाँ से जंगल शुरू होता था तो राम ने पीछे मुड़कर अपनी प्रजा से कहा, 'मैं चाहता हूँ सब मर्द और औरतें वापस घर चले जाएँ और मेरे लौटने

का इंतज़ार करें।' राजा की आज्ञा मानकर सभी लौट गए। तब सिर्फ़ हिजड़े थे जो पूरे चौदह साल तक जंगल के किनारे वफ़ादारी के साथ इंतज़ार करते रहे क्योंकि हुक्म देते समय राम उनका ज़िक्र करना भूल गए थे।

'तो हमें यूँ भूले हुओं की तरह याद किया जाता है?' उस्ताद कुलसूम बी ने कहा, 'वाह! वाह!'

अंजुम को एक ख़ास वजह से लाल क़िले की अपनी पहली यात्रा पूरी याद थी। डॉ. मुख़्तार की सर्जरी से ठीक होने के बाद वह पहली बार बाहर निकली थी। विदेशी पर्यटकों के लिए अलग क़तार थी जिसके टिकट ज़्यादा महँगे थे और जब वे उन्हें ख़रीदने के लिए लाइन लगाए हुए थे, लोग उन्हें फूहड़ ढंग से घूर रहे थे। दूसरी ओर, विदेशी पर्यटक हिजड़ों और ख़ासतौर से अंजुम को घूर रहे थे। पैनी निगाह और ईसा मसीह जैसी महीन दाढ़ी वाला एक नौजवान प्रशंसापूर्वक उसकी तरफ़ देख रहा था। उसने भी उसे देखा और उसकी कल्पना में वह हज़रत सरमद शहीद बन गया। लगा कि उस नौजवान की दुबली-पतली देह दाढ़ी वाले शातिर क़ाज़ियों की अदालत में ग़ुरूर के साथ नंगी खड़ी है और मौत की सज़ा सुनने के बाद भी घबराई हुई नहीं है। जब पर्यटक उसकी तरफ़ आया तो वह कुछ हैरान हुई।

'आप बहोत सुंदर हैं,' उसने कहा, 'एक फ़ोटो? ले लूँ?'

किसी ने पहली बार उसकी तस्वीर खींचने की इच्छा जताई थी। उसने ख़ुशी से अपना लाल फीतों वाला परांदा कंधे पर डाला और इजाज़त के लिए कुलसूम बी की तरफ़ देखा। उन्होंने हाँ कर दी तो अंजुम ने बलुआ पत्थर की फ़सीलों से टिक कर कुछ घबराहट और कुछ ढिठाई के साथ अपने कंधों को पीछे झुकाया, ठोड़ी ऊपर की और तस्वीर खिंचवाने की अदा बनाई।

'सैंक्यू,' नौजवान ने कहा। 'सैंक्यू वेरी मच।'

तस्वीर उसे कभी देखने को नहीं मिली, लेकिन वह किसी बात की शुरुआत थी। वह तस्वीर।

अब वह कहाँ होगा? ख़ुदा जाने।

अंजुम का भटकता हुआ दिमाग़ कुलसूम बी के कमरे में चल रही बैठक की तरफ़ लौटा।

उस्ताद कुलसूम बी कह रही थीं कि हमारे हुक्मरानों की गिरावट और उद्दंडता ही मुग़लिया सल्तनत की तबाही की वजह बनी। जब शहज़ादे ग़ुलाम औरतों के साथ रंगरेलियाँ मना रहे हों, बादशाह नंगे घूम रहे हों, अय्याशी कर

रहे हों और अवाम भूखों मर रही हो तो कोई सल्तनत कैसे बची रह सकती है। वह क्यों बची रहनी चाहिए (जिन्होंने उन्हें 'मुग़ले-आज़म' में शहज़ादे सलीम का रोल करते हुए सुना था, उनमें से किसी को अंदाज़ा नहीं हो सकता था कि वह उसे ज़रा भी अच्छा नहीं मानती। किसी को यह अंदाज़ा नहीं हो सकता था कि ख़्वाबगाह के इतिहास और शाही ख़ानदान से उसके रिश्ते पर गुमान करने वाली के भीतर मुग़ल हुक्मरानों की फ़िज़ूलख़र्ची और अवाम की कंगाली के बारे में समाजवादी क़िस्म का ग़ुस्सा भी होगा)? फिर वे ज़िंदगी के उसूलों और मज़बूत अनुशासन की हिमायत करने लगीं क्योंकि उनके मुताबिक़ ये दो चीज़ें ख़्वाबगाह की ख़ास पहचान थीं और यही ताक़त और यही वजह थी कि वह कई दौर गुज़रने के बाद भी बनी हुई है जबकि उससे कहीं ज़्यादा मज़बूत और शानदार चीज़ें ख़त्म हो गईं।

दुनिया के आम लोग—वे क्या जानते हैं कि हिजड़े की ज़िंदगी जीना क्या होता है? वे उसूलों, क़ायदों और क़ुर्बानियों के बारे में क्या जानते हैं? आज यह बात कौन जानता है कि ऐसा भी वक़्त था जब उस्ताद कुलसूम बी समेत वे सब सड़कों के ट्रैफ़िक सिग्नलों पर भीख माँगने के लिए मजबूर कर दी गई थीं और फिर किस तरह उन्होंने वहाँ से टुकड़ा-दर-टुकड़ा, ज़िल्लत-दर-ज़िल्लत अपनी हैसियत बनाई। उस्ताद कुलसूम बी ने कहा, ख़्वाबगाह इसीलिए ख़्वाबगाह कहलाई कि इस जगह ख़ास तरह के लोग, मुबारक लोग अपने उन ख़्वाबों को लेकर आए जो 'दुनिया' नाम की जगह में सच साबित नहीं हो सकते थे। ख़्वाबगाह में उन पाक रूहों को आज़ादी हासिल होती है जो ग़लत देहों में फँसी हुई हों (उन्होंने इस बाबत कुछ नहीं कहा कि अगर पाक रूह एक औरत की देह में फँसा हुआ मर्द हो तो क्या होगा)।

जो भी हो—उस्ताद कुलसूम बी ने कहा, *जो भी हो*—और इसके बाद वे कुछ देर चुप रहीं, जिससे तोतले कवि-प्रधानमंत्री की याद आती थी—ख़्वाबगाह का बुनियादी उसूल मंज़ूरी है। दुनिया के लोग इस तरह की शैतानी अफ़वाहें फैलाते हैं कि हिजड़े छोटे बच्चों को उठा ले जाते हैं और उन्हें बधिया कर देते हैं। उन्हें पता नहीं और वे नहीं बता सकतीं कि ऐसी चीज़ें कहीं और हुई होंगी या नहीं, लेकिन परवरदिगार गवाह है कि ख़्वाबगाह में मंज़ूरी के बिना कुछ नहीं होता।

फिर वे मौजूदा मुद्दे पर आईं। 'परवरदिगार ने अंजुम को हमें लौटा दिया है।' उन्होंने कहा, 'वह यह नहीं बता रही है कि गुजरात में उसके और ज़ाकिर मियाँ के साथ क्या हुआ था और न हम उसे कुछ बताने के लिए मजबूर कर

सकते हैं। हम सिर्फ़ अंदाज़ा लगा सकते हैं और हमदर्दी रख सकते हैं। लेकिन हमदर्दी में हम अपने उसूलों से समझौता नहीं कर सकते। एक छोटी-सी बच्ची को उसकी हिफ़ाज़त के नाम पर, उसकी ख़्वाहिश के उलट, लड़के की तरह रखने का मतलब उसे क़ैद में रखना है, आज़ाद करना नहीं। हमारी ख़्वाबगाह में ऐसा होने का सवाल ही नहीं उठता। बिल्कुल नहीं।'

'वह *मेरी* बच्ची है।' अंजुम ने कहा, 'उसका फ़ैसला *मैं* करूँगी। अगर मैं चाहूँ तो यह जगह छोड़ सकती हूँ और उसे लेकर जा सकती हूँ।'

उसके इस एलान से परेशान होना तो दूर, सभी को यह देखकर राहत हुई कि अंजुम के भीतर की पुरानी ड्रामेबाज़ अब भी ज़िंदा है। फ़िक्र करने की कोई वजह नहीं थी क्योंकि जाने के लिए उसके पास कोई जगह थी ही नहीं।

'तुम जो चाहो कर सकती हो, लेकिन बच्ची यहीं रहेगी।' उस्ताद कुलसूम बी ने कहा।

अंजुम ने जवाब दिया, 'अभी तक तो आप मंज़ूरी की बात कर रही थीं और अब उसके नाम पर सब कुछ तय कर लेना चाहती हैं। हम लोग ज़ैनब से पूछेंगे। वह मेरे साथ ही रहना चाहेगी।'

उस्ताद कुलसूम बी से किसी को इस तरह ज़बान लड़ाने की छूट नहीं थी। उसे भी नहीं, जो एक क़त्ले-आम से बचकर आई हो। हर किसी को जवाब का इंतज़ार था।

उस्ताद कुलसूम बी ने आँखें बंद कीं और रजाई को अपने पीछे से हटाने के लिए कहा। थकान से चूर उन्होंने दीवार की तरफ़ मुँह किया और बाँह को तकिये की तरह मोड़कर गुड़ी-मुड़ी हो गईं। आँखें बंद किए हुए और बहुत दूर से आती हुई-सी आवाज़ में उन्होंने अंजुम को डॉ. भगत से मिलने की हिदायत दी और कहा कि वे जो दवा लिखेंगे, उसे खाना मत भूलना।

बैठक ख़त्म हो गई। सभी सदस्य चले गए। पेट्रोमैक्स, जो एक नाराज़ बिल्ली की तरह फुफकार रहा था, कमरे से बाहर आ गया।

৯

अंजुम के कहने का मतलब वह नहीं था जो उसने कहा था, लेकिन जब कह दिया तो ख़्वाबगाह छोड़ने का ख़याल उस पर हावी हो गया और एक अजगर की तरह उसे लपेटने लगा।

उसने डॉ. भगत के यहाँ जाने से इनकार कर दिया, सो उसके नाम पर

सईदा के नेतृत्व में एक प्रतिनिधि मंडल वहाँ पहुँचा। डॉ. भगत एक छोटे-से, तराशी हुई फ़ौजी मूँछों वाले आदमी थे और उनसे पौंड्स ड्रीम फ़्लावर टेल्कम पाउडर की तेज़ गंध आती थी। वे एक चंचल चिड़िया-नुमा आदमी थे जो अपनी और अपने मरीज़ों की बातों में हस्तक्षेप करते वक़्त नाक सुड़कते और मेज़ पर क़लम से तीन बार ठक-ठक करते थे।

उनकी बाँहों पर काले घने बाल थे, लेकिन सर कमोबेश गंजा था। बाईं कलाई पर एक चौड़ी पट्टी के बराबर हजामत की हुई थी। उस पर वे टेनिस खिलाड़ियों जैसा तौलियानुमा स्वेटबैंड पहनते थे और उसके ऊपर सोने की एक भारी घड़ी, ताकि वक़्त को साफ़-साफ़ देख सकें। रोज़ की तरह वे उस सुबह भी टेरीकॉट का झक्क सफ़ेद सफ़ारी सूट और चमकदार सफ़ेद सैंडिल पहने हुए थे। उनकी कुर्सी की पीठ पर एक साफ़-सफ़ेद तौलिया लटका था। उनका क्लिनिक एक मैली-कुचैली बस्ती में था, लेकिन ख़ुद वे बहुत साफ़-सुथरे आदमी थे और भले भी।

प्रतिनिधि मंडल अंदर गया और वहाँ जो भी कुर्सियाँ थीं, उन पर बैठ गया। कुछ कुर्सियों के हत्थों पर टिक गईं। आमतौर पर ख़्वाबगाह के मरीज़ दो-दो या तीन-तीन करके आते थे (अकेले कभी नहीं), लेकिन उस सुबह इतने बड़े झुंड को देखकर डॉ. भगत कुछ चौंक गए।

'आप लोगों में से मरीज़ कौन है?'

'कोई नहीं, डॉक्टर साहब।'

सईदा ने सबकी नुमाइंदा के तौर पर हर मुमकिन सावधानी बरतते हुए और बीच-बीच में दूसरों से सलाह लेते हुए अंजुम के बदले हुए बर्ताव के बारे में बताया—उसका सोच में डूबे रहना, उसकी अक्खड़ता, उसका *पढ़ना,* और सबसे बढ़कर, अनुशासन न मानना। उसने डॉक्टर को ज़ैनब की बीमारी और अंजुम की फ़िक्र के बारे में बताया (बेशक, वह अंजुम के सिफ़्ली जादू और उसमें अपनी भूमिका के बारे में नहीं जानती थी)। प्रतिनिधि मंडल ने आपस में काफ़ी सलाह-मशविरे के बाद तय किया कि गुजरात का ज़िक्र न किया जाए, क्योंकि :

(क) उन्हें पता नहीं था कि अगर गुजरात में अंजुम के साथ कोई वारदात हुई है तो क्या हुई है।

और,

(ख) डॉ. भगत की मेज़ पर चाँदी की (या सिर्फ़ चाँदी की परत वाली) एक बड़ी-सी गणेश की प्रतिमा रखी हुई थी और ताज़ा अगरबत्ती का धुआँ

उसकी सूँड पर लगातार लहरा रहा था।

दूसरी बात से कोई ठोस निष्कर्ष निकालना मुश्किल था, लेकिन उन्हें ठीक-ठीक अंदाज़ा नहीं हो पा रहा था कि गुजरात में जो कुछ हुआ है उस पर उनके क्या विचार हैं। सावधानी बरतने के लिहाज़ से उन्होंने इस पर ख़ामोश रहना ही ठीक समझा।

डॉ. भगत ने (जो दूसरे लाखों धार्मिक हिंदुओं की ही तरह गुजरात की घटनाओं पर हैरान थे) ग़ौर से उन्हें सुना, नाक सुड़की और अपनी क़लम से मेज़ पर ठक-ठक किया। उनकी चमकीली गोल आँखें सुनहरे फ्रेम के मोटे चश्मे के पीछे बड़ी-बड़ी दिखाई दे रही थीं। उन्होंने अपनी भौंहों पर हाथ फिराया, एक मिनट उन लोगों की बात पर सोचा और पूछा कि क्या अंजुम ने जब ख़्वाबगाह छोड़ने की बात की तो उसके बाद पढ़ना शुरू किया या फिर पढ़ाई करने के बाद ऐसा हुआ है। इस मुद्दे पर प्रतिनिधि मंडल एकमत नहीं था। एक जवान हिजड़ा, मेहर, ने कहा कि अंजुम ने उसे बताया था कि वह वापस दुनिया में लौटना चाहती है और ग़रीबों की मदद करना चाहती है। इस पर हँसी की एक लहर फैल गई। डॉ. भगत ने बिना मुस्कुराए पूछा कि इसमें ख़ुश होने की क्या बात है।

'अर्रे, डॉक्टर साहब, कौन बेचारा ग़रीब हमसे मदद माँगेगा?' मेहर ने कहा और मदद करने के नाम पर ग़रीबों को डराने का ख़याल आने पर सब खिलखिलाने लगीं।

डॉ. भगत ने नुस्ख़े के पैड पर छोटी और साफ़-सुथरी लिखावट में दर्ज किया : *मरीज़ पहले बहुत बाहर घूमने-फिरने वाली, आज्ञाकारी, ख़ुशनुमा स्वभाव की, अब अनुशासनहीन, बग़ावती तेवर दिखाने वाली व्यक्ति*।

उन्होंने कहा कि चिंता की कोई बात नहीं है, और एक नुस्ख़ा लिख दिया। उन्होंने कहा कि इन गोलियों से (वे सबके लिए हमेशा यही गोलियाँ लिखते थे) मरीज़ को आराम होगा और रात में अच्छी नींद आएगी और उसके बाद मैं ख़ुद मरीज़ को देखूँगा।

अंजुम ने गोलियाँ लेने से साफ़ मना कर दिया।

जैसे-जैसे दिन बीते, उसकी ख़ामोशी की जगह किसी दूसरी चीज़ ने ले ली—कोई बेचैन और नुकीली चीज़। वह उसकी रगों में एक भीषण बग़ावत और उपद्रव की तरह दौड़ने लगी। यह बग़ावत उस नक़ली ख़ुशी के ख़िलाफ़ थी जिसे वह ता-ज़िंदगी झेलती रही थी।

उसने डॉ. भगत के नुस्ख़े को दालान में जमा उन चीज़ों के ढेर में फ़ेंक दिया जो एक ज़माने में उसे बहुत पसंद थीं और उनमें आग लगा दी। राख हुई चीज़ें इस प्रकार थीं :

तीन डॉक्युमेंट्री फ़िल्में (उसके बारे में)।

दो रंगीन तस्वीरों वाली चिकनी कॉफ़ी टेबल किताबें (उसके बारे में)।

सात विदेशी पत्रिकाओं के फ़ोटो फ़ीचर (उसके बारे में)।

तेरह से ज़्यादा भाषाओं के विदेशी अख़बारों की कतरनों का एक एलबम, जिसमें *न्यूयॉर्क टाइम्स, लंदन टाइम्स, गार्डियन, बोस्टन ग्लोब, ग्लोब एंड मेल, ल मांद, कोरियेरेदेल्लासेरा, ला स्तांपा* और *डीज़ाइट* थे (उसके बारे में)।

आग से धुआँ उठा और सभी—बकरे समेत—खाँसने लगे। जब राख ठंडी हो गई तो उसे अंजुम ने अपने चेहरे और बालों पर मल दिया। उस रात ज़ैनब ने अपने कपड़े, जूते, स्कूली बस्ता और रॉकेट के आकार का पेंसिल बॉक्स सईदा की अलमारी में रख दिए। उसने अंजुम के साथ सोने से भी इनकार कर दिया।

'मम्मी कभी ख़ुश नहीं रहती।' उसने दो टूक और बेरहम तरीक़े से वजह बताई।

अंजुम का दिल टूट गया। उसने अपनी गोदरेज की अलमारी ख़ाली की और पूरा तामझाम—साटिन के गरारे और सलमे-सितारे वाली साड़ियाँ, झुमके, पाज़ेब और काँच की चूड़ियाँ—संदूक़ों में भर लिया। उसने दो पठानी सूट सिलवाए, एक कबूतरी भूरा और दूसरा मटमैला भूरा; एक सेकेंड हैंड बरसाती और एक जोड़ी मर्दाना जूते ख़रीदे जिन्हें बिना मोजे के पहन लिया। फिर एक जर्जर टेम्पो आया जिस पर अलमारी और टीन के ट्रंक लाद दिए गए। यह बताए बग़ैर कि कहाँ जा रही है, वह चली गई।

लेकिन तब भी किसी ने उसे संजीदगी से नहीं लिया। सबको यक़ीन था कि वह लौट आएगी।

꧁

टेंपो ने ख़्वाबगाह से दस मिनट की दूरी तय की और अंजुम एक बार फिर एक दूसरी दुनिया में पहुँच गई।

वह एक बेरौनक़, उजाड़ क़ब्रिस्तान था, ज़्यादा बड़ा नहीं, और उसका इस्तेमाल कभी-कभी होता था। उसकी उत्तरी सीमा पर एक सरकारी अस्पताल

और मुर्दाघर था, जहाँ शहर के आवारागर्दों और लावारिसों की लाशें तब तक रखी रहती थीं जब तक पुलिस यह तय नहीं कर लेती थी कि उनका निपटारा कैसे किया जाए। ज़्यादातर लाशों को शहर के शवदाहगृह में ले जाया जाता। अगर उनकी पहचान मुसलमान के रूप में होती तो उन्हें बग़ैर निशानदेही के क़ब्रों में दफ़नाया जाता, जिनका नामोनिशान वक़्त गुज़रने के साथ मिट जाता और वे मिट्टी का उपजाऊपन बढ़ाने और पुराने पेड़ों को हरा-भरा रखने के काम आतीं।

क़ायदे से बनी हुई क़ब्रों की तादाद दो सौ से कम थी। पुरानी क़ब्रें ज़्यादा लंबी-चौड़ी थीं, उन पर संगमरमर के नक़्क़ाशीदार पत्थर लगे थे, नई क़ब्रें कामचलाऊ थीं। अंजुम के ख़ानदान की कई पीढ़ियाँ यहीं दफ़्न थीं—मुलाक़ात अली, उनके अब्बा और अम्मी, दादा और दादी। मुलाक़ात अली की बड़ी बहन बेगम ज़ीनत कौसर (अंजुम की बुआ) की क़ब्र उनकी बग़ल में थी। बँटवारे के वक़्त वे लाहौर चली गई थीं और दस साल वहाँ रहने के बाद यह कहकर अपने शौहर और बच्चों को छोड़कर दिल्ली आ गई थीं कि वे जामा मस्जिद इलाक़े के अलावा और कहीं नहीं रह सकतीं (किसी वजह से लाहौर की बादशाही मस्जिद उन्हें रास नहीं आई)। पुलिस द्वारा तीन बार उन्हें पाकिस्तानी जासूस मानकर वापस भेजने की कोशिश नाकाम रही थी और वे शाहजहानाबाद में एक छोटे-से कमरे (और रसोई) में रहती थीं जहाँ से उनकी प्यारी मस्जिद नज़र आती थी। उनके साथ क़रीब उन्हीं की हमउम्र एक विधवा रहती थी। गुज़ारे के लिए वे पुराने शहर के एक होटल को मटन क़ोरमा सप्लाई करतीं जहाँ विदेशी पर्यटकों के झुंड के झुंड देसी खाने का स्वाद लेने आते थे। वे तीस साल तक एक ही बर्तन में क़ोरमा पकाती रहीं और उनकी देह से उसी तरह क़ोरमे की गंध आती थी जैसे दूसरी औरतों से इत्र और परफ़्यूम की आती है। यहाँ तक कि जब वे गुज़रीं तो उन्हें क़ब्र में उतारते वक़्त भी उनसे पुरानी दिल्ली के ज़ायकेदार खाने की महक आ रही थी। ज़ीनत कौसर की बग़ल में अंजुम की सबसे बड़ी बहन बीबी आयशा की क़ब्र थी जिनका इंतक़ाल टीबी से हुआ था। थोड़ी ही दूर दाई अहलाम बाजी की क़ब्र थी जिन्होंने अंजुम की जचगी कराई थी। मौत से कुछ साल पहले अहलाम बाजी मतिभ्रम और मोटापे की शिकार हो गईं। वे पुराने शहर की गलियों में एक मैली-कुचैली मलिका की तरह शाही अंदाज़ में चलती थीं और अपने उलझे-पुलझे बाल मैले से तौलिये में इस तरह लपेटे रहतीं जैसे अभी-अभी गदही के दूध से नहाकर आई हों। उनके पास एक फटा-पुराना किसान यूरिया का बोरा होता था, जिसमें मिनरल

वाटर की ख़ाली बोतलें, फटी हुई पतंगें, तहाये हुए पोस्टर और पर्चे ठुँसे रहते जो पास के रामलीला मैदान में होने वाली बड़ी राजनैतिक रैलियों के बाद वहाँ बिखरे मिलते थे। अपने बुरे दिनों में अहलाम बाजी उन लोगों को कोसती रहतीं, जिन्हें वे इस दुनिया में लाई थीं और जो अब बाल-बच्चेदार बुज़ुर्ग मर्द और औरतें बन चुके थे। वे उन्हें भद्दी गालियाँ देतीं और उस दिन को कोसतीं जब वे पैदा हुए थे। कोई उनकी गालियों का बुरा नहीं मानता था : लोग आमतौर पर जवाब में झेंपते हुए से खींसे निपोर देते जैसे वे किसी जादू के शो में गिनीपिग की तरह मंच पर खड़े हों। अहलाम बाजी को खाना और जगह देने के प्रस्ताव आते रहते। वे कुछ जले-भुने ढंग से खाना तो ले लेतीं जैसे देने वाले पर एहसान कर रही हों, लेकिन जैसे ही कोई उन्हें पनाह देने की बात करता, वे ठुकरा देतीं। कितनी भी गर्मी हो या कड़ी से कड़ी ठंड हो, वे ज़िद के साथ बाहर ही रहतीं। एक सुबह वे अलिफ़ ज़ेड स्टेशनर्स एंड फ़ोटोकॉपियर्स दूकान के सामने तनकर बैठी और मरी हुई पाई गईं। उनकी बाँहें किसान यूरिया के बोरे से लिपटी थीं। जहाँआरा बेगम ने ज़ोर दिया कि उन्हें ख़ानदानी क़ब्रिस्तान में ही दफ़नाया जाए। उनकी देह को नहलाने, कपड़े पहनाने और नमाज़े-जनाज़ा के लिए इमाम का इंतज़ाम भी उन्होंने किया। आख़िरकार उनके पाँचों बच्चों की जचगी अहलाम बाजी ने ही कराई थी।

अहलाम बाजी की बग़ल में एक ऐसी औरत की क़ब्र थी जिसके पत्थर पर (अंग्रेज़ी में) लिखा था : बेगम रेनाता मुमताज़ मैडम। बेगम रेनाता रोमानिया की एक बेली डांसर थी जो बुखारेस्ट में पली-बढ़ी थी और हिंदुस्तान और उसके शास्त्रीय नृत्य के सपने देखती थी। सिर्फ़ उन्नीस साल की उम्र में वह पैदल महाद्वीप पार करती हुई दिल्ली पहुँची, जहाँ उसे एक घटिया क़िस्म का कथक गुरु मिला जिसने उसका शारीरिक शोषण ज़्यादा किया और नृत्य बहुत कम सिखाया। दो जून की रोटी के लिए वह रोज़बड रेस्ट-ओ-बार में कैबरे करने लगी जो दिल्ली के सात पुराने शहरों में से पाँचवें शहर फ़िरोज़शाह कोटला के रोज़ गार्डन में था और आसपास के लोग जिसे नो-रोज़ गार्डन कहते थे। रेनाता का कैबरे-नामकरण मुमताज़ हुआ। वह एक पेशेवर ठग के इश्क़ में नाकाम रही (जो उसका सारा पैसा लेकर चंपत हो गया) और भरी जवानी में मर गई। यह जानने के बावजूद कि उसने धोखा दिया था, रेनाता उसके लिए तड़पती रहती। वह विक्षिप्त-सी हो गई थी और जादू-टोना करने और आत्माओं को बुलाने लगी थी। वह देर तक उन्माद में रहती, उसकी त्वचा पर फफोले पड़ जाते और आवाज़ मर्दों जैसी भारी और गहरी हो जाती। यह साफ़ नहीं था कि

वह किन हालात में मरी हालाँकि सभी का अनुमान था कि उसने आत्महत्या की। सिर्फ़ रोशन लाल था जो आश्चर्यजनक रूप से उसका अंतिम संस्कार करने आया। वह रोज़बड रेस्ट-ओ-बार का मुख्य वेटर था, एक चुप्पा, उपदेश-बाज़ क़िस्म का आदमी, जो सभी नर्तकियों को टोकता रहता था (और उनके मज़ाक़ का निशाना भी बनता था)। वह उसकी क़ब्र पर एक नहीं, दो नहीं, बल्कि हर मंगलवार को (उसकी छुट्टी का दिन) फूल चढ़ाने आता था। उसी ने क़ब्र के पत्थर पर उसका नाम खुदवाया और उसी के शब्दों में, वह उसका 'कीप-अप' भी करता था। उसने क़ब्र के पत्थर पर रेनाता के नाम के आगे और पीछे बेगम और मैडम भी जुड़वाया। रेनाता को मरे सत्रह साल हो गए थे। रोशन लाल की पतली पिंडलियों पर मोटी फूली हुई नसें थीं और उसे एक कान से सुनाई नहीं देता था, लेकिन वह अब भी अपनी पुरानी काली साइकिल को टुनटुनाता हुआ, ताज़ा फूल—गज़निया, सस्ते दाम वाले गुलाब—लेकर क़ब्रिस्तान में आता। कड़की के दिनों में वह चमेली के गजरे लाने लगा जिन्हें वह ट्रैफ़िक लाइटों पर बेचने वाले बच्चों से ख़रीदता था।

ख़ास क़ब्रों से अलग कुछ ऐसी क़ब्रें थीं जिनकी उत्पत्ति पर विवाद था। मसलन, एक क़ब्र पर सिर्फ़ 'बादशाह' लिखा हुआ था। कुछ लोगों का कहना था कि बादशाह एक कम-नस्ल मुग़ल शहज़ादा था जिसे 1857 की बग़ावत के बाद अंग्रेज़ों ने फाँसी पर लटका दिया था, लेकिन दूसरों के मुताबिक़ वह अफ़ग़ानिस्तान का कोई सूफ़ी शायर था। एक दूसरी क़ब्र पर सिर्फ़ 'इस्लाही' लिखा था। कुछ का कहना था कि वह शहंशाह शाह आलम द्वितीय की फ़ौज का सिपहसालार था, जबकि दूसरे लोग कहते थे कि वह एक स्थानीय भड़ुआ था जिसे 1960 के दशक में एक तवायफ़ ने धोखा देने के कारण चाक़ू मार दिया था। जितने मुँह उतनी बातें थीं।

क़ब्रिस्तान में अपनी पहली रात अंजुम ने जल्दी से आसपास का जायज़ा लिया, गोदरेज की अलमारी और थोड़ा-बहुत सामान मुलाक़ात अली की क़ब्र की बग़ल में रखा और क़ालीन और बिस्तर अहलाम बाजी और बेगम रेनाता मुमताज़ मैडम की क़ब्रों से सटाकर बिछा दिए। आश्चर्य नहीं कि वह रात-भर नहीं सोई। ऐसा नहीं था कि क़ब्रिस्तान में किसी ने उसे परेशान किया हो—कोई जिन्न उससे मिलने नहीं आया, न किसी भूत-प्रेत ने तंग करने की कोशिश की। क़ब्रिस्तान के उत्तरी सिरे पर नशेड़ियों का झुंड—उनके साये रात से कुछ ही ज़्यादा गहरे थे—अस्पताल की पुरानी पट्टियों और इस्तेमालशुदा सीरिंजों के सैलाब में कूड़े के ढेर पर सिमटा हुआ था और उन्होंने अंजुम पर कोई ध्यान

नहीं दिया। दक्षिणी हिस्से में बेघर लोगों के थक्के आग के चारों ओर बैठे अपना थोड़ा बहुत खाना बना रहे थे। आवारा कुत्ते, जो उन लोगों से ज़्यादा तंदुरुस्त थे, शराफ़त के साथ कुछ दूरी पर बैठे कुछ टुकड़ों का इंतज़ार कर रहे थे।

इस माहौल में अंजुम किसी ख़तरे में पड़ सकती थी, लेकिन अपनी वीरानी के चलते वह बची रही। किसी भी सामाजिक मर्यादा से मुक्त यह वीरानी उसके चारों ओर अपनी पूरी भव्यता के साथ उभर आई—एक क़िला, उसकी फ़सीलें, कंगूरे, तहख़ाने और दीवारें, जो क़रीब आती हुई एक भीड़ की तरह भनभन कर रही थीं। ख़ुद से ही भागी हुई एक शरणार्थी की तरह वह उसकी चमचमाती कोठरियों में डोलती रही। उसने भगवा त्रिशूलों पर बच्चों को उठाए हुए, भगवा मुस्कुराहट वाले भगवा मर्दों के जुलूस को दिमाग़ से निकालने की कोशश की, लेकिन वह निकल नहीं सका। उसने ज़ाकिर मियाँ के लिए भी दरवाज़े भेड़ने की कोशिश की, जिन्हें नोटों की शक्ल में बनाई गई चिड़िया की तरह ही सड़क के बीचोंबीच तह-बंद करके फेंक दिया गया था। लेकिन वे बंद दरवाज़ों के भीतर से अपने उड़ते हुए क़ालीन पर तह-बंद हालत में ही उसका पीछा करते रहे। उसने यह भूलने की कोशिश की कि उन्होंने अपनी आँखों की रोशनी ख़त्म होने से ठीक पहले किन आँखों से उसे देखा था। लेकिन उन्होंने उसे भूलने नहीं दिया।

उसने उनसे यह कहने की कोशिश की कि जब वे लोग उसे उनकी बेजान देह से दूर भगा रहे थे तो वह बहादुरी के साथ लड़ी थी।

लेकिन वह अच्छी तरह जानती थी कि वह लड़ी नहीं थी।

उसने इसे अन-जाना करने की कोशिश की कि उन्होंने दूसरे तमाम लोगों के साथ क्या किया था—किस तरह मर्दों को तह-बंद किया और औरतों की तहें उधेड़ीं, और किस तरह उनकी बोटी-बोटी अलग करके उन्हें आग के हवाले कर दिया।

लेकिन वह अच्छी तरह जानती थी कि वह जानती है।

वे।

वे, कौन?

न्यूटन की फ़ौज। एक-जैसी और उलट प्रतिक्रिया करने के लिए तैनात। तैंतीस हज़ार भगवा सुग्गे। इस्पाती पंजों और लहूलुहान चोंचों वाले। सब एक साथ चिल्लाते हुए :

मुस्सलमान का एक ही स्थान! क़ब्रिस्तान या पाकिस्तान!

अंजुम ने मरा हुआ होने का अभिनय करते हुए अपने को ज़ाकिर मियाँ के ऊपर बिछा दिया था। एक नक़ली औरत की नक़ली लाश। लेकिन सुग्गों ने शुद्ध शाकाहारी होने या इसका दिखावा करने (भर्ती होने के लिए यह न्यूनतम योग्यता थी) के बावजूद शिकारी कुत्तों जैसी बारीक़ी और महारत के साथ हवा को सूँघा और उसे ढूँढ़ निकाला। तीस हजार आवाज़ें एक साथ गूँज उठीं, जैसे उस्ताद कुलसूम बी के बीरबल की नक़ल कर रही हों :

आय हाय! साली रंडी हिजड़ा! बहनचोद रंडी हिजड़ा। बहनचोद मुसलमान रंडी हिजड़ा!

एक और आवाज़ आई। ज़्यादा तेज़ और बेचैन। एक और सुग्गा।

नहीं यार, मत मारो। हिजड़ों को मारना अपशगुन होता है।

अपशगुन!

हत्यारों को अपशगुन से ज़्यादा और किसी चीज़ का डर नहीं था। आख़िरकार अपशगुन भगाने के लिए जो अँगुलियाँ तलवारें चमका रही थीं और छुरे लहरा रही थीं, उनमें मोटी और शगुनकारी पत्थरों से जड़ी सोने की अँगूठियाँ थीं। यह अपशगुन को भगाने के लिए ही था कि लोगों को मौत के घाट उतारने वाली लोहे की छड़ें लहराती उनकी कलाइयों पर पूजा के लाल धागे थे जिन्हें उनकी माँओं ने बड़े प्यार से बाँधा था। आख़िर इतनी सावधानी बरतने पर किसी अपशगुन को जान-बूझकर न्योता देने की क्या तुक थी?

सो, उन्होंने उस पर कड़ी निगाह डाली और उससे अपने नारे लगवाए। *भारत माता की जय! वंदे मातरम्!*

उसने नारे लगाए। रोते, काँपते हुए, किसी भयंकर दुःस्वप्न से भी अधिक बेइज़्ज़त महसूस करते हुए।

उन्होंने उसे ज़िंदा छोड़ दिया। अन-मारा हुआ। अन-घायल। न उसकी तह-बंदी की और न उसकी तहें उधेड़ीं। सिर्फ़ उसकी। ताकि उनकी ख़ुश-क़िस्मती बनी रहे।

कसाइयों का शगुन।

उसका इतना ही मतलब था। और वह जितने ज़्यादा समय तक जीवित रहेगी, उनके लिए उतना ही शगुन होगा।

अपने इस ख़ास क़िले में टहलते हुए उसने इस छोटे-से ब्योरे को अन-जाना करने की कोशिश की, लेकिन नाकाम रही। वह अच्छी तरह जानती थी कि वह अच्छी तरह जानती है कि वह अच्छी तरह जानती है।

ठंडी आँखों और सिंदूरी माथे वाले मुख्यमंत्री अगला चुनाव जीत जाएँगे।

केंद्र में जब कवि-प्रधानमंत्री की सरकार गिर गई तो उसके बाद भी वे गुजरात में चुनाव-दर-चुनाव जीतते रहे थे। कुछ लोगों का ख़याल था कि उन्हें हत्याकांड का ज़िम्मेदार क़रार देना चाहिए, लेकिन उनके मतदाता उन्हें 'गुजरात का लल्ला' कहते थे। गुजरात का प्रियतम।

❧

कई महीनों तक अंजुम क़ब्रिस्तान में रही। एक लुटा-पिटा, जंगली क़िस्म का भूत। वहाँ रहने वाले जिन्नों और आत्माओं को पछाड़ता हुआ, अपने मृतकों को दफ़नाने आए शोकग्रस्त परिवारों पर घात लगाता हुआ—एक पगलाई हुई पीड़ा के साथ, जो उन सब पर भारी पड़ती थी। उसने अपनी देखभाल करना छोड़ दिया और बाल रँगने बंद कर दिए। वे जड़ों में सफ़ेद हो गए थे और अचानक सर के बीच से नीचे की तरफ़ बिल्कुल काले थे जिससे धारीदार लगने लगे थे। अपने चेहरे के बालों से वह कभी सबसे ज़्यादा घबराती थी, लेकिन अब वे उसकी ठुड्डी और गालों पर पाले की तरह चमकने लगे (शुक्र है कि सस्ते हारमोन इंजेक्शनों के कारण वे पूरी दाढ़ी के रूप में नहीं उग पाए)। उसका आगे का एक दाँत, जो पान खाने से गहरा लाल हो गया था, ढीला हो गया। जब वह बोलती थी या भूले-बिसरे कभी मुस्कराती थी तो वह बुरी तरह ऊपर-नीचे हिलता था जैसे हारमोनियम की एक कुंजी ख़ुद-ब-ख़ुद बज रही हो। इस डरावनेपन का एक फ़ायदा भी था—लोग उससे घबराते थे और दुष्ट, गालियाँ देने वाले, पत्थर फेंकने वाले बच्चे क़रीब आने की हिम्मत नहीं करते थे।

अंजुम के पुराने ग्राहक मिस्टर डी.डी. गुप्ता उसका पता-ठिकाना जानकर क़ब्रिस्तान में मिलने आए। अंजुम से उनके लगाव में अब दुनियावी वासनाएँ नहीं बची थीं। वे करोलबाग़ के एक इमारती ठेकेदार थे जो भवन निर्माण सामग्री—स्टील, सीमेंट, पत्थर और ईंट की ख़रीद-फ़रोख़्त का काम करते थे। वे एक अमीर ग्राहक के निर्माणाधीन मकान की साइट से कुछ ईंटों और ऐस्बेस्टस की चादरों का ज़ख़ीरा ले आए और उन्होंने अंजुम के लिए एक छोटी-सी कामचलाऊ कुटिया बनवा दी, जो बस एक स्टोर जैसी थी जहाँ वह ज़रूरत पड़ने पर अपनी चीज़ें रख सकती थी। मिस्टर गुप्ता जब-तब उससे मिलने आते और यह जानने की कोशिश करते कि उसका भरण-पोषण ठीक से हो रहा है या वह अपना कोई नुक़सान तो नहीं कर बैठेगी। इराक़ पर अमेरिकी आक्रमण के बाद जब वे बग़दाद गए (क्रंकीट ब्लास्ट दीवारों की बढ़ती हुई माँग को

देखकर) तो उन्होंने अपनी पत्नी से हफ़्ते में कम से कम तीन बार अंजुम के लिए ड्राइवर के ज़रिये गर्म खाना भिजवाने के लिए कहा। मिसेज़ गुप्ता ख़ुद को कृष्ण की गोपी मानती थीं और ज्योतिषी के मुताबिक़ अपने पुनर्जन्म के सातवें और आख़िरी चक्र में थीं। इससे उन्हें मनचाहा व्यवहार करने की छूट मिल गई थी क्योंकि उन्हें इसकी कोई चिंता नहीं थी कि इस जन्म के पापों का फल अगले जन्म में भुगतना पड़ेगा। उनके अपने इश्क़ थे, हालाँकि उन्हें लगता था कि जब वे कामोत्तेजना के चरम पर पहुँचती हैं तो वह आनंद एक दैवी अस्तित्व की प्राप्ति के लिए होता है, न कि किसी सांसारिक मनुष्य-रूपी प्रेमी के लिए। वे अपने पति को बहुत चाहती थीं, लेकिन उन्हें इस बात से राहत थी कि उनकी थाली में अब पति की शारीरिक भूख के लिए कुछ भी नहीं रह गया है। इसलिए पति की इस छोटी-सी फ़रमाइश से वे प्रसन्न थीं।

जाने से पहले मिस्टर गुप्ता अंजुम को एक सस्ता-सा मोबाइल फ़ोन ख़रीदकर दे गए थे और उसे उस पर बात करना भी सिखा दिया था (बाहर से आने वाली कॉल मुफ़्त होती थीं), और यह भी कि जब ज़रूरत हो तो वह कैसे उन्हें 'मिस्ड कॉल' दे सकती है। अंजुम ने उसे एक हफ़्ते में ही खो दिया और जब बग़दाद से मिस्टर गुप्ता का फ़ोन आया तो जवाब एक शराबी ने दिया, जो रो रहा था और कह रहा था कि मैं अपनी माँ से बात करना चाहता हूँ।

इस उदार मेहमान के अलावा दूसरे लोग भी अंजुम से मिलने आते। सईदा कई बार ज़ैनब को लेकर आई, जो बाहर से बेरहम दिखती थी, लेकिन दरअसल डरी हुई थी (जब सईदा को लगा कि इन मुलाक़ातों से अंजुम और ज़ैनब दोनों को काफ़ी तकलीफ़ होती है तो उसने उसे लाना बंद कर दिया)। हफ़्ते में एक बार अंजुम का भाई साक़िब आता। उस्ताद कुलसूम बी ख़ुद अपने दोस्त हाजी मियाँ के साथ आतीं और कभी बिस्मिल्लाह भी रिक्शे पर आती। वे इसका ख़याल रखतीं कि अंजुम को हर महीने की पहली तारीख़ को ख़्वाबगाह से एक छोटी-सी नक़द पेंशन का लिफ़ाफ़ा मिलता रहे।

उस्ताद हमीद सबसे नियमित आते थे। बुधवार और इतवार को छोड़कर हर दिन। कभी एकदम सुबह तो कभी शाम को। वे किसी क़ब्र पर अंजुम का हारमोनियम लेकर बैठ जाते और अपना रूहानी रियाज़ शुरू कर देते। सुबह राग ललित और शाम को राग शुद्ध कल्याण—*तुम बिन कौन ख़बर मोरी लेत...* वे बॉलीवुड के ताज़ा फ़िल्मी गानों और लोकप्रिय क़व्वालियों (दस में से नौ बार *दमादम मस्त क़लंदर*) की फ़रमाइश पूरी करने से साफ़ इनकार कर देते। फ़रमाइशों की चीख़-पुकार उन आवारा लोगों और ख़ानाबदोशों की तरफ़ से

होती थी, जो उस अदृश्य सीमा के बाहर मँडराया करते थे जिसे अब अंजुम की रियासत मान लिया गया था। कभी-कभार वे दयनीय छायाएँ क़ब्रिस्तान के सिरे पर शराब और स्मैक के धुँधलके में अपने पंजों के बल उचकने और धीमे-धीमे अपनी ही ताल पर नाचने लगतीं। जब रोशनी ख़त्म होती (या जन्म लेती) और उस्ताद हमीद की संजीदा आवाज़ उस उजाड़ मंज़र और उसके लुटे-पिटे बाशिंदों के ऊपर फैलने लगती तो अंजुम उस्ताद हमीद की तरफ़ पीठ किए बेगम रेनाता मुमताज़ मैडम की क़ब्र पर बैठी रहती। वह न बोलती थी न उनकी तरफ़ देखती थी। लेकिन वे बुरा नहीं मानते थे। वे उसके कंधों की ख़ामोशी से पहचान जाते कि वह सुन रही है। उन्होंने उसे बहुत-सी मुसीबतें झेलते हुए देखा था; और उन्हें यक़ीन था कि अगर वे नहीं, तो संगीत उसे ज़रूर मुसीबतों से उबार लेगा।

लेकिन न कोई मनुहार अंजुम को ख़्वाबगाह की पुरानी ज़िंदगी में लौटने के लिए विवश कर सकी और न कोई दबाव। पीड़ा और ख़ौफ़ के उफान को शांत होने में कई साल लग गए। इमाम ज़ियाउद्दीन से रोज़ाना मुलाक़ात, हल्के-फुल्के (और कभी-कभी गंभीर) झगड़े और अंजुम से हर सुबह अख़बार पढ़कर सुनाने का उनका इसरार उसे वापस दुनिया में खींच लाए। धीरे-धीरे वीरानी का क़िला सिमटता गया और एक आरामदेह जगह बन गया। वह एक घर हो गया; पुराने जाने-पहचाने दुःखों की सख़्त, फिर भी भरोसेमंद जगह। भगवा मर्द अपनी तलवारें म्यान में बंद कर चुके थे, अपने त्रिशूल रख चुके थे और शरीफ़ बनकर अपनी कामकाजी ज़िंदगियों में लौट गए थे—सेवा करते हुए, हुक्म बजाते हुए, पत्नियों को पीटते हुए और किसी अगले ख़ूनी अभियान पर निकलने तक अपना वक़्त काटते हुए। भगवा सुग्गों ने अपने पंजे खींच लिये और हरियाली में लौट गए और बरगद की शाखाओं में छिप गए, जहाँ से सफ़ेद पीठ वाले गिद्ध और और छोटे परिंदे गायब हुए थे। तह-बंद किए गए मर्दों और उधेड़ी गई औरतों का आना कम हो गया। सिर्फ़ ज़ाकिर मियाँ ने, जिन्हें एहतियात से तह-बंद किया गया था, कहीं जाने से इनकार कर दिया। लेकिन कुछ वक़्त के बाद वे उसके पीछे-पीछे घूमने की बजाय उसके साथ ही आ गए और स्थायी हमराही बन गए।

अंजुम ने फिर से अपनी सार-सँभाल शुरू की। बालों पर हिना लगाई और उन्हें ख़ूब नारंगी बना दिया। चेहरे के बाल हटवाए और ढीला दाँत निकलवाकर नया दाँत लगवा दिया। एक झक सफ़ेद दाँत, जो अब दाँत कहे जाने वाले गहरे लाल ठूँठों के बीच हाथीदाँत की तरह चमकने लगा था। कुल मिलाकर यह

हुलिया पहले के मुक़ाबले कुछ ही कम डरावना था। उसके पठानी सूट बरक़रार रहे, लेकिन उसने नए हल्के रंगों वाले, ज़र्द नीले और हल्के गुलाबी सूट सिलवाए जिनके ऊपर वह अपने पुराने सलमे-सितारों वाले और छापेदार दुपट्टे पहनती थी। उसका वज़न भी कुछ बढ़ गया और आकर्षक, आरामदेह नए कपड़ों में वह ख़ूब जँचने लगी।

लेकिन अंजुम यह कभी नहीं भूली कि वह सिर्फ़ कसाइयों का शगुन थी। अपनी बाक़ी ज़िंदगी में, सतही सुकून के बावजूद, उसका बाक़ी ज़िंदगी से रिश्ता नाज़ुक और जोखिम भरा बना रहा।

जैसे-जैसे वीरानी का क़िला सिमटने लगा, अंजुम का टीन का टपरा फैलने लगा। पहले वह एक झोपड़ी की शक्ल में था जहाँ एक बिस्तर भर की जगह थी। फिर रसोई जोड़कर वह एक छोटे-से घर में बदल गया। उसने उसकी बाहरी दीवारों को ख़ुरदुरा और अधूरा ही छोड़ दिया ताकि ख़्वामखाह उसकी तरफ़ लोगों का ध्यान न जाए। भीतरी हिस्से पर उसने फ़ूशिया रंग से पुताई की, लोहे के गर्डरों पर बलुआ छत बैठाई, जिससे एक टेरेस जैसा बन गया जहाँ वह सर्दियों में प्लास्टिक की कुर्सी डालकर अपने बाल सुखाती और झुर्रीदार पिंडलियों पर धूप सेंकती हुई सामने फैली हुई अपनी मृतकों की रियासत का जायज़ा लेती थी। दरवाज़ों और खिड़कियों के लिए उसने हल्का पिस्तई रंग चुना। उसकी मूस, जो अब एक जवान लड़की बन रही थी, फिर से मिलने आने लगी। वह हमेशा सईदा के साथ आती और रात में कभी नहीं रुकती। अंजुम ने कभी इस बारे में न पूछा और न ज़ोर डाला और अपने जज़्बात भी ज़ाहिर नहीं होने दिए। लेकिन इस ज़ख़्म का दर्द न कभी ख़त्म हुआ न फीका पड़ा। इस मसले पर उसका दिल टूटा तो टूटा ही रहा।

नगरपालिका के अधिकारी जब-तब अंजुम के दरवाज़े पर नोटिस चिपका जाते थे कि क़ब्रिस्तान में अवैध रूप से रहना पूरी तरह प्रतिबंधित है और कोई भी अनधिकृत निर्माण एक सप्ताह के भीतर ढहा दिया जाएगा। उसने उनसे कहा कि वह क़ब्रिस्तान में जी नहीं रही, बल्कि मर रही है—और इसके लिए उसे नगरपालिका से इजाज़त लेने की ज़रूरत नहीं है क्योंकि उसे यह हक़ ख़ुद परवरदिगार ने दिया है।

नगरपालिका के जो अधिकारी वहाँ आते, उनमें कोई ऐसा मर्द बच्चा नहीं था जो इस मामले को आगे ले जाकर अंजुम की गाली-गलौज की जानी-मानी महारत को झेलने का साहस करता, और दूसरों की तरह उन्हें भी हिजड़ों के शाप से डर लगता था। इसलिए उन्होंने तुष्टीकरण और कुछ पैसा-उगाही का

रास्ता अपनाया और बड़ी-सी रक़म और दीवाली-ईद के मौक़े पर मांसाहारी भोजन की शर्त पर बात पक्की कर दी। और यह भी कि अगर मकान का विस्तार किया गया तो उसी हिसाब से धनराशि बढ़ाई जाएगी।

वक़्त बीतने के साथ अंजुम ने अपने रिश्तेदारों की क़ब्रों की घेरेबंदी करना और उनके चारों तरफ़ कमरे बनाना शुरू किया। हर कमरे के भीतर एक (या दो) क़ब्र थी और एक (या दो) बिस्तर। उसने अलग से एक बाथरूम और सेप्टिक टैंक के साथ एक शौचालय भी बनाया। पानी सार्वजनिक हैंडपंप से मिल जाता था। इमाम ज़ियाउद्दीन के साथ उनका बेटा और बहू बुरा सलूक करते थे, इसलिए वे जल्दी ही वहाँ के स्थायी मेहमान बन गए। वे मुश्किल से ही घर जाते थे। अंजुम कुछ कमरे साधनहीन मुसाफ़िरों को भी किराये पर उठाने लगी (इसका प्रचार एकदम मुँहज़बानी किया जाता था)। वे लोग ज़्यादा नहीं होते थे क्योंकि ऐसी हालत और ऐसे मंज़र वाली जगह हर किसी को पसंद नहीं आ सकती थी, सराय की मालकिन की बात तो जाने ही दीजिए। और बात यह भी थी कि सभी मुसाफ़िर ख़ुद सराय मालकिन की पसंद के नहीं होते थे। अंजुम इस बारे में काफ़ी झक्की और नामाकूल थी कि किसे जगह दे और किसे इनकार कर दे—अक्सर उसका व्यवहार मनमाना और ख़ासा उजड्ड होता था जो जल्द ही गालियों तक पहुँच जाता था (तुम्हें किसने यहाँ भेजा? जाओ अपनी गाँड मराओ)। और कभी-कभी हैवानों जैसा दहाड़ता हुआ।

क़ब्रिस्तान में गेस्ट हाउस का फ़ायदा यह था कि शहर की ख़ास-उल-ख़ास जगहों के उलट, यहाँ बिजली गुल नहीं होती थी। गर्मियों में भी नहीं। वजह यह थी कि अंजुम मुर्दाघर से बिजली चुराती थी, जहाँ लाशों के लिए चौबीसों घंटे रेफ्रीजरेशन की ज़रूरत होती थी (शहर के जो ग़रीब वहाँ एअरकंडीशंड शान के बीच रहते थे, उन्हें जीते जी कभी ऐसी सुविधा नसीब नहीं हुई थी)। अंजुम अपने गेस्ट हाउस को जन्नत कहने लगी। स्वर्ग। वह रात-दिन टीवी खोलकर रखती। वह कहती थी कि अपने दिमाग़ को स्थिर रखने के लिए उसे शोर की ज़रूरत पड़ती है। वह ग़ौर से ख़बरें देखते-सुनते एक घाघ राजनीतिक विश्लेषक बन गई। वह हिंदी के सीरियलों और अंग्रेज़ी फ़िल्मों वाले चैनल भी देखती। ख़ून चूसने वाली वैम्पायरों वाली बी-ग्रेड हॉलीवुड फ़िल्में उसे ख़ास तौर से पसंद थीं जिन्हें वह बार-बार देखती। बेशक, संवाद उसकी समझ में नहीं आते थे, लेकिन वैम्पायर अच्छी तरह समझ में आ जाती थी।

जन्नत गेस्ट हाउस धीरे-धीरे उन हिजड़ों का केंद्र बन गया जो किसी न

किसी वजह से हिजड़ा घरानों के सख़्त क़ायदों वाली जगहों से बाहर हो गए थे या कर दिए गए थे। जैसे-जैसे क़ब्रिस्तान में एक नए गेस्ट हाउस की ख़बर फैली, पुराने दोस्त फिर से आ धमके, जिनमें निम्मो गोरखपुरी सबसे विलक्षण थी। जब वे पहली बार मिलीं तो एक-दूसरे के गले लगकर इस तरह रोईं जैसे दो बदनसीब प्रेमी लंबी जुदाई के बाद मिले हों। निम्मो नियमित रूप से आने और अक्सर एकमुश्त दो या तीन दिन अंजुम के साथ बिताने लगी। वह अब एक जगमगाती हुई शख़्सियत थी—बड़ी-सी, ज़ेवरों से लदी हुई, ख़ुशबू से शराबोर और शान से सजी-धजी। वह अपनी छोटी सफ़ेद मारुति 800 में मेवात से आती थी, जो दिल्ली से दो घंटे की दूरी पर था। वहाँ उसके पास दो फ़्लैट और एक छोटा फ़ार्म था। वह अब बकरा उद्योग की धन्ना सेठ बन गई थी और बकरीद पर क़ुर्बानी के लिए विदेशी बकरों को दिल्ली और बंबई के अमीर मुसलमानों को भारी दामों पर बेचती थी। उसने हँस-हँसकर अपनी पुरानी दोस्त को धंधे के गुर बताए और बकरों को रातोंरात मोटा करने और ईद से पहले बकरा बाज़ार में दामों की राजनीति के सही-ग़लत तरीक़ों से अवगत कराया। उसने कहा कि अगले साल से वह ऑनलाइन कारोबार शुरू करने जा रही है। अंजुम और उसने तय किया कि बीते दिनों की याद में वे अगली बकरीद क़ब्रिस्तान में साथ-साथ मनाएँगी और निम्मो के बाड़े के बेहतरीन बकरे की क़ुर्बानी देंगी। उसने अपने नए सजीले मोबाइल पर अंजुम को बकरों की तस्वीरें दिखलाईं। वह बकरों पर उसी तरह फ़िदा थी जैसे कभी पश्चिमी औरतों के फ़ैशन पर रहती थी। उसने अंजुम को बताया कि जमनापारी बकरे और बरबरी बकरे में क्या फ़र्क़ है और इटावा बकरा कैसे सोजट बकरे से अलग है। फिर उसने एक मुर्ग़े का एमएमएस दिखलाया जो अपने पंख फड़फड़ाते वक़्त 'या अल्लाह!' कहता हुआ लगता था। अंजुम चकरा गई। अरे, एक मामूली मुर्ग़ा भी यह जानता है! उस दिन से उसका मज़हबी अक़ीदा पुख़्ता हो गया।

वायदे के मुताबिक़ निम्मो गोरखपुरी ने अंजुम को एक जवान काला मेढ़ा भेंट किया जिसके सींग (जैसा कि बाइबिल में ज़िक्र है) लहरदार और मुड़े हुए थे। निम्मो ने कहा, यह वही मॉडल है जैसा हज़रत इब्राहिम ने पहाड़ पर अपने जाये बेटे इस्माइल की एवज़ में क़ुर्बान किया था, फ़र्क़ इतना ही है कि इब्राहिम का मेढ़ा सफ़ेद रंग का था। अंजुम ने मेढ़े को एक अलग कमरे में (एक अलग क़ब्र के साथ) रखा और प्यार से उसे पालने लगी। उसने उसे उतना ही ज़्यादा प्यार देने की कोशिश की, जितना इब्राहिम इस्माइल से करते होंगे। आख़िर,

प्यार ही एक ऐसी चीज़ है जो क़ुर्बानी को मामूली और रोज़मर्रा की कसाईगिरी से अलग करता है। उसने उसके लिए एक चमकदार पट्टा बुना और उसकी एड़ियों पर घुँघरू बाँध दिए। मेढ़ा भी उसे चाहने लगा और जहाँ कहीं वह जाती, उसके पीछे-पीछे चल देता (जब कभी ज़ैनब आती तो वह उसकी एड़ियों से घुँघरू निकालकर छिपा देती क्योंकि वह जानती थी कि ऐसा न करने से क्या होगा)। उस साल जब ईद का मौक़ा आया, पुराना शहर अपनी झूलती ख़ाल पर बदरूप दिखते गोदनों वाले ऊँटों, भैंसों और छोटे घोड़ों जितने क़द के बकरों से भर गया, जो क़ुर्बानी का इंतज़ार कर रहे थे। अंजुम का मेढ़ा अब पूरी तरह जवान था, क़रीब चार फ़ुट ऊँचा, कम चर्बी के गोश्त और पुट्ठों से भरपूर और पीली-तिरछी आँखों वाला। लोग उसकी झलक देखने के लिए क़ब्रिस्तान आने लगे।

अंजुम ने क़ुर्बानी के लिए इमरान क़ुरैशी को तय किया जो शाहजहानाबाद की जवान कसाई पीढ़ी का उभरता सितारा था। उसके पास पहले से ही बहुत काम था, इसलिए उसने कहा कि वह शाम होने से पहले नहीं आ पाएगा। जब बकरीद आई तो अंजुम को लगा कि अगर वह ख़ुद उसे लेने शाहजहानाबाद नहीं जाएगी तो फ़ालतू क़िस्म के लोग उसे बग़ैर बारी के झपट ले जाएँगे। उसने एक साफ़-सुथरा इस्तरी किया हुआ पठानी सूट पहना और पूरी सुबह तमाम घरों और नुक्कड़ों पर इमरान के पीछे लगी रही। आख़िर में वह एक नेता तक पहुँची जो विधान परिषद का भूतपूर्व सदस्य था और पिछले चुनाव में शर्मनाक ढंग से हार गया था। अपनी हार को ढँकने और चुनाव क्षेत्र में यह दिखाने के लिए कि वह अगले चुनाव की तैयारी कर रहा है, उसने मज़हबपरस्ती का भरपूर दिखावा करना तय किया। एक चिकनी मोटी-ताजी भैंस को, जिसकी ख़ाल तेल से चमकाई गई थी, तंग गलियों में घुमाया गया जो भैंस जितनी ही चौड़ी थीं, और फिर एक चौराहे पर लाया गया जहाँ उसका काम तमाम करने के लिए कुछ जगह थी। उसे बिजली के एक खंभे पर पगहे से तिरछा बाँधा गया और आगे के दोनों पैर भी बाँध दिए गए। उस जगह को मुश्किल से चौराहा कहा जा सकता था और वहाँ लोगों की उत्तेजित भीड़, नए कपड़े पहने, दरवाज़ों, खिड़कियों, सँकरी बालकनियों और छज्जों पर इमरान का कारनामा देखने को जमा थी। वह भीड़ को चीरता हुआ आया—पतला, ख़ामोश और विनम्र। शोर तेज़ हुआ तो भैंस की त्वचा फड़कने और आँखें डगमग होने लगीं। उसका बड़ा-सा सर लंबी मेहराब की तरह पीछे को मुड़े हुए सींगों के साथ आगे-पीछे यों हिलने लगा जैसे किसी संगीत सभा में उसे हाल आ गया हो। इमरान ने

अपने एक सहायक के साथ जूडोनुमा दाँव दिखाते हुए उसे एक तरफ़ को पटका और पल-भर में उसका गला हलाल कर दिया और तुरंत वहाँ से हट गया, जहाँ ख़ून का फ़व्वारा हवा में छूट रहा था जिसकी रफ़्तार भैंस के डूबते हुए दिल की तरह थी। ख़ून का फ़व्वारा दूकानों के बंद दरवाज़ों पर, दीवारों पर चिपके नेताओं के मुस्कराते हुए चेहरों वाले फटे-पुराने पोस्टरों तक छिटक गया था। वह गली में खड़ी मोटरसाइकिलों, स्कूटरों, रिक्शों और साइकिलों से गुज़रता हुआ गली में बह रहा था। मोती-जड़ी चप्पलें पहने छोटी लड़कियाँ किलकारी भरती हुईं रास्ते से हट गईं। छोटे बच्चे कुछ बेफ़िक्र थे और उनमें जो ज़्यादा शरारती थे वे धीरे-से लाल डबरों में अपने पैर रख रहे थे और जूतों के ख़ून-सने निशानों को देखकर ख़ुश थे। भैंस का पूरा ख़ून निचुड़ने में थोड़ा वक़्त लगा। फिर इमरान ने उसे चीरा और गली में उसके अंगों की नुमाइश लगा दी—दिल, तिल्ली, पेट, कलेजा, अंतड़ियाँ। ढालदार गली में वे ख़ून की धार में बेडौल नावों की तरह बहने लगे। इमरान के सहायक ने उन्हें उठाया और एक समतल जगह पर रख दिया। ख़ाल उतारने और बोटियाँ काटने का काम सहायक के ज़िम्मे था। फिर सुपरस्टार ने कपड़े से छुरा पोंछा, एक नज़र भीड़ को देखा, अंजुम से आँखें मिलाईं और हल्के से सर हिलाया। वह भीड़ के बीच से गुज़रता हुआ चल दिया। अंजुम उसे अगले चौक पर पकड़ सकी। गलियों में भीड़-भाड़ थी, बकरों की ख़ाल, बकरों के सींग, बकरों की खोपड़ियाँ, बकरों के भेजे और बकरों के छीछड़े इकट्ठा किए जा रहे थे, अलग किए जा रहे थे, उनके ढेर लगाए जा रहे थे। गोबर को उनकी आँतों से निकाला जा रहा था जिन्हें बाद में अच्छी तरह साफ़ किया जाना और साबुन और गोंद में पकाया जाना था। बिल्लियाँ लूट का माल लेकर भाग रही थीं। कुछ भी बर्बाद नहीं हो रहा था।

इमरान और अंजुम तुर्कमान गेट तक पैदल गए जहाँ से उन्होंने क़ब्रिस्तान के लिए एक ऑटोरिक्शा किया।

अंजुम ने, जो उस पल घर की मुखिया थी, अपने ख़ूबसूरत मेढ़े पर चाक़ू बुलंद किया और दुआ पढ़ी। इमरान ने उसका गला हलाल किया। इमरान ने जैसे ही उसे नीचे की तरफ़ झुकाया, वह कँपकँपाया और उसका ख़ून बह निकला। बीस मिनट के भीतर उसकी ख़ाल उतर गई, बोटियाँ बन गईं और इमरान चला गया। अंजुम ने क़ुर्बानी के इस गोश्त के छोटे-छोटे हिस्से किए, जैसा कि दस्तूर है : एक तिहाई घर के लिए, एक तिहाई क़रीबी लोगों के लिए, एक तिहाई ग़रीबों के लिए। उसने रोशन लाल के लिए, जो सुबह उसे ईद मुबारक कहने आया था, प्लास्टिक के एक पैकेट में जीभ और रान वाला

हिस्सा रखा। बेहतरीन हिस्सों को उसने अभी-अभी बारह साल की हुई ज़ैनब और उस्ताद हमीद के लिए बचा लिया।

उस रात नशेड़ियों ने जमकर खाया। अंजुम, निम्मो गोरखपुरी और इमाम ज़ियाउद्दीन ने टैरेस पर बैठकर तीन क़िस्म के मटन और बिरयानी के पहाड़ हज़म किए। निम्मो ने अंजुम को एक मोबाइल फ़ोन भेंट किया जिसमें मुर्ग़े का एमएमएस था। अंजुम ने उसके गले से लिपटते हुए कहा कि अब लगता है उसे ख़ुदा से बात करने की सीधी लाइन मिल गई है। दोनों ने बार-बार एमएमएस देखा और उसके बारे में इमाम ज़ियाउद्दीन को बतलाया जो अपनी आँखों से सुनने का काम लेते हुए लगते थे, लेकिन उसकी अहमियत को लेकर उनकी तरह उत्साह में नहीं थे। फिर अंजुम ने वह फ़ोन हिफ़ाज़त के साथ छातियों के बीच रख लिया। यह फ़ोन उसने कभी नहीं खोया। कुछ हफ़्ते बाद डीडी गुप्ता को अपने ड्राइवर (जो अब भी डीडी गुप्ता के संदेश पहुँचाता था) के ज़रिये अंजुम का नंबर मिल गया और वे इराक़ से फिर उसके संपर्क में आ गए, जहाँ उन्होंने स्थायी रूप से बसना तय किया था।

बकरीद की अगली सुबह जन्नत गेस्ट हाउस में एक दूसरा स्थायी मेहमान आ पहुँचा—एक जवान आदमी, जो अपना नाम सद्दाम हुसैन बताता था। अंजुम उसे थोड़ा-सा जानती थी और अच्छा भी मानती थी, इसलिए उसने उसे एक कमरा इतने कम किराये में दे दिया जितने में पुराने शहर में कहीं नहीं मिल सकता था।

जब अंजुम पहली बार सद्दाम से मिली तो वह मुर्दाघर में काम कर रहा था। वह उन दसेक लोगों में से था जो लाशों को उठाया करते थे। जिन हिंदू डॉक्टरों पर लाशों का पोस्टमार्टम करने का ज़िम्मा था, वे ख़ुद को ऊँची जाति का मानते थे और अपवित्र होने के डर से लाशों को नहीं छूते थे। लाशें उठाने और चीर-फाड़ करने वाले लोग सफ़ाईकर्मियों के रूप में नियुक्त हुए थे और नीची जाति के चमार थे। ज़्यादातर हिंदुओं की तरह डॉक्टर उन्हें हिकारत से देखते और उन्हें अछूत मानते थे। वे नाक पर रूमाल बाँधकर कुछ दूर खड़े रहते और वहीं से कर्मचारियों को निर्देश देते कि कहाँ चीरे लगाए जाएँ और अँतड़ियों और दूसरे हिस्सों का क्या किया जाए। मुर्दाघर में काम करने वाले सफ़ाईकर्मियों में सद्दाम अकेला मुसलमान था। अपने साथियों के साथ वह भी एक छोटा-मोटा सर्जन हो चला था।

सद्दाम की मुस्कुराहट चंचल थी और पलकें ऐसी जैसे किसी जिम से

कसरत करके आई हों। वह अंजुम से बहुत प्यार से मिलता और अक्सर उसके कुछ काम भी कर देता—उसके लिए अंडे और सिगरेट ले आता (सब्ज़ियाँ ख़रीदने के मामले में उसे किसी पर भरोसा नहीं था) या जब अंजुम की पीठ में दर्द होता तो हैंडपंप से पानी की बाल्टी भरकर ले आता। जब कभी मुर्दाघर में काम का बोझ कुछ कम हो जाता (आम तौर पर सितंबर से नवंबर तक, जब लोग गलियों में गर्मी, ठंड या डेंगू से मक्खियों की तरह नहीं मरते थे), सद्दाम वहाँ पहुँच जाता। अंजुम उसके लिए चाय बनाती और दोनों एक सिगरेट साझा करते। एक दिन वह बिना कुछ बताए ग़ायब हो गया। पूछने पर उसके सहयोगियों ने बताया कि किसी डॉक्टर से पंगा होने की वजह से उसे नौकरी से हटा दिया गया। पूरा एक साल बीतने पर ईद की अगली सुबह जब वह आया तो कुछ दुबला और पिटा हुआ लग रहा था और उसके साथ एक उतनी ही दुबली और पिटी हुई घोड़ी थी जिसका नाम उसने पायल बताया। वह बड़ी अदा के साथ जींस और लाल टी-शर्ट पहने हुए था, जिस पर लिखा था—*योर प्लेस ऑर माइन?* तुम्हारे यहाँ या मेरे यहाँ? अंदर आने पर भी वह धूप का चश्मा पहने रहा। अंजुम ने उसे चिढ़ाया, तो उसने मुस्कराकर कहा कि यह कोई फ़ैशन की बात नहीं है। फिर उसने उसे एक अजीब-सी कहानी बतलाई कि कैसे एक पेड़ ने उसकी आँखों को जला दिया।

सद्दाम ने कहा कि मुर्दाघर की नौकरी से निकाले जाने के बाद वह नौकरियाँ बदलता रहा—एक दूकान में हेल्पर रहा, बस कंडक्टरी की, नई दिल्ली रेलवे स्टेशन पर अख़बार बेचे और फिर तंग आकर एक इमारत की साइट पर ईंटें लगाने का काम किया। उस साइट के एक सुरक्षा गार्ड से उसकी दोस्ती हुई जो उसे अपनी बॉस संगीता मैडम से इस उम्मीद में मिलाने के लिए ले गया कि वह कोई नौकरी दे सकती है। संगीता मैडम एक गदबदी, ख़ुशमिजाज़ विधवा थी जो अपने बिंदास व्यक्तित्व और बॉलीवुड फ़िल्मों के गीतों से इश्क़ के बावजूद सेफ 'एन' साउंड गार्ड सर्विस (एसएसजीएस) नाम की सिक्योरिटी कंपनी की सख़्तदिल मालकिन थी, जिसके नीचे पाँच सौ सुरक्षा गार्ड काम करते थे। उसका दफ़्तर दिल्ली के बाहरी इलाक़े के औद्योगिक क्षेत्र में बोतलों के एक कारख़ाने के तहख़ाने में था। उसके कर्मचारियों को हफ़्ते में छह रोज़ बारह घंटे काम करना पड़ता था और अपनी तनख़्वाह का साठ फ़ीसद कमीशन संगीता मैडम को देना होता था, जिससे उनके पास इतना ही पैसा बचता कि दो जून का खाना खा सकें और सर पर एक छत हो सके। इसके बावजूद लोग हज़ारों की तादाद में उसके पास आते थे—रिटायर फ़ौजी, बर्ख़ास्त मज़दूर,

गाँवों से हाल ही में ट्रेनों में ठुँसकर आए हुए परेशान लोग, पढ़े-लिखे, अनपढ़, खाते-पीते, भूख से तड़पते लोग। 'वहाँ बहुत-सी सिक्योरिटी कंपनियाँ थीं जिनके दफ़्तर एक-दूसरे से सटे हुए थे।' सद्दाम ने अंजुम को बताया। 'जब पहली तारीख़ को हम हज़ारों लोग तनख़्वाह लेने जाते थे तो ग़ज़ब का नज़ारा होता था। लगता था जैसे इस शहर में तीन ही क़िस्म के लोग रहते हों। सिक्योरिटी गार्ड, सिक्योरिटी गार्डों के ज़रूरतमंद और चोर-उचक्के।'

संगीता मैडम बेहतर तनख़्वाह देती थीं इसलिए उसे मनपसंद लोग मिल भी जाते थे। वह ऐसे लोगों को रखती जो कुछ कम भुखमरे दिखते हों और उन्हें आधा दिन का प्रशिक्षण देती थी, जिसमें इतना ही सिखाया जाता था कि एकदम सीधे कैसे खड़ा रहा जाए, कैसे सैल्यूट किया जाए और कैसे 'यस सर', 'नो सर', 'गुड मॉर्निंग सर' और 'गुड नाइट सर' कहा जाए। वह उन्हें एक टोपी, इलास्टिक से बँधी हुई टाई और दो जोड़ी यूनिफ़ॉर्म देती थी जिनके कंधे के फ़ीतों पर एसएसजीएस लिखा होता था (उन्हें यूनिफ़ॉर्म की क़ीमत से कुछ अधिक पैसा जमा करना होता था ताकि वे कहीं यूनिफ़ॉर्म लौटाए बिना भाग न जाएँ)। उसकी यह छोटी-सी निजी फ़ौज शहर में जगह-जगह तैनात थी। उसके लोग घरों, स्कूलों, फ़ार्म-हाउसों, एटीएम, दूकानों, मॉलों, सिनेमा हॉलों, हॉउसिंग सोसायटियों के फाटकों, होटलों, रेस्तराँओं और कुछ ग़रीब देशों के दूतावासों और हाइकमीशनों में पहरेदारी करते थे। सद्दाम ने संगीता मैडम को अपना नाम दयाचंद बताया (कोई मूर्ख भी यह समझ सकता था कि मौजूदा माहौल में मुस्लिम नाम वाला सुरक्षा गार्ड बिल्कुल नहीं चल सकता)। पढ़ा-लिखा, ख़ुशनुमा और सेहतमंद लगने के कारण उसे आसानी से नौकरी मिल गई। संगीता मैडम ने पहले ही दिन उसे सराहना के अंदाज़ में ऊपर से नीचे तक देखते हुए कहा, 'मैं तुम पर नज़र रखूँगी। अगर तुमने साबित कर दिया कि तुम अच्छे कर्मचारी हो तो तीन महीने में तुम्हें सुपरवाइज़र बना दूँगी।' उसने बारह आदमियों की एक टीम में उसे नेशनल गैलरी ऑफ़ मॉडर्न आर्ट भेज दिया, जहाँ हिंदुस्तान के एक सबसे नामी समकालीन कलाकार, जो एक छोटे-से शहर से उठकर अंतरराष्ट्रीय स्टार बन चुके थे, अपनी एकल प्रदर्शनी कर रहे थे। इस प्रदर्शनी की सुरक्षा का ठेका सेफ़ 'एन' साउंड को मिला था।

प्रदर्शित वस्तुओं में स्टेनलेस स्टील से बनी रोज़मर्रा की घरेलू वस्तुएँ थीं—स्टील की टंकियाँ, स्टील की मोटरसाइकिलें, स्टील के तराजू, जिनके एक तरफ़ स्टील के फल और दूसरी तरफ़ स्टील के बटखरे थे, स्टील के कपड़ों से भरी हुई स्टील की अलमारियाँ, स्टील की डाइनिंग मेज़, जिस पर

स्टील की प्लेटें और स्टील का खाना था, स्टील की एक टैक्सी, जिस पर स्टील का सामान रखने का स्टील का रैक था। सुंदर प्रकाश व्यवस्था के साथ वे वास्तविक होने का भ्रम दे रही थीं और उन्हें गैलरी के कई कमरों में प्रदर्शित किया गया था और हर कमरे में सेफ़ 'एन' साउंड के दो सुरक्षा गार्ड पहरा दे रहे थे। सद्दाम ने बताया कि वहाँ की सस्ती से सस्ती चीज़ का दाम भी दो कमरों वाले एलआइजी फ़्लैट के बराबर होगा। इस तरह उसके अनुमान के मुताबिक़, उन चीज़ों की क़ीमत कुल मिलाकर एक पूरी हाउसिंग कॉलोनी के बराबर थी। प्रदर्शनी की मुख्य प्रायोजक 'आर्ट फ़र्स्ट' नामक एक अग्रणी समकालीन कला पत्रिका थी जिसके मालिक स्टील के एक जाने-माने कारोबारी थे।

सद्दाम (दयाचंद) को प्रदर्शनी की प्रमुख कृति का पूरा ज़िम्मा दिया गया था जो शानदार तरीक़े से बनाई गई थी—यह सुंदर ढंग से बना हाफ़-स्केल, लेकिन पूरी तरह जीता-जागता-सा स्टेनलेस स्टील का बरगद का पेड़ था, जिसमें स्टेनलेस स्टील की जटाएँ थीं जो स्टेनलेस स्टील का झुरमुट बनाती हुई ज़मीन तक नीचे चली आई थीं। इस पेड़ को लकड़ी की एक विशाल पेटी में न्यूयॉर्क की एक गैलरी से लाया गया था। उसने देखा कि उसे पेटी से उतारकर भूमिगत बोल्टों की मदद से नेशनल गैलरी के लॉन में बैठाया गया। उसकी स्टेनलेस स्टील की शाखाओं से स्टेनलेस स्टील की बाल्टियाँ, स्टेनलेस स्टील के टिफिन, डिब्बे और स्टेनलेस स्टील के बर्तन और तवे लटक रहे थे (कुछ ऐसा था जैसे स्टेनलेस स्टील के मज़दूरों ने स्टेनलेस स्टील के खेत जोतते हुए और स्टेनलेस स्टील के बीज बोते हुए अपना स्टेनलेस स्टील का खाना वहाँ लटका दिया हो)।

'यह हिस्सा कभी मेरी समझ में नहीं आया।' सद्दाम ने अंजुम से कहा।

'और बाक़ी समझ में आ गया था?' अंजुम ने हँसते हुए पूछा।

कलाकार बर्लिन में रहते थे जहाँ से उन्होंने स्पष्ट निर्देश भेजे थे कि पेड़ के चारों ओर किसी तरह की सुरक्षा-बाड़ या घेरेबंदी न की जाए। वे चाहते थे कि दर्शक सीधे, बिना किसी बाधा के उनकी कला से संवाद करें। दर्शकों को उसे छूने और अगर तबीयत हो तो जड़ों के झुरमुट में घूमने की अनुमति थी। सद्दाम ने बताया कि ज़्यादातर दर्शक उसे छूते रहते थे, लेकिन तब नहीं जब तेज़ धूप पड़ती और स्टील इतना गर्म हो जाता कि उसे हाथ लगाना मुमकिन ही नहीं होता। सद्दाम का काम यह देखना था कि कोई दर्शक स्टील के पेड़ पर अपना नाम न खोदे या उसे कोई नुक़सान न पहुँचाए। पेड़ की साफ़-सफ़ाई करना और उस पर पड़ने वाली हज़ारों हाथों की छाप पोंछना भी उसके ज़िम्मे

था। इसके लिए उसे ख़ास तौर से डिजाइन की गई एक सीढ़ी, जॉनसन बेबी आयॅल की शीशियाँ और पुरानी मुलायम साड़ियों के टुकड़े दिए गए थे। यह बड़ा विचित्र तरीक़ा लगता था, लेकिन था कारगर। उसने बताया कि पेड़ को साफ़ रखने में कोई समस्या नहीं थी। समस्या यह थी कि उस समय उस पर कैसे निगाह रखी जाए जब सूरज की तेज़ किरणें उससे टकरा रही हों। यह सूरज पर निगाह रखने जैसा ही था। दो दिन बीतने पर सद्दाम ने संगीता मैडम से धूप का चश्मा पहनने की इजाज़त माँगी। उन्होंने यह कहते हुए इनकार कर दिया कि यह अच्छा नहीं लगेगा और संग्रहालय के प्रबंधक एतराज़ करेंगे। सो सद्दाम ने यह तरक़ीब अपनाई कि कुछ मिनट तक पेड़ की तरफ़ देखे और फिर इधर-उधर देखने लगे। सात हफ़्ते बीत गए थे। पेड़ को फिर से पेटीबंद किया गया और कलाकार की नई प्रदर्शनी के लिए एम्स्टर्डम भेज दिया गया, लेकिन तब तक सद्दाम की आँखें झुलस चुकी थीं। वे टीसने लगीं और उनसे लगातार पानी बहने लगा। उसे धूप का चश्मा पहने बग़ैर दिन में उन्हें खुला रखना असंभव लगा। उसे सेफ़ 'एन' साउंड गार्ड सर्विसेज की नौकरी से निकाल दिया गया क्योंकि किसी फ़िल्मी सितारे के बॉडीगार्ड जैसा दिखने वाला एक साधारण सुरक्षा गार्ड किस काम का होता? संगीता मैडम ने कहा कि उसने उसे बेहद निराश किया और उनकी उम्मीदों पर पानी फेर दिया। उसने पलटकर संगीता मैडम को ख़ूब गालियाँ दीं। फिर उसे धक्के देकर दफ़्तर से निकाल दिया गया।

जब सद्दाम ने अंजुम को वे गालियाँ बताईं तो वह तारीफ़ के अंदाज़ में ज़ोरों से हँस पड़ी। उसने अपनी बहन बीबी आयशा की क़ब्र के इर्द-गिर्द बना हुआ कमरा उसे दे दिया।

सद्दाम ने पायल के लिए नहानघर से सटा हुआ एक कामचलाऊ अस्तबल बनाया। वह रात-भर वहाँ सूँघती और फूत्कारती खड़ी रहती थी। स्याह क़ब्रिस्तान में एक ज़र्द घोड़ी। दिन में वह सद्दाम के धंधे की साझेदार बनती थी। सद्दाम और वह शहर के बड़े अस्पतालों के चक्कर लगाया करते। वह अस्पतालों के गेट के सामने रुकता और घोड़ी के खुरों को उठाकर एक छोटी हथौड़ी से जल्दी-जल्दी इस तरह ठकठकाता जैसे नाल ठोंक रहा हो। पायल को इस नाटक में मज़ा आता। गंभीर रूप से बीमार मरीज़ों के घबराए हुए रिश्तेदार घोड़ी की पुरानी नाल ख़रीदने सद्दाम के पास आते क्योंकि उसे अच्छी क़िस्मत का संकेत माना जाता था, लेकिन वह मुश्किल से बेचने के लिए तैयार होता। दाम भी वह ज़्यादा लेता। वह कुछ दवाएँ भी रखने लगा—आमफ़हम

एंटीबॉयोटिक, क्रोसिन, ख़ासी का सिरप और जड़ी-बूटियों से बनी हुई कुछ दवाएँ—जिन्हें वह दिल्ली के आसपास गाँवों से सरकारी अस्पतालों में आने वाले लोगों को बेचता। ज़्यादातर लोग अस्पताल के आँगन या गलियों में या सड़कों पर डेरा डाले रहते। वे इतने ग़रीब थे कि शहर में किसी भी तरह किराए की जगह नहीं ले सकते थे। रात होने पर सद्दाम ख़ाली सड़कों पर पायल की सवारी करते हुए राजकुमार की तरह घर लौटता। अपने कमरे में उसने घोड़े की नालों का ज़खीरा इकट्ठा कर रखा था। उनमें से एक उसने अंजुम को दी, जिसे उसने अपनी पुरानी गुलेल की बग़ल में टाँग दिया। सद्दाम की दिलचस्पी कुछ दूसरे धंधों में भी थी। वह शहर के कुछ ख़ास हिस्सों में कबूतरों का दाना बेचता, जिसे कारों वाले लोग रुककर ख़रीदते और और ख़ुदा के इन परिंदों को खिलाकर तुरंत पुण्य कमाते थे। जिन दिनों अस्पताल नहीं जाना होता, सद्दाम दानों के छोटे-छोटे पैकेट और रेज़गारी लेकर वहाँ बैठ जाता। जब गाड़ी-सवार चले जाते तो वह अक्सर कबूतरों की नाराज़गी मोल लेते हुए उन दानों को बटोरता और नए ग्राहकों को बेचने के लिए फिर से पैकेट में बंद कर देता। कबूतरों को धोखा देना और मरीज़ों के रिश्तेदारों का शोषण करना—ख़ासकर गर्मियों में—बेहद थकाऊ काम था, और आमदनी भी अनिश्चित थी। लेकिन ख़ास बात यह थी कि इस धंधे में उसका कोई मालिक नहीं था।

सद्दाम के आने के बाद जल्दी ही अंजुम और उसने इमाम ज़ियाउद्दीन की साझेदारी में एक और पहल की। इसकी शुरुआत इत्तेफ़ाक से हुई और फिर वह अपने आप फलने-फूलने लगी। एक दोपहर को अनवर भाई, जो पास ही जीबी रोड पर चकला चलाते थे, अपने यहाँ की एक लड़की रूबीना की लाश लेकर क़ब्रिस्तान पहुँचे, जो अचानक एपेंडिक्स फटने से मर गई थी। उनके साथ आठ बुर्क़ानशीं जवान औरतें भी थीं और सबसे पीछे तीन साल का एक बच्चा था जो उनमें से किसी से पैदा हुआ अनवर भाई की संतान था। वे परेशानहाल और ग़ुस्से में थीं। सिर्फ़ रूबीना के गुज़रने पर नहीं, बल्कि इसलिए भी कि अस्पताल ने उसकी लाश को लौटा दिया था और उसकी आँखें ग़ायब थीं। अस्पताल वालों ने कहा कि मुर्दाघर में उसकी आँखों को चूहों ने नोच लिया, लेकिन अनवर भाई और रूबीना की हमपेशा औरतों का मानना था कि उसकी आँखें किसी ने चुरा ली हैं जो यह जानता था कि वेश्याएँ और उनके दलाल पुलिस में शिकायत नहीं करेंगे। इससे भी बढ़कर बात यह थी कि मृत्यु प्रमाणपत्र पर जीबी रोड का पता लिखा होने की वजह से अनवर भाई को रूबीना की लाश को नहलाने के लिए कोई जगह नहीं मिली और न दफ़नाने के

लिए कोई क़ब्रिस्तान मिला और न कोई इमाम, जो नमाज़े-जनाजा पढ़ा सके।

सद्दाम ने उनसे कहा कि वे सही जगह आए हैं। उसने उन्हें बैठने के लिए कहा, पीने के लिए ठंडा मँगवाया और गेस्ट हाउस के पीछे अंजुम के पुराने दुपट्टों को बाँस के चार डंडों में बाँधकर एक घेरा बना दिया। उसके भीतर ज़मीन पर कुछ ईंटें रखकर उनके ऊपर प्लाइवुड का एक तख़्ता रखा, उस पर प्लास्टिक की चादर बिछाई और उन औरतों से रूबीना की लाश वहाँ रखने को कहा। वह और अनवर भाई हैंडपंप से बाल्टियों और पेंट के पुराने डिब्बों में पानी भरकर कामचलाऊ नहानघर में ले आए। लाश अकड़ चुकी थी, इसलिए उसके कपड़ों को काटना पड़ा (सद्दाम के पास रेज़र था)। औरतों ने फड़फड़ाते कौवों की तरह बहुत अपनेपन से उसकी लाश को घेर लिया, उसे नहलाया, साबुन से गर्दन, कान और अँगूठे साफ़ किए। उतने ही अपनेपन से उन्होंने इस पर भी निगाह रखी कि कहीं उनमें से कोई औरत रूबीना की कोई चूड़ी या बिछुआ या कोई सुंदर-सा पेंडेंट चुराकर न रख ले (उसके असली या नक़ली सभी ज़ेवर अनवर भाई को सौंपे जाने थे)। मेहरुन्निसा की फ़िक्र यह थी कि कहीं पानी बहुत ठंडा तो नहीं है। सुलेखा बार-बार कह रही थी कि रूबीना ने अपनी आँखें खोली थीं और फिर बंद कर दीं (और जहाँ उसकी आँखें होती थीं वहाँ कोटरों से एक रूहानी रोशनी की किरणें फूट रही थीं)। ज़ीनत कफ़न लेने चली गई। जब रूबीना को अपने आख़िरी सफ़र के लिए तैयार किया जा रहा था तो अनवर भाई का छोटा बेटा डेनिम की डंगरी और नमाज़ी टोपी पहने क्रैमलिन के सुरक्षा गार्ड की तरह ऊपर-नीचे क़वायद कर रहा था ताकि लोग उसके फूलों से सजे नए (नक़ली) क्रॉक्स को देख सकें। अंजुम ने उसे एक पैकेट कुरकुरे दिए थे जिन्हें वह ज़ोरों से चबा रहा था। कभी-कभी वह घेरे के भीतर झाँक कर देख लेता कि उसकी माँ और आंटियाँ (जिन्हें उसने अपनी छोटी-सी ज़िंदगी में कभी बुर्क़ा पहने हुए नहीं देखा था) कर क्या रही हैं।

जब तक लाश को नहलाने, सुखाने, इत्र छिड़कने और कफ़न में लपेटने का काम पूरा हुआ, सद्दाम ने दो नशेड़ियों की मदद से एक गहरी क़ब्र खोद डाली। इमाम ज़ियाउद्दीन ने फ़ातेहा पढ़ा और रूबीना की लाश क़ब्र में उतारी गई। अनवर भाई ने काफ़ी राहत और एहसानमंदी के साथ पाँच सौ रुपए का नोट अंजुम को पकड़ाया। उसने लेने से इनकार किया। इनकार सद्दाम ने भी किया, लेकिन कारोबार के लिहाज़ से उसने कच्ची गोलियाँ नहीं खेली थीं।

एक सप्ताह के भीतर जन्नत गेस्ट हाउस कफ़न-दफ़न की जगह के तौर पर काम करने लगा। वहाँ एक क़ायदे का नहानघर बन गया, जिसकी छत ऐस्बेस्टस

की थी और लाशें रखने के लिए सीमेंट का एक मंच भी था। क़ब्र के पत्थर, कफ़न, ख़ुशबूदार मुल्तानी मिट्टी (ज़्यादातर लोग उसे साबुन से बेहतर मानते थे) और पानी की बाल्टियों का नियमित इंतज़ाम था। एक स्थायी इमाम भी थे जो बुलाने पर आते थे। गेस्ट हाउस के बाशिंदों की ही तरह, मृतकों के लिए भी नियम-क़ायदे रहस्यमय थे—कभी स्वागत-भरी मुस्कान तो कभी चीख़-चिल्लाहट भरी दुत्कार, जिसकी वजह हमेशा अज्ञात रहती थी। एक साफ़ शर्त यह थी कि जन्नत कफ़न-दफ़न सेवा उन्हीं को हासिल होगी जिन्हें दफ़नाने से दुनिया के दूसरे क़ब्रिस्तानों और इमामों ने मना कर दिया हो। कभी कई दिन बिना किसी जनाज़े के बीत जाते और कभी मुर्दों की भरमार हो जाती। एक दिन में पाँच का रिकॉर्ड भी बन गया। कभी-कभी पुलिस भी—जिसके क़ायदे-क़ानून अंजुम जैसे ही बेतुके थे—लाशों को वहाँ पहुँचा जाती।

उस्ताद कुलसूम बी की मौत सोते हुए हुई। उन्हें धूमधाम से महरौली के हिजड़ों की ख़ानक़ाह में दफ़नाया गया। लेकिन बांबे सिल्क अंजुम के क़ब्रिस्तान में दफ़नाई गई और दिल्ली के बहुत से हिजड़े भी यहाँ दफनाए गए।

(इस तरह इमाम ज़ियाउद्दीन के पुराने सवाल का जवाब भी मिल गया : 'यह बताओ, जब तुम लोग मरते हो तो मुर्दों को कहाँ दफ़नाते हो? लाशों को कौन नहलाता है? नमाज़े-जनाज़ा कौन पढ़ाता है?')।

जन्नत गेस्ट हाउस और कफन-दफ़न सेवा धीरे-धीरे इस पूरे मंज़र का इतना ज़रूरी हिस्सा बन गए कि उनके वजूद या बने रहने के हक़ पर किसी ने सवाल नहीं उठाया। वह था। और बस था। जब सत्तासी साल की उम्र में जहाँआरा बेगम का इंतक़ाल हुआ तो इमाम ज़ियाउद्दीन ने नमाज़े-जनाज़ा पढ़ाई और उन्हें मुलाक़ात अली की बग़ल में दफ़ना दिया गया। बिस्मिल्लाह की मौत हुई तो उसे भी अंजुम के क़ब्रिस्तान में जगह मिली और ज़ैनब के बकरे को भी, जिसने शाहजहानाबाद में सोलह बकरीदों तक बचे रहने का रिकॉर्ड बनाया था और पहली बार एक अनसुना कारनामा (बकरे की ज़िंदगी के लिहाज़ से)यह कर दिखाया था कि वह पेट दर्द की वजह से एक स्वाभाविक मौत मरा। यह तथ्य गिनीज़ बुक ऑफ़ वर्ल्ड रिकॉर्ड में दर्ज होने लायक़ था, हालाँकि इसका श्रेय उसे नहीं, बल्कि उसकी छोटी-सी दबंग मालकिन को जाता था। लेकिन गिनीज़ बुक में ऐसे रिकार्डों के लिए कोई श्रेणी नहीं थी।

हालाँकि अंजुम और सद्दाम एक ही घर (और क़ब्रिस्तान) में रहते थे, वे मुश्किल से ही कभी साथ बैठते। अंजुम अपनी क़ाहिली में पड़ी रहती, लेकिन

कई धंधों में फँसे हुए सद्दाम (बहुत कम मुनाफ़ा होने की वजह से उसने कबूतरों के दाने का धंधा छोड़ दिया था) के पास ख़ाली वक़्त नहीं होता था और टीवी उसे बिल्कुल पसंद नहीं था। वह एक गैर-मामूली सुबह थी जब ज़बर्दस्ती आराम करने के अंदाज़ में वह और अंजुम एक टैक्सी की पुरानी लाल सीट पर—जिसे वे सोफ़े की तरह काम में लाते थे—चाय पीते और टीवी देखते हुए बैठे थे। यह 15 अगस्त, स्वाधीनता दिवस था। इस बार एक घुन्ने, ठिगने-से प्रधानमंत्री, जो अब तोतले कवि की जगह विराजमान थे, लाल क़िले की फ़सील से राष्ट्र को संबोधित कर रहे थे (उनकी पार्टी आधिकारिक तौर पर यह नहीं मानती थी कि भारत एक हिंदू राष्ट्र है)। यह वह दिन था जब फ़सीलों वाले, अलग-थलग पड़े शहर पर बाक़ी दिल्ली का आक्रमण होता था। शासक पार्टी द्वारा बुलाई गई विराट भीड़ रामलीला मैदान में जमा थी। राष्ट्रीय झंडे के रंगों वाली पोशाक में सजे पाँच हज़ार स्कूली बच्चे फूलों के साथ क़वायद कर रहे थे। छोटे-मोटे दलाल और बिचौलिये टीवी पर नज़र आने के लिए आगे की क़तारों में बैठे थे ताकि सत्ताधारियों से अपनी नज़दीकी को व्यापारिक सौदों में बदला जा सके। कुछ वर्ष पहले तोतले कवि-प्रधानमंत्री और उनकी कट्टर पार्टी को सत्ता से हटा दिया गया था। तब अंज़ुम को ख़ुशी हुई थी और उसने उनकी जगह आए घुन्ने और नीली पगड़ीधारी सिख अर्थशास्त्री की तारीफ़ के पुल बाँधे थे। यह देखकर अंजुम का प्रशंसा-भाव और भी बढ़ गया था कि उनका राजनीतिक जलवा पिंजरे में बंद ख़रगोश जैसा था। लेकिन बाद में उसे यक़ीन हो गया कि लोग सच ही कहते हैं कि वे बस एक कठपुतली हैं और उनके धागे किसी और के हाथ में हैं। उनकी नाकामी अँधेरे की उन ताक़तों को मज़बूत कर रही थी जो एक बार फिर से आसमान में घिरने और सड़कों पर मँडराने लगी थीं। गुजरात के लल्ला अब भी गुजरात के मुख्यमंत्री थे। वे डींगें हाँकना जानते थे और सदियों की मुस्लिम हुकूमत का बदला लेने की बात करते थे। अपने हर सार्वजनिक भाषण में वे अपनी छाती के माप (56 इंच) का ज़िक्र ले आते। अजीब बात यह थी कि लोग उनकी डींगों से प्रभावित हो जाते। ऐसी भी ख़बरें थीं कि वे 'दिल्ली कूच' की तैयारी कर रहे हैं। गुजरात के लल्ला के बारे में सद्दाम और अंजुम दोनों पूरी तरह एकमत थे।

अंजुम ने पिंजरे में फँसे ख़रगोश को देखा—जिनकी छाती नहीं के बराबर थी—जो पृष्ठभूमि में पसरे हुए लाल क़िले के साये में एक बूलेट प्रूफ़ घेरे में खड़े थे और उस बेचैन भीड़ को धड़ाधड़ आयात और निर्यात के बीहड़ आँकड़े बता रहे थे जिसे पता ही नहीं था कि वे क्या कह रहे हैं। वे एक

कठपुतली की तरह बोल रहे थे। उनका सिर्फ़ निचला जबड़ा हिलता था, और कुछ नहीं। उनकी झाड़ीनुमा सफ़ेद भौंहें ऐसी दिखती थीं जैसे उनके चेहरे पर नहीं, बल्कि चश्मे पर चिपकी हों। उनके हाव-भाव में भी कोई परिवर्तन नहीं दिखता था। अंत में उन्होंने एक बेजान-सा सैल्यूट किया और ऊँची-पतली 'जय हिंद' के साथ भाषण समाप्त कर दिया। एक फ़ौजी ने, जो क़रीब सात फ़ुट लंबा था और जिसकी मूँछें उड़ते हुए बाज के परों जैसी थीं, म्यान से तलवार निकाली और ठिगने-से प्रधानमंत्री को चिल्लाते हुए सैल्यूट किया। जब वे जा रहे थे तो सिर्फ़ उनके पैर हिल रहे थे, बाक़ी कुछ नहीं। अंजुम ने ऊब कर टीवी बंद कर दिया।

'चलो, छत पर चलते हैं।' हड़बड़ाकर सद्दाम ने कहा। वह भाँप गया था कि उसका मूड बिगड़ने वाला है, जिसका मतलब आमतौर पर यह होता था कि आधा किलोमीटर के दायरे में जो भी हो उसकी शामत आने वाली है।

उसने आगे बढ़कर और एक पुरानी दरी खींचकर फूलदार कवर वाले कुछ सख़्त तकिये बिछाए, जिनसे बालों के तेल की बासी गंध आ रही थी। हल्की हवा थी और स्वाधीनता दिवस के पतंगबाज़ बाहर निकल आए थे। क़ब्रिस्तान में भी कुछ पतंगबाज़ों की पतंगें उड़ रही थीं। अंजुम ताज़ा गर्म चाय का एक पतीला और ट्रांजिस्टर लाई। सद्दाम और वह गँदले आसमान की तरफ़ देखते रहे (सद्दाम धूप के चश्मे से) जो काग़ज़ की चमकदार पतंगों से भरा हुआ था। उनकी बग़ल में बीरू (उसे कभी-कभी रूबी भी कहते थे) पसरा हुआ था जैसे एक हफ़्ते की मेहनत के बाद उसने एक दिन की छुट्टी ली हो। यह कुत्ता सद्दाम को एक भीड़-भरी सड़क के फ़ुटपाथ पर मिला था—बावली आँखें, विक्षिप्त-सा, जिसके बदन से बहुत-सी पारदर्शी नलकियाँ बाहर को निकली हुई थीं। बीरू बीगल शिकारी कुत्ता था जो दवाओं की किसी प्रयोगशाला से बच निकला था या अब उसके काम का नहीं रह गया था। उसकी आकृति बहुत धुँधली और घिसी हुई थी—जैसे एक रेखांकन हो, जिसे मिटाने की कोशिश की गई हो। बीगल कुत्तों वाले शानदार काले, सफ़ेद या भूरे रंग पर धुएँ जैसी एक भुरभुरी परत चढ़ गई थी जो पता नहीं उस पर इस्तेमाल की गई दवाओं की देन थी या कुछ और। जब बीरू पहले-पहल जन्नत गेस्ट हाउस में रहने आया तो वह लगातार मिर्गी के दौरों से परेशान था और ऊपर से उसे उल्टी और हँफनी पैदा करने वाली छींकें आ रही थीं। जब भी वह ऐसे दौरे से उबरता था तो एक दूसरा ही प्राणी नज़र आता—कभी दोस्ताना, कभी कठोर, कभी उनींदा, कभी गुर्राने वाला या सुस्त। अपनी मालकिन

जितना ही अस्थिर और बेसबब। कुछ समय बाद उसे दौरे पड़ने कम हो गए और वह हमेशा के लिए एक आलसी कुकुर में तब्दील हो गया। उसकी उल्टी छींकें बनी रहीं।

अंजुम ने एक तश्तरी में चाय उँड़ेली और ठंडा करने के लिए उस पर फूँक मारी। सद्दाम ने उसे ज़ोर से सुड़का। अंजुम जो भी पीती थी, वह भी उसे पीता था। वह जो भी खाती थी, वह भी खाता था। बिरयानी, क़ोरमा, समोसा, हलवा, फ़लूदा, फ़ीरनी, ज़मज़म, गर्मियों में आम, सर्दियों में संतरे। यह सब उसकी देह के लिए बहुत नुकसानदेह था, लेकिन उसकी रूह के लिए बहुत फायदेमंद।

कुछ देर बाद हवा तेज़ हुई और पतंगें ऊँचाई पर लहराने लगीं, लेकिन तभी स्वाधीनता दिवस की अनिवार्य बूँदाबाँदी शुरू हो गई। अंजुम इस तरह चिल्लाई जैसे वह कोई बिन बुलाई मेहमान हो—आय हाय! मादरचोद रंडी बारिश। सद्दाम हँस पड़ा, लेकिन दोनों यह देखने वहीं जमे रहे कि बूँदाबाँदी हल्की है या तेज़। वह हल्की थी और जल्दी ही थम गई। अंजुम बेख़याल-सी बीरू के बाल सहलाने और उस पर पड़ी बारिश की नाज़ुक बूँदों को पोंछने लगी। बारिश में भीगते हुए ज़ैनब की याद आने पर वह मन ही मन मुस्कुराई। वह अचानक ही सद्दाम को फ़्लाइओवर की कहानी (संपादित रूप में) सुनाने लगी और यह भी कि कैसे वह मूस जब छोटी थी तो इस कहानी को बहुत पसंद करती थी। वह ख़ुश होकर जैनब के नखरों, जानवरों से उसके प्यार और स्कूल में तेज़ी से अंग्रेज़ी सीखने के बारे में बताती रही। इन्हीं यादों में चहकते हुए अचानक उसकी आवाज़ भर्रा गई और आँखें आँसुओं से भर उठीं।

'मैं माँ बनने के लिए पैदा हुई थी।' वह सुबक पड़ी। 'देखते रहना, एक रोज़ अल्लाह मियाँ मुझे औलाद बख़्शेंगे। इतना मैं जानती हूँ।'

'यह कैसे मुमकिन है?' सद्दाम ने पूछा। वह नहीं भाँप सका कि आगे ख़तरा है। 'हक़ीक़त भी तो कोई चीज होती है।'

'क्यों नहीं है मुमकिन? ऐसी-तैसी। मुमकिन क्यों नहीं है?' अंजुम उसकी आँखों में देखती हुई उठ खड़ी हुई।

'यों ही कह रहा हूँ...मेरा मतलब था हक़ीक़त में...'

'अगर तुम सद्दाम हुसैन हो सकते हो तो मैं भी माँ हो सकती हूँ।' अंजुम ने मुस्कुराकर, बड़ी अदा के साथ और आगे के सफ़ेद दाँत और दूसरे गहरे लाल दाँतों को चबाते हुए कहा। लेकिन इस अदा में कोई इस्पाती चीज़ झलक रही थी।

सद्दाम ने सतर्क, लेकिन बेफ़िक्र अंदाज़ में अंजुम की तरफ़ देखा और यह सोचकर हैरान हुआ कि उसे इस बात का पता चल गया है।

अंजुम ने कहा, 'एक बार जब तुम कगार से गिरते हो—जैसे कि हम सब गिरे हैं—बीरू समेत—तो तुम्हारा गिरना कभी रुकता नहीं। और जब तुम गिरते हो तो तुम दूसरे गिरते हुए लोगों का सहारा लेते हो। इस बात को जितनी जल्दी समझ जाओ उतना बेहतर है। यह जगह जहाँ हम रहते हैं, जिसे हमने अपना घर बनाया है, यह गिरने वालों की जगह है। यहाँ कुछ भी हक़ीक़त नहीं है। अरे, हम भी सचमुच नहीं हैं। सचमुच हमारा कोई वजूद नहीं है।'

सद्दाम कुछ नहीं बोला। उसे दुनिया में सबसे ज़्यादा मुहब्बत अंजुम से थी। जिस तरह वह बोलती थी, जिन शब्दों को चुनती थी, जिस तरह अपना मुँह हिलाती थी, जिस तरह उसके लाल, पान-सने होंठ सड़े हुए दाँतों के ऊपर हिलते थे, वह उस सबसे मुहब्बत करता था। वह उसके आगे वाले बेढंगे दाँत से मुहब्बत करता था और जिस ढंग से वह उर्दू ग़ज़लें सुनाती थी, जिनमें से ज़्यादातर, बल्कि सभी उसकी समझ से बाहर थीं, उससे भी। सद्दाम शायरी बिल्कुल नहीं समझता था और उर्दू भी बहुत कम जानता था, लेकिन वह दूसरी चीज़ें ज़रूर जानता था। वह जानता था कि किसी गाय या भैंस की ख़ाल को कितनी तेज़ी से और कोई नुक़सान पहुँचाए बग़ैर कैसे उतारा जाता है। वह जानता था कि किस तरह ख़ाल पर नमक-पानी छिड़ककर उसे नींबू और टेनिन से तब तक सिझाया जाता है, जब तक वह चमड़े की शक्ल में फैलने और सख़्त न होने लगे। वह जानता था कि कैसे मसाले की खटास चखकर जाँची जाती है, कैसे ख़ाल को पीटा जाता है, कैसे उसके बालों और चर्बी को निकाला जाता है, कैसे साबुन से धोया और रंग उड़ाया जाता है, कैसे ग्रीस लगाई जाती है और उसे मोम लगाकर चमकाया जाता है। वह यह भी जानता था कि आदमी की देह में आम तौर से चार या पाँच लीटर ख़ून होता है। उसने उसे दिल्ली-गुड़गाँव हाइवे से थोड़ी ही दूर दुलीना पुलिस चौकी के बाहर सड़क पर धीरे-धीरे बहते और फैलते हुए देखा था और विचित्र यह था कि इस वारदात में जो चीज़ उसे सबसे ज़्यादा याद थी, वह थी महँगी कारों की लंबी क़तार और उनकी हेडलाइटों की शहतीरों पर मँडराते हुए पतिंगे, और यह भी कि कोई आदमी उनकी मदद के लिए उतरकर नहीं आया।

वह जानता था कि गिरते-हुए-लोगों की जगह उसके आने के पीछे न कोई इरादा था न संयोग। वह एक ज्वार था, एक लहर।

'तुम किसको उल्लू बना रहे हो?' अंजुम ने पूछा।

‘सिर्फ़ ख़ुदा को।’ सद्दाम मुस्कराया। ‘तुमको नहीं।’

‘कलमा पढ़कर सुनाओ...’ अंजुम ने शाही अंदाज़ में कहा जैसे वह ख़ुद शहंशाह औरंगज़ेब हो।

‘ला इलाह...’ सद्दाम ने कहा और फिर वह हज़रत सरमद की तरह ख़ामोश हो गया। ‘आगे मुझे नहीं मालूम। मैं अभी सीख ही रहा हूँ।’

‘तुम एक चमार हो। उन दूसरे लड़कों की तरह, जिनके साथ तुमने मुर्दाघर में काम किया। तुम अपने नाम के बारे में उस हरामज़ादी कुतिया संगीता मैडम से झूठ नहीं बोल रहे थे। तुम पता नहीं क्यों मुझसे झूठ बोल रहे थे, लेकिन मुझे इससे कोई फ़र्क़ नहीं पड़ता कि तुम क्या हो। मुसलमान हो, हिंदू हो, आदमी, औरत, फ़लाँ जात, ढिकानी जात, या फिर बस ऊँट की गाँड। लेकिन तुम अपने को सद्दाम हुसैन क्यों कहते हो? जानते हो, वह हरामज़ादा था?’

अंजुम ने चमार शब्द का इस्तेमाल किया, दलित का नहीं, जो अछूत समझे जाने वाले लोगों के लिए ज़्यादा आधुनिक और स्वीकृत विशेषण था। यह ठीक वैसा ही जज़्बा था जैसा यह कि अंजुम को अपने लिए हिजड़ा के अलावा कुछ और कहलवाना स्वीकार नहीं था। उसे न तो हिजड़ा से कोई समस्या थी और न चमार से।

कुछ देर वे अगल-बग़ल लेटे रहे। ख़ामोश। फिर सद्दाम का भरोसा जागा कि वह अंजुम को अपनी कहानी सुना सकता है जो उसने पहले किसी को नहीं सुनाई थी—भगवा सुग्गों और मरी हुई गाय की कहानी। उसकी कहानी में भी शगुन की बात थी, शायद कसाइयों का शगुन नहीं, लेकिन वैसा ही कुछ।

उसने अंजुम से कहा कि वह सही है और उसने उससे झूठ कहा था और संगीता मैडम से सच कहा था। सद्दाम नाम उसने बाद में रखा है। यह उसका असली नाम नहीं है। उसका असली नाम दयाचंद है। वह चमार घर में पैदा हुआ था। हरियाणा के एक गाँव बादशाहपुर में। दिल्ली से बस में कुछ ही घंटे की दूरी पर।

एक दिन सद्दाम और उसके पिता को फ़ोन से ख़बर मिली कि पास के एक गाँव में किसी के खेत में एक गाय मरी हुई पड़ी है तो उन्होंने तीन और लोगों के साथ एक टेम्पो किराये पर लिया और लाश उठाने के लिए चल दिए।

सद्दाम ने कहा, ‘हम लोग यही काम करते थे। जब गाय मरती तो ऊँची जात के किसान उसकी लाश उठाने के लिए हम लोगों को बुलाते थे। वे लाश को छूकर अपने को अपवित्र नहीं करना चाहते।’

‘हाँ, हाँ, मुझे पता है।’ अंजुम ने कुछ तारीफ़ के अंदाज़ में कहा, ‘उनमें

से बहुत से लोग तो बहुत साफ़-सुथरे रहते हैं। प्याज, लहसुन, गोश्त कुछ नहीं खाते...'

सद्दाम ने उसकी बात पर ग़ौर नहीं किया।

'तो हम लोग जाते थे और लाशें उठाते थे, उनकी ख़ाल उतारते थे और उनसे चमड़ा बनाते थे...यह मैं सन 2002 की बात कर रहा हूँ। मैं तब स्कूल में था। तुम बेहतर जानती हो कि उन दिनों क्या चल रहा था...कैसा हाल था...तुम्हारे साथ फ़रवरी में हुआ, तो मेरे साथ नवम्बर में। उस दिन दशहरा था। गाय उठाने के लिए हम एक रामलीला मैदान से गुज़रे जहाँ राक्षसों के बड़े-बड़े पुतले खड़े थे...रावण, मेघनाद और कुंभकरण। तीन मंज़िला इमारतों जित्ते ऊँचे—उन्हें शाम को जलाया जाना था।'

पुरानी दिल्ली के किसी भी मुसलमान को दशहरे के बारे में कुछ बताने की ज़रूरत नहीं थी। वह हर साल तुर्कमान गेट के बाहर रामलीला मैदान में मनाया जाता था। हर साल लंका के 'राक्षस' राजा रावण, उसके भाई कुंभकरण और बेटे मेघनाद के पुतले ज़्यादा ऊँचे होते जाते थे और उनमें भरे जाने वाले पटाखों की तादाद भी बढ़ती जाती थी। हर साल रामलीला ज़्यादा आक्रामक ढंग से खेली जाती थी और उसके प्रायोजक भी बढ़ते जाते थे। हिंदुओं का विश्वास था कि अयोध्या के राजा राम की कहानी, जिसमें लंका के युद्ध में रावण पराजित होता है, बुराई पर अच्छाई की विजय की कहानी है। कुछ ढीठ विद्वानों का मानना था कि रामलीला दरअसल एक ऐसा इतिहास है जिसे मिथक बना दिया गया है और वे दुष्ट राक्षस दरअसल काली चमड़ी के द्रविड़—मूल निवासी शासक—थे और वे हिंदू देवता आक्रमणकारी आर्य थे, जिन्होंने उनका दमन करके उन्हें अछूतों और दूसरी उत्पीड़ित जातियों में बदल दिया और वे इन शासकों की सेवा करने लगे। वे कई आदिम अनुष्ठानों का हवाला देते कि किस तरह लोग रावण समेत उन देवताओं की पूजा किया करते थे जिन्हें हिंदू धर्म में राक्षस माना गया है। लेकिन नए शासन-तंत्र में यह जानने के लिए लोगों का विद्वान होना ज़रूरी नहीं था (भले ही वे खुले तौर पर इसे न कहें) कि सुग्गा-साम्राज्य के लगातार फैलते-बढ़ते दौर में मूल निवासी ही नहीं, वे सभी लोग जो हिंदू नहीं हैं, दुष्ट राक्षस ही माने जा चुके हैं। शाहजहानाबाद के नागरिक भी इन्हीं में शामिल थे।

जब उन विशाल पुतलों को जलाया जाता तो पटाख़ों की आवाज़ पुराने शहर की सँकरी गलियों में गरजती हुई सुनाई देती। और किसी को यह शुबहा नहीं था कि ऐसा किस मक़सद से किया जाता है।

हर साल बुराई पर अच्छाई की विजय के बाद दाई से आवारा रानी बनी अहलाम बाजी अपने उलझे-गंदे बाल लिये रामलीला मैदान में जाती, कूड़े के ढेर को छानती और तीर और धनुष या कभी एक ख़ूब मोटी मूँछ या एक घूरती हुई आँख या बाँह या एक तलवार लेकर लौटती, जो उसके यूरिया खाद वाले थैले से बाहर निकली हुई रहती।

इसलिए जब सद्दाम ने दशहरे का जिक्र किया तो अंजुम को उसके तमाम लंबे-चौड़े मा'नी-मतलब फ़ौरन समझ में आ गए।

'गाय हमें आसानी से मिल गई।' सद्दाम ने कहा, 'यह बहुत आसान काम है। बस इतना हुनर चाहिए कि सीधे वहाँ का रुख़ करो जिधर से बदबू आ रही हो। हमने लाश को टेम्पो पर रखा और घर की तरफ़ चल दिए। हाँ, रास्ते में हम दुलीना पुलिस थाने पर रुके, जहाँ हमें थानेदार को—उसका नाम सहरावत है—उसका हिस्सा देना था। लेकिन उस रोज़ उसने ज़्यादा पैसे की माँग की। ज़्यादा ही नहीं, बल्कि तिगुने पैसे की। इसका मतलब यह था कि हमें गाय की ख़ाल उतारने में बहुत घाटा होता। हम उसे, उस सहरावत को, अच्छी तरह जानते थे। मुझे नहीं पता कि उस दिन उसे क्या हो गया—शायद वह रात में शराब के लिए पैसे चाहता था या दशहरा मनाने के लिए या शायद उसे कोई कर्ज़ चुकाना रहा हो, पता नहीं। हो सकता है, वह सिर्फ़ उस वक़्त के सियासी माहौल का फ़ायदा उठाना चाहता हो। मेरे बाप और उनके दोस्तों ने उससे बहुत गुज़ारिश की, लेकिन वह सुनने को तैयार नहीं था। जब उन्होंने कहा कि उनके पास इतना पैसा ही नहीं है तो सहरावत आग-बबूला हो गया। उसने उन्हे 'गोहत्या' के जुर्म में गिरफ़्तार कर लिया और हिरासत में ले लिया। मैं बाहर ही रह गया। अंदर जाते वक़्त मेरे बाप परेशान नहीं लग रहे थे, इसलिए मैं भी परेशान नहीं था। मैं यह सोचते हुए इंतज़ार करता रहा कि वे सौदा तय करने में लगे होंगे और जल्दी ही बात बन जाएगी। दो घंटे बीत गए, लोगों की भीड़ शाम की आतिशबाज़ी देखने के लिए जा रही थी। उनमें से कुछ देवताओं, राम, लक्ष्मण और हनुमान की तरह सजे हुए थे—छोटे-छोटे बच्चे धनुष और तीर के साथ, कुछ बंदरों जैसी पूँछ लगाए और चेहरे पर लाल रंग पोते हुए, कुछ काले चेहरों के साथ राक्षस बने हुए। सब रामलीला में हिस्सा लेने जा रहे थे। जब वे हमारे ट्रक के क़रीब से गुज़रे तो बदबू के मारे सबने नाक पर हाथ रख लिये। सूरज डूबते वक़्त मैंने पुतलों के फटने और लोगों की तालियों की गड़गड़ाहट सुनी। मुझे बुरा लगा कि मैं यह दिलकश नज़ारा देखने से रह गया। कुछ ही देर में लोग घरों को लौटने लगे। मेरे बाप और उनके दोस्तों का अभी तक कोई अता-पता

नहीं था और फिर, पता नहीं यह कैसे हुआ—शायद पुलिस ने अफ़वाह फैलाई हो या कहीं फ़ोन किए हों—थाने के सामने भीड़ लग गई और कहने लगी कि 'गोहत्यारों' को उन्हें सौंप दिया जाए। टेम्पो में मरी हुई गाय की बदबू पूरे इलाक़े में फैली थी और उनके लिए यही सबूत काफ़ी था। लोगों ने ट्रैफ़िक रोकना शुरू कर दिया। मुझे सूझा ही नहीं कि क्या करूँ, कहाँ जाकर छिपूँ, इसलिए मैं भी उसी भीड़ में शामिल हो गया। कुछ लोग *जय श्रीराम!* और *वंदे मातरम!* चिल्लाने लगे। फिर और लोग भी आ गए और एक पागलपन फैल गया। कुछ लोग थाने के अंदर गए और मेरे बाप और उनके तीन दोस्तों को बाहर खींच लाए। वे उन्हें पीटने लगे, पहले मुक्कों से और फिर जूतों से। लेकिन तभी कोई आदमी एक सब्बल लेकर आया और कोई गाड़ी का जैक। मुझे ज़्यादा कुछ दिखाई नहीं दिया, लेकिन जब मुक्के बरसने शुरू हुए तो मुझे अपने बाप की चीख़ें सुनाई दीं...।'

सद्दाम ने मुड़कर अंजुम की तरफ़ देखा।

'ऐसी आवाज़ मैंने कभी पहले नहीं सुनी थी...वह एक अजीब, बहुत भारी आवाज़ थी, इंसानों जैसी नहीं। लेकिन फिर वह भीड़ की चिल्लाहटों में दब गई। यह सब तुम्हें कैसे बताऊँ, तुम जानती हो...' सद्दाम की आवाज़ फुसफुसाहट में बदल गई, 'सब लोग तमाशाई बने रहे, किसी ने उनको रोका नहीं।' फिर सद्दाम ने बताया कि जब भीड़ ने अपना काम पूरा कर लिया तो किस तरह कारों की बत्तियाँ एक साथ जल उठीं जैसे वह फ़ौजी कारवाँ हो। किस तरह वे उसके बाप के ख़ून के डबरों से छपछपाती हुई गुज़रीं जैसे वह बारिश का पानी हो। और किस तरह वह सड़क पुराने शहर में बकरीद के दिन की गली जैसी नज़र आने लगी थी।

'मैं उसी भीड़ में था, जिसने मेरे बाप का क़त्ल किया।' सद्दाम ने कहा।

अंजुम को फिर से वीरानी का क़िला अपने इर्द-गिर्द उठता महसूस हुआ, जहाँ भनभन करती हुई दीवारें और रहस्यमय काल-कोठरियाँ थीं। सद्दाम और वह क़रीब-क़रीब एक-दूसरे के दिल की धड़कनें सुन सकते थे। वह कुछ भी कहने की हालत में नहीं थी—हमदर्दी का एक भी शब्द नहीं। लेकिन सद्दाम को पता था कि वह सुन रही है। कुछ ही देर बाद उसने फिर से बोलना शुरू किया :

'इसके कुछ महीने बाद मेरी अम्मा की मौत हो गई जो पहले से बीमार चल रही थी। मेरे चाचा और मेरी दादी ने मेरी देखभाल की। मैंने स्कूल छोड़ दिया, चाचा का कुछ पैसा चुराया और दिल्ली चला आया। दिल्ली पहुँचने पर

मेरे पास थोड़ा-सा पैसा था और कपड़े वही थे, जो मैं पहने हुए था। बस एक ही ख़्वाहिश थी—मैं हरामज़ादे सहरावत को मारना चाहता था। ज़रूर किसी रोज़ मारूँगा। मैं गलियों में सोता रहा, ट्रक में क्लीनर का काम किया और कुछ महीनों तक सीवरों की सफ़ाई भी की और फिर मेरे दोस्त नीरज ने, जो मेरे ही गाँव का है और म्युनिसिपल कार्पोरेशन में काम करता है, तुम उससे मिली हो...'

'हाँ,' अंजुम ने कहा, 'वह लंबा-सा ख़ूबसूरत-सा लड़का...'

'हाँ, वही। वह मॉडलिंग करना चाहता था, लेकिन कर नहीं पाया...। उसके लिए भी दलालों को पैसा देना पड़ता है। अब वह म्युनिसिपल कार्पोरेशन में ट्रक चलाता है...ख़ैर, नीरज ने मुझे मुर्दाघर में नौकरी दिलवा दी, जहाँ हम पहली बार मिले थे...दिल्ली आने के कुछ साल बाद मैं एक टेलीविज़न शोरूम से गुज़र रहा था। वहाँ खिड़की में रखे टीवी पर शाम की ख़बरें आ रही थीं। वहीं पहली बार मैंने सद्दाम हुसैन की फाँसी का वीडियो देखा। मुझे उसके बारे में कुछ पता नहीं था, लेकिन जब मैंने देखा कि वह आदमी मौत के सामने कितनी हिम्मत और ग़ुरूर से खड़ा है तो मुझ पर इसका बड़ा असर पड़ा। जब मैंने पहला मोबाइल ख़रीदा तो दूकानदार से कहा कि उस वीडियो को खोजकर उसे मेरे फ़ोन पर डाउनलोड कर दो। मैं उसे बार-बार देखता था और उसी के जैसा होना चाहता था। मैंने मुसलमान बनना तय किया और वही नाम रख लिया। मुझे लगा कि इससे मुझमें उसी के जैसी हिम्मत आ जाएगी कि मैं जो करना चाहता हूँ, करूँ और वैसा ही नतीजा भुगतने के लिए तैयार रहूँ।'

'सद्दाम हुसैन हरामज़ादा था।' अंजुम ने कहा, 'उसने बहुत सारे लोगों को मौत के घाट उतारा।'

'हो सकता है, मगर वह था तो बहादुर...देखो...ज़रा यह देखो।'

सद्दाम ने अपना नया और सुंदर स्क्रीन वाला स्मार्टफ़ोन निकाला और एक वीडियो खोजा। अपनी हथेली को ओट बनाकर उसने वीडियो की चौंध कम की। वह एक टेलीविज़न क्लिप थी, जिसके शुरू में वैसलीन इंटेंसिव केयर मॉयस्चराइजिंग क्रीम का विज्ञापन था जिसमें एक सुंदरी अपनी कोहनियों और पिंडलियों पर कुछ मल रही थी और उसका असर देखकर चहक रही थी। अगला विज्ञापन जम्मू एंड कश्मीर टूरिज़्म डिपार्टमेंट का था—बर्फ़ीले नज़ारे और गर्म कपड़े पहने हुए, बर्फ़-गाड़ियों में बैठे हुए ख़ुशनुमा लोग। पीछे से आवाज़ आ रही थी : 'जम्मू और कश्मीर। इतना सफ़ेद, इतना सुंदर, इतना रोमांचक।' फिर टीवी एनाउंसर ने अंग्रेज़ी में कुछ कहा और इराक़ का भूतपूर्व

राष्ट्रपति सद्दाम हुसैन प्रकट हुआ—चुस्त, खिचड़ी दाढ़ी में, काले रंग का ओवरकोट और सफ़ेद कमीज़ पहने हुए। वह अपने इर्द-गिर्द मौजूद जल्लादों वाले नोकदार, काले कनटोप पहने, तोपों के छेदों से उसे देखते, कुछ बुदबुदाते हुए लोगों से कहीं ज़्यादा क़द्दावर था। उसके हाथ पीठ पीछे बँधे थे। वह अडिग खड़ा था। एक आदमी ने उसकी गर्दन पर काला साफ़ा बाँधा और इशारे से बताया कि साफ़े से उसकी गर्दन की चमड़ी पर फाँसी के फंदे की रगड़ नहीं पड़ेगी। जब साफ़ा बँध गया तो सद्दाम हुसैन और भी शानदार लगने लगा। गपशप करते कनटोपधारी लोगों से घिरा हुआ वह फाँसी के तख़्ते की ओर बढ़ा। फाँसी के फंदे को उसके गले में डालकर कसा जाने लगा। उसने दुआ की। फाँसी वाले चोर दरवाज़े में गिरने से पहले उसके चेहरे पर आख़िरी दम तक बेइंतिहा हिक़ारत का भाव था जल्लादों के लिए।

'मैं ऐसा ही हरामज़ादा होना चाहता हूँ।' सद्दाम ने कहा, 'मुझे जो करना है, करना चाहता हूँ और अगर मुझे इसकी क़ीमत चुकानी पड़े तो उसी की तरह मैं भी चुकाना चाहता हूँ।'

'मेरे एक दोस्त हैं जो इराक़ में रहते हैं।' अंजुम ने इस तरह कहा जैसे वह फाँसी के वीडियो से कहीं ज़्यादा सद्दाम के फ़ोन से प्रभावित हो। 'गुप्ता जी, वे मुझे इराक़ से फ़ोटो भेजते रहते हैं।' कहकर उसने अपना फ़ोन निकाला और सद्दाम को वे तस्वीरें दिखाने लगी जो डीडी गुप्ता भेजते रहते थे—गुप्ता जी अपने बग़दाद वाले फ़्लैट में, गुप्ता जी और उनकी इराक़ी रखैल पिकनिक मनाते हुए और फिर ब्लास्ट-वाल की तस्वीरों का सिलसिला, जिन्हें गुप्ता जी ने अमेरिकी फ़ौज के लिए पूरे इराक़ में बनवाया था। इनमें से कुछ नई थीं और कुछ गोलीबारी के निशानों से भरी हुईं और ग्रैफ़िटी से ढँकी हुई थीं। उनमें से एक पर किसी ने अमेरिका के फ़ौजी जनरल के मशहूर शब्द लिखे थे : *बी प्रोफेशनल, बी पोलाइट एंड हैव अ प्लान टु किल एवरीबॉडी यू मीट।* काम से काम रखो, विनम्र रहो और जिस किसी से मिलो उसे मारने की योजना सोचो।

अंजुम अंग्रेज़ी नहीं पढ़ सकती थी। ग़ौर से पढ़ने पर सद्दाम पढ़ सकता था, लेकिन फ़िलहाल उसने नहीं पढ़ा। अंजुम ने चाय ख़त्म की और आँखों के ऊपर बाँहें फैलाकर पीठ के बल लेट गई। लगा कि उसे झपकी आ गई है, लेकिन ऐसा नहीं था। वह परेशान थी।

'और अगर तुम्हें पता नहीं है तो,' कुछ देर बाद अंजुम ने इस तरह कहा जैसे बात अभी पूरी नहीं हुई हो—यह सच था, लेकिन वह उसके दिमाग़ में अपने साथ ही चल रही थी। 'मैं तुम्हें बता दूँ कि हम मुसलमान भी मादरचोद

हैं, दूसरों की ही तरह। लेकिन मेरे ख़याल से अगर एक क़ातिल और पैदा हो भी गया तो हमारी बदनाम क़ौम की शोहरत को कोई ख़ास नुक़सान नहीं होगा, हमारा नाम पहले से ही बदनाम है। बहरहाल, जो करना है आराम से करो। जल्दबाज़ी में कुछ मत करना।'

'नहीं करूँगा, लेकिन सहरावत को तो मरना ही है।'

सद्दाम ने अपना चश्मा उतारा और आँखें भींचकर धूप की तरफ़ मुँह किया। उसने अपने फ़ोन पर एक पुराना फ़िल्मी गाना चलाया और ख़ुद भी बेसुरे, लेकिन बेबाक ढंग से गाने लगा। बीरू ने बर्तन में बची हुई ठंडी चाय सुड़की और उबली चाय की पत्तियों को अपनी नाक पर चिपकाए हुए चल दिया।

जब धूप तेज़ हो गई तो वे कमरे में लौट आए, जहाँ वे देर तक अपनी ज़िंदगियों के बीच दो अंतरिक्ष यात्रियों की तरह गुरुत्वाकर्षण को लाँघते हुए उस अंतरिक्ष यान में तैरते रहे जिसकी बाहरी दीवारें फ़ूशिया रंग की थीं और दरवाज़े हल्के पिस्तई रंग के।

ऐसा नहीं कि उनके पास अपने इरादे नहीं थे।

अंजुम मरना चाहती थी।

सद्दाम मारना चाहता था।

और मीलों दूर, एक अशांत जंगल में एक बच्ची पैदा होना चाह रही थी...

बारिश किस भाषा में गिरती है
यातनाग्रस्त शहरों के ऊपर?

पाब्लो नेरूदा

3

उत्पत्ति कथा

यह शांति का दौर था। या ऐसा उनका कहना था।

एक गर्म हवा सुबह से ही शहर की सड़कों पर चाबुक फटकारती बह रही थी। अपने साथ बजरी, सोडा बोतलों के ढक्कनों और बीड़ी के टुकड़ों को उड़ाती हुई और उन्हें कारों के शीशों और साइकिल सवारों की आँखों पर मारती हुई। जब हवा थमी तो आसमान में दोपहर का सूरज धुंध को तपाने लगा और गर्मी फिर से तेज़ होकर किसी बेली डांसर की तरह गलियों में सनसनाने लगी। लोगों को इंतज़ार था कि धूल-भरी आँधी के बाद हमेशा की तरह गरजती हुई बौछारें आएँगी, लेकिन ऐसा नहीं हुआ। नदी के किनारे एक घनी झुग्गी-बस्ती को आग ने लील लिया और देखते-देखते दो हज़ार से ज़्यादा घर तबाह हो गए।

अमलतास तब भी फूल रहे थे। एक चटख़ और ज़िद्दी पीलापन। हर बार चिलचिलाती हुई गर्मी में वह ऊपर की तरफ़ देखता था और तांबई गर्म आसमान से फुसफुसाता था : *गाँड मराओ*।

आधी रात के आसपास वह अचानक ही प्रकट हुई। किसी फ़रिश्ते ने गीत नहीं गाये, सयाने लोग उपहार लेकर नहीं पहुँचे, लेकिन उसके आगमन पर पूरब दिशा में दसियों लाख तारे चमके। पल-भर पहले वह वहाँ नहीं थी और अगले ही पल वह कंक्रीट की पटरी पर थी। चाँदी के रंग की सिगरेट की पन्नियों, प्लास्टिक की थैलियों और अंकल चिप्स के ख़ाली पैकेटों वाले कूड़े

के पालने पर। वह रोशनी की तलैया में नियोन लाइट में चमकते हुए मच्छरों की क़तार के नीचे नंगी लेटी हुई थी। उसकी त्वचा नीली-स्याह, समुद्री सील के शिशु की तरह चिकनी थी। वह पूरी तरह जगी हुई, लेकिन उतनी ही शांत थी जो ऐसी नन्ही-सी जान के लिहाज़ से असामान्य था। शायद अपने जीवन के शुरुआती संक्षिप्त महीनों में ही वह जान गई थी कि आँसू, कम से कम उसके आँसू व्यर्थ हैं।

एक दुबला सफ़ेद घोड़ा रेलिंग से बँधा था। एक छोटा-सा खजुहा कुत्ता, कंकरीट के रंग की घरेलू छिपकली, दो सोई हुई धारीदार गिलहरियाँ और अपने बसेरे में अंडों से सूजी थैली के साथ बैठी हुई एक मकड़ी उसकी रखवाली कर रही थीं। उनके अलावा वह एकदम अकेली थी।

उसके चारों तरफ़ मीलों तक फैला हुआ शहर था। हज़ार साल पुरानी जादूगरनी अभी झपकी ले रही थी, सोई नहीं थी। पीली सोडियम रोशनियों के नीचे उसकी मेडुसा-खोपड़ी से भूरे रंग के मुड़ते-खुलते सर्पिल फ़्लाइओवर निकले हुए थे। उनके ऊँचे, सँकरे फ़ुटपाथों पर दूर तक सर से पैर तक, सर से पैर तक, सर से पैर तक बेघर लोगों की सोई हुई देहों की क़तारें थीं। उसकी पतली-ढीली त्वचा की झुर्रियों में कई प्राचीन रहस्य दबे थे। हर झुर्री एक सड़क थी, हर सड़क एक मेला थी, हर दुखता हुआ जोड़ एक ढहती हुई रंगभूमि था जहाँ सदियों से प्यार और पागलपन की, मूर्खता, उल्लास और अवर्णनीय क्रूरता की कहानियाँ मंचित की जाती रही थीं। लेकिन अब उसके पुनर्जागरण की भोर हो रही थी। उसके नए मालिक उसकी टाँगों की गठीली रग़ों को आयातित जाली वाले स्टॉकिंग से ढँकना चाहते थे, उसकी सूखती हुई चूचियों को चुलबुले पैड वाली ब्रा में जकड़ देना चाहते थे और उसके दर्द करते पैरों को ऊँची एड़ी के नुकीले जूतों में बंद करना चाहते थे। वे चाहते थे कि वह अपने बूढ़े सख़्त कूल्हों को मटकाना शुरू करे और अपने निढाल चेहरे पर जबरन एक नक़ली मुस्कुराहट लाए। यह गर्मी का ऐसा मौसम था जिसमें दादी अम्मा का वेश्याकरण हो गया।

वह दुनिया की मशहूर नई सुपर-पावर की सुपर-राजधानी बनने जा रही थी। *इंडिया! इंडिया!* यही जाप ज़ोरों पर था—टीवी कार्यक्रमों में, म्यूज़िक वीडियो में, विदेशी अख़बारों और पत्रिकाओं में, व्यापारिक वार्ताओं और हथियारों की प्रदर्शनियों में, आर्थिक गोष्ठियों और पर्यावरण के सम्मेलनों में, पुस्तक मेलों और सौंदर्य प्रतियोगिताओं में। *इंडिया! इंडिया! इंडिया!*

शहर में एक अंग्रेज़ी अख़बार और त्वचा को गोरा बनाने वाली क्रीम के

ताज़ातरीन ब्रांड (टनों बिकने वाले) की ओर से प्रायोजित बड़े-बड़े विज्ञापन लगे थे : *अवर टाइम इज़ नाउ*। के-मार्ट आ रहा था। वालमॉर्ट और स्टारबक्स आ रहे थे। और टीवी पर ब्रिटिश एअरवेज़ के विज्ञापन में तमाम दुनिया के लोग (गोरे, भूरे, काले, पीले) गायत्री मंत्र का जाप कर रहे थे :

ओम् भुर्भुवः स्वः
तत् सवितुर्वरेण्यं
भर्गो देवस्य धीमहि
धियो यो नः प्रचोदयात्

(और सब सफ़र करें ब्रिटिश एअरवेज से)

जब यह मंत्र-जाप पूरा हुआ तो तमाम दुनिया के लोगों ने सर झुकाए और स्वागत में अपनी हथेलियाँ जोड़ दीं। *नमस्ते,* एक अजीब उच्चारण के साथ उन्होंने कहा और उन पगड़ीधारी दरबानों की तरह मुस्कुराए जो महाराजा-मूँछों के साथ पाँच सितारा होटलों में विदेशी मेहमानों का स्वागत करते दिखते हैं। और इसके साथ ही, कम से कम उस विज्ञापन के बाद, इतिहास सर के बल खड़ा हो गया (अब कौन सर झुका रहा था? और कौन मुस्कुरा रहा था? कौन दरख़्वास्त कर रहा था? और किससे दरख़्वास्त हो रही थी?)। हिंदुस्तान के चुनिंदा नागरिक भी अपनी नींद में मुस्कुराए। *इंडिया! इंडिया!* उन्होंने अपने सपनों में कुछ ऐसा जाप किया जैसे क्रिकेट मैचों के दौरान भीड़ किया करती है। चीख़-चीख़कर तारीफ़ करती दुनिया पंजों के बल खड़ी हो गई, जहाँ जंगल हुआ करते थे वहाँ गगनचुंबी इमारतें और इस्पात के कारख़ाने उग आए, नदियों को बोतलों में भरा और सुपर बाज़ारों में बेचा जाने लगा। मछलियाँ टिन के डिब्बों में बंद हो गईं। पहाड़ खोदे गए और चमचमाती हुई मिसाइलों में बदल दिए गए। विशाल बाँधों ने शहरों को दीवाली की तरह जगमग कर दिया। हर कोई ख़ुश था।

इन रोशनियों और विज्ञापनों से दूर गाँव के गाँव ख़ाली किए जा रहे थे। और शहर भी। लोग लाखों की तादाद में अपनी जगह से हटाए जा रहे थे, लेकिन कोई नहीं जानता था कि वे कहाँ जाएँगे।

'जिन लोगों के पास शहर में रहने की क़ूवत नहीं है, उन्हें यहाँ नहीं आना चाहिए,' सुप्रीम कोर्ट के एक जज ने कहा और शहर के ग़रीबों को फ़ौरन शहर-बदर करने का हुक्म दिया। '1870 से पहले पेरिस एक चिपचिपाता हुआ

इलाक़ा था और फिर सारी झोपड़पट्टियाँ हटा दी गईं।' यह कहते हुए शहर के लेफ़्टिनेंट गवर्नर ने अपनी खोपड़ी पर बचे-खुचे बालों के चकत्तों को दाएँ से बाएँ तहाया। (शाम को जब वे चैम्सफ़ोर्ड क्लब के ताल में तैरने जाते थे तो उनके बालों का गुच्छा भी उनकी बग़ल में तैरता रहता था)। 'और अब ज़रा पेरिस को देखिए।'

इस तरह फ़ालतू लोगों पर प्रतिबंध लग गया था।

झोपड़पट्टियों और अवैध बस्तियों में, पुनर्वास और 'अनधिकृत' कालोनियों में लोगों ने संघर्ष छेड़ दिया। उन्होंने अपने घरों को जाने वाली सड़कों को खोद डाला और पत्थरों और मलबे के अवरोध खड़े कर दिए। नौजवानों, बच्चों, माँओं और दादियों ने लाठियाँ और पत्थर हाथ में लेकर बस्तियों के मुहानों पर मोर्चा सँभाला। सड़क के पार जहाँ पुलिस और बुल्डोजर मुकम्मिल कार्रवाई के लिए खड़े थे, चाक से एक नारा लिखा हुआ था—सरकार की माँ की चूत।

'हम कहाँ जाएँ?' फ़ालतू लोगों ने पूछा, 'तुम भले ही हमें मार डालो, लेकिन हम यहाँ से हिलेंगे नहीं।'

इतने सारे लोग थे कि एकमुश्त नहीं मारे जा सकते थे।

इसकी बजाय उनके घर, दरवाज़े और खिड़कियाँ, उनके छप्पर, उनके बर्तन-भाँडे, उनकी प्लेटें, उनके चम्मच, स्कूल छोड़ने के सर्टिफिकेट, राशनकार्ड, शादी के प्रमाणपत्र, उनके बच्चों के स्कूल, उनका ज़िंदगी-भर का काम, उनकी आँखों में प्रकट होने वाले भाव ऑस्ट्रेलिया से आयात किए गए पीले बुल्डोजरों से समतल कर दिए गए (उन बुल्डोजरों को डिच विच कहा जाता था)। वे स्टेट ऑफ़ द आर्ट मशीनें थीं। वे इतिहास को सपाट कर सकती थीं और उसे इमारती सामान के ढेर में बदल सकती थीं।

इस तरह दादी अम्मा अपने नवीनीकरण के उभार में टुकड़े-टुकड़े होने लगी।

भीषण होड़ में मुब्तिला टीवी चैनलों ने शहर के टुकड़ा-टुकड़ा होने को 'ब्रेकिंग न्यूज़' की तरह दिखाया। किसी ने इसकी विडंबना की तरफ़ संकेत नहीं किया। उन्होंने अपने अनाड़ी, लेकिन आलीशान दिखने वाले नौजवान रिपोर्टरों को भेजा, जो पूरे शहर में खुजली की तरह फैल गए और हड़बड़ाए हुए खोखले सवाल पूछने लगे। उन्होंने ग़रीबों से पूछा कि आपको ग़रीब होना कैसा लगता है। भूखों से पूछा कि आपको भूखा होना कैसा लगता है। बेघरों से पूछा कि आपको बेघर होना कैसा लगता है। 'भाई साहब, यह बताइए आपको कैसा लग रहा है...?' टीवी चैनलों को मायूसी के सीधे प्रसारण के लिए कभी

प्रायोजकों की कमी नहीं पड़ती थी और मायूसी की भी कमी नहीं पड़ती थी।

विशेषज्ञ बाक़ायदा फ़ीस लेकर अपनी विशेषज्ञ राय व्यक्त करते थे और पूरी विशेषज्ञता से कहते थे कि *किसी न किसी को* तो विकास की क़ीमत चुकानी होगी।

भीख माँगने पर पाबंदी थी। हज़ारों भिखारी गिरफ़्तार कर लिये गए और कठघरों में डाल दिए गए, जहाँ से उनके हुजूम शहर से बाहर खदेड़े गए। उन्हें वापस लाने में ठेकेदारों को काफ़ी पैसा ख़र्च करना पड़ा।

बेसहारों-को-सहारे-फ़ादर जॉन ने एक सार्वजनिक परिपत्र जारी किया, जिसमें कहा गया था कि पुलिस रिकॉर्ड के मुताबिक़ पिछले साल शहर की सड़कों पर क़रीब तीन हज़ार बेशिनाख़्त लाशें (मनुष्यों की) बरामद हुई हैं। किसी ने जवाब नहीं दिया।

लेकिन खाने-पीने के सामान की दूकानें सामान से खचाखच थीं। किताबों की दूकानें किताबों से खचाखच थीं। जूतों की दूकानें जूतों से खचाखच थीं। और लोग (जो लोगों में गिने जाने लायक़ थे) एक-दूसरे से कहते थे, 'अब आपको ख़रीदारी के लिए फ़ॉरेन जाने की ज़रूरत नहीं है। सारी इम्पोर्टेड चीज़ें यहीं मिलने लगी हैं। देखिए, बंबई हमारा न्यूयॉर्क है, दिल्ली हमारा वाशिंगटन है और कश्मीर हमारा स्विट्ज़रलैंड है। साला, यह तो बिल्कुल, बिल्कुल ही फैंटास्टिक है यार।'

सड़कें दिन-भर ट्रैफ़िक से घुटती रहतीं। नए-नए वंचित लोग जो शहर की दरारों और छेदों में रहते थे, वे कहीं से उभरकर आते और सुंदर शीत-ताप अनुकूलित कारों के इर्द-गिर्द उमड़ पड़ते—झाड़न, मोबाइल चार्जर, जम्बो जेट वाले खिलौने, रंगीन पत्रिकाएँ, नक़ल की हुई मैनेजमेंट की किताबें *(हाउ टु मेक योर फर्स्ट मिलियन, व्हाट यंग इंडिया रियली वांट्स)*,पाक-कला की गाइड, इंटीरियर डिज़ाइन की पत्रिकाएँ, जिनमें प्रोवेंस के देहाती बंगलों की रंगीन तस्वीरें होती थीं, और तुरंता अध्यात्म के मैनुअल *(यू आर रेस्पांसिबल फ़ार योर ओन हैप्पीनेस.. । या हाउ टु बी योर ओन बेस्ट फ्रेंड...)* बेचा करते। स्वाधीनता दिवस पर वे खिलौना मशीनगन और स्टैंड पर मढ़े हुए छोटे-छोटे राष्ट्रीय ध्वज बेचते थे, जिन पर लिखा होता था, *मेरा भारत महान*। कारों वाले लोग अपनी कारों की खिड़कियों से बाहर देखते तो उन्हें सिर्फ़ वे नए अपार्टमेंट नज़र आते जिन्हें ख़रीदने की योजना वे बना रहे थे या हाल ही में ख़रीदे हुए जैकुजी बाथ टबों और अभी-अभी पटाए गए किसी सौदे को याद करते। वे ध्यान करने के कारण शांत-चित्त थे और योगाभ्यास के कारण दमक रहे थे।

शहर के बाहर औद्योगिक इलाक़े में मीलों लंबे चमकते हुए दलदल थे जहाँ कूड़ा और प्लास्टिक के रंगीन थैले ठूँस-ठूँसकर भरे थे और जहाँ निष्कासितों का 'पुनर्वास' किया गया था। वहाँ की हवा में रासायनिक पदार्थ घुले थे और पानी ज़हरीला था। गंदे हरे तालाबों में मच्छरों के बादल मँडरा रहे थे। उस मलबे पर, जहाँ कभी उनके घर थे, गौरेयों की तरह बैठी हुईं फ़ालतू माताएँ अपनी फ़ालतू संतानों को लोरी सुना रही थीं :

सूती रहु बउआ, भकोल अबइया
नानी गाम से आंगा, सियाइत अबइया
मामा संगे मामी, नचाइत अबइया
कारा संगे चड़ा, लबाइत अबइया

फ़ालतू संतानें सो जाती थीं और सपने में पीले रंग के बुल्डोजर देखती थीं।

शहर की धुंध और मशीनी भन-भन के ऊपर एक लंबी-चौड़ी और सुंदर रात थी। आसमान तारों का जंगल था। जेट हवाई जहाज़ सुस्त, हिनहिनाते धूमकेतुओं की तरह गुज़र रहे थे। कुछ धुंध में डूबे हुए इंदिरा गाँधी अंतरराष्ट्रीय हवाई अड्डे में एक के ऊपर एक मँडरा रहे थे और उतरने का इंतज़ार कर रहे थे।

ﻌ

नीचे फ़ुटपाथ पर, जंतर-मंतर के किनारे, जहाँ हमारी बच्ची अवतरित हुई, सुबह के समय भी काफ़ी भीड़-भाड़ थी। कम्युनिस्ट, देशद्रोही, अलगाववादी, क्रांतिकारी, स्वप्नदर्शी, आलसी, सिरफिरे, नशेड़ी, हर तरह के फ्रीलांसर और ज्ञानी लोग इर्द-गिर्द जमा थे, जो नवजात शिशु के लिए कोई उपहार नहीं ला सके थे। पिछले दस दिनों से शहर में एक नया तमाशा खड़ा होने के कारण वे सब किनारे कर दिए गए थे और वहाँ से हटा दिए गए थे जो कभी उनका *अपना* इलाक़ा था—शहर में यही एक जगह थी, जहाँ इकट्ठा होने की उन्हें इजाज़त थी। बीस से भी ज़्यादा टीवी टीमें पीले रंग की क्रेनों पर अपने कैमरे जमाए हुए चौबीसों घंटे उस नए चमकदार सितारे की चौकसी के लिए जमा थीं : वे एक बुढ़ऊ, गोल-मटोल गाँधीवादी, ग्रामीण-सामाजिक-कार्यकर्ता-बने-भूतपूर्व-सैनिक थे, जिन्होंने भ्रष्टाचार-मुक्त भारत के स्वप्न को साकार करने के लिए आमरण अनशन की घोषणा की थी। वे किसी रुग्ण संत की तरह पीठ

के बल पसरे हुए थे और उनके पीछे भारतमाता की तस्वीर लगी थी—भारत की मानचित्र-नुमा आकृति के भीतर कई बाँहों वाली देवी (बेशक, अविभाजित भारत, जिसमें पाकिस्तान और बांग्लादेश भी दिखाए गए थे)। उनकी हर उसाँस का, चारों तरफ़ जमा लोगों को दिए जाने वाले उनके फुसफुसाते निर्देशों का रात-दिन सीधा प्रसारण होता था।

बुढ़ऊ ने हवा का रुख़ पहचान लिया था। शहर के पुनजार्गरण का यह मौसम घोटालों का भी मौसम था—कोयला घोटाला, कच्चा लोहा घोटाला, हाउसिंग घोटाला, बीमा घोटाला, स्टैम्प पेपर घोटाला, फ़ोन लाइसेंस घोटाला, भूमि घोटाला, बाँध घोटाला, सिंचाई घोटाला, हथियार और गोला-बारूद घोटाला, पेट्रोल पंप घोटाला, पोलियो वैक्सीन घोटाला, बिजली बिल घोटाला, पाठ्य-पुस्तक घोटाला, साधु-संत घोटाला, अकाल राहत घोटाला, कार नंबर घोटाला, वोटर लिस्ट घोटाला, पहचान पत्र घोटाला—और उन सबमें नेताओं, व्यापारी-नेताओं और नेता-व्यापारियों ने सार्वजनिक धन की अकल्पनीय लूटपाट की थी।

बुढ़ऊ ने एक अच्छे ख़ज़ाने के खोजी की तरह एक उच्च कोटि के घोटाले को पकड़ा था जिसे लेकर लोगों में बहुत ग़ुस्सा था, और इससे वे रातों-रात ऐसे मसीहा बन गए जिसकी उम्मीद ख़ुद उन्हें भी नहीं थी। भ्रष्टाचार-मुक्त समाज का उनका स्वप्न एक ऐसी ख़ुशनुमा चरागाह था जहाँ हर किसी को—भले वह कितना ही भ्रष्ट हो—थोड़ी देर चरने की छूट थी। वे तमाम लोग, जिनका आपस में कोई लेना-देना नहीं था (वामपंथी, दक्षिणपंथी, पंथविहीन), सब उनकी तरफ़ उमड़ने लगे। जैसे किसी अज्ञात से उनका अचानक अवतरित होना उस नई और बेचैन पीढ़ी को प्रेरित करने और एक उद्देश्य देने लगा, जो अब तक इतिहास और राजनीति से अनजान थी। जींस और टी-शर्ट पहने हुए युवा गिटार और भ्रष्टाचार विरोधी स्वरचित गीतों के साथ आते थे। वे अपने साथ झंडे और तख़्तियाँ भी लाते, जिन पर *एनफ़ इज़ एनफ़!* और *एंड करप्शन नाउ* लिखा होता। इस परिघटना के प्रबंधन के लिए पेशेवर नौजवानों की एक टीम—वकील, अकाउंटेंट और कम्प्यूटर प्रोग्रामर—गठित की गई। उन्होंने पैसे उगाहे, बड़ा-सा टेंट और बहुत-सा तामझाम जुटाया जिसमें भारतमाता की तस्वीर, राष्ट्रीय ध्वज की सप्लाई, गाँधी टोपियाँ, बैनर, डिजिटल मीडिया अभियान जैसी चीज़ें थीं। बुढ़ऊ के देहाती भाषण और उद्बोधन ट्विटर पर ख़ूब चले और फ़ेसबुक पर छा गए। टीवी कैमरों की भूख लेकिन तब भी नहीं मिट रही थी।

अवकाश-प्राप्त नौकरशाह, पुलिस और फ़ौजी अधिकारी भी इसमें शामिल हो गए। भीड़ बढ़ती गई।

बुढ़ऊ इस तुरंता स्टारडम से प्रसन्न हो उठे। इसने उन्हें थोड़ा फुला दिया और थोड़ा आक्रामक बना दिया। उन्हें लगा कि महज़ भ्रष्टाचार के मुद्दे तक सीमित रहने से उनकी शैली अवरुद्ध हो रही है और लोकप्रियता गिर रही है। उन्होंने सोचा कि वे इतना तो कर ही सकते हैं कि प्रशंसकों को थोड़ा अपने मूल स्वभाव, अपने असली तत्व और जन्मजात देहाती अक्ल की घुट्टी पिलाएँ। और इस तरह एक सर्कस शुरू हुआ। उन्होंने एलान किया कि वे भारत का दूसरा स्वाधीनता संग्राम छेड़ चुके हैं। अपने वृद्ध-बाल-स्वर में उनके झकझोरने वाले भाषण ऐसे लगते थे जैसे दो ग़ुब्बारे आपस में रगड़ खा रहे हों। लेकिन वे देश की आत्मा को छूते हुए लगते थे। बच्चों की जन्मदिन पार्टी के जादूगर की तरह वे कई करतब दिखलाते और पलक झपकते ही एक उपहार निकाल ले आते। उनके पास हरेक के लिए कुछ न कुछ था। उन्होंने पुराने और विवादास्पद युद्धघोष *'वंदे मातरम्!'* के ज़रिये हिंदू कट्टरतावादियों (जो भारतमाता के नक्शे को देखकर पहले ही ख़ुश थे) में ऊर्जा का संचार कर दिया। इस पर जब कुछ मुसलमानों को दिक़्क़त हुई तो उनकी कमेटी ने बंबई से एक मुसलमान फ़िल्मी अभिनेता को बुलाया जो नमाज़ी टोपी पहनकर (वह आमतौर पर पहनता नहीं था) अनेकता में एकता के प्रतीक की तरह एक घंटे से भी ज़्यादा वक़्त बुढ़ऊ के साथ मंच पर बैठा रहा। परंपरावादियों को रिझाने के लिए बुढ़ऊ गाँधीजी को उद्धृत करते थे। वे कहते कि जाति व्यवस्था में ही भारत की मुक्ति है। 'हर जाति को वह काम करना चाहिए जिसके लिए उसका जन्म हुआ है, लेकिन हर काम का सम्मान होना ज़रूरी है।' जब दलित इससे आगबबूला हुए तो एक म्युनिसिपल सफ़ाईकर्मी की छोटी-सी बच्ची नई फ्रॉक पहनाकर लाई गई और उसे उनकी बग़ल में बिठाया गया। उसके हाथ में पानी की बोतल थी, जिससे बुढ़ऊ बीच-बीच में पानी पीते रहे। उग्र नैतिकतावादियों के लिए बुढ़ऊ का नारा था—*चोरों के हाथ काट देने चाहिए। आतंकवादियों को फाँसी चढ़ा देना चाहिए।* हर रंग के राष्ट्रवादियों के समर्थन में वे गरजे : 'दूध माँगोगे तो खीर देंगे, कश्मीर माँगोगे तो चीर देंगे!'

इंटरव्यू देते समय उनकी मुस्कान फ़ेरेक्स-शिशु जैसी लिसलिसी हो जाती और वे उस ख़ुशी को भी साझा करना नहीं भूलते जो उन्होंने गाँव के मंदिर से सटे हुए अपने कमरे में सादगी और ब्रह्मचर्य का जीवन जीते हुए पाई थी। वे यह कहना नहीं भूलते थे कि गाँधीजी की ब्रह्मचर्य-साधना से उन्हें उपवास की ताक़त मिलती है। प्रमाण के लिए उन्होंने उपवास के तीसरे दिन अपने बिस्तर से उठकर सफ़ेद धोती-कुर्ते में मंच पर दौड़ लगाई और बाँहों की नर्म मछलियों

का प्रदर्शन भी किया। लोग ख़ुशी से लहालोट थे और अपने बच्चों को भी उनका आशीर्वाद दिलाने लाते थे।

टेलीविज़न दर्शकों की संख्या आसमान छूने लगी। विज्ञापनों की बाढ़ आ गई। ऐसा उन्माद कम से कम पिछले बीस सालों में तब से देखने को नहीं मिला था, जब ऐसे ही एक चमत्कारी दिन सारी दुनिया के मंदिरों में भगवान गणेश की मूर्तियों के एक साथ दूध पीने की ख़बरें आई थीं।

लेकिन अब यह बुढ़ऊ के उपवास का नौवाँ दिन था और अपने भीतर संचित तमाम वीर्य-कोष के बावजूद वे दुबले दिखने लगे थे। उस दिन दोपहर बाद शहर में उनके भीतर क्रेटेनिन की मात्रा बढ़ने और किडनी कमज़ोर पड़ने की अफ़वाह फैली। उनके बिस्तर के आसपास दिग्गजों की भीड़ लग गई। उन्होंने उनके हाथ अपने हाथों में लेकर फ़ोटो खिंचवाए और (हालाँकि किसी को ऐसी आशंका नहीं थी) उनसे जीवित रहने का अनुरोध किया। घोटालों में जिन उद्योगपतियों के नाम थे, उन्होंने उनके अभियान को चंदा दिया और अहिंसा के प्रति बुढ़ऊ की अडिग आस्था के गुण गाए (हाथ काटने, फाँसी देने और अंग-भंग के उनके नुस्ख़ों को वाजिब चेतावनी ही माना गया)।

बुढ़ऊ के जो अपेक्षाकृत खाते-पीते प्रशंसक थे, जिन्हें जीवन की भौतिक सुख-सुविधाएँ प्राप्त थीं, उन्होंने कभी अपने भीतर एड्रिनलीन का ऐसा ज्वार महसूस नहीं किया था जो किसी जन-आंदोलन में शामिल होने पर एक गर्वीले ग़ुस्से के रूप में उठता है। वे कारों और मोटरसाइकिलों पर राष्ट्रीय ध्वज लहराते और देशभक्ति के गीत गाते हुए आते। भारत के आर्थिक करिश्मे के मसीहा, पिंजराबंद ख़रगोश की सरकार को तो लकवा मार गया था।

दूर गुजरात में गुजरात के लल्ला को बुढ़ऊ बालक के अवतरण में एक दैवी संकेत नज़र आया। वे शिकारी जैसी अचूक सहजता से अपने दिल्ली कूच में तेज़ी लाने लगे। बुढ़ऊ के उपवास के पाँचवें दिन लल्ला ने (प्रतीक-रूप में कहें तो) शहर के प्रवेश-द्वार पर मोर्चाबंदी कर ली थी। उनके उग्र जाँनिसार जंतर-मंतर पर छा गए। उन्होंने ज़ोरदार समर्थन देकर बुढ़ऊ को अभिभूत कर दिया। उनके झंडे दूसरों से कहीं ज़्यादा बड़े और गीत कहीं ज़्यादा तेज़ आवाज़ वाले थे। उन्होंने वहाँ काउंटर खोले और ग़रीबों में मुफ़्त खाना बाँटा (उनके पास लल्ला के समर्थक लखपति बाबाओं का दिया हुआ भरपूर पैसा था)। उन्हें निर्देश था कि माथे पर ख़ास भगवा पट्टे नहीं पहनेंगे, भगवा झंडे नहीं लहराएँगे और भूलकर भी गुजरात के हृदय-सम्राट का नाम नहीं लेंगे। यह कारगर साबित हुआ। कुछ ही दिनों में उन्होंने तख़्ता-पलट कर दिया। जिन पेशेवर नौजवानों ने

बुढ़ऊ को शोहरत दिलाने में कड़ी मेहनत की थी, उन्हें इस तरह चलता कर दिया गया कि वे—यहाँ तक कि बुढ़ऊ भी—समझ नहीं पाए कि यह क्या हो गया। वह ख़ुशनुमा चरागाह ध्वस्त हो गई और किसी को पता नहीं चला। अब पिंजरे के ख़रगोश की शामत आने को थी। जल्दी ही हिंदू हृदय-सम्राट को दिल्ली पर चढ़ाई करनी थी। उनके चेहरे जैसे मुखौटे लगाए हुए लोग कंधों पर बिठाकर लाने और उनके नाम का जाप करने वाले थे—लल्ला, लल्ला, लल्ला—और उन्हें गद्दी पर बिठाने वाले थे। वे जिधर भी देखते, उधर ख़ुद को ही पाते। हिंदुस्तान के नए शहंशाह। वे एक समुद्र थे। अनंतता थे। ख़ुद मानवता थे। लेकिन यह सब अभी एक साल बाद होना था।

फ़िलहाल उनके समर्थक जंतर-मंतर पर सरकारी भ्रष्टाचार के ख़िलाफ़ चीख़ रहे थे *(मुर्दाबाद, मुर्दाबाद!)*। रात को वे घर जाकर टीवी पर अपनी तस्वीरें देखते। अगली सुबह जब तक वे वापस नहीं आते, बुढ़ऊ और उनके कुछ समर्थकों का 'कोर ग्रुप' उस विशाल लहराते हुए तंबू के नीचे वीरान नज़र आता जहाँ हज़ारों की भीड़ समा सकती थी।

भ्रष्टाचार-विरोधी मंडप की बग़ल में पुराने इमली के पेड़ की छितरी हुई शाखाओं के नीचे एक तयशुदा जगह पर एक दूसरी जानी-मानी गाँधीवादी कार्यकर्ता हज़ारों किसानों और आदिवासियों की ओर से आमरण अनशन पर बैठी थीं। सरकार ने उनकी ज़मीनें छीन ली थीं और उन्हें वह बंगाल में एक बँधुआ क़िस्म की कोयला खदान और थर्मल पावर संयंत्र लगाने के लिए एक पेट्रोकेमिकल कार्पोरेशन को देने जा रही थी। हालाँकि वे सुंदर दिखती हुईं लंबे आकर्षक बालों वाली महिला थीं, लेकिन टीवी वालों को बुढ़ऊ के मुक़ाबले बहुत कम पसंद थीं। इसका कारण रहस्यमय नहीं था। ज़्यादातर टेलीविज़न चैनलों का मालिक पेट्रोकेमिकल कार्पोरेशन ही था और वह दूसरे चैनलों को भी भरपूर विज्ञापन देता था। इसीलिए नाराज़ विश्लेषक टीवी स्टूडियो में मेहमान के तौर पर आकर उनकी भर्त्सना करते और ताने कसते कि उन्हें एक 'विदेशी ताक़त' से पैसा मिलता है। ये विश्लेषक और पत्रकार भी अच्छी-ख़ासी तादाद में कार्पोरेशन के पे-रोल पर थे और अपने मालिकों की सेवा में कोई कसर नहीं छोड़ते थे। लेकिन फ़ुटपाथ पर जमा लोग महिला नेता से प्यार करते थे। खिचड़ी दाढ़ी वाले किसान उनके चेहरे से मच्छर भगाते। हट्टी-कट्टी किसान औरतें उनके पैरों की मालिश करतीं और प्यार से उन्हें देखतीं। नए-नए कार्यकर्ता, जिनमें से कई यूरोप और अमेरिका के युवा छात्र थे, ढीले-ढाले हिप्पी कपड़े

पहने हुए अपने लैपटॉप पर उनके लंबे-चौड़े प्रेस रिलीज़ तैयार करते। बहुत से बुद्धिजीवी और जागरूक नागरिक ज़मीन पर बैठे हुए उन किसानों के हक़ों के बारे में बोलते, जो कई साल से अपने हक़ों के लिए लड़ रहे थे। विदेशी विश्वविद्यालयों में सामाजिक आंदोलनों पर काम करने वाले (एक बेहद चहेता विषय) शोध-छात्र किसानों के लंबे-लंबे इंटरव्यू लेते और राहत महसूस करते कि उनका फ़ील्डवर्क ख़ुद ही शहर आ गया है और उन्हें धुर देहात में जाने की तकलीफ़ नहीं उठानी पड़ रही है जहाँ न तो शौचालय हैं और न फिल्टर का पानी मिलता है।

दर्जन-भर मोटे-तगड़े, ग़ैर-फ़ौजी कपड़ों में, लेकिन फ़ौजी हेयरकट वाले (आगे-पीछे छोटी क़लम) और फ़ौजी मोज़े और जूते (ख़ाकी मोज़े, भूरे बूट) पहने हुए भीड़ में बिखरे थे और तमाम वार्तालाप की खुली जासूसी कर रहे थे। उनमें से कुछ अपने को पत्रकार बताते हुए छोटे हैंडीकैम से बातचीत भी रिकॉर्ड कर रहे थे। विदेशियों पर उनका ज़्यादा ध्यान था (उनमें से कइयों के वीज़ा जल्दी ही रद्द कर दिए जाने वाले थे)।

टीवी कैमरों की तेज़ रोशनियों से हवा और भी गर्म हो गई थी। उन पर पतिंगों के आत्मघाती दस्तों की बौछार हो रही थी और रात जले हुए पतिंगों की गंध से भर गई थी। उन रोशनियों से कुछ बाहर बेतरह विकलांग पंद्रह लोग, जो लंबे-तपते दिन में भीख माँगकर उदास और थके हुए थे, अँधेरे में मँडरा रहे थे और अपनी मुड़ी हुई पीठों और मुर्दार अंगों को सरकार की ओर से दिए गए हाथ-रिक्शों पर टिकाए हुए थे। विस्थापित किसानों और उनकी मशहूर नेता ने उन्हें फ़ुटपाथ की सबसे ठंडी और छायादार जगह से बेदख़ल कर दिया था, जहाँ पहले उनका बसेरा था। इसलिए उनकी हमदर्दी पेट्रोकेमिकल उद्योग के साथ थी। वे चाहते थे कि किसानों का आंदोलन जल्दी ख़त्म हो ताकि वे अपनी जगह पर लौट सकें।

कुछ ही दूर कमर तक नंगे एक आदमी ने अपने पूरे बदन पर गोंद से पीले नींबू चिपका रखे थे और एक छोटे-से डिब्बे से गाढ़ा मैंगो ड्रिंक सुड़क रहा था। वह इसका कोई जवाब नहीं देता था कि वह त्वचा पर नींबू क्यों चिपकाए हुए है या अगर वह नींबू का प्रचार कर रहा है तो आम का जूस क्यों पी रहा है। यह पूछने पर वह गाली देने लगता। एक दूसरा फ़्रीलांसर, जो ख़ुद को 'परफ़ॉरमेंस आर्टिस्ट' कहता था, सूट और टाई और इंग्लिश बाउलर हैट पहने हुए जैसे किसी ख़ास मक़सद से घूम रहा था। दूर से उसका सूट ऐसा दिखता जैसे उस पर सीख कबाब छपे हुए हों, लेकिन नज़दीक जाने पर पता चलता था कि वे

पाखाने की सुडौल लेंडियाँ हैं। उसके कॉलर पर टँका हुआ सूखा गुलाब काला पड़ गया था और ऊपरी जेब से एक तिकोना सफ़ेद रूमाल झाँक रहा था। यह पूछने पर कि उसका संदेश क्या है, वह नींबू-मानव की उजड्डता के विपरीत बड़े धैर्य से बतलाता था कि उसका शरीर ही उसका माध्यम है और वह तथाकथित 'सभ्य' समाज को यह बताना चाहता है कि पाखाने से नफ़रत नहीं करनी चाहिए और यह समझना चाहिए कि पाखाना और कुछ नहीं, प्रोसेस्ड भोजन है (और इसका उलट भी सच है)। उसने यह भी बताया कि वह कला को संग्रहालयों से बाहर निकालकर 'जनता' के सामने लाना चाहता है।

अंजुम, सद्दाम हुसैन और उस्ताद हमीद नींबू-मानव के नजदीक बैठे थे (जो उन्हें पूरी तरह अनदेखा किए हुए था)। उनके साथ दिलकश लगती हुई जवान हिजड़ा इशरत थी, जो इंदौर से आई थी और जन्नत गेस्ट हाउस की मेहमान थी। यह अंजुम का ही ख़याल था—'ग़रीबों की मददगारी' की पुरानी तमन्ना—कि सब लोग जंतर-मंतर चलकर ख़ुद देख आएँ कि यह 'दूसरा स्वाधीनता संग्राम' आख़िर क्या चीज़ है, जिसका टीवी वाले इतना प्रचार कर रहे हैं। सद्दाम ने इसे ख़ारिज करते हुए कहा : 'यह जानने के लिए इतनी दूर जाने की ज़रूरत नहीं है, मैं ही तुम्हें बता सकता हूँ—यह घोटालों में सबसे बड़ा मादरचोद घोटाला है।' लेकिन अंजुम अड़ी रही और सद्दाम ने उसे अकेले जाने नहीं दिया। फिर उन्होंने एक छोटी-सी टीम बनाई—अंजुम, सद्दाम (जो अब भी धूप का चश्मा पहने था) और निम्मो गोरखपुरी। उस्ताद हमीद अंजुम से मिलने आए हुए थे, सो जवान इशरत के साथ उन्हें भी इस अभियान में घसीट लिया गया। उन्होंने तय किया कि रात को उस समय वहाँ जाएँगे जब भीड़ कुछ छँट जाएगी। अंजुम ने फीके रंग का पठानी सूट पहना, लेकिन वह हेयरक्लिप, दुपट्टा और थोड़ा लिपस्टिक लगाने से अपने को रोक नहीं पाई। इशरत के कपड़े ऐसे थे जैसे वह कोई दुल्हन हो—भड़कीला गुलाबी कुर्ता जिसमें सलमे-सितारे लगे थे और हरे रंग का पटियाला सलवार। दूसरों की राय की परवाह किए बग़ैर उसने चटकीला गुलाबी लिपस्टिक लगाया और जैसे रात के अँधेरे को चमकीला करने के इरादे से ख़ूब सारे गहने चढ़ा लिये। निम्मो अपनी गाड़ी में अंजुम, इशरत, उस्ताद हमीद को बिठाकर ले गई। सद्दाम ने उनसे वहीं मिलने के लिए कहा। उसने जंतर-मंतर तक का सफ़र पायल पर बैठकर किया और उसे कुछ दूरी पर रेलिंग से बाँध दिया (उसने एक छोटे-से और गुस्ताख़ बूट पॉलिश वाले लड़के को दो चॉको-बार और दस रुपए देने के वादे के साथ उसकी रखवाली के लिए कहा)। निम्मो की बेचैनी देखकर

सद्दाम ने अपने फ़ोन पर जानवरों के वीडियो दिखाकर उसका दिल बहलाने की कोशिश की—उनमें से कुछ आवारा कुत्तों और बिल्लियों और गायों के वीडियो थे, जो उसने शहर के चक्कर लगाते हुए देखे थे और ये वीडियो उसने ख़ुद लिये थे और कुछ ऐसे थे, जो उसे अपने दोस्तों से व्हाट्सऐप पर मिले थे : *'देखो, इस बंदे का नाम चड्ढा साहब है। यह कभी भौंकता नहीं है। रोज़ शाम ठीक चार बजे यह अपनी गर्लफ्रैंड से मिलने पार्क में आता है। यह गाय है जिसे टमाटर बहुत पसंद हैं। मैं उसे रोज़ खिलाता हूँ। इसे खुजली की बुरी बीमारी है। और क्या तुमने दो टाँगों पर खड़े इस शे'र को देखा है जो इस औरत को चूम रहा है... ? हाँ, यह औरत ही है, जब वह मुड़ेगी तो तुम ग़ौर करना... ।'* लेकिन किसी वीडियो में बकरे नहीं थे और न पश्चिमी औरतों का फ़ैशन था, इसलिए निम्मो गोरखपुरी की बोरियत दूर नहीं हुई और वह जल्दी ही खिसक ली। दूसरी तरफ़, अंजुम वहाँ की चहल-पहल, परचमों और कानों में छिटपुट पड़ने वाले वार्तालाप पर फ़िदा थी। उसने वहीं रुकने और 'कुछ सीखने' की ज़िद की। सो, फ़ुटपाथ पर बैठे दूसरे लोगों की तरह वे भी झुंड बनाकर बैठ गईं। अंजुम ने इस हेडक्वार्टर से अपने प्रतिनिधि—महामहिम राजदूत सद्दाम हुसैन—को सभी मंडलियों में जाकर यह पता करने के लिए कहा कि वे कहाँ से आए हैं, उनका विरोध किस बारे में है और क्या माँगें हैं। सद्दाम उसका हुक्म मानते हुए राजनीति के किसी कबाड़ी बाज़ार में ख़रीदार की तरह एक-एक स्टाल पर गया और बीच-बीच में लौटकर अंजुम को बतलाता रहा कि उसने क्या देखा। अंजुम ज़मीन पर पालथी मारे बैठी थी, आगे को झुककर ग़ौर से हर बात सुनती थी, सर हिलाती थी, हल्के से मुस्कुराती थी, लेकिन उसकी आँखें सद्दाम पर नहीं टिकी थीं, बल्कि वह अपना सर बार-बार घुमाती और आँखों में चमक के साथ उस मंडली को देखती थी, जिसके बारे में सद्दाम उसे बतला रहा होता था। सद्दाम की सूचनाओं में उस्ताद हमीद की कोई दिलचस्पी नहीं थी, लेकिन यह अभियान उनके रोज़मर्रा के काम से काफ़ी अलग था इसलिए वे इसमें शामिल होकर संतुष्ट ही थे और बे-मन से इधर-उधर देखते हुए अपने भीतर कुछ गुनगुना रहे थे। इशरत अपने बेढंगे कपड़ों में और फ़िजूल तरीक़े से सारा वक़्त कई तरह के माहौल में कई कोणों के साथ सेल्फ़ी लेने में लगी रही। उसकी तरफ़ किसी ने ध्यान नहीं दिया (उसके और बुढ़ऊ बालक के बीच कोई मुक़ाबला नहीं था), लेकिन उसने इसका ध्यान रखा कि अपने बेस कैंप से बहुत दूर न जाए। एक बार तो वह और उस्ताद हमीद स्कूली लड़कियों जैसे बेतहाशा हँसी-ठट्ठा करने लगे। अंजुम ने पूछा कि इतना हँसने की क्या बात

है तो उस्ताद हमीद ने बताया कि उनके पोतों ने अपनी दादी को यह सिखाया है कि वे मुझे (यानी अपने पति को) 'ब्लडी फ़किंग बिच' कहें। उन्हें यह कहकर बरगलाया कि यह संबोधन अंग्रेज़ी में अपने अजीज़ के लिए इस्तेमाल होता है।

उस्ताद हमीद ने हँसते हुए कहा, 'उस बेचारी को पता ही नहीं था कि क्या कह रही है, लेकिन कहते हुए वह बड़ी प्यारी लग रही थी। 'ब्लडी फ़किंग बिच!।' मेरी बेगम यही कहकर मुझे बुलाती हैं...'

'इसका मतलब क्या होता है?' अंजुम ने पूछा, 'वह अंग्रेज़ी के 'बिच' का मतलब तो जानती थी, लेकिन 'ब्लडी' और 'फ़किंग' का नहीं।' इससे पहले कि उस्ताद हमीद कोई जवाब देते (हालाँकि वे भी पूरी तरह नहीं जानते थे, सिवा इसके कि यह कोई ख़राब बात है), लंबे बालों और दाढ़ी वाला, पुराने-धुराने, हल्के कपड़े पहने हुए एक नौजवान उनके पास आया। उसके साथ उतने ही पुराने कपड़ों और भड़कीले, जंगली बालों वाली एक युवती भी थी। उन्होंने बताया कि वे विरोध और प्रतिरोध पर डॉक्युमेंटरी फ़िल्म बना रहे हैं और चाहते हैं कि उस फ़िल्म में प्रतिरोध करने वाले लोग अपनी-अपनी भाषा में यह कहें कि 'अदर वर्ल्ड इज़ पॉसिबल।' मसलन, अगर उनकी ज़बान हिंदी या उर्दू है तो वे कहेंगे कि 'दूसरी दुनिया मुमकिन है....' उन्होंने वहाँ कैमरे लगाए और अंजुम से कहा कि बोलते समय वह सीधे लेंस की तरफ़ देखे। उन्हें पता नहीं था कि अंजुम के शब्दकोश में 'दुनिया' का क्या मतलब है। अंजुम ने बग़ैर कुछ समझे हुए कैमरे की तरफ़ देखकर कहा, 'हम वहीं से आए हैं...। दूसरी दुनिया से।'

युवा फ़िल्मकारों को रात-भर काम करना था, इसलिए उन्होंने एक-दूसरे की ओर देखा और तय किया कि अपनी बात समझाने में वक़्त ज़ाया करने से बेहतर है कि आगे बढ़ा जाए। उन्होंने अंजुम को शुक्रिया कहा और सड़क पार करके दूसरे फ़ुटपाथ पर चले गए, जहाँ कई सारे ग्रुप अलग-अलग मंडपों में बैठे हुए थे।

पहले मंडप में सर मुड़ाए और सफ़ेद धोतियाँ पहने सात आदमी मौन व्रत धारण किए बैठे थे, जिनका संकल्प था कि वे तब तक अपना मौन नहीं तोड़ेंगे जब तक हिंदी भारत की राष्ट्रभाषा नहीं बन जाती—बाईस सरकारी और सैकड़ों ग़ैर-सरकारी भाषाओं से ऊपर। उनमें से तीन गंजे लोग सोये हुए थे और चार अपने सफ़ेद अस्पताली मास्क ('मौन-व्रत' की पोशाक) हटाकर रात की चाय पी रहे थे। क्योंकि उनके लिए बोलना मना था, फ़िल्मकारों ने उन्हें एक बैनर पकड़ाया जिसमें *अनअदर वर्ल्ड इज़ पॉसिबल* लिखा था। उन्होंने यह ध्यान

रखा कि हिंदी को राष्ट्रभाषा बनाने की माँग का बैनर फ्रेम में न आने पाए क्योंकि उनकी निगाह में यह कोई प्रगतिशील माँग नहीं थी, लेकिन उन्हें लगा कि मास्क पहने हुए गंजे लोग फ़िल्म के लिए अच्छा दृश्य साबित होंगे इसलिए उन्हें अनदेखा करना ठीक नहीं।

गंजी खोपड़ियों के पास ही फ़ुटपाथ पर एक बड़ी-सी जगह में पचास लोगों का जमघट था, जो 1984 में भोपाल में यूनियन कार्बाइड गैस कांड के शिकार हज़ारों लोगों का प्रतिनिधित्व कर रहे थे। उन्हें फ़ुटपाथ पर दो हफ़्ते हो गए थे। उनमें से सात बेमियादी हड़ताल पर थे और उनकी हालत तेज़ी से बिगड़ रही थी। वे भीषण गर्मी में सैकड़ों किलोमीटर दूर भोपाल से चलकर आए थे और मुआवज़े की माँग कर रहे थे : अपने लिए और गैस कांड के बाद जन्मे विकलांग बच्चों के लिए साफ़ पानी और स्वास्थ्य सुविधाओं की माँग। पिंजरे में बंद ख़रगोश ने भोपालियों से मिलने से इनकार कर दिया था। टीवी वालों की उनमें दिलचस्पी नहीं थी क्योंकि ख़बर के लिहाज़ से उनकी लड़ाई पुरानी पड़ चुकी थी। विकलांग बच्चों, फ़ॉर्मल्डिहाइड की बोतलों में रखे हुए गर्भ से गिरे भ्रूणों और गैस के रिसाव से मारे गए, गूँगे और अंधे हो चुके हज़ारों लोगों की तस्वीरें रेलिंग पर डरावने परचमों की तरह टँगी थीं। एक छोटे-से टीवी सेट पर (नज़दीक के एक चर्च से उन्हें बिजली का कनेक्शन मिल गया था) एक पुराना वीडियो चल रहा था : यूनियन कार्बाइड कॉरपोरेशन का अमेरिकी सीईओ, सैलानी क़िस्म का जवान वॉरेन एंडरसन इस त्रासदी के कुछ दिन बाद दिल्ली हवाई अड्डे पर उतर रहा था। 'हम अभी पहुँचा है,' वह धक्कामुक्की करते पत्रकारों से कह रहा था, 'हमें अभी पूरा घटना मालूम नहीं। सो, हेएए! आप हमसे क्या कहलवाना चाहते हैं'? फिर वह टीवी कैमरों की तरफ़ देखता है और हाथ हिलाता है, *'हाय मॉम!'*

वह रात-भर बोलता चला गया : *हाय मॉम! हाय मॉम! हाय मॉम! हाय मॉम! हाय मॉम!...*

एक पुराने और बार-बार इस्तेमाल से बदरंग हो चुके बैनर पर लिखा था : *वॉरेन एंडरसन युद्ध-अपराधी है।* एक नए बैनर पर लिखा था, *वॉरेन एंडरसन ने ओसामा बिन-लादेन से भी ज़्यादा लोगों की हत्या की है।*

भोपालियों के आगे दिल्ली कबाड़ीवाला एसोसिएशन और सीवेज वर्कर्स यूनियन के लोग थे, जो शहर के कूड़े और सीवर को निजी और कॉरपोरेट हाथों में देने का विरोध कर रहे थे। इसका ठेका जिसे मिला था, वह वही कॉरपोरेशन था जिसे पावर प्लांट लगाने के लिए किसानों की ज़मीन दी गई थी। शहर की

बिजली और पानी वितरण व्यवस्था पर पहले से ही उसका क़ब्ज़ा था और अब शहर के मैले और कूड़े के निपटान की व्यवस्था भी उसके हाथ में आ गई थी।

कबाड़ी वालों और सीवर वालों की बग़ल में फ़ुटपाथ की सबसे शानदार जगह थी—एक चमचमाता हुआ सार्वजनिक शौचालय, जहाँ फ़्लोट-ग्लास के आईने लगे थे और चमकता हुआ ग्रेनाइट का फ़र्श था। शौचालय की रोशनियाँ रात-दिन जलती रहती थीं। वहाँ पेशाब करने का एक रुपया लगता था, टट्टी करने के दो रुपए और नहाने के तीन। फ़ुटपाथ पर ऐसे लोग कम ही थे जो इतना पैसा दे सकें। बहुत सारे लोग शौचालय के बाहर दीवार पर ही पेशाब करते थे। इस तरह शौचालय भीतर से बेदाग़ और साफ़ था, लेकिन बाहर दीवार से पेशाब की तीखी-बासी बदबू आती थी। शौचालय के प्रबंधकों को इससे ज़्यादा मतलब नहीं था क्योंकि उसके लिए पैसा कहीं और से आता था। दीवार के बाहरी तरफ़ विज्ञापन-बोर्ड भी लगा था जिस पर हर हफ़्ते किसी नई चीज़ का विज्ञापन लगाया जाता था।

इस हफ़्ते वहाँ होंडा की एकदम नई आलीशान कार का विज्ञापन था। विज्ञापन-बोर्ड का एक पहरेदार भी था—गुलबिया वेचनिया। वह विज्ञापन-बोर्ड के ठीक बग़ल में एक छोटी नीली प्लास्टिक की चादर के नीचे रहता था। यह जगह उससे थोड़ा बेहतर थी जहाँ से उसने शुरुआत की थी। एक साल पहले जब वह पहली बार शहर आया तो कुछ ख़ौफ़ और कुछ ज़रूरत के मारे एक पेड़ पर रहने लगा। अब उसे एक नौकरी और एक छत नसीब हो गई थी। वह जिस सिक्योरिटी एजेंसी में काम करता था, उसका नाम उसकी नीली दाग़दार कमीज़ के कंधों के फीतों पर लिखा था : टीएसजीएस सिक्योरिटी (यह संगीता मैडम हरामज़ादी कुतिया की एसएसजीएस की प्रतिद्वंद्वी कंपनी थी)। उसका काम यह देखना था कि कोई विज्ञापन-बोर्ड को नुक़सान न पहुँचाए और ख़ासतौर से उन उपद्रवियों को वहाँ से भगाता रहे, जो सीधे बोर्ड पर पेशाब करने की कोशिश करते थे। वह दिन में बारह घंटे और हफ़्ते में सात दिन काम करता था। एक रात जब गुलबिया पिये हुए था और उसे नींद आ गई थी तो किसी ने सिल्वर होंडा सिटी पर पोत दिया था : *इंकलाब ज़िंदाबाद!* उसके नीचे किसी ने एक शे'र भी घसीट दिया था :

छीन ली तुमने ग़रीब की रोज़ी-रोटी
और लगा दी है फ़ीस, करने पर टट्टी

अगली सुबह गुलबिया की नौकरी छूट जाएगी। उसके जैसे हज़ारों लोग

उसकी जगह लेने के लिए तैयार बैठे थे (वह सड़क-छाप शायर भी उनमें से हो सकता था)। लेकिन अभी तो गुलबिया गहरी नींद में था और सपना देख रहा था। सपने में उसके पास खाने-पीने के लिए ख़ूब सारा पैसा था और थोड़ा गाँव में अपने घर भेजने के लिए भी। सपने में उसका गाँव अब भी मौजूद था और एक बाँध के जलाशय में डूबा नहीं था। उसकी खिड़कियों पर मछलियाँ नहीं तैर रही थीं। सेमल के पेड़ों की ऊँची शाखाओं को चीरते हुए मगरमच्छ नहीं थे। उसके खेतों के ऊपर पर्यटकों से भरी हुई नावें आसमान में डीज़ल के इंद्रधनुषी बादल छोड़ती हुई नहीं चल रही थीं। सपने में उसका भाई लुअरिया बाँध का पर्यटन गाइड नहीं बना था और उसका काम यह बताना नहीं था कि बाँध से क्या-क्या चमत्कार हुए हैं। उसकी माँ बाँध के इंजीनियर के उस घर में झाड़ू लगाने का काम नहीं करती थी, जो ठीक उसी ज़मीन पर बना था जो पहले उसी की थी। उसे अपने ही पेड़ों से आम चुराने के लिए मजबूर नहीं होना पड़ता था। वह पुनर्वास कॉलोनी में टीन की झोपड़ी में नहीं रहती थी, जिसकी छत और दीवारें टीन की थीं और जो धूप में इतनी ज़्यादा तप जाती थीं कि उन पर प्याज़ भूने जा सकते थे। गुलबिया के सपने में उसकी नदी अब भी ज़िंदा और बहती हुई थी। नंग-धड़ंग बच्चे अब भी बाँसुरी बजाते हुए चट्टानों पर बैठे थे, धूप तेज़ होने पर नदी में छलाँग लगा रहे थे और भैंसों के साथ तैर रहे थे। गाँव के ऊपर पहाड़ियाँ साल के जंगल से ढँकी थीं जहाँ तेंदुए और साँभर और रीछ थे और जहाँ उत्सवों के दौरान कई दिनों तक लोग अपने मांदर लेकर इकट्ठा होते, पीते और नाचते थे।

अब उसके पास सिर्फ़ पुराने दिनों की यादें बची रह गई थीं, एक बाँसुरी बची रह गई थी और कानों के कुंडल बचे रह गए थे (जिन्हें उसे काम के वक़्त पहनने की इजाज़त नहीं थी)।

गुलबिया वेचनिया सरीखे गैर-ज़िम्मेदार और सिल्वर होंडा सिटी की रखवाली करने में नाकाम आदमी के उलट, शौचालय का 'इंचार्ज' जनकलाल शर्मा बहुत सतर्क और मेहनती आदमी था। उसका जगह-जगह से मुड़ा हुआ रजिस्टर हमेशा दुरुस्त रहता। उसका बटुआ अलग-अलग नोटों के हिसाब से चाक-चौबंद था। सिक्कों के लिए उसके पास अलग से एक थैली थी। अपनी कम तनख़्वाह को बढ़ाने के लिए वह विभिन्न कार्यकर्ताओं, पत्रकारों और टीवी कैमरे वालों को मोबाइल फ़ोन, लैपटाप और कैमरे की बैटरियाँ शौचालय के पावर प्वाइंट से रीचार्ज करने की सुविधा देता और बदले में छह बार नहाने और एक बार टट्टी करने के पैसे (यानी बीस रुपए) वसूलता था। कभी-कभी वह

टट्टी करने वालों से सिर्फ़ पेशाब करने के पैसे लेता और उसे रजिस्टर में दर्ज नहीं करता। पहले वह उन भ्रष्टाचार-विरोधी कार्यकर्ताओं से कुछ सावधान रहता था (उन्हें पहचानना मुश्किल नहीं था—वे कुछ कम ग़रीब और दूसरों के मुक़ाबले ज़्यादा तेज़-तर्रार थे। हालाँकि वे जींस और टीशर्ट पहने हुए काफ़ी फ़ैशनेबल दिखते थे, लेकिन अक्सर गाँधी टोपी लगाए रहते थे (जिस पर बुढ़ऊ का फैरेक्स-शिशु-मुस्कान वाला चमकता चेहरा छपा होता था)। जनकलाल शर्मा उनसे सही पैसे लेने और हरेक के नहाने-धोने का सही हिसाब रखता था। लेकिन उनमें से कुछ, ख़ासकर नए रंगरूटों के दूसरे बैच के लोग, जो पहले बैच से ज़्यादा उग्र थे, इस बात से नाराज़ हो गए कि उनसे दूसरों के मुक़ाबले ज़्यादा पैसे वसूले जा रहे हैं। जल्दी ही उनसे भी बात बन गई। जनकलाल की ब्राह्मण पृष्ठभूमि और जाति को देखते हुए यह संभव नहीं था कि वह शौचालय की सफ़ाई का काम ख़ुद करेगा, इसलिए यह काम उसने सुरेश बाल्मीकि को ठेके पर दे दिया था, और जैसा कि उसके नाम से ज़ाहिर था, वह उस जाति का था जिसे ज़्यादातर हिंदू खुलेआम और सरकार दबे-छिपे ढंग से मैला उठाने वाली मानती थी। देश में बढ़ते असंतोष, फ़ुटपाथों पर विरोध करने वालों के बढ़ते हुजूमों और टीवी कवरेज के चलते सुरेश बाल्मीकि को देने के बाद भी जनकलाल के पास इतना पैसा बचता था कि उसने एक एलआईजी फ़्लैट का एकमुश्त भुगतान कर दिया था।

शौचालय के सामने सड़क पर टीवी वालों के पीछे (लेकिन बहुत ज़्यादा वैचारिक दूरी पर) वह जगह थी, जिसे फ़ुटपाथ के लोग बॉर्डर कहते थे : मणिपुरी राष्ट्रीयतावादी, जो आर्म्ड फ़ोर्सेज पावर्स ऐक्ट को ख़त्म करने की माँग कर रहे थे जिसके तहत भारतीय सेना को सिर्फ़ 'संदेह' के आधार पर लोगों को मारने की छूट मिली हुई थी; तिब्बती शरणार्थी, जो तिब्बत की आज़ादी की माँग कर रहे थे; और, सबसे असामान्य (और उनकी नज़र में सबसे ख़तरनाक), द *एसोसिएशन ऑफ़ मदर्स ऑफ़ द डिसएपियर्ड,* जिनके बेटे हज़ारों की तादाद में कश्मीर की आज़ादी की जंग में ग़ायब हो गए थे (ऐसे में *'हाय मॉम! हाय मॉम! हाय मॉम!'* का साउंड ट्रैक काफ़ी घिनौना था, लेकिन द *मदर्स ऑफ़ द डिसएपियर्ड* को वह ख़ौफ़नाक नहीं लगा क्योंकि वे अपने को 'मोज'—माँ के लिए कश्मीरी नाम—कहती थीं, 'मॉम' नहीं।)

सुपर राजधानी में यह उस एसोसिएशन का पहला दौरा था। वे सबकी सब माँएँ नहीं थीं; ग़ायब हुए लोगों की बीवियाँ, बहनें, और कुछ जवान होते बच्चे भी वहाँ थे। हरेक के हाथ में उनके गुमशुदा बेटे, भाई या पति की तस्वीरें थीं

और बैनर पर लिखा था :

कश्मीर की दास्तान
मृतक = 68,000
ग़ायब = 10,000
यह डेमोक्रेसी है या *डेमन-क्रेज़ी ?*

उस बैनर की तरफ़ किसी टीवी कैमरे ने भूल से भी इशारा नहीं किया। जो लोग देश के दूसरे स्वाधीनता संग्राम में व्यस्त थे, वे कश्मीर की आज़ादी के ख़याल और कश्मीरी औरतों की गुस्ताख़ी पर भड़क उठते थे।

कुछ माँएँ भोपाल गैस कांड के शिकार कुछ लोगों की तरह ही कुछ ज़र्द पड़ गई थीं। वे भी दूसरे देशों की जंगों के दूसरे शिकारों के साथ अपने दुख की दास्तान दुख की अंतरराष्ट्रीय मंडियों की अंतहीन बैठकों और ट्राइब्यूनलों में सुना चुकी थीं, बार-बार खुलेआम रोना रो चुकी थीं, लेकिन कोई नतीजा नहीं निकला। वे जिस दहशत से गुज़र रही थीं, वह अब एक सख़्त दुखद कवच बन चुकी थी।

एसोसिएशन का दिल्ली दौरा भी एक दुखद अनुभव रहा। दोपहर बाद जब उन्होंने सड़क के किनारे प्रेस कॉन्फ्रेंस की तो वहाँ उन पर फ़ब्तियाँ कसी गईं, धमकाया गया और आख़िरकार पुलिस को दख़ल देकर उन माँओं के इर्द-गिर्द घेरा डालना पड़ा। 'मुस्लिम आतंकवादियों के कोई मानव-अधिकार नहीं हैं!' गुजरात के लल्ला का एक छद्म-वेशी जाँनिसार चीख़ा। 'हम लोगों ने तुम्हारा क़त्लेआम देखा है! हमने तुम्हारे नस्ली सफ़ाये को देखा है! हमारे लोग बीस साल से शरणार्थी कैंपों में रह रहे हैं!' कुछ नौजवानों ने मरे हुए और ग़ुमशुदा कश्मीरियों की तस्वीरों पर थूक दिया। वे जिस क़त्लेआम और नस्ली सफ़ाये का हवाला दे रहे थे, उसका आशय था 1990 के दशक में उस समय कश्मीर घाटी से बड़े पैमाने पर कश्मीरी पंडितों का पलायन जब आज़ादी की जंग उग्र हो गई थी और कुछ मुस्लिम उग्रवादी छोटी-सी हिंदू आबादी पर टूट पड़े थे। जब सैकड़ों हिंदुओं का बेरहमी से क़त्ल कर दिया गया और सरकार ने एलान किया कि वह उनकी हिफ़ाज़त नहीं कर सकती तो कश्मीरी हिंदुओं की लगभग समूची आबादी—क़रीब दो लाख—घाटी छोड़कर चली गई और जम्मू के मैदानी हिस्सों के शरणार्थी शिविरों में आ गई, जहाँ अब भी बहुत से लोग रह रहे थे। उस दिन फ़ुटपाथ पर गुजरात के लल्ला के जाँनिसारों में कुछ कश्मीरी हिंदू भी थे जो अपना घर-परिवार और अपना सब कुछ खो चुके थे।

कश्मीरी माँओं को थुक्का-ब्रिगेड से भी ज़्यादा तकलीफ़ शायद उन सुंदर सुरुचिपूर्ण, पेंसिल जैसी छरहरी कॉलेज छात्राओं से हुई जो उस दिन सुबह ख़रीदारी करने कनॉट प्लेस जा रही थीं। 'ओह वाउ! कश्मीर! व्हाट फ़न्न! लगता है अब वहाँ सब नॉर्मल है। या! टूरिस्टों के लिए सेफ़। चलें क्या? सुनते हैं, बड़ी शानदार जगह है।'

माँओं की कमेटी ने तय किया कि किसी तरह रात काटी जाए और फिर कभी दिल्ली का रुख़ न किया जाए। सड़क पर सोना उनके लिए एक नया अनुभव था। घाटी में उनके पास अच्छे घर और किचन गार्डन थे। उस रात में उन्होंने बहुत कम खाया (यह भी एक नया अनुभव था), अपना बैनर समेटा और सुबह होने का इंतज़ार करते हुए सोने की कोशिश की—इस उम्मीद में कि सुबह वे वापस अपनी सुंदर और जंग से बर्बाद घाटी की तरफ़ चल देंगी।

वह जगह *मदर्स ऑफ़ द डिसएपियर्ड* की बग़ल में ही थी जहाँ हमारी ख़ामोश बच्ची ने जन्म लिया। वह रात के रंग की थी इसलिए माँओं को उसे देखने में कुछ वक़्त लगा। सड़क की रौशनी के नीचे साये में स्पष्ट नाक-नक्श वाली एक अनुपस्थिति। बीस से ज़्यादा साल तक क्रैक-डाउन, कॉर्डन-एंड-सर्च और आधी रात की दस्तकों (ऑपरेशन टाइगर, ऑपरेशन सर्प-विनाश, ऑपरेशन कैच एंड किल) ने माँओं को अँधेरे को चीरकर देखना भी सिखा दिया था। लेकिन जहाँ तक बच्चों का सवाल है, वे ऐसे बच्चों की ही अभ्यस्त थीं जो सेब जैसे गालों के साथ बादाम के फूलों जैसे हों। गुमशुदाओं की माँएँ नहीं जानती थीं कि उस अवतरित बच्ची का क्या किया जाए।

ख़ासकर उसका जो काली थी
कृहुन काल
ख़ासकर उसका जो काली बच्ची थी
कृहुन काल हिश
ख़ासकर उसका जो कूड़े में लिपटी थी
शिकस लध

फ़ुटपाथ पर फुसफुसाहटों की गठरी इधर से उधर होती रही। सवाल एक एलान में बदल गया : 'भाई, बच्चा किसका है?'

चुप्पी।

तब किसी ने कहा कि दोपहर में उसकी माँ पार्क में उल्टी कर रही थी। किसी दूसरे ने कहा, 'अरे नहीं, वह नहीं थी।'

किसी ने कहा, वह कोई भिखारिन थी। किसी दूसरे ने कहा, वह रेप विक्टिम थी (यह शब्द अब सभी भाषाओं में इस्तेमाल होने लगा था)।

किसी ने कहा, वह एक जत्थे के साथ थी जो दिन में यहाँ राजनैतिक क़ैदियों की रिहाई के लिए हस्ताक्षर अभियान चला रहा था। अफ़वाह यह थी कि वह मध्य भारत के जंगलों में गुरिल्ला युद्ध छेड़ने वाली प्रतिबंधित माओवादी पार्टी का खुला संगठन था। किसी दूसरे ने कहा, 'नहीं भाई, वह नहीं थी। वह अकेली थी। कुछ दिनों से यहीं पर थी।'

किसी ने कहा कि वह एक नेता की पुरानी माशूक़ा थी जिसे उसने गर्भवती होने पर छोड़ दिया।

सभी इस बात से सहमत थे कि नेता लोग सब हरामज़ादे होते हैं। लेकिन यह समस्या का हल नहीं था :

बच्ची का क्या किया जाए?

शायद यह जानकर कि वह सबके आकर्षण का केंद्र बन गई है या शायद डर की वजह से ख़ामोश बच्ची आख़िरकार रोने लगी। एक औरत ने उसे उठाया (बाद में कहा गया कि वह लंबी थी, नाटी थी, काली थी, गोरी थी, सुंदर थी, सुंदर नहीं थी, बूढ़ी थी, जवान थी, अजनबी थी, वह जंतर-मंतर पर अक्सर दिखाई देती थी)। बच्ची की कमर पर कई बार तहाया हुआ, एक छोटे चौकोर तावीज़ की शक्ल में बना हुआ और टेप से चिपका हुआ काग़ज़ का टुकड़ा एक मोटे काले धागे से बँधा था। उस औरत ने (जो सुंदर थी, सुंदर नहीं थी, लंबी थी, नाटी थी) टेप को खोला और किसी को पढ़ने के लिए दिया। उस पर अंग्रेज़ी में लिखी हुई इबारत एकदम साफ़ थी : *मैं इस बच्ची को नहीं पाल सकती। इसलिए इसे यहाँ छोड़ रही हूँ।*

अंततः सलाह-मशविरों की काफ़ी सारी कानाफूसियों के बाद लोगों ने बहुत हिचक और उदासी के साथ बेमन से तय किया कि बच्ची पुलिस को सौंप दी जाए।

इससे पहले कि सद्दाम उसे रोक पाता, अंजुम उठी और उस तरफ़ बढ़ी जहाँ अनायास ही बाल कल्याण समिति जैसी एक चीज़ बन गई थी। वह ज़्यादातर लोगों से कुछ लंबी थी इसलिए भीड़ में उसे देखना मुश्किल नहीं था। जब वह भीड़ के बीच जा रही थी तो उसकी सलवार के नीचे दिखाई न देने वाली पाज़ेब के घुँघरू छम-छम-छम बज रहे थे। सद्दाम एकाएक घबरा गया। उसे हर छम-छम-छम गोलियों की आवाज़ जैसी लगी। सड़क की नीली रोशनी में अंजुम की साँवली, खुरदरी और अब पसीने से भीगी हुई त्वचा के बालों के सफ़ेद खूँटों के धुँधले आकार चमक रहे थे। शिकारी चिड़िया की चोंच जैसी नीचे को मुड़ी हुई उसकी सुतवाँ नाक पर एक लौंग चमचमा रही थी। शायद कुछ था जो उसके भीतर से छूट निकला था : कुछ, जो बे-थाह, बे-माप लेकिन पूरी तरह तय था—शायद नियति की कोई दस्तक।

'पुलिस? क्या हम इसे *पुलिस* को सौंप देंगे?' अंजुम के भीतर से दो तरह की आवाज़ें फूटीं जो अलग होते हुए भी एक थीं—एक कठोर, दूसरी गहरी और साफ़। उसके सुपारी-सने लाल ठूँठ दाँतों के बीच आगे का सफ़ेद दाँत झाँक रहा था।

उसके '*हम*' की एकजुटता में जैसे कोई आलिंगन था। आगोश में लेने के लिए आगे बढ़ी हुई बाँहों की हमदर्दी थी। और जैसी कि उम्मीद थी, इस पर तुरंत उसे भला-बुरा कहा जाने लगा।

भीड़ में से किसी चतुर सुजान की आवाज़ आई, 'क्यों? तुम इसका क्या करोगी? तुम इसे अपने जैसा तो नहीं बना सकती हो। माना कि टेक्नोलॉजी ने बहुत तरक़्क़ी कर ली है, लेकिन इतनी भी नहीं...' उसका इशारा इस धारणा की तरफ़ था कि हिजड़े पुरुष-बच्चों का अपहरण करते हैं और उन्हें बधिया कर देते हैं। उसकी मसख़री पर एक कायर हँसी का फौवारा फूटा।

अंजुम इन फ़ब्तियों की फूहड़ता से विचलित नहीं हुई। उसने पूरे दमख़म से जवाब दिया, जो इतना दो टूक और ज़रूरी था जैसे भूख होती है।

'यह तो ख़ुदा का तोहफ़ा है। इसे मुझे दे दो। इसको मुहब्बत की ज़रूरत है और वह *मैं* दे सकती हूँ। पुलिस इसको सरकारी यतीमख़ाने में डाल देगी। वहाँ यह मर जाएगी।'

कभी-कभी एक अकेले इंसान की साफ़गोई बौखलाई हुई भीड़ को स्तब्ध कर देती है। अंजुम की बात ने इस मौक़े पर यही काम किया। जिन्हें उसकी बात समझ में आ रही थी, वे उसकी नफ़ीस उर्दू से चकरा गए। वे उसे जिस तबक़े का समझ रहे थे, उसकी ज़बान उससे मेल नहीं खाती थी।

'इसकी माँ ने मेरी ही तरह यह सोचकर इसे यहाँ छोड़ा होगा कि यह जगह आज का क़र्बला है, जहाँ इंसाफ़ की, बुराई पर अच्छाई की जीत की जंग लड़ी जा रही है। उसने सोचा होगा, ये जंगजू लोग हैं। दुनिया के सबसे अच्छे लोग। और इनमें से कोई न कोई इसकी परवरिश कर लेगा, जो मैं नहीं कर सकी।— और तुम लोग *पुलिस* को बुला रहे हो?' हालाँकि वह ग़ुस्से में थी और वह छह फ़ुट लंबी थी और उसके कंधे चौड़े और मज़बूत थे, लेकिन उसके हाव-भाव 1930 के दशक के लखनऊ की तवायफ़ों जैसी नज़ाकत और हाथों की फड़फड़ाती हुई अदा से भरे हुए थे।

सद्दाम हुसैन जंग के लिए तैयार था। इशरत और उस्ताद हमीद भी अपने रोल अदा करने पहुँच गए।

'इन हिजड़ों को यहाँ बैठने की इजाज़त किसने दी? ये यहाँ किस मोर्चे में हैं?'

छरहरे, तराशी हुई मूँछों वाले, अधेड़, सफ़ारी कमीज़, टेरीकॉट की पैंट और *आई एम अगेंस्ट करप्शन, आर यू?* लिखी हुई गाँधी टोपी पहने हुए मिस्टर अग्रवाल की आवाज़ में ऐसा दबंगपन था जैसा आम नौकरशाहों की आवाज़ में होता है। और सचमुच वे हाल-हाल तक नौकरशाह थे। उनकी ज़्यादातर ज़िंदगी राजस्व विभाग में बीती थी, जहाँ उन्होंने व्यवस्था की सड़ाँध के साक्षात दर्शन किए थे और उससे तंग आ चुके थे। इसलिए एक दिन किसी सनक में आकर उन्होंने 'देश-सेवा' के लिए सरकारी नौकरी छोड़ दी। कुछ साल उन्होंने कल्याणकारी कामों और समाज सेवा के दायरे में चीज़ों को दुरुस्त करने की कोशिश में ख़र्च किए, लेकिन अब वे गोल-मटोल गाँधीवादी के ख़ास लेफ़्टिनेंट हो गए थे, उनकी अहमियत बढ़ रही थी और अख़बारों में हर रोज़ उनकी तस्वीरें छपती थीं। कई लोगों का मानना था (और सही था) कि असल ताक़त उन्हीं के पास है और बुढ़ऊ तो महज़ भाड़े पर लिये हुए एक करिश्माई प्रतीक हैं, जिनकी भूमिका इतनी ही थी, लेकिन अब वे अपनी सीमा लाँघ रहे थे। जो लोग हर राजनैतिक आंदोलन के पीछे साज़िश की बू सूँघने के आदी थे, वे फुसफुसाते हुए कहते थे कि बुढ़ऊ को जान-बूझकर अपना क़द फुलाने और अपने लिए संकट के हालात तैयार करने का मौक़ा दिया जा रहा है ताकि वे अपने अहंकार में टस से मस न हों। दबी-छिपी अफ़वाह थी कि अगर मंच पर, कैमरों के सामने भूख से बुढ़ऊ की मौत हो गई तो आंदोलन को एक शहीद मिल जाएगा और इससे मिस्टर अग्रवाल के राजनीतिक कैरियर में उछाल आ जाएगा। यह अफ़वाह बे-रहम और बे-सच थी। आंदोलन के पीछे असल

ताक़त मिस्टर अग्रवाल थे, लेकिन गाँधीवादी बुढ़ऊ को जो अपार जन-समर्थन मिल रहा था, उससे वे भी हैरान थे और बुढ़ऊ की आत्महत्या की साज़िश नहीं रच रहे थे, बल्कि ख़ुद उसी लहर पर सवार थे। कुछ ही महीने बाद वे अपने इस प्रतीक को छोड़कर मुख्यधारा के राजनेता (बाक़ायदा उन्हीं चीज़ों के भंडार, जिनकी कभी उन्होंने भर्त्सना की थी) और गुजरात के लल्ला के विकट विरोधी बनने वाले थे।

उभरते हुए राजनेता के रूप में मिस्टर अग्रवाल की इकलौती ख़ासियत यह थी कि वे इकलौते नहीं लगते थे। वे आम लोगों जैसे दिखते थे। उनकी हर चीज़, कपड़े पहनने का ढंग, बोलने का ढंग, सोचने का ढंग साफ़-सुथरा, चुस्त-दुरुस्त और तराशा हुआ था। उनकी आवाज़ ऊँची थी और तौर-तरीक़ा दबा हुआ, ज़मीनी क़िस्म का था। लेकिन जैसे ही वे माइक्रोफ़ोन के सामने होते, प्रचंड अहंकार के साथ गरजते हुए बेलगाम तूफ़ान बन जाते थे। उन्हें उम्मीद थी कि बच्ची के प्रकरण में हस्तक्षेप करने से इस फ़साद की हवा निकल जाएगी (कश्मीरी माँओं और थुक्का-ब्रिगेड की ही तरह) जो मीडिया का ध्यान उन मुद्दों से हटा सकता था जो उनकी निगाह में असल मुद्दे थे। 'यह हमारा दूसरा स्वाधीनता संग्राम है। हमारा देश एक क्रांति के कगार पर है।' उन्होंने चमत्कारी ढंग से लगातार बढ़ते हुए श्रोताओं को संबोधित किया, 'भ्रष्ट नेताओं ने हमारा जीना मुहाल कर रखा है, इसीलिए हज़ारों लोग यहाँ जमा हुए हैं। अगर हम भ्रष्टाचार की समस्या को हल कर लें तो देश को नई ऊँचाइयों तक, सीधे दुनिया की चोटी तक ले जा सकते हैं। यह एक गंभीर राजनीति की जगह है, कोई सर्कस का रिंग नहीं।' उन्होंने अंजुम की तरफ़ देखे बग़ैर कहा : 'क्या आप लोगों ने यहाँ बैठने के लिए पुलिस की इजाज़त ली है? यहाँ बैठने के लिए सबको पुलिस की इजाज़त लेनी पड़ती है।' अंजुम उनसे कहीं ज़्यादा लंबी थी और वे उससे आँख नहीं मिला पा रहे थे, जिसका मतलब यह था कि वे सीधे उसकी छातियों को सुना रहे थे।

मिस्टर अग्रवाल माहौल के तापमान को मापने और हालात को भाँपने में चूक गए। वहाँ मौजूद सभी लोग उनके हमदर्द नहीं थे। कइयों को एतराज़ था कि मीडिया का सारा ध्यान उनके 'स्वाधीनता संग्राम' ने खींच लिया है और बाक़ी सब लोग उपेक्षित हैं। अंजुम को भीड़ की परवाह नहीं थी। उसे इससे कोई फ़र्क़ नहीं पड़ रहा था कि लोगों की हमदर्दी किस तरफ़ है। कोई चीज़ थी जो उसके भीतर रौशन हो उठी थी और उसने उसे एक अटूट साहस से भर दिया था।

'पुलिस की इजाज़त?' शायद इन शब्दों को पहले कभी इतनी लानत के साथ नहीं बोला गया होगा। 'यह एक बच्ची है, आपके बाप की जायदाद पर कोई ग़ैरक़ानूनी क़ब्ज़ा नहीं है। आप पुलिस को अप्लाई करो, साहब। बाक़ी लोग कुछ आसान रास्ता अपनाएँगे और सीधे परवरदिगार को अप्लाई करेंगे।' झड़प शुरू होने से पहले सद्दाम को दुआ पढ़ने का इतना वक़्त मिल गया कि उसने *अल्लाह मियाँ* कहने की बजाय ज़्यादा आमफ़हम *ख़ुदा* का इस्तेमाल किया।

प्रतिद्वंद्वी आमने-सामने थे।

अंजुम और अकाउंटेंट।

यह भी कैसा मुक़ाबला था।

क्या विडंबना थी कि उस रात वे दोनों फ़ुटपाथ पर थे और अपने अतीत और उस सबसे बाहर आ गए थे जिसने उनके अब तक के जीवन को जकड़ रखा था। और फिर भी अपनी जंगी तैयारियों के लिए वे ठीक वहीं लौट गए थे जहाँ से वे बाहर आने की कोशिश कर रहे थे। वहाँ, जहाँ वे होने के अभ्यस्त थे; वहाँ, जहाँ वे सचमुच *थे*।

वे, एक एकाउंटेंट दिमाग़ में फँसे हुए एक क्रांतिकारी। *वह,* मर्द देह में फँसी हुई एक औरत। *वे,* एक ऐसी दुनिया से नाराज़, जिसकी बैलेंस शीट बेमेल थी। *वह,* अपनी इंद्रियों, अपने अंगों, अपनी त्वचा, अपने बालों के विन्यास, अपने कंधों की चौड़ाई और अपनी आवाज़ की लय से नाख़ुश। *वे,* एक सड़ती हुई व्यवस्था में आर्थिक नैतिकता की राह खोजने के लिए लड़ते हुए। *वह,* आसमान के तमाम तारे तोड़ने और उन्हें पीसकर एक ऐसा घोल बनाने का मंसूबा करती हुई, जो उसकी छातियाँ और कूल्हे बना सके और उसके बालों को लंबा-घना कर सके जो चलते समय दाएँ-बाएँ झूलते रहें। और हाँ, उसे वह चीज़ भी दे सके जो वह सबसे ज़्यादा चाहती थी। दिल्ली की गालियों का वह विशाल भंडार, तमाम बेइज़्ज़तियों की बेइज़्ज़ती, *माँ की चूत*। *वे,* जिन्होंने अपना वक़्त टैक्स-चोरियों, रिश्वतों और शातिर सौदों का पता लगाने में बिताए थे। वह, जो कई साल से एक पुराने क़ब्रिस्तान में पेड़ की तरह रहती थी, जहाँ अलसाई हुई सुबहों और देर रातों को उसके चहेते तमाम शायरों, ग़ालिब, मीर और ज़ौक़ की रूहें आतीं, शायरी सुनातीं, पीतीं, बहस करतीं और जुआ खेलती थीं। *वे,* जो फ़ॉर्म भरते थे और विभिन्न ख़ानों पर सही के निशान लगाते थे। वह, जो कभी नहीं जान पाई थी कि किस ख़ाने पर निशान लगाए, किस क़तार में खड़ी हो जाए, किस सार्वजनिक शौचालय में घुसे

(किंग्स या क्वींस, लाइर्स या लेडीज़, सर्स या हर्स)। *वे*, जो अपने को हमेशा सही मानते थे। वह, जो अपने होने को ग़लत, पूरी तरह ग़लत मानती थी। *वे*, अपने विश्वासों में सिमटे-सिकुड़े हुए। वह, अपने अनिश्चय में बढ़ती-फैलती हुई। *वे*, जो एक क़ानून चाहते थे। वह, जो एक बच्ची चाहती थी।

उनके चारों तरफ़ एक घेरा बन गया : प्रचंड, उत्सुक, प्रतिद्वंद्वियों की ताक़त को तौलता हुआ, अपने पक्ष तय करता हुआ। लेकिन इससे कोई फ़र्क़ नहीं पड़ा। जंग के मैदान में पुरानी दिल्ली की एक पुरानी हिजड़ा के आगे एक नपे-तुले घुन्ने गाँधीवादी अकाउंटेंट की भला क्या बिसात?

अंजुम नीचे को झुकी और अपना चेहरा मिस्टर अग्रवाल के चेहरे के बहुत क़रीब ले आई।

'*आय हाय!* इतना नाराज़ हो, जान? मेरी तरफ़ नहीं देखोगे?' तो सद्दाम हुसैन ने मुट्ठियाँ भींच लीं। इशरत ने उसे रोका, एक गहरी साँस ली और जंग के मैदान की तरफ़ बढ़ी। एक आज़मूदा तरीक़े से दख़ल देती हुई, जिसे हिजड़े ही जानते हैं जब एक-दूसरे को बचाने का मौक़ा आता है—एक साथ युद्ध और शांति का एलान करते हुए। उसकी जो पोशाक थोड़ी देर पहले फूहड़ लग रही थी, शायद इस मौक़े के लिए उससे अच्छा कुछ भी नहीं था। उसने अपनी अँगुलियाँ फैलाकर हिजड़ा-ताली शुरू की और कूल्हों को फूहड़ ढंग से मटकाती, चुन्नी लहराती, अपनी उग्र, भीषण यौनिकता से मिस्टर अग्रवाल को शर्मिंदा करती हुई नाचने लगी। मिस्टर अग्रवाल ने अपनी ज़िंदगी में कभी ऐसी सीधी सड़क-छाप लड़ाई नहीं लड़ी थी। उनकी सफ़ेद कमीज़ की काँखों में पसीना उभर आया।

इशरत ने एक गाना शुरू किया, जिसे 'उमराव जान' फ़िल्म में रेखा जैसी सुंदर अभिनेत्री ने अमर कर दिया था और उसकी निगाह में भीड़ के लिए जाना-पहचाना था।

दिल चीज़ क्या है, आप मेरी जान लीजिए।

किसी ने उसे फ़ुटपाथ से हटाने की कोशिश की। ख़ाली सड़क के बीचोंबीच रोशनियों के नीचे ज़ेब्रा क्रासिंग पर उसने एक नर्तकी की तरह फ़िरकी ली। सड़क की दूसरी तरफ़ कोई डफली बजाने लगा। दूसरे लोग भी गाने में शरीक़ हो गए। उसका अनुमान सही था। वह गीत सभी को याद था।

बस एक बार मेरा कहा मान लीजिए।

यह तवायफ़ों वाली चीज़, या कम से कम उसकी यह पंक्ति उस रात शायद जंतर-मंतर पर मौजूद लगभग सभी लोगों का क़ौमी तराना बन सकती थी। जो भी लोग वहाँ थे, इसलिए थे कि उन्हें यक़ीन था कि कोई उनकी परवाह करने वाला है, कि कोई उन्हें सुनने वाला है, कि कोई न कोई उन्हें सुनेगा। तभी फ़साद शुरू हो गया। शायद किसी ने कोई अश्लील फ़ब्ती कसी। शायद सद्दाम हुसैन ने किसी को पीट दिया। यह पता नहीं चला कि सचमुच हुआ क्या।

फ़ुटपाथ पर तैनात पुलिस वाले नींद से जागे और जो भी मिला, उस पर लाठियाँ बरसाने लगे। पुलिस की गश्ती गाड़ियाँ *(आपके साथ, आपके लिए, सदैव)* पहुँच गईं—चमचमाती रोशनियों और दिल्ली पुलिस की ख़ास चीज़ के साथ—*मादरचोद बहनचोद माँ की चूत बहन का लौड़ा।*

टीवी कैमरों का जमघट लग गया। अपने उन्नीसवें उपवास पर बैठी समाजकर्मी को एक मौक़ा नज़र आया। वे भीड़ में घुसीं और कैमरों की तरफ़ देखकर लहराती हुई मुट्ठी के अपने ख़ास ट्रेडमार्क और अचूक महारत के साथ उन्होंने लाठीचार्ज में अपने लोगों के लिए गुंजाइश खोज ली।

लाठी गोली खाएँगे!

जवाब में लोगों ने कहा :

संघर्ष चलाएँगे!

क़ानून-व्यवस्था लागू करने में पुलिस को देर नहीं लगी। जिन लोगों को गिरफ़्तार करके पुलिस की गाड़ी में डाला गया, उनमें मिस्टर अग्रवाल, अंजुम, काँपते हुए उस्ताद हमीद और मल-विज्ञानी सूट वाले जीते-जागते कला इंस्टॉलेशन थे (नींबू-मानव लापता था)। अगली सुबह उन सबको बिना किसी आरोप के छोड़ दिया गया।

जब तक किसी को यह याद आता कि यह सब कैसे हुआ, बच्ची ग़ायब हो चुकी थी।

4

डॉ. आज़ाद भारतीय

बच्ची को जिन लोगों ने देखा, उनमें आख़िरी आदमी डॉ. आज़ाद भारतीय थे जिनकी भूख हड़ताल—उन्हीं के मुताबिक़—ग्यारहवें साल के तीसरे महीने के सत्रहवें दिन में प्रवेश कर चुकी थी। डॉ. भारतीय इस क़दर दुबले थे कि डेढ़ हड्डी के लगते थे। उनकी कनपटियों पर गड्ढे थे साँवली, धूप में तपी हुई त्वचा उनके चेहरे की हड्डियों, लंबी, बेंत-जैसी गर्दन की उपास्थि और हँसुली पर लटक रही थी। आँखें जैसे गहरे भेदती, बुख़ार में तपती और स्याह कोटरों से दुनिया को घूरती हुई लगती थीं। उनकी एक बाँह पर कंधे से कलाई तक मटमैला-सफ़ेद प्लास्टर चढ़ा था जिसे गर्दन पर एक फंदे से बाँधा गया था। मैली और धारीदार कमीज़ की ख़ाली बाँह बग़ल में इस तरह झूलती थी जैसे किसी पराजित देश का वीरान झंडा हो। वे एक धुँधली और खरोंच-भरी प्लास्टिक की चादर से ढँके पुराने गत्ते की ओट में बैठे थे। उस पर लिखा था :

पूरा नाम :

डॉ. आज़ाद भारतीय

घर का पता :

डॉ. आज़ाद भारतीय
लक्खी सराय रेलवे स्टेशन के पास
लक्खी सराय बस्ती
कोकर
बिहार

वर्तमान पता :

डॉ. आज़ाद भारतीय
जंतर–मंतर
नई दिल्ली

शिक्षा : एम.ए. हिंदी, एम.ए. उर्दू (प्रथम श्रेणी में प्रथम), बी.ए. इतिहास, बी.एड., बेसिक एलिमेंट्री कोर्स इन पंजाबी, एम.ए. पंजाबी, ए.बी.एफ़. (एपियर्ड बट फ़ेल्ड), पी.एचडी.(अपूर्ण), दिल्ली विश्वविद्यालय (तुलनात्मक धर्म और बौद्ध अध्ययन), प्रवक्ता, इंटर कॉलेज, गाज़ियाबाद, रिसर्च एसोसिएट, जवाहरलाल नेहरू विश्व–विद्यालय, नई दिल्ली, संस्थापक सदस्य, विश्व समाजवादी स्थापना (वर्ल्ड पीपुल्स फ़ोरम), और इंडियन सोशलिस्ट डेमोक्रेटिक पार्टी (मूल्यवृद्धि के ख़िलाफ़)।

मेरा उपवास निम्नलिखित मुद्दों पर है : मैं पूँजी के साम्राज्यवाद के ख़िलाफ़ हूँ, साथ ही अमेरिकी पूँजीवाद, भारतीय और अमेरिकी राज्यसत्ता के आतंकवाद/तमाम तरह के आणविक हथियारों और अपराध के ख़िलाफ़, साथ ही ख़राब शिक्षा प्रणाली/भ्रष्टाचार/हिंसा/पर्यावरण के नुक़सान और दूसरी तमाम बुराइयों के ख़िलाफ़। मैं बेरोज़गारी के भी ख़िलाफ़ हूँ। मेरा उपवास समूचे बूर्ज्वा वर्ग के संपूर्ण विनाश के लिए भी है। मैं हर दिन दुनिया के ग़रीबों, कामगारों/किसानों/आदिवासियों/परित्यक्त महिलाओं और पुरुषों/साथ ही बच्चों और विकलांग लोगों का स्मरण करता हूँ।

'जेसीज़ साड़ी पैलेस' का एक पीला प्लास्टिक का थैला उनकी बग़ल में सीधा रखा हुआ था और इस तरह दिखता था जैसे कोई छोटा-सा पीले रंग का आदमी हो। उसमें अंग्रेज़ी और हिंदी में टाइप किए हुए बहुत से काग़ज़ थे। सामने फ़ुटपाथ पर एक दस्तावेज़ की कई कॉपियाँ थीं—न्यूज़ लेटर या प्रतिलिपि जैसी कुछ—और उन्हें पत्थरों से दबाया गया था। डॉ. आज़ाद भारतीय के अनुसार, यह सब बिक्री के लिए उपलब्ध था—आम लोगों के लिए लागत-दर पर और छात्रों को छूट के साथ।

'मेरे समाचार एवं विचार' (अपडेट)

माता-पिता का दिया हुआ मेरा मूल नाम इंदर वाई. कुमार है। डॉ. आज़ाद भारतीय नाम मैंने ख़ुद रखा है। इसका रजिस्ट्रेशन अंग्रेज़ी अनुवाद 'फ़्री/लिबरेटेड इंडियन' के साथ अदालत में 13 अक्तूबर, 1997 को किया गया। मेरा शपथ-पत्र संलग्न है। यह मूल प्रति नहीं है; यह पटियाला हाउस के मजिस्ट्रेट द्वारा सत्यापित प्रतिलिपि है।

अगर आपको मेरा यह नाम स्वीकार है तो आप उचित ही यह सोचते होंगे कि किसी आज़ाद भारतीय नाम के व्यक्ति से मुलाक़ात की जगह यहाँ नहीं हो सकती : सार्वजनिक फ़ुटपाथ के इस सार्वजनिक कारागार में। देखिए, यहाँ सलाखें भी लगी हैं। आप शायद सोचते हों कि वास्तविक आज़ाद भारतीय कोई आधुनिक आदमी होगा, जो किसी आधुनिक घर में रहता होगा और उसके पास कार और कम्प्यूटर होंगे या शायद वह उधर ऊँची फ़ाइव स्टार इमारत में रहता होगा। उसका नाम होटल मेरीडियन है। अगर आप बारहवीं मंज़िल पर देखें तो आपको अटैच्ड ब्रेकफ़ास्ट और बाथरूम वाला वह ए.सी. कमरा दिखाई देगा, जहाँ अमेरिका के राष्ट्रपति के भारत आने पर उनके पाँच कुत्तों को ठहराया गया था। बात यह है कि हमें उन्हें कुत्ते कहने का भी हक़ नहीं है क्योंकि वे अमेरिकी फ़ौज के अफ़सर हैं और उनका दर्ज़ा कॉर्पोरल का है। कुछ लोग कहते हैं कि वे कुत्ते छिपे हुए बमों को सूँघ लेते हैं और उन्हें मेज़ पर बैठकर छुरी-काँटे से खाना आता है। कहते हैं कि जब वे लिफ़्ट से बाहर आते हैं तो होटल मैनेजर को उन्हें सलाम करना पड़ता है।

पता नहीं यह सूचना सही है या ग़लत क्योंकि मैंने इसकी पड़ताल नहीं की। आपने सुना ही होगा कि ये कुत्ते गाँधीजी की समाधि पर राजघाट गए थे? यह ख़बर बिल्कुल सही है और अख़बार में छपी थी। लेकिन मुझे इससे क्या? मैं गाँधी का प्रशंसक नहीं हूँ। वे प्रतिक्रियावादी थे। कुत्तों के जाने से उन्हें प्रसन्न ही होना चाहिए। आख़िर, वे दुनिया के उन हत्यारों से तो बेहतर ही हैं जो आए दिन उनकी समाधि पर फूल चढ़ाते हैं।

मगर यह आज़ाद भारतीय इस फ़ुटपाथ पर क्यों है जबकि अमेरिकी कुत्ते पाँच सितारा होटल में रुके हुए हैं? आपके दिमाग़ में सबसे बड़ा सवाल यह होगा।

इसका जवाब यह है कि मैं एक क्रांतिकारी हूँ, इसीलिए यहाँ हूँ। मैं ग्यारह साल से भी ज़्यादा समय से भूख हड़ताल पर हूँ। यह मेरा बारहवाँ साल है। कोई आदमी बारह साल तक भूख हड़ताल पर बैठकर कैसे ज़िंदा रह सकता है? इसका जवाब यह है कि मैंने भूखे रहने की एक वैज्ञानिक तकनीक खोज ली है। मैं हर अड़तालीस या अट्ठावन घंटे पर एक बार खाना (हल्का शाकाहारी) खाता हूँ। बस, मेरा काम चल जाता है। आप यह सोचकर हैरान होंगे कि आज़ाद भारतीय बिना किसी नौकरी और तनख़्वाह के हर अड़तालीस या अट्ठावन घंटे के बाद खाने का इंतज़ाम कैसे कर लेता है। मैं बताता हूँ। इस फ़ुटपाथ पर एक भी दिन ऐसा नहीं बीतता जब किसी के पास मुझे देने के लिए कुछ न हो। मैं चाहूँ तो यहीं बैठे-बैठे मैसूर के महाराजा की तरह मोटा हो सकता हूँ। क़सम से, यह बहुत आसान है। लेकिन मेरा वज़न सिर्फ़ बयालीस किलो है। मैं सिर्फ़ जिंदा रहने के लिए खाता हूँ और सिर्फ़ संघर्ष करने के लिए जिंदा हूँ।

मैं भरसक सच कहने की कोशिश करता हूँ, इसलिए साफ़ कर दूँ कि मेरे नाम के साथ डॉक्टर वाला हिस्सा मेरी पी-एच.डी. की ही तरह पेंडिंग है। मैं इसे अभी से इसलिए लगाता हूँ ताकि लोग मेरी बात सुन सकें और उस पर यक़ीन कर सकें। हमारे यहाँ जैसे राजनीतिक हालात हैं, उनमें यह ज़रूरी है वरना मैं इसका इस्तेमाल नहीं करता क्योंकि तकनीकी रूप से तो यह बेईमानी ही है। लेकिन

राजनीति में कभी-कभी ज़हर ही ज़हर को काटने के काम आता है।

मैं ग्यारह साल से जंतर-मंतर पर बैठा हूँ। इस जगह को मैं तभी छोड़ता हूँ जब कांस्टीट्यूशन क्लब या गाँधी शांति प्रतिष्ठान में मेरी रुचि के किसी विषय पर कोई गोष्ठी या बैठक हो। अन्यथा मैं हमेशा यहीं होता हूँ। ये सब लोग यहाँ देश के कोने-कोने से अपने-अपने सपनों और माँगों को लेकर आते हैं। उन्हें सुनने वाला कोई नहीं होता। कोई नहीं सुनता। पुलिस उन्हें पीटती है, सरकार उनकी उपेक्षा करती है। इन ग़रीब लोगों के लिए यहाँ रुकना असंभव है क्योंकि वे ज़्यादातर गाँवों और झोपड़पट्टियों से आते हैं और उन्हें अपनी रोज़ी-रोटी का जुगाड़ भी करना होता है। उनकी मजबूरी है अपने खेतों में लौटना या ज़मींदारों के पास, सूदख़ोरों के पास, अपनी गायों और भैंसों के पास, जिनका दाम आदमियों के मुक़ाबले कहीं ज़्यादा है, या फिर अपनी झुग्गियों में। लेकिन मैं उन लोगों की तरफ़ से यहाँ बैठा हूँ। मैं उनकी बेहतरी के लिए उपवास पर बैठा हूँ। उनकी माँगों को मनवाने के लिए, उनके सपनों को साकार करने के लिए और इस उम्मीद को बचाने के लिए कि एक दिन आएगा जब उनकी अपनी सरकार होगी।

मेरी जाति क्या है? यही आपका सवाल है? आप ही बताइए, जिसका राजनीतिक एजेंडा मेरे जितना व्यापक हो उसकी जाति क्या हो सकती है? जीसस और गौतम बुद्ध किस जाति के थे? मार्क्स किस जाति के थे? पैग़ंबर मोहम्मद किस जाति के थे? जाति सिर्फ़ हिंदुओं में होती है। यह असमानता उनके धर्मग्रंथों में है। मैं हिंदू को छोड़कर सब कुछ हूँ। आज़ाद भारतीय होने के नाते मैं आपसे दो टूक कह सकता हूँ कि मैंने इसी वजह से उस धर्म को छोड़ दिया, जो बहुसंख्यक लोगों का धर्म है। इसी कारण मेरा परिवार मुझसे बात नहीं करता। लेकिन अगर मैं अमेरिका का राष्ट्रपति भी होता—दुनिया का सबसे बड़ा ब्राह्मण—तब भी ग़रीबों के हित में यहीं भूख हड़ताल पर बैठा रहता। मुझे डॉलरों का कोई लोभ नहीं। पूँजीवाद ज़हरीले शहद की तरह है। लोगों की भीड़ मक्खियों की तरह उसकी

तरफ़ उमड़कर जाती है। मैं नहीं जाता। इसी वजह से मुझ पर चौबीसों घंटे निगरानी रखी जाती है। चौबीसों घंटे अमेरिकी सरकार रिमोट कंट्रोल से मुझ पर इलेक्ट्रॉनिक निगरानी रखती है। पीछे मुड़कर देखिए, क्या आपको वह जलती-बुझती लाल रोशनी दिखाई देती है? यह उनके कैमरे की बैटरी है। उन्होंने ट्रैफ़िक लाइट पर भी कैमरा लगा रखा है। मेरीडियन होटल के कुत्तों वाले कमरे में कैमरों का नियंत्रण कक्ष है। कुत्ते अब भी वहीं हैं। वे लौटकर अमेरिका नहीं गए। उनके वीज़ा अनिश्चित काल के लिए बढ़ा दिए गए हैं। अब क्योंकि अमेरिकी राष्ट्रपति अक्सर ही हिंदुस्तान आते रहते हैं, वे अपने कुत्तों को स्थायी रूप से यहीं रखते हैं। रात को जब तक रोशनियाँ जली हुई रहती हैं, वे खिड़कियों पर बैठे रहते हैं। मैं उनकी छायाएँ, उनकी आकृतियाँ देखता रहता हूँ। मेरी दूर की नज़र बहुत अच्छी है और बढ़ती ही जा रही है। मुझे हर दिन दूर, बहुत दूर तक दिखाई देता है। बुश, हिटलर, स्तालिन, माओ और चाउसेस्कू, ये सब सौ लोगों के एक क्लब के सदस्य हैं और दुनिया की तमाम अच्छी सरकारों को तबाह करने की साज़िश कर रहे हैं। अमेरिका के सभी राष्ट्रपति उसके सदस्य हैं। यह नये वाला भी।

पिछले हफ़्ते एक सफ़ेद कार मारुति ज़ेन डीएल2सीपी 4362 ने मुझे टक्कर मार दी, जो अमेरिकी पैसे से चलने वाले एक हिंदुस्तानी टीवी चैनल की थी। वह लोहे की सलाखें तोड़कर घुसी और मुझ पर टक्कर लगाई। आप देख सकते हैं, रेलिंग का वह हिस्सा अब भी टूटा हुआ है। मैं सोया हुआ था, लेकिन कुछ चौकन्ना भी था। मैं किसी कमांडो की तरह एक तरफ़ को पलटा और जानलेवा हमले से बाल-बाल बच गया। लेकिन मेरी एक बाँह कुचल गई। अब उसका इलाज चल रहा है। बाक़ी शरीर बच गया। ड्राइवर ने भागने की कोशिश की, मगर लोगों ने उसे पकड़ लिया और मुझे जबरन राम मनोहर लोहिया अस्पताल ले गए। दो लोग कार में बैठे और रास्ते-भर उसे चाँटे मारते गए। सरकारी डाक्टरों ने अच्छी तरह से मेरा इलाज किया। अगली सुबह जब मैं लौटा तो जो क्रांतिकारी लोग रात में

यहाँ रुके थे, वे मेरे लिए समोसे और लस्सी का गिलास लाए। उन सबने मेरे प्लास्टर पर अपने दस्तख़त किए या अँगूठे के निशान लगाए। देखिए, यहाँ इस पर हज़ारीबाग़ के संथाल आदिवासियों की छाप है जो ईस्ट परेज़ कोयला खदानों के कारण विस्थापित हुए, और ये यूनियन कार्बाइड के गैस–पीड़ितों के निशान हैं जो भोपाल से चलकर आए थे। यहाँ पहुँचने में उन्हें तीन हफ़्ते लगे। उस गैस लीक कंपनी का नया नाम डाउ केमिकल्स है। लेकिन वे बेचारे जिन पर गैस का क़हर बरसा, क्या वे नए फेफड़े, नई आँखें ख़रीद सकते हैं? उन्हें अपने पुराने अंगों से ही काम चलाना पड़ रहा है जिन्हें वर्षों पहले उस ज़हर ने बेकार कर दिया था। लेकिन किसी को क्या परवाह है! वहाँ मेरीडियन होटल में कुत्ते खिड़कियों पर बैठे रहते हैं और हम लोगों को मरते हुए देखते रहते हैं। ये देवीसिंह सूर्यवंशी के दस्तख़त हैं; वह मेरी ही तरह है—गुटनिरपेक्ष। उसने अपना फ़ोन नंबर भी मुझे दिया है। वह नेताओं के भ्रष्टाचार और देश की लूट के ख़िलाफ़ लड़ रहा है। मुझे पता नहीं कि उसकी दूसरी माँग क्या है; आप चाहें तो उसे फ़ोन करके पूछ सकते हैं। वह अभी अपनी बेटी से मिलने नाशिक गया हुआ है, लेकिन अगले हफ़्ते लौट आएगा। वह सत्तासी साल का बूढ़ा आदमी है, लेकिन अब भी देश ही उसके लिए सब कुछ है। इधर रिक्शा यूनियन राष्ट्रवादी जनता तिपहिया चालक संघ के दस्तख़त हैं, और यह अँगूठा बैतूल, मध्यप्रदेश की फूलबत्ती का है। वह बहुत भली महिला है। वह दिहाड़ी पर एक खेत में काम कर रही थी, तभी भारत संचार निगम का टेलिफ़ोन का खंभा उसके ऊपर गिर पड़ा। उसकी एक टाँग काटनी पड़ी। टाँग कटवाने के पैसे पचास हज़ार रुपए निगम ने दिए। लेकिन वह अब एक ही टाँग लेकर काम कैसे करेगी? वह विधवा है, बेचारी क्या खाएगी, कौन उसे खिलाएगा? उसका बेटा उसे अपने पास नहीं रखना चाहता, इसलिए उसने उसे यहाँ भेज दिया है और वह ऐसा काम पाने के लिए सत्याग्रह कर रही है जो बैठकर किया जा सकता हो। वह यहाँ तीन महीने से पड़ी है। कोई उसे देखने नहीं आया, कोई आएगा भी नहीं, वह यहीं मर जाएगी।

आप यह अंग्रेज़ी में दस्तख़त देख रहे हैं? यह एस. तिलोत्तमा है। यह महिला यहाँ आती रहती है। मैं कई साल से देख रहा हूँ। कभी दिन में आती है, कभी देर रात को या बहुत सुबह ही आ जाती है। हमेशा अकेले आती है। उसका कोई तयशुदा कार्यक्रम नहीं होता। उसकी लिखावट बहुत ही सुंदर है। महिला भी वह बहुत भली है।

ये लातूर के भूकंप-पीड़ित हैं, जिनके मुआवज़े की राशि भ्रष्ट कलक्टर और तहसीलदार डकार गए। तीन करोड़ रुपए में से सिर्फ़ तीन फ़ीसद यानी तीन लाख रुपए उनके पास पहुँचे। बाक़ी पैसा बीच के कॉक्रोच हज़म कर गए। वे 1999 से यहाँ पर बैठे हैं। आप हिंदी पढ़ लेते हैं? ज़रा देखिए, उन्होंने क्या लिखा है—भारत में गधों, गिद्धों और सुअरों का राज है।

यह मुझ पर दूसरा जानलेवा हमला था। पिछले साल आठ अप्रैल को होंडा सिटी डीएल8सीएक्स 4850 ने मुझे कुचलने की कोशिश की। वही कार, जो वहाँ शौचालय के विज्ञापन में दिखाई दे रही है, सिर्फ़ उसका रंग सिल्वर नहीं, मैरून था। उसे एक अमेरिकी दलाल चला रहा था। 'हिंदुस्तान टाइम्स' के नगर संस्करण 'एचटी सिटी' ने 17 जुलाई को इसकी ख़बर छापी। मेरी दाईं टाँग तीन जगह से टूट गई। मैं अब भी ठीक से नहीं चल पाता, लँगड़ाकर चलता हूँ। लोग मज़ाक़ करते हुए कहते हैं कि मुझे फूलबत्ती से शादी कर लेनी चाहिए जिससे कि दोनों के पास एक साबुत बाईं टाँग और एक साबुत दाईं टाँग हो जाए। इस बात पर उनके साथ मैं भी हँस देता हूँ, लेकिन मुझे इसमें हँसने लायक़ कुछ लगता नहीं। ख़ैर, कभी-कभी हँसना भी ज़रूरी है। मैं विवाह जैसी संस्था के ही ख़िलाफ़ हूँ। इसे औरतों को ग़ुलाम बनाने के लिए बनाया गया है। एक बार मैंने विवाह किया था। मेरी बीवी मेरे भाई के साथ भाग गई। अब वे मेरे बेटे को अपना बेटा कहते हैं। वह मुझे अंकल कहता है। मैं उनसे कभी मिलता नहीं। उनके भागने के बाद मैं यहाँ आ गया।

कभी-कभी मैं सड़क के पार चला जाता हूँ और उस तरफ़ भोपाल वालों के साथ अनशन पर बैठता हूँ। लेकिन उस तरफ़ बहुत गर्मी होती है।

क्या आप जानते हैं कि यह जंतर-मंतर कौन-सी जगह है? पुराने ज़माने में यह धूपघड़ी थी। इसे साल 1724 में एक महाराजा ने बनवाया था जिसका नाम मुझे याद नहीं आ रहा है। विदेशी लोग अब भी यहाँ टूरिस्ट गाइडों के साथ आते हैं। वे सामने से गुज़रते हैं, लेकिन सड़क के इस तरफ़ बैठे हम लोगों को नहीं देखते जो लोकतंत्र के इस चिड़ियाघर में एक बेहतर दुनिया के लिए लड़ रहे हैं। विदेशी लोग सिर्फ़ वही देखते हैं जो वे देखना चाहते हैं। पहले वे सँपेरों और साधुओं को देखने आते थे, अब सुपर पावर के तामझाम और बाज़ार-राज के लिए आते हैं। हम यहाँ पिंजड़े में बंद जानवरों की तरह बैठे रहते हैं और सरकार लोहे की इन सलाख़ों के बीच से हमें उम्मीद के छोटे-छोटे टुकड़े खिलाती रहती है—इतना-भर, जिससे कि हम लोग न ज़िंदा रह सकें और न मर सकें। उसके पत्रकार भी यहाँ आते हैं। हम उन्हें अपनी आपबीतियाँ सुनाते हैं। इससे कुछ देर के लिए हमारा बोझ हल्का हो जाता है। इस तरीक़े से वे हम पर नियंत्रण रखते हैं। यहाँ को छोड़कर शहर में बाक़ी तमाम जगहों पर भारतीय दंड संहिता की धारा 144 लगी हुई है।

यह नया शौचालय देखिए, जो उनका बनवाया हुआ है। वे कहते हैं, यह हमारे लिए है। औरतों के लिए अलग और मर्दों के लिए अलग। अंदर जाने के लिए हमें पैसा देना पड़ता है। जब हम वहाँ लगे हुए बड़े-बड़े शीशों में अपने को देखते हैं तो डर जाते हैं।

घोषणा

मैं एतद्द्वारा घोषित करता हूँ कि ऊपर दी हुई समस्त सूचना मेरी जानकारी और विश्वास के अनुसार सत्य है और कोई तथ्य छिपाया नहीं गया है।

फ़ुटपाथ पर सुभीते की एक जगह से डॉ. आज़ाद भारतीय ने देखा था कि जो बच्ची ग़ायब हुई, वह बिल्कुल अकेली नहीं थी। बल्कि उस रात फ़ुटपाथ पर उसके साथ तीन माँएँ थीं और तीनों को रोशनी के धागों ने आपस में सिल रखा था।

पुलिस को पता था कि डॉ. भारतीय को हर उस बात का पता है जो जंतर-मंतर पर हुई थी। वह पूछताछ के लिए पहुँची और गंभीर ढंग से नहीं, बल्कि आदतन उसने उन्हें कुछ चाँटे रसीद किए। लेकिन उन्होंने इतना ही कहा :

मर गई बुलबुल क़फ़स में
कह गई सय्याद से
अपनी सुनहरी गाँड में
तू ठूँस ले फ़स्ल-ए-बहार

पुलिस ने उन्हें लात मारी (बदस्तूर) और उनके *न्यूज़ एंड व्यूज़* की प्रतियों, 'जेसीज साड़ी पैलेस' के थैले और उसके भीतर रखे सभी काग़ज़ों को जब्त कर लिया।

उनके जाते ही डॉ. आज़ाद भारतीय ने एक मिनट भी देर नहीं की। वे तुरंत नए सिरे से दस्तावेज़ तैयार करने की मेहनती प्रक्रिया में जुट गए।

हालाँकि पुलिस को किसी पर संदेह नहीं था (डॉ. आज़ाद भारतीय के *न्यूज़ एंड व्यूज़* की प्रकाशक एस. तिलोत्तमा के नाम और पते का इलहाम उन्हें बाद में हुआ), उसने धारा 361 (क़ानूनी संरक्षकता से अपहरण), धारा 362 (किसी जगह से किसी व्यक्ति को विवश करके या दबाव डालकर या धोखे से उकसाकर अपहृत करना), धारा 365 (ग़ैर-वाजिब क़ैद), धारा 366ए (अठारह से कम उम्र की किशोरी के ख़िलाफ़ अपराध), धारा 367 (गंभीर आघात पहुँचाने के लिए, बंदी बनाकर रखने या अपहृत व्यक्ति को अप्राकृतिक वासना का शिकार बनाने की मंशा से अपहरण) और धारा 369 (दस साल से कम उम्र के बच्चे का चोरी के लिए अपहरण) के तहत मामला दर्ज कर लिया।

ये अपराध किसी प्रथम श्रेणी मजिस्ट्रेट द्वारा संज्ञेय, जमानती और मुक़दमे के लायक़ थे और उनके लिए सात साल से कम की सज़ा का प्रावधान था।

पुलिस इस साल ऐसे एक हज़ार एक सौ चवालीस मामले दर्ज कर चुकी थी और अभी यह मई का ही महीना चल रहा था।

5

एक सुस्त-दुरुस्त दौड़

ख़ाली सड़क पर एक घोड़ी की टापें गूँज रही थीं।

पायल नाम की छरहरी घोड़ी शहर के उस हिस्से में टप-टप कर रही थी, जहाँ उसे नहीं होना चाहिए था।

उसकी पीठ पर रखी सुनहरे फुँदनों वाली लाल कपड़े की ज़ीन पर दो सवारियाँ बैठी थीं : सद्दाम हुसैन और इशरत-सुंदरी। शहर के उस हिस्से में, जहाँ उन्हें नहीं होना चाहिए था। इसे बताने के लिए अलग से कोई संकेत नहीं था, बल्कि हर चीज़ अपने आप एक संकेत थी जिसे कोई मूर्ख भी पढ़ सकता था : ख़ामोशी, चौड़ी सड़कें, ऊँचे पेड़, सुनसान फ़ुटपाथ, तराशी हुई झाड़ियाँ, एक-मंज़िला सफ़ेद बंगले, जहाँ हुक्मरान लोग निवास करते थे। सड़कों पर ऊँची बत्तियों से झरती पीली रोशनी इस तरह दिखती थी जैसे पिघला हुआ सोना हो और उसे बेचा जा सकता हो।

सद्दाम हुसैन ने धूप का चश्मा लगा लिया। इशरत ने कहा, रात में धूप का चश्मा लगाना बेवक़ूफ़ी की बात है।

'तुम इसे रात कह रही हो?' सद्दाम ने कहा। फिर बताया कि धूप का चश्मा उसने सुंदर लगने के लिए नहीं पहना है, बल्कि इन रोशनियों की चकाचौंध से उसकी आँखों में दर्द हो रहा है और आँखों की कहानी वह बाद में बताएगा।

पायल के कान खड़े हो गए और त्वचा फड़कने लगी हालाँकि आसपास कहीं मक्खियाँ नहीं थीं। उसे अपने अतिक्रमण का एहसास था, लेकिन शहर

का यह हिस्सा उसे बहुत अच्छा भी लग रहा था। वहाँ साँस लेने के लिए ख़ूब सारी हवा थी। अगर इजाज़त होती तो वह यहीं सरपट दौड़ लगाती रहती। लेकिन इजाज़त नहीं थी।

वे एक सुस्त-दुरुस्त अभियान पर थे। घोड़ी और उसके सवार। उनके अभियान का मक़सद एक ऑटोरिक्शा और उसमें बैठी सवारियों का पीछा करना था।

वे ऑटोरिक्शे से कुछ दूरी पर चल रहे थे। मूर्तिशिल्पों, फ़व्वारों और फूलों की क्यारियों से सजे गोलंबरों और उनसे निकलने वाले कई तरह के क़रीनेदार पेड़ों—इमली, जामुन, नीम, पाकड़ और अर्जुन—से भरे रास्तों पर ऑटो इस तरह तड़प रहा था जैसे कोई खोया हुआ बच्चा हो।

'देखो, यहाँ उनकी कारों के लिए बाग़ीचे भी हैं।' एक गोलंबर से गुज़रते हुए इशरत ने कहा।

रात सद्दाम की उत्फुल्ल हँसी से गूँज उठी।

'उनके पास कुत्तों के लिए गाड़ियाँ हैं और गाड़ियों के लिए बाग़ीचे हैं।' वह बोला।

काले रंग की, टिंटेड बुलेट-प्रूफ़ खिड़कियों की मर्सडीज़ कारों का एक काफ़िला जैसे कहीं अज्ञात से प्रकट हुआ और साँप की तरह तेज़ी से लहराता हुआ उनकी बग़ल से गुज़र गया।

पीछा करने वाले और पीछा किए जाने वाले सुनहरे शहर से होते हुए एक ऊबड़-खाबड़ फ़्लाईओवर पर पहुँचे (घोड़ों के लिए नहीं, वाहनों के लिए ऊबड़-खाबड़)। अधबीच से नीचे की तरफ़ जा रही रोशनियों की क़तारें ऊँचे खंभों पर बँधे हुए मशीनी फ़रिश्तों के पंखों जैसी दिख रही थीं। रिक्शा ऊपर चढ़ा, फिर नीचे उतरा और आँखों से ओझल हो गया। पायल ने बराबरी करने के अंदाज़ में कुछ उमंग के साथ आहिस्ता से अपनी चाल तेज़ की। जैसे फ़रिश्तों की पलटन का निरीक्षण करता हुआ एक यूनिकॉर्न।

फ़्लाइओवर के उस पार जो शहर फैला था, वह इतना निरापद नहीं था।

यह सुस्त क़वायद दो अस्पतालों से होकर गुज़री, जो इस हद तक बीमारियों से भरे हुए थे कि मरीज़ और उनके परिवार बाहर तक फैल गए थे और सड़कों पर भी डेरा डाले हुए थे। कुछ कामचलाऊ बिस्तरों और व्हील-चेयर पर थे, कुछ अस्पताली गाउनों में थे और उन्हें पट्टियाँ और आईवी-ड्रिप लगी थीं। कीमोथेरेपी से गंजे हुए बच्चे अस्पताली मास्क पहने और सूनी आँखों वाले अपने अभिभावकों से चिपके थे। रात-भर खुली रहने वाली दवा की दूकानों

पर ठठ के ठठ लोग जमा थे और कोई देसी रूलेट जैसा जुआ खेलते हुए प्रतीत होते थे (इस बात की 60 : 40 प्रतिशत संभावना थी कि जो दवा वे ख़रीद रहे हैं वह असली है, नक़ली नहीं)। कई परिवार सड़क पर खाना बना रहे थे—प्याज काटते हुए, आलू उबालते हुए, जो मिट्टी के तेल के छोटे चूल्हों पर धूल से किरकिरे हो गए थे। उनके धुले हुए कपड़े सूखने के लिए पेड़ों के सुरक्षा घेरों और रेलिंग पर पड़े थे (सद्दाम हुसैन पेशेवर वजहों से यह सब नोट करता रहा)। एक घेरे में सींकिया जाँघों वाले, धोतियाँ पहने दुर्बल ग्रामीणों का एक दल अपने पुट्ठों के सहारे पसरा था। उनके बीच झुर्रियों वाली एक महिला किसी घायल चिड़िया की तरह बैठी थी। वह छपी हुई साड़ी और बड़ा-सा काला चश्मा लगाए हुए थी जिसके किनारे रूई से ठुँसे थे। उसके मुँह में सिगरेट जैसा एक थर्मामीटर लगा था। सामने से सरपट गुज़रती सफ़ेद घोड़ी और उसके सवारों की तरफ़ उनका ध्यान नहीं गया।

दूसरा फ़्लाइओवर।

इस बार घुड़दौड़-पार्टी फ़्लाइओवर के नीचे से गुज़री। वह सोये हुए लोगों से भरा था। नंगे बदन एक गंजा आदमी, जिसके सर पर जमे हुए टेल्कम पाउडर की बैंजनी पपड़ी और चेहरे पर लंबी-भूरी घनी दाढ़ी थी, एक काल्पनिक क़िस्म का तबला बजा रहा था और अपने सर को चारों तरफ़ इस तरह फेंक रहा था जैसे वह उस्ताद ज़ाकिर हुसैन हो।

चलते-चलते इशरत ने उसे आवाज़ दी—'धा धा धिन ति-र-कि-ट धिन!'

उसने मुस्कराकर और भी पेचीदा बोलों के साथ जवाब दिया।

बंद शटर वाला एक बाज़ार। रात-भर खुला रहने वाला एक अंडा-पराँठा स्टाल। एक गुरुद्वारा। एक और बाज़ार। कारों की मरम्मत करने वाली दूकानों की क़तार। बाहर सो रहे लोग और कुत्ते कार की ग्रीस से सने हुए थे।

रिक्शा एक रिहाइशी कॉलोनी की तरफ़ मुड़ा। और फिर बाएँदाएँबाएँदाएँबाएँ। एक गली। उसमें इमारती सामान। सभी मकान तीन और चार मंज़िला थे।

रिक्शा लोहे की सलाख़ों वाले एक गेट के बाहर रुका, जिस पर हल्का लैवेंडर रंग पुता था। पायल वहाँ से कुछ गेट दूर अँधेरे में रुक गई। सूँघता हुआ एक प्रेत। घोड़ी के आकार का एक ज़र्द भूत। रात के अँधेरे में उसकी ज़ीन के सुनहरे फुँदने दमक रहे थे।

एक औरत ऑटो से बाहर आई, पैसे चुकाए और घर के भीतर चली गई। जब रिक्शा चला गया तो सद्दाम हुसैन और इशरत-सुंदरी लेवेंडर गेट की तरफ़ बढ़े। बाहर काले रंग के दो बैल कूबड़ हिलाते हुए पसरे थे।

दूसरी मंज़िल की खिड़की पर रोशनी हुई।

इशरत ने कहा, 'घर का नंबर नोट कर लो।' सद्दाम ने कहा, इसकी ज़रूरत नहीं है क्योंकि वह जहाँ जाता है, उस जगह को कभी भूलता नहीं। वह उसे नींद में भी खोज सकता है।

वह कसमसाती हुई उससे सट गई, 'वाह! क्या आदमी हो!'

वह उसकी छातियों को मसलने लगा। लेकिन उसने उसका हाथ परे झटक दिया। 'ख़बरदार! ये बहुत क़ीमती हैं। मैं अब भी अपनी क़िस्तें चुका रही हूँ।'

दूसरी मंज़िल की चौकोर रोशनी में जिस महिला की परछाईं दिख रही थी, उसने नीचे एक सफ़ेद घोड़ी पर बैठे दो लोगों को देखा। उन्होंने भी निगाहें ऊपर उठाईं और उसकी तरफ़ देखा।

एक दूसरे की झलक पाने की प्रतिक्रिया में उस महिला ने (जो सुंदर थी, जो सुंदर नहीं थी, जो लंबी थी, जो नाटी थी) अपना सर झुकाया और उस चुराए हुए सामान को चूम लिया जिसे वह अपनी बाँहों में लिये हुए थी। उसने उनकी तरफ़ हाथ हिलाया और उन्होंने भी उसकी तरफ़ हाथ हिलाए। बेशक, वह जान गई थी कि यह जंतर-मंतर के झमेले वालों की टीम है। सद्दाम ने घोड़ी से उतरकर हाथ में एक सफ़ेद पुर्ज़ा लेकर दिखाया जो उसका विज़िटिंग कार्ड था—जन्नत गेस्ट हाउस और क़फ़न-दफ़न सेवा के नाम-पते के साथ। उसने उसे टिन के लेटर-बॉक्स में डाला, जिस पर लिखा था : एस. तिलोत्तमा, सेकेंड फ़्लोर।

बच्ची रास्ते-भर रोती-चिड़चिड़ाती रही थी, लेकिन अब सो गई थी। एक हड़ीले कंधे से सटे एक नन्हे दिल की धड़कनें और एक स्याह कोमल मख़मली गाल। वह महिला उसे झुलाती रही और नीचे गली में घोड़ी और उसके सवारों को जाते हुए देखती रही।

उसे याद नहीं था कि इससे पहले कब वह इतनी ज़्यादा ख़ुश हुई थी। इसलिए नहीं कि यह बच्ची उसकी थी, बल्कि इसलिए कि यह उसकी नहीं थी।

6

बाद के लिए कुछ सवाल

जब समुद्री बेबी सील बड़ी होगी, जब वह (मसलन) एक गर्म दोपहर को आइसक्रीम के ठेले के इर्द-गिर्द स्कूली बच्चियों के झुंड में ऑरेंज बार लेने के लिए मचल रही होगी तो क्या अचानक उसे पके हुए महुए की तेज़ गंध का एक झोंका महसूस होगा जो उस रोज़ जंगल में फैला था जब उसका जन्म हुआ था? क्या उसकी देह को जंगल की सतह पर सूखी हुई पत्तियों का एहसास याद रहेगा या अपनी माँ की बंदूक़ की नली का लौह-गर्म स्पर्श याद आएगा जिसका सेफ़्टी-कैच खुला हुआ था?

या फिर उसका अतीत हमेशा के लिए मिट गया होगा?

मौत एक छरहरी नौकरशाह है, मैदानों से उड़कर आती हुई—

आग़ा शाहिद अली

7

मकानमालिक

सर्दी है। जाड़ों का एक धुँधला-मटमैला दिन। शहर अब भी एकमुश्त धमाकों से स्तब्ध है जिनसे दो दिन पहले एक बस स्टॉप, एक कैफ़े और एक छोटे-से शॉपिंग प्लाज़ा का पार्किंग बेसमेंट दहल गए थे, पाँच मौतें हुईं और कई लोग गंभीर रूप से घायल हो गए। आम लोग जल्दी ही इस धक्के से उबर जाएँगे, लेकिन टेलीविज़न चैनलों के ख़बरिया एंकरों का धक्का अभी लंबे वक़्त तक जारी रहेगा। जहाँ तक मेरी बात है, ऐसे धमाके मेरे भीतर कई तरह के जज़्बात जगाते हैं, लेकिन अफ़सोस, अब किसी चीज़ से धक्का नहीं लगता।

मैं ऊपर इस बरसाती में हूँ। छत पर दूसरी मंज़िल का छोटा-सा अपार्टमेंट। नीम के पेड़ अपनी पत्तियाँ गिरा चुके हैं; गुलाबी छल्लों वाले तोते ज़्यादा गर्म (ज़्यादा सुरक्षित?) जगहों की ओर चले गए हैं। खिड़की के पल्लों पर कोहरा टिका है। सफ़ेद कबूतरों का एक झुंड बीट से भरे छज्जे पर बैठा है। हालाँकि अभी दोपहर है, लगभग लंच का समय, लेकिन मुझे बत्ती जलानी पड़ी है। मैंने ग़ौर किया कि लाल सीमेंट का जैसा फ़र्श मैं चाहता था वैसा नहीं बन पाया। मुझे गहरी-मुलायम चमक वाला फ़र्श पसंद था जैसा दक्षिण भारत के पुराने सुरुचिसंपन्न घरों में होता है। लेकिन इन वर्षों के दौरान तेज़ गर्मी से सीमेंट का रंग उड़ता गया, ठंड से सतह सिकुड़ गई और उसमें बाल जैसी दरारें आ गईं। बरसाती धूल से भरी हुई और उजाड़ है। हड़बड़ी में छोड़ी गई इस जगह का

सन्नाटा कुछ इस तरह है जैसे किसी चलती हुई फ़िल्म का स्थिर फ़्रेम हो। और लगता है कि तमाम बीती हुई घटनाओं और तमाम आने वाली घटनाओं के उतार-चढ़ाव की एक आकृति, उनका एक रूपाकार यहाँ मौजूद है। जो व्यक्ति यहाँ था, उसका न होना इतना अधिक दिखाई देता है कि वह लगभग उसके होने जैसा है।

सड़क का शोर चुप हो गया है। छत पर स्थिर पंखों की कोर कालिख से भरी हैं। यह दिल्ली की कुख्यात गंदी हवा की देन है। मेरे फेफड़ों के लिए यही ग़नीमत है कि मैं यहाँ सिर्फ़ एक मेहमान हूँ। या कम से कम यही उम्मीद करता हूँ। मुझे छुट्‌टी पर घर भेजा गया है। हालाँकि मेरी तबीयत ख़राब नहीं है, लेकिन जब आईने में देखता हूँ तो साफ़ दिखता है कि त्वचा फ़ीकी पड़ गई है और बाल काफ़ी झड़ गए हैं। उनमें मेरी खोपड़ी चमकती हुई दिखती है (हाँ, चमकती हुई)। मेरी भौंहें तो जैसे रह ही नहीं गई हैं। मुझे बताया गया है कि यह चिंता का लक्षण है। मैं जानता हूँ कि पीने की यह आदत परेशान करने वाली है। मैंने कई असंभव तरीक़ों से पत्नी और अपने बॉस, दोनों के धैर्य की परीक्षा ली और तय किया है कि अपना उद्धार करके रहूँगा। एक नशा-मुक्ति केंद्र में मेरी बुकिंग हो गई है, जहाँ मैं छह हफ़्ते तक बग़ैर फ़ोन, बग़ैर इंटरनेट के, दुनिया से पूरी तरह कटा हुआ रहूँगा। मुझे आज भर्ती होना था, लेकिन अब सोमवार को जाऊँगा।

मेरा काबुल लौटने को दिल करता है—उस शहर में, जहाँ शायद मैं एक घिसे-पिटे, ग़ैर-बहादुराना ढंग से मर भी जाऊँगा। शायद अपने राजदूत को कोई फ़ाइल सौंपता हुआ। *बूम*। और मेरा काम तमाम। दो बार तो उन्होंने हमें मार ही दिया था और दोनों बार हम ख़ुशक़िस्मत रहे। दूसरे हमले के बाद हमें पश्तो में लिखा हुआ (मैं उसे पढ़ना और बोलना जानता हूँ) एक गुमनाम ख़त मिला : *नुन ज़मोंग़ बद क़िस्मती वा। खो याद लरा चे मोंग सिर्फ़ यो वार प क़िस्मत गत्ता कावो। ता बा दा हमेशा द पारा ख़ुश क़िस्मता वे*। इसका अनुवाद कमोबेश यह होगा : आज हम बदक़िस्मत रहे। लेकिन याद रखना, हमें सिर्फ़ एक बार ख़ुशक़िस्मत होना है। तुम्हें हमेशा ख़ुशक़िस्मत होना पड़ेगा।

इन लफ़्ज़ों में गोया किसी ख़तरे की घंटी थी। मैंने गूगल किया (अब तो यह एक क्रिया बन चुकी है, नहीं?)। यह लगभग हू-ब-हू उन लफ़्ज़ों का तर्जुमा था जो 1984 में आईआरए—आइरिश रिपब्लिकन आर्मी—ने ब्राइटन के ग्रैंड होटल में बम विस्फोट के बाद कहे थे जिसमें मार्ग्रेट थैचर बाल-बाल बची थीं। मेरे ख़याल से यह भी एक तरह का भूमंडलीकरण है। वैश्विक आतंकी ज़बान।

काबुल में हर रोज़ दिमाग़ी जंग होती है और मैं इसका आदी हो चला हूँ।

नौकरी के लिए फ़िटनेस सर्टिफ़िकेट का इंतज़ार करने के दौरान मैंने सोचा कि ज़रा अपने किराएदारों से मिलूँ और देखूँ कि वह मकान किस हाल में है जिसे मैंने पंद्रह साल पहले ख़रीदा और क़रीब-क़रीब दोबारा बनवाया था। मैंने ख़ुद से यही कहा। मैं यहाँ सामने के दरवाज़े से नहीं आया, बल्कि चक्कर काटकर सड़क के आख़िरी छोर पर उस फाटक तक गया जो मकानों के पीछे सर्विस-लेन में खुलता है।

यह कभी शांत, सुंदर गली हुआ करती थी। अब लगता है कोई निर्माण कार्य चल रहा है। कार पार्किंग से बची हुई जगहों में इमारती सामान—लोहे की छड़ें, पत्थरों की सिलें और रेत के ढेर हैं। दो खुले हुए मैनहोल हैं, उनसे जैसी बदबू आती है उससे लगता ही नहीं कि यहाँ ज़मीनों-मकानों के दाम इतने ऊँचे होंगे। ज़्यादातर पुराने घर ढहा दिए गए हैं और उनकी जगह ठेकेदारों के नए आलीशान फ़्लैट बन रहे हैं। कुछ में स्टिल्ट, यानी निचली मंज़िल में पार्किंग बना दी गई है। कारों के लिए पगलाए इस शहर के लिहाज़ से यह अच्छी बात है, फिर भी यह देखकर मायूसी होती है। पता नहीं क्यों। शायद यह पुराने और अपेक्षाकृत शांत दौर के प्रति मेरा मोह हो।

धूल से सने हुए बच्चों का एक झुंड, जिनमें से कुछ के पुट्ठों पर नवजात बच्चे लदे हैं, मज़ा लेने के लिए दरवाज़े की घंटियाँ बजाता है और खिलखिलाकर भाग जाता है। उनके दुबले माता-पिता नए तहख़ानों को बनाने के लिए खोदे गए गड्ढों के चारों ओर सीमेंट और ईंटें रख रहे हैं, मानो प्राचीन मिस्र में फ़राऊनों के पिरामिड बनाने के लिए पत्थर ले जा रहे हों। पनीली आँखों वाला एक ठिगना-सा गदहा सामने से गुज़रता है जिसके दोनों तरफ़ लटके हुए थैलों में ईंटें भरी हैं। धमाकों के बाद बाज़ार में पुलिस बूथ पर लगे लाउडस्पीकरों से अंग्रेज़ी और हिंदी में एलान हो रहे हैं, लेकिन वे यहाँ आते-आते मद्धिम पड़ गए हैं : 'कोई भी संदिग्ध वस्तु या आदमी दिखाई दे तो कृपया नज़दीकी पुलिस पोस्ट में रिपोर्ट करें...'

पिछली बार जब मैं कुछ महीनों के लिए यहाँ था, तब से पिछवाड़े वाली गली में पार्क होने वाली कारों की तादाद कहीं ज़्यादा बढ़ गई है—और ज़्यादातर कारें कहीं ज़्यादा बड़ी और आलीशान हैं। मेरी पड़ोसी श्रीमती मेहरा का नया ड्राइवर अपने सर को भूरे मफ़लर से लपेटकर—सिर्फ़ आँखों की जगह छोड़कर—एक नई क्रीम रंग की टोयोटा कोरोला को नहला रहा है जैसे वह भैंस हो।

उसके बोनट पर केसरिया रंग से 'ॐ' लिखा हुआ है। साल-भर पहले तक श्रीमती मेहरा कूड़े को अपनी पहली मंज़िल की बालकनी से सीधे सड़क पर फेंका करती थीं। शायद टोयोटा की मालकिन बनने के बाद उनमें आसपास साफ़-सफ़ाई रखने का कुछ शऊर आ गया है।

यह भी दिख रहा है कि दूसरी और तीसरी मंज़िल के ज़्यादातर अपार्टमेंट कहीं अधिक चुस्त-दुरुस्त हो गए हैं, उनमें शीशे की दीवारें लग गई हैं।

वे काले साँड़ भी कहीं नज़र नहीं आते, जो कई साल से मेरे पीछे वाले गेट के सामने सीमेंट के लैंपपोस्ट के आसपास रहते थे और जिन्हें श्रीमती मेहरा और उनके गौ-भक्त पालते-पोसते थे। शायद वे जॉगिंग करने गए होंगे।

दो जवान औरतें चुस्त गर्म कोट और ठक-ठक करती हाई-हील पहने सिगरेट पीतीं गुज़रीं। वे रूसी या यूक्रेनी वेश्याएँ लगती हैं जिन्हें फ़ार्महाउसों में होने वाली पार्टियों के लिए फ़ोन पर बुक किया जाता है। इन्हीं में से कुछ पिछले हफ़्ते महरौली में मेरे पुराने दोस्त बॉबी सिंह की मर्दाना स्टैग पार्टी में थीं। उनमें से एक, जिसके हाथ में मैक्सिकी ताको की प्लेट थी, बिल्कुल चटख़ारा बनी हुई थी—ऊपर से लगभग नंगी—और उसकी पूरी छाती काबुली चने की चटनी से लथपथ थी। यह कुछ ज़्यादती लगी, लेकिन दूसरे मेहमानों को बहुत मज़ा आ रहा था। वह लड़की भी ऐसा ही जतला रही थी, हालाँकि हो सकता है, यह उसकी सेवा-शर्तों में शामिल रहा हो। कहना मुश्किल है।

नौकर लोग अपने मालिकों के महँगे पुराने कपड़े पहने हुए कुत्तों—लेब्राडोर, जर्मन शेपहर्ड, डोबरमान, बीगल, डैशहुंड्स, कॉकर स्पेनियल—को टहला रहे थे। कुत्ते उनसे कहीं बेहतर कपड़े, ऊनी कोट वग़ैरह पहने हुए थे और उन पर 'सुपरमैन' और 'वूफ' वग़ैरह लिखा था। यहाँ तक कि कुछ आवारा कुत्तों ने भी कोट पहन रखे थे और उनमें पेडिग्री खाने वाले ऊँचे ख़ानदान का असर दिखता था। ट्रिकल-डाउन। हा! हा!

दो आदमी—एक गोरा, एक हिंदुस्तानी—एक-दूसरे का हाथ पकड़े जा रहे हैं। उनका काला मोटा लेब्राडोर लाल-नीली जर्सी पहने हुए है जिस पर *नंबर 7 मैनचेस्टर यूनाइटेड* लिखा है। वह अगल-बग़ल खड़ी कारों के टायरों पर थोड़ा-थोड़ा पेशाब करता हुआ जा रहा है जैसे कोई उदार संत आशीर्वाद दे रहा हो।

डियर पार्क की बग़ल में नगरपालिका की प्राथमिक पाठशाला का शीटमेटल वाला गेट ज़रूर नया है। उस पर एक प्रसन्न माँ की बाँहों में एक प्रसन्न बच्चे की भयानक तस्वीर बनी है जिसे एक प्रसन्न नर्स सफ़ेद पोशाक और सफ़ेद

मोजे पहने हुए पोलियो का टीका लगा रही है। उसकी सीरिंज़ लगभग क्रिकेट के बल्ले जितनी है। मुझे कक्षा में बच्चों की आवाज़ें सुनाई दे रही हैं जो *बा बा ब्लैक शीप* गा रहे हैं और *वुल!* और *फ़ुल!* तक आते-आते चिल्लाने लगते हैं।

काबुल से तुलना करें या अफ़ग़ानिस्तान या पाकिस्तान की किसी जगह या हमारे पड़ोस के किसी भी देश से (श्रीलंका, बांग्लादेश, बर्मा, ईरान, इराक़, सीरिया—बाप रे!), तो यह धुंध-भरी छोटी-सी गली अपनी रोज़मर्रा की हलचल, अपनी फूहड़ता, अपनी बदनसीब, लेकिन औसत दर्जे की, सहन करने लायक़ असमानताओं, अपने गदहों और छोटी-मोटी क्रूरताओं के साथ जन्नत के कोने जैसी लगती है। बाज़ार में दूकानों पर खाना और फूल और कपड़े और मोबाइल फ़ोन बिक रहे हैं, ग्रैनेड और मशीनगन नहीं। बच्चे दरवाज़ों की घंटियाँ बजाने का खेल खेल रहे हैं, आत्मघाती दस्ते बनने का नहीं। हमारी अपनी परेशानियाँ हैं, अपने डरावने क्षण हैं, लेकिन उन्हें अपवाद ही मानना होगा।

मुझे उन नाराज़ बुद्धिजीवियों और पेशेवर आलोचकों को देखकर ग़ुस्सा आता है जिन्हें इस महान देश में खोट ही खोट नज़र आते हैं। साफ़ बात तो यह है कि वे ऐसा इसलिए करते हैं कि उन्हें इसकी छूट मिली हुई है और वह इसलिए मिली हुई है कि तमाम ख़ामियों के बावजूद हम एक सच्चे लोकतंत्र हैं। मैं इतना मूर्ख नहीं हूँ कि इसे खुलेआम कहूँ, लेकिन सच्चाई यह है कि मुझे गर्व है कि मैं भारत सरकार की नौकरी में हूँ।

जैसी उम्मीद थी, पीछे का गेट खुला हुआ था (निचली मंज़िल के किराएदारों ने उस पर लेवेंडर रंग किया हुआ है)। मैं सीढ़ियों से सीधे दूसरी मंज़िल पर गया। दरवाज़े पर ताला लगा था। मुझे भीतर तक हिला देने वाली निराशा हुई। जगह उजाड़ थी। दरवाज़े के पास चिट्ठियाँ और पुराने अख़बार जमा थे। धूल में एक कुत्ते के पैरों के निशान भी दिखाई दिए।

नीचे उतरते समय पहली मंज़िल के किराएदार—जो कोई वीडियो प्रोडक्शन कंपनी चलाते हैं—की गोल-मटोल और सुंदर-सी पत्नी ने किचन से बाहर आकर सीढ़ियों पर मुझे रोक लिया। उसने मुझे चाय पीने के लिए बुलाया (वहाँ, जो तब मेरा घर हुआ करता था जब मेरी पत्नी और मैं दिल्ली में तैनात थे)।

'मैं अंकिता हूँ।' उसने अपना सर घुमाते हुए कहा और मुझे भीतर ले गई। उसके बाल लंबे, कृत्रिम ढंग से सीधे किए हुए थे जिनमें कहीं-कहीं सुनहरी की हुई लटें थीं। वे गीले थे और उनसे शैंपू की तेज़ महक आ रही थी। वह

कानों में बड़े-बड़े हीरे और एक गदबदा, सफ़ेद ऊनी स्वेटर पहने थी। उसके चौड़े कूल्हों पर नीली चुस्त जींस थी—मेरी बेटी के अनुसार, उन्हें जेगिंग्स कहते हैं—जिस पर दो जीभों वाले रंगीन चीनी ड्रैगन कढ़े हुए थे। मेरी माँ को भले ही वे कपड़े पसंद न आते, लेकिन उसका गदबदापन उसे ज़रूर अच्छा लगता। *देखते बेश रोलीपोली,* उसने कहा होता। बेचारी माँ, जिसने अपनी तमाम शादीशुदा ज़िंदगी दिल्ली में कलकत्ते के अपने बचपन के सपने देखते हुए बिता दी थी।

यह शब्द मेरे दिमाग़ में भनभन करने लगा। रोलीपोलीरोलीपोलीरोलीपोली।

कमरे की चार में से तीन दीवारों पर तरबूज़ी गुलाबी रंग पुता था। डाइनिंग टेबल समेत सारे फ़र्नीचर पर धब्बों से भरी धारियों वाला हरा रंग था—उसे उड़ा हुआ कहना ठीक होगा। दरवाज़े और खिड़कियों की चौखटें काले रंग की थीं (मेरे ख़याल से, वे बीज थे)। मुझे अफ़सोस हुआ कि मैंने उन्हें ऐसी भीतरी सजावट करने की छूट दी। अंकिता और मैं सोफ़े के दो किनारों पर आमने-सामने बैठे थे (मेरा पुराना सोफ़ा, जिस पर अब नई गद्दियाँ लगी थीं)। जब उसकी नौकरानी अपने कूल्हों पर बत्तख़ की तरह बैठकर सिट्रोनेला की तेज़ गंध वाला पोंछा लगा रही थी तो हमें अपनी टाँगें मोड़कर पैर उठाने पड़े। रोलीपोली पोंछा लगवाने के लिए कुछ देर रुक जाती तो क्या दिक़्क़त थी? हमारे लोग कब थोड़ा बुनियादी तमीज़ सीख पाएँगे?

नौकरानी ज़रूर झारखंड या छत्तीसगढ़ की संथाल या गोंड होगी या ओडिशा की किसी आदिवासी जाति की। वह चौदह-पंद्रह साल की बच्ची लगती थी। अपनी जगह बैठे-बैठे मुझे उसके कुर्ते के नीचे नन्ही छातियों के बीच लटकता हुआ एक छोटा चाँदी का क्रॉस दिखाई दिया। मेरे पिता, जिनके भीतर ईसाई मिशनरियों और उनकी जमात से अंदरूनी नफ़रत थी, उसे ज़रूर 'हैलेलुआ' कहते। अपनी तमाम नफ़ासत के बावजूद उनके भीतर कुछ लुच्चापन भी था।

अपने विशाल तरबूज़ पर विराजमान और अपने रँगे हुए बालों के आभामंडल के बीच से रोलीपोली ने मुझे अंडबंड तरीक़े से फुसफुसाते हुए बताया कि ऊपरी मंज़िल में क्या घटना हुई है। 'मुझे लगता है वह नॉर्मल लड़की नहीं है।' यह उसने कई बार कहा। सच कहूँ तो शायद वह अंडबंड नहीं बोल रही थी, मुझे ही उसे सुनना अच्छा नहीं लग रहा था। उसने एक बच्ची और पुलिस के बारे में कुछ बताया ('जब पुलिस ने दरवाज़े पर दस्तक दी तो मैं सन्न रह गई'), और यह भी कि इस घर और पूरी बस्ती की बड़ी बेइज़्ज़ती हुई है। ये सारी बातें मुझे शातिराना और दूर की कौड़ी लगीं। मैंने उसे धन्यवाद दिया और

जो भेंट उसने मेरे हाथ में पकड़ाई, उसे लेकर चला आया। वह पर्यटन विभाग के लिए कश्मीर की डल झील पर उसके पति की बनाई हुई डॉक्युमेंट्री थी।

एक या दो घंटे बाद मैं फिर यहाँ आ गया। चाबी बनवाने के लिए मुझे बाज़ार से एक ताले-चाबी वाले को खोजकर लाना पड़ा। दूसरे शब्दों में, ताला तोड़कर घुसना पड़ा। दूसरी मंज़िल की मेरी किराएदार इसे छोड़कर चली गई लगती है। रोलीपोली के शब्द दोहराएँ तो 'टेनेंट' 'लेफ़्ट' कर गई है। 'लेफ़्ट' में एक व्यंजना है, लेकिन फिर 'टेनेंट' भी एक व्यंजना है। नहीं, हम प्रेमी-प्रेमिका नहीं थे। उसने कभी संकेत तक नहीं किया था कि वह ऐसा संबंध बनाना चाहेगी। किया होता तो मैं ख़ुद भी ठीक-ठीक नहीं जानता कि क्या स्थिति होती। इसलिए कि कई साल पहले कॉलेज के दिनों में जब मैं पहली बार उससे मिला था, तभी से मैं अपने वजूद को उसके इर्द-गिर्द गढ़ता गया। शायद उसके नहीं, बल्कि उसके प्रति अपने प्रेम की याद के इर्द-गिर्द। वह यह बात नहीं जानती। शायद कोई नहीं जानता। शायद नागा, मूसा और मेरे अलावा, जो उससे प्रेम करते थे।

प्रेम का इस्तेमाल मैं ढीले-ढाले ढंग से कर रहा हूँ और वह इसलिए कि मेरे पास यह बतलाने के लिए पर्याप्त शब्द नहीं हैं कि वह कैसा चक्रव्यूह था, जज़्बात का कैसा जंगल था जिसने हम तीनों को उससे और एक-दूसरे से बाँध रखा था।

मैंने उसे पहली बार क़रीब तीस साल पहले 1984 में देखा था (दिल्ली में 1984 को कोई कैसे भूल सकता है!)। कॉलेज में एक नाटक की रिहर्सल के दौरान, जिसका नाम *नॉर्मन, इज़ दैट यू?* था और जिसमें मैं अभिनय कर रहा था। अफ़सोस कि दो महीने की रिहर्सल के बाद भी हम यह नाटक खेल नहीं पाए। नाटक का प्रदर्शन होने के एक हफ़्ते पहले मिसेज़ जी—इंदिरा गाँधी—की उनके सिख सुरक्षाकर्मियों ने हत्या कर दी।

हत्या के बाद कुछ दिनों तक उनके समर्थकों और चाटुकारों के उकसाने पर दिल्ली की भीड़ हज़ारों सिखों की हत्या करती रही। घरों, दूकानों, सिख ड्राइवरों वाले टैक्सी स्टैंडों, सिख बस्तियों को जलाकर ध्वस्त कर दिया गया। शहर के आसमान में आगज़नी का स्याह धुआँ उठता रहा। एक सुंदर चमकते हुए दिन मैंने बस की सीट पर बैठे एक बूढ़े सिख को भीड़ के हाथों मारे जाते देखा। उन्होंने उसकी पगड़ी उतारी, दाढ़ी नोची और दक्षिण अफ्रीक़ा की तर्ज़ पर उसके गले में जलता हुआ टायर डाल दिया। लोग इर्द-गिर्द खड़े उनका हौसला बढ़ाते रहे! मैं भागकर घर आया और जो कुछ देखा था, उसके सदमे

को महसूस करने की कोशिश की। अजीब बात है कि मुझे कुछ भी महसूस नहीं हुआ। यह धक्का ज़रूर लगा कि आख़िर कैसे मैं अपना दिमाग़ी संतुलन खोने से बच गया। मुझे इस तमाम बेहूदगी और ओछेपन से नफ़रत थी, लेकिन सदमा नहीं था। मुमकिन है ऐसा इसलिए हुआ हो कि मैं जिस शहर में पला-बढ़ा, उसके लहूलुहान इतिहास से परिचित था। यह कुछ ऐसा था जैसे अचानक किसी गहराई से उस प्रेत ने गुर्राते हुए अपना सर उठा लिया हो, जिससे हम हिंदुस्तानी लोग हमेशा से बहुत अच्छी तरह परिचित हैं। और उसने बिल्कुल प्रत्याशित ढंग से काम किया था। जब उसका पेट भर गया तो वह फिर से अपनी भूमिगत माँद में दुबक गया और उस पर 'सब कुछ ठीक' होने का ढक्कन लग गया। उन्मादी हत्यारे पंजे खींचकर अपनी दिनचर्या में लौट गए—बाबू, दर्ज़ी, प्लंबर, मिस्त्री, दूकानदार—और ज़िंदगी पहले जैसी चलने लगी। दुनिया के हमारे वाले हिस्से में यह 'सब कुछ ठीक' उबले हुए अंडे जैसी चीज़ है : उसकी नीरस सतह के भीतर केंद्र में हमेशा भयानक हिंसा की ज़र्दी छिपी रहती है। उस हिंसा, उसकी पिछली करतूतों की हमारी स्मृति और उसके आने वाले रूपों के बारे में हमारी जो स्थायी चिंता है, उसी से इसके नियम भी तय होते हैं कि हम जैसे पेचीदगियों और विविधताओं वाले लोग किस तरह साथ-साथ रहें—एक-दूसरे के साथ जिएँ, एक-दूसरे को बर्दाश्त करें और मौक़ा पड़ने पर एक-दूसरे को मार डालें। जब तक यह केंद्र बरक़रार है, जब तक यह ज़र्दी नहीं पिघलती, हमारा 'सब कुछ ठीक' रहता है। संकट की घड़ी में यह दीर्घकालिक नज़रिया मददगार साबित होता है।

हमने इस उम्मीद में एक महीने के लिए नाटक खेलना स्थगित किया कि तब तक मामला शांत हो जाएगा। लेकिन दिसंबर की शुरुआत में फिर से एक त्रासदी हो गई जो पहले से कहीं ज़्यादा बड़ी थी। भोपाल में यूनियन कार्बाइड के कीटनाशक कारख़ाने से रिसी हुई ज़हरीली गैस ने हज़ारों लोगों की जान ले ली। अख़बार उन लोगों के ब्योरों से भरे हुए थे जो ज़हरीले धुएँ के बादलों से बचने की कोशिश में भाग रहे थे और उनकी आँखें और फेफड़े जल रहे थे। हादसे की भयावहता बाइबिल की क़यामत जैसी लगती थी। पत्रिकाओं में मरे हुए, बीमार, मरते हुए, क्षत-विक्षत और हमेशा के लिए दृष्टि खो चुके लोगों की तस्वीरें छपी थीं जिनकी अंधी आँखें डरावने ढंग से कैमरों की तरफ़ थीं। हमने सोचा हमारी तक़दीर ही गड़बड़ है और इस समय *नॉर्मन* को खेलना सही नहीं होगा। सो नाटक रद्द कर दिया गया। एक मामूली बात कहने के लिए मुझे माफ़ करेंगे, लेकिन शायद ज़िंदगी ऐसी ही होती है या उसका नतीजा अक्सर

यही होता है : महज़ एक नाटक का रिहर्सल, जिसे खेलना संभव नहीं है। लेकिन *नॉर्मन* के मामले में यह हुआ कि अंतिम प्रस्तुति के बग़ैर ही हमारी ज़िंदगियों की धारा मुड़ गई। इसके लिए उसके रिहर्सल ही पर्याप्त साबित हुए।

नाटक के निर्देशक एक युवा अंग्रेज़ डेविड क्वार्टरमेन थे जो लीड्स से दिल्ली आकर बस गए थे। वे चुस्त, कसरती बदन के और कहें कि ख़तरनाक ढंग से सुंदर व्यक्ति थे। उनके सुनहरे बाल कंधों तक लंबे थे, आँखें पीटर ओ'टूल जैसी सपनीली और नीलम के रंग की। वे ज़्यादातर वक़्त गाँजा पिये रहते थे और खुलेआम समलैंगिक थे, हालाँकि उनकी बातचीत में कभी इसका ज़िक्र नहीं होता था। साँवले रंग के किशोरों की एक भीड़ डिफ़ेंस कॉलोनी में किताबों से ठसाठस उनके घर में आवाजाही करती और टहलती रहती। वे उनके बिस्तर पर पसरे होते या उनकी रॉकिंग कुर्सी पर गुड़ी-मुड़ी होकर उन पत्रिकाओं को उलटते-पलटते, जिन्हें वे पढ़ नहीं सकते थे (क्वार्टरमेन की सहानुभूति साफ़ तौर पर सर्वहारा वर्ग के साथ थी)। हमने ऐसा नज़ारा पहले कभी नहीं देखा था। जिस दिन हम लोग नाटक के पहले पाठ के लिए उनके दो कमरों वाले फ़्लैट में जमा हुए, उनकी चुप्पा और कुशल नौकरानी ने बड़ी कुशलता से उनके बाथरूम में अपने तीसरे बच्चे को जन्म दिया। हम पर डेविड क्वार्टरमेन की धाक थी, उनकी बिंदास यौनिकता, उनकी किताबों के भंडार, उनके तेवर, उनकी बुदबुदाहटों और अचानक छाने वाली रहस्यमय ख़ामोशी की धाक; और हमारा ख़याल था कि ये सब एक सच्चे कलाकार के अनिवार्य गुण हैं। हम में से कुछ मौक़े-बेमौक़े उनकी शैली की नक़ल किया करते और सोचते कि हम भी रंगकर्मी बनने वाले हैं। मेरे सहपाठी नागा, नागराज हरिहरन को नॉर्मन की भूमिका के लिए चुना गया। मुझे उसके माशूक़ गार्सन होबार्ट की भूमिका दी गई (शुरुआती रिहर्सलों के दौरान हमारा अभिनय अति-नाटकीय था। मेरा ख़याल है कि हम अपने नासमझ युवकोचित ढंग से यह दिखाना चाहते थे कि हम समलैंगिक नहीं हैं)। हम दोनों दिल्ली विश्वविद्यालय से इतिहास में एम.ए. की पढ़ाई कर रहे थे। नागा के और मेरे माता-पिता दोस्त थे (उसके पिता विदेश सेवा में और मेरे पिता एक सीनियर हार्ट सर्जन)। इसी वजह से नागा और मैं स्कूल से लेकर अब विश्वविद्यालय तक साथ ही रहे। ज़्यादातर ऐसे बच्चों की तरह हम कभी घनिष्ठ मित्र नहीं बने। हम एक-दूसरे को नापसंद भी नहीं करते थे, लेकिन हमारे संबंध असहज ही रहे।

तिलो आर्किटेक्चर स्कूल में तीसरे वर्ष की छात्र थी और नाटक में सेट और प्रकाश डिजाइन का काम देख रही थी। उसने अपना परिचय तिलोत्तमा के

रूप में दिया। जिस क्षण मैंने उसे देखा, मेरा एक हिस्सा जैसे मेरे अस्तित्व से बाहर निकला और उसके चारों ओर लिपट गया। और अभी तक वैसा ही है।

काश कि मैं यह ज़ान पाता कि उसमें ऐसा क्या था जिसने मुझे पूरी तरह लाचार कर दिया और मुझे ऐसे आदमी की तरह व्यवहार करने पर मजबूर कर दिया जो कि मैं हूँ नहीं—चिंतित और अधीर। वह उन लड़कियों जैसी कुम्हलाई हुई और सुरुचिपूर्ण नहीं लगती थी, जिन्हें मैं अपने कॉलेज में जानता था। उसका रंग ऐसा था जिसे फ़्रांसीसी में *कैफे औ ले* (काफ़ी कम दूध की कॉफ़ी) कहते हैं और जिसे हिंदुस्तानी मापदंड से देखें तो कहीं से सुंदर नहीं मान सकते। जो इतने वर्षों से मुझ पर, मेरी आत्मा पर मुहर की तरह छपी रही हो, उसका वर्णन करना कुछ कठिन है। मैं इस तरह देखता हूँ जैसे वह मेरा ही कोई अंग हो—हाथ या पैर। फिर भी छिटपुट कोशिश करता हूँ। उसका चेहरा छोटा, तराशा हुआ था और सुतवाँ नाक थी जिसके नासापुट आकर्षक थे। उसके लंबे घने बाल न सीधे थे और न घुँघराले, बल्कि उलझे हुए और उपेक्षित थे। मैं कल्पना करता था कि उनमें नन्ही चिड़ियों के घोंसले होंगे। वे किसी शैंपू के विज्ञापन में 'पहले और बाद' के दृश्य में पहले वाला दृश्य बन सकते थे। वह उनकी चोटी बनाकर पीठ पर गिरा देती और कभी अपनी लंबी गर्दन पर एक लापरवाह-सी गाँठ लगाकर उसमें एक पीली पेंसिल फँसाकर छोड़ देती। वह कोई मेकअप नहीं करती थी और ऐसा भी कुछ नहीं करती थी जो दूसरी लड़कियाँ आकर्षक दिखने के लिए प्रायः अपने बालों या आँखों या होठों के साथ करती हैं। वह लंबी नहीं थी, लेकिन चुस्त-दुरुस्त थी और जब खड़ी होती थी तो लगता था उसका बोझ आहिस्ता से उसके तलुवों पर टिक गया है। उसके कंधे फैले हुए, लगभग मर्दाना लगते थे हालाँकि थे नहीं। जिस दिन मेरी उससे पहली भेंट हुई, वह सफ़ेद सूती पाजामा और एक भद्दी सी—यह भद्दापन कुछ जान-बूझकर भी था—बड़े साइज़ की पुरुषों वाली कमीज़ पहने हुए थी जो उसकी अपनी नहीं लगती थी (मेरा ख़याल ग़लत था : कई हफ़्ते बाद जब हम एक-दूसरे को बेहतर जान गए तो उसने बताया कि कमीज़ उसी की थी जो उसने एक रुपये में जामा मस्जिद के बाहर सेकेंडहैंड कपड़ों के बाज़ार से ख़रीदी थी। नागा ने अपने ख़ास अंदाज़ में उससे कहा कि विश्वस्त सूत्रों के अनुसार वहाँ ऐसे कपड़े बिकते हैं जो ट्रेन दुर्घटनाओं में मारे गए लोगों की लाशों से उतारे हुए होते हैं। उसने जवाब दिया कि अगर उन पर ख़ून के दाग नहीं लगे हों तो मुझे कोई दिक़्क़त नहीं)। गहनों के नाम पर उसकी लंबी, स्याही-लगी मध्यमा अँगुली में एक चौड़ा चाँदी का छल्ला था और पैर में चाँदी

की चुटकी। वह गणेश छाप बीड़ी पीती थी जो बैंजनी रंग के डनहिल सिगरेट के पैकेट में रखी होती थीं। लोग सोचते कि उसके पास विदेशी फ़िल्टर सिगरेट है, लेकिन वह जब बीड़ियाँ निकालती और उन लोगों के चेहरों पर झलकने वाली मायूसी को अनदेखा करते हुए उन्हें जलाकर पेश कर देती तो वे झेंपते हुए मजबूर होकर पीने लगते—ख़ासकर इसलिए कि वह उन्हें जलाकर पेश करती थी। यह मैंने कई बार अपने सामने देखा, लेकिन उसका चेहरा हमेशा भावशून्य बना रहता था—उस पर कोई मुस्कान नहीं आती थी या किसी दोस्त के साथ आँखों की चमक का आदान-प्रदान नहीं होता था, इसलिए मैं कभी नहीं जान सका कि वह मज़ाक़ में यह करती है या उसका स्वभाव ही ऐसा है। किसी को ख़ुश करने या किसी का मूड ठीक करने की इच्छा का बिल्कुल भी न होना किसी कम संवेदनशील व्यक्ति के संदर्भ में अहंकार ही माना जाएगा, लेकिन उसके मामले में यह एक ख़तरनाक क़िस्म का अकेलापन था। उसके सपाट, पुराने फ़ैशन के चश्मे के पीछे बिल्ली सरीखी हल्की बाँकी आँखों में एक ढीठ क़िस्म का रहस्य था। लगता था जैसे वह कोई बंधन तोड़ कर आई है। जैसे वह ख़ुद को टहला रही है और हम सबको भी पालतू पशुओं की तरह अपने पीछे-पीछे लिये चल रही है। कुछ अनमनी-सी दूरी, लेकिन बड़े ग़ौर से हमें देख रही है और हम अपनी मालकिन के शुक्रगुज़ार महसूस करते हुए अपनी ग़ुलामी में प्रसन्न, उसके पीछे-पीछे ठुमक रहे हैं।

मैंने कुछ और भी जानने की कोशिश की, लेकिन वह बहुत कम चीज़ें साझा करती थी। मैंने पूछा कि उसका जाति-नाम क्या है तो उसने कहा कि एस. तिलोत्तमा है। मैंने पूछा कि एस. का मतलब क्या है, तो उसने कहा कि 'एस का मतलब है एस।' उसने मेरे परोक्ष सवालों को भी टाल दिया कि उसका घर कहाँ है, उसके पिता क्या करते हैं। उन दिनों वह हिंदी बहुत नहीं बोल पाती थी, तो मुझे लगा कि वह दक्षिण भारत की है। उसकी अंग्रेज़ी भी ख़ास लहज़ेदार नहीं थी, सिवाय इसके कि कभी-कभी उसका 'ज़ेड' 'एस' जैसा सुनाई देता था। मसलन, वह 'ज़िप' को 'सिप' कहती थी। मुझे लगा कि वह केरल की है।

मेरा अनुमान सही निकला। बाक़ी सवालों के बारे में मुझे मालूम पड़ा कि वह कतरा नहीं रही है, बल्कि उसके पास आम छात्र-नुमा सवालों के जवाब सचमुच नहीं हैं : आप कहाँ की रहने वाली हैं, आपके पिता क्या करते हैं, आदि-आदि। टुकड़ा-टुकड़ा बातचीत के दौरान मालूम हुआ कि उसकी माँ अकेले रहती हैं और उनके पति या तो उन्हें छोड़ चुके हैं या वे उन्हें छोड़ चुकी हैं या वे मर चुके हैं। यह सब कुछ रहस्य ही था। कोई नहीं जानता था कि उसे

किस श्रेणी में रखा जाए। अफ़वाह थी कि वह गोद ली हुई लड़की है और अफ़वाह थी कि ऐसा नहीं है। बाद में मुझे कॉलेज के एक जूनियर छात्र मामन पी. मामन—तिलो के क़स्बे से आए हुए एक अफ़वाहबाज़—से पता चला कि दोनों अफ़वाहें सही हैं। उसकी माँ अपनी माँ थी, लेकिन उन्होंने पहले उसे त्याग दिया और फिर गोद ले लिया था। उस क़स्बे में एक प्रेम-प्रसंग, एक कांड घटित हुआ था। वह आदमी 'अछूत' जाति का था ('परया'—मामन पी. मामन ने फुसफुसाकर कहा था जैसे इसे ज़ोर से कहने पर वह अपवित्र हो जाएगा)। उसे इस तरह ग़ायब कर दिया गया था जैसा हिंदुस्तान में कुलीन जाति के ख़ानदान—इस संदर्भ में केरल के सीरियाई ईसाई—ऐसी कोई झंझट आ जाने पर किया करते हैं। तिलो की माँ को तब तक के लिए कहीं दूर भेज दिया गया जब तक उनकी संतान नहीं हो गई और उसे एक ईसाई अनाथालय में भर्ती नहीं कर दिया गया। कुछ महीने बाद वे अनाथालय पहुँचीं और अपनी ही संतान को गोद लेकर चली गईं। उनके परिवार ने उन्हें अपनाने से इनकार कर दिया। फिर वे अविवाहित ही रहीं। गुज़र-बसर के लिए उन्होंने नर्सरी स्कूल खोला जो पिछले वर्षों में कामयाब हाईस्कूल बन चुका है। उन्होंने कभी खुलेआम यह स्वीकार नहीं किया—और यह ठीक भी है—कि वे तिलो की असली माँ हैं। बस मुझे इतना ही पता है।

तिलोत्तमा छुट्टियों में कभी घर नहीं जाती थी। उसने कभी बताया नहीं कि क्यों। कोई उससे मिलने नहीं आता था। कॉलेज के बाद और सप्ताहांत और छुट्टियों के दौरान वह वास्तुकारों की एक फ़र्म में ड्राफ़्ट्समैन का काम करके फ़ीस जुटाती थी। वह हॉस्टल में नहीं रहती थी—कहती थी कि उसमें इतनी सामर्थ्य नहीं है। वह एक पुराने खंडहर से सटी हुई झुग्गी-बस्ती की एक झोपड़ी में रहती थी। हममें से किसी को उसने अपने घर नहीं बुलाया।

नॉर्मन की रिहर्सल के दौरान वह नागा को नागा कहती थी, लेकिन शायद किसी वजह से मुझे हमेशा गार्सन होबार्ट ही कहा करती। तो हम दो लोग थे। नागा और मैं। इतिहास के छात्र, जो एक ऐसी लड़की का दिल जीतना चाहते थे जिसका न कोई अतीत था, न परिवार, न भाई-बंद, न कोई दूसरे लोग और न कोई घर। सच तो यह है कि नागा उससे प्रेम-निवेदन नहीं कर रहा था। उन दिनों वह दूसरों से कहीं ज़्यादा ख़ुद पर ही फ़िदा था। उसने तिलो को तौल लिया था और सिर्फ़ इस वजह से अपने आकर्षण को (यथासंभव) चमका दिया था—जैसे किसी का ध्यान खींचने के लिए आप अपनी गाड़ी की हेडलाइट जलाते हैं—कि तिलो उसकी ओर ग़ौर नहीं करती है। वह इसका आदी नहीं था।

मैं पूरी तरह समझ नहीं पाया कि मूसा, मूसा यस्वी, और तिलो के बीच ठीक-ठीक क्या रिश्ता था। वे कभी दूसरों के सामने अपने रिश्ते का प्रदर्शन नहीं करते थे। कभी वे प्रेमियों से ज़्यादा भाई-बहन लगते। दोनों आर्किटेक्चर स्कूल के सहपाठी और बहुत प्रतिभाशाली कलाकार थे। मैंने उनका कुछ काम देखा था। तिलो के चारकोल और क्रियोन के प्रोर्ट्रेट, मूसा के दिल्ली, तुग़लकाबाद, फ़िरोज़शाह कोटला और पुराना क़िला जैसे खंडहरों के जलरंग और कभी घोड़ों के पेंसिल रेखांकन—कभी सिर्फ़ घोड़े के सर, आँख, एक जंगली अयाल, दौड़ते खुरों के रेखांकन। एक बार मैंने मूसा से पूछा कि क्या वह उन्हें देखकर तस्वीरें बनाता है या किसी किताब से नक़ल करता है या कश्मीर में उसके घर में घोड़े हैं। उसने जवाब दिया कि वह सपने में घोड़ों को देखता है। इस बात से मुझे हैरत हुई। मुझे कला के बारे में ज़्यादा कुछ नहीं आता, लेकिन मेरी मामूली बुद्धि के हिसाब से उसके और तिलो के रेखांकन बहुत विशिष्ट और शानदार थे। मुझे याद है कि उनकी लिखावट भी मिलती-जुलती थी—बेपरवाह, तिरछी कैलीग्राफी, जो चीज़ों के कंप्यूटरीकृत होने से पहले वास्तुकला महाविद्यालयों में सिखाई जाती थी।

कह नहीं सकता कि मैं मूसा को अच्छी तरह जानता था। वह एक ख़ामोश, हट्टा-कट्टा, तिलो के बराबर क़द का था और मामूली कपड़े पहनता था। उसके चुप्पा होने की वजह शायद यह रही हो कि वह धाराप्रवाह अंग्रेज़ी नहीं बोलता था और उसके उच्चारण में कश्मीरी पुट था। जब वह दोस्तों के बीच होता तो लोगों का ध्यान खींचने की कोशिश नहीं करता था और यह भी उसकी एक ख़ास कला थी। इसलिए कि उसका व्यक्तित्व ही कुछ इतना सुंदर था जैसा आम कश्मीरी नौजवानों का होता है। वह लंबा नहीं था, लेकिन उसके कंधे चौड़े थे और उसकी सुडौलता में एक जिस्मानी ताक़त छिपी हुई थी। बाल एकदम काले और बहुत छोटे किए हुए थे। आँखें गहरी भूरी हरी थीं। चेहरे पर दाढ़ी नहीं थी और मुलायम, गोरी त्वचा तिलो के रंग से बिल्कुल उलट थी। उसके बारे में मुझे दो चीज़ें साफ़-साफ़ याद हैं : उसका आगे का एक दाँत छिला हुआ था (वह मुश्किल से हँसता था, लेकिन जब भी हँसता, अजीबोग़रीब ढंग से जवान लगता) और उसके हाथ किसी कलाकार के नहीं, बल्कि किसान जैसे थे। बड़े और मज़बूत, गठीली अँगुलियों वाले।

मूसा में एक शराफ़त थी, ऐसी चैनदारी, जो मुझे सुखद लगती थी। हालाँकि शायद यही वे चीज़ें थीं जिनके कारण वह आगे चलकर एक भयानक चीज़ में बदल गया। यह तय है कि उसे तिलो के बारे में मेरे जज़्बात मालूम थे, लेकिन

उसने कभी पता नहीं चलने दिया कि वह इससे आहत है या इसे अपनी कामयाबी मानता है। इस वजह से मेरी निगाह में उसका सम्मान बहुत बढ़ गया था। मुझे लगता है नागा से उसका संबंध बहुत संतुलित नहीं था और शायद इसके लिए मूसा से ज़्यादा नागा ही ज़िम्मेदार था। वह जब भी मूसा के साथ होता, एक ख़ास तरह से असुरक्षित और गरिमाहीन नज़र आता।

उन दोनों का विरोधाभास भी असाधारण था। मूसा अगर ठोस भरोसेमंद और चट्टानी था (या ख़ुद को ऐसा दिखाता था) तो नागा तूफ़ानी और अस्थिर। उसके साथ सहज बने रहना असंभव था। वह कहीं भी अपनी तरफ़ ध्यान आकर्षित किए बग़ैर नहीं रह सकता था। वह एक बड़ा शो-मैन था—अक्खड़, हाज़िरजवाब, थोड़ा धौंसबाज़ और अगर किसी को सज़ा देनी होती तो पूरी तरह और ख़ुशी-ख़ुशी बेरहम। वह दिखने में अच्छा, छरहरा, छोकरे जैसा, बढ़िया क्रिकेटर (ऑफ़-स्पिनर) था, उसके बाल झूलते रहते थे, वह चश्मा लगाता था और एकदम बौद्धिक खिलाड़ी जैसा दिखता था। लेकिन लड़कियाँ उसके चेहरे-मोहरे से ज़्यादा उसके शातिराना आकर्षण से प्यार करती थीं। वे अल्हड़ तरीक़े से उसे घेरे रहतीं, उसके शब्दों पर ग़ौर करतीं, उसके चुटकुलों पर खिलखिलातीं, भले ही उनमें कोई मज़ाक़ न हो। लड़कियों से उसकी दोस्ती का हिसाब रखना भी मुश्किल था। उसकी गिरगिटी ख़ासियत अच्छे अभिनेताओं जैसी थी—अपनी भौतिक उपस्थिति को सिर्फ़ ऊपरी नहीं, बल्कि बुनियादी रूप से बदलने की योग्यता, जो इस पर निर्भर करती थी कि ज़िंदगी के उस ख़ास क्षण में वह क्या अभिनय करना चाहता है। जवानी के उन दिनों में यह चीज़ हमारे लिए दिलचस्प और जीवंत हुआ करती। हर किसी को इंतज़ार रहता कि अब नागा कौन-से नए अवतार में प्रकट होगा। लेकिन जब हम कुछ बड़े हुए तो यह कुछ खोखला और उबाऊ लगने लगा।

आर्किटेक्चर स्कूल से ग्रेजुएशन करने के बाद लगा कि मूसा और तिलो एक-दूसरे से दूर हो गए हैं। वह कश्मीर लौट गया था। तिलो को एक वास्तुशिल्प फ़र्म में कनिष्ठ वास्तुकार की नौकरी मिल गई थी। उसने मुझे बताया कि इस नौकरी में दूसरों की ग़लतियों का ज़िम्मा अपने सर पर लेना उसकी प्रमुख जिम्मेदारी है। मामूली तनख़्वाह (उसे घंटों के हिसाब से भुगतान होता था) से उसने झुग्गी-बस्ती छोड़कर दरगाह हज़रत निज़ामुद्दीन के पास एक कमरा ले लिया। कुछ दफ़े मैं भी उससे मिलने गया।

आख़िरी बार जब मैं वहाँ गया तो हम मिर्ज़ा ग़ालिब के मज़ार के पास बैठे

रहे जो बीड़ी-सिगरेट के ठूँठों से पटा था और आसपास उन लूले-लँगड़ों, कुष्ठ रोगियों, आवारा और ख़ब्ती लोगों का अजीबोगरीब दृश्य था जो अक्सर पवित्र जगहों में डेरा डाले रहते हैं और गाढ़ी घटिया चाय पीते रहते हैं।

'हम अपने सबसे अज़ीम शायर को इस तरह याद करते हैं।' मुझे याद है, मैंने यही कहा था जिसमें कुछ दिखावा भी था क्योंकि तब मैं ग़ालिब की शायरी के बारे में कुछ नहीं जानता था (अब जानता हूँ, जानना पड़ता है, पेशेवर वजहों से, इसलिए कि इस महाद्वीप के मुसलमानों को ख़ुश करने के लिए चुनिंदा उर्दू शायरी सुनाने से बेहतर और कोई तरीक़ा नहीं है)।

'हो सकता है ग़ालिब इस तरह ज़्यादा ख़ुश रहते हों,' उसने कहा।

फिर हम दरगाह की भिखारियों से भरी गलियों से होते हुए जुमेरात की क़व्वाली सुनने गए। क़व्वाली ख़ास नहीं थी, लेकिन विदेशी सैलानी अपनी आँखें बंद किए परम आनंद में झूम रहे थे।

जब आख़िरी क़व्वाली ख़त्म हुई और साज़िंदों ने अपने टूटे-फूटे साज़ समेट लिये तो हम बस्ती के पीछे से गुज़रने वाली अँधेरी सड़क पर चलने लगे जो नाबदान जैसी बदबू छोड़ते हुए बरसाती नाले के किनारे थी। फिर हम तिलो के कमरे की खड़ी, सँकरी सीढ़ियों पर चढ़े। उसकी धूल-भरी छत पर शायद उसके मकान मालिक का टूटा-फूटा फ़र्नीचर था जो तेज़ गर्मी से बदरंग हो चुका था। अदरक के रंग का एक बिल्ला वासना से पीड़ित हो उस बिल्ली के लिए विलाप कर रहा था जो एक टूटी हुई कुर्सी की सीट से निकली हुई खपच्ची के पीछे छिपी थी।

यह शायद मुझे इसलिए अच्छी तरह याद है कि उसे देखकर मुझे अपनी याद आई।

कमरा छोटा-सा था, कमरे से ज़्यादा स्टोर-रूम जैसा। सामान के नाम पर मूँज की एक खाट, पानी के लिए मिट्टी का एक मटका और कार्डबोर्ड का एक डिब्बा, जिसमें कपड़े और कुछ किताबें रखी थीं। कुछ ईंटों के ऊपर पुरानी जीप के सामने वाला शीशा रखकर रसोई बनाई गई थी। एक पूरी दीवार पर बैंजनी और नीले क्रियॉन से बनाए गए मुर्ग़े का रंगीन आदमक़द रेखांकन था जो अपनी पीली कठोर आँख से हम पर निगरानी रखे हुए था। लगता था जैसे किसी जीते-जागते अभिभावक के अभाव में तिलो ने एक सरपरस्त को चित्रित कर लिया था, जो उसकी पहरेदारी कर सके।

जब हम बाहर छत पर गए तो मुझे कुछ राहत महसूस हुई कि हम मुर्ग़े की नाराज़ निगाह से दूर हैं। हमने थोड़ा गाँजा पिया, ख़ुद को मच्छरों से कटवाया

और बिना बात हँसते रहे। तिलो दीवार की मुँडेर पर पालथी मारे बैठी थी और अँधेरे में देख रही थी। आसमान में एक चित्तीदार चाँद उग आया था जिसका अलौकिक सौंदर्य सड़क के उस पार खुले नाले से आने वाली तीखी, बेहद लौकिक बदबू के ठीक उलट था। अचानक नीचे गली से एक पत्थर उछलकर आया, जिससे तिलो बाल-बाल बची। वह दीवार से नीचे कूदी, लेकिन ज़्यादा परेशान नहीं हुई।

'सिनेमा हॉल की भीड़ है। आख़िरी शो छूटा होगा।'

मैंने नीचे झाँककर देखा। एक दबी हुई हँसी सुनाई दी, लेकिन अँधेरे में कोई नज़र नहीं आया। बेशक, मैं कुछ सकते में था। मैंने उससे पूछा—यह सवाल अहमक़ाना था—कि वह अपनी हिफ़ाज़त किस तरह करती है। उसने जवाब दिया कि पास-पड़ोस में ऐसी अफ़वाह फ़ैली हुई है कि वह किसी ड्रग व्यापारी के यहाँ नौकरी कर रही है। उसने कहा, 'इससे लोगों को लगता है कि मुझे कोई ख़तरा नहीं है।'

मैंने कुछ बेशर्मी से काम लेने और मूसा के बारे में पूछने की कोशिश की। वह कहाँ है, क्या वे अब भी एक-दूसरे के साथ हैं, क्या वे शादी करने जा रहे हैं? उसने कहा, 'मैं कोई शादी-वादी नहीं कर रही हूँ।' जब मैंने पूछा कि वह ऐसा क्यों सोचती है, तो उसने कहा कि वह आज़ाद रहना चाहती है ताकि बेफ़िक्री के साथ, नामालूम तरीक़े से और बिना किसी वजह के मर सके।

उस रात घर लौटकर मैं उस गहरी खाई के बारे में सोचते हुए सोया, जो मेरे जीवन को उससे अलग करती थी। मैं अब भी उसी घर में रहता था जहाँ मेरा जन्म हुआ। बग़ल के कमरे में मेरे माता-पिता सो रहे थे। मुझे पुराने रेफ़्रिज़रेटर की गुँगुँआती आवाज़ सुनाई दे रही थी। मेरी निगरानी करने वाली चीज़ें भी थीं—क़ालीन, बर्तनों की अलमारी, ड्राइंग-रूम की कुर्सियाँ, जामिनी राय की पेंटिंग, टैगोर की किताबों के बांग्ला और अंग्रेज़ी के प्रथम संस्करण, मेरे पिता का पर्वतारोहण की किताबों का संग्रह (यह उनका शौक़ था, वे पर्वतारोही नहीं थे), पारिवारिक तस्वीरों के एल्बम, वे संदूक़ जिनमें हमारे सर्दियों के कपड़े रखे जाते थे, वह बिस्तर जिस पर मैं किशोरावस्था से सोता आया था। यह सही है कि आगे मेरा वयस्क जीवन पड़ा था, लेकिन वे बुनियादें जिन पर वह जीवन खड़ा था, अडिग और अभेद्य थीं। दूसरी तरफ़, तिलो एक डाँवाडोल समुद्र में काग़ज़ की नाव की तरह थी। निपट अकेली। हमारे देश के ग़रीब कितने ही संवेदनहीन बना दिए गए हों, लेकिन उनके भी अपने परिवार हैं। उसका जीवन

कैसे चलेगा? उसकी नाव कब तक डूबने से बची रहेगी?

ब्यूरो की नौकरी पाने और ट्रेनिंग के लिए जाने के बाद उससे मेरा संपर्क टूट गया।

मेरी उससे अगली मुलाक़ात उसकी शादी पर हुई।

इतने वर्ष बाद पता नहीं कौन-सी चीज़ उसे और मूसा को फिर से क़रीब लाई या वह कैसे उसके साथ श्रीनगर में उस हाउसबोट पर थी।

मूसा के बारे में मुझे जो कुछ पता था, उसे देखते हुए मैं यह कभी नहीं समझ पाया कि कैसे एक कुंठित, गुमराह लहर—यह बेतुकी धारणा कि कश्मीर को 'आज़ादी' मिल सकती है—कश्मीरी नौजवानों की एक पूरी पीढ़ी की तरह उसे भी बहा ले गई। सही है कि ऐसी त्रासदी किसी को न झेलनी पड़े जैसी उसे झेलनी पड़ी, लेकिन तब कश्मीर एक युद्ध-क्षेत्र था। मैं दिल पर हाथ रखकर क़सम खा सकता हूँ कि चाहे जो भी वजह होती, मैं कभी वह करने की नहीं सोचता जो उसने किया।

लेकिन फिर, वह मैं नहीं था और मैं वह नहीं था। उसने जो किया सो किया। और इसकी क़ीमत भी चुकाई। आप जैसा बोएँगे वैसा काटेंगे।

मूसा की मौत को कुछ ही हफ़्ते हुए थे कि तिलो ने नागा से विवाह कर लिया।

जहाँ तक मेरी बात है, हम दोस्तों के बीच मैं सबसे कम असाधारण था और मुझे उससे प्यार होने का कोई गुमान नहीं था। और न कोई उम्मीद थी। इसलिए कि मैं जानता था कि अगर किसी दुर्लभ संयोग से वह मुझसे प्रेम कर भी बैठी तो मेरे माता-पिता, मेरे ब्राह्मण माता-पिता ऐसी लड़की को कभी घर में स्वीकार नहीं करेंगे जिसका कोई अतीत न हो, कोई जाति न हो। अगर मैं बग़ावत करता तो इससे जो उथल-पुथल मचती उसे झेलने का दमख़म मुझमें नहीं था। ज़िंदगी भले कितनी घटना-विहीन हो, हरेक को अपनी लड़ाइयाँ चुननी पड़ती हैं, लेकिन यह मोर्चा मेरे बस का नहीं था।

अब मेरे माता-पिता को मरे हुए कई वर्ष हो गए हैं। मैं एक 'पारिवारिक व्यक्ति' माना जाता हूँ। मेरी पत्नी और मैं एक-दूसरे को बर्दाश्त करते हैं और अपने बच्चों से बेहद प्यार करते हैं। मेरी पत्नी (हाँ, मेरी ब्राह्मण पत्नी) चित्रा—चित्तरूपा—आई.एफ़.एस. है और प्राग में तैनात है। हमारी बेटियाँ, राबिया और आन्या सत्रह और पंद्रह वर्ष की हैं। वे अपनी माँ के साथ रहती हैं और एक

फ़्रेंच स्कूल में पढ़ती हैं। राबिया अंग्रेज़ी साहित्य पढ़ना चाहती है और छोटी आन्या मानवाधिकार क़ानून को कैरियर बनाने पर आमादा है। यह एक नई तरह की पसंद है, और उसका यह इरादा और कोई दूसरा विषय लेने से इनकार करना उसकी कम उम्र को देखते हुए कुछ अटपटा लगता है। मैं शुरू में इससे कुछ परेशान हुआ। मुझे हैरानी हुई कि कहीं उसने किशोर उम्र में अपने पिता से बग़ावत करने के लिए तो यह रास्ता नहीं खोज निकाला है। लेकिन ऐसा बिल्कुल नहीं लगता। पिछले दसेक साल में मानवाधिकारों का पेशा काफ़ी सम्मानित और लाभकारी हो चुका है। मैं उसका हौसला बढ़ाता रहता हूँ। बहरहाल, अंतिम निर्णय लेने में अभी कुछ साल हैं। देखिए, क्या होता है। दोनों बहुत अच्छी छात्र हैं। चित्रा और मुझे एक साथ कहीं पोस्टिंग का आश्वासन मिला है—और उम्मीद है किसी ऐसे देश में, जहाँ हमारी बेटियाँ विश्वविद्यालय की पढ़ाई कर सकेंगी।

मुझे कल्पना भी नहीं थी कि मैं ऐसा कुछ करूँगा, जिसका मेरे परिवार पर असर होगा। लेकिन जब तिलो दोबारा मेरी ज़िंदगी में आई तो वे सारे क़ानूनी बंधन, वे उदात्त नीति-नियम ढीले पड़ गए और फ़ालतू भी लगने लगे। फिर पता चला कि मैं बेकार ही चिंता कर रहा हूँ—उसे मेरी दुविधा या परेशानी का एहसास तक नहीं था।

उसकी ज़रूरत के वक़्त इन कमरों को किराये पर देते हुए मैंने सोचा था कि इस तरह बड़ी होशियारी और शराफ़त के साथ मेरे अतिक्रमण की भरपाई हो जाएगी। मैं 'अतिक्रमण' का इस्तेमाल इसलिए कर रहा हूँ कि मुझे हमेशा यह लगता था कि मैंने उसके साथ हल्का-सा ही सही, कोई बुनियादी धोखा किया है। लेकिन उसने इसे ज़रा भी उस तरह नहीं लिया—वह ऐसी थी ही नहीं।

नागा से उसके विवाह के बाद मैं कभी-कभार ही उससे मिला। दिल्ली में उनके विवाह की घटना मेरी स्मृति में दर्ज है। इसलिए नहीं कि इसमें दिल टूटने या असफल प्रेम जैसी कोई बात थी। दरअसल, ऐसा था ही नहीं। उस वक़्त मैं बाक़ायदा ख़ुश था। मेरा विवाह हुए क़रीब दो साल हो गए थे; मेरी पत्नी और मेरे बीच प्रेम भले ही न रहा हो, एक सच्चा लगाव ज़रूर था। चित्रा से मेरे संबंधों में अब जो भुरभुरापन आ गया है, वह तब नहीं था।

जब तिलो का विवाह हुआ, नागा एक अक्खड़, मूर्तिभंजक छात्र से उग्र वाम राजनीति के नाकारा बुद्धिजीवी और फिलस्तीनी संघर्ष का पुरज़ोर समर्थक

(तब जॉर्ज हबैश उसके हीरो थे) होने से गुज़रता हुआ मुख्यधारा की पत्रकारिता तक का लंबा सफ़र तय कर चुका था। बहुत-से बड़बोले उग्रपंथियों की तरह वह भी अतिवादी राजनीतिक नज़रिये की हर रंगत से गुज़रा था। सिर्फ़ उसका बड़बोलापन पहले की तरह था। खुफ़िया ब्यूरो में नागा का ज़िम्मा अब एक अफ़सर के पास था—हालाँकि वह शायद ख़ुद ऐसा नहीं मानता था। अपने अख़बार में एक वरिष्ठ पद पर होने के कारण हम उसे अपने लिए एक क़ीमती चीज़ मानते हैं।

कालिख के रास्ते पर उसका सफ़र—अगर आप उसे कालिख मानें, हालाँकि मैं नहीं मानता—एक मामूली आदान-प्रदान से शुरू हुआ। उसकी बीट पंजाब थी। वहाँ की बग़ावत तब तक कमोबेश कुचल दी गई थी, लेकिन नागा पुरानी घटनाओं को खोद-खोदकर लाता और 'जन-सुनवाई' नाम के हास्यास्पद तमाशों के लिए मसाला जुटाता, जिसके बाद वे पुलिस और अर्धसैनिक बलों के ख़िलाफ़ और भी ज़्यादा हास्यास्पद 'जन-आरोप पत्र' पेश करते। जो प्रशासन एक बेरहम बग़ावत से युद्ध छेड़े हुए हो, उसे उन पैमानों पर नहीं कसा जा सकता जो सामान्य और शांतिपूर्ण हालात में लागू होते हैं। लेकिन एक जंगी क़िस्म के पत्रकार को कौन यह समझा सकता था, जिसे अपनी हर रिपोर्ट लिखते समय अपने कानों में लगातार तालियाँ सुनाई देती हों? एक बार वह अपनी प्रदर्शनप्रिय क्रांतिकारिता को छोड़कर गोवा गया और ख़ास नागाई शैली में एक जवान ऑस्ट्रेलियाई हिप्पी का दीवाना हो गया और उसे शादी करके ले आया। मेरे ख़याल से उसका नाम लिंडी था (या शार्लट था? ठीक से याद नहीं। क्या फ़र्क़ पड़ता है? मैं उसे लिंडी ही कहूँगा)। विवाह के एक साल के भीतर ही गोवा में लिंडी को ड्रग तस्करी के आरोप में गिरफ़्तार कर लिया गया। उसके सर पर कई साल की क़ैद लटक रही थी। नागा बेबस था। उसके पिता प्रभावशाली आदमी थे और इस मामले में आसानी से मददगार हो सकते थे, लेकिन नागा अपने पिता की ज़िंदगी में देर से आया था, उनसे उसका संबंध ख़ासा पेचीदा था और वह उन्हें इसका पता नहीं चलने देना चाहता था। सो उसने मुझे बुलाया और मैंने कुछ अपने संपर्कों का इस्तेमाल किया। पंजाब के पुलिस महानिदेशक ने गोवा के पुलिस महानिदेशक से बात की, और इस तरह हमने लिंडी को हिरासत से छुड़ाया और उसके ख़िलाफ़ आरोप रद्द करवाए। छूटते ही लिंडी पहली उड़ान से पर्थ चली गई। अगले कुछ महीनों में नागा और उसका तलाक़ हो गया। नागा ने पंजाब में अपना काम जारी रखा और कहना न होगा कि अब वह काफ़ी हद तक अनुशासित हो गया।

हमें एक छोटे-से मसले में मदद की ज़रूरत पड़ी, जिसके बारे में मानवाधिकार कार्यकर्ता बहुत शोर मचा रहे थे (हमेशा की तरह उनके कई तथ्य सही नहीं थे) तो मैंने नागा को बुलाया। यह क्रम चल पड़ा और एक साझेदारी बन गई।

धीरे-धीरे नागा को मज़ा आने लगा। हमसे मिलने वाली सूचनाओं के कारण उसे अपने सहयोगियों से ऊँचा दर्ज़ा हासिल हो गया। यह भयंकर विडंबना थी—एक दूसरी क़िस्म की ड्रग तस्करी का जाल। इस दफ़े हम लोग ड्रग कारोबारी की भूमिका में थे और वह हमारा नशेड़ी। कुछ ही साल में वह एक ज्वलंत रिपोर्टर और सुरक्षा विश्लेषक हो गया जिसकी मीडिया के क्षेत्र में माँग बहुत बढ़ गई। जब ब्यूरो से उसका संबंध एक अस्थायी सहयोगी से भी कुछ अधिक हो गया—एक रात की हमबिस्तरी नहीं, बल्कि बाक़ायदा शादी—तो मुझे इससे किनारा करना ज़रूरी लगा। मेरी जगह मेरे एक सहयोगी आर.सी. शर्मा—रामचंद्र शर्मा—ने ली और दोनों में गहरी छनने लगी। उन दोनों की विनोदप्रियता काफ़ी बेरहम क़िस्म की थी और दोनों रॉक 'एन' रॉल और ब्लूज़ संगीत के दीवाने थे। एक बात ज़रूर है कि नागा कभी रुपयों के लेनदेन में नहीं रहा। इस मामले में वह पूरी तरह ईमानदार था—और अब भी है। अपनी पेशेवर निष्ठा के लिए उसे अपने सिद्धांतों पर अडिग रहना ज़रूरी लगा, इसलिए निष्ठावान बने रहने की ख़ातिर उसने अपने सिद्धांत ही बदल दिए और अब वह हम पर इतना यक़ीन करता है जितना हम भी शायद ख़ुद पर नहीं करते। यह उस व्यक्ति की कैसी विडंबना है जो छात्र जीवन में मुझे व्यंग्य के साथ 'रनिंग डॉग ऑफ़ इम्पीरियलिज़्म' कहता था हालाँकि तब हमारी उम्र ऐसी थी जिसमें ज़्यादातर लोग आर्चीज़ कॉमिक्स पढ़ा करते हैं।

कह नहीं सकता कि नागा ने वामपंथ की यह अग्निमुखी शब्दावली कहाँ और किससे सीखी थी। शायद किसी कम्युनिस्ट रिश्तेदार से। वह ज़रूर कोई बढ़िया शिक्षक रहा होगा--या रही होगी—और नागा ने जो कुछ सीखा था, उसे वह बड़ी शान से व्यक्त भी करता था। इसी के बूते वह लगातार बाज़ी जीतता रहता। एक बार हाईस्कूल की वाद-विवाद प्रतियोगिता में हम आमने-सामने थे। हम तेरह या चौदह साल के रहे होंगे। विषय था : 'क्या ईश्वर का अस्तित्व है?' मुझे पक्ष में बोलना था और नागा को विपक्ष में। नागा ने एक आग-उगलता भाषण दिया। उसकी दुबली-पतली काया किसी चाबुक़ की तरह हिल रही थी और आवाज़ ग़ुस्से से काँप रही थी। ईश्वर की दो टूक निंदा से मुग्ध हमारी कक्षा के छात्र उत्साह से नोट्स ले रहे थे : 'हमारी तैंतीस करोड़ झूठी

मूर्तियाँ, हमारे ख़ुदगर्ज़ देवी-देवता, जिन्हें हम राम और कृष्ण कहते हैं, हमें भूख, बीमारी और ग़रीबी से नहीं बचा सकते। बंदरों और हाथी जैसी सूँड वाले अवतारों पर हमारी मूर्खतापूर्ण आस्था भूख से बिलबिलाती जनता का पेट नहीं भरने जा रही है...' ऐसे में मेरी क्या औक़ात थी! नागा के सामने मेरा भाषण ऐसा था जैसे किसी शरीफ़, बुज़ुर्ग आंटी ने लिखा हो। अजीब बात है कि मुझे अपनी वह कमी आज भी खलती है, हालाँकि यह याद नहीं है कि मैंने दरअसल कहा क्या था। मैं कई महीनों तक चुपके-चुपके आईने के सामने नागा के ईश्वर-विरोधी वाक्यों की नक़ल करता रहा : 'बंदरों और हाथी जैसी सूँड वाले अवतारों पर हमारी मूर्खतापूर्ण आस्था भूख से बिलबिलाती जनता का पेट नहीं भरने जा रही है...' और आईने में मेरे अक्स पर मेरे थूक की बारिश होती रहती।

नागा का दूसरा शानदार शाहकार कुछ साल बाद कॉलेज के वार्षिकोत्सव में दिखा। वह अपने दो दोस्तों के साथ बस्तर से लौटा था, जहाँ वे जंगल में रहकर आदिम जातियों के इलाक़े में घूमते रहे थे। नागा लंबे बाल, नंगे पैर, नंगे बदन और एक लँगोटी पहनकर और कंधे पर एक धनुष और तीरों के साथ मंच पर उपस्थित हुआ। उसने दीमकों से भरे एक टोस्ट को चबाने का बेजोड़ प्रदर्शन किया, जिस पर श्रोताओं में बैठी हुई ज़्यादातर वे लड़कियाँ उत्तेजना में बेदम-सी 'छी-छी' करने लगीं, जो उससे विवाह के सपने देखती थीं। टोस्ट का आख़िरी टुकड़ा निगलने के बाद उसने माइक सँभाला और रोलिंग स्टोंस की 'सिंफ़नी फ़ॉर द डेविल' को मुँह से बैकग्राउंड धुन निकालते हुए, एक काल्पनिक गिटार बजाते हुए प्रस्तुत किया। वह एक अच्छा, बल्कि शायद शानदार गायक था, लेकिन मुझे पूरी प्रस्तुति कुरुचिपूर्ण लगी और यह भी लगा कि उसमें आदिम लोगों और मिक जैगर की भी तौहीन है, जिसे मैं तब भगवान से कम नहीं समझता था (काश कि मुझे कॉलेज में अपने ईश्वर-समर्थक भाषण से पहले यह बात ध्यान में आती)। यह बात मैंने उससे कह भी दी, जिस पर नागा हँसा और ज़ोर देकर बोला कि उसके प्रदर्शन में दोनों के लिए सम्मान था।

आज जब हमारे देश में हिंदू राष्ट्रवाद का भगवा ज्वार उसी तरह उठ रहा है जैसे एक और देश में स्वस्तिक का उठा था तो मुझे लगता है कि नागा के 'अंधश्रद्धा' वाले भाषण के कारण उसे या तो स्कूल प्रशासन या फिर अभिभावकों का कोई आंदोलन स्कूल से निकलवा देता। सच तो यह है कि मौजूदा माहौल में सिर्फ़ स्कूल से निकलवाना ग़नीमत ही माना जाएगा। लोगों को इससे भी कहीं मामूली चीज़ों के लिए मारा-कुचला जा रहा है। ब्यूरो में मेरे सहयोगी भी धार्मिक आस्था और देशभक्ति का फ़र्क़ समझने में असमर्थ हैं। लगता है वे एक

तरह का हिंदू पाकिस्तान चाहते हैं। उनमें से ज़्यादातर लोग कट्टर परंपरावादी ब्राह्मण हैं जो अपने सफ़ारी सूटों के भीतर जनेऊ धारण किए रहते हैं और उनकी शाकाहारी खोपड़ी के भीतर पवित्र चोटियाँ हिलती रहती हैं। वे मुझे इसलिए सहन करते हैं कि मैं भी एक द्विज हूँ (दरअसल मेरी जाति बैद्या है, लेकिन हम लोग अपने को ब्राह्मण मानते हैं)। लेकिन मैं अपने विचारों को अपने तक ही रखता हूँ। दूसरी तरफ़, नागा एक ही फिसलन में नई सरकार के साथ हो गया। उसकी पुरानी गुस्ताख़ी कहीं छू-मंतर हो गई। अपने नए अवतार में वह ट्वीड का ब्लेज़र पहनता है और सिगार पीता है। मैं वर्षों से उससे नहीं मिला हूँ, लेकिन टीवी पर होने वाली बहसों में उसे राष्ट्रीय सुरक्षा विशेषज्ञ के तौर पर हिस्सा लेते हुए देखता हूँ—उसे इसका भी एहसास नहीं है कि वह दूसरों के इशारे पर नाचने-बोलने वाले चमकदार पुतले से ज़्यादा कुछ नहीं है। कभी-कभी मुझे यह देखकर अफ़सोस होता है कि उसे किस आसानी से पालतू बना दिया गया है। नागा की दाढ़ी के अंदाज़ बदलते रहते हैं। कभी वह फ्रेंच-कट में रहता है, कभी मोम-लगी ऐंठी हुई साल्वादोर डाली जैसी मूँछों में, कभी ठूँठनुमा और कभी सफ़ाचट। वह किसी एक 'लुक' पर नहीं टिकता। यह उसके सुनियोजित तामझाम की सबसे कमज़ोर नस है। इससे उसकी पोल खुल जाती है। या कम से कम मेरा सोचना यही है।

दुर्भाग्य यह है कि हाल के दिनों में उसने ज़रूरत से ज़्यादा दाँव खेलने शुरू कर दिए और उसकी संयमहीनता बोझ बनती गई है। दो साल में दो बार ख़ुफ़िया ब्यूरो को (बेशक गुप्त रूप से) उसके अख़बार के मालिकों से बात करनी पड़ी और संपादक के साथ उसके झगड़े और तैश में आकर दिए गए इस्तीफ़े का मसला सुलझाना पड़ा। पिछली बार तो हमने तख़्तापलट जैसा कर दिया और बहाली के साथ-साथ उसकी तनख़्वाह भी बढ़वा दी।

हमारा साथ किंडर गार्टन, स्कूल और विश्वविद्यालय और एक नाटक में समलैंगिक प्रेमियों की भूमिका निभाने तक सीमित नहीं था, बल्कि उन दिनों जब मैं श्रीनगर में ब्यूरो के डिप्टी स्टेशन हेड के पद पर तैनात था, नागा अपने अख़बार में कश्मीर संवाददाता के रूप में काम कर रहा था। उसकी तैनाती कश्मीर में नहीं थी, लेकिन महीने में ज़्यादातर वह वहीं रहता था। उसका अस्थायी कमरा अहदूस होटल में था जहाँ काफ़ी सारे रिपोर्टर रहते थे। तब तक ब्यूरो से उसका संबंध मज़बूत हो गया था, हालाँकि वह इतना खुलेआम नहीं था जैसा कि अब है। यह बात हमारे लिए कहीं ज़्यादा अनुकूल थी। अपने पाठकों की निगाह

में—और शायद अपनी निगाह में भी —वह अब भी एक बेबाक पत्रकार है, जिस पर भारतीय राज्यसत्ता के तथाकथित 'अपराधों' को उजागर करने के मामले में पूरा यक़ीन किया जा सकता है।

आधी रात से भी ज़्यादा का वक़्त रहा होगा जब श्रीनगर से कोई बीस किलोमीटर बाहर डाचीगाम नेशनल पार्क में बने जंगलात के गेस्ट हाउस में राज्यपाल की हॉटलाइन पर फ़ोन आया। मैं महामहिम के क़ाफ़िले में था (तब तक हालात बिगड़ चुके थे। चुनी हुई सरकार को भंग कर दिया गया था; 1996 का साल था और राज्य में राष्ट्रपति शासन का छठा साल)।

महामहिम राज्यपाल, जो भारतीय सेना के भूतपूर्व मुखिया थे, यथासंभव शहर के ख़ून-ख़राबे से दूर रहना पसंद करते थे। वे सप्ताहांत डाचीगाम में अपने परिवार और दोस्तों के साथ एक पहाड़ी झरने के आसपास सैर करते हुए बिताते। उनकी मंडली में संजीदा, हथियारबंद सुरक्षाकर्मियों से घिरे हुए बच्चे काल्पनिक उग्रवादियों को मार गिराते (मरते वक़्त वे *अल्लाहो अकबर!* कहते थे) और लंबी पूँछों वाले पहाड़ी चूहों को अपने बिलों की तरफ़ भगाने लगते। आम तौर पर वे पिकनिक लंच करते, लेकिन रात का भोजन हमेशा गेस्टहाउस में होता जिसमें चावल और पास के मछली फ़ार्म से मँगाई हुई ट्राउट रहती। फ़ार्म के तालाबों में इतनी मछलियाँ होती थीं कि हाथ डालते ही—अगर बर्फ़ जैसा ठंडा पानी सहन कर सकें तो—अपनी पसंद की इंद्रधनुषी ट्राउट चुनी जा सकती थी।

पतझड़ का मौसम था। जंगल अद्‌भुत रूप से सुंदर था, जैसा कि कोई हिमालयी जंगल ही हो सकता है। चिनार के पेड़ों में पत्तों का रंग बदलने लगा था। चरागाह ताँबई सुनहरे हो गए थे। क़िस्मत से कभी कोई काला भालू या तेंदुआ या डाचीगाम का मशहूर हाँगुल हिरन दिख जाता था (नागा कश्मीर के एक छैल-छबीले भूतपूर्व मुख्यमंत्री को 'वेल-हंग-गुल' कहता था। यह एक शाब्दिक खेल था, लेकिन मेरे ख़याल से किसी को समझ नहीं आता था)। मैं लगभग एक पक्षी-विशेषज्ञ हो चला था—मेरा यह शौक़ हमेशा बना रहा—और बता सकता था कि हिमालयी ग्रिफ़िन और दाढ़ी वाले गिद्ध में क्या फ़र्क़ है और धारीदार लॉफ़िंग थ्रश, नारंगी बुलफ़िंच, टाइटलर फुदकी और कश्मीरी बुलबुल (जो उन दिनों विलुप्त होने के कगार पर था और अब ज़रूर हो गया होगा) को पहचान सकता था। डाचीगाम में रहने में एक ही दिक़्क़त थी कि यह जगह आप के तमाम इरादों को हिलाकर रख देती थी और लगता था कि यह सब कितना फ़िज़ूल है और यह कि कश्मीर दरअसल इन्हीं प्राणियों का है। यह भी महसूस

होता कि इस जगह के अलौकिक सौंदर्य पर उन लोगों का कोई हक़ नहीं बनता जो इसके लिए जंग छेड़े हुए हैं—वे कश्मीरी, हिंदुस्तानी, पाकिस्तानी, चीनी हों (उनका भी अक्साई चिन पर दावा था जो कभी जम्मू और कश्मीर की रियासत का हिस्सा हुआ करता था) या फिर पहाड़ी, गूजर, डोगरा, पख़्तून, शिन, लद्दाखी, बाल्टी, गिलगिती, पुरीकी, वाखी, यशकुन, तिब्बती, मंगोल, तातार, मोन, खोवार। किसी का भी नहीं, चाहे कोई संत हो या सिपाही। एक बार मैंने चलते-चलते यह बात एक नौजवान पुलिस अफ़सर इमरान से कह दी, जिसने हमारे लिए शानदार 'अंडर-कवर' का काम किया था। उसका जवाब था, 'आपका ख़याल बहुत अच्छा है, सर। आपकी तरह मुझे भी जानवरों से बहुत प्यार है। यहाँ तक कि जब मैं हिंदुस्तान जाता हूँ तो मुझे यही लगता है कि हिंदुस्तान पंजाबियों, बिहारियों, गुजरातियों, मद्रासियों, मुसलमानों, सिखों, हिंदुओं, ईसाइयों का नहीं, बल्कि इन्हीं सुंदर जानवरों का है—मोर, हाथी, बाघ, भालू...'

यह कहते हुए वह ख़ुशामद की हद तक विनम्र था, लेकिन मैं उसका इशारा समझ गया। कितना विचित्र है कि उन लोगों पर भी यक़ीन करना असंभव था और अब भी है—जिन्हें आप अपने साथ के लोग मानते रहते हैं। साली पुलिस पर भी नहीं।

पहाड़ों की चोटियों पर बर्फ़ पड़ चुकी थी, लेकिन सरहदों पर दर्रे अब भी सफ़र के लायक़ थे और लड़ाकुओं के छोटे-छोटे दस्ते—जिनमें मासूम जवान कश्मीरी और ख़ूंख़ार पाकिस्तानी, अफ़ग़ानी और कुछ सूडानी थे—जो क़रीब तीस बचे हुए आतंकवादी गुटों (पहले वे सौ के आसपास थे) के लोग थे, अब भी नियंत्रण रेखा पर जोख़िम उठाकर चल रहे थे और बेतहाशा मर रहे थे। 'मर रहे थे' कहना शायद अधूरी बात होगी। 'एपोकैलिप्स नाउ?' फ़िल्म में वह क्या यादगार पंक्ति है कि 'टर्मिनेट विद एक्स्ट्रीम प्रिजुडिस' (बेहिचक सफ़ाया कर दो)। नियंत्रण रेखा पर हमारे सिपाहियों को कुछ ऐसा ही आदेश था।

इसके अलावा और होता भी क्या? क्या उनकी अम्माओं को बुलाया जाता?

नियंत्रण रेखा पार करके आने वाले उग्रवादी घाटी में दो या ज़्यादा से ज़्यादा तीन साल तक बचे रह पाते थे। अगर सुरक्षा बल उन्हें पकड़ नहीं लेते तो वे ख़ुद ही एक-दूसरे को मार डालते थे। हम इसी रास्ते पर जाने में उनकी मदद करते थे, भले ही उन्हें हमारी मदद की ज़रूरत न पहले थी और न अब है। कट्टर मज़हबी बंदूक़ों और इबादत की सबीहों और अपनी आत्मघाती आचार संहिता के साथ आते थे।

कल एक पाकिस्तानी दोस्त ने मुझे यह संदेश फ़ॉरवर्ड किया—यह मोबाइलों पर घूम रहा है और हो सकता है आपने भी इसे देखा हो :

मैंने एक आदमी को देखा जो पुल से कूदने जा रहा था।
मैंने कहा, 'ऐसा मत करो!'
उसने कहा, 'मुझसे कोई मुहब्बत नहीं करता।'
मैंने कहा, 'ख़ुदा तुमसे मुहब्बत करता है। क्या तुम ख़ुदा में यक़ीन करते हो?'
उसने कहा, 'हाँ।'
मैंने कहा, 'तुम मुसलमान हो या ग़ैर-मुसलमान?'
उसने कहा, 'मुसलमान।'
मैंने कहा, 'शिया या सुन्नी?'
उसने कहा, 'सुन्नी।'
मैंने कहा, 'मैं भी हूँ! देवबंदी या बरेलवी?'
उसने कहा, 'बरेलवी।'
मैंने कहा, 'मैं भी हूँ! तंज़ीही या तफ़्क़ीरी?'
उसने कहा, 'तंज़ीही।'
मैंने कहा, 'मैं भी! तंज़ीही अज्मती या तंज़ीही फ़रहती?'
उसने कहा, 'तंज़ीही फ़रहती।'
मैंने कहा, 'मैं भी हूँ। तंज़ीही फ़रहती जामिया-उल-अजमेर या तंज़ीही फ़रहती जामिया-उल-नूर मेवात?'
उसने कहा, 'तंज़ीही फ़रहती जामिया-उल-नूर मेवात।'
मैंने कहा, 'जा मर, काफ़िर।' और उसे धक्का दे दिया।

शुक्र है कि उनमें से किसी के पास तो मज़ाक़ करने का माद्दा बचा हुआ है।

*

कश्मीर में जिहाद का यह जज़्बा, यह अंदरूनी मूर्खता पाकिस्तान और अफ़ग़ानिस्तान से आई। इन पच्चीस वर्षों के बाद मुझे लगता है कि हमें इ बात से फ़ायदा मिला कि कश्मीर में आठ या नौ तरह के 'सच्चे' इस्लाम लड़ रहे हैं और हरेक के पास अपने-अपने मुल्ला और मौलाना हैं। उनमें से कुछ जो ज़्यादा उग्र हैं और जो राष्ट्रवादी विचारों के ख़िलाफ़ और एक अज़ीम इस्लामी उम्मा के लिए प्रचार करते हैं, दरअसल हमसे तनख़्वाह पाते हैं। हाल ही में उनमें से एक को अपनी ही मस्जिद के बाहर एक साइकिल बम ने उड़ा दिया।

लेकिन उसकी जगह कोई और आ जाएगा। पाकिस्तान और अफ़ग़ानिस्तान के उलट, अगर कोई चीज़ कश्मीर को आत्मविनाश से बचाए हुए है तो वह है पुराने ढंग का मध्यवर्गीय पूँजीवाद। अपनी मज़हबियत के बावजूद कश्मीरी लोग ज़बर्दस्त व्यापारी होते हैं और हर व्यापारी आख़िरकार किसी न किसी तरह यथास्थिति चाहता है, जिसे हम 'शांति प्रक्रिया' का नाम देते हैं और जो शांति नाम की चीज़ से बहुत अलग, एक तरह की व्यापारिक सुविधा है।

जो लोग यहाँ आए, वे सभी जवान थे—किशोर उम्र के या बीसेक साल के। यह एक पूरी पीढ़ी की ख़ुदकुशी थी। सन 1996 तक सरहद से घुसपैठ काफ़ी कम हो गई, लेकिन हम उस पर पूरी तरह रोक नहीं लगा पाए। हम अपने जवानों के बारे में ऐसी चिंताजनक खुफ़िया जानकारियों की जाँच कर रहे थे कि वे बॉर्डर सिक्योरिटी पोस्टों पर पैसे लेकर आतंकवादियों को 'सुरक्षित रास्ते' से निकलने दे रहे हैं। वे चुपके से कहीं दूसरी तरफ़ रुख़ कर लेते थे और उधर गूजर चरवाहे, जो पहाड़ों के चप्पे-चप्पे को अपनी हथेलियों की तरह जानते हैं, आतंकवादी दस्तों को रास्ता बताते थे। सुरक्षित रास्ते के अलावा भी कई चीज़ों का बाज़ार था। उनमें डीज़ल, शराब, बंदूक़ की गोलियाँ, ग्रेनेड, फ़ौजी राशन, कँटीली तार-बाड़ और लकड़ी आदि चीज़ें भी थीं। जंगल के जंगल मिट रहे थे। फ़ौजी कैंपों के भीतर आरा मशीनें लगी थीं। कश्मीरी मज़दूरों और कश्मीरी बढ़इयों को ज़बरन सेवा में लगा दिया जाता था। फ़ौजी क़ाफ़िले के ट्रक हर दिन जम्मू से सामान ढोकर लाते और अखरोट की लकड़ी का नक़्क़ाशीदार फ़र्नीचर भरकर ले जाते। एक जुमला ईजाद करके कहूँ तो हमारी फ़ौज दुनिया की सबसे शस्त्र-सज्जित फ़ौज तो नहीं, दुनिया की सबसे सु-सज्जित फ़ौज ज़रूर है। लेकिन ऐसी कामयाब फ़ौज में कौन दख़लंदाजी कर सकता है?

डाचीगाम के पहाड़ों में अपेक्षाकृत शांति थी। इसके बावजूद वहाँ अर्धसैनिक बलों की स्थायी चौकियाँ बनी थीं और हर बार जब महामहिम पधारते, तो एरिया डोमिनेशन पैट्रोल के दस्ते एक दिन पहले यहाँ पहुँच जाते और उन पहाड़ियों के सुरक्षित होने की जाँच करते, जिनकी छाया में महामहिम अपने फ़ौजी क़ाफ़िले के साथ गुज़रते थे। सुरंग-रोधी सशस्त्र गाड़ियाँ ज़मीनी सुरंगों की जाँच करने के लिए आतीं। पार्क स्थानीय निवासियों के लिए पूरी तरह बंद कर दिया जाता। गेस्टहाउस की सुरक्षा के लिए छतों, चौतरफ़ा वॉच टावरों पर और जंगल में एक किलोमीटर के दायरे में सौ से ज़्यादा सुरक्षाकर्मी तैनात थे।

हिंदुस्तान में कम ही लोग यह यक़ीन करेंगे कि कश्मीर में हमें अपने बॉस को सिर्फ़ ताज़ा मछली खिलाने के लिए क्या-क्या नहीं करना पड़ता था।

उस रात मैं देर तक जगा हुआ था और महामहिम की सुबह की ब्रीफ़िंग के लिए रिपोर्ट तैयार कर रहा था। मेरे पुराने सोनी प्लेयर पर मद्धिम आवाज़ में रसूलन बाई चैती गा रही थीं, *यही ठइयां मोतिया हिराइ गइलि रामा।* हमारी हिंदुस्तानी गायिकाओं में बेशक केसर बाई सबसे अधिक गुणवंत थीं, लेकिन रसूलन में मादकता कहीं ज़्यादा थी। उनकी आवाज़ गहरी, दानेदार, मर्दाना और उस उच्च स्वर वाली, अछूती और स्थायी रूप से उस किशोर-कुँवारी आवाज़ से बहुत अलग थी, जिसने बॉलीवुड के गीतों के ज़रिये हमारी सामूहिक कल्पना पर क़ब्ज़ा कर रखा है (मेरे पिता हिंदुस्तानी शास्त्रीय संगीत के विद्वान थे और उनका मानना था कि रसूलन कुछ ज़्यादा ही दुनियावी है। इस पर उनसे मेरा मतभेद बना रहा)। मुझे उनके गाने में वह मोतियों की माला दिखाई दे रही थी जो प्रेम की हड़बड़ी में टूटकर बिखर गई थी और उनकी अलस आवाज़ जैसे बेडरूम के फ़र्श पर मोती के बिखरे हुए दानों को ढूँढ़ रही थी (अरे, एक वक़्त वह भी था जब एक मुस्लिम तवायफ़ किसी हिंदू देवता का इतना मार्मिक आह्वान कर सकती थी)।

अगली सुबह शहर में एक गंभीर मुसीबत पैदा हो गई। सरकार ने कुछ ही महीनों के भीतर चुनाव करने की घोषणा कर दी। क़रीब नौ साल बाद पहली बार चुनाव होने जा रहे थे। उग्रवादियों ने चुनाव के बहिष्कार का एलान कर दिया और यह साफ़ था (आज की तरह नहीं, जब मतदान केंद्रों पर लोगों की क़तारों को नियंत्रित करना मुश्किल है) कि अगर हम अपनी तरफ़ से कोशिश नहीं करेंगे तो लोग वोट देने नहीं आएँगे। 'आज़ाद' प्रेस भी अपनी भव्य मूर्खता के साथ वहाँ मौजूद होगा, इसलिए हमें सतर्क रहने की ज़रूरत है। हमारा तुरुप का पत्ता इख़वान-उल-मुस्लिमून पूरी तरह हमारे साथ था—यानी मुस्लिम ब्रदरहुड, हमारा काउंटर-इंसरजेंसी बल, जो दरअसल एक मौक़ापरस्त उग्रवादी गुट था और सामूहिक आत्म-समर्पण कर चुका था। संपूर्णतया। धीरे-धीरे दूसरे छिटपुट लोग भी यह करने लगे जो कई जत्थों में सरेंडर कर रहे थे (कश्मीरी इसे 'सिलेंडर' कहते थे)। हमने उन्हें फिर से एकजुट और हथियारबंद किया और वापस भेज दिया। इख़वानी उजड्ड, ज़्यादातर पैसा वसूलने और छोटे-मोटे अपराध करने वाले लोग थे जो यह देखकर उग्रवादी बने थे कि इस काम में बहुत फ़ायदा है। जब सख़्ती होने लगी तो सबसे पहले सरेंडर (सिलेंडर) करने वाले वही थे। स्थानीय ख़ुफ़िया ख़बरों में उनकी पैठ हमारी क्षमता से भी कहीं

ज़्यादा थी, और एकबारगी कायापलट हो जाने के बाद उन्हें फलने-फूलने की ऐसी अज्ञात-सी सुविधा हासिल हो जाती थी कि वे उन अभियानों को भी अंजाम देते जो हमारे सुरक्षा बलों के दायरे से बाहर थे। शुरू में वे हमारे लिए बेशक़ीमती साबित हुए, लेकिन धीरे-धीरे उन्हें काबू में रखना मुश्किल होता गया। उनमें सबसे ख़ौफ़नाक आदमी था—प्रिंस ऑफ़ डार्कनेस, जिसे स्थानीय लोग 'पापा' कहते थे और जो कभी किसी कारख़ाने में मामूली चौकीदार हुआ करता था। इख़वानी के तौर पर अपने शानदार कैरियर में उसने कई लोगों का क़त्ल किया था (मेरे ख़याल से यह आँकड़ा अब तक क़रीब एक सौ तीन लोगों का है)। उसने जो आतंक फैलाया वह पहले तो हमारे पक्ष में गया, लेकिन 1996 आते-आते उसकी उपयोगिता ख़त्म होने लगी और हम उस पर लगाम लगाने की सोचने लगे (अब वह जे़ल में है)। उस साल मार्च के महीने में हमारे निर्देशों के बग़ैर ही पापा ने एक दैनिक उर्दू अख़बार—कहना चाहिए कि एक ग़ैर-ज़िम्मेदार अख़बार—के जाने-माने संपादक को उड़ा दिया (ग़ैर-ज़िम्मेदार, घोर भारतविरोधी दैनिक अख़बार भी, जो मरने वालों की संख्या बढ़ा-चढ़ाकर पेश करते थे और ग़लत तथ्य बताते थे, हमारे काम के थे क्योंकि वे प्रायः स्थानीय मीडिया के असर को कमज़ोर करते थे और हमें यह सुविधा देते थे कि सबको एक ही रंग में रँग सकें। सच तो यह है कि उनमें से कुछ को हम पैसा भी देते थे)। मई में पापा ने पुलवामा के एक क़ब्रिस्तान पर क़ब्ज़ा करके दावा किया कि यह उसकी ख़ानदानी संपत्ति है। फिर उसने सरहद के एक गाँव में एक लोकप्रिय स्कूल के अध्यापक को मार डाला और उसकी लाश 'नो-मैंस लैंड' में फेंक दी जहाँ बारूदी सुरंगें बिछी थीं। इसलिए कोई उनकी लाश तक नहीं पहुँच सका, नमाज़े-ज़नाज़ा नहीं पढ़ी जा सकी और स्कूली छात्र देखते रहे कि उनके शिक्षक की लाश को चील और गिद्ध नोच रहे हैं।

पापा की कामयाबी की देखादेखी दूसरे इख़वानी भी उसकी राह पर चलने लगे थे।

उस सुबह उन लोगों की टोली ने श्रीनगर के अंदरूनी हिस्से में सुरक्षा बैरियर पर एक बूढ़े कश्मीरी दंपति को रोका। जब आदमी ने उन्हें अपना बटुवा देने से इनकार किया तो वे उसका अपहरण करके ले गए। भीड़ इकठ्ठा हो गई और वहाँ तक इख़वानियों का पीछा करती रही जहाँ सीमा सुरक्षा बल के कैंप से लगा हुआ उनका कैंप था। उन्होंने बूढ़े आदमी को कैंप से बाहर फेंक दिया। जैसे ही इख़वानी भीतर गए—कैसे बताऊँ—वे पूरी तरह पागल हो उठे। उन्होंने दीवार के ऊपर से एक ग्रेनेड फेंका और फिर मशीनगन से भीड़ पर गोलीबारी

शुरू कर दी। एक लड़के की मौत हो गई और क़रीब दर्जन-भर लोग घायल हो गए। उनमें से आधे गंभीर रूप से। इसके बाद इख़वानी पुलिस थाने पहुँचे जहाँ उन्होंने पुलिस को धमकाया और रिपोर्ट दर्ज करने से रोका। दोपहर बाद उन्होंने मरे हुए लड़के के जनाज़े पर घात लगाई और उसे कफ़न समेत लेकर भाग गए। इसका मतलब यह होता कि कहीं कोई लाश नहीं थी और क़त्ल का आरोप भी नहीं लग सकता था। शाम होते-होते लोगों का विरोध हिंसक हो गया। तीन पुलिस थाने जला दिए गए। सुरक्षा बलों ने भीड़ पर फ़ायर किया और चौदह और लोगों को मार डाला। तीनों बड़े शहरों—सोपोर, बारामूला और श्रीनगर में कर्फ़्यू लगा दिया गया।

जब मैंने फ़ोन की घंटी सुनी और महामहिम के एडीसी अंगरक्षक की आवाज़ सुनाई दी तो मैंने अनुमान लगाया कि मुसीबत क़ाबू से बाहर हो गई है और वे किसी नए आदेश के लिए फ़ोन कर रहे हैं। लेकिन ऐसा नहीं था।

फ़ोन करने वाले ने कहा कि वह ज्वाइंट इंटरोगेशन सेंटर, जेआईसी से बोल रहा है, जिसका दफ़्तर शिराज़ सिनेमा में है।

लेकिन ऐसा नहीं है जैसा लगता है...हमने किसी चालू सिनेमाघर को बंद नहीं किया और न उसे पूछताछ-केंद्र में बदला। शिराज़ को वर्षों पहले एक उग्रवादी गुट ने बंद करा दिया था जिसका नाम अल्लाह टाइगर्स था। उसने हुक्म दिया था कि सभी सिनेमा हॉल, शराब की दूकानें और बार बंद कर दिए जाएँ क्योंकि वे ग़ैर-इस्लामी हैं और 'इंडिया की सांस्कृतिक घुसपैठ हैं।' इस एलान पर किसी एअर मार्शल नूर ख़ान के दस्तख़त थे। अल्लाह टाइगर्स ने सारे शहर में धमकी-भरे पोस्टर चिपकाए और बारों में बम रख दिए। जब आख़िरकार एअर मार्शल पकड़ा गया तो पता चला कि वह दूर एक पहाड़ी गाँव का लगभग अनपढ़ किसान है, जिसने शायद कभी कोई हवाई जहाज़ नहीं देखा है। मैं उस टीम का जूनियर सदस्य था (यह श्रीनगर में मेरी तैनाती से पहले की बात है) जिसने जेल में इस उम्मीद के साथ उससे और दूसरे पुराने उग्रवादियों से मुलाक़ात की थी कि उनमें कुछ बदलाव लाया जा सकता है। उसने हमारे सवालों के जवाब में इस तरह ज़ोश-खरोश से नारे लगाए जैसे वह किसी जलसे में बोल रहा हो : *जिस कश्मीर को ख़ून से सींचा, वो कश्मीर हमारा है!* उसने अल्लाह टाइगर्स का जंगी एलान भी दोहराया : *ला शर्क़ीया ला ग़र्बीया, इस्लामीया, इस्लामीया!* यानी न पूरब बेहतर न पश्चिम बेहतर, इस्लाम ही बेहतर!

एअर मार्शल एक बहादुर आदमी था और मुझे उसकी साफ़गोई और बचकाने जोश से कुछ ईर्ष्या हुई। कार्गो में रहने के बावजूद उसके भीतर कोई

पछतावा नहीं था। एक लंबी सज़ा भुगतने के बाद वह अब बाहर आ गया है, लेकिन हम अब भी उस पर और उस जैसे दूसरे लोगों पर नज़र रखते हैं। लगता है अब वह ऐसे झमेलों से दूर है। वह श्रीनगर की एक ज़िला अदालत के बाहर स्टैंप बेचकर थोड़ा कुछ कमा लेता है। मुझे बताया गया कि उसका दिमाग़ ठीक नहीं है, हालाँकि मुझे पक्के तौर पर पता नहीं है। वैसे भी कार्गो बड़ी भयानक जगह है।

फ़ोन पर एडीसी ने मुझसे कहा कि फ़ोन करने वाले ने अपना नाम मेजर अमरीक सिंह बताया है। विचित्र बात यह थी कि उसने मेरे पद के अलावा मेरा नाम भी लिया—बिप्लब दासगुप्ता, डिप्टी स्टेशन हेड, इंडिया ब्रावो (कश्मीर में इंटेलिजेंस ब्यूरो का रेडियो कोड)।

मैं उसे जानता था—निजी तौर पर नहीं, बल्कि उसकी शोहरत के कारण। मैंने उसे कभी देखा नहीं था। उसे अमरीक सिंह 'स्पॉटर' के तौर पर जाना जाता था क्योंकि उसमें भीड़ में छिपे उग्रवादी को पहचानने—स्पॉट करने—की ज़बरदस्त योग्यता थी (संयोग से अब वह काफ़ी मशहूर है। अपनी मौत के बाद। हाल ही में उसने ख़ुद को मार डाला—अपनी बीवी, तीन जवान बेटों को भी मार दिया और फिर अपनी कनपटी पर गोली दाग ली। कैसे कहूँ कि मुझे इसका अफ़सोस है, अलबत्ता उसकी पत्नी और बच्चों का बहुत बुरा हुआ)। मेजर अमरीक सिंह बुरा आदमी था। नहीं, यह कहना ज़्यादा सही होगा कि वह सड़ा हुआ आदमी था और आधी रात को फ़ोन करने के वक़्त वह एक उतने ही सड़े हुए तूफ़ान के बीच में था। जनवरी 1995 में मेरे श्रीनगर पहुँचने के कुछ महीने के बाद शायद ऊपर से हुक्म आने के कारण अमरीक सिंह ने एक जाने-माने वकील और मानवाधिकार कार्यकर्ता जालिब क़ादरी को एक चेक-प्वाइंट पर दबोच लिया। क़ादरी बड़ा सरदर्द था, एक उजड्ड, कठोर आदमी, जो चीज़ों की बारीक़ियाँ नहीं समझता था। गिरफ़्तारी की रात वह दिल्ली जाने वाला था जहाँ से उसे एक अंतरराष्ट्रीय मानवाधिकार सम्मेलन में भाषण देने ओस्लो जाना था। उसकी गिरफ़्तारी इसीलिए की गई कि यह नौटंकी न होने पाए। अमरीक सिंह ने जालिब क़ादरी को खुलेआम और उसकी बीवी की मौजूदगी में पकड़ा, लेकिन यह गिरफ़्तारी कहीं दर्ज नहीं हुई और यह कोई असामान्य बात भी नहीं थी। फिर क़ादरी के 'अपहरण' पर ऐसा भयंकर हंगामा मचा जिसकी हमें उम्मीद नहीं थी। इसलिए कुछ दिन बाद हमें लगा कि उसे छोड़ना ही ठीक होगा। लेकिन उसका कहीं पता नहीं था। इस पर और भी ज़्यादा चीख़-चिल्लाहट

मची। हमने उसकी तलाश के लिए एक कमेटी गठित की और लोगों को शांत करने की कोशिश की। कुछ दिन बाद जालिब क़ादरी की लाश एक बोरे में झेलम में तैरती हुई पाई गई। वह बुरी हालत में थी—खोपड़ी चूर-चूर थी, आँखें निकाल दी गई थीं, वग़ैरह। कश्मीर के लिहाज़ से भी यह बड़ी ज़्यादती थी। स्वाभाविक रूप से लोगों का ग़ुस्सा आसमान पर था इसलिए स्थानीय पुलिस को मामला दर्ज करने की इजाज़त दी गई। जाँच के लिए एक उच्चस्तरीय कमेटी गठित हुई। फ़ौजी कैंप में जिन लोगों ने क़ादरी को अमरीक सिंह की हिरासत में देखा था, जिन्होंने दोनों के बीच हुए झगड़े और फिर अमरीक सिंह के ग़ुस्से को देखा था, वे सब लिखित बयान देने के लिए आगे आए। यह एक दुर्लभ बात थी। यहाँ तक कि अमरीक सिंह के सहयोगी भी, जो ज़्यादातर इख़वानी थे, वायदा माफ़ गवाह बनने और अदालत में उसके ख़िलाफ़ बयान देने को तैयार हो गए। लेकिन फिर एक के बाद एक उन सबकी लाशें बरामद होने लगीं। खेतों में, जंगलों में, सड़क के किनारे...अमरीक सिंह ने सबका सफ़ाया कर दिया। फ़ौज और प्रशासन को कम से कम दिखावे के लिए ही कुछ क़दम उठाने पड़े, हालाँकि वे उसके ख़िलाफ़ कुछ कर नहीं सकते थे। उसे बहुत सारे राज़ मालूम थे और उसने यह साफ़ कर दिया था कि अगर उसका नुक़सान हुआ तो वह अपने साथ दूसरे बहुत से लोगों का नुक़सान कर देगा। वह जाल में फँसा हुआ था और ख़तरनाक हो चला था। फिर तय किया गया कि उसे मुल्क से बाहर भेजना और कहीं शरण लेने देना बेहतर होगा। आख़िरकार यही हुआ। लेकिन तुरंत नहीं। उस समय नहीं, जब तमाम निगाहें उस पर टिकी थीं। इसके लिए एक 'कूलिंग-ऑफ़ पीरियड' ज़रूरी था। पहली कार्रवाई यह थी कि उसे फ़ील्ड ऑपरेशन से हटा दिया गया और दफ़्तरी काम सौंप दिया गया। शिराज़ जेआईसी में, जो मुसीबतों से मुक्त था। या हम ऐसा सोचते थे।

तो फ़ोन इसी शख़्स का था। कैसे कहूँ कि मैं उससे बात करने का इच्छुक था? ऐसी महामारी से दूर ही रहना ठीक है।

फ़ोन पर वह काफ़ी चहकता हुआ लगा। वह इतनी हड़बड़ी में बात कर रहा था कि मुझे यह समझने में कुछ देर लगी कि वह पंजाबी नहीं, बल्कि अंग्रेज़ी बोल रहा है। उसने बताया कि एक हाउसबोट पर ज़बर्दस्त कॉर्डन-एंड-सर्च ऑपरेशन में उसने ए-केटेगरी के आतंकवादी कमांडर गुलरेज़ को पकड़ा है जो हिज्बुल मुज़ाहिदीन का ख़ूँख़ार कमांडर है।

यह था कश्मीर, अलगाववादी नारों की ज़बान में बात करते थे और हमारे लोग प्रेस रिलीज़ों की भाषा में बोलते थे; उनके कॉर्डन-एंड-सर्च ऑपरेशन

हमेशा 'व्यापक' होते थे, वे जिसे भी पकड़ते वह हमेशा 'ख़ूँख़ार' होता, कभी 'ए-केटेगरी' से कम नहीं होता और गिरफ़्तार लोगों से जो रिकवरी (बरामदगी) होती वह हमेशा 'युद्ध स्तर' की होती थी। यह अचरज की बात नहीं थी क्योंकि इनमें से हर श्रेणी के एवज़ में प्रोत्साहन का इंतज़ाम था—कोई नक़द पुरस्कार, सर्विस बुक में सम्मानजनक इंदराज, वीरता का तमग़ा या पदोन्नति। तो सहज ही अनुमान लगाया जा सकता है कि इस सूचना से मुझे कोई उत्तेजना नहीं हुई।

अमरीक सिंह ने बताया कि आतंकवादी को भागने की कोशिश में मार गिराया गया है। इसका भी मुझ पर कोई असर नहीं हुआ। यह सब किसी भी अच्छे भले दिन में भी कई बार होता था (या किसी भी बुरे दिन में, जैसे भी सोचा जाए)। लेकिन मुझे इस आधी रात को ऐसे मामले के बारे में क्यों फ़ोन किया जा रहा था जो रोज़मर्रा की बात है? और उसके इस उत्साह का मेरे महक़मे या मुझसे क्या ताल्लुक़ है?

उसने कहा कि कमांडर गुलरेज़ के साथ एक 'लेडीज़' भी पकड़ी गई है। वह कश्मीरी नहीं है।

यह अनोखी बात थी। ऐसा पहले कभी नहीं सुना था।

पूछताछ के लिए 'लेडीज़' को एसीपी पिंकी को सौंप दिया गया था।

आड़ू के रंग और फ़ौजी कैप के नीचे लंबी काली चोटी की गाँठ वाली असिस्टैंट कमांडर पिंकी सोढी को सब जानते थे। उसका जुड़वाँ भाई बलबीर सिंह सोढी एक वरिष्ठ पुलिस अधिकारी था जिसे सोपोर में एक सुबह जॉगिंग करते हुए उग्रवादियों ने मार डाला था (किसी वरिष्ठ अफ़सर के लिए ऐसा करना मूर्खतापूर्ण था, भले ही उसे इसका गर्व, या जैसा कि बाद में ज़ाहिर हुआ, भ्रम रहा हो कि स्थानीय लोग उससे 'मुहब्बत' करते हैं)। एसीपी पिंकी को मानवीय आधार पर सीआरपीएफ़—सेंट्रल रिज़र्व पुलिस फ़ोर्स—में नौकरी मिली थी। भाई की मौत के लिए पारिवारिक मुआवज़े के तौर पर। वह हर वक़्त यूनीफॉर्म में नज़र आती थी। अपने सुंदर चेहरे-मोहरे के बावजूद वह एक ज़ालिम 'इंटरोगेटर' थी और अक्सर अपनी हद से बाहर चली जाती थी क्योंकि उसे अपने भीतर के भूतों को भी भगाना था। उसकी हैसियत अमरीक सिंह जैसी नहीं थी, लेकिन जो भी कश्मीरी उसके हाथ आता उसका ख़ुदा ही मालिक था। जो उसके हत्थे चढ़ने से बचे रहते थे, उनमें से बहुत से लोग उसके लिए इश्क़िया शायरी करते और उससे शादी करने की तमन्ना तक ज़ाहिर करते। एसीपी पिंकी का जादू ऐसा ही जानलेवा था।

मुझे बताया गया कि जिस 'लेडीज़' को गिरफ़्तार किया गया है वह अपना

नाम नहीं बता रही है। 'लेडीज़' क्योंकि कश्मीरी नहीं थी, मैंने सोचा कि एसीपी पिंकी ने कुछ संयम बरता होगा और अपना पूरा जलवा नहीं दिखाया होगा। अगर ऐसा हुआ होता तो 'लेडीज़' हो या 'जेंट्स'—यह जानकारी किसी से छिपाए नहीं छिपती। बहरहाल, मेरा धैर्य जवाब दे रहा था और मैं अब भी थाह नहीं ले पा रहा था कि इस सबका मुझसे क्या संबंध है।

आख़िरकार अमरीक सिंह असल मुद्दे पर आया : पूछताछ के दौरान 'मेरा' नाम सामने आया था। उस महिला ने अपना एक संदेश मुझ तक पहुँचाने के लिए कहा था। अमरीक सिंह ने बताया कि उसे वह संदेश समझ में नहीं आया, लेकिन महिला का कहना है कि मैं समझ जाऊँगा। उसने फ़ोन पर ज़ोर से पढ़कर सुनाया, बल्कि उसके हिज्जे सुनाए :

गा-र्स-न हो-बा-र्ट

मेरे दिमाग़ में रसूलन बाई की आवाज़ गूँजने लगी, जो अब भी अपने बिखरे मोती को ढूँढ़ रही थी : *कहाँ वइका ढूँढ़ूँ रे? ढूँढ़त-ढूँढ़त बौरा गइली रामा...*

'गार्सन होबार्ट' उग्रवादी हमले के किसी गुप्त कोड या हथियारों की खेप के पहुँचने की रसीद जैसा लगा होगा। फ़ोन की दूसरी तरफ़ एक पागल ज़ालिम मेरी सफ़ाई का इंतज़ार कर रहा था। मैं यह तक नहीं सोच पाया कि बात शुरू कैसे करूँ।

क्या कमांडर गुलरेज़ का मूसा से कोई ताल्लुक़ है? क्या वह मूसा ही है? श्रीनगर आने के बाद मैंने कई दफ़े उसकी खोज-ख़बर लेने की कोशिश की। उसके परिवार के साथ जो कुछ हुआ था, उस पर मैं अपनी संवेदना व्यक्त करना चाहता था। लेकिन मैं इसमें कामयाब नहीं हुआ, जिसका उन दिनों आम तौर से एक ही मतलब होता था : वह अंडरग्राउंड था।

तिलो मूसा के अलावा और किसके साथ हो सकती है? क्या उन्होंने उसे उसके सामने ही मार डाला है? हे ईश्वर!

मैंने अमरीक सिंह को दो टूक-सा जवाब दिया कि मैं वापस फ़ोन करूँगा।

मेरी पहली प्रतिक्रिया यह थी कि ख़ुद से और जिस औरत से मुझे प्यार था, उससे इतनी दूरी बना लूँ जितनी संभव हो। क्या इस बात से मैं कायर साबित होऊँगा? अगर ऐसा है तो कम से कम मेरा ज़मीर तो साफ़ रहेगा।

अगर मैं उसके पास जाना भी चाहता तो यह संभव नहीं था। मैं आधी रात

को जंगल के बीचोंबीच था। बाहर जाने का मतलब होता सायरन, कम से कम चार जीपें और एक बख़्तरबंद गाड़ी। इसका मतलब होता कि कम से कम सोलह लोगों को साथ लेना पड़ता। यह एक न्यूनतम प्रोटोकॉल था। इस तरह की नौटंकी से तिलो का कोई भला नहीं होने वाला था। या मेरा ही। और इससे महामहिम की सुरक्षा भी ख़तरे में पड़ जाती, जिसके नतीजे अकल्पनीय होते। यह मुझे निकालने की साज़िश भी हो सकती है। आख़िर, मूसा गार्सन होबार्ट के बारे में तो जानता ही है। मेरा यह सोचना पागलपन ही था, लेकिन उन दिनों सतर्कता और पागलपन के बीच ज़्यादा फ़र्क़ नहीं रह गया था।

मेरे पास एक ही उपाय था। मैंने अहदूस होटल में फ़ोन किया और नागा के बारे में पूछा। ख़ुशक़िस्मती से वह वहीं था। वह तुरंत शिराज़ सिनेमा जाने के लिए तैयार था। वह इतना फ़िक्रमंद और मददगार लग रहा था कि मुझे चिढ़ हो रही थी। मुझे उसकी आवाज़ में साफ़ दिख रहा था कि मैंने उसकी पसंदीदा भूमिका उसे सौंपी है, और वह उसे अंजाम देने का मौक़ा हाथ से नहीं जाने देना चाहता। और वह है सबसे आगे की पंक्ति में रहना। उसकी आतुरता से मैं एक साथ आश्वस्त था और नाराज़ भी।

मैंने अमरीक सिंह को फ़ोन किया और कहा कि नागराज हरिहरन नाम का एक पत्रकार उससे मिलेगा। वह हमारा आदमी है। मैंने यह भी कहा कि अगर उस महिला के ख़िलाफ़ कुछ नहीं मिला है तो फ़ौरन उसे रिहा कर दें और उस पत्रकार को सौंप दें।

कुछ घंटे बाद नागा ने फ़ोन पर कहा कि तिलो अहदूस में उसके बग़ल वाले कमरे में है। मैंने सुझाव दिया कि वह उसे सुबह की उड़ान से वापस दिल्ली भेज दे।

'वह कोई सामान थोड़े ही है, डास-गूज़,' उसने कहा। 'वह कह रही है कि कमांडर गुलरेज़ के ज़नाजे में जाएगी। अब यह कमबख़्त जो भी हो।'

डास-गूज़। कॉलेज के बाद उसने कभी मुझे इस नाम से संबोधित नहीं किया था। कॉलेज के उन अति-क्रांतिकारी दिनों में वह (पता नहीं क्यों, हमेशा जर्मन उच्चारण के साथ) 'बिप्लब डास-गूज़-डा' कहकर मेरी खिल्ली उड़ाया करता था। यह बिप्लब दासगुप्ता कहने का उसका अपना अंदाज़ था। क्रांतिकारी बिरादर बत्तख़।

मेरे माता-पिता ने मेरे दादा की नक़ल पर मेरा नाम बिप्लब रखा था, जिसके लिए मैं उन्हें कभी माफ़ नहीं कर पाया। वक़्त बदल चुका था। जब मेरा

जन्म हुआ तो अंग्रेज़ जा चुके थे और देश आज़ाद था। ऐसे में किसी बच्चे का नाम 'बिप्लब'—क्रांति—क्यों रखा जाए? इस नाम के साथ कैसे कोई पूरी ज़िंदगी गुज़ार सकता है? एक बार तो मैंने तय कर लिया था कि क़ानूनन अपना नाम बदल दूँगा और सिद्धार्थ या गौतम जैसा कोई नाम रखूँगा, जिससे कुछ शांति का आभास होता हो। लेकिन फिर यह ख़याल छोड़ दिया क्योंकि मैं जानता था कि नागा जैसे लोगों की मेहरबानी से यह क़िस्सा बिल्ली की पूँछ से बँधे टीन के डिब्बे की तरह बजता ही रहेगा। तो, यह रहा बिप्लब—तब भी और अब यहाँ भी, जो भारत सरकार कहलाने वाले तंत्र के गुप्त हृदय का सबसे भीतरी कक्ष है।

'क्या वह मूसा था?' मैंने नागा से पूछा।

'वह बता नहीं रही है। लेकिन उसके अलावा और कौन हो सकता है?'

सोमवार की सुबह तक लाशों की संख्या उन्नीस हो गई। चौदह प्रदर्शनकारी जो गोलीबारी में मारे गए थे, वह लड़का जिसे इख़वानियों ने मारा था, मूसा या कमांडर गुलरेज़ या वह जो भी ख़ुद को कहता रहा हो, और गांदरबल के शूटआउट में मारे गए उग्रवादियों की तीन लाशें। उन उन्नीस ताबूतों को (जिनमें से एक उस लड़के के लिए ख़ाली रखा गया था जिसकी लाश चुराई गई थी) लाखों लोग मातम मनाते हुए अपने कंधों पर उठाकर शहीदों की क़ब्रगाह ले गए।

राज्यपाल के दफ़्तर से कहलवाया गया कि उनके लिए अगले दिन तक शहर लौटना मुनासिब नहीं होगा। दोपहर बाद मेरे सेक्रेटरी ने फ़ोन किया :

'सर, सुन लीजिए, प्लीज़ सर...'

डाचीगाम के फ़ॉरेस्ट गेस्टहाउस के बरामदे में बैठे हुए चिड़ियों और झींगुरों की आवाज़ों के बीच मैंने एक साथ हज़ारो-हज़ार आवाज़ों की गर्जना सुनी, जो आज़ादी की माँग कर रही थीं : *आज़ादी, आज़ादी, आज़ादी!* लगातार, लगातार, और लगातार (यहाँ तक कि वे फ़ोन पर भी दहला रही थीं। ज़ेल की कोठरी में एअर मार्शल के नारों से बिल्कुल अलग, लगता था जैसे पूरा शहर एक ही फेफड़े से साँस ले रहा हो और उस ज़रूरी और ज़बर्दस्त चीख़ से उसका गला फूल गया हो। मैंने बहुत से प्रदर्शन देखे हैं और देश के दूसरे हिस्सों में भी नारेबाज़ी से निपट चुका हूँ। लेकिन कश्मीर का यह राग बहुत अलग था। वह एक राजनीतिक माँग से कहीं अधिक था। वह एक तराना था, एक मंत्र-पाठ, एक इबादत। विडंबना यह थी—और है—कि अगर आप चार कश्मीरियों को

एक कमरे में रख दें और उनसे पूछें कि *आज़ादी* से उनका ठीक-ठीक मतलब क्या है या उसकी वैचारिक और भौगोलिक सरहदें क्या हैं तो इसका अंत शायद एक-दूसरे का गला काटने में होगा। और इसके बावजूद इसे महज़ भ्रम मानना ग़लत होगा। उनकी समस्या भ्रम की नहीं, बल्कि यथार्थ की है। और यह इतनी साफ़ है कि भयावह है और इसका अस्तित्व आधुनिक भू-राजनीतिक भाषा से बाहर है। इस टकराव के सभी पक्षों के जो भी मुख्य पात्र हैं—ख़ास तौर से हम—उन्होंने बड़ी बेरहमी से इस कमज़ोरी का फ़ायदा उठाया और उसे एक मुकम्मिल जंग में बदल दिया। ऐसी जंग, जिसमें न कभी जीत हो सकती है और न कभी हार हो सकती है। एक अंतहीन जंग।

उस दिन सुबह जो तराना, जो जाप मैंने फ़ोन पर सुना, उसमें एक बहुत गहरा, छनकर आया हुआ जुनून था—और वह हर जुनून की तरह अंधा और निरर्थक था उन मौक़ों पर (सौभाग्य से, कम-वक़्ती) जब यह जुनून पूरे उफान पर होता, उसमें इतिहास और भूगोल की, तर्क और राजनीति की घेरेबंदियों को तोड़कर रख देने की क़ूवत थी—ऐसी क़ूवत कि हम जैसे कड़ियल लोग, कुछ देर के लिए सही, यह सोचकर हैरान रह जाते थे कि कमबख़्त हम कश्मीर में कर क्या रहे हैं, उन लोगों पर राज कर रहे हैं जो अपने समूचे वजूद के साथ हमसे नफ़रत करते हैं!

तथाकथित 'शहीदों' के जनाज़े दिमाग़ी खेल साबित होते थे। पुलिस और सुरक्षा बलों को सतर्क लेकिन अदृश्य रहने के आदेश थे। ऐसा सिर्फ़ इसलिए नहीं था कि ऐसे मौक़ों पर लोगों का उन्माद बढ़ जाता था और टकराव की हालत में एक और क़त्लेआम हो सकता था—हम इसके कड़वे अनुभवों से गुज़र चुके थे। हमारा ख़याल था कि लोगों को समय-समय पर अपने जज़्बात ज़ाहिर करने और नारे लगाने की छूट दी जाए तो उनका असंतोष एकमुश्त इकट्ठा नहीं होता है और ऐसा प्रचंड रूप नहीं लेता कि उस पर क़ाबू न पाया जा सके। कश्मीर में एक-चौथाई सदी से भी ज़्यादा के टकराव के दौरान अभी तक यह रवैया कामयाब रहा है। कश्मीरी लोग मातम मनाते थे, रोते थे, नारे लगाते थे, लेकिन अंत में हमेशा अपने घरों को लौट जाते थे। इन वर्षों में धीरे-धीरे जब वह एक आदत, पहले से अनुमानित और स्वीकार्य चक्र बन गया तो वे लोग अपने को और अपने आकस्मिक उफान को और अपने आसान समझौतों को शक और हिक़ारत से देखने लगे। इसमें हमारा फ़ायदा था जो अनायास ही हासिल हो जाता था।

इसके बावजूद बग़ावत के दौरान ही नहीं, बल्कि किसी भी परिस्थिति में

पाँच या कभी-कभी दस लाख लोगों को सड़क पर आने की इजाज़त देना एक गंभीर दाँव खेलने से कम नहीं था।

अगली सुबह जब सड़कों पर शांति हो गई तो हम शहर लौट आए। मैं सीधे अहदूस पहुँचा जहाँ पता चला कि तिलो और नागा जा चुके हैं। नागा कुछ समय तक श्रीनगर नहीं लौटा। बताया गया कि वह छुट्टी पर है।

कुछ हफ़्ते बाद मुझे उनके विवाह का निमंत्रण मिला। बेशक, मैं वहाँ गया। कैसे नहीं जाता? मुझे लगा, इस नौटंकी के लिए मैं ही ज़िम्मेदार हूँ। तिलो को ऐसे आदमी की बाँहों में भेजने के लिए, जिस पर मुझे संदेह था कि उसने तिलो के साथ पूरी ईमानदारी से काम नहीं लिया होगा। मुझे नहीं लगता था कि उसे अपने होने वाले पति और इंटेलिजेंस ब्यूरो के क़रीबी रिश्ते का राज़ मालूम होगा। शायद उसने सोचा होगा कि वह एक इंसाफ़पसंद पत्रकार से विवाह कर रही है जो उसके प्रेमी की हत्या करने वाली व्यवस्था के लिए किसी आफ़त से कम नहीं है। मैं इस धूर्तता से बहुत नाराज़ था, लेकिन तिलो के भ्रम को दूर करने में असमर्थ था।

स्वागत समारोह डिप्लोमैटिक एनक्लेव में नागा के माता-पिता के विशाल, सफ़ेद आर्ट डेको मकान में था। वह एक संक्षिप्त सुंदर आयोजन था—उन शाहख़र्च तमाशों से बहुत अलग, जो इन दिनों काफ़ी चलन में हैं। जगह-जगह सफ़ेद फूल थे, लिली, गुलाब, चमेली की लतरें, जिन्हें नागा की माँ और बड़ी बहन ने बड़े क़रीने से सजाया था। लेकिन वे ख़ुद ज़रा भी ख़ुश नहीं थीं और न ख़ुशी का दिखावा कर रही थीं। प्रवेशद्वार और फूलों की सजावट पर मिट्टी के लैंप रखे थे और पेड़ों से जापानी लालटेनें लटक रही थीं। पेड़ों की शाखाओं पर रोशनी की झालरें लगी थीं। पुराने अंदाज़ के वर्दीधारी बैरे पीतल के बटन वाली पोशाकों में लाल-सुनहरे कमरबंद और कलफ़दार पगड़ियाँ पहने, हाथों में खाद्य और पेय की ट्रे लिये घूम रहे थे। परफ़्यूम और सिगरेट की मिली-जुली गंध वाले झबरीले कुत्तों का एक दस्ता मेहमानों के बीच छुट्टा घूम रहा था जैसे भर्र-भर्र करते बिजली से चलने वाले पोंछों की फ़ौज हो।

सफ़ेद चादरों से ढँके एक ऊँचे मंच पर सफ़ेद धोती-कुर्ते और चटख़ रंगीन पगड़ियाँ पहने बाड़मेर के संगीतकारों की एक मंडली हमें राजस्थान के रेगिस्तान में ले गई। ऐसी शादी में मुसलमान लोकगायकों की उपस्थिति अटपटी ज़रूर थी, लेकिन मेरा दोस्त नागा सर्वसंग्रही क़िस्म का आदमी था और उसने

उन्हें रेगिस्तान की यात्रा के दौरान देखा था। वे असाधारण कलाकार थे। उनका स्थानीय, अविस्मरणीय संगीत शहर के आसमान में गूँज रहा था और सितारों की धूल पोंछ रहा था। उनके सबसे बड़े गायक भूंगर ख़ाँ ने बारिश के आगमन का गीत प्रस्तुत किया। उसने अपने बीहड़, ऊँचे, लगभग स्त्री-स्वर में बरसात के लिए तरसती रेत के दर्द को अपने प्रेमी के लिए तड़पती एक स्त्री के दर्द में बदल दिया। वह संगीत तिलो के विवाह की मेरी यादों में बसा हुआ है।

तिलो को देखे हुए, उसकी छत पर मिले हुए दस साल से भी ज़्यादा वक़्त गुज़र गया था। वह पहले से ज़्यादा दुबली हो गई थी। गर्दन पर हँसली की हड्डी उभरी हुई थी। उसकी महीन साड़ी सूर्यास्त के रंग की थी। सर ढँका था, लेकिन उसकी सुकुमार आकृति दिखाई दे रही थी। वह लगभग गंजी थी। बाल मख़मली खूँटों जैसे थे। मुझे पहला ख़याल यह आया कि शायद उसकी तबीयत ठीक नहीं है, शायद उसकी कीमोथेरेपी हुई है या वह किसी दूसरी भीषण बीमारी से गुज़री है जिससे बाल झड़ गए हैं। लेकिन उसकी घनी, लगभग झाड़ीनुमा भौंहें और मोटी पलकें बताती थीं कि ऐसी बात नहीं है। वह बिल्कुल भी बीमार नज़र नहीं आ रही थी। उसका चेहरा सूना था, न मेकअप, न काजल, न बिंदी और न हाथों-पैरों में मेहँदी। दुल्हन से ज़्यादा वह दुल्हन की स्थानापन्न लगती थी, जो असली दुल्हन के तैयार होने से पहले कुछ देर के लिए वहाँ आकर खड़ी हो गई हो। मेरे ख़याल से उसका हाल बताने के लिए 'उजाड़' शब्द सही होगा। अपनी शादी में भी वह इस क़दर अकेली दिखती थी जैसे उस तक पहुँचना ही मुमकिन न हो। उसका ढीठपन भी नदारद था।

जब मैं उसके पास पहुँचा तो उसने सीधे मेरी तरफ़ देखा, लेकिन मुझे लगा कि उन आँखों से कोई दूसरा मुझे देख रहा है। मेरा ख़याल था वहाँ ग़ुस्सा होगा, लेकिन वहाँ सिर्फ़ ख़ालीपन था। हो सकता है यह मेरी कल्पना हो, लेकिन जब हमारी निगाहें कुछ देर के लिए टिकीं तो लगा जैसे उसके भीतर एक कँपकँपी फैल गई है। शायद नौ हज़ारहवीं बार मैंने यह देखा होगा कि उसके होंठ कितने सुंदर हैं। वे जिस तरह हिलते थे, उससे मैं निहाल हो जाता था। मैं देख रहा था कि उसे शब्दों को साकार करने और उन्हें अपनी आवाज़ में बोलने के लिए काफ़ी मेहनत करनी पड़ रही है :

'बस हेयर-कट है।'

हेयर-कट—हज़ामत—यह एसीपी पिंकी सोढी का काम रहा होगा। एक पुलिस वाली का नुस्ख़ा। उस चीज़ की सज़ा, जिसे वह देशद्रोह मानती थी। उस

दुश्मन के साथ सोना, जिसने उसके भाई को मारा था। पिंकी सोढी हमेशा सीधा-सपाट रास्ता अपनाती थी।

मैंने नागा को कभी इतना डगमग और बेचैन नहीं देखा था। वह पूरी शाम तिलो का हाथ थामे रहा। उन दोनों के बीच मूसा का साया मौजूद था। मुझे वह दिख रहा था—छोटा, गठीला, उसके छिले हुए दाँत की मुस्कान और उसका ख़ामोश वजूद। लगता था जैसे उन तीनों का विवाह हो रहा है।

और आख़िरकार शायद यही नतीजा रहा।

नागा की माँ उन आलीशान महिलाओं की मंडली के बीच थीं, जिनकी ख़ुशबुओं को मैं लॉन के दूसरी तरफ़ भी सूँघ सकता था। आंटी मीरा मध्यप्रदेश के एक रजवाड़े से थीं। वे किशोर उम्र में विधवा हो गई थीं। उनके शाही पति के फेफड़े में भयंकर ट्यूमर हुआ और विवाह के तीन महीने बाद ही उनकी मृत्यु हो गई। उनके माता-पिता को समझ नहीं आया कि उनका क्या होगा तो उन्होंने उन्हें इंग्लैंड के एक 'शिष्टाचार स्कूल' भेज दिया जहाँ लंदन की एक पार्टी में उनकी मुलाक़ात नागा के पिता से हुई। किसी बेताज रानी के लिए एक नफ़ीस आइ.एफ़.एस. अफ़सर की बीवी बनने से बेहतर क्या हो सकता था? उन्होंने ख़ुद को एक बेहतरीन मेज़बान के रूप में ढाला—एक आधुनिक भारतीय महारानी, जो आला क़िस्म के ब्रिटिश अंदाज़ में बोलती थी जिसे उन्होंने बचपन की गवर्नेस से सीखा था और पढ़ाई करते हुए उसमें महारत भी हासिल कर ली थी। वे शिफ़ॉन की साड़ियाँ और मोती पहनती थीं और शाही राजपूत घराने की परंपरा में सर को पल्लू से ढँके रहती थीं। नई बहू के भयानक रंग-रूप से उन्हें जो भारी आघात लगा था, वे उस पर क़ाबू पाने और सहज दिखने की कोशिश कर रही थीं। उनका अपना रंग खड़िया मिट्टी जैसा था। पति हालाँकि तमिल थे, लेकिन ब्राह्मण थे और उनके मुक़ाबले थोड़ा ही साँवले थे। वहाँ से गुज़रते हुए मैंने उनकी छोटी-सी नातिन, उनकी बेटी की बेटी को यह कहते हुए सुना :

'नानी, क्या वह निग्गर है?'

'नहीं डार्लिंग, क्या बकवास कर रही हो ! और बेटा, अब *निग्गर* जैसे शब्दों का इस्तेमाल नहीं करते। यह गाली होती है। नीग्रो कहा जाता है।'

'नीग्रो।'

'अच्छी बच्ची।'

आंटी मीरा शर्मसार हुईं, हिम्मत दिखाते हुए मुस्कुराईं, सहेलियों से मुख़ातिब हुईं और परिवार की नई सदस्य के बारे में बताने लगीं, 'लेकिन देखो, उसकी

गर्दन बड़ी ख़ूबसूरत है। क्या तुमको नहीं लगता?' सहेलियों ने हाँ में हाँ मिलाई।

'लेकिन नानी, वह नौकरानी जैसी है।'

छोटी-सी बच्ची को डाँट-डपटकर किसी काम के बहाने भेज दिया गया।

दूसरे मेहमान, नागा के कॉलेज के पुराने दोस्त—दोस्त कम चमचे ज़्यादा—जिनमें से कोई भी तिलो से पहले नहीं मिला था, लॉन में एक साथ बैठे गपशप कर रहे थे और नागा के ख़ास ढंग के क्रूर हास्य से परिचित थे। उनमें से एक ने जाम उठाया :

'हज़रत-गंजी माई के नाम!' (यह अभिषेक था जो अपने पिता की सीवेज पाइप सप्लाई कंपनी में काम करता था)।

वे ज़ोरों से हँसे। लड़कपन दिखाने की कोशिश करते बड़े उम्रदार लोगों की तरह।

'उनसे बात करने की कोशिश की? वे बात नहीं करती हैं।'

'मुस्कराने की कोशिश की? वे मुस्कराती नहीं हैं।'

'कमबख़्त कहाँ से मिल गईं ये?'

*

मैं अपना आख़िरी पेग ले चुका था और गेट की तरफ़ जा रहा था कि नागा के पिता राजदूत शिवशंकर हरिहरन ने मुझे आवाज़ दी। 'बाबा!'

वे पुराने दौर के आदमी थे। वे बाबा का उच्चारण इस तरह करते थे जैसे अंग्रेज़ लोग 'बार्बर' कहते हैं (वे अपने नाम का उच्चारण 'शिवर' करते थे)। वे लोगों को यह जतलाने का मौक़ा कभी नहीं छोड़ते थे कि वे ऑक्सफ़ोर्ड यूनिवर्सिटी वाले हैं।

'अंकल शिवा, सर।'

आला अफ़सरों के लिए सेवानिवृत्ति ज़रा भी रहमदिल नहीं होती। मैंने देखा कि वे अचानक बूढ़े हो गए हैं। वे दुबले दिख रहे थे और उनका सूट उन पर ढीला हो गया था। उनके क़रीनेदार मोती जैसे नक़ली दाँतों के बीच एक सिगार फँसा हुआ था। कनपटियों की ज़र्द चमड़ी की नसें फूली हुई थीं। गर्दन भी कॉलर के हिसाब से पतली थी। काली पुतलियों पर मोतियाबिंद के ज़र्द छल्लों का घेरा था। उन्होंने मुझसे इस गर्मजोशी से हाथ मिलाया जैसा पहले कभी नहीं किया था। उनकी आवाज़ पतली और खरखरी थी।

'भाग रहे हो, क्यों? ख़ुशी के मौक़े पर हमको हमारे हाल पर छोड़कर?'

अपने बेटे के ताज़ा कारनामे के बारे में उन्होंने इतना ही कहा।

'तुम्हारी सुंदर-सी बीवी कहाँ हैं? और इन दिनों तुम्हारी पोस्टिंग कहाँ है?'

जब मैंने उन्हें बताया तो उनका चेहरा सहसा सख़्त हो उठा। यह परिवर्तन लगभग डरा देने वाला था।

'उनके फोते दबोच लो, बाबा। दिल और दिमाग़ ख़ुद-ब-ख़ुद क़ाबू में आ जाएँगे।'

कश्मीर ने हमें यहाँ पहुँचा दिया था।

इसके बाद मैं उनकी ज़िंदगियों से अलग हो गया। तब और अब के बीच मैं सिर्फ़ एक बार तिलो से मिला, और वह भी इत्तफ़ाक से। मेरे साथ आर.सी.—आर.सी. शर्मा—और एक दूसरे सहकर्मी थे। हम लोधी गार्डन में दफ़्तरी राजनीति पर चर्चा करते हुए टहल रहे थे। मैंने उसे कुछ दूर से देखा। वह ट्रैकसूट में थी। बेतहाशा दौड़ रही थी और एक कुत्ता भी साथ में था। मुझे पता नहीं था कि वह उसका है या लोधी गार्डन का कोई आवारा कुत्ता जो उसके साथ दौड़ लगा रहा है। लगता था उसने भी हमें देख लिया है क्योंकि उसने अपनी रफ़्तार धीमी कर ली। जब हम रूबरू हुए, वह पसीने से भीगी हुई थी और उसकी साँस फूल रही थी। पता नहीं मुझ पर क्या धुन सवार हुई। शायद मैं आर.सी. के साथ देखे जाने पर शर्मिंदा महसूस कर रहा था या फिर यह वही असमंजस था, जिसे मैं उसके साथ होने पर महसूस करता आया था। जो भी हो, मेरे मुँह से एक मूर्खतापूर्ण बात निकली—ऐसी कुछ, जो मैं अपने किसी सहकर्मी की पत्नी से ही कह सकता था और वह भी तब, जब उससे किसी अंतरंग कॉकटेल पार्टी में सहसा मुलाक़ात हो और चुहलबाज़ी का माहौल हो।

'हैलो! आपके वो कहाँ हैं?'

ये शब्द कहने के बाद मेरी जान ही निकल जाती।

उसने कुत्ते का पट्टा खींचकर थामा जिसे वह हाथ में लिये हुए चल रही थी (कुत्ता उसी का था) और कहा, 'वो? अरे, कभी-कभी वो मुझे टहलने की छूट दे देते हैं।'

यह भयानक लगता है, लेकिन था नहीं। यह उसने मुस्कुराते हुए कहा था। *उसकी मुस्कराहट!*

चार साल पहले अचानक उसने फ़ोन करके पूछा कि क्या मैं ही बिप्लब दासगुप्ता हूँ (इस दुनिया में ऐसे बहुत-से लोग हैं जिनका ऐसा ही बेहूदा नाम है) जिन्होंने अख़बारों में अपने दूसरी मंज़िल के बरसाती अपार्टमेंट को किराये पर उठाने का विज्ञापन दिया है। मैंने कहा, बिल्कुल मैं ही हूँ। उसने कहा कि वह एक फ़्रीलांस चित्रकार और ग्राफ़िक डिज़ाइनर के तौर पर काम करती है और उसे एक ऑफ़िस चाहिए और इसके लिए वाजिब किराया दे सकती है। मैंने कहा कि मुझे इससे बहुत ख़ुशी होगी। कुछ दिन बाद दरवाज़े की घंटी बजी और वह वहाँ मौजूद थी। हालाँकि पहले से कुछ ज़्यादा उम्रदार, लेकिन एक बुनियादी तरीक़े से अपरिवर्तित—हमेशा की तरह विलक्षण। वह बैंजनी रंग की साड़ी और काले-सफ़ेद चेक का ब्लाउज़ पहने थी जो असल में एक कॉलरदार शर्ट थी जिसकी बाँहें ऊपर तक मुड़ी हुई थीं। बाल बिल्कुल सफ़ेद और इतने छोटे थे कि नुकीले लगते थे। वह या तो अपनी उम्र से कहीं ज़्यादा जवान लग रही थी या कहीं ज़्यादा बूढ़ी। मैं तय नहीं कर पाया।

तब मैं रक्षा मंत्रालय में प्रतिनियुक्ति पर था और निचली मंज़िल पर रहता था (जहाँ अब वह तरबूज़ रहती है)। शनिवार का दिन था, चित्रा और बेटियाँ बाहर थीं और मैं घर में अकेला था।

मैंने सहज ढंग से तय किया कि दोस्ताना ज़ाहिर करने की बजाय मुझे उसके साथ औपचारिक होना चाहिए और पुरानी बातों को याद नहीं करना चाहिए। सो मैं उसे बरसाती दिखाने सीधे ऊपर ले गया। उसे दोनों कमरे दिखाए। एक छोटा बेडरूम और बड़ी बैठक। यह निश्चय ही निज़ामुद्दीन में उसके स्टोर-रूम से कहीं बेहतर था, लेकिन डिप्लोमैटिक एनक्लेव के जिस मकान में वह कई साल तक रही, उससे इसकी कोई तुलना नहीं थी। उसने ज़रा भी इधर-उधर नहीं देखा और कहा कि जितनी जल्दी हो सके, वह यहाँ आ जाएगी।

ख़ाली कमरों से गुज़रने के बाद वह एक खिड़की की मुँडेर पर बैठ गई और नीचे गली में देखने लगी। उसने जो कुछ देखा, उससे वह ख़ुश नज़र आई। लेकिन जब मैंने भी खिड़की से बाहर झाँका तो मुझे लगा कि हम दोनों एक ही दृश्य में अलग-अलग चीज़ें देख रहे हैं।

उसने बात करने की कोशिश नहीं की और लगा कि वह अपनी ख़ामोशी में ख़ुश है। उसके दाएँ हाथ की बीच की अँगुली पर अब भी वही चाँदी की मामूली-सी अँगूठी थी। मैंने पाया कि वह अपने भीतर किसी बातचीत में मशगूल है। अचानक वह व्यावहारिक हो गई।

'क्या मैं चेक दे दूँ? डिपॉज़िट के तौर पर?'

मैंने कहा, मुझे कोई जल्दी नहीं, और कि मैं कुछ ही दिन में इसका क़रारनामा तैयार कर दूँगा।

उसने पूछा, क्या वह सिगरेट पी सकती है? मैंने कहा, बिल्कुल। अब यह जगह उसी की है और वह जो चाहे कर सकती है। उसने एक सिगरेट निकाली और लौ को अपनी हथेलियों के बीच रखकर उसे जलाया। मर्दों की तरह।

'बीड़ी छोड़ दी?' मैंने पूछा।

वह मुस्कराई तो जैसे कमरे में उजाला हो गया।

मैंने उसे सिगरेट ख़त्म करने दी और लाइट, पंखे, रसोई और बाथरूम में पानी के नलों की जाँच करने लगा। जब वह जाने को हुई तो उसने जैसे हमारे बीच हो रही बातचीत को जारी रखने के अंदाज़ में कहा, 'इतना सारा डाटा है, लेकिन कोई कुछ जानना ही नहीं चाहता। आपको क्या लगता है?'

मैं उसका आशय बिल्कुल नहीं समझ पाया। फिर वह चली गई, लेकिन उसकी अनुपस्थिति बरसाती में बनी रही, जैसी कि अब भी है।

एक या दो दिन बाद वह आई। उसके पास फ़र्नीचर के नाम पर लगभग कुछ नहीं था। उस वक़्त उसने मुझे यह नहीं बताया कि वह नागा को छोड़ चुकी है और इस फ़्लैट में न सिर्फ़ काम करना, बल्कि रहना भी चाहती है। किराया हर महीने की पहली तारीख़ को बिना देरी के जमा कर दिया जाता था।

मेरे जीवन में उसका आना, ऊपरी मंज़िल पर उसका होना मेरे भीतर किसी दरवाज़े का खुलना था।

भूतकाल का इस्तेमाल करते हुए मुझे परेशानी हो रही है।

नोटिस बोर्ड पर नत्थी की हुई तस्वीरें (नंबरों और कैप्शन के साथ), फ़र्श पर क़रीने से लगे दस्तावेज़ों के छोटे-छोटे ढेर, लेबल-लगे कार्टन और बॉक्स फ़ाइलें, किताबों के ख़ानों, अलमारियों और दरवाज़ों पर चिपके पीले पोस्ट-इट—कमरे में एक सरसरी निगाह डालते ही पता चल जाता है कि यहाँ कुछ ख़तरनाक है, जिसे बेहतर है कि न छुआ जाए या जिसे शायद नागा या फिर पुलिस के लिए ही छोड़ दिया जाए। लेकिन क्या मैं इसके लिए तैयार हूँ? क्या मैं अंतरंगता के इस क्षण को, रहस्यों को जानने के इस मौक़े को छोड़ दूँ, छोड़ देना चाहिए, छोड़ सकूँगा?

दूर एक कोने में लकड़ी का एक लंबा, मोटा तख़्ता है जो लोहे के दो स्टैंडों पर टिका है और मेज़ का काम करता है। उस पर काग़ज़, पुराने वीडियो टेप

और डीवीडी का अंबार लगा है। नोटिस बोर्ड पर बहुत-सी तस्वीरों के साथ नोट्स और रेखांकन हैं। एक पुराने डेस्कटॉप कंप्यूटर की बग़ल में लेबलों, विज़िटिंग कार्डों, ब्रोशरों और लेटरहेड्स से भरी हुई एक ट्रे है जिसमें शायद ग्राफ़िक डिज़ाइन का वह काम है जिससे वह अपनी आजीविका कमाती थी (हे ईश्वर, *कमा ही रही हो*)। कमरे में यही एक चीज़ है जो असामान्य प्रतीत नहीं होती। उसमें प्रिंटआउट्स रखे हैं जो लगता है विभिन्न आकार के अक्षरों में एक शैंपू के विभिन्न तरह के लेबल हैं।

नैचुरल अल्ट्रा दू नरिशिंग कंडीशनर
विद वॉलनट ऑयल एंड पीच लीफ़

नेचुरल अल्ट्रा दू हैज़ कंबाइंड द नरिशिंग
एंड रिलैक्सिंग वर्च्यूज़ ऑफ़ वॉलनट ऑयल एंड द सूदिंग
क्वालिटीज़ ऑफ़ पीच लीफ़ इन अ रिच डीटैंगलिंग क्रीम
दैट मेल्ट्स इंस्टैंटली इन योर हेयर।

रिज़ल्ट्स : वैरी इज़ी टु कॉम्ब। योर हेयर
रीगेंस इट्स इर्रेसिस्टेबल सॉफ़्टनेस विदाउट
हैवीनेस। डीपली नरिश्ड योर हेअर
इज़ परफ़ेक्टली फ़्लोइंग एंड स्मूथ।
अ डिआइटफ़ुल एक्सपीरियंस

'डिलाइटफ़ुल' में हर जगह एक 'एल' ग़ायब है। क्या आश्चर्य, उम्र के इस मोड़ पर भी वह शैंपू के लेबल ग़लत डिज़ाइन कर रही हो।

तेज़ी से गिरते बालों के लिए कौन-सा शैंपू होता है?

कंप्यूटर के ठीक ऊपर दीवार पर दो छोटी फ़्रेम की हुई तस्वीरें हैं, उनमें एक किसी चार या पाँच साल की बच्ची की तस्वीर है। उसकी आँखें बंद हैं और देह क़फ़न में लिपटी है। कनपटी पर एक घाव से ख़ून रिसकर सफ़ेद कपड़े पर गुलाब की शक्ल में लगा है। वह बर्फ़ में लेटी है। एक जोड़ा हाथ उसके सर को थोड़ा-सा ऊपर उठाए हुए हैं। तस्वीर के ऊपरी किनारे पर पैरों की एक क़तार है जो कई क़िस्म के सर्दियों के जूते पहने हुए हैं। मुझे लगता है, यह मूसा की बेटी है। कैसी अटपटी तस्वीर को फ़्रेम करके दीवार पर लटका दिया गया है।

दूसरी तस्वीर कुछ कम परेशान करने वाली है। यह एक हाउसबोट के बरामदे में खींची गई है और काफ़ी छोटी और धुँधली है। पृष्ठभूमि में एक

क़तार में कुछ शिकारे दिख रहे हैं और उसके बाद पहाड़। यह एक बहुत ठिगने और दाढ़ी वाले नौजवान की तस्वीर है जो घिसा हुआ, भूरा कश्मीरी फिरन पहने है। उसका बड़ा-सा सर उसके बाक़ी शरीर से मेल नहीं खाता। दोनों कानों के पीछे छोटे जंगली फूल खुँसे हैं। वह हँस रहा है, उसकी हरी आँखें चमक रही हैं और दाँत टेढ़े-मेढ़े हैं। बेपनाह और बेफ़िक्र मुस्कान के कारण वह किसी बच्चे जैसा लगता है। वह अपने बड़े-बड़े हाथों के कटोरों में बिल्ली के दो बच्चे थामे हुए है, जिनमें से एक की ख़ाल धुएँ जैसी भूरी और काली धारियों वाली है और दूसरा चितकबरा है और उसकी आँखों पर काले धब्बे हैं। वह उन्हें इस तरह लिये हुए है जैसे फ़ोटोग्राफ़र को छूने या सहलाने के लिए दे रहा हो। बिल्ली के बच्चे उसकी मोटी अँगुलियों के ऊपर से झाँक रहे हैं। उनकी पनीली आँखें सतर्क और आशंकित हैं।

यह कौन हो सकता है? पता नहीं।

मेज़ पर फ़ाइलों के ढेर से मैं एक मोटी-सी हरे रंग की फ़ाइल उठाता हूँ और एक पन्ना खोलता हूँ। एक काग़ज़ पर दो तस्वीरें चिपकी हैं। एक तस्वीर में एक धुँधला, अस्पष्ट साइकिल सवार छह या सात फ़ुट ऊँची गुलाबी चाहरदीवारी पर बने लोहे की सलाखों वाले दरवाजे की बगल से जा रहा है जो एक सार्वजनिक पुरुष शौचालय जैसा लगता है। वह किसी घनी बस्ती में है और इर्द-गिर्द एक और दो मंज़िला लाल ईंटों की इमारतें हैं जिनमें बालकनियाँ हैं। दीवार पर बड़े-बड़े हरे अक्षरों में 'रॉक्सी फ़ोटोकॉपियर' का विज्ञापन लगा है। दूसरी तस्वीर शौचालय के भीतर की है। ज़र्द गुलाबी दीवारों पर काई और नमी जमा है और बाएँ से दाएँ और ऊपर से नीचे जंग-लगे पाइप हैं। दीवार पर एक मैला सफ़ेद वॉश बेसिन और कंक्रीट के फ़र्श पर तीन खुले हुए मैनहोल हैं। उनकी बग़ल में हैंडिल वाले लोहे के खोल पड़े हैं जैसे विशाल बर्तनों के ढक्कन हों। एक खिड़की की पुरानी टूटी हुई चौखट और लकड़ी का एक तख़्ता दीवार के सहारे टिके हैं। इतनी फ़ालतू तस्वीरें मैंने कभी नहीं देखी थीं। इन्हें किसने खींचा है? कोई इस तरह की तस्वीरें क्यों लेगा? और कोई उन्हें क्यों इतनी हिफ़ाज़त से रखेगा?

यह अगले पन्ने से साफ़ हो जाता है :

गफ़ूर की दास्तान

इस जगह का नाम नवाज़ बाज़ार है। यह सार्वजनिक शौचालय देख रहे हैं जहाँ रॉक्सी फ़ोटोकॉपी लिखा हुआ है? यहीं पर वह सब हुआ था। 2004 की बात है। अप्रैल का महीना रहा होगा। सर्दी और ज़बर्दस्त बारिश थी। हम लोग रफ़ीक टेलर शॉप की ठीक बग़ल में अपने एक दोस्त की दूकान न्यू इलेक्ट्रॉनिक्स में बैठे चाय पी रहे थे। तारिक़ और मैं। रात के क़रीब आठ बजे थे। अचानक हमने ब्रेक लगने की आवाज़ सुनी। सड़क के उस तरफ़ से चार या पाँच गाड़ियाँ आईं और उन्होंने शौचालय पर घेरा डाल दिया। वे एसटीएफ़ की गाड़ियाँ थीं। आप जानते हैं एसटीएफ़ यानी स्पेशल टास्क फ़ोर्स। आठ जवान दूकान पर आए और हमें बंदूक़ की नोक पर सड़क के उस किनारे ले गए। जब हम शौचालय पहुँचे तो उन्होंने हमें अंदर जाकर तलाशी लेने को कहा। उन्होंने कहा कि एक अफ़ग़ानी आतंकवादी भाग गया है और शौचालय में छिपा है। वे चाहते थे कि हम अंदर जाएँ और उसे सरेंडर करने के लिए कहें। हम अंदर नहीं जाना चाहते थे क्योंकि हमें डर था कि उस मुजाहिद के पास बंदूक़ होगी। एसटीएफ़ के लोगों ने हमारी कनपटियों से पिस्तौलें सटा दीं। हम अंदर गए। वहाँ घुप्प अँधेरा था। हमें कुछ दिखाई नहीं दिया। वहाँ कोई भी नहीं था। हमने बाहर आकर बताया कि वहाँ कोई नहीं है। उन्होंने दुबारा से हमें अंदर जाने को कहा। हमें एक टॉर्च दी। इतनी बड़ी टॉर्च हमने पहले कभी नहीं देखी थी। एक जवान ने हमें बताया कि वह कैसे जलती है, और वह कुछ देर उसे जलाता-बुझाता जलाता-बुझाता जलाता-बुझाता रहा। दूसरा जवान हमारी तरफ़ घूरकर देखता रहा और अपनी बंदूक़ के सेफ़्टी-कैच को खोलता-बंद करता खोलता-बंद करता खोलता- बंद करता रहा। उन्होंने हमें टॉर्च लेकर अंदर भेज दिया। हमने उसे जलाकर इधर-उधर देखा, कोई नहीं था। हमने आवाज़ दी। लेकिन कोई जवाब नहीं आया। हम लोग पसीने से तरबतर हो गए।

एसटीएफ़ के जवानों ने बग़ल की इमारत में मोर्चा ले

लिया था। दो लोग पहली मंज़िल की बालकनी पर थे। उन्होंने कहा कि नाली में कोई आदमी नज़र आ रहा है। ऐसा कैसे हो सकता है? इतना अँधेरा था तो उन्होंने इतनी दूर से किसी को कैसे देख लिया? मैंने तीन मैनहोल्स के भीतर टॉर्च की रोशनी डाली। वहाँ किसी का सर नज़र आया। मैं बुरी तरह डर गया। मैंने सोचा, उसके पास बंदूक़ होगी, सो मैं एक तरफ़ हो गया। सिपाहियों ने मुझसे कहा कि उसे बाहर आने के लिए कहो। मेरी बग़ल में खड़ा तारिक़ फुसफुसाया, 'वे फ़िल्म बना रहे हैं, वही करो जो वे कह रहे हैं।' 'फ़िल्म' से उसका मतलब सीधे-सीधे 'फ़िल्म' नहीं था। उसका मतलब था कि वे एक कहानी गढ़ने के लिए मंज़र तैयार कर रहे थे।

मैंने मैनहोल वाले आदमी से बाहर आने के लिए कहा। उसने कोई जवाब नहीं दिया। मैं यक़ीन के साथ कह सकता हूँ कि वह कश्मीरी है, अफ़ग़ानी नहीं। वह मुझे ताकता रहा। कुछ भी नहीं बोला। एसटीएफ़ की टॉर्च लेकर हम उसके आसपास खड़े हो गए थे। बारिश अब भी हो रही थी। मैनहोल की बदबू बर्दाश्त के बाहर थी। शायद डेढ़ घंटा बीत गया। हमारी आपस में बात करने की हिम्मत नहीं हुई। हम बार-बार टॉर्च जलाते और बुझाते रहे। फिर उस आदमी का सर एक तरफ़ को लुढ़क गया, वह मर चुका था, टट्टी में दफ़न हो गया था।

एसटीएफ़ के लोगों ने हमें सब्बल और फावड़े दिए। हमें उसे बाहर निकालने के लिए मैनहोल के चारों ओर कंक्रीट के किनारों को तोड़ना पड़ा। हम सब भीगे हुए थे और काँप रहे थे और बदबू छोड़ रहे थे। जब हमने उसकी लाश बाहर निकाली तो देखा कि उसके दोनों पैर बँधे हुए हैं और उन पर एक पत्थर भी बँधा हुआ है।

इसका पता हमें बाद में चला कि एसटीएफ़ की उस फ़िल्म के पहले हिस्से में क्या हुआ था।

पहले उनमें से कुछ लोग चुपचाप एक कार में आए। उन्होंने उस आदमी को बाँधा और उसे मैनहोल में ठूँस दिया। उसे इस बुरी तरह पीटा गया कि वह मरने ही वाला था। जब वे यहाँ आए तो उन्हें एक बूथ में दूसरा नौजवान दिखाई दिया।

उसे वे गिरफ़्तार करके ले गए—हो सकता है उसने उनका कहना मानने से इनकार कर दिया हो। वे दोबारा अपनी गाड़ियों में आए और फ़िल्म के लिए उस सारे नाटक की तैयारी की और हमसे यह सब करने के लिए कहा।

उनके एक अफ़सर ने हमसे एक काग़ज़ पर दस्तख़त करने को कहा। हम दस्तख़त नहीं करते तो वे हमें मार डालते। हमें उस मुठभेड़ के गवाहों के तौर पर दस्तख़त करने पड़े जिसने नवाब बाज़ार के एक सार्वजनिक शौचालय में छिपे हुए एक ख़ूँखार अफ़गानी आतंकवादी को घेरकर मार दिया था। ख़बर यही छपी।

जिस आदमी को उन्होंने मारा था, वह बांडीपोरा का एक मज़दूर था। वह नौजवान ग़ायब हो चुका था जिसे उन्होंने एक अजीबोग़रीब और अटपटे वक़्त पेशाब करने की वजह से पकड़ा था।

और तारिक़ और मेरे ज़मीर पर झूठ और धोखाधड़ी का बोझ है।

जो आँखें हमें डेढ़ घंटे तक घूरती रहीं, वे हमें समझ रही थीं और माफ़ कर रही थीं। हम कश्मीरियों को अब एक-दूसरे की तकलीफ़ समझने के लिए आपस में कुछ कहने की ज़रूरत ही नहीं होती।

हम एक-दूसरे के साथ ख़ौफ़नाक चीज़ें करते हैं, एक-दूसरे को घायल करते हैं, धोखा देते हैं और एक-दूसरे को ख़त्म कर डालते हैं, लेकिन हम एक-दूसरे को अच्छी तरह समझते हैं।

❧

दुखद। दरअसल भयानक। अगर यह सच है तो। ऐसी चीज़ों की सच्चाई कैसे जानी जाए? लोगों पर भरोसा नहीं होता। वे हर बात बढ़ा-चढ़ाकर पेश करते हैं, ख़ास तौर पर कश्मीरी लोग। और फिर वे अपनी अतिरंजनाओं पर इस तरह यक़ीन करने लगते हैं जैसे वही ख़ुदाई सच हो। मुझे समझ नहीं आ रहा है कि मैडम तिलोत्तमा यह सब क्या कर रही है। इस कबाड़ को क्यों जमा कर रही

है? उसे शैम्पू के लेबल बनाने चाहिए। बहरहाल, यह कोई एकतरफ़ा मामला नहीं है। इसका दूसरा पक्ष भी ख़ौफ़नाक है। कई उग्रवादी तो बिल्कुल पागल थे। अगर चुनाव ही करना हो तो मैं कट्टर मुसलमान की बजाय कट्टर हिंदू को बेहतर मानूँगा। यह सही है कि हमने कश्मीर में बहुत-सी भयानक चीज़ें कीं और कर भी रहे हैं, लेकिन...मैं यह कहना चाहता हूँ कि पाकिस्तानी फ़ौज ने पूर्वी पाकिस्तान में जो कुछ किया, वह सरासर क़त्लेआम था। खुला खेल। जब भारतीय सेना ने बांग्लादेश को मुक्त किया तो हमारे प्यारे कश्मीरी उसे 'फ़ॉल ऑफ़ ढाका' कहने लगे और अब भी कहते हैं। उन्हें दूसरों के दर्द से ज़्यादा लेना-देना नहीं, लेकिन फिर, लेना-देना किसे है? पाकिस्तान बलोचों का दमन कर रहा है, लेकिन बलोचों को कश्मीरियों की कोई परवाह नहीं। जिन बांग्लादेशियों को हमने आज़ाद किया, वे हिंदुओं को मार रहे हैं। हमारे कम्युनिस्ट दोस्त स्तालिन के गुलाग को 'क्रांति का अनिवार्य हिस्सा' मानते हैं। अमेरिकी फ़िलहाल वियतनामियों को मानव अधिकारों का उपदेश देने में लगे हैं। असल समस्या प्रजातियों की है। हममें से कोई भी इसका अपवाद नहीं है। और फिर एक और धंधा इन दिनों ज़ोरों पर है। लोग—समुदाय, जातियाँ, क़ौमें और मुल्क भी—अपनी त्रासदियों और बदनसीबी के इतिहास को तमग़े की तरह लटकाए रहते हैं या खुले बाज़ार में उसे सामान की तरह ख़रीदते और बेचते हैं। अपनी बात करूँ, तो दुर्भाग्य से मेरे पास व्यापार के लिए ऐसी कोई चीज़ नहीं है। मैं त्रासदी से रहित आदमी हूँ। हर तरह से उच्च जाति का, उच्च वर्ग का ज़ालिम।

इसी बात पर चियर्स!

ज़रा देखें, यहाँ और क्या-क्या है।

यहाँ एक खुला कार्टन भी रखा है, एक पुराने ह्यूलेट-पैकार्ड के प्रिंटर के कार्टरिज का डिब्बा, जो मेज़ पर पड़ा है। यह देखकर कुछ राहत मिलती है कि उसमें रखी चीज़ें निस्बतन ख़ुशनुमा हैं। तस्वीरों के दो लिफ़ाफ़े. एक पर 'ऑटर पिक्स' लिखा है और दूसरे पर 'ऑटर किल्स।' बढ़िया। मुझे यह अंदाज़ा नहीं था कि उसे ऊदबिलावों में दिलचस्पी है। इससे अचानक वह—किस तरह कहूँ—कुछ कम ख़तरनाक नज़र आती है। यह ख़ुश करने वाला ख़याल है कि वह किसी समुद्र या नदी के किनारे टहल रही है, हवा उसके बालों से खेल रही है, वह निश्चिंत और बेख़बर है...ऊदबिलाव खोज रही है...मुझे ऊदबिलाव बहुत पसंद हैं। मुझे लगता है वे शायद मेरे सबसे पसंदीदा जीव हैं। एक बार जब मैं अपने परिवार के साथ कनाडा के पश्चिमी समुद्र तट पर प्रशांत महासागर

में एक जहाज़ पर छुट्टियाँ बिता रहा था तो पूरा हफ़्ता उन्हें देखने में ही बिता दिया। तूफ़ान के वक़्त भी जब समुद्र बहुत डाँवाडोल था तब भी वे वहाँ थे। चंचल और गुस्ताख़। निर्लिप्त भाव से अपनी पीठ पर तैरते हुए। इस तरह देखते हुए जैसे सुबह का अख़बार पढ़ रहे हों।

मैं लिफ़ाफ़े से तस्वीरें निकालता हूँ।

उनमें कहीं ऊदबिलावों की तस्वीर नहीं है।

मुझे पता होना चाहिए था। लगता है जैसे किसी ने मेरे साथ शरारत की है।

ढेर में सबसे ऊपर एक तस्वीर है जो श्रीनगर के डल गेट पर सैर के दौरान खींची गई है। एक साँवला सिख सिपाही, जो सुरक्षा जैकेट पहने हुए और अपने कूल्हे पर राइफ़ल लिये हुए है। एक घुटना उठा हुआ है और एक झुका हुआ। वह एक नौजवान की लाश के पास विजयी मुद्रा में बैठा है। नौजवान की देह जिस तरह पड़ी है, उससे साफ़ है कि वह मर चुका है। उसकी ठुड्डी एक फ़ुट ऊँची सीमेंट की मुँडेर पर टिकी है जो झील के चारों ओर जाती है और बाक़ी हिस्सा नीचे एक मेहराब की तरह झुका हुआ है। वह पैंट और भूरी-पीली पोलो शर्ट में है। उसकी गर्दन में गोली मारी गई है। ख़ून ज़्यादा नहीं है। पृष्ठभूमि में हाउसबोटों के धुँधले आकार हैं। सिपाही का सर बैंजनी रंग के मार्कर से घेरा गया है। मरे हुए आदमी के कपड़ों और सिपाही के हथियार से पता चलता है कि यह काफ़ी पुरानी तस्वीर है। दूसरी तस्वीरें कुछ कम नाटकीय हैं, जिनमें सिपाही बाज़ारों में, सुरक्षा नाकों या राजमार्ग पर फ़ौजी गाड़ियों की तरफ़ हाथ हिला रहे हैं। उनमें एक सिपाही को उसी तरह के बैंजनी मार्कर से घेरा गया है। इन सबके बीच में कोई प्रत्यक्ष संबंध नज़र नहीं आता। कुछ की दाढ़ी सफ़ाचट है, कुछ सिख हैं और ज़ाहिर है, कुछ मुसलमान। लगभग सभी तस्वीरों में कश्मीर की पृष्ठभूमि है। सिर्फ़ एक तस्वीर में एक ऊबा हुआ-सा सिपाही नीले रंग की प्लास्टिक की कुर्सी पर रेत की बोरियों वाले बंकर में बैठा है जैसे रेगिस्तान में हो। उसकी गोद में हेल्मेट और हाथ में नारंगी रंग का मक्खी मारने का पंखा है और वह कहीं दूर देख रहा है। उसकी आँखों में एक ख़ालीपन है, कोई भावहीन चीज़, जो ध्यान खींचती है। उसका सर भी बैंजनी रंग के मार्कर से घिरा हुआ है।

अब ये लोग कौन हैं?

फिर जब मैं उन तस्वीरों को मेज़ पर फैलाता हूँ तो पता चल जाता है। सभी तस्वीरों में एक ही सिपाही है। आँखों को छोड़कर वह हर तस्वीर में अलग नज़र आता है। वह कोई बहुरूपिया है। शायद प्रति-गुप्तचरी करने वाला

हमारा कोई आदमी। लेकिन उसके चारों तरफ़ बैंजनी रंग का घेरा क्यों है?

कार्टन में एक फ़ाइल है जिस पर लिखा है 'ऑटर।' उसका पहला दस्तावेज़ किसी के बायोडाटा की तरह लगता है। लेटरहेड पर लिखा है : राल्फ़ एम. बाउवर, एलसीएसडब्ल्यू, लाइसेंस्ड क्लीनिकल सोशल वर्कर, और उसके बाद शैक्षिक योग्यताओं की लंबी सूची है। मैं एक शब्द पर चौंक जाता हूँ। *क्लोविस*। राल्फ़ बॉउवर का पता 'ईस्ट बुलार्ड एवेन्यू, क्लोविस, कैलिफ़ोर्निया' लिखा है।

क्लोविस वही जगह थी जहाँ अमरीक सिंह ने ख़ुद को और अपने परिवार को ख़त्म किया था। अपने ही घर में, जो एक छोटी उपनगरीय रिहाइशी बस्ती में था। और फिर मुझे सब कुछ समझ में आ गया। स्पॉटर। ऑटर। बेशक। तस्वीरें अमरीक सिंह 'स्पॉटर' की ही हैं। कश्मीर में मेरा उससे कभी सामना नहीं हुआ। पता नहीं वह जवानी के दिनों में कैसा दिखता था (यह गूगल-पूर्व का दौर था)। उसकी पुरानी तस्वीरें ज़रा भी इन तस्वीरों से मेल नहीं खातीं, जिनमें वह स्थूल, हजामत किए हुए और पूरी तरह बदहवास दिखाई देता है और जो उसकी आत्महत्या के बाद अख़बारों में छपी थीं।

लगता है जैसे मेरी रग़ों में ख़ून नहीं, कोई रासायनिक चीज़ भर गई है। आख़िर ये दस्तावेज़ उसे हासिल कैसे हुए? और क्यों? *क्यों?* ये उसके किस काम के थे? और अब यह सब क्या है? प्रतिशोध की फ़ेंटेसी के लिए कोई टोना-टोटका?

फ़ाइल के शुरुआती पन्ने एक प्रश्नावली की तरह हैं, जैसे अटपटे और पेचीदा सवालों की एक शृंखला हो : *क्या आपको कभी इस घटना के तकलीफ़देह सपने आते हैं? क्या आपको कभी उदासी या प्रेम की भावना का अभाव महसूस हुआ है? क्या आपको कभी एक लंबा जीवन जीने और अपना मक़सद पूरा करने के बारे में सोचते हुए कोई दिक़्क़त महसूस हुई?* इसी ढंग की बातें। प्रश्नावली के साथ दो लिखित बयान भी नत्थी हैं, जिन पर अमरीक सिंह और उसकी पत्नी के दस्तख़त हैं (पत्नी के लंबे और उसके बहुत छोटे), और दो साफ़-सुथरे ढंग से भरे हुए, मोटे और हस्ताक्षर किए हुए आवेदन-पत्रों की फ़ोटो-प्रतियाँ भी, जिनमें अमेरिका में शरण की माँग की गई है।

मुझे बैठकर देखना पड़ेगा। मुझे एक ड्रिंक की ज़रूरत है। कार्दू ह्विस्की की एक बोतल मेरे पास है, जिसे मैं काबुल से यहाँ आते समय ड्यूटी-फ्री दूकान से ख़रीदकर न लाया होता तो ही अच्छा होता। इसलिए कि मैंने चित्रा से वादा किया था कि शराब को हाथ नहीं लगाऊँगा। एक पेग भी नहीं। एक बूँद भी नहीं। इसलिए कि मैं जानता हूँ मेरी नौकरी ख़तरे में है। इसलिए कि मेरे बॉस

ने अपने फूहड़ अंदाज़ में मुझे एक आख़िरी मौक़ा दिया है—'या तो सुधरो या छुट्टी करो।'

बर्फ़ होती तो अच्छा था, लेकिन है नहीं। पूरा फ्रीज़र जैसे बर्फ़ की चट्टान बना हुआ है और उसे डीफ़्रॉस्ट करना ज़रूरी है। फ्रिज़ ख़ाली है, लेकिन रसोई के डिब्बों में ख़ूब सारे फल हैं। शायद वह किसी आधुनिक विष-निवारक डाइट पर रह रही थी और अब भी है, जिसमें सिर्फ़ फल खाकर गुज़ारा करना होता है। हो सकता है वह ऐसी ही किसी जगह गई हो। योगा केंद्र जैसी किसी जगह।

नहीं, वह नहीं गई।

कार्दू मुझे नीट ही पीनी पड़ेगी। सचमुच। सर्दी है और ये ससुरे कबूतर क्यों खिड़की पर बैठे हुए संभोग कर रहे हैं। ये चुप क्यों नहीं रहते?

दिनांक : 16 अप्रैल, 2012
संदर्भ : लवलीन सिंह (कौर) और अमरीक सिंह

यह अमरीक सिंह और उनकी पत्नी लवलीन सिंह (कौर) का इस आशय का मनो-सामाजिक मूल्यांकन का आवेदन है कि क्या वे उत्पीड़न के शिकार हुए हैं जो उनके मूल देश भारत में बुरे बर्ताव, पुलिस के भ्रष्टाचार और धन-उगाही की वजह से हुआ। क्या उनका यह डर वास्तविक और प्रमाणित है कि उनकी सरकार उन्हें उत्पीड़ित करेगी या मार देगी? वे शरण चाहते हैं क्योंकि उनका दावा है कि अगर अमरीक सिंह भारत लौटते हैं तो उन्हें मार दिया जाएगा या उन्हें यातना दी जाएगी। इंटरव्यू के दौरान मैंने उनकी ट्रॉमा सिम्टम इनवेंटरी-2 (टीएस-2), मेंटल स्टेटस चेकलिस्ट, पोस्ट-ट्रॉमेटिक स्ट्रेस डिस्ऑर्डर (पीटीएसडी) स्क्रीनिंग इंटरव्यू और एक डेविडसन ट्रॉमा स्केल से जाँच की। दोनों के साथ आमने-सामने दो घंटे के इंटरव्यू के दौरान उनका पूरा इतिहास जाना गया, जिसमें उन घटनाओं का पूरा वर्णन है जो कश्मीर, भारत में उनके साथ हुईं।

पृष्ठभूमि :

श्री और श्रीमती अमरीक सिंह क्लोविस, कैलिफ़ोर्निया में रहते हैं। लवलीन सिंह (कौर) का जन्म कश्मीर, भारत में 19 नवंबर

1972 को हुआ। अमरीक सिंह, जन्म चंडीगढ़, भारत 9 जून, 1964। दंपति के तीन बच्चे हैं, जिनमें से एक का जन्म अमेरिका में हुआ। दंपति अपने दो बड़े बच्चों के साथ भारत से कनाडा भाग आए। 1 अक्तूबर, 2005 को उन्होंने सड़क के रास्ते यू.एस.ए. में प्रवेश किया। पहले वे ब्लैन, वाशिंगटन पहुँचे, लेकिन अब क्लोविस, कैलिफ़ोर्निया में रहते हैं, जहाँ अमरीक सिंह ट्रक ड्राइवर का काम करते हैं। लवलीन कौर एक गृहणी हैं। वे अपने परिवार की सुरक्षा के बारे में स्थायी रूप से चिंतित हैं।

लवलीन का वृत्तांत :

यह वृत्तांत लवलीन से हुए इंटरव्यू के भावानुवाद पर आधारित है।

मेरे पति अमरीक सिंह श्रीनगर, कश्मीर में सेना के मेजर के रूप में कार्यरत थे। जब वे ड्यूटी पर थे तो मैं उनके साथ छावनी में नहीं रहती थी, मैं जवाहर नगर कॉलोनी, श्रीनगर में एक निजी मकान की दूसरी मंज़िल के फ़्लैट में अपने बेटे के साथ रहती थी। उस बस्ती में बहुत से सिख परिवार और थोड़े-से मुसलमान रहते हैं। 1995 में जालिब क़ादरी नाम के एक मानवाधिकार वकील को अपहृत किया गया और मार दिया गया और स्थानीय पुलिस ने इसके लिए मेरे पति को ज़िम्मेदार ठहराया और हमें लगा कि मुसलमान उन्हें फँसा रहे हैं। मेरे पति रिश्वत नहीं खाते थे और मुस्लिम आतंकवादियों को पसंद नहीं करते थे। वे एक सम्मानित व्यक्ति थे। उनके ख़ुद के शब्दों में : मैं अपने देश से धोखाधड़ी नहीं करूँगा, आप मुझे रिश्वत नहीं दे सकते।

मेरी दोस्त मनप्रीत उन दिनों श्रीनगर में पत्रकार थी। उसने पता लगाया कि मेरे पति को कौन फँसा रहा है और जालिब क़ादरी की हत्या किसने की है। वह और मेरी माँ यह जानकारी देने के लिए पुलिस स्टेशन गईं। पुलिस ने उसकी बात नहीं सुनी क्योंकि वह एक महिला थी और आरोपी की संबंधी थी। और इसलिए भी कि जे.के. पुलिस में ज़्यादातर कश्मीरी मुसलमान हैं। पुलिस

के मुख्य जाँच अधिकारी ने कहा, 'अगर मैं चाहूँ तो आप मोहतरमाओं को यहीं ज़िंदा जला सकता हूँ। मेरे पास इतनी पावर है।'

एक साल के बाद पुलिस ने सर्च-एंड-कॉर्डन के लिए जवाहरनगर कॉलोनी पर घेरा डाला, जहाँ मैं अपने पति के बग़ैर रहती थी। फिर उन्होंने दरवाज़े को धक्का दिया और अंदर आए। उन्होंने मेरे बाल पकड़े और मुझे दूसरी मंज़िल से पहली मंज़िल पर खींच लाए। एक पुलिस वाले ने मेरे बेटे को पकड़ लिया। उन्होंने मेरे गहने चुराए। इस बीच वे मुझे लात मारते, पीटते और कहते रहे, 'यह उस अमरीक सिंह का परिवार है जिसने हमारे नेता का क़त्ल किया है।' पुलिस हेडक्वार्टर में उन्होंने मुझे लकड़ी के एक तख़्ते से बाँधा और मुझे लातें और चाँटे मारे और पिटाई की। वे रबर के एक पट्टे से मेरे सर को पीटते रहे। उन्होंने कहा, 'हम हमेशा के लिए तुम्हारा भुर्ता बना देंगे।' एक आदमी ने अपने लोहे के जूतों से मेरी छाती और पेट को कुचल डाला और वे मेरे पैरों पर लकड़ी के रोलर चलाते रहे। फिर उन्होंने मेरे बदन और अँगूठों पर कुछ चिपकाया और मुझे कई बार बिजली के झटके दिए। वे चाहते थे कि मैं अपने पति के बारे में झूठा बयान दूँ। मुझे दो दिन तक वहाँ रखा गया। उन्होंने मेरे बेटे को एक दूसरे कमरे में रखा और कहा कि उसे तभी मुझे वापस किया जाएगा जब मैं झूठा बयान दूँगी। आख़िरकार उन्होंने मुझे छोड़ दिया। तब मैंने अपने बेटे को देखा। हम दोनों रो रहे थे। मेरे पैर इस क़दर दर्द कर रहे थे कि मैं उस तक चलकर नहीं जा सकी। फिर एक रिक्शे वाले ने मुझे बिठाया और मेरी माँ के घर पहुँचाया।

कोई डॉक्टर मेरा इलाज करने के लिए तैयार नहीं हुआ क्योंकि सबको डर था कि मुस्लिम आतंकवादी उन्हें मार डालेंगे। मुझ पर और मेरे पति पर हर वक़्त निगाह रखी जा रही थी। हम भीषण तनाव की ज़िंदगी जी रहे थे।

तीन साल बाद हमने कश्मीर छोड़ दिया और जम्मू में रहने लगे। 2003 में हम देश छोड़कर कनाडा आए। हमने शरण के

लिए आवेदन किया, लेकिन उन्होंने मना कर दिया। यह बड़ी बेरहमी थी। हमें मदद की ज़रूरत थी। हमने उन्हें कई तरह के सबूत दिए, लेकिन तब भी उन्होंने मना कर दिया। अक्तूबर 2005 में हम लोग सिएटल चले आए। मेरे पति को ट्रक ड्राइवर की नौकरी मिल गई और 2006 में हम क्लोविस, कैलिफ़ोर्निया आए। हमारे पास किसी तरह की सुरक्षा नहीं है। हम कहीं भी नहीं जाते, कहीं घूमते-फिरते नहीं और न हमारी ज़िंदगी में ख़ुशहाली है। अगर हम बाहर भी जाते हैं तो कह नहीं सकते कि ज़िंदा ही लौटेंगे। हर वक़्त लगता है जैसे आतंकवादी हम पर निगाह रखे हुए हैं। कहीं ज़रा भी शोर हो तो लगता है कि मैं मरने वाली हूँ। ज़रा भी ज़ोरों की आवाज़ हो तो मैं बुरी तरह डर जाती हूँ। पिछले साल 2011 में जब मेरे पति बच्चों को कुछ ज़बानी हिदायतें ही दे रहे थे तो मैं इतना डर गई कि मुझे लगा, वे हमें मारने आ गए हैं। मैं 911 पर कॉल करने के लिए फ़ोन की तरफ़ भागी। जब मैं भाग रही थी तो मेरे सर, छाती और पैरों में बुरी तरह से चोट लग गई। मेरे पति बच्चों को कुछ ज़बानी हिदायतें ही दे रहे थे, लेकिन मुझे लगा कि मैं मरने वाली हूँ। मेरे दिल की धड़कन इतनी बढ़ जाती है कि लगता है पागल हो गई हूँ। ज़रा भी शोर होने या चिल्लाने पर मेरे भीतर पता नहीं क्या होने लगता है। हालाँकि मेरे पति बच्चों को कुछ ज़बानी हिदायतें दे रहे थे, लेकिन मैंने पुलिस बुला ली और पता नहीं कि ऐसा क्या कहा कि उन्होंने मेरे पति को गिरफ़्तार कर लिया और फिर उन्हें जमानत पर छोड़ा। अब भी मुझे ठीक-ठीक पता नहीं है कि हुआ क्या था। अख़बारों में ख़बर छपी कि मेरे पति फ़लाँ पद पर थे और कश्मीर में सेवारत थे। उन्होंने मेरे पति और हमारे घर की तस्वीरें भी छापीं और यहाँ रहने वालों को यह सब जानने का मौक़ा दे दिया। यह ख़बर इंटरनेट पर चली और कश्मीर भी पहुँची। मुसलमान आतंकवादी फिर से मेरे पति को वापस भेजने की माँग करने लगे। कुछ दिन बाद एक पत्रकार ने हमें फ़ोन किया और बताया कि हिंदुस्तान की किसी मैगजीन का एक लेखक उन्हें खोज रहा है। लेकिन हमें पता था कि वह, वह नहीं था जो वह बता रहा

था। मैंने उसे अपने घर के सामने से गाड़ी में जाते हुए देखा। मैंने उसे कई बार देखा। मैंने अपने पति से कहा कि हमें यहाँ से चले जाना चाहिए। उन्होंने कहा, 'हमारे पास इतना पैसा ही नहीं है कि जगह-जगह भटकते रहें। मैं भागना नहीं चाहता, मैं जीना चाहता हूँ।' वह आदमी हमेशा हमारे आसपास बना रहता है। इसी तरह के दूसरे लोग भी हैं। सभी मुसलमान आतंकवादी हैं। मैं लगातार डरी रहती हूँ। मैं सभी पर्दे लगाकर रखती हूँ और उनके पीछे से देखती रहती हूँ। वे गली में खड़े रहते हैं और हमारे घर की तरफ़ ताकते हैं। मैं अब हर चीज़ को ताले में बंद रखने लगी हूँ। पहले मैं घर से एक छोटा-सा ब्यूटी पार्लर चलाती थी, महिलाओं की भौंहें सँवारने और वैक्सिंग-थ्रेडिंग का काम करती थी। अब मुझे लगता है कि अजनबियों को अपने घर में आने देना ख़तरनाक है।

सत्रह साल बीत गए हैं, लेकिन कश्मीरी मुसलमान आतंकवादी अब भी उस वकील की मौत का मातम मनाते हैं। अख़बारों में और इंटरनेट पर वे मेरे पति को क़सूरवार ठहराते हैं। मेरे बच्चे डरे हुए हैं। वे हमेशा यही पूछते हैं, 'मॉम, आख़िर कब हमारी ज़िंदगी में ख़ुशी आएगी?' मैं उनसे कहती हूँ, 'मैं कोशिश कर रही हूँ, लेकिन यह मेरे हाथ में नहीं है।'

टेलिफ़ोन की तरफ़ भागते समय उसके पैरों, सर और छाती पर चोट लग गई थी। यह एक कमाल ही था। आश्चर्य यह है कि उसके पति ने कैसे अपनी शिकायत वापस लेने के लिए उसे राज़ी किया होगा। अगर वह वापस नहीं लेती तो शायद आज वह और उसके बच्चे ज़िंदा होते। मुझे वह हिस्सा ख़ास तौर से पसंद है जिसमें स्थानीय पुलिस दूसरी तमाम जगहों को छोड़कर जवाहर नगर में सर्च-एंड-कॉर्डन ऑपरेशन करती है और सेना के एक कार्यरत मेजर की पत्नी को गिरफ़्तार करके यातनाएँ देती है। यह लाजवाब है। कश्मीर में इस कहानी को एक मजाकिया नौटंकी माना गया। 'डरे हुए डॉक्टरों' वाली बात भी कहानी में ग़ज़ब का पुट था। आभासी सच ही सच होता है। जहाँ तक यातना दिए जाने के ब्यौरों की बात है, मुझे उम्मीद है कि उसके पति ने ये तरीक़े उसे

सिखाए-भर होंगे, उस पर आज़माए नहीं होंगे। महज़ एक ही पैराग्राफ़ में 'कुछ ज़बानी हिदायतें ही दे रहे थे' का तीन बार इस्तेमाल भी ग़ज़ब है।

अमरीक सिंह की अपनी गवाही फ़ौजी ढंग की थी—संक्षिप्त और दो टूक :

> मैं भारतीय सेना में एक कमीशंड अफ़सर के रूप में सेवारत था। मैं बग़ावत-विरोधी और शांति कायम करने से संबंधित कई ज़िम्मेदारियों के साथ भारत और भारत के बाहर तैनात रहा। 1995 में मेरी तैनाती कश्मीर में हुई जहाँ 1990 से बग़ावत जारी है। 1995 में एक मानवाधिकार कार्यकर्ता का अपहरण हुआ और उसे मार दिया गया। लेकिन बाद में पता चला कि वह एक प्रतिबंधित आतंकवादी संगठन का सदस्य था।
>
> कश्मीर पुलिस और भारत सरकार इसका आरोप मुझ पर मढ़ रही है। मुझे बलि का बकरा बनाया जा रहा है। मेरे पास अपने परिवार के साथ भारत छोड़ने के अलावा कोई चारा नहीं था। अगर मैं लौटता हूँ तो भारत सरकार यह नहीं चाहेगी कि मैं किसी अदालत में जाऊँ और अपना पक्ष रखूँ। मुझे पीटकर, बिजली के झटके देकर, वाटर बोर्डिंग करके, भोजन और नींद से वंचित करके यातना दी जाएगी या फिर मार दिया जाएगा ताकि मैं फिर कभी दिखाई न दूँ और न मेरी आवाज़ सुनाई दे।

आवेदन पत्रों को हाथ से भरा गया था। अमरीक सिंह की लिखावट साफ़-सुथरी, लगभग लड़कियों जैसी थी और उतने ही साफ़-सुथरे, लड़कियों जैसे हस्ताक्षर थे। उसकी लिखावट देखकर डर-सा लगा। वह अजीब ढंग से जानी-पहचानी है।

वे दोनों पक्के तौर पर जानते थे कि अपना काम कैसे निकाला जाए। बेचारा शरीफ़ *राल्फ़ बॉउवर*, एलसीएसडब्ल्यू, भला कैसे जान पाता कि उनकी कहानी बेहद सच्ची लगती है क्योंकि वह ऐसी ही है, बस उसमें शिकारों और शिकारियों की भूमिकाएँ बदल दी गई थीं? आश्चर्य नहीं कि वह जिस निष्कर्ष पर पहुँचा, वह भी कम मज़ेदार नहीं था।

निष्कर्ष :

> ऊपर दिए गए तथ्यों के आधार पर मेरे मस्तिष्क में कोई संदेह नहीं है कि श्रीमती लवलीन सिंह और श्री अमरीक सिंह गंभीर पोस्ट-ट्रॉमेटिक स्ट्रेस डिस्ऑर्डर से पीड़ित हैं। उनके तनाव का स्तर निश्चित रूप से इसका संकेत है कि दोनों व्यक्तियों को यातनाओं, क़ैद की अनिश्चित अवधियों और परिवार से अलग रहने की विध्वंसकारी और दर्दनाक घटनाओं से गुज़रना पड़ा है। उन्हें बहुत डर है कि भारत लौटने पर ये घटनाएँ दोबारा हो सकती हैं। कुल मिलाकर इसमें संदेह नहीं कि वर्ल्डवाइड वेब के विभिन्न ब्लॉगों पर ऐसे लोग बाक़ायदा मौजूद हैं जो अब भी प्रतिशोध लेने के इच्छुक हैं और अपना ग़ुस्सा निकालना चाहते हैं।
>
> इन तथ्यों की रोशनी में मैं श्री और श्रीमती अमरीक सिंह और उनके परिवार को यू.एस.ए. में सुरक्षा और शरण दिए जाने की पूरी सिफ़ारिश करता हूँ ताकि वे जितना संभव हो, उतना सामान्य जीवन जी सकें।

तो श्री और श्रीमती सिंह लगभग बाज़ी मार चुके थे। वे बाक़ायदा यू.एस.ए. के नागरिक बनने के कगार पर थे, लेकिन कुछ महीने बाद अमरीक सिंह ने ख़ुद को और अपने पूरे परिवार को गोली मारने का फ़ैसला कर लिया।

इसका क्या मतलब था?

क्या यह आत्महत्या के अलावा और कुछ हो सकता था?

वह कार-कलाकार कौन था, जिसका हवाला पत्नी ने अपने बयान में दिया था? और दूसरे लोग कौन थे?

क्या अब इससे कोई फ़र्क़ पड़ता है?

मुझे तो नहीं।

भारत सरकार को नहीं।

कैलिफ़ोर्निया पुलिस को ज़रा भी नहीं। उसके पास करने के लिए बहुत से दूसरे काम होंगे।

लेकिन पत्नी और बच्चों के साथ सचमुच बहुत बुरा हुआ।

यह फ़ाइल मेरी किराएदार मैडम एस. तिलोत्तमा के पास किसलिए है?
और वह है कहाँ?

मेरा फ़ोन बजता है। अजीब बात। यह नंबर किसी के पास नहीं है। दुनिया सिर्फ़ यह जानती है कि मैं नशा-मुक्ति केंद्र में हूँ, या अध्ययन अवकाश पर, जो इसी बात को कहने का दूसरा ढंग है। कौन मुझे संदेश भेज रहा है? ओह, थाइरोकेयर। यह पता नहीं कौन है।

डियर क्लाइंट प्लीज़ अटैंड अवर हेल्थ कैंप।
विटडी+बी12, शुगर, लिपिड, एलएफटी, केएफटी, थायराइड,
आयरन, सीबीसी, यूरीन टेस्ट फ़ॉर रुपीज़ 1800/-

प्यारे थाइरोकेयर, इससे बेहतर है कि मैं मर जाऊँ!

एक-तिहाई बोतल मैंने ख़त्म कर दी है। अब यह दोपहर-बाद की वर्जित-सी झपकी लेने का वक़्त है। कर्मठ लोगों को सोना नहीं चाहिए। मुझे कार्दू बेडरूम में नहीं ले जानी चाहिए। लेकिन ले जानी होगी। वह बहुत ज़िद्दी है।

यहाँ कोई पलंग नहीं है। बस फ़र्श पर एक बिस्तर बिछा है। किताबें हैं, नोटबुक्स हैं, क़रीने से एक के ऊपर एक रखे हुए शब्दकोश हैं।

मैं एक ऊँचे-से लैंप को जलाता हूँ। उसके चौड़े लैंपशेड से चिपका हुआ एक रंगीन काग़ज़ दिखाई देता है। एक स्मरण-पत्र? उसके ख़ुद के लिए एक नोट? लिखा है :

> *जहाँ तक उनकी मौत का सवाल है, क्या मुझे इसके बारे में तुम्हें बताने की ज़रूरत है? यह उन सबकी निगाह में उसकी मृत्यु होगी, जिसने ज्यूरी से अपनी मृत्यु के बारे में सुनकर राइन वाले लहज़े में फुसफुसाते हुए सिर्फ़ इतना कहा था, 'मैं पहले ही इस सबसे परे जा चुका हूँ।'*
>
> *ज्याँ जेने*
>
> *पुनश्च। यह लैंपशेड जानवर की ख़ाल से बना है। अगर आप ग़ौर से देखें तो आपको उसमें से बाल उगते हुए दिखाई देंगे।*
>
> *धन्यवाद।*

लगता है इन कमरों में कुछ छिन्न-भिन्न हुआ है। किसी इंसान के छिन्न-भिन्न होने का गवाह होना शायद एक डरावना अनुभव है। लेकिन इस इंसान के? यहाँ किसी ख़तरे की सरहद दिखती है जैसे किसी वारदात वाली जगह की हवा में बारूद की हल्की-तीखी गंध तैर रही हो।

मैंने जेने को पढ़ा नहीं, क्या पढ़ना चाहिए था? आपने पढ़ा है?

कार्दू बढ़िया ह्विस्की है और कमबख़्त महँगी। मुझे इसे सम्मान के साथ पीना होगा। मैं काफ़ी नशे में—वूज़ी—हो चूका हूँ, 'ऊज़ी,' जैसा कि मेरे पुराने दोस्त गोलक ने कहा होता। ओडिशा के लोग शब्दों के बीच 'डब्ल्यू' की ध्वनि खा जाते हैं।

❧

घुप्प अँधेरा है।

मैंने सपने में देखा कि सॉसपैन के ढक्कनों की एक मीनार है और खुले हुए मैनहोल में अजीबोग़रीब चीज़ें ठुँसी हुई हैं। ज़्यादातर फाइलें और मूसा के बनाए हुए घोड़ों के रेखांकन। और एकदम सूखी बर्फ़ की लंबी सिटकनियाँ हैं जो हड्डियों जैसी दिखती हैं।

ह्विस्की किसने ख़त्म कर डाली?

वोद्का और बीयर के क्रेट मेरी कार से उठाकर इस बरसाती में कौन लाया?

किसने रात को दिन में बदल दिया?

कितने दिन कितनी रातों में बदल गए?

और दरवाज़े पर कौन है? मुझे चाबी घुमाने की आवाज़ सुनाई दे रही है। क्या वही है?

नहीं, वह नहीं है।

दो लोग हैं जिनके पास तीन आवाज़ें हैं। अजीब बात है। वे अंदर आते हैं और लाइट जलाते हैं जैसे कि यह उन्हीं की जगह हो। अब हम आमने-सामने हैं। काला चश्मा लगाए हुए एक जवान आदमी और एक अधेड़ आदमी। अधेड़ औरत। आदमी। औरत-आदमी। जो भी हो। एक अजीबोग़रीब नमूना। पठानी सूट और एक सस्ती प्लास्टिक जैकेट पहने हुए। बहुत लंबा। लाल मुँह और एक चटख़ चमकीला दाँत। या हो सकता है यह भी कोई सपना हो। मेरे होशोहवास अजीब ढंग से एक साथ उत्तेजित और कुंद हो गए हैं। चारों तरफ़

बोतलें बिखरी हैं। हमारे पैरों के इर्द-गिर्द फ़र्नीचर के नीचे लुढ़कती हुईं और खुले मैनहोलों में गिरती हुईं।

हमारे पास क्योंकि एक-दूसरे से कहने के लिए कुछ ख़ास नहीं है, और मैं अपने पैरों पर खड़ा भी नहीं हो पा रहा हूँ (लगता है मैं किसी खेत में मक्के के पौधे की तरह झूम रहा हूँ), मैं वापस बेडरूम में जाता हूँ और लेट जाता हूँ। करने के लिए इसके अलावा है भी क्या?

वे मेरे पीछे-पीछे आते हैं। यह बहुत विचित्र व्यवहार है, भले ही यह कोई स्वप्न-दृश्य हो। वह आदमीनुमा औरत एक ऐसी आवाज़ में मुझसे बोल रही है जो दो आवाज़ों जैसी है। वह बेहद नफ़ीस उर्दू में बात कर रही है। कह रही है कि उसका नाम अंजुम है, वह तिलोत्तमा की दोस्त है जो फ़िलहाल उसी के साथ रहती है, और वह और उसका दोस्त सद्दाम हुसैन यहाँ इसलिए आए हैं कि तिलो को अपनी अलमारी से कुछ चीज़ें चाहिए। मैं कहता हूँ मैं भी तिलो का दोस्त हूँ और उन्हें जो भी चाहिए, सीधे जाकर ले सकते हैं। जवान आदमी एक चाबी निकालता है और अलमारी खोलता है।

ग़ुब्बारों का एक बादल बाहर आकर तैर जाता है।

जवान आदमी एक बोरा निकालता है और उसे भरना शुरू करता है। जितना मैं देख पाता हूँ, उसमें रबर का एक बतख़, एक फूलने वाला बेबी बाथटब, एक बड़ा-सा भुस-भरा ज़ेब्रा, कुछ कंबल, किताबें और गर्म कपड़े हैं। अपना काम ख़त्म करने के बाद वे मेरे सब्र के लिए धन्यवाद देते हैं और पूछते हैं कि क्या मैं तिलो के लिए कोई संदेश भेजना चाहता हूँ। मैं हाँ में जवाब देता हूँ।

मैं तिलो की नोटबुक से एक पन्ना फाड़ता हूँ और उस पर लिखता हूँ—*गार्सन होबार्ट*। अक्षर ज़रूरत से ज़्यादा बड़े हो गए हैं। जैसे उनमें कोई एलान हो। मैं वह पन्ना उन्हें थमाता हूँ।

और वे जा चुके हैं।

मैं खिड़की पर आकर उन्हें मकान से निकलते हुए देखता हूँ। उनमें से एक अधेड़ ऑटोरिक्शे में बैठता है और दूसरा, *क़सम से*, एक *घोड़े* पर सवार हो जाता है। भुस के खिलौनों से भरा मैला-कुचैला बोरा लिये दो सनकी लोग। उनमें से एक धुंध में *सफ़ेद घोड़े* पर टप-टप करके जाता हुआ।

मेरा दिमाग़ गड़बड़ा गया है। मेरे मतिभ्रम कितने दयनीय हैं। और यह इतना अधिक वास्तविक था कि मुझे उसकी गंध तक महसूस हो रही थी। मुझे याद नहीं कि पिछली बार मैंने कब खाना खाया। मेरा फ़ोन कहाँ है? कितने बजे हैं?

यह कौन-सा दिन या कौन-सी रात है?

मैं वापस कमरे में निगाह डालता हूँ। चारों ओर ग़ुब्बारे तैर रहे हैं। कंप्यूटर के स्क्रीनसेवर की तरह। अलमारी के पल्ले खुले हुए हैं। एक पल्ले के अंदर की तरफ़ कुछ निशान हैं। मैं जहाँ खड़ा हूँ वहाँ से चार्ट जैसा कुछ दिख रहा है...माता-पिता द्वारा अपने बढ़ते हुए बच्चे के क़द के रिकॉर्ड जैसा कुछ। जब आन्या और राबिया बड़ी हो रही थीं तो हम भी ऐसा करते थे। मैं हैरान हूँ कि वह किस बच्चे का क़द मापती होगी। नज़दीक जाने पर पता चलता है कि ऐसा बिल्कुल नहीं है। मुझे यह ख़याल कैसे आया होगा—भले कुछ ही देर के लिए—कि वह ऐसी ही घरेलू और प्यारी चीज़ होगी।

यह एक तरह का शब्दकोश है, जिस पर शायद काम चल रहा था। उसकी प्रविष्टियाँ टेढ़ी-मेढ़ी लिखावट में और विभिन्न रंगों में हैं :

कश्मीरी-अंग्रेज़ी वर्णमाला

ए : आज़ादी/आर्मी/अल्लाह/अमेरिका/अटैक/एके-47/असलहा/एंबुश/आतंकवादी/आर्म्ड फ़ोर्सेस स्पेशल पावर्स ऐक्ट/एरिया डॉमिनेशन/अल बद्र/अल मंसूरियन/अल जिहाद/अफ़गान/अमरनाथ यात्रा

बी : बीएसएफ़/बॉडी/ब्लास्ट/बुलेट/बटालियन/बार्ब्ड वायर/ब्रस्ट (बर्स्ट)/बॉर्डर क्रॉस/बूबी ट्रैप/बंकर/बाइट/बेगार

सी : क्रॉस बार्डर/क्रॉस फ़ायर/कैंप/सिविलियन/कर्फ़्यू/क्रैकडाउन/कॉर्डन-एंड-सर्च/सीआरपीएफ़/चेकपोस्ट/काउंटर-इंटेलिजेंस/सीज़फ़ायर/काउंटर-इंटेलिजेंस/कैच एंड किल/कस्टोडियल किलिंग/कम्पेंसेशन/सिलेंडर (सरेंडर)/कंसरटीना वायर/कॉलेबोरेटर

डी : डिसएपियर्ड/डिफ़ेंस स्पोक्समैन/डबल क्रॉस/डबल एजेंट/डिस्टर्ब्ड एरियाज़ ऐक्ट/ डेड बॉडी

ई : ऐनकाउंटर/ईजेके (एक्स्ट्रा जूडीशियल किलिंग)/एक्स ग्रेशिया/एम्बेडेड जर्नलिस्ट्स/इलेक्शंस/एनफोर्स्ड डिसअपियरेंस

एफ : फ़्यूनरल/फ़िदायीन/फ़ॉरेन मिलिटेंट/एफ़आईआर (फ़र्स्ट इनफ़ॉर्मेशन रिपोर्ट)/फ़ेक ऐनकाउंटर

जी : ग्रेनेड ब्लास्ट/गनबैटल/जी ब्रांच (जनरल ब्रांच-बीएसएफ़ इंटेलिजेंस) ग्रेवयार्ड/गन कल्चर

एच : एचएम (हिज्बुल मुजाहिदीन)/एचआरवी (ह्यूमन राइट्स वॉयलेशंस)/ एचआरए (ह्यूमन राइट्स एक्टिविस्ट/) हड़ताल/ हरकतुल मुजाहिदीन/ हनीमून/हाफ़-विडोज़/हाफ़-ऑरफ़ंस/ह्यूमन शील्ड्स/हीलिंग टच/ हाइडआउट

आई : इंटेरोगेशन/इंडिया/इंटेलिजेंस/इंसरजेंट/इनफ़ॉर्मर/आइ-कार्ड/ आईएसआई/ इंटरसेप्ट्स/इख़वान/इनफ़ॉर्मेशन वारफेयर/आईबी/इनडेफ़िनेट कर्फ़्यू

जे : जेल/जमात/जेकेपी/जेआईसी (ज्वाइंट इंटेरोगेशन सेंटर/जेकेएलएफ़ (जम्मू एंड कश्मीर लिबरेशन फ्रंट)/जिहाद/जन्नत/जहन्नुम/जमायतुल मुजाहिदीन/जैशे-मोहम्मद

के : किल्स/कश्मीर/कश्मीरियत/क्लाश्निकोव (सी आल्सो एके)/किलो फ़ोर्स/ काफ़िर

एल : लश्करे-तैयबा/एलएमजी/लांचर/लव लेटर/लाहौर/लैंडमाइन

एम : मुजाहिदीन/मिलिट्री/मिंट्री/मीडिया/माइंस/एमपीवी (माइन-प्रूफ़ वीकल) /मिलिटेंट (मिल्टन, माइक भी)/मुस्लिम/मुजाहिदीन/मिस्टेकन आइडेंटिटी/मार्टियर्स/मुख़बिर (इनफ़ॉर्मर)/मिसफ़ायर (एक्सीडेंटल डेथ) मुस्कान (फ़ौजी अनाथालय)मैसेकर/मोत/मो 'ज

एन : एनजीओ/न्यू दिल्ली/निज़ामे-मुस्तफ़ा/नाबद (इख़वान भी), नाइट पैट्रोलिंग/एनटीआर (नथिंग टु रिपोर्ट)/नेल परेड/नार्मल्सी

ओ : ऑक्यूपेशन/ऑप्स/ओजीडब्ल्यू (ओवरग्राउंड वर्कर)/ओवरग्राउंड/ ऑफ़िशियल वर्ज़न/ऑपरेशन टाइगर/ऑपरेशन सद्भावना

पी : पाकिस्तान/पीएसए(पब्लिक सिक्योरिटी ऐक्ट)/पोटा (प्रिवेंशन ऑफ़ टेररिज्म ऐक्ट)/पिकड अप/प्राइमा फ़ेसी/पीस/पुलिस/पापा-1,पापा-2 (इंटेरोगेशन सेंटर)/साइ-ऑप (साइकोलॉजिकल वारफ़ेयर)/पंडित/प्रेस कॉफ़्रेंस/ पीस प्रोसेस/पैरामिलिट्री/पीटीएसडी (पोस्ट-ट्रॉमेटिक स्ट्रेस डिसऑर्डर)/पार/ प्रेस रिलीज़

क्यू : क़ुरान/क्वेश्चिनिंग

आर : आरआर (राष्ट्रीय राइफ़ल्स)/रेगुलर आर्मी/रेप/रिगिंग/रोड ओपनिंग पेट्रोल/आरडीएक्स/आरएडब्ल्यू/रेनेगेड्स/आरपीजी (राकेट प्रापेल्ड ग्रेनेड) रेज़र वायर/रेफ़्रेंडम

एस : सेपरेटिस्ट्स/सर्विलांस/स्पाइ/एसओजी/एसटीएफ़/सस्पेक्टेड/शहीद/शोहदा/सोर्सेज़/सिक्योरिटी/सद्भावना/सरेंडर (उर्फ़ सिलेंडर)/एसआरओ 43 (स्पेशल रिलीफ़ ऑर्डर-1 लाख)

टी : थर्ड डिग्री टॉर्चर/टेररिस्ट/टिप-ऑफ़/टूरिज़्म/टाडा (टेररिज़्म एंड डिसरप्टिव एक्टिविटीज़ ऐक्ट)/थ्रेट्स/टारगेट/टास्क फोर्स

यू : अनआइडेंटिफ़ाइड गनमैन/अनआइडेंटिफ़ाइड बॉडी/अल्ट्राज़/अंडरग्राउंड

वी : वायलेंस/विक्टर फ़ोर्स/विलेज डिफेंस कमेटी/वर्ज़न (लोकल, ऑफ़ीशियल, पुलिस, आर्मी)/विक्ट्री

डब्ल्यू : वार्निंग्स/वायरलेस/वाज़ा/वाज़वान

एक्स : एक्सग्रेशिया

वाई : यात्रा (अमरनाथ)

ज़ेड : ज़ुल्म/ज़ेड प्लस सिक्योरिटी

मूसा तो रहा नहीं। फिर कौन उसके दिमाग़ में यह कूड़ा भरता रहा?

वह अभी तक इस पुरानी दास्तान से क्यों चिपकी है?

हर कोई आगे बढ़ गया है।

मैंने सोचा था वह भी बढ़ गई होगी।

मैं उसके बिस्तर पर लेटा हूँ।

सरदर्द ने मेरी जान ले ली है।

और कमरा ग़ुब्बारों से भरा हुआ है।

आख़िर क्यों तिलो के इर्द-गिर्द हमेशा मेरा ऐसा हाल हो जाता है?

मैं वह नोटबुक खोलता हूँ, जिससे एक पन्ना फाड़ा था। पहले पन्ने पर लिखा है :

प्रिय डॉक्टर,

लिखते समय मेरे ऊपर फ़रिश्ते मँडराते रहते हैं। आख़िर मैं उनसे कैसे कहूँ कि उनके पंखों से मुर्ग़ियों के दड़बे जैसी बदबू आती है?

सचमुच, काबुल में चीज़ें कहीं ज़्यादा आसानी से समझ में आ जाती हैं।

क्योंकि वह पहले चार या पाँच बार मर चुकी थी,
अपार्टमेंट उसकी मृत्यु से भी ज़्यादा गंभीर
किसी नाटक के लिए उपलब्ध था।

ज्याँ जेने

8

किराएदार

स्ट्रीट लाइट पर बैठे चितकबरे उल्लू ने किसी जापानी व्यापारी जैसी शराफ़त और नज़ाकत से गर्दन को दुबकाया और फिर उझककर देखा। वह खिड़की से निर्बाध उस दृश्य को देख रहा था जिसमें एक छोटा-सा नंगा-सा कमरा था और बिस्तर पर एक अजीब-सी नंगी-सी औरत थी। वह भी निर्बाध उसे देख रही थी। किसी-किसी रात वह भी उझककर उससे कहती थी, *मोशी, मोशी*। उसे इतनी ही जापानी आती थी।

भीतरी दीवारों से दबंग और ज़िद्दी गर्म लपटें निकल रही थीं। छत से लटकता सुस्त पंखा झुलसी हुई हवा को थरथरा रहा था और उसमें महीन जलती हुई राख घोल रहा था।

कमरे में किसी जश्न के निशान थे। खिड़की की सलाख़ों से बँधे ग़ुब्बारे गर्मी से मुरझाकर आपस में बेतरतीब टकरा रहे थे। बीच में एक छोटी, पेंट की हुई चौकी पर चमकदार स्ट्रॉबरी आइसिंग और उससे बने फूल वाला केक रखा था, एक बुझी हुई मोमबत्ती थी, माचिस की डिब्बी और कुछ जली हुई तीलियाँ थीं। केक पर लिखा था : 'हैप्पी बर्थडे मिस जबीन।' केक कटा हुआ था और उसका एक टुकड़ा खा लिया गया था। उसकी आइसिंग पिघलकर सिल्वर-फ़ॉयल से लिपटे गत्ते के केक-बेस पर रिस आई थी। चींटियाँ अपने से ज़्यादा बड़े टुकड़ों को उठाकर ले जा रही थीं। काली चींटियाँ, गुलाबी टुकड़े।

वह बच्ची गहरी नींद में थी, जिसका जन्मदिन और नामकरण समारोह दोनों अच्छी तरह संपन्न हो गए थे।

बच्ची का अपहरण करने वाली जगी हुई और एकाग्रचित्त थी, जिसे एस. तिलोत्तमा के नाम से जाना जाता था। वह अपने बालों के बढ़ने की आहट सुन रही थी जो इस तरह थी जैसे कोई चीज़ ढह रही हो। कोई जली हुई चीज़ बिखर रही हो। कोयला। टोस्ट। बिजली के बल्ब पर भुनगे जलकर क़रारे हो गए थे। उसने कहीं पढ़ा था कि मृत्यु के बाद भी मनुष्य के बाल और नाख़ून बढ़ते रहते हैं। तारों के प्रकाश की तरह, जो उनके मरने के काफ़ी समय बाद तक ब्रह्मांड में सफ़र करता रहता है। शहरों की तरह, जो झाग पैदा करते हैं, चमकते हैं, जीवन का भ्रम रचते हैं, जबकि उनके इर्द-गिर्द वह ग्रह कब का मर चुका होता है जिसे वे लूटते आ रहे थे।

उसने रात में शहर के बारे में सोचा। रात में शहरों के बारे में। पुराने तारों के बहिष्कृत समूह आसमान से गिरकर पृथ्वी पर, रास्तों और मीनारों पर क़तारों में बिछे थे। उन घुनों—वीविल—के आक्रमण के शिकार, जिन्होंने दो पैरों पर चलना सीख लिया था।

गंभीर मुद्रा और नुकीली मूँछों वाला एक वीविल दार्शनिक कक्षा में पढ़ाते हुए एक किताब के अंश सुना रहा था। युवा वीविल मुग्ध होकर उनके विद्वान वीविल-होठों से निकलते हुए शब्दों को लपक रहे थे। 'नीत्शे का मानना था कि अगर करुणा को नैतिकता का केंद्र मान लिया जाए तो दुख संक्रामक हो जाएगा और प्रसन्नता एक संदिग्ध वस्तु बन जाएगी।' युवा वीविल अपने छोटे नोटपैडों पर यह दर्ज कर रहे थे। 'दूसरी तरफ़, शोपेनऑवर की मान्यता थी कि करुणा ही वीविलों का सर्वोच्च गुण है और होना चाहिए। लेकिन उनसे भी बहुत पहले सुकरात यह बुनियादी प्रश्न पूछ चुके थे : हमें नैतिक क्यों होना चाहिए?'

इस प्रोफ़ेसर ने वीविल विश्व युद्ध-4 में अपनी एक टाँग गँवा दी थी और वे छड़ी लेकर चलते थे। बाक़ी पाँच (टाँगें) दुरुस्त थीं। उनके पीछे क्लासरूम की दीवार पर एयरब्रश से यह वाक्य दर्ज था :

ईविल वीविल्स आलवेज़ मेक द कट।

(बदमाश घुन हमेशा बाज़ी मार ले जाते हैं।)

कक्षा में, जो पहले ही भीड़ से भरी थी, दूसरे जंतु भी भीड़ लगाने लगे।

एक घड़ियाल मनुष्य की ख़ाल के बटुए के साथ
एक टिड्डा नेक इरादों का
एक मछली उपवास करती हुई

एक लोमड़ी झंडा उठाए हुए
एक भुनगा घोषणा-पत्र के साथ
एक नव-रूढ़िवादी जल-छिपकली
एक सुपर-स्टार गोह
एक कम्युनिस्ट गाय
एक उल्लू विकल्प के साथ
टीवी पर एक छिपकली न्यूज़। *हेलो एंड वेलकम, यू आर वॉचिंग लिज़र्ड न्यूज़ ऐट नाइन। देअर हैज़ बीन अ ब्लिज़र्ड ऑन लिज़र्ड आइलैंड। (नमस्कार! आप नौ बजे की छिपकली न्यूज़ देख रहे हैं। छिपकली द्वीप एक बर्फानी तूफ़ान की चपेट में आया हुआ है।)*

वह बच्ची किसी चीज़ की शुरुआत थी। अपहरणकर्ता को इतना ही पता था। उस रात (कथित रात, संबद्ध रात, पूर्वलिखित रात, उस रात, जो अब से सिर्फ़ 'रात' कही जाएगी) जब वह फ़ुटपाथ पर गई थी, उसकी हड्डियों ने फुसफुसाकर यही कहा था। उसकी हड्डियाँ और कुछ नहीं, सूचना का विश्वसनीय स्रोत थीं। बच्ची का आना मिस जबीन का लौटना था। उसके पास नहीं, बल्कि दुनिया में लौटना (पहली मिस जबीन कभी उसकी नहीं थी)। दूसरी मिस ज़बीन भरी-पूरी महिला होने पर सारा कुछ अपने हिसाब से दुरुस्त करने वाली थी। मिस जबीन धारा का रुख़ मोड़ देने वाली थी।

ईविल-वीविल दुनिया के लिए उम्मीद अब भी बची हुई थी।

ठीक है, सुखद चरागाह नष्ट हो चुका था। लेकिन मिस जबीन आ चुकी थी।

❦

नागा ने तिलो से जानना चाहा कि वह किस वजह से उसे छोड़ रही है। क्या उसने उससे प्यार नहीं किया? क्या उसने उसका ख़याल नहीं रखा? क्या वह उदार नहीं रहा? समझदार नहीं रहा? और अब क्यों? इतने वर्षों के बाद? उसने कहा कि चौदह साल का अर्सा किसी भी परिस्थिति से उबरने के लिए काफ़ी होता है। बशर्ते कोई उबरना चाहे। लोगों ने इससे भी कहीं ज़्यादा झेला है।

'अरे *वह*,' उसने कहा। 'मैं वह सब बहुत पहले भूल चुकी हूँ। मैं ख़ुश हूँ और एडजस्ट कर चुकी हूँ। कश्मीर के लोगों की ही तरह। मैं अपने देश से प्रेम करना सीख गई हूँ। हो सकता है अगले चुनाव में वोट भी दूँ।'

नागा ने कोई प्रतिक्रिया नहीं दी। सिर्फ़ इतना कहा कि उसे किसी मनोचिकित्सक के पास जाने के बारे में सोचना चाहिए।

सोचने से तिलो के गले में दर्द होने लगता था। मनोचिकित्सक की सलाह लेने के बारे में न सोचने की यह एक अच्छी वजह थी।

नागा ट्वीड का कोट पहनने और सिगार पीने लगा था—जैसा उसके पिता करते थे—और नौकरों से शाही अंदाज़ में बात करता था—जैसा उसकी माँ करती थीं। दीमकों वाला टोस्ट, खादी का लँगोट और रोलिंग स्टोंस अतीत के भूले हुए स्वप्न की तरह थे।

नागा की माँ ने, जो उस बड़े-से घर की सबसे निचली मंज़िल पर अकेले रहती थीं (नागा के पिता राजदूत शिवशंकर हरिहरन गुज़र चुके थे), सलाह दी कि वह तिलो को जाने दे। 'वह अकेले अपने दम पर सँभाल नहीं पाएगी और वापस आने के लिए गिड़गिड़ाएगी।' नागा जानता था कि ऐसा नहीं होगा। तिलो सँभाल लेगी। और अगर नहीं सँभाल पाई तो भी गिड़गिड़ाएगी नहीं। उसने भाँप लिया था कि वह एक ऐसी लहर में बह रही है जिस पर न उसका वश है न नागा का। उसे यह समझ में नहीं आ रहा था कि क्या उसकी बेचैनी, शहर में अनिवार्य और लगातार ख़तरनाक होती उसकी आवारगी दिमाग़ी अस्थिरता की शुरुआत है या एक गंभीर जोख़िम-भरी अक्लमंदी की। या फिर ये दोनों चीज़ें एक ही हैं?

उसे इस बेचैनी का जो कारण समझ में आता था वह था उसकी माँ की अजीब ढंग की मृत्यु, लेकिन यह भी समझ से बाहर थी क्योंकि माँ से उसका रिश्ता नहीं के बराबर रहा। अस्पताल में आख़िरी दो हफ़्तों के दौरान तिलो उनके बिस्तर के पास ही रही, लेकिन इसके अलावा पिछले कई वर्षों में वह अपनी माँ से बहुत कम मिली थी।

एक अर्थ में नागा सही था, लेकिन दूसरे में ग़लत। माँ की मृत्यु ने (वे 2009 की सर्दियों में मरीं) तिलो को उस नज़रबंदी से छुटकारा दिलाया था जिसका एहसास किसी को, ख़ुद तिलो को भी नहीं था क्योंकि उसे इसके उलट एक अलग-थलग-सी आज़ादी समझा जाता था। तिलो ने समूचे वयस्क जीवन में अपनी माँ—अपनी असली सौतेली माँ—से छूटकर और उनसे एक दूरी बनाकर ही ख़ुद को आँका और गढ़ा था। जब इसकी ज़रूरत ख़त्म हो गई तो जो कुछ जमा हुआ था, पिघलने लगा और उसकी जगह कोई अनजान चीज़ लेने लगी।

नागा की कोशिशें रंग नहीं लाईं। उसके लिए तिलो को महज़ एक और आसान कामयाबी की तरह होना था; एक और औरत, जिसे उसकी उग्र तेजस्विता

और तीखे आकर्षण का शिकार बनना था और जिसका दिल उसके द्वारा तोड़ दिया जाना था। लेकिन तिलो उस पर छा गई थी और एक अनिवार्यता, लगभग एक लत बन गई थी। लत का अपना स्मृति-विज्ञान होता है—त्वचा, गंध, प्रेम के पात्र की अँगुलियों की लंबाई। तिलो की आँखों का बाँकपन, मुँह की आकृति, एक नामालूम-सा निशान, जो उसके होंठों के संतुलन को हल्का-सा बदल देता था और सामान्य स्थिति में भी उसे कुछ विद्रोही बनाता था, उसके नथुने फुलाने का ढंग, जिससे उसका ग़ुस्सा आँखों में आने से पहले ही उजागर हो जाता था। उसके कंधे उचकाने का अंदाज़, बिल्कुल नंगे होकर पॉट पर बैठने और सिगरेट पीने का ढंग। विवाह के इतने वर्ष बाद जब वह जवान नहीं रह गई थी—और जवान दिखने के लिए कुछ नहीं करती थी—तब भी नागा के एहसास नहीं बदले थे। इसलिए कि बात इससे भी अधिक कुछ थी। यह उसका ग़ुरूर था (उसके 'ख़ानदान' पर नागा की माँ की तरफ़ से जब-तब उठाए जाने वाले सवाल के बावजूद)। दरअसल अपनी देह के देश में जीने का उसका अपना ही अंदाज़ था। एक ऐसा देश, जो कोई वीजा नहीं देता था और जिसका कहीं कोई दूतावास नहीं था।

यह सही है कि अच्छे दौर में भी वह किसी का ख़ास मित्र-देश नहीं था। लेकिन शिराज़ सिनेमा की भीषण दुर्घटना के बाद उसकी सीमाएँ बंद हो गईं और वहाँ कमोबेश पूरे अलगाव का साम्राज्य हो गया। नागा ने तिलो से इसलिए विवाह किया था कि वह कभी उस तक पहुँचने में कामयाब नहीं हो सका था। और क्योंकि वह उस तक नहीं पहुँच सका था, वह उसे छोड़ नहीं सकता था (बेशक, इससे एक दूसरा सवाल पैदा होता है : तिलो ने नागा से विवाह क्यों किया? कोई भी भलामानुस यही कहेगा कि उसे आश्रय चाहिए था। कुछ कम भले लोग कहेंगे कि उसे एक ओट चाहिए थी)।

हालाँकि इस क़िस्से में नागा की भूमिका छोटी ही थी, लेकिन उसके दिमाग़ में शिराज़ से 'पहले' और शिराज़ के 'बाद' की दूरी कभी-कभी ईसा-पूर्व और ईसा-पश्चात का रूप ले लेती थी।

❧

डाचीगाम से आधी रात को बिप्लब दास-गूज़-डा का फ़ोन आने के बाद नागा को अहदूस से शिराज़ जाने की तैयारी में कई घंटे लग गए और कई गोपनीय फ़ोन करने पड़े। कर्फ़्यू लग चुका था। श्रीनगर पूरी तरह बंद था। हफ़्ते के

आख़िरी दिनों में मारे गए लोगों के जनाज़े के लिए पुख़्ता सुरक्षा इंतज़ाम किए जा रहे थे जिसका जुलूस अगली सुबह सड़कों से गुज़रने वाला था। देखते ही गोली मारने के आदेश थे। उस रात शहर में निकलना लगभग नामुमकिन था। जब तक नागा गाड़ी, कर्फ़्यू पास, चेकप्वाइंट पास और शिराज़ जाने का परमिट जुगाड़ पाया, सुबह हो चुकी थी।

एक अर्दली सिनेमा हॉल की लॉबी के बाहर उसका इंतज़ार कर रहा था। पहले यह टिकट खिड़की हुआ करती थी और अब संतरियों की चौकी बना दी गई थी। उसने कहा कि मेजर साहब (अमरीक सिंह) बाहर गए हैं, लेकिन उनके डिप्टी दफ़्तर में मिलेंगे। अर्दली नागा को इमारत के पिछवाड़े, आपातकालीन द्वार के ऊपर पहली मंज़िल पर बने एक नीम-रोशन, कामचलाऊ दफ़्तर में ले गया। उसने नागा को बैठने का इशारा करते हुए कहा कि साहब अभी आने वाले हैं। जब नागा ने कमरे में प्रवेश किया तो उसे बिल्कुल पता नहीं था कि फिरन और ऊनी कनटोप पहने हुए जो आकृति कुर्सी पर दरवाज़े की तरफ़ पीठ किए बैठी है, वह तिलो है। उसने कुछ समय से उसे देखा नहीं था। जब तिलो ने मुड़कर देखा तो नागा उसकी आँखों के भाव से कहीं ज़्यादा इस बात से चौंका कि उसने मुस्कराने और हैलो कहने की कोशिश की। उसकी निगाह में यह किसी चीज़ के टूटने का संकेत था। यह वह नहीं थी। वह मुस्कुराकर हैलो कहने वाली महिलाओं में से नहीं थी। इतने समय में उसके क़रीबी दोस्त जान गए थे कि तिलो अपनी आत्मीयता व्यक्त करने के लिए किसी अभिवादन का सहारा नहीं लेती। कनटोप की वजह से उसका गंजापन तुरंत नहीं दिखा, जिसे बाद में 'हेयरकट' कहा गया। नागा ने अंदाज़ा लगाया कि सर्दियों में कनटोप पहनना ठेठ दक्षिण भारतीय लोगों की अति-नाटकीय प्रतिक्रिया है (उसके पास दक्षिण भारतीय लोगों और गर्म कनटोपों के बारे में लतीफ़ों का अंबार था जिन्हें वह बढ़िया नक़ल करते हुए धड़ल्ले से सुनाया करता था क्योंकि वह ख़ुद भी आधा दक्षिण भारतीय था)। उसे देखते ही तिलो उठकर तेज़ी से दरवाज़े की तरफ़ बढ़ी।

'अरे, तुम! मैने सोचा था, गार्सन—'

'उसने मुझे फ़ोन किया था। वह गवर्नर के साथ डाचीगाम में है। मैं शहर में था। तुम ठीक हो? और मूसा...? क्या वह...?'

उसने अपनी एक बाँह उसके कंधों पर रखी। वह जितनी काँप रही थी, उससे कहीं ज़्यादा धड़क रही थी जैसे उसकी त्वचा के नीचे कोई मोटर रखी हो। उसके होठों की कोर की एक नस फड़कने लगी।

'क्या अब हम जा सकते हैं? चलें क्या... ?'

नागा के जवाब देने से पहले ही शिराज़ सिनेमा जेआईसी के डिप्टी कमांडेंट अशफ़ाक़ मीर कोलोन की तीख़ी गंध छोड़ते हुए अंदर आए। नागा ने झेंपकर तिलो के कंधे से हाथ हटा लिया जैसे उसने कोई काल्पनिक गुनाह किया हो (उन दिनों कश्मीर में गुनहगारी और मासूमियत के बीच का फ़र्क़ एक रहस्यमय चीज़ था)।

अशफ़ाक़ मीर हैरतअंगेज़ नाटा, हैरतअंगेज़ मज़बूत और हैरतअंगेज़ गोरा था—कश्मीरियों के लिहाज़ से भी। उसके कान और नाक के पपोटे एकदम गुलाबी थे। उनसे लगभग धातुई चमक टपक रही थी। उसकी वेशभूषा चुस्त थी—क्रीज़दार ख़ाकी पैंट, पॉलिश किए हुए भूरे जूते, चमचमाते बकल, जैली-लगे बाल, जो उसके चिकने चमकदार माथे से पीछे की तरफ़ सँवारे हुए थे। वह अल्बानिया या बालकान का कोई फ़ौजी अफ़सर लगता था, लेकिन जब बात करता तो इस तरह, जैसे कश्मीरी मेहमाननवाजी की मशहूर रिवायत में ढला हुआ कोई हाउसबोट मालिक अपने पुराने ग्राहक का अभिवादन कर रहा हो।

'वेलकम, सर! वेलकम, वेलकम। आप नहीं जानते, मैं आपका ज़बर्दस्त फ़ैन हूँ। सर, हमें आप जैसे लोगों की ही ज़रूरत है ताकि हम लोग सही रास्ते पर चल सकें।' उसके ताज़ा, बच्चों-जैसे चेहरे पर मुस्कराहट झंडे की तरह फहरा रही थी। उसकी चकित, बाल-सुलभ नीली आँखों से ख़ुशी जैसी कोई चीज़ छलकती थी। उसने नागा के हाथ को अपने दोनों हाथों में भींचा और गर्मजोशी के साथ उसे देर तक हिलाता रहा। फिर कुर्सी पर बैठते हुए उसने नागा को सामने बैठने का इशारा किया। 'माफ़ कीजिए, मैं कुछ देर से पहुँचा। मैं सारी रात बाहर था। शहर में गड़बड़ है—आपने सुना ही होगा—प्रदर्शन, फ़ायरिंग, मारकाट, जनाज़े...हमारे श्रीनगर की ख़ास चीज़। मैं अभी लौटा हूँ। सीओ सर ने मुझे ख़ुद यहाँ आकर मैं'म को आपके सुपुर्द करने के लिए कहा है।'

हालाँकि उसने तिलो को मैं'म कहा, लेकिन उसका व्यवहार ऐसा था जैसे तिलो वहाँ न हो (इससे तिलो को भी ऐसा व्यवहार करने की छूट मिल गई जैसे वह वहाँ न हो)। यहाँ तक कि तिलो का हवाला देते हुए भी वह उसकी तरफ़ नहीं देख रहा था। यह साफ़ नहीं था कि यह आदर है या अनादर, या कोई घरेलू चलन।

यह भी बहुत साफ़ नहीं था कि उस दिन उस कमरे में क्या हुआ। अशफ़ाक़ मीर का अभिनय या तो बड़े एहतियात से तैयार की गई पटकथा था जिसमें

उसके अंदाज़ और प्रवेश की घड़ी भी तय थी या फिर एक रियाज़ किया हुआ तात्कालिक प्रदर्शन। जो चीज साफ़ थी, वह थी उस हड़बड़ाती–मुस्कराती धमकी का धीमा स्वर : मैं'म' को व्यक्तिगत रूप से सुपुर्द किया जाएगा, लेकिन सर और मैं'म को तभी जाने दिया जाएगा जब अशफ़ाक़ मीर जाने की इजाज़त देगा। फिर भी उसने यह जताने की कोशिश की कि वह एक आज्ञाकारी सेवक है जो यथासंभव बहुत शालीनता से अपनी जिम्मेदारी निभा रहा है। उसने यह जताने की कोशिश की कि उसे बिल्कुल पता नहीं है कि माजरा क्या है, तिलो जेआईसी में क्यों है और उसे 'सुपुर्द करने' की क्या ज़रूरत आ पड़ी है।

कमरे की हवा का मिजाज़ (उसमें एक थरथरी थी) यह बताने के लिए काफ़ी था कि कोई भयानक चीज़ हुई है। यह साफ़ नहीं था कि वह क्या है और कौन गुनहगार है और किसका गुनहगार है।

अशफ़ाक़ मीर ने घंटी बजाई और मेहमानों से बग़ैर पूछे चाय और बिस्किट लाने के लिए कहा। चाय का इंतज़ार करते हुए उसने देखा कि नागा दीवार पर लगे फ़्रेम किए हुए एक पोस्टर को देख रहा है :

वी फॉलो अवर ओन रूल्स
फ़ेरॉसियस वी आर
लेथल इन ऐनी फॉर्म
टेमर ऑफ़ टाइड्स
वी प्ले विद स्टॉर्म्स
यू गेस्ड इट राइट
वी आर
मेन इन यूनिफ़ार्म

(हम करते हैं अपने क़ायदों का पालन
हम हैं सबसे भीषण
हर तरह से घातक
लहरों को बाँधें हम
तूफ़ानों से खेलें हम
सही है आपका अनुमान
हम हैं
वर्दीधारी लोग)

'हमारी घरेलू शायरी...' अशफ़ाक़ मीर ने सर पीछे करते हुए ठहाका लगाया।

चाय—या पटकथा—ने उसे बातूनी बना दिया। अपने श्रोताओं की बेचैनी (और चैन) से बेख़बर वह बड़े प्यार से अपने कॉलेज के दिनों, राजनीतिक ख़यालात और अपनी नौकरी के बारे में बताने लगा। उसने बताया कि वह छात्रनेता रहा है और अपनी पीढ़ी के ज़्यादातर नौजवानों की तरह ज़बरदस्त अलगाववादी भी। लेकिन 1990 के दशक के शुरू में बहुत-सा ख़ून-ख़राबा देखने और रिश्ते के एक भाई और पाँच क़रीबी दोस्तों को खोने के बाद उसकी आँखें खुल गईं। अब उसका मानना है कि कश्मीरियों की आज़ादी की लड़ाई अपने रास्ते से भटक चुकी है और 'क़ानून के राज' के बग़ैर कुछ हासिल नहीं हो सकता। इसीलिए वह जम्मू और कश्मीर पुलिस में भर्ती हुआ और अब एसओजी यानी स्पेशल ऑपरेशंस ग्रुप में तैनात है। अपने अँगूठे और तर्जनी के बीच नज़ाकत से बिस्किट थामते हुए उसने हबीब जालिब की एक नज़्म सुनाई, जो उसके मुताबिक़ हृदय-परिवर्तन के दौर में यों ही उसके ज़ेहन में आई थी :

मुहब्बत गोलियों से बो रहे हो,
वतन का चेहरा ख़ूँ से धो रहे हो।
गुमाँ तुमको कि रस्ता कट रहा है,
यक़ीं मुझको कि मंज़िल खो रहे हो।

प्रतिक्रिया का इंतज़ार किए बग़ैर ही वह भाषण वाला अंदाज़ छोड़कर साज़िशाना लहज़े में आ गया।

'और आज़ादी के बाद? क्या किसी ने सोचा है? बहुसंख्यक आबादी अल्पसंख्यकों के साथ क्या करेगी? कश्मीरी पंडित पहले ही चले गए। यहाँ सिर्फ़ हम मुसलमान लोग बचे हैं। हम एक-दूसरे के साथ क्या करेंगे? सलफ़ी बरेलवियों के साथ क्या करेंगे? सुन्नी शियों के साथ क्या करेंगे? वे कहते हैं कि वे किसी हिंदू को मारने की बजाय किसी शिया को मारें तो पक्के तौर पर जन्नत में जाएँगे। लद्दाखी बौद्धों का क्या हश्र होगा? जम्मू के हिंदुओं का? जेएंडके सिर्फ़ कश्मीर नहीं है। यह जम्मू और कश्मीर और लद्दाख है। क्या किसी अलगाववादी ने इस बारे में सोचा है? मैं बता सकता हूँ। इसका जवाब है—'बिल्कुल नहीं।''

नागा अशफ़ाक़ मीर की बातों से सहमत था और जानता था कि कश्मीरियों के भीतर ख़ुद पर संदेह करने का बीज कितनी होशियारी से उस प्रशासन के ज़रिये बोया गया है जो भीषण अराजकता पर शिकंजा कसकर उन्हें फिर से अपने नियंत्रण में ले आया था। अशफ़ाक़ मीर की बातों को सुनना मौसम को

बदलते और फ़सल को पकते देखने जैसा था। उसके सर्वज्ञानी होने के नक़ली एहसास से नागा को एक क्षणिक-सी उत्तेजना महसूस हुई कि वह भी उस सर्वज्ञानी समुदाय का हिस्सा है। लेकिन वह ऐसा कुछ नहीं करना चाहता था जिससे मुलाक़ात लंबी खिंचे, इसलिए उसने कुछ कहा नहीं। वह गर्दन उचकाकर मेज़ के पीछे लगे सफ़ेद बोर्ड पर हरे रंग के मैज़िक मार्कर से लिखी हुई 'मोस्ट वांटेड' की सूची देखने लगा, जिसमें क़रीब पच्चीस नाम दर्ज थे। आधे से ज़्यादा नामों के आगे लिखा था (किल्ड), (किल्ड), (किल्ड)।

'ये सब पाकिस्तानी और अफ़ग़ानी हैं।' अशफ़ाक़ मीर ने पीछे मुड़े बग़ैर, अपनी निगाह नागा पर गड़ाए हुए कहा। 'उनकी अमली ज़िंदगी छह महीने से ज़्यादा की नहीं होती। साल के आख़िर तक उनका सफ़ाया हो जाएगा। लेकिन हम कश्मीरी लड़कों को कभी नहीं मारते। **कभी नहीं**। जब तक वे कट्टर न हों।'

झूठ का एक नंगा चेहरा बिना चुनौती के हवा में झूल रहा था। यही उसका मक़सद भी था—हवा का रुख़ भाँपना।

अशफ़ाक़ मीर चकित और एकटक निगाहों से नागा को देखते हुए चाय पीता रहा। अचानक या शायद उतने अचानक नहीं—उसे एक नई बात सूझी। 'क्या आप एक मिल्टन को देखना चाहेंगे? यहाँ हिरासत में है एक घायल। कश्मीरी है, क्या उसे मँगवाऊँ?'

एक बार फिर उसने घंटी बजाई। तुरंत एक आदमी आया और 'ऑर्डर' ले गया, जैसे चाय के साथ कुछ नाश्ता मँगाया जा रहा हो।

अशफ़ाक़ मीर शरारतन मुस्कुराया। 'मेरे बॉस को मत बताइएगा, प्लीज़, वे मुझे डाँटेंगे। इस तरह की चीज़ों की इजाज़त नहीं है। लेकिन आप—और मैं'म—को यह बहुत दिलचस्प लगेगा।'

नाश्ते का इंतज़ार करने के दौरान उसने मेज़ पर पड़े काग़ज़ों की तरफ़ रुख़ किया। विजयी भाव से कई काग़ज़ों पर जल्दी-जल्दी दस्तख़त किए। काग़ज़ पर उसके क़लम की सरसराहट ख़ामोशी में दुगुनी सुनाई दे रही थी। कमरे में पीछे कुर्सी पर बैठी हुई तिलो उठकर खिड़की पर गई, जहाँ से फ़ौजी ट्रकों से भरी एक उजाड़ पार्किंग दिखाई दे रही थी। वह अशफ़ाक़ मीर के तमाशे की दर्शक नहीं बनना चाहती थी। यह एक जेलर के ख़िलाफ़ एक क़ैदी से एकजुटता का स्वाभाविक अंदाज़ था—क़ैदी के क़ैदी होने और जेलर के जेलर होने की वजहें जो भी हों।

अभी तक वह कमरे में अपनी उपस्थिति को अनुपस्थिति में बदलने की कोशिश कर रही थी, लेकिन सहसा उसका ग़ैर-उपस्थित रूप तमतमाने लगा

और उससे जो ज्वार निकल रहा था उसका एहसास दोनों लोगों को था, लेकिन अपने-अपने ढंग से।

कुछ ही मिनट में एक मुस्टंडे पुलिस वाले ने प्रवेश किया जिसकी बाँहों में एक दुबला-सा लड़का था। लड़के की पैंट का एक पाँयचा ऊपर को मुड़ा था जिससे उसकी सींकिया पिंडली दिखाई देती थी और वह घुटने से एड़ी तक एक खपच्ची से बँधी थी। बाँह पर प्लास्टर चढ़ा था और गर्दन पर पट्टियाँ थीं। हालाँकि उसके चेहरे पर दर्द की परतें जमा थीं, लेकिन जब सिपाही ने उसे फ़र्श पर पटका तो उसने ज़रा भी मुँह नहीं बनाया।

लड़के ने जैसे अपने दर्द का इज़हार न करने की कसम खाई थी। यह प्रतिरोध की एक वीरान-सी हिम्मत थी जो उसने भयानक हार के बीच भी जुटा ली थी। और इसने उसे शानदार बना दिया था हालाँकि इस पर किसी का ध्यान नहीं गया। वह एकदम स्थिर था, जैसे कोई नुची हुई चिड़िया हो, आधा बैठा हुआ, आधा लेटा, एक कोहनी पर उठा हुआ। उसकी साँस धीमी चल रही थी, आँखें जैसे भीतर तक देख रही थीं, उसके हाव-भाव कुछ भी नहीं कह रहे थे। उसने आसपास की चीज़ों या कमरे में बैठे लोगों के बारे में कोई उत्सुकता नहीं दिखाई।

और कमरे में पीठ किए हुई तिलो ने भी वैसे ही सुनसान प्रतिरोध के अंदाज़ में उसके प्रति कोई उत्सुकता नहीं दिखाई।

अशफ़ाक़ मीर ने अपने उसी जोशीले, शायराना अंदाज़ में दृश्य की ख़ामोशी को तोड़ा। इस बार उसने जो कुछ कहा वह भी एक तरह का कविता-पाठ था।

'एक मिल्टन की औसत उम्र सत्रह से बीस साल तक होती है। उसका ब्रेनवॉश कर दिया जाता है, पट्टी पढ़ाई जाती है और हाथ में बंदूक़ पकड़ा दी जाती है। इनमें से ज़्यादातर ग़रीब, नीची जाति के लड़के हैं—जी हाँ, आपको बताऊँ कि हम मुसलमान भी मज़े से जात-पाँत पर यक़ीन रखते हैं। तो, उन्हें पता नहीं होता कि वे क्या चाहते हैं। बस हिंदुस्तान में ख़ून बहाने के लिए पाकिस्तान उनका इस्तेमाल कर रहा है। उनकी नीति को हम 'प्रिक एंड ब्लीड' कहते हैं। इस लड़के का नाम एजाज़ है। यह पुलवामा के क़रीब एक सेब के बाग़ीचे में एक ऑपरेशन के दौरान पकड़ा गया। आप इससे बात कर सकते हैं। कोई भी सवाल पूछ सकते हैं। वह एक नई *तंज़ीम* के साथ था, जिसने हाल ही में यहाँ ऑपरेट करना शुरू किया है। लश्करे-तैयबा। उसका कमांडर अबू हम्ज़ा पाकिस्तानी था। उसका सफ़ाया हो गया है।'

नागा को खेल साफ़ दिखने लगा। उसे कश्मीर की ख़ास शैली में एक सौदे

के लिए कहा जा रहा था। रात की घटनाओं के एवज में, तिलो के साथ जो कुछ हुआ और जो यातना उसने झेली, उसके एवज़ में एक गिरफ़्तार आतंकवादी का इंटरव्यू, जो एक नए ख़तरनाक संगठन का सदस्य—ख़ुफ़िया रिपोर्टों के अनुसार उसका ख़ास आदमी था।

अशफ़ाक़ मीर अपने शिकार के क़रीब आया और कश्मीरी में कुछ इस अंदाज़ से बात करने लगा जैसे सुनने वाला व्यक्ति ऊँचा सुनता हो।

'इ छुइ नागराज हरिहरन साहब। ये बड़े मशहूर पत्रकार हैं इंडिया के।' (कश्मीर में देशद्रोह एक संक्रामक चीज़ थी—कभी-कभी वह अनचाहे ही वफ़ादारों की शब्दावली में भी प्रवेश कर जाती थी।) 'ये ख़ूब हमारे ख़िलाफ़ लिखते हैं। लेकिन तब भी हम इनकी इज़्ज़त और तारीफ़ करते हैं। जम्हूरियत का यही मतलब होता है। कभी तुम्हें भी समझ में आएगा कि यह कितनी ख़ूबसूरत चीज़ है।' वह नागा की तरफ़ मुड़ा और अंग्रेज़ी में बोला (जिसे लड़का समझता था, लेकिन बोल नहीं पाता था), 'जब यह लड़का हमारे साथ आया और हमें अच्छी तरह जान गया तो इसे अपने ग़लत तरीक़ों का एहसास हुआ। अब यह हमें अपना ही परिवार मानता है। यह अपनी पिछली ज़िंदगी को छोड़ चुका है और अपने साथियों और उन लोगों पर इलज़ाम लगाता है जिन्होंने इसे पट्टी पढ़ाई थी। इसने ख़ुद ही हमसे दरख़ास्त की है कि इसे दो साल तक हिरासत में रखें ताकि यह उन लोगों के हाथ न लगने पाए। इसके माता-पिता को इससे मिलने की इजाज़त है। कुछ दिन बाद इसे जेल में जूडीशियल कस्टडी में भेज दिया जाएगा। इसके जैसे और भी कई लड़के हैं जो यहाँ हैं और हमारे साथ काम करने को तैयार हैं। आप इससे बात कीजिए—कुछ भी पूछिए। कोई मसला नहीं है, यह आपसे बात करेगा।'

नागा ने कुछ नहीं कहा। तिलो खिड़की पर ही रही। बाहर सर्दी थी, लेकिन हवा में घरघराहट और डीज़ल की गंध व्याप्त थी। उसने देखा कि गोद में बच्चा लिये हुए एक औरत ट्रकों और सिपाहियों के चक्रव्यूह के बीच से ले जाई जा रही है। लगता था कि औरत जाना नहीं चाहती। वह बार-बार पीछे मुड़कर देख रही थी। सिपाहियों ने उसे शिराज़ के ऊँचे लोहे के दरवाज़ों से बाहर कर दिया, जहाँ दाँतेदार तारों की कुंडलीनुमा बाड़ यातना केंद्र को मुख्य सड़क से अलग करती थी। औरत वहीं खड़ी रही। छोटी-सी, मायूस और डरी हुई आकृति। कहीं को न निकलते चौरस्ते पर ट्रैफ़िक का एक द्वीप।

पल भर के लिए कमरे की ख़ामोशी असहज हो उठी।

'ओह, समझ गया... आप उससे अकेले में बात करना चाहते हैं? क्या मैं बाहर जाऊँ? कोई मसला नहीं। मैं आराम से बाहर जा सकता हूँ।' अशफ़ाक़ मीर ने घंटी बजाई और 'मैं बाहर जा रहा हूँ'—अर्दली से कहा, जो कुछ असमंजस में पड़ गया था। 'हम बाहर जा रहे हैं। हम बाहर के कमरे में बैठेंगे।'

अशफ़ाक़ मीर ने ख़ुद ही ख़ुद को ख़ुद के दफ़्तर से निकलने का हुक्म दिया और दरवाज़ा बंद कर दिया। तिलो ने थोड़ा पीछे मुड़कर उसे बाहर जाते हुए देखा। दरवाज़े और फ़र्श के बीच की दरार से उसने देखा कि अशफ़ाक़ मीर के भूरे जूते रोशनी को आने से रोक रहे हैं। फिर तुरंत ही वह लौट आया—एक नीली प्लास्टिक की कुर्सी लिये हुए एक आदमी के साथ। उसे फ़र्श पर बैठे लड़के के सामने रख दिया गया।

'मेहरबानी करके बैठिए, सर। वह आपको सब बताएगा। फ़िक्र मत कीजिए। वह आपको कोई नुक़सान नहीं पहुँचाएगा। मैं जा रहा हूँ, ठीक है? आप अकेले में बात कर सकते हैं।'

जाते हुए उसने दरवाज़ा बंद कर दिया। फिर तुरंत लौट पड़ा।

'मैं बताना ही भूल गया था, इसका नाम एजाज़ है। आप कुछ भी पूछ लीजिए।' उसने एजाज़ की तरफ़ देखा और कुछ हुक्मराना अंदाज़ में कहा, 'साहब जो भी पूछें, उसका जवाब देना। उर्दू कोई मसला नहीं है। तुम उर्दू में बात कर सकते हो।'

'जी, सर।' लड़के ने निगाह उठाए बग़ैर कहा।

'वह कश्मीरी है, मैं भी कश्मीरी हूँ, हम बिरादर ही हैं—और ज़रा हमें देखिए! ओके, मैं बाहर जा रहा हूँ।'

एक बार फिर अशफ़ाक़ मीर कमरे से बाहर गया। और एक बार फिर उसके जूते दरवाज़े के बाहर चहलक़दमी करने लगे।

'क्या तुम कुछ कहना चाहते हो?' नागा ने एजाज़ से पूछा और कुर्सी की बजाय उसके सामने फ़र्श पर बैठ गया। 'कहना ज़रूरी नहीं है। लेकिन अगर कहना चाहो तो कहो। ऑन या ऑफ़ द रिकार्ड।'

एजाज़ ने नागा को ग़ौर से देखा। गद्दार कहलाए जाने पर उसकी शर्मिंदगी उसके बदन में हो रहे दर्द से कहीं ज़्यादा गहरी थी। उसे पता था कि नागा कौन है। ज़ाहिर है, उसने नागा को देखा नहीं था, लेकिन एक निडर पत्रकार के तौर पर उग्रवादी हल्क़ों में उसका नाम था—किसी हमसफ़र के रूप में नहीं, बल्कि ऐसे व्यक्ति के रूप में, जो फ़ायदेमंद हो सकता था—'ह्यूमन राइट-विंग' का

एक सदस्य, जैसा कि कुछ उग्रवादी उन हिंदुस्तानी पत्रकारों के लिए कहते थे जो सुरक्षा बलों और उग्रवादियों, दोनों की ज़्यादतियों के बारे में निष्पक्ष और ईमानदार ढंग से लिखा करते थे (नागा का राजनीतिक बदलाव अभी ख़ुद उसे भी साफ़-साफ़ नज़र नहीं आया था)। एजाज़ जानता था कि फ़ैसले के लिए उसके पास कुछ ही मिनट हैं। किसी पेनल्टी शूटआउट गोलकीपर की तरह उसे इधर या उधर तय करना था। वह जवान था इसलिए उसने ज़्यादा ख़तरनाक रास्ता चुना। वह कश्मीरी लहजे की उर्दू में शांत और साफ़ ढंग से बताने लगा। उसके हुलिये और शब्दों के बीच इतनी हैरतनाक विसंगति थी जितनी उसके शब्दों में भी थी।

'मैं जानता हूँ आप कौन हैं, सर। जो लोग जूझ रहे हैं, जो लोग आज़ादी और इज़्ज़त की ख़ातिर लड़ रहे हैं, वे नागराज हरिहरन को ईमानदार और सच्चे अख़बारनवीस के तौर पर जानते हैं। अगर आप मेरे बारे में लिखना चाहते हैं तो आप हक़ीक़त लिखिए। उन्होंने—अशफ़ाक़ साहिब ने—जो कुछ कहा वह सच नहीं है। उन्होंने मुझे टार्चर किया, बिजली के झटके दिए और मुझसे एक ख़ाली काग़ज़ पर दस्तख़त करवाए। यहाँ सबके साथ यही होता है। मुझे पता नहीं कि बाद में उन्होंने उस पर क्या लिखा। मुझे पता नहीं कि उस पर उन्होंने मेरे नाम से क्या बयान दर्ज किया। हक़ीक़त यह है कि मैंने किसी पर इल्ज़ाम नहीं लगाया। हक़ीक़त यह है कि जिन्होंने मुझे जिहाद की ट्रेनिंग दी, मैं उन्हें अपने माँ-बाप से भी बढ़कर इज़्ज़त देता हूँ। उन्होंने मुझ पर अपने साथ आने के लिए दबाव नहीं डाला। मैं ख़ुद ही उनकी तलाश में गया।'

तिलो पीछे मुड़ी।

'मैं टंगमर्ग के एक सरकारी स्कूल में बारहवीं क्लास में था। मुझे भर्ती होने में पूरा एक साल लगा। वे—लश्कर वाले—मुझ पर बहुत शक करते थे क्योंकि मेरे ख़ानदान में ऐसा कोई आदमी नहीं था जिसे मारा गया हो, टॉर्चर किया गया हो या ग़ायब कर दिया गया हो। मैंने आज़ादी की ख़ातिर और इस्लाम की ख़ातिर यह सब किया है। उन्हें मुझ पर यक़ीन करने में, यह जानने में साल-भर लगा कि मैं कोई फ़ौजी एजेंट नहीं हूँ या अगर मैं जिहादी बना तो ऐसा न हो कि हमारे घर में कोई रोज़ी कमाने वाला न रहे। वे इस बात का बहुत ख़याल रखते हैं कि—'

चार पुलिस वाले ऑमलेट, ब्रेड, कबाब, प्याज़ के छल्ले, कटी हुई गाजर और चाय की ट्रे लेकर भीतर आए। उनके पीछे-पीछे अशफ़ाक़ मीर भी इस तरह अंदर आया जैसे कोई कोचवान घोड़ों को हाँक रहा हो। उसने ख़ुद ही

नाश्ते को प्लेटों पर सजाया, तश्तरियों के बाहरी छोर पर क़रीने से गाजर रखी, फिर प्याज़ की क़तार, जैसे वह कोई अभेद्य सैनिक व्यूह हो। कमरे में ख़ामोशी छा गई। वहाँ सिर्फ़ दो प्लेटें थीं। एजाज़ ने फिर फ़र्श की तरफ़ देखा। तिलो फिर से खिड़की पर गई। ट्रक आ--जा रहे थे। वह औरत अब भी गोद में बच्चा लिये सड़क पर खड़ी थी। आसमान जलते हुए गुलाब जैसा था। दूर दिखते पहाड़ अलौकिक ढंग से सुंदर थे, लेकिन पर्यटन के लिहाज़ से यह साल भी भयानक रहा था।

'शुरू कीजिए प्लीज़। ख़ुद से लीजिए। क्या आप कबाब लेना चाहेंगे? अभी या बाद में? बात करते रहिए, प्लीज़। कोई मसला नहीं। अच्छा, मैं जा रहा हूँ।' और दस मिनट के भीतर चौथी बार अशफ़ाक़ मीर अपने दफ़्तर से निकला और दरवाज़े के बाहर खड़ा हो गया।

नागा को ख़ुशी हुई कि एजाज़ ने उसकी तारीफ़ की है, और वह भी तिलो के सामने। वह ख़ुद को एक छोटा-सा नाटक करने से रोक नहीं पाया।

जब उसे यक़ीन हो गया कि अशफ़ाक़ मीर नहीं सुनेगा तो उसने एजाज़ से पूछा, 'क्या तुम बॉर्डर के उस तरफ़ गए थे? तुम्हें पाकिस्तान में ट्रेनिंग मिली?'

'नहीं। मैंने यहीं ट्रेनिंग ली। कश्मीर में। अब हमारे पास हर चीज़ यहीं मौजूद है। ट्रेनिंग, हथियार...हम अपने लिए गोला-बारूद फ़ौज से ख़रीदते हैं। एक गोली का दाम बीस रुपये है, और नौ सौ रुपये में—'

'*फ़ौज से?*'

'जी हाँ। वे नहीं चाहते कि मिलिटेंसी ख़त्म हो। वे नहीं चाहते कि उन्हें कश्मीर छोड़ना पड़े। जो भी हालात हों, वे ख़ुश हैं। हर तरफ़ हर कोई कश्मीरी नौजवानों की लाशों पर पैसा बनाने में लगा है। बहुत सारे ग्रेनेड विस्फोट और क़त्ले-आम उन्हीं के किए हुए हैं।'

'तुम कश्मीरी हो। तुम हिज़्ब या जेकेएलएफ़ में जाने की बजाय लश्कर में क्यों गए?'

'इसलिए कि हिज़्ब कश्मीर के कुछ सियासतदानों को थोड़ी इज़्ज़त से देखता है। लश्कर में हम लोग किसी नेता की इज़्ज़त नहीं करते। मेरे भीतर किसी नेता के लिए कोई इज़्ज़त नहीं। उन्होंने हमारे साथ ग़द्दारी की है, धोखा दिया है, कश्मीरियों की लाशों पर अपनी सियासत चमकाई है। उनके पास कोई ख़ाक़ा नहीं है। मैं मरने की ख़ातिर लश्कर में भर्ती हुआ हूँ। मुझे मरा हुआ होना चाहिए था। मैंने कभी नहीं सोचा था कि ज़िंदा पकड़ लिया जाऊँगा।'

'लेकिन उससे पहले, मरने से पहले तुम मारना चाहते थे...?'

एजाज़ ने नागा से निगाहें मिलाईं।

'हाँ, मैं अपने लोगों के क़ातिलों को मारना चाहता था। इसमें क्या ग़लत है? आप यह लिख सकते हैं।'

चौड़ी मुस्कराहट के साथ अशफ़ाक़ मीर फिर से घुसा, लेकिन उसकी ग़ैर-मुस्कुराती आँखें हरेक को भेद रही थीं और टटोल रही थीं कि उनके बीच क्या बातचीत हुई।

'काफ़ी है? ख़ुश? क्या इसने कोऑपरेट किया? इसने जो कुछ बताया है उसे छापने से पहले मुझे दिखा दीजिएगा प्लीज़, ताकि तथ्य सब सही रहें। आख़िरकार यह दहशतग़र्द है। मेरा दहशतग़र्द बिरादर।'

और एक बार फिर उसने चहककर ठहाका लगाया और घंटी बजाई। पुलिस वाला फिर से आया, एजाज़ को बाँहों में उठाया और ले गया।

जब वह नाश्ता मुस्टंडी ट्रे में वापस चला गया तो नागा और तिलो को ख़ुशी से जाने की इजाज़त मिल गई (लेकिन बिना कहे)। प्लेटों में रखा हुआ नाश्ता अनछुआ रहा, फ़ौजी क़तारें बिखरी नहीं।

हथियारबंद जिप्सी की दमघोंटू सीट पर बैठकर अहदूस जाते हुए नागा तिलो का हाथ थामे रहा। तिलो भी उसका हाथ पकड़े रही। नज़ाकत का यह तात्कालिक अदल-बदल जिन हालात में हो रहा था, नागा को उनका गहरा एहसास था। वह तिलो की त्वचा के नीचे धड़धड़ाती मोटर को महसूस कर रहा था। इसके बावजूद दुनिया की तमाम औरतों में से इस औरत का हाथ अपने हाथ में लेकर वह अवर्णनीय ढंग से संतुष्ट था।

जीप के भीतर एक दबोचती हुई बदबू थी—भुरभुराते लोहे, बारूद, बालों के तेल, ख़ौफ़ और धोखाधड़ी का एक तीखा कॉकटेल। नक़ाबपोश इनफ़ॉर्मर उसकी नियमित सवारियाँ थे, जिन्हें 'कैट' कहा जाता था। सर्च-एंड-कॉर्डन ऑपरेशन में बस्ती के वयस्क लोगों को पकड़कर बख़्तरबंद जिप्सी के सामने घुमाया जाता था। कश्मीर घाटी में यह ख़ौफ़ का सर्वव्यापी प्रतीक था। एक छिपा हुआ 'कैट' धातु के उस पिंजड़े के गर्भ से सर हिलाकर हामी भरता या पलकें झपकाता था और क़तार में से एक आदमी को छाँटकर यातनाएँ दी जाने लगतीं या ग़ायब कर दिया जाता या मार दिया जाता। बेशक, नागा इस बारे में जानता था, लेकिन इससे उसके संतोष की गहराई कम नहीं हुई।

घुटन-भरा शहर पूरी तरह जगा था, लेकिन सोने का नाटक कर रहा था।

जीप की खिड़कियाँ ख़ाली सड़कों, बंद बाज़ारों, दूकानों के गिरे हुए शटरों और तालाबंद घरों के सामने से गुज़र रही थीं। स्थानीय लोग उन्हें 'मौत की खिड़कियाँ' कहते थे क्योंकि उनसे या तो सिपाहियों की बंदूक़ें या भेदियों की आँखें बाहर को झाँकती थीं। आवारा कुत्तों के झुंड छोटे-छोटे भालुओं की तरह मँडरा रहे थे। उनके बाल सर्दियों की आहट पाकर कड़े होने लगे थे। निशाना साधे हुए तनावग्रस्त सिपाहियों के सिवा कोई आदमी नज़र नहीं आता था। सुबह होने के कुछ देर बाद कर्फ़्यू और सुरक्षा इंतज़ाम हटा लिये जाते ताकि लोग कुछ घंटे के लिए अपने शहर को फिर से हासिल कर सकें। वे हज़ारों-हज़ार के झुंड में घरों से निकलते और क़ब्रिस्तानों की तरफ़ जाते, इस बात से बेख़बर कि उनकी तकलीफ़ और ग़ुस्सा भी फ़ौज की रणनीति और प्रबंधन का हिस्सा बन चुके हैं।

नागा ने इंतज़ार किया कि तिलो कुछ कहे। उसने कुछ नहीं कहा। उसने बातचीत शुरू करनी चाही तो तिलो ने कहा, 'प्लीज़, क्या हम...क्या यह...मुमकिन है...कि हम बात न करें।'

'गार्सन कह रहा था कि उन्होंने किसी कमांडर गुलरेज़ को मारा है...उनका यही मानना है या पता नहीं किसका मानना है...गार्सन का ख़याल है...या हो सकता है उन्होंने ही उसे बताया हो कि वह मूसा था। क्या सचमुच? बस इतना ही मुझे बता दो।'

क्षण-भर उसने कुछ नहीं कहा। फिर उसने मुड़कर सीधे उसकी तरफ़ देखा। उसकी आँखें टूटा हुआ काँच थीं।

'पहचानना मुश्किल था।'

नागा जब पंजाब के उग्रवाद को कवर कर रहा था तो उसने कई बार यातना केंद्रों से बाहर लाए जाते समय लाशों की हालत देखी थी। इसलिए उसे तिलो की बात से अपना संदेह पुख़्ता होता लगा। उसने सोचा कि तिलो ने जो कुछ झेला है, उससे उबरने में उसे कुछ वक़्त लगेगा। वह इंतज़ार करने के लिए तैयार था। उसे लगा कि जो कुछ घटित हुआ है उसे वह सब मालूम है—या कम से कम वह सब, जो उसके लिए जानना ज़रूरी है। उसने ख़ुद को इसके लिए दोषी नहीं समझा कि तिलो के संताप से उसे एक अजीब-सा संतोष महसूस हो रहा है।

तिलो का जवाब पूरी तरह झूठ नहीं था। लेकिन यह भी सच है कि वह सच नहीं था। सच यह था कि अगर उसे पहले से पता न होता तो लाश की हालत देखकर यह बताना मुमकिन नहीं था कि वह कौन है। लेकिन वह जानती थी कि वह कौन है। वह अच्छी तरह जानती थी कि वह मूसा नहीं है।

उस असत्य या अर्धसत्य या एक बटा दस सत्य (या सत्य का जो भी कोई और अंश होता हो) के साथ ही अवरोधक लग गए और बग़ैर दूतावास के उस देश की सरहदें सील हो गईं। शिराज़ की घटना एक बंद अध्याय मान ली गई।

जब वे दिल्ली लौटे तो तिलो की हालत ऐसी नहीं थी कि उसे निज़ामुद्दीन बस्ती के उस घर में अकेले छोड़ दिया जाए, जिसे नागा 'स्टोर रूम' कहता था। इसलिए उसने उसे कुछ दिन अपने माता-पिता के घर की छत पर बरसाती में रहने के लिए कहा। जब उसे तिलो का 'हेयरकट' दिखा तो उसने कहा कि यह बहुत अच्छा लग रहा है और जिसने भी यह किया है उसे हेयरड्रेसर होना चाहिए। इस पर वह मुस्कुरा दी।

कुछ हफ़्ते बाद उसने पूछा कि क्या वह उससे विवाह करना चाहेगी। उसके हाँ करने से वह ख़ुश हुआ। माता-पिता की घोर हताशा के बावजूद जल्दी ही उनका विवाह संपन्न हो गया। विवाह का दिन था 1996 का क्रिसमस।

अगर तिलोत्तमा को 'ओट' की ज़रूरत थी तो डिप्लोमैटिक एनक्लेव के पते के साथ राजदूत शिवशंकर हरिहरन की बहू बनकर रहने से बेहतर कुछ नहीं हो सकता था।

चौदह साल तक वह ऐसी ही ज़िंदगी में रही और फिर अचानक उससे यह नहीं चल पाया। इस बात की कई व्याख्याएँ थीं कि किन वजहों से ऐसा हुआ, लेकिन उनमें थकान सबसे प्रमुख थी। वह ऐसी ज़िंदगी जीते-जीते उकता गई थी जो उसकी अपनी नहीं थी। एक ऐसे पते पर, जहाँ उसे नहीं होना चाहिए था। विडंबना यह थी कि यह निर्वासन तब शुरू हुआ जब वह नागा को पहले से कहीं ज़्यादा चाहने लगी। वह दरअसल ख़ुद से ही ऊब चुकी थी। अपनी अलग तरह की दुनियाओं को अलग रखने का उसका सामर्थ्य चुक गया था, जिसे बहुत से लोग दिमाग़ी सेहत की बुनियाद मानते हैं। उसके दिमाग़ी ट्रैफ़िक ने जैसे लाल-हरी बत्तियों को मानने से इनकार कर दिया था। नतीजा था निरंतर शोर, कुछ बुरी दुर्घटनाएँ और अंततः सब जाम।

अब पीछे मुड़कर देखने पर नागा को एहसास हुआ कि वह इतने वर्षों तक कहीं भीतर छिपे इस भय के साथ जीता रहा है कि तिलो उसकी ज़िंदगी के भीतर से सिर्फ़ गुज़र रही है जैसे एक ऊँट रेगिस्तान से गुज़रता है। और यह कि एक दिन वह ज़रूर उसे छोड़ देगी।

लेकिन जब सचमुच ऐसा हुआ तो उसे यक़ीन नहीं हुआ।

उसका पुराना दोस्त आर.सी. मदद के लिए आगे आया जो यह मानता था कि ख़ुफ़िया विभाग में काम करने और तफ़्तीश के दस्तावेज़ पढ़ने से मनुष्य के स्वभाव के बारे में ऐसी गहरी समझ हासिल हो जाती है जो किसी उपदेशक, कवि या मनोचिकित्सक के पास भी नहीं होती।

'यह कहने के लिए माफ़ करना, लेकिन उसे दो ज़बर्दस्त तमाचों की ज़रूरत है। तुम्हारा यह आधुनिक नज़रिया किसी काम का नहीं। आख़िरकार हम सब जानवर ही हैं। हमें अपनी है-सि-य-त पता रहनी चाहिए। इतनी-सी बेबाकी हो जाए तो सभी पार्टियों के लिए दूर तक मददगार होती है। तुम इस तरह उसका भला ही करोगे और एक दिन वह तुम्हारा एहसान मानेगी। यक़ीन करो, मैं अपने अनुभव से यह बोल रहा हूँ।' बोलते-बोलते अक्सर आर.सी. की आवाज़ फुसफुसाहट में बदल जाती थी और वह अनर्गल तरीक़े से शब्दों के हिज्जे बोलने लगता था जैसे किसी काल्पनिक व्यक्ति को चकमा दे रहा हो जो चोरी-छिपे उसकी बात सुन रहा है, लेकिन स्पेलिंग जानता हो। वह लोगों को हमेशा 'पार्टी' कहता था। 'ऐट द एंड ऑफ़ द डे' उसका तकिया कलाम था, ठीक उसी तरह जैसे वह जब किसी को कमतर आँकना चाहता तो पहले कहता था, 'विद ऑल ड्यू रेस्पेक्ट।'

आर.सी. ने नागा को इसके लिए भी फटकारा कि उसने संतान पैदा न करने की तिलो की ज़िद मान ली। उसने कहा कि बच्चे उसे विवाह-बंधन में बँधे रहने के लिए मजबूर करने वाले साबित हो सकते थे। वह एक ठिगना, नाज़ुक, स्त्रैण आदमी था जिसकी खिचड़ी मूँछें थीं। उसकी एक ठिगनी, नाज़ुक बीवी और एक ठिगनी, नाज़ुक किशोर बेटी थी जो मॉलिक्यूलर बायोलॉजी पढ़ रही थी। वह ठिगने, नाज़ुक खिलौनों का आदर्श परिवार नज़र आता था। इसलिए उसने मर्दाना सलाह दी थी, वह नागा को भी हैरान करने वाली थी, जो उसे बरसों से जानता था। नागा ने सोचा, श्रीमती आर.सी. को अपनी हैसियत में रहने के लिए कितनी बार ऐसे तमाचे खाने पड़े होंगे। ऊपरी तौर पर वे अपनी क़िस्मत से पूरी तरह संतुष्ट और शांत नज़र आती थीं और उनके घर में बहुत से शो-पीस थे, और भरपूर और कुछ कुरुचिपूर्ण ज्वैलरी और महँगे कश्मीरी शॉल थे। उन्हें यह अंदाज़ा नहीं था कि वे दरअसल एक ज्वालामुखी हैं जिसके भीतर कई क़िस्म के ग़ुस्से छिपे हैं और उन्हें क़ाबू में रखने के लिए समय-समय पर तमाचों की ज़रूरत पड़ती है।

आर.सी. को ब्लूज़ पसंद थे। उसने नागा के लिए एक गीत बजाया। बिली हॉलीडे का 'नो गुड मैन।'

आइ'एम द वन हू गेट्स
द रन-अराउंड,
आइ औट्टा हेट हिम
एंड यट
आइ लव हिम सो
फ़ॉर आइ रिक्वायर
लव दैट्स मेड ऑफ़ फ़ायर

(मैं ही हूँ जो
छली जाती हूँ हर बार,
मुझे करनी चाहिए उससे नफ़रत,
फिर भी करती हूँ प्यार
क्योंकि मुझे चाहिए ऐसा प्यार
जिसमें हो बहुत-सी आग)

आर.सी. ने 'आइ औट्टा हेट हिम' के बजाय 'ऑल द हिटिन' सुना।

'औरतों को,' उसने कहा, '*सभी* औरतों को, बग़ैर अपवाद के, समझे?'

तिलो को देखकर नागा को हमेशा बिली हॉलीडे की याद आती थी। स्त्री होने के नाते उतना नहीं जितना आवाज़ के कारण। अगर किसी मनुष्य के लिए किसी स्वर, किसी ध्वनि को मूर्त करना संभव था तो नागा की निगाह में तिलो बिली हॉलीडे की आवाज़ का मूर्त रूप थी—वह उतनी ही लचीली, दिल को हिला देने वाली, बर्बाद और अप्रत्याशित थी। आर.सी. को अंदाज़ा नहीं था कि बिली हॉलीडे की मार्फ़त अपनी बात साफ़ करने के लिए उसने नागा के भीतर कौन-सी चीज़ जगा दी है।

एक सुबह नागा ने, जो दूसरी तमाम ख़ामियों के बावजूद बाहरी व्यवहार में बेहद शालीन था, अपनी पत्नी पर हाथ उठाया। कुछ हिचकते हुए। दोनों इस बात को समझते थे। लेकिन उसने उसे पीटा तो था ही। फिर वह उसे पकड़कर रोने लगा। 'मत जाओ, प्लीज़ मत जाओ।'

उस दिन तिलो गेट पर खड़ी थी और उसे ड्राइवर के साथ दफ़्तर की गाड़ी में बैठकर जाते देख रही थी। वह यह नहीं देख पाई कि पीछे की सीट पर बैठा वह रास्ते-भर रोता रहा। नागा इस तरह रोने वाला आदमी नहीं था। (उसी रात

जब वह टीवी पर प्राइम-टाइम बहस में राष्ट्रीय सुरक्षा के मुद्दे पर मेहमान के रूप में बोल रहा था तो उसमें मायूसी का नामोनिशान नहीं था। वह ख़ासा हाज़िरजवाब था और मानवाधिकार वाली उस महिला पर तीखे हमले कर रहा था जो कह रही थी कि न्यू इंडिया फ़ासिज़्म की तरफ़ बढ़ रहा है। नागा के चुटीले जवाबों पर स्टूडियो में छाँटकर बिठाए गए सजे-सँवरे छात्र और युवा महत्वाकांक्षी श्रोता दबी हुई हँसी हँस रहे थे। एक और मेहमान, जो सेवानिवृत्त बूढ़ा फ़ौजी अफ़सर था और मूँछों और तमग़ों से लैस रहता था, खिलखिलाते हुए तालियाँ बजा रहा था। उसे टीवी स्टूडियो में राष्ट्रीय सुरक्षा की तमाम बहसों में हमेशा विद्वेष और मूर्खता की छौंक लगाने के लिए बुलाया जाता था)।

शहर के एक छोर तक जाने के लिए तिलो ने बस पकड़ी। मीलों तक फैले शहर के कूड़े को पार किया, जहाँ प्लास्टिक की थैलियाँ जमा थीं और जीर्ण-शीर्ण बच्चों की एक फ़ौज उन्हें छान रही थी। आसमान मँडराती हुई चीलों और कौवों से काला था और चीलें कूड़ा बीनते बच्चों, सुअरों और कुत्तों से होड़ ले रही थीं। कुछ दूर कूड़ा ढोने वाले ट्रक धीरे-धीरे कचरे के पहाड़ पर चढ़ रहे थे। कहीं-कहीं कचरे के अंबार ढह गए थे और उससे वहाँ जो कुछ जमा था, उसकी गहराई बेपर्दा हो गई थी।

तिलो ने नदी के पुश्ते की ओर जाने वाली एक और बस पकड़ी। वह एक पुल पर रुकी, जहाँ एक आदमी गाढ़ी, जमी हुई मैली नदी में पुरानी मिनरल वाटर की बोतलों और प्लास्टिक के जेरीकैनों से बनाई गई नाव खे रहा था। स्याह पानी में भैंसें मज़े से धँसी हुई थीं। फ़ुटपाथ पर दूकानदार हरे-भरे तरबूज़ और पतले हरे खीरे बेच रहे थे जिन्हें फ़ैक्ट्री से निकली हुई शुद्ध गंदगी में उगाया गया था।

एक तीसरी बस में उसने एक घंटे और सफ़र किया और चिड़ियाघर पर उतर गई। काफ़ी देर तक वह बोर्नियो के गिबन को देखती रही जो अपने बड़े से ख़ाली बाड़े में रोयेंदार धब्बे की तरह एक लंबे पेड़ से ऐसे चिपका था जैसे वही उसकी ज़िंदगी हो। पेड़ के नीचे ज़मीन पर वे चीज़ें बिखरी थीं जिन्हें दर्शकों ने उसका ध्यान आकर्षित करने के लिए फेंका था। गिबन के पिंजरे के बाहर गिबन-नुमा कूड़ेदान था और हिप्पो के पिंजरे के बाहर हिप्पो-नुमा कूड़ेदान। सीमेंट के इस हिप्पो का मुँह खुला था और उसमें कूड़ा भरा था। वास्तविक हिप्पो झागदार तालाब में अपने चिकने, चौड़े, भीगे हुए टायर के रंग के ग़ुब्बारे जैसे चूतड़ को टिकाए हुए थे। फूली हुई गुलाबी पलकों के भीतर उसकी छोटी आँखें सतर्क होकर पानी से बाहर देख रही थीं। उसके चारों ओर प्लास्टिक की

बोतलें और सिगरेट के ख़ाली पैकेट तैर रहे थे। एक आदमी अपनी छोटी-सी बच्ची के सामने झुका, जो चमकीला फ़्रॉक पहने थी और आँखों में काजल लगा था। उसने हिप्पो की तरफ़ इशारा किया और कहा, 'क्रोकोडाइल।' बच्ची इस प्यारे से शब्द को कुछ टेढ़ा करते हुए बोली, 'कोकोडाइल।' नौजवानों का एक दल बाड़े की सलाख़ों से हजामत की ब्लेडें हिप्पो के तालाब के किनारे फेंक रहा था। जब ब्लेडें ख़त्म हो गईं तो उन्होंने तिलो से एक फ़ोटो खींचने के लिए कहा। एक नौजवान ने, जिसकी सभी उँगलियों पर अँगूठियाँ थीं और कलाई पर लाल धागे बँधे थे, फ़ोकस करके तिलो के हाथ में फ़ोन दिया और तेज़ी से सामने आ गया। उसने बाँहें दोस्तों के इर्द-गिर्द डालीं और अँगुलियों से विजय का निशान बनाया। फ़ोन लौटाते हुए तिलो ने उन्हें पिंजरे में बंद हिप्पो को ब्लेड खिलाने की हिम्मत की दाद दी। इस व्यंग्य को वे कुछ देर बाद ही समझ पाए। लेकिन जब उनकी समझ में आया तो दिल्ली वाली 'बुरी नज़र' के साथ 'ओए! हप्शी मैडम!' गाते हुए उसका पीछा करने लगे। इसलिए नहीं कि उसकी चमड़ी का रंग हिंदुस्तान जैसे मुल्क के लिहाज़ से अनोखा था, बल्कि इसलिए कि उन्हें उसकी चाल-ढाल और व्यवहार 'हप्शी' (एबिसीनिया यानी आज के इथियोपिया के लोगों के लिए प्रयुक्त शब्द) जैसा लगा था जो अपनी हैसियत से ऊपर उठ गई हो। यह साफ़ था कि यह 'हप्शी' घरेलू नौकरानी या मज़दूरिन नहीं थी।

साँप-घर के सभी पिंजरों में एक-एक देसी अजगर था। यानी साँप-घोटाला। साँभर के पिंजड़े में गायें थीं। यानी साँभर-घोटाला। और साइबेरियाई बाघ के पिंजरे में कंस्ट्रक्शन मज़दूरिनें थीं जो सीमेंट के बोरे ढो रही थीं। यानी साइबेरियाई बाघ-घोटाला। पक्षी-घर में ज़्यादातर ऐसे पक्षी थे जो रोज़ पेड़ों पर दिखाई देते हैं। यानी पक्षी-घोटाला। गंधक के रंग की कलगी वाले काकातू के पिंजरे के सामने एक नौजवान तिलो की बग़ल में आ धमका और बंबइया फ़िल्मी तर्ज़ पर एक स्वरचित कविता सुनाने लगा :

दुनिया ख़तम हो जाएगी
चुदाई ख़तम नहीं होगी!

इसका मक़सद दोहरी बेइज़्ज़ती करना था क्योंकि तिलो उससे कम से कम दोगुनी उम्र की थी।

गुलाबी पेलिकन के पिंजड़े के बाहर उसके फ़ोन पर एक संदेश आया :

ऑर्गेनिक होम्स ऑन एनएच24 गाजियाबाद
1 बीएचके 15 लाख
2 बीएचके 18 लाख
3 बीएचके 31 लाख
बुकिंग स्टार्टिंग ऐट रुपीज़ 35000
फ़ॉर डिस्काउंट कॉल 91-103-957-9-8

धूल-सना निकारागुआई जैगुआर अपनी ठोड़ी पिंजरे की धूल-भरी चट्टान पर टिकाए हुए था। बेहद उदासीन। वह कई घंटों से इसी तरह था। शायद कई साल से।

तिलो को लगा, वह ख़ुद उस जैसी है। धूल-भरी, पुरानी और हद से ज़्यादा उदासीन।

शायद वह *वही* थी।

शायद एक दिन जैगुआर की ही तरह किसी महँगी कार का नाम उसके नाम पर रखा जाएगा।

ॐ

घर से निकलते हुए तिलो अपने साथ ज़्यादा सामान नहीं ले गई। पहले तो नागा को—और उसे भी—यह लगा ही नहीं कि वह सचमुच निकल गई है। उसने बताया था कि उसने एक दफ़्तर के लिए जगह ली है, लेकिन यह नहीं बताया कि कहाँ ली है (गार्सन होबार्ट ने भी उसे नहीं बताया)। कुछ महीनों तक उसका आना-जाना लगा रहा। कुछ समय बाद आना कम और जाना ज़्यादा हो गया, और फिर धीरे-धीरे उसने आना बंद कर दिया।

नागा ने एक ऐसे आदमी के रूप में ज़िंदगी शुरू की, जो नया-नया ग़ैर-विवाहित हो। वह अपने काम में और कई मनहूस प्रेम-प्रसंगों में डूबा रहा। टीवी कार्यक्रमों में बहुत अधिक भाग लेने से उसका व्यक्तित्व ऐसा बन गया जिसे पत्रिकाओं और अख़बारों में 'सेलिब्रिटी' कहा जाता है और जिसके बारे में लोग समझते हैं कि यह ख़ुद में और ख़ुद से एक पेशा है। रेस्तरांओं में और हवाई अड्डों पर लोग अक्सर उसके ऑटोग्राफ़ माँगते। उनमें से बहुतों को पता नहीं था कि वह कौन है या क्या करता है और क्यों इतना जाना-पहचाना

लगता है। नागा इससे इतना उकता गया था कि वह मना भी नहीं कर पाता था। दूसरे हमउम्रों के बरक्स वह अब भी छरहरा था और सर पर पूरे बाल थे। 'कामयाब' दिखने के नतीजे में उसका संपर्क विभिन्न प्रकार की महिलाओं से हुआ, जिनमें से कुछ अकेली और उससे अधिक जवान थीं और कुछ उसकी उम्र की या बड़ी, शादीशुदा, और नए अनुभवों के चक्कर में पड़ी हुईं या तलाक़शुदा या एक और मौक़े की तलाश करती हुईं। उनमें सबसे अग्रणी एक सुडौल, बनी-ठनी विधवा थी, जो तीस के आसपास थी और जिसका दूधिया सफ़ेद रंग और चमकते हुए बाल थे। वह किसी छोटे-मोटे रजवाड़े की छोटी-मोटी राजकुमारी थी जिसमें नागा की माँ को अपनी जवानी का अक्स दिखाई दिया और उसकी तरफ़ अपने बेटे से भी ज़्यादा आकर्षित हुई। उन्होंने उसे अपने छोटे चीहुआहुआ कुत्ते प्रिंस चार्ल्स के साथ निचली मंज़िल में रहने के लिए आमंत्रित किया, जहाँ से वे मिलकर चोटियाँ फतह करने की योजना बना सकती थीं।

प्रेम प्रकरण के कुछ ही महीनों में राजकुमारी नागा को 'जान' कहने लगी। राजपूत घरानों के चलन के मुताबिक़ उसने घरेलू नौकरों को उसे 'बाइसा' कहना सिखाया। वह अपने ख़ानदान की शाही रसोई के बहुत से दुर्लभ व्यंजन बनाकर नागा को खिलाती। उसने नए पर्दे, क़सीदों वाले कुशन और फ़र्श के लिए ख़ूबसूरत दरियाँ मँगवाईं और एक बेतरह अस्त-व्यस्त घर को प्यारी, चमचमाती, स्त्रियोचित शक्ल दे दी। इसने नागा के आहत अहंकार पर मरहम का काम किया। उसे जिस शिद्दत के साथ प्यार मिल रहा था, वैसी शिद्दत उसमें नहीं थी, फिर भी वह उसे एक थकी हुई उदारता से स्वीकार करता था। वह लगभग भूल चुका था कि किसी रिश्ते में गहरे प्यार का एहसास क्या होता है। छोटे कुत्तों से अपनी नापसंदगी के बावजूद वह अनायास प्रिंस चार्ल्स को पसंद करने लगा। वह उसे नियमित रूप से पड़ोस के पार्क में ले जाता, जहाँ उसके साथ ऑनलाइन ख़रीदा हुआ छोटी तश्तरी जितना फ़्रिस्बी चक्का फेंकने का खेल खेलता। प्रिंस चार्ल्स चक्के को खोज निकालता और अपने ही क़द जितनी ऊँची घास में से नागा की तरफ़ लपककर जाता। कई बार नागा की दावतों में राजकुमारी मेज़बान की भूमिका निभाती। आर.सी. मुग्ध था और उसने नागा को समझाया कि वक़्त गँवाने की बजाय उसे उससे इसलिए विवाह कर लेना चाहिए कि अभी उसकी उम्र संतान पैदा करने लायक़ है।

आर.सी. की भयंकर सलाह ने नागा को बेचैन और प्रभावित एक साथ किया। उसने राजकुमारी से पूछा कि क्या वह आज़माइश के तौर पर उसके

साथ रहना चाहेगी। जवाब में वह उसके पास गई और आहिस्ता से उसकी अस्त-व्यस्त भौंहों को अँगूठे से सहलाने लगी। उसने कहा कि इससे ज़्यादा ख़ुशी की बात क्या हो सकती है, लेकिन गृहस्थी बसाने से पहले उस घर को तिलो की 'ची'—रूह—से मुक्त करना होगा जो अभी तक वहाँ मौजूद है। नागा से पूछकर उसने सूखी हुई लाल मिर्चें भूनीं और ताँबे के बर्तन में रखकर हर कमरे में उनका दमघोंटू धुआँ दिया। वह नाज़ुक ढंग से खाँसती और आँखें मींचे हुए अपने चमकीले सर को धुएँ से दूर रखती रही। जब मिर्चों का धुआँ बंद हो गया तो उसने एक मंत्र पढ़ा और बर्तन बाग़ीचे में गाड़ दिया। फिर उसने नागा की कलाई पर लाल धागा बाँधा और एक-एक करके हर कमरे में महँगी ख़ुशबूदार मोमबत्तियाँ जलाईं और उन्हें अंत तक जलने दिया। वह एक दर्जन बड़े गत्ते के कार्टन ख़रीदकर लाई और नागा से तिलो का तमाम सामान उनमें भरकर नीचे तहख़ाने में रख आने के लिए कहा। जब नागा तिलो की अलमारी साफ़ कर रहा था (जिसमें उसके होने की एक ज़िद्दी गंध भरी हुई थी) तो उसे तिलो की माँ की लेक व्यू हॉस्पिटल, कोचीन की मेडिकल फ़ाइल नज़र आई।

उसके और तिलो के विवाहित जीवन में नागा कभी तिलो की माँ से नहीं मिला। तिलो ने कभी उनके बारे में बात नहीं की। बेशक, वह मोटी-मोटी बातें जानता था। उनका नाम मरियम आइप था। वे एक पुराने, अभिजात सीरियाई ईसाई ख़ानदान की थीं जो अब दुर्दिनों से गुज़र रहा था। ख़ानदान की दो पीढ़ियाँ—उनके पिता और भाई—ऑक्सफोर्ड में पढ़े थे और ख़ुद उनकी शिक्षा भी उटकमंड के एक कॉन्वेंट स्कूल में हुई थी—पहाड़ी पर्यटक स्थल नीलगिरी के इलाक़े में। फिर वे मद्रास के क्रिश्चियन कॉलेज में पढ़ीं, जिसके बाद पिता की बीमारी के कारण उन्हें वापस केरल अपने क़स्बे में लौटना पड़ा। नागा जानता था कि वे एक स्थानीय स्कूल में अंग्रेज़ी पढ़ाती थीं और बाद में उन्होंने अपना स्कूल शुरू किया, जो एक कामयाब हाईस्कूल बना जहाँ शिक्षण के तरीक़ों में बहुत से प्रयोग किए जाते थे। दिल्ली के कॉलेज में आने से पहले तिलो भी वहीं पढ़ी थी। उसने तिलो की माँ के बारे में कुछ अख़बारों में भी पढ़ा था, लेकिन उनमें तिलो का नाम दत्तक पुत्री के रूप में लिया जाता था जो दिल्ली में रह रही थी। आर.सी. ने (जिसका काम सबके बारे में सब कुछ जानना और सबको यह बताना था कि वह सबके बारे में सब कुछ जानता है) एक बार इन सब कतरनों की फ़ाइल बनाई थी और उससे कहा था, 'तुम्हारी सौतेली सास भी क्या

बिंदास चीज़ हैं, *यार*।' इनमें कई वर्षों के लेख थे—कुछ उनके स्कूल, शिक्षण के तरीक़ों और सुंदर कैंपस के बारे में, कुछ उनके नेतृत्व में चले सामाजिक और पर्यावरण आंदोलनों के और कुछ उनके पुरस्कारों के बारे में। इसमें एक ऐसी महिला की कहानी थी जिसने अपनी ज़िंदगी के शुरू में बड़ी-बड़ी मुसीबतों पर विजय पाई और जो एक नारीवादी प्रतिमान के रूप में प्रतिष्ठित हुईं और कभी किसी बड़े शहर में नहीं गईं, बल्कि एक मुश्किल रास्ता अपनाते हुए अपने छोटे-से दक़ियानूस क़स्बे में रहकर जूझती रहीं। उनमें यह ज़िक्र भी था कि कैसे वे दबंग मर्दों से लड़ीं, कैसे उन्होंने अपने उत्पीड़कों से भी मान-सम्मान पाया और युवा महिलाओं की एक समूची पीढ़ी को अपने सपने और इच्छाएँ साकार करने के लिए प्रेरित किया।

तिलो को जानने वाले सभी लोग समझ चुके थे कि वह इन लेखों के साथ तस्वीरों में छपी हुई महिला की सौतेली बेटी नहीं हो सकती। हालाँकि उनके रंग एक-दूसरे से बहुत अलग थे, लेकिन उनके नाक-नक़्श आश्चर्यजनक रूप से मिलते-जुलते थे।

नागा जो कुछ भी जान पाया था उससे उसे लगा कि ऐसी कोई पहेली ज़रूर है जो अख़बारी रिपोर्टों से ग़ायब है—एक तरह का महाकाव्य सरीखा, माकोंदो सरीखा पागलपन—पत्रकारिता नहीं, बल्कि एक साहित्यिक चीज़। उसने हालाँकि कभी यह कहा नहीं, लेकिन अपनी माँ के प्रति तिलो का रवैया उसे सज़ा देने जैसा और अतार्किक लगता था। उसकी राय में, अगर यह सच भी रहा हो कि तिलो उनकी अपनी बच्ची थी जिसे उन्होंने खुलेआम स्वीकार नहीं किया, तो उनका यह कारनामा भी सच था कि उन्होंने अपार साहस और प्रेम के साथ एक पारंपरिक समाज में एक जवान स्त्री की हैसियत से आज़ाद ज़िंदगी चुनी, विवाह नहीं किया ताकि वे एक अवैध संबंध से जन्मी बच्ची को अपना सकें, भले ही इस पर सौतेली माँ की उदारता का मुखौटा लगाना पड़े।

नागा ने ग़ौर किया कि सभी अख़बारी लेखों में तिलो से संबंधित अंशों की शब्दावली तयशुदा ढंग से एक जैसी है : 'सिस्टर स्कोलैस्टिका ने मुझे फ़ोन पर बताया कि माउंट कार्मेल अनाथालय के बाहर कोई कुली औरत अपनी नवजात बच्ची को छोड़कर चली गई है। उसने पूछा कि क्या मैं उसे लेना चाहती हूँ। मेरा परिवार बिल्कुल भी इस पक्ष में नहीं था। लेकिन मुझे लगा कि अगर मैं उसे गोद ले लूँ तो उसे नया जीवन मिल सकता है। वह कोयले की तरह काली थी। इतनी छोटी कि मेरी हथेली में समा सकती थी। इसलिए मैंने उसका नाम तिलोत्तमा रखा। इस संस्कृत शब्द का मतलब है तिल का बीज।'

तिलो के लिए यह भले ही बड़ा आघात रहा हो, नागा का ख़याल था कि उसे यह सब अपनी माँ के नज़रिये से भी देखना चाहिए—उनके लिए अपनी ही बच्ची से एक दूरी बनाकर रखना ज़रूरी था ताकि वे उस पर दावा कर सकें, उसे अपना सकें और प्यार दे सकें।

नागा के मुताबिक़, तिलो के व्यक्तित्व, उसकी विचित्रता और असामान्यता—आप उसे स्वाभाविक मानें या अर्जित—का श्रेय उसकी माँ को ही जाता था। लेकिन वह सीधे या सांकेतिक ढंग से जो कुछ कह सका था, उससे सुलह का कोई रास्ता नहीं निकला।

नागा को यह भी विचित्र लगा कि इतने वर्ष तक अलगाव के बाद तिलो कोचीन जाकर अस्पताल में अपनी माँ की देखभाल के लिए तुरंत तैयार हो गई। उसने सोचा कि (हालाँकि उसे याद नहीं आया कि तिलो ने कभी इस बारे में उत्सुकता दिखाई हो) हो सकता है उसे मृत्युशैया पर पड़ी अपनी माँ से यह जानकारी मिलने की उम्मीद रही हो कि वह कौन है और उसके पिता सचमुच कौन थे। उसका सोचना सही था। लेकिन इसके लिए अब कुछ देर हो चुकी थी।

❧

तिलो जब कोचीन पहुँची तो माँ के फ़ेफड़ों में खराबी के कारण ख़ून में कार्बन डाइऑक्साइड जमा हो गया था जिससे मस्तिष्क में सूजन आ गई, जिससे वे आत्म-विस्मरण की शिकार हो गईं। और फिर, जो दवाएँ उन्हें दी गईं और जितने दिन उन्हें आईसीयू में रहना पड़ा, उससे ऐसा मनोविकार पैदा हो गया जो डॉक्टरों के अनुसार ख़ासकर उन मज़बूत और ज़िद्दी लोगों को होता है जो अचानक पाते हैं कि वे लाचार हो गए हैं और उनकी कृपा पर जी रहे हैं जिन्हें वे कभी अपना नौकर समझते थे। अस्पताल के स्टाफ़ के अलावा मरियम आइप की नाराज़गी और घबराहट के शिकार वे लोग होते थे जो उनके पुराने, वफ़ादार नौकर और स्कूल के अध्यापक थे और बारी-बारी अस्पताल आते थे। वे अस्पताल के बरामदों में मँडराते रहते और कुछ घंटों के अंतराल में सिर्फ़ कुछ मिनट के लिए आईसीयू में अपनी प्यारी अम्माची से मिल पाते थे।

जिस दिन तिलो आई, माँ का चेहरा चमक उठा।

'मुझे हर वक़्त खुजली होती है,' स्वागत के अंदाज़ में उन्होंने कहा। 'वह कहता है कि खुजाना अच्छी बात है, लेकिन यह मेरी बर्दाश्त से बाहर था इसलिए मैंने खुजली की दवा ले ली है। तुम कैसी हो?'

उन्होंने अपनी साँवली बाँहें ऊपर कीं, जिनमें से एक पर ड्रिप लगी थी और तिलो को दिखाने लगीं कि डॉक्टरों ने उनकी रग़ों को खोजने के लिए लगातार सुइयाँ चुभोकर उनकी त्वचा का कैसा बुरा हाल कर दिया है। उनकी ज़्यादातर नसें जवाब दे चुकी थीं, बंद हो चुकी थीं और गहरी बैंजनी त्वचा के नीचे उनका और भी गहरा बैंजनी जाल बन गया था।

'देन विल ही स्ट्रिप हिज़ स्लीव एंड शो हिज़ स्कार्स एंड से, ''दीज़ वूंड्स हैड आइ ऑन क्रिस्पिंस डे।''* याद है? मैंने तुम्हें सिखाया था।'

'हाँ।'

'अगली लाइन क्या है?'

'''ओल्ड मेन फॉरगेट। यट ऑल शैल बी फॉरगॉट। बट ही'ल रेमेम्बर विद एडवांटेजेज़ व्हट फ़ीट्स हि डिड दैट डे।'''**

तिलो को याद नहीं था कि उसे याद है। उसके दिमाग़ में शेक्सपीयर किसी विलक्षण स्मृति की तरह उतने नहीं, जितने संगीत की तरह, किसी पुरानी भूली-बिसरी धुन की तरह आए। माँ की हालत देखकर उसे धक्का लगा, लेकिन डॉक्टरों ने प्रसन्नता व्यक्त करते हुए कहा कि उसकी माँ ने उसे पहचान लिया है तो यह तबीयत में एक बड़ा सुधार है। उस दिन उन्हें प्राइवेट कमरे में भेज दिया गया, जहाँ खिड़की से नमकीन पानी की खाड़ी और उस पर झुके नारियल के पेड़ों और मानसूनी तूफ़ान का नज़ारा मिलता था।

तबीयत में सुधार ज़्यादा दिन नहीं चला। बाद के दिनों में उस वृद्ध महिला की स्मृति कभी आती और कभी जाती रही और वे हमेशा तिलो को पहचान नहीं पाती थीं। हर दिन बीमारी में एक नया अप्रत्याशित मोड़ सामने आता। उन्हें विचित्र और बेतुकी चिंताओं ने जकड़ लिया। अस्पताल का स्टाफ़, डॉक्टर, नर्सें और दूसरे सहायक भी बहुत भले थे और उनके कहे का बुरा नहीं मानते थे। वे बिना चिढ़े या नाराज़ हुए उन्हें अम्माची कहते, स्पंज करते, उनके नैपी बदलते और बाल सँवारते। वे जितना ही कोहराम मचातीं, अस्पताल के लोग उन्हें उतना ही ज़्यादा प्यार करते।

तिलो के आने के कुछ दिन बाद माँ का दिमाग़ अजब ढंग से एक ही जगह, एक ही बिंदु पर अटक गया। वे एक तरह से जाति-व्यवस्था की इंस्पेक्टर

---

* तब वह अपनी बाँह उघाड़ेगा और अपने ज़ख़्म दिखाते हुए कहेगा, ''ये घाव मुझे क्रिस्पिन दिवस पर लगे थे।''

** ''बूढ़े लोग भूल जाते हैं। सब कुछ भुला दिया जाएगा। लेकिन वे यह याद करके ख़ुश होंगे कि उस दिन उन्होंने क्या कारनामे किए थे।''

बन गईं। उनसे जो भी मिलने आता, वे उसकी जाति और उपजाति और उप-उपजाति जानने की ज़िद करतीं। कोई कहता कि वह 'सीरियाई क्रिश्चियन' है तो यह काफ़ी नहीं था। वे जानना चाहतीं कि वह मार्थोमा है या याकूबा या चर्च ऑफ़ साउथ इंडिया या कना। अगर वह 'हिंदू' होता तो सिर्फ़ यह बताना काफ़ी नहीं था कि वह एज्वा है क्योंकि वे जानना चाहती थीं कि हिंदू में वह तीया है या चेकवार। अगर कोई 'शेड्यूल्ड कास्ट' कहता तो वे जानना चाहतीं कि परया है या पुलया या परवन या उल्लादन। क्या वह नारियल तोड़ने वालों की जाति का है? या उसके पूर्वज बाक़ायदा मुर्दे ढोने वाले, मैला साफ़ करने वाले, धोबी या मुसहर थे? जब उन्हें ऐसे सभी ब्योरे पता चल जाते, तभी वे उन्हें अपने को छूने की इजाज़त देतीं। अगर कोई सीरियाई ईसाई होता तो पूछा जाता कि उसका कुल-नाम क्या है। किसके भतीजे की शादी किसकी साली की भतीजी से हुई थी? किसके दादा की शादी किसके परदादा की बहन की बेटी से हुई थी?

'सीओपीडी।' तिलो के चेहरे पर चिंता देखकर नर्सों ने मुस्कुराते हुए कहा, 'चिंता की कोई बात नहीं है। इस बीमारी में ऐसा ही होता है।' तिलो ने पता किया कि यह क्रॉनिक ऑब्सट्रक्टिव पल्मनरी डिजीज़ है। नर्सों ने बताया कि यह ऐसी बीमारी है जिसमें बड़ी-बूढ़ियाँ भी चकले की मालकिनों जैसा व्यवहार करने लगती हैं और पादरी शराबियों की तरह गाली-गलौज करते हैं। इसलिए ज़्यादा परेशान होने की ज़रूरत नहीं। वे ग़ज़ब की लड़कियाँ थीं। वे नर्सें। दोटूक और पेशेवर। उन सभी को ऐसी नौकरी का इंतज़ार था जिससे वे किसी खाड़ी मुल्क या इंग्लैंड या अमेरिका चली जाएँ और वहाँ मलयाली नर्सों के विशिष्ट वर्ग का हिस्सा बनें। तब तक वे लेक व्यू हॉस्पिटल में सुकून देने वाली तितलियों की तरह मरीज़ों के आसपास मँडरा रही थीं। तिलो से उनकी दोस्ती हो गई और उन्होंने अपने फ़ोन नंबर और ई-मेल के पते भी एक दूसरे को दिए। इसके बाद भी कई वर्षों तक तिलो को व्हाट्सऐप पर उनकी क्रिसमस की शुभकामनाएँ और मलयाली नर्सों वाले सामूहिक चुटकुले मिलते रहे।

बीमारी बढ़ने के साथ ही मरियम आइप की बेचैनी बढ़ गई और उन्हें सँभालना लगभग असंभव हो गया। उनकी नींद उड़ गई। वे रातों को भी जागती रहतीं। चौड़ी पुतलियाँ। डरी हुई आँखें। वे अपने आप से और जो भी सुनने वाला मिले, उससे लगातार बातें करती रहतीं। लगता था जैसे वे सोच रही हों कि लगातार जागकर मौत को मात दे सकती हैं। इसलिए वे बिना रुके बात करती थीं, कभी लड़ाकू अंदाज़ में तो कभी सुखद और दिलचस्प ढंग से। वे पुराने गानों, भजनों और क्रिसमस गीतों, ओणम की नौका-दौड़ के गीतों के

टुकड़े सुनाया करतीं और अपनी विशुद्ध कॉन्वेंटी अंग्रेज़ी में शेक्सपीयर को भी सुनातीं। जब वे परेशान होतीं तो आसपास मौजूद हर किसी का अपमान करतीं और ऐसी ज़बर्दस्त सड़क-छाप मलयालम का इस्तेमाल करतीं कि लोग हैरान रह जाते कि उनके जैसी ख़ानदानी महिला ने आख़िर कैसे (और कहाँ से) यह सब सीख लिया। जैसे-जैसे दिन बीते, वे और ज़्यादा उग्र होती गईं। उन्हें बहुत भूख लगने लगी और वे इतनी तेज़ी से आधा उबले अंडे और अनानास की परतों वाली पेस्ट्रियाँ खाने लगीं जैसे ज़मानत पर छूटा हुआ कोई क़ैदी खाता है। वे भौतिक शक्ति का एक ऐसा भंडार हो गईं जिसे उनकी उम्र के लिहाज़ से अति-मानवीय ही कहा जाएगा। उन्होंने नर्सों और डॉक्टरों से लड़ाई करना और नसों में लगी सुइयों को निकालकर फेंकना शुरू कर दिया। उन्हें नींद की दवा देना भी संभव नहीं था क्योंकि इससे फेफड़ों की सक्रियता कम हो जाती थी। आख़िरकार उन्हें फिर से आईसीयू में पहुँचा दिया गया।

इससे वे और भी प्रचंड और गहरे मनोविकार की शिकार हो गईं। उनकी आँखें धूर्त और भुतहा लगती थीं और वे लगातार भागने की योजना बनाने लगीं। उन्होंने नर्सों और सहायकों को रिश्वत देने की कोशिश की और एक नौजवान डॉक्टर से वादा किया कि अगर वह उन्हें बाहर निकाल सके तो वे अपना स्कूल और उसकी ज़मीन डॉक्टर के ही नाम कर देंगी। दो बार वे अस्पताली गाउन में नीचे बरामदे तक जाने में कामयाब भी रहीं। इस घटना के बाद दो नर्सें उन पर लगातार निगरानी रखने लगीं जिन्हें कभी-कभी उन्हें पकड़कर बिस्तर पर बिठाना पड़ता था। जब उन्होंने सबको परेशान कर दिया तो डॉक्टरों ने कहा कि अस्पताल नर्सों को रात-दिन उनकी सेवा में नहीं रख सकता, इसलिए उन्हें बिस्तर से बाँधकर रखना होगा। उन्होंने मरीज़ की सबसे निकट संबंधी होने के नाते तिलो से इसकी सहमति के फ़ॉर्म पर दस्तख़त करने के लिए कहा। तिलो ने उनसे अपनी माँ को शांत करने का एक और मौक़ा माँगा। डॉक्टर बमुश्किल राजी हुए।

तिलो ने आख़िरी बार जब अस्पताल से नागा को फ़ोन किया तो बताया कि उसे आईसीयू में अपनी माँ के साथ रहने की विशेष अनुमति मिली है क्योंकि उसने उन्हें शांत करने का एक तरीक़ा खोजा है। नागा को लगा, उसकी आवाज़ में ख़ुशी और यहाँ तक कि प्रेम का भी स्पर्श है। तिलो ने कहा कि उसे एक आसान और कारगर समाधान मिल गया है। वह एक नोटबुक लेकर माँ के पास कुर्सी पर बैठ जाती है और माँ उसे डिक्टेशन देती रहती है जो अंतहीन होता है। कभी-कभी वह चिट्ठियाँ लिखवाती है : *प्रिय अभिभावक कॉमा*

अगली लाइन... मुझे पता चला है कि... क्या तुमने प्रिय अभिभावक के आगे कॉमा लगाया है? ज़्यादातर तो यह सब प्रलाप ही है। तिलो ने कहा कि लगता है, डिक्टेशन देने से माँ सोचती है कि वह अब भी अपने जहाज़ की कैप्टन है, किसी चीज़ की मुखिया, और इससे वह काफ़ी हद तक शांत हो जाती है।

नागा को समझ में नहीं आया कि तिलो किस बारे में बता रही है। उसने उससे कहा कि वह ख़ुद भी कुछ पागलों जैसी बात कर रही है। इस पर तिलो ने हँसकर कहा कि जब तुम इन नोट्स को देखोगे तो समझ जाओगे। वह यह सोचकर हैरान हुआ कि यह कैसी इंसान है जिसके रिश्ते अपनी माँ से तब जाकर सबसे अच्छे हुए, जब वे मतिभ्रम की शिकार होकर आईसीयू में मृत्युशैया पर पड़ी हैं और बेटी स्टेनोग्राफ़र बनी हुई है।

लेक व्यू अस्पताल में चीज़ें सुखद नहीं रहीं। तिलो अपनी माँ का अंतिम संस्कार करके लौट आई—उदास और पहले से ज़्यादा ख़ामोश। माँ के न रहने के बारे में उसने जो कुछ बताया, वह संक्षिप्त और सूचना जैसा था। दिल्ली लौटने के कुछ हफ़्तों में उसकी बेचैन भटकन शुरू हो गई।

नागा ने कभी वे नोट्स नहीं देखे थे।

❧

उस दिन सुबह जब वह तिलो की अलमारी में मेडिकल फ़ाइल को यों ही उलट-पुलट रहा था, उसे वे नोट्स दिखे। वे एक नोटबुक से फाड़े हुए रूलदार काग़ज़ों पर तिलो की लिखावट में थे और अस्पताल के बिलों, दवा के नुस्ख़ों, ख़ून में ऑक्सीजन की मात्रा के चार्टों और ख़ून में गैस की जाँच के पर्चों के बीच तहाकर रखे हुए थे। नागा ने जब उन्हें पढ़ा तो पता चला कि वह उस महिला के बारे में कितना कम जानता है जिससे उसने विवाह किया है। और कितना कम जान पाएगा।

9/7/2009

गमलों के पौधों को सँभालकर रखना वे गिर सकते हैं।

और वह सिकुड़न—कंबल में वह सिलवट—लगता है सब
मुझे ही रँगने पड़ेंगे।

इससे तुम्हारे बारे में क्या पता चलता है मैडम एम्बेसडर मास्टर

बिल्डर परया गर्ल?

नीले कपड़ों वाले ये लोग, ये मैला उठाने का काम करते हैं। क्या ये तुम्हारे रिश्तेदार हैं?

जहाँ तक मुझे पता है पाउलोज़ की आर्किड फूलों से बनती नहीं है वह उन्हें नष्ट कर रहा है। यह एक परया-समस्या हो सकती है।

इसकी जगह बीजू या रेजू को आने के लिए कहो।

तुमने रात में कुत्तों को भौंकते हुए सुना है? मधुमेह वाले लोगों की जो टाँगें काटकर फेंक दी जाती हैं वे उन्हें लेने आते हैं। मुझे उनका रोना सुनाई देता है। और वे लोगों की बाँहें और टाँगें लेकर भाग जाते हैं। कोई उन्हें मना नहीं करता।

क्या वे कुत्ते तुम्हारे हैं? वे लड़के हैं या लड़कियाँ? लगता है उन्हें मीठी चीज़ें पसंद हैं।

क्या तुम मेरे लिए बढ़िया जुजुब मिठाई ला सकती हो?

नीले कपड़े वाले लोगों को यहाँ हमारे आसपास नहीं मँडराना चाहिए।

हमें, तुम्हें और मुझे, बहुत सावधान रहने की ज़रूरत है। तुम यह जानती हो न?

नहीं जानती?

उन्होंने मेरे आँसुओं को माप लिया है और उनमें नमक और पानी बिल्कुल सही है। मेरी आँखें सूख गई हैं और मुझे उन्हें नहलाना और सार्डिन मछली खाना ज़रूरी है जिससे आँसू बन सकें। सार्डिनें आँसुओं से भरी होती हैं।

चौख़ानेदार कपड़ों वाली इस लड़की को लॉटरी में ग़ज़ब की कामयाबी मिलेगी।

आओ चलें।

रेजू से कार निकालने को कहो। मैं नहीं निकाल सकती। मैं निकालना नहीं चाहती।

हैलो! आपसे मिलकर बहुत ख़ुशी हुई! यह मेरी पोती है। इस पर नियंत्रण रखना—यह किसी के बस में नहीं। मेहरबानी करके इस जगह की सफ़ाई करा दीजिए।

जैसे ही रेजू आए, हम कार निकाल लें और भाग चलें। पॉटी को साथ ले लो, टट्टी को छोड़ दो।

तुम ज़रा इधर आओ। मुझसे कानाफूसी करो। मैं जैम में फँसी हूँ। क्या तुम भी जैम में फँसे हो?

हम पॉटी पर बैठेंगे और उस पर उछल-कूद मचाएँगे।

मैं एक जानीवॉकर लूँगी। क्या वह वहाँ है हमसे ऊपर?

मैं बस दो चादरें लूँगी। लेकिन हमारे पैर क्या करेंगे?

क्या वहाँ कोई घोड़ा होगा?

मेरे और तितलियों के बीच भारी जंग छिड़ी हुई है।

क्या तुम जितनी जल्द हो सके प्रिंसी, नाइसी और दोस्तों के साथ यहाँ से निकल जाओगी? पीतल का मर्तबान, वायलिन और सिलाई का सामान अपने साथ ले लेना। टट्टी और काले चश्मे को छोड़ दो और टूटी हुई कुर्सियों को भूल जाओ। वे हमेशा यहाँ भीड़ लगाए रहती हैं, आती और जाती रहती हैं।

यह तुम्हारी टट्टी साफ़ कर देगी, चौख़ाने वाली यह लड़की। उसका बाप जल्दी ही कूड़ा उठाने आएगा। मैं नहीं चाहती कि तुम उसके साथ पकड़ी जाओ। मेरा ख़याल है हम बस यहाँ से चल दें।

उन पर्दों के पीछे देखकर क्या तुम्हें लगता है कि वहाँ लोगों की भीड़ है? मुझे तो लगता है। और वहाँ एक बदबू भी फैली हुई है। भीड़ की बदबू। कुछ सड़ी हुई, समुद्र जैसी।

मेरे ख़याल से तुम्हें अपनी कविताएँ और सारी योजनाएँ एलिसकुट्टी के पास छोड़ देनी चाहिए। वह भयंकर कुरूप है। मुझे हँसने के लिए उसकी एक तस्वीर चाहिए। ऐसी दुष्ट हूँ मैं।

पादरी मुझे ताबूत के अंदर देखना चाहते हैं। यह एक बड़ी राहत है क्योंकि यह मुझे दफ़नाने के लिए है। मैंने कभी सोचा नहीं था कि वहाँ पहुँचूँगी। क्या बारिश हो रही है, क्या धूप निकली हुई है, क्या यहाँ अँधेरा है, क्या यह दिन है, क्या यह रात है? कोई मुझे बताने की तकलीफ़ करेगा?

अब दफ़ा हो जाओ।

और इन घोड़ों को बाहर ले जाओ।

मेरे ख़याल से इस लड़की को फँसाना और उसकी तमाम चीज़ें छीन लेना बहुत बुरा होगा।

उठो!!!

मैं बाहर जा रही हूँ। तुम जो चाहो करो। तुम्हारी ख़ूब पिटाई होगी।

यह बहुत शर्मनाक है कि तुम यहाँ यह बता रही हो कि तुम तिलोत्तमा आइप हो जबकि तुम नहीं हो। मैं तुम्हें अपने बारे में कुछ नहीं बताऊँगी, न तुम्हारे बारे में।

मैं बस यहीं खड़ी रहूँगी और कहूँगी, 'यह करो और वह करो' और तुम हर हाल में करोगी। कल से तुम्हारी तनख़्वाह बंद। क्या तुमने यह लिख लिया है? मैं हर बार तुम पर जुर्माना लगाऊँगी।

जाओ और सबसे बोल दो कि 'यह मेरी माँ मरियम आइप है और इसकी उम्र डेढ़ सौ साल है।'

क्या उनके पास घोड़ों के लिए दवा है?

क्या तुमने ग़ौर किया है कि लोग जब जमुहाई लेते हैं तो घोड़ों

की तरह दिखते हैं?

अपने दाँतों का बेरहमी से ख़याल रखो और किसी को उन्हें निकालने मत दो।

वे कभी–कभी तुमको डिस्काउंट देते हैं और यह बेहूदा बात है।

हर चीज़ की जाँच कर लो और चलो।

और फिर हान्ना भी तो है। मुझ पर उसका कर्ज़ है और मुझे कैथेटर वाले बच्चों के ऊपर छलाँग लगानी होगी।

इतने सारे केथेटेर हैं और सभी लोग ख़ुश थे कि मिसेज़ आइप अब सबक़ सीख रही हैं। लेकिन यह बच्ची बहुत भली है। तुमने मेरा कैथेटर नहीं हटाया। लेकिन उसने हटा दिया। वह एक अच्छी परया है। तुम अच्छी परया होना भूल चुकी हो।

कोई यहाँ आया और फिर कोई और कोई।

सबसे चौंकाने वाली बात यह है कि तुम हरेक को अपने क़ायदे–क़ानून समझा रही हो। लेकिन उन्हें मेरा हुक्म मानना चाहिए।

लेकिन इंचार्ज **मैं हूँ**। तुम बेशक देखोगी कि चार्ज छोड़ना बहुत मुश्किल काम है। हमारी बिरादरी में अन्नम्मा सबसे ख़ामोश चीज़ है।

अन्नम्मा कौन है जो शरलॉक होम्स और शरलॉक होम्स के ही रोल निभाती है? दोनों रोल वह शान के साथ करती है। वह मेरी हेड टीचर थी जो बड़ी ख़ूबसूरती से मरी। वह घर गई और मेरे लिए एक खाँसी लाई।

हैलो डॉक्टर यह मेरी बेटी है जिसकी पढ़ाई घर में हुई है। यह बहुत दुष्ट है। आज घुड़दौड़ में वह भीषण थी। लेकिन मैं भी भीषण थी। हमने सबको लथेड़ दिया।

मैंने ज़िंदगी में बड़ी मूर्खताएँ कीं। मैंने एक बच्ची को पैदा किया। इसे।

और गंदे कपड़ों और गंदे कैथेटर वाला वह लड़का और मैं घंटों तक गंदी नदी में बैठे रहे।

मुझे लगता है मैं चारों तरफ़ हिजड़ों से घिरी हुई हूँ। ऐसा है क्या?

संगीत...उसमें क्या गड़बड़ है? अब मुझे याद नहीं आता।

इसको सुनो... यह ऑक्सीजन है। ... मेरी ऑक्सीजन ख़त्म हो रही है। लेकिन मुझे कोई परवाह नहीं कि मैं चुक रही हूँ या चल रही हूँ।

मैं सोना चाहती हूँ। मुझे मरना अच्छा लगता है। मेरे पैरों को गरम पानी से लपेट दो।

मैं सोना चाहूँगी। मैं इसकी इजाज़त नहीं माँग रही हूँ।

यह ऐसा ही है। हप्सफहप्सफहप्सफ... **कुक! कुक! कुक!**

यह मेरा इंजन है।

जब तुम मरते हो तो किसी बादल पर अटक सकते हो और हमें तुम्हारे बारे में सब पता चल जाता है। फिर वे तुमको बिल थमाते हैं।

मेरा पैसा कहाँ है?

धमनियों का पोर्ट ईसा मसीह का पेच है। यह दर्द नहीं करता।

मैं एक छोटी-सी कठपुतली हूँ।

मुझे अपने चूतड़ पसंद हैं। मालूम नहीं डॉ. वर्गीज़ क्यों इसे तस्वीर से निकालना चाहते हैं।

जमे हुए फूल कहीं नहीं जाते। वे हमेशा यहीं कहीं भीड़ लगाए रहते हैं। मुझे लगता है हमें मर्तबानों की बात करनी चाहिए।

क्या तुमने सफ़ेद फूल की आवाज़ सुनी है?

नागा को जो कुछ मिला, वह एक नमूना-भर था। उन नोट्स का भंडार

अस्पताल के कूड़े में चला गया वरना उनके कई खंड तैयार हो जाते।

❦

हफ़्ते-भर लगातार नोट लेने के बाद एक सुबह थकान से चूर तिलो अपनी माँ के बिस्तर के पास खड़ी थी और उसकी बाँहें उस कुर्सी से टिकी थीं जिस पर वह अक्सर बैठती थी। यह आईसीयू का सबसे व्यस्त समय था, डॉक्टर राउंड पर थे, नर्सें और दूसरे कर्मचारी व्यस्त थे, वार्ड की सफ़ाई हो रही थी। मरियम आइप के लिए यह ख़ास तौर से बुरी सुबह थी। उनका चेहरा लाल था और आँखें बुख़ार से तप रही थीं। उन्होंने अपना अस्पताली गाउन ऊपर कर लिया था और सिर्फ़ नैपी में लेटी हुई थीं।

उनकी टाँगें बिल्कुल सीधी और बेडौल थीं। जब वे चिल्लाईं तो उनकी आवाज़ इतनी भारी थी जैसे कोई मर्द चीख़ रहा हो।

'परयाओं से कहो कि जल्दी से मेरी टट्टी साफ़ करें!'

तिलो का ख़ून जैसे अपनी राह से भटककर जंगली रास्तों की ओर चला गया। जिस कुर्सी पर वह झुकी हुई थी, वह बग़ैर चेतावनी के ऊपर उठी और नीचे गिरकर खंड-खंड हो गई। दरकती हुई लकड़ी की आवाज़ से पूरा वार्ड गूँज़ उठा। सुइयाँ नसों से बाहर निकल आईं। ट्रे में रखी हुई दवा की बोतलें खड़खड़ाने लगीं। कमज़ोर दिल वाले लोगों की एक धड़कन गुम हो गई। तिलो ने उस आवाज़ को अपनी माँ के पैरों से ऊपर की ओर पूरे शरीर में इस तरह जाते हुए देखा जैसे किसी लाश का कफ़न हटाया जा रहा हो।

उसे पता नहीं चला कि वह कितनी देर वहाँ खड़ी रही या कौन उसे डॉ. वर्गीज़ के दफ़्तर में ले गया।

क्रिटिकल केयर विभाग के प्रमुख डॉ. जैकब वर्गीज़ चार साल पहले तक अमेरिकी फ़ौज में डॉक्टर थे। वे कुवैत युद्ध के दौरान अपनी यूनिट के क्रिटिकल केयर की दूसरी कमान में थे और कार्यकाल पूरा होने के बाद केरल लौट आए थे। हालाँकि उनका ज़्यादातर जीवन विदेश में बीता था, लेकिन उनकी बातचीत में अमेरिकी लहज़े का पुट नहीं था जो एक असाधारण बात थी क्योंकि केरल में यह चुटकुला बहुत प्रचलित था कि लोग अमेरिकी वीज़ा के लिए आवेदन करने के साथ ही अमेरिकी रंग-ढंग में बात करने लगते हैं। डॉ वर्गीज़ में ऐसा कुछ नहीं था जिससे यह लगे कि वे सारी ज़िंदगी केरल में बिताने वाले एक

स्थानीय सीरियाई ईसाई के अलावा और भी कुछ हैं। तिलो को देखकर वे धीमे-से मुस्कुराए और उन्होंने कॉफ़ी मँगाई। वे मरियम आइप के क़स्बे के ही रहने वाले थे और शायद सभी पुरानी अफ़वाहों और कानाफूसियों से परिचित भी। उनके दफ़्तर में एअरकंडीशनर की सफ़ाई हो रही थी और उस खटर-पटर से कमरे की बोझिलता दूर हो गई थी। तिलो ग़ौर से मैकेनिक को देखती रही गोया उसका जीवन उसी पर निर्भर हो। हरे रंग का कुर्ता-पतलून पहने हुए पुरुष और महिलाएँ सर्जिकल नक़ाब लगाए ऑपरेशन थियेटर की चप्पलों में ख़ामोशी से आ-जा रहे थे। कुछ के दस्तानों पर ख़ून के छींटे थे। डॉ. वर्गीज़ ने अपने पढ़ने वाले चश्मे के ऊपर से तिलो को इस तरह देखा जैसे उसकी किसी बीमारी की पड़ताल कर रहे हों। शायद वे कर भी रहे थे। कुछ ही देर में वे मेज़ के इस तरफ़ आए और उसका हाथ अपने हाथ में ले लिया। उन्हें क्या पता था कि वे एक ऐसी इमारत की मिजाज़पुर्सी कर रहे हैं जिस पर बिजली गिर चुकी है। ऐसी इमारत, जिसकी मिजाज़पुर्सी के लिए कुछ ख़ास नहीं बचा था। जब उन्होंने कॉफ़ी पी ली और तिलो की कॉफ़ी अनछुई रही तो उन्होंने कहा कि आईसीयू में जाकर वह अपनी माँ से माफ़ी माँग ले।

'तुम्हारी माँ कोई मामूली महिला नहीं हैं। तुम्हें समझना होगा कि ऐसे भद्दे शब्द वे नहीं बोल रही हैं।'

'ओह, तो कौन बोल रहा है?'

'कोई और है। उनकी बीमारी। उनका ख़ून। उनकी तकलीफ़। हमारा परिवेश, हमारे दुराग्रह, हमारा इतिहास...'

'तो किससे माफ़ी माँगनी होगी? दुराग्रह से? या इतिहास से?'

कहते हुए वह बरामदे से नीचे उनके पीछे चल पड़ी। आईसीयू की तरफ़।

उनके वहाँ पहुँचने से पहले ही तिलो की माँ कोमा में चली गई थीं। वे जानने से परे, इतिहास से परे, दुराग्रह से परे, माफ़ी से परे जा चुकी थीं। तिलो बिस्तर पर आई और अपना चेहरा माँ के पैरों पर तब तक रखे रही जब तक वे ठंडे नहीं पड़ गए। टूटी हुई कुर्सी दुखी फ़रिश्ते की तरह उन्हें घूरती रही। तिलो को हैरानी हुई कि उसकी माँ ने यह कैसे जान लिया था कि कुर्सी क्या करेगी?

टूटी हुई कुर्सियों को भूल जाओ। वे हमेशा यहाँ भीड़ लगाए रहती हैं।

सुबह होते ही मरियम आइप की मृत्यु हो गई।

सीरियाई ईसाई चर्च ने उनके गुनाह को माफ़ नहीं किया और दफ़नाने से साफ़ इनकार कर दिया। इसलिए अंतिम संस्कार सरकारी श्मशान में करना पड़ा जहाँ स्कूल के अध्यापक और कुछ विद्यार्थियों के माता-पिता ही पहुँच सके।

तिलो माँ की अस्थियाँ लेकर दिल्ली आ गई। उसने नागा से कहा कि उसे बहुत सोच-समझकर तय करना होगा कि उनका क्या किया जाए। उसने और कुछ नहीं बताया। नागा की याद्दाश्त में अस्थियों का कलश लंबे समय तक तिलो की मेज़ पर रखा रहा। बाद में नागा ने देखा कि वह वहाँ नहीं है। वह तय नहीं कर पाया कि तिलो को अस्थियाँ बहाने (या बिखराने या गाड़ने) के लिए कोई सही जगह मिली या नहीं। या फिर वह उन्हें नए घर में अपने साथ ले गई।

ॐ

फ़र्श पर बैठकर नागा एक मोटी मेडिकल फ़ाइल को देख रहा था कि राजकुमारी अचानक चली आई। पीछे से खड़ी होकर वह नागा के कंधों के ऊपर से टिप्पणियों को पढ़ने लगी।

'"धमनियों का पोर्ट ईसा मसीह का पेच है"... "क्या तुमने फूल की आवाज़ सुनी है?" यह क्या बकवास पढ़ रहे हो, जान? फूल कब से आवाज़ करने लगे?'

नागा बैठा रहा और देर तक कुछ नहीं बोला। वह ख़यालों में गहरे डूबा हुआ लग रहा था। फिर उठकर उसने उसके सुंदर चेहरे को अपने हाथों में लिया।

'मुझे बहुत अफ़सोस है...'

'किस बात के लिए, जान?'

'चल नहीं पाएगा...'

'क्या?'

'हम लोग।'

'लेकिन वह तो चली गई! उसने तो तुम्हें छोड़ दिया है!'

'छोड़ दिया है। छोड़ दिया है। हाँ...लेकिन वह वापस आएगी। उसे आना पड़ेगा। वह आएगी।'

राजकुमारी ने नागा पर तरस खाया और आगे बढ़ गई और जल्दी ही उसने एक टीवी समाचार चैनल के मुख्य संपादक से विवाह कर लिया। उनकी एक सुंदर, प्रसन्न जोड़ी बन गई और उनके कई स्वस्थ, प्रसन्न बच्चे हुए।

ॐ

तिलो ने किराये पर दो कमरे लिये, जो शहर में एक मकान की दूसरी मंज़िल पर थे जहाँ से एक सरकारी प्राथमिक पाठशाला दिखाई देती थी, जहाँ अपेक्षाकृत ग़रीब बच्चे थे और अपेक्षाकृत खाते-पीते तोतों से भरा हुआ नीम का पेड़ था। रोज़ सुबह प्रार्थना के समय बच्चे ज़ोरों से 'हम होंगे कामयाब' गाया करते। उनके साथ वह भी गाती। हफ़्ते के आख़िरी दिनों और छुट्टियों में न बच्चे होते थे और न स्कूल की प्रार्थना, इसलिए वह ठीक सुबह सात बजे ख़ुद ही इस गीत को गाती। जिस दिन वह इसे गाना भूल जाती, उसे लगता जैसे सुबह भी पिछला ही दिन हो और नई सुबह नहीं हुई हो। सुबह अगर कोई उसके दरवाज़े पर कान लगाता तो उसे ज़रूर वह गीत सुनाई देता।

उसके दरवाज़े पर कोई कान नहीं लगाता था।

मिस जबीन के जन्मदिन और नामकरण की रात दूसरी मंज़िल के उस घर में तिलो के चौथे साल की आख़िरी रात थी। उसे समझ में नहीं आया कि जन्मदिन के बचे हुए केक का क्या करे। शायद चींटियाँ अपने पड़ोसी रिश्तेदारों को दावत में बुलाएँगी और उसे या तो खा लेंगी या हर टुकड़े को अपने भंडार में ले जाएँगी।

गर्मी उठकर कमरे में टहलने लगी। दूर ट्रैफ़िक गुर्रा रहा था। शहर की गुर्राहट।

बारिश का नाम नहीं।

चितकबरा उल्लू उड़कर चला गया--किसी दूसरी खिड़की पर छिपकर, दुबक कर अपने शरीफ़ तौर-तरीक़ों को किसी दूसरी औरत पर आज़माने के लिए।

जब तिलो ने देखा कि उल्लू चला गया है तो वह बहुत उदास हो गई। उसे पता था वह ख़ुद भी जल्दी ही चली जाएगी और शायद फिर कभी उसे नहीं देख पाएगी। वह उल्लू *कोई* था। पता नहीं कौन। शायद मूसा ? मूसा के मामले में हमेशा ऐसा ही होता था। वह जब भी किसी छोटी, गोपनीय मुलाक़ात के लिए अपनी अजीब वेशभूषा में आता, जैसे वह किसी 'कहीं-नहीं-ज़िले का मिस्टर-कोई-नहीं' हो, तो तिलो को लगता था कि वह फिर कभी नहीं आएगा। आमतौर पर मूसा ही ग़ायब रहता था और वह उसके आने का इंतज़ार करती थी। लेकिन इस बार ग़ायब होने की बारी तिलो की थी। उसके पास उसे यह बताने का कोई रास्ता नहीं था कि वह कहाँ है। वह मोबाइल का इस्तेमाल नहीं करता था और जब भी बात करता तो उसकी लैंडलाइन पर ही करता था और अब उसका जवाब देने वाला कोई नहीं होगा। उस रात उसकी बहुत इच्छा हुई

कि अलविदा की डाँवाडोल-सी प्रकृति के बारे में चितकबरे उल्लू से बात करे। उसने काग़ज़ के पुर्जे पर एक पंक्ति लिखी और उसे खिड़की पर इस तरह चिपकाया कि उस पर उल्लू की निगाह पड़ सके :

अलविदा शब्द से भला कौन जान सकता है कि हमारे नसीब में किस तरह का अलगाव लिखा है।

बिस्तर पर लौटते हुए वह अपने आपसे और अपने इस संदेश की उधार ली हुई सच्चाई से ख़ुश थी। लेकिन फिर तुरंत ही उसे झेंप महसूस हुई। ओसिप मांदेलस्ताम ने जब यह पंक्ति लिखी थी तो उनका दिमाग़ कहीं ज़्यादा गंभीर मसलों में उलझा हुआ था। वे स्तालिन के गुलाग से तालमेल बिठाने की कोशिश कर रहे थे। वे उल्लुओं से बात नहीं कर रहे थे। उसने पुर्जे को वापस उखाड़ लिया और फिर से बिस्तर पर आ गई।

जहाँ वह लेटी हुई और जागी हुई थी, वहाँ से कुछ मील दूर पिछली रात एक बेकाबू ट्रक ने तीन लोगों को कुचल दिया था। शायद ड्राइवर को नींद आ गई थी। टीवी पर बताया गया कि गर्मियों में बेघर लोग सड़कों के किनारे सो रहे थे जहाँ भारी ट्रैफ़िक था। उन्हें यह पता था कि सड़क से गुज़रने वाली बसों और ट्रकों के डीज़ल का धुआँ मच्छरों को भगाने का काम करता है और उस डेंगू बुख़ार से बचाता है, जिससे शहर में पहले ही कई लोग मर चुके हैं।

उसने उन लोगों की कल्पना की : शहर के नए आप्रवासी, पत्थर काटने वाले लोग घर लौट आए हैं। घर के नाम पर उन्होंने सड़क के किनारे अपने लिए जगह ख़रीदी और बुक की है और उसका किराया इस हिसाब से तय हुआ है कि किस जगह धुआँ कितना घना है और वहाँ मच्छर किस अनुपात में हैं। यह एक अचूक बीजगणित था जो पाठ्यपुस्तकों में नहीं बताया जाता था।

वे लोग एक निर्माणाधीन इमारत में दिन-भर काम करने के बाद थकान से चूर थे। उनकी पलकें और फेफड़े पत्थर काटने से उड़ी हुई धूल सोखते हुए और शहर में तेज़ी से उगते जंगल जैसे बहुमंज़िला शॉपिंग सेंटर और हाउसिंग एस्टेट्स में फ़र्श बिछाते हुए ज़र्द पड़ चुके थे। वे अपने हल्के, तार-तार *गमछों* को सँकरी घास की ढलानों पर बिछाकर सो जाते, जहाँ कुत्तों की टट्टी और स्टेनलेस स्टील के मूर्तिशिल्पों की सार्वजनिक कला बिखरी हुई थी। यह कला पमनानी ग्रुप द्वारा प्रायोजित थी जो स्टेनलेस स्टील में काम करने वाले अग्रणी कलाकारों को बढ़ावा देता था और उसे उम्मीद थी कि इन कलाकारों से स्टेनलेस स्टील उद्योग को बढ़ावा मिलेगा। मूर्तिशिल्प स्टेनलेस स्टील के शुक्राणुओं के

समूह जैसे लगते थे या शायद उन्हें ग़ुब्बारों की शक्ल में ढाला गया था। यह साफ़ नहीं था, लेकिन वे हर हाल में प्रसन्न नज़र आते थे। उन लोगों ने आख़िरी बीड़ी सुलगाई। रात में धुएँ के छल्ले उड़े। सड़क की नियोन-बत्तियों की रोशनी में घास धातुई नीली थी और आदमी भूरे दिखते थे। उनमें कुछ चुहल चल रही थी और कुछ हँसी भी, क्योंकि दो लोग छल्ले बना रहे थे, लेकिन तीसरा नहीं बना पा रहा था। वह थोड़ा अनाड़ी था और हर चीज़ देर से सीखता था।

उन्हें जल्दी ही और आराम से नींद आ गई, जैसे करोड़पतियों के पास पैसा आता है।

अगर वे ट्रक से नहीं मरते तो कुछ ऐसे मरते :

(क) डेंगू से
(ख) लू से
(ग) बीड़ी के धुएँ से
या
(घ) पत्थर की धूल से

या फिर ऐसा न होता। हो सकता है, वे इनमें से कुछ बन गए होते।

(क) करोड़पति
(ख) सुपर मॉडल
या
(ग) ब्यूरो चीफ़

इससे क्या कोई फ़र्क़ पड़ता था कि वे जिस घास पर सोये थे उसी पर कुचल दिए गए? इससे किसको फ़र्क़ पड़ता था? जिन्हें फ़र्क़ पड़ता था, क्या उनसे कोई फ़र्क़ पड़ता था?

प्रिय डॉक्टर,
हमें कुचल दिया गया। क्या इसका कोई इलाज है?
साभार,
बीरू, जयराम, राम किशोर

तिलो ने मुस्कुराकर अपनी आँखें बंद कीं।

लापरवाह मादरचोद। उन्हें ट्रक के रास्ते में सोने के लिए किसने कहा था?

वह जानना चाहती थी कि उन चीज़ों को कैसे अन-जाना किया जाए जिन्हें वह जानती थी, लेकिन जानना नहीं चाहती थी। मसलन, यह कैसे अन-जाना जाए कि जब लोग पत्थर की धूल से मरते हैं तो उनके फेफड़ों का अंतिम संस्कार नहीं हो पाता। जब उनका पूरा शरीर भस्म हो जाता है, तब भी पत्थरों के दो फेफड़ेनुमा टुकड़े बिना जले बचे रह जाते हैं। जंतर-मंतर के फ़ुटपाथ पर रहने वाले उसके दोस्त डॉ. आज़ाद भारतीय ने उसे अपने बड़े भाई जितेन वाई. कुमार के बारे में बताया था जो ग्रेनाइट की खदान में काम करते थे और पैंतीस साल की उम्र में मर गए थे। उन्होंने बताया कि कैसे उन्हें अपने भाई की चिता पर उनके फेफड़ों को सब्बल से तोड़ना पड़ा ताकि उनकी आत्मा मुक्त हो सके। उन्होंने कहा कि उन्हें यह करना पड़ा, हालाँकि वे ख़ुद कम्युनिस्ट हैं और आत्मा जैसी चीज़ में यक़ीन नहीं रखते।

उन्होंने यह अपनी माँ की संतुष्टि के लिए किया था।

उन्होंने बताया कि उनके भाई के फेफड़े चमक रहे थे क्योंकि उनमें सिलिका फँसा हुआ था।

प्रिय डॉक्टर,

कोई ख़ास बात नहीं है। मैं सिर्फ़ हैलो कहना चाहती थी। असल में—कुछ है। ज़रा सोचिए कि अपनी माँ के संतोष के लिए भाई के फेफड़ों को तोड़ना पड़े। क्या आप इसे सामान्य मानवीय काम कहेंगे?

वह जानना चाहती थी कि एक अ-मुक्त आत्मा, आत्मा के आकार की एक चट्टान चिता पर कैसी लगती होगी? शायद तारा-मछली की तरह। या शायद कनखजूरे की तरह। या अजीब से पतिंगे की तरह, जिसका शरीर ज़िंदा हो, लेकिन पंख पत्थर के हों—बेचारा पतिंगा—जिसे उन्हीं चीज़ों ने धोखा दिया और दबा दिया जो उसकी उड़ान के लिए बनी थीं।

दूसरी मिस जबीन नींद में कुलबुलाई।

अपना ध्यान केंद्रित करो—अपहरणकर्ता ने बच्ची के गीले, पसीने से भीगे माथे को सहलाते हुए सोचा। *वरना मामला पूरी तरह हाथ से निकल जाएगा।* उसे पता नहीं था कि बच्चों को न चाहने के बावजूद आख़िर क्यों वह एक बच्ची को उठा लाई। लेकिन यह तो हो चुका है। कहानी में उसकी भूमिका

लिखी जा चुकी है। यह ख़ुद उसने नहीं लिखी है। तो किसने? किसी ने तो लिखी है।

> *प्रिय डॉक्टर,*
> *अगर आप चाहें तो मेरी हरेक भूमिका को बदल सकते हैं। मैं महज़ एक कहानी हूँ।*

मिस जबीन का स्वभाव अच्छा था और उसे तिलो का बनाया हुआ बिना नमक का सूप और सब्ज़ियों का चोखा पसंद था। तिलो बच्चों की संगत में बहुत कम रही थी, लेकिन यह विचित्र था कि उसके साथ वह बहुत सहज थी और पूरे भरोसे से उसे पाल-पोस रही थी। कभी-कभार मिस जबीन रोने लगती तो वह तुरंत उसे चुप करा देती। तिलो ने (उसे खिलाने के अलावा) एक उपाय यह खोजा कि वह उसे फ़र्श पर बंदूक़ के रंग के पाँच पिल्लों के बीच छोड़ देती, जिन्हें लाल बालों वाली दोगली नस्ल की कुतिया कॉमरेड लाली ने पाँच हफ़्ते पहले उसके दरवाज़े के बाहर जन्म दिया था। लगता था, दोनों पार्टियों (पिल्ले और मिस जबीन) के पास एक-दूसरे को बताने के लिए बहुत कुछ है। दोनों की माँएँ बहुत अच्छी दोस्त थीं, इसलिए ये मुलाक़ातें आम तौर पर कामयाब रहती थीं। जब वे थक जाते तो तिलो पिल्लों को टाट के बोरे पर रख देती और कॉमरेड लाली को एक कटोरा दूध और ब्रेड देती।

दिन में जब कमरे में तिलो केक पर मोमबत्ती जलाकर मिस जबीन के साथ 'हैप्पी बर्थडे' गुनगुनाती हुई नाच रही थी, निचली मंज़िल की किराएदार अंकिता का फ़ोन आया। उसने बताया कि सुबह एक पुलिस वाला आया था जो तिलो को खोज रहा था और पूछ रहा था कि क्या वे इस इमारत में किसी नई बच्ची के बारे में जानती हैं। वह हड़बड़ी में था और उसने उन्हें एक अख़बार भी दिया है, जिसमें पुलिस का नोटिस छपा है। अंकिता ने अख़बार को अपनी छोटी-सी नाबालिग़ आदिवासी नौकरानी के हाथ ऊपर भेज दिया। उसमें लिखा था :

> अपहरण का नोटिस डीपी/1146
> नई दिल्ली 110001
>
> एतदद्वारा आम जनता को सूचित किया जाता है कि एक अज्ञात शिशु, पुत्र अज्ञात, निवासी अज्ञात का कपड़ों के बग़ैर जंतर-मंतर, नई दिल्ली से अपहरण कर लिया गया है। पुलिस को ख़बर होने

> के बाद, लेकिन पुलिस फ़ोर्स के वारदात स्थल पर पहुँचने से पहले ही शिशु का किसी अज्ञात व्यक्ति/व्यक्तियों द्वारा अपहरण कर लिया गया है। इसकी प्रथम सूचना रिपोर्ट धारा *361, 362, 365, 366*ए, धारा *367* और *369* के अंतर्गत दर्ज की गई है। कृपया कोई या सभी जानकारी देने के लिए स्टेशन हाउस आफ़िसर, पार्लियामेंट स्ट्रीट पुलिस स्टेशन, नई दिल्ली से संपर्क करें।
> बच्ची का विवरण निम्न प्रकार है :
> नाम : अज्ञात, पिता का नाम : अज्ञात, पता : अज्ञात, उम्र : अज्ञात, पोशाक : कोई कपड़ा नहीं।

फ़ोन पर अंकिता की आवाज़ में अहंकार और अरुचि का भाव था। तिलो से वह ऐसा ही व्यवहार करती थी। उसमें एक ऐसा दंभ और आत्म-संतोष था जैसा पति वाली औरत का बिना पति वाली औरत के लिए होता है। उसका बच्ची से कोई लेना-देना नहीं था। उसे मिस जबीन के बारे में पता भी नहीं था (सौभाग्य से, गार्सन होबार्ट ने अपने घर को काफ़ी पुख़्ता बनवाया था और आवाज़ उसकी दीवारों के पार नहीं जाती थी)। पास-पड़ोस में भी किसी को जानकारी नहीं थी। तिलो कभी बच्ची को बाहर नहीं ले गई। वह ख़ुद भी बहुत कम बाहर जाती थी। कभी-कभार निकलती थी जब बच्ची सोयी हुई हो और बाज़ार जाना ज़रूरी हो। जब वह बेबी फ़ूड ख़रीदती तो शायद दूकानदारों को कुछ हैरानी होती होगी। लेकिन तिलो को ऐसी आशंका नहीं थी कि पुलिस जाँच को इतनी दूर तक ले जाएगी।

तिलो ने पहले पुलिस के नोटिस को गंभीरता से नहीं लिया। उसे लगा कि यह एक आम नौकरशाही खानापूर्ति होगी जिसे पर्याप्त मूर्खता के साथ किया जाता है। लेकिन दूसरी बार पढ़ने पर उसे लगा कि इससे कोई गंभीर मुसीबत आ सकती है। इस पर ग़ौर करने के लिहाज़ से उसने नोटिस को एक नोटबुक में हू-ब-हू और पुराने ज़माने वाले सुलेख में उतार लिया। उसके हाशियों पर उसने अंगूर और दूसरे फलों की आकृतियाँ भी बनाईं जैसे कि वे बाइबल के 'टेन कमांडमेंट्स' हों। वह समझ नहीं पा रही थी कि पुलिस ने कैसे उसका पता लगाया और दरवाज़े तक पहुँच गई। उसे यह समझ में आ गया था कि इसके लिए एक योजना ज़रूरी है और वह उसके पास नहीं है। तब उसने दुनिया में उस अकेले आदमी को फ़ोन किया, जिस पर उसे हर समस्या को समझने और सही सलाह देने का भरोसा था।

उसकी और डॉ. आज़ाद भारतीय की दोस्ती को चार साल से भी ज़्यादा हो

गए थे। उनकी पहली मुलाक़ात कनॉट प्लेस में हुई जब दोनों पटरी पर बैठे उस मोची से चप्पलें ठीक करवा रहे थे, जो अपने हुनर के साथ-साथ अपने ठिगने क़द के लिए भी जाना जाता था। उसके हाथ में सभी जूते-चप्पल ऐसे लगते जैसे दैत्यों के हों। जब वे एक जूते को पहने हुए और दूसरे को निकालकर खड़े थे तो तिलो डॉ. भारतीय के यह पूछने पर (अंग्रेज़ी में) चौंक गई कि क्या उसके पास सिगरेट होगी। डॉ. भारतीय भी उसके इस जवाब से (हिंदी में) चौंक गए कि वह सिगरेट तो नहीं, बीड़ी दे सकती है। ठिगना मोची उन्हें धूम्रपान के ख़तरों के बारे में बताने लगा। उसने कहा कि उसके पिता चेन-स्मोकर थे और कैंसर से मरे। उसने फ़र्श पर धूल में अपने पिता के फेफड़े के ट्यूमर की शक्ल बनाई और कहा कि वह 'इतना बड़ा' था। डॉ. भारतीय ने उसे समझाया कि वे सिर्फ़ उस वक़्त पीते हैं जब जूते ठीक करा रहे हों। बातचीत राजनीति की ओर मुड़ गई। मोची ने मौजूदा माहौल को भला-बुरा कहा, हर धर्म और संप्रदाय के देवताओं को गाली दी और अंत में अपने लोहे के फ़रमे को चूमा। उसने कहा कि यही उसका ख़ुदा है। जूतों के सुधरने तक मोची और उसके ग्राहक दोस्त बन चुके थे। डॉ. भारतीय ने अपने दोनों दोस्तों को जंतर-मंतर पर उनके पटरी-घर में आने के लिए कहा। तिलो वहाँ गई। उसके बाद दोस्ती पर मुहर लग गई।

हफ़्ते में अक्सर एक-दो बार शाम को वह डॉ. भारतीय से मिलने जाती थी और सुबह होने पर लौटती थी। समय-समय पर वह उनके लिए पेट के कीड़े मारने की दवा लाती, जिसे वह पता नहीं किस वजह से अच्छे स्वास्थ्य के लिए ज़रूरी मानती थी, और डॉ. भारतीय भूख-हड़ताल के दौरान भी उसे खाना अपना कर्तव्य समझते थे। वह उन्हें विश्व-मानव मानती थी, उसके परिचय के दायरे में सबसे विवेकवान-विचारशील लोगों में से एक। जल्दी ही वह उनके एक-पेजी अख़बार *मेरे समाचार और विचार* की अनुवादक/अनुलेखक और मुद्रक/प्रकाशक भी बन गई। डॉ. आज़ाद भारतीय हर महीने उसमें संशोधन करते और नया कुछ जोड़ते। वे हर संस्करण की आठ-नौ प्रतियाँ बेच लेते थे। कुल मिलाकर यह एक फलती-फूलती मीडिया साझेदारी थी—राजनीतिक रूप से प्रखर, बेबाक और पूरी तरह घाटे का सौदा।

दूसरी मिस जबीन के आने के बाद दोनों मीडिया पार्टनर आठ दिन से नहीं मिले थे। तिलो ने पुलिस के नोटिस के बारे में बताने के लिए डॉ. भारतीय को फ़ोन किया तो उनकी आवाज़ फुसफुसाहट में बदल गई। उन्होंने कहा कि मोबाइल फ़ोन पर जितनी कम बात करें उतना अच्छा है क्योंकि अंतरराष्ट्रीय

एजेंसियाँ उन पर लगातार निगरानी रखे हुए हैं। लेकिन शुरुआती सावधानी के बाद उनकी आवाज़ में उत्साह झलकने लगा। उन्होंने बताया कि किस तरह पुलिस ने उन्हें पीटा और उनके तमाम काग़ज़ छीन लिये। उन्होंने कहा कि बहुत संभव है, पुलिस को वहाँ से कुछ सुराग मिले हों (क्योंकि पर्चे के अंत में प्रकाशक का नाम और पता दिया हुआ था)। या तो इस वजह से या फिर उनके हाथ के प्लास्टर पर तिलो के आकर्षक दस्तख़त की वजह से, जिसके बहुत से फ़ोटो पुलिस ने कई कोनों से खींचे थे। उन्होंने कहा, 'अपने पते के साथ किसी दूसरे ने हरी स्याही में दस्तख़त नहीं किए हैं। इसलिए उनकी लिस्ट में पहला नाम आपका ही रहा होगा। यह कोई मामूली जाँच ही होगी।' फिर भी उन्होंने सलाह दी कि वह तुरंत मिस जबीन को लेकर कम से कम कुछ दिन के लिए पुराने शहर के 'जन्नत गेस्ट हाउस और क़फ़न-दफ़न सेवा केंद्र' चली जाए। उन्होंने कहा कि वहाँ सद्दाम हुसैन या वहाँ की मालकिन डॉ. अंजुम से संपर्क करे जो बहुत भली महिला है और (उस *कथित* रात की) घटना के बाद कई बार मुझसे मिलकर बच्ची के बारे में पूछ चुकी है। डॉ. भारतीय जिन लोगों को पसंद करते थे या जिनकी इज़्ज़त करते थे, उनके नाम के आगे बेवजह डॉ. लगा देते थे—शायद इसीलिए उन्होंने पी.एच-डी 'पेंडिंग' होने के बावजूद अपने नाम के साथ डॉ. जोड़ दिया था।

तिलो को गेस्ट हाउस और सद्दाम हुसैन का नाम उस विज़िटिंग कार्ड से पता चला था जो जंतर-मंतर से उसके घर तक पीछा करने वाले और सफ़ेद घोड़े पर सवार उस आदमी ने (उस *कथित* रात को) उसके लेटरबॉक्स में छोड़ा था। उसने जब फ़ोन किया तो सद्दाम ने बताया कि डॉ. भारतीय ने उससे संपर्क किया था और वह तिलो के फ़ोन का ही इंतज़ार कर रहा था। उसने कहा कि डॉ. भारतीय ने सही सलाह दी है और वह आगे की कार्रवाई तय करके उसे दोबारा फ़ोन करेगा। उसने कहा कि फ़ोन आने से पहले वह किसी भी हालत में बच्ची को बाहर लेकर न जाए। पुलिस बिना वारंट के उसके घर में नहीं घुस सकती। लेकिन हो सकता है वह उसके घर पर निगरानी रखे हुए हो। अगर पुलिस वालों ने उसे बच्ची के साथ सड़क पर देख लिया तो वे कुछ भी कर सकते हैं। फ़ोन पर सद्दाम की आवाज़ में जो दोस्ताना और असरदार लहज़ा था, उससे तिलो को भरोसा बँधा और सद्दाम को भी उसकी बात भरोसेमंद लगी।

कुछ घंटे बाद उसने फ़ोन पर बताया कि सारा इंतज़ाम हो गया है। वह एकदम सुबह उसे लेने घर आएगा—चार और पाँच बजे के बीच, उस इलाक़े में 'ट्रकों के प्रवेश' पर पाबंदी लगने से पहले। अगर घर की निगरानी की जा

रही हो तो वही सबसे अच्छा वक़्त है जब सड़कें ख़ाली होती हैं। उसके साथ उसका दोस्त दिल्ली म्युनिसिपल कार्पोरेशन का ट्रक लेकर आएगा। उन्हें एक गाय की लाश उठाने के लिए जाना है जो बहुत ज़्यादा प्लास्टिक की थैलियाँ खाने से फटकर मर गई है और हौज़ ख़ास के बड़े कूड़ाघर में पड़ी है। तिलो का घर उसके रास्ते में ही पड़ता है। यह एक अचूक योजना है। उसने हँसते हुए कहा, 'एमसीडी के कूड़े के ट्रक को कोई पुलिस वाला नहीं रोकता। अगर आप अपनी खिड़की खुली रखें तो बदबू से ही हमारे आने का पता चल जाएगा।'

तो, वह एक बार फिर जा रही थी।

तिलो ने चोरों की तरह अपने घर की जाँच की और सोचा कि क्या-क्या ले जाए। ऐसी चीज़ें, जिनकी उसे ज़रूरत पड़ सकती है? या ऐसी चीज़ें, जिन्हें यहाँ छोड़ना ठीक नहीं होगा? या दोनों? या दोनों ही नहीं? एक धुँधला-सा ख़याल उसे यह आया कि अगर पुलिस ने जबरन प्रवेश किया तो शायद अपहरण उसका सबसे मामूली अपराध साबित होगा। कमरे की तमाम चीज़ों में सबसे अधिक संदेहास्पद फलों के कार्टनों का वह अंबार था जो कभी एक कश्मीरी फल वाले ने यहाँ पहुँचाया था। उसके सामान को मूसा ने साल-भर पहले श्रीनगर में आई भीषण बाढ़ में से 'बरामद' हुआ बताया था।

जब झेलम के उफनते हुए पानी ने किनारों को तोड़ा था तो शहर कहीं गायब हो गया था। सभी घरेलू बस्तियाँ पानी में डूब गईं। फ़ौजी कैंप, यातना केंद्र, अस्पताल, अदालतें, पुलिस थाने—सब डूब गए। जिस जगह बाज़ार था, वहाँ हाउसबोट तैरने लगे। नुकीली ढलवाँ छतों और कुछ ऊँचाई पर बने कामचलाऊ शिविरों में हज़ारों लोग राहत की बाट जोहते रहे जो उन्हें नसीब नहीं हुई। डूबा हुआ शहर एक तमाशा था। डूबा हुआ गृहयुद्ध एक घटना थी। टेलीविज़न वालों के लिए फ़ौज ने हेलिकॉप्टरों से बचाव करने के शानदार करतब दिखाए। चौबीस घंटे के सीधे प्रसारणों में समाचार ऐंकर बताते रहे कि भारतीय सेना के बहादुर सिपाही इन नमकहराम, बदमिजाज़ कश्मीरियों के लिए कितना कुछ कर रहे हैं, हालाँकि वे इस लायक़ हैं नहीं। जब बाढ़ का पानी उतरा तो वहाँ कीचड़ में लिथड़ा हुआ शहर था जो रहने लायक़ नहीं रहा था। कीचड़ से भरी दूकानें, कीचड़ से भरे मकान, कीचड़ से भरे बैंक, कीचड़ से भरे रेफ़्रीजरेटर, कीचड़ से भरी अलमारियाँ और कीचड़ से भरे किताबों के शेल्फ़। और नमकहराम, बदमिजाज़ लोग, जो बचाव के बग़ैर भी बचे रहे थे।

जब तक बाढ़ रही, तिलो को मूसा की कोई ख़बर नहीं मिली। उसे यह भी पता नहीं चला कि वह कश्मीर में है या नहीं। यह भी पता नहीं चला कि वह ज़िंदा है या डूब गया है और उसकी लाश बहकर दूर किसी किनारे लग गई है। उन रातों में उसकी खोज-ख़बर के इंतज़ार में उसे बहुत-सी नींद की गोलियाँ खाकर सोना पड़ता था, लेकिन दिन में जब वह जगी हुई होती तो उसे बाढ़ के सपने आते। बारिश और दौड़ते हुए पानी के सपने, जिनमें दाँतेदार तारों के गुच्छे घास-फूस की तरह तैरते थे। मछलियाँ मशीनगनें थीं जो अपने पंखों और धड़ के साथ जलपरियों की पूँछ की तरह तेज़ बहाव को चीरती हुई जा रही थीं और यह कहना कठिन था कि उनके निशाने पर कौन है और फ़ायर करने पर वे किसे मार गिराएँगी। सिपाही और उग्रवादी पानी के नीचे 'स्लो मोशन' में गुत्थमगुत्था हो रहे थे जैसे पुरानी जेम्स बांड फ़िल्मों में होता है, और मटमैले पानी में उनकी साँसें चाँदी की गोलियों जैसे बुलबुले बना रही थीं। प्रेशर कुकर (अपनी सीटियों से दूर पड़े हुए), गैस हीटर, सोफ़े, किताबों के शेल्फ़, मेज़ें और रसोई के बर्तन पानी में ऐसे तैरते थे जैसे वह कोई बहुत अराजक, भीड़-भरा राजमार्ग हो। पशु, कुत्ते, याक और मुर्ग़ियाँ चक्कर खाते हुए तैर रहे थे। हलफ़नामे, पूछताछ की प्रतिलिपियाँ और फौज के प्रेस रिलीज मुड़कर काग़ज़ की नावों में बदल गए थे और किसी सुरक्षित जगह की ओर बहे जा रहे थे। घाटी और देश के नेता और टीवी ऐंकर—मर्द और औरतें—अपने भड़कीले बेदिंग-सूट में समुद्री घोड़ों की तरह उछल रहे थे, सुंदर ढंग से निर्देशित जल-नृत्य प्रस्तुत करते हुए, डूबते, उतराते, चक्कर खाते, कूड़े से भरे हुए पानी में ख़ुशी से मुस्कुराते थे। उनके दाँत धूप में दाँतेदार बाड़ की तरह चमक रहे थे। एक राजनेता, जिसके विचार नात्सी जर्मनी के शुट्सश्टाफ़ल* से मिलते थे, ख़ासतौर से पानी में हाथ-पैर चलाता हुआ विजयी अंदाज़ में कलाबाज़ी कर रहा था। उसकी सफ़ेद कलफ़दार धोती वाटरप्रूफ लगती थी।

यह जागृत स्वप्न दिन-ब-दिन दिखाई देने लगा, और हर बार नई सज-धज में।

एक महीना बीतने पर आख़िरकार मूसा का फ़ोन आया। उसकी आवाज़ में ख़ुशी झलक रही थी। इसलिए तिलो ग़ुस्से में बरस पड़ी। मूसा ने कहा कि श्रीनगर में ऐसा कोई सुरक्षित घर नहीं बचा है जहाँ वह बाढ़ से 'बरामद' सामान को रख सके और पूछा कि क्या वह उस सामान को तब तक उसके पास छोड़ सकता है जब तक शहर अपने पैरों पर खड़ा नहीं हो जाता।

* जर्मनी में नात्सियों द्वारा गठित संगठन, जो हिटलर का सुरक्षा गार्ड भी था।

वह छोड़ सकता था। बेशक।

वे उम्दा क़िस्म के थे। कश्मीरी सेब, जो ख़ास तौर से बनाए गए गत्ते के कार्टनों में आए। लाल, कम लाल, हरे और लगभग काले—डेलीसियस, गोल्डन डेलीसियस, अंबरी, काला मस्ताना—अलग-अलग काग़ज़ के टुकड़ों में लिपटे हुए। हर कार्टन के किनारे पर मूसा की पहचान का कार्ड टँका था—घोड़े के सर का एक छोटा-सा रेखांकन, और हर कार्टन के भीतर एक गुप्त परत थी और हर परत के नीचे 'बरामदगियाँ' थीं।

तिलो ने फिर से कार्टन खोलकर देखे कि उनमें क्या है और आख़िर उनका क्या किया जाए—साथ लिया जाए या छोड़ दिया जाए? अपार्टमेंट की दूसरी चाबी सिर्फ़ मूसा के पास थी। गार्सन होबार्ट आराम से अफ़ग़ानिस्तान में था और उसके पास चाबी भी नहीं थी। इसलिए उन्हें वहीं छोड़ देने में कोई बड़ा ख़तरा नहीं था—जब तक, जब तक, जब तक इस बात की हल्की-सी भी आशंका न हो कि पुलिस यहाँ आ सकती है।

'बरामदगियाँ' काफ़ी कम थीं और हड़बड़ी में भेजी गई लगती थीं। पहुँचाए जाने के वक़्त उन पर नदी की मोटी-काली गाद जमी थी। कुछ अच्छी हालत में थीं और बाढ़ के पानी से बच गई थीं। पानी के धब्बों से भरी घरेलू तस्वीरों का एक टूटा-फूटा एल्बम भी था। उनमें मूसा की बेटी पहली मिस जबीन और उसकी माँ आरिफ़ा की तस्वीरें थीं, जो पहचान में नहीं आती थीं। प्लास्टिक के ज़िपलॉक में ढेर सारे पासपोर्ट थे—कुल मिलाकर सात, दो भारतीय और पाँच दूसरे देशों के—इयाद ख़रीफ़ (लेबनान का कबूतर मूसा), हादी हसन मोहसिनी (ईरान का आलिम और गाइड मूसा), फ़ारिस अली हलाबी (सीरिया का घुड़सवार मूसा), मोहम्मद नबील अल-सलेम (क़तर का अमीर मूसा), अहमद यासिर अल-क़ासमी (बहरीन का सेठ मूसा)। बिना दाढ़ी का मूसा, खिचड़ी दाढ़ी में मूसा, लंबे बालों के साथ बिना दाढ़ी का मूसा, बहुत छोटे बालों और एक कटी-छँटी दाढ़ी का मूसा। तिलो पहले नाम इयाद खरीफ़ को पहचान गई जिसे मूसा बहुत पसंद करता था और जिसका ज़िक्र करते हुए कॉलेज के दिनों में वे दोनों हँसा करते थे क्योंकि उसका अर्थ था—'ऐसा कबूतर, जो पतझड़ में पैदा हुआ हो।' तिलो जिन लोगों से नाराज़ होती थी, उनके लिए इस नाम का एक बदला हुआ रूप इस्तेमाल करती थी—गाँडू खरीफ़ यानी पतझड़ के दिनों में पैदा हुआ गाँडू (जवानी के दिनों में वह भयंकर बदज़बान थी और जब उसने हिंदी सीखना शुरू किया तो उसे नई-नई सीखी हुई गालियाँ इस्तेमाल करने का शौक़ चढ़ा और उनके आधार पर उसने एक कामचलाऊ शब्दकोश ही बना डाला था)।

एक दूसरे प्लास्टिक पैकेट में कीचड़-सने क्रेडिट कार्ड थे, जिनके नाम पासपोर्टों, बोर्डिंग पासों और कुछ हवाई यात्रा के टिकटों से मेल खाते थे—उन दिनों के अवशेष, जब हवाई यात्रा के टिकट हुआ करते थे। बहुत-सी पुरानी टेलिफ़ोन डायरियाँ थीं जिनमें नाम, पते और नंबर भरे पड़े थे। उनके पीछे मूसा ने एक गीत के कुछ अंश लिखे थे :

डार्क टु लाइट एंड लाइट टु डार्क
थ्री ब्लैक कैरिजेज़, थ्री वाइट कार्ट्स,
व्हट ब्रिंग्स अस टुगेदर इज़ व्हट पुल्स अस अपार्ट,
गॉन अवर ब्रदर, गान अवर हार्ट।

(अँधेरे से रोशनी और रोशनी से अँधेरे तक
तीन गाड़ियाँ सफ़ेद, तीन गाड़ियाँ स्याह,
जो हमें लाता है क़रीब, वही खींच ले जाता दूर,
गया हमारा बिरादर, गया हमारा दिल, आह।)

वह किसका मातम मना रहा था? उसे पता नहीं था। शायद एक पूरी पीढ़ी का।

एक नीले अंतर्देशीय पत्र पर एक अधूरा लिखा हुआ ख़त था। उसमें कोई संबोधन नहीं था। शायद वह इसे अपने ही लिए लिख रहा था...या उसके लिए, क्योंकि उसके शुरू में उर्दू शायरी लिखी हुई थी जिसका तर्जुमा करने की भी उसने कोशिश की थी। तिलो के लिए वह अक्सर यह किया करता था :

दुनिया की महफ़िलों से उकता गया हूँ या रब,
क्या लुत्फ़ अंजुमन का, जब दिल ही बुझ गया हो।
शोरिश से भागता हूँ, दिल ढूँढ़ता है मेरा,
ऐसा सुकूत जिस पे तक़रीर भी फ़िदा हो।

नीचे उसने लिखा था :

मुझे पता नहीं कहाँ रुकना चाहिए या कैसे आगे बढ़ना चाहिए। जब मुझे रुकना नहीं चाहिए तो रुक जाता हूँ। जब रुकना होता है तो चलता रहता हूँ। यही एक फ़िक्रमंदी है। लेकिन फिर एक ज़िद भी है। इन दिनों ये दोनों चीज़ें मेरी मिली-जुली पहचान हैं। मिली-जुली वे मेरी नींद उड़ाती हैं और मिली-जुली मेरी

> रूह को सुकून देती हैं। इतने सारे मसले हैं जिनका कोई हल नज़र नहीं आता। दोस्त दुश्मनों में बदल गए हैं। अगर खुल्लम-खुल्ला नहीं तो दबे-छिपे, चुपचाप। लेकिन अभी तक ऐसा कोई दुश्मन नहीं मिला जो दोस्त बना हो। कोई उम्मीद भी नज़र नहीं आती। लेकिन उम्मीद का दिखावा ही हमारे लिए एक राहत है...

तिलो नहीं जानती थी कि मूसा की मुराद किन दोस्तों से है।

वह जानती थी कि मूसा अगर जीवित है तो यह किसी चमत्कार से कम नहीं होगा। सन 1996 से लेकर अठारह साल तक वह ऐसी ज़िंदगी जीता रहा है जिसमें कोई भी रात लंबे चाक़ुओं की रात हो सकती थी। 'वे मुझे फिर से कैसे मार सकते हैं?' तिलो अगर चिंतित होती तो मूसा कहता। 'तुम तो मेरे जनाजे में भी शरीक़ हुई हो। मेरी क़ब्र पर फूल चढ़ा चुकी हो। इससे ज़्यादा वे मेरे साथ क्या करेंगे? मैं दोपहर का साया हूँ। मेरा कोई वजूद नहीं।' आख़िरी बार मिलने पर मूसा ने यों ही मज़ाक़ में उससे कुछ कहा, लेकिन उसकी आँखों में एक गहरा दुख था। इससे जैसे तिलो का ख़ून जम गया।

'इन दिनों कश्मीर में आपको बचे रहने के लिए भी मारा जा सकता है।'

जंग में आपके दुश्मन आपका हौसला नहीं तोड़ सकते, सिर्फ़ आपके दोस्त तोड़ सकते हैं। मूसा ने तिलो से कहा।

एक दूसरे कार्टन में शिकार के लिए इस्तेमाल होने वाला चाक़ू और नौ मोबाइल फ़ोन थे—मोबाइल इस्तेमाल न करने वाले आदमी के हिसाब से बहुत ही ज़्यादा—छोटी ईंटों के आकार के पुराने फ़ोन, छोटे नोकिया, एक सामसुंग स्मार्टफ़ोन और दो आइ-फ़ोन। यहाँ लाते समय वे कीचड़ में लिथड़े हुए और फ़ॉसिल बन चुके चॉकलेट जैसे लगते थे। अब कीचड़ हटाने के बाद वे पुराने और बेकार दिखाई देते थे। फिर सख़्त और ज़र्द पड़ी अख़बारी कतरनों का पुलिंदा था जिनमें से पहली कतरन पर कश्मीर में उस समय के मुख्यमंत्री का एक बयान छपा था। उसे किसी ने अंडरलाइन किया था :

> हम एक-एक क़ब्र को खोदकर नहीं देख सकते। ग़ुमशुदा लोगों के बारे में उनके नाते-रिश्तेदारों से अगर ठीक-ठीक नहीं तो मोटी-मोटी जानकारी ज़रूर चाहिए कि उनके दफ़नाए जाने के आसार कहाँ-कहाँ हो सकते हैं।

तीसरे डिब्बे में एक पिस्तौल, कुछ गोलियाँ, दवा की एक शीशी (पता नहीं वे *कौन-सी* गोलियाँ थीं, लेकिन वह अनुमान लगा सकती थी—उनका नाम अंग्रेज़ी के 'सी' से शुरू होता था) और एक नोटबुक थी जिसका बाढ़ में ज़्यादा नुक़सान नहीं हुआ था। तिलो ने अपनी नोटबुक और लिखावट पहचान ली, लेकिन उत्सुकता के साथ उस पर लिखे हुए को इस तरह पढ़ा जैसे वह किसी और का लिखा हुआ हो। इन दिनों उसे अपना दिमाग़ भी किसी 'बरामदगी' की तरह लगता था—कीचड़ से लथपथ। अपना दिमाग़ ही नहीं, बल्कि वह *समूची* ख़ुद एक 'बरामदगी' जैसी लगती थी—कीचड़ से सने, बेतरतीबी से जुड़े हुए सामान का ढेर।

अपनी माँ और डॉ. आज़ाद भारतीय की स्टेनोग्राफ़र बनने से बहुत पहले तिलो एक पूर्णकालिक फ़ौजी ऑक्युपेशन की अनोखी, अंशकालिक स्टेनोग्राफ़र रही थी। शिराज़ की घटना के बाद, दिल्ली लौटने और नागा से विवाह करने के बाद वह जुनूनी ढंग से महीना-दर-महीना, साल-दर-साल कश्मीर जाती रही जैसे पीछे छूटी हुई किसी चीज़ की खोज में गई हो। उन यात्राओं के दौरान उसकी और मूसा की बहुत कम मुलाक़ातें हुईं (वे जब भी मिले, ज़्यादातर दिल्ली में)। लेकिन वह जब भी कश्मीर में होती थी, मूसा अपने किसी गुप्त ठिकाने से उस पर नज़र रखे रहता। उसे पता था कि वे दोस्ताना इंसान, जो कहीं अज्ञात से प्रकट होकर उसके आसपास बने रहते हैं, उसके साथ घूमते हैं और उसे अपने घर बुलाते हैं, मूसा के अपने लोग हैं। वे उसकी अगवानी करते और उसे ऐसी बातें भी बताते जिन्हें वे शायद ख़ुद से भी नहीं बताते होंगे। सिर्फ़ इसलिए कि उन्हें मूसा से प्यार था—या कम से कम मूसा नाम के उस ख़याल से, जिसे वे परछाइयों के बीच एक परछाईं की तरह जानते थे। यह न मूसा जानता था और न वह जानती थी कि वह क्या खोज रही है। फिर भी उसने अपना लगभग सारा पैसा यात्राओं में ख़र्च कर दिया, जिसे डिजाइन और टाइपोग्राफ़ी करते हुए कमाया था। कभी-कभी वह बेतुकी-सी तस्वीरें खींचती। अजीबोग़रीब चीज़ें लिखती। कहानियों के टुकड़े और ऐसे स्मृति-चिह्न बटोरती, जिनका कोई मक़सद समझना मुश्किल था। उसकी दिलचस्पियों में न कोई तारतम्य था न कोई विषय...न कोई नियत काम था न कोई परियोजना थी। वह किसी अख़बार या पत्रिका के लिए नहीं लिख रही थी, न किताब लिख रही थी और न फ़िल्म बना रही थी। वह उन चीज़ों पर ग़ौर नहीं करती थी, जिन्हें ज़्यादातर लोग अहम मानते हैं। कुछ ही समय में उसकी विचित्र और घिसी-पिटी चीज़ों का भंडार ख़तरनाक हो गया। वह बाढ़ से बरामद चीज़ों का नहीं,

बल्कि एक दूसरी तरह की आपदा से बरामद चीज़ों का संग्रहालय था। स्वाभाविक तौर पर वह उसे नागा से छिपाती रही और अपने ही किसी पेचीदा तर्क के अनुरूप बढ़ाती रही, जिसे उसका अंतर्मन तो जानता था, हालाँकि उसे वह समझ नहीं पाती थी। असली दुनिया के नोक-झोंक भरे असली तर्कों के बीच इसका कोई अर्थ नहीं था। लेकिन इससे कोई फ़र्क़ भी नहीं पड़ता था।

सच्चाई यह है कि वह अपने डाँवाडोल हृदय को स्थिर करने के लिए कश्मीर आती थी—और एक ऐसे गुनाह के प्रायश्चित के लिए, जो उसने नहीं किया था।

और कमांडर गुलरेज़ की क़ब्र पर ताज़ा फूल रखने के लिए।

मूसा ने अपनी 'बरामदगियों' के साथ जो नोटबुक उसे भिजवाई, वह उसी की थी। शायद किसी यात्रा के दौरान वह इसे यहाँ छोड़ गई थी। शुरू के कुछ पन्ने उसकी अपनी लिखावट में थे और बाक़ी ख़ाली थे। पहले पन्ने पर निगाह पड़ते ही वह मुस्कुराई।

द रीडर्स डाइजेस्ट बुक ऑफ़ इंग्लिश ग्रामर
एंड कांप्रिहेंसन फ़ॉर वेरी यंग चिल्ड्रन
बाइ
एस. तिलोत्तमा

उसने ऐश-ट्रे निकाली, फ़र्श पर पालथी मारकर बैठ गई और पूरी नोटबुक ख़त्म करने तक लगातार सिगरेट पीती रही। उसमें कहानियाँ थीं, अख़बारी कतरनें थीं और कुछ डायरी के इंदराज भी।

बूढ़ा आदमी और उसका बेटा

जब मंज़ूर अहमद गनाई उग्रवादी बना तो सिपाही उसके घर पहुँचे और उन्होंने उसके पिता अज़ीज़ गनाई को उठा लिया जो एक ख़ूबसूरत, ठाठ-बाट वाले आदमी थे। उन्हें हैदर बेग के यातना केंद्र में रखा गया। मंज़ूर अहमद गनाई डेढ़ साल तक उग्रवादी के तौर पर रहा। उसके पिता भी डेढ़ साल तक क़ैद में रहे।

जिस दिन मंज़ूर अहमद गनाई मारा गया, फ़ौजियों ने मुस्कुराते हुए उसके पिता की कोठरी का दरवाज़ा खोला। '*जनाब,*

आप आज़ादी चाहते थे? *मुबारक हो आपको।* बधाई! आज आपकी मुराद पूरी हो गई है। आपको आज़ादी मिल गई है।'

गाँव के लोग जितना उस लड़के की हत्या पर रोये, उससे कहीं अधिक उस वक़्त रोये जब उन्होंने उस बर्बाद, खंडहर सरीखे आदमी को देखा जो अपने तार-तार कपड़ों, बावली आँखों और साल-भर से न काटे गए बालों और दाढ़ी में बाग़ीचे से दौड़ता हुआ आया।

वह लँगड़ाता हुआ खंडहर अपने बेटे को दफ़नाए जाने से कुछ ही पहले आया और उसका कफ़न उठाकर बस उसका मुँह चूम सका।

प्रश्न 1 : गाँव के लोग उस बर्बाद खंडहर सरीखे आदमी के लिए ज़्यादा क्यों रोये?

प्रश्न 2 : वह खंडहर बर्बाद क्यों था?

समाचार

कश्मीर गाइडलाइन न्यूज़ सर्विस

राजौरी में दर्जनों जानवरों ने नियंत्रण रेखा (एलओसी) पार की

जम्मू और कश्मीर के राजौरी जिले के नौशेरा सैक्टर में कम से कम तैंतीस जानवर, जिनमें उनतीस भैंसें भी थीं, सरहद पार करके पाकिस्तान की तरफ़ चले गए।

केजीएनएस के मुताबिक़, जानवरों ने कलसियान सब-सेक्टर में नियंत्रण रेखा पार की। स्थानीय लोगों ने केजीएनएस को बताया, 'जानवर रामसरूप, अशोक कुमार, चरणदास, वेदप्रकाश और दूसरे लोगों के थे, जो उस तरफ़ जाने से पहले नियंत्रण रेखा के पास घास चर रहे थे।'

बॉक्स पर निशान लगाएँ :

प्रश्न 1 : जानवरों ने नियंत्रण रेखा क्यों पार की?

(क) ट्रेनिंग के लिए

(ख) गुप्त अभियान के लिए
(ग) इनमें से कोई नहीं

अचूक हत्या (जे की दास्तान)

यह कुछ साल पहले की घटना है। मेरे नौकरी छोड़ने से पहले की। शायद 2000 या 2001 की। मैं उस वक़्त उप-पुलिस अधीक्षक था और मट्टन में तैनात था।

एक रात 11 : 30 बजे के क़रीब हमें पड़ोस के एक गाँव से फ़ोन आया। फ़ोन गाँव वाले का था, लेकिन उसने अपना नाम बताने से इनकार किया। उसने कहा कि वहाँ एक क़त्ल हुआ है। तो हम वहाँ गए। मेरे साथ मेरे बॉस एस.पी. भी थे। यह जनवरी की बात है। बहुत सर्दी थी। चारों तरफ़ बर्फ़।

हम गाँव पहुँचे। सभी लोग अपने घरों के भीतर थे। दरवाज़े बंद थे। बत्तियाँ गुल थीं। बर्फ़ पड़ना बंद हो गई थी। रात साफ़ थी। पूरा चाँद। बर्फ़ में चाँदनी चमक रही थी। हर चीज़ साफ़ दिख रही थी।

हमने एक आदमी की लाश देखी। एक लंबा-तगड़ा आदमी। वह बर्फ़ में पड़ा था। कुछ ही देर पहले उसका क़त्ल हुआ था। बर्फ़ पर उसका ख़ून फैला था। वह अभी गर्म था। उसने बर्फ़ को पिघला दिया था। बर्फ़ से अब भी भाप उठ रही थी। वह इस तरह पड़ा था जैसे उसे पकाया जा रहा हो...

यह साफ़ नज़र आ रहा था कि गला काटे जाने के बाद भी वह क़रीब तीस मीटर तक घिसटकर किसी दरवाज़े पर दस्तक देने आया था। लेकिन डर के मारे किसी ने दरवाज़ा नहीं खोला और उसकी मौत हो गई। जैसा कि मैंने कहा, वह ख़ासे डील-डौल वाला आदमी था इसलिए वहाँ बहुत सारा ख़ून था। वह पठानी सलवार-कमीज़ पहने हुए था, उसकी एक कैमोफ़्लाज बुलेटप्रूफ़ जैकेट भी थी और गोला-बारूद की बेल्ट भी, जो भरी हुई थी। एक एके-47 राइफ़ल उसके नज़दीक पड़ी थी। इस बात में कोई शक नहीं है कि वह मिलिटेंट था। लेकिन उसे

किसने मारा था? अगर यह फ़ौज का काम था तो उसने लाश को हटा दिया होता और तुरंत अपना दावा पेश कर दिया होता। अगर यह किसी दुश्मन आतंकी संगठन का काम था तो वे उसका हथियार अपने साथ ले जाते। यह हमारे लिए बड़ी गुत्थी थी।

हमने गाँव वालों को हिरासत में लिया और उनसे पूछताछ की। सबने कुछ भी देखने या सुनने या जानने से इनकार किया। हम लाश को अपने साथ मट्टन पुलिस स्टेशन ले आए। वहाँ मेरे एस.पी. ने नज़दीक ही राष्ट्रीय राइफ़ल (आर.आर.) फ़ौजी कैंप के कमांडिंग अफ़सर को फ़ोन करके पूछा कि क्या वे इसके बारे में कुछ जानते हैं। *कुछ नहीं।*

लाश को पहचानना मुश्किल नहीं था। वह एक जाना-पहचाना काफ़ी सीनियर मिलिटेंट कमांडर था। वह हिज्ब का सदस्य था। हिज्बुल मुजाहिदीन। लेकिन किसी ने अपने शिकार पर दावा नहीं किया। आख़िरकार फ़ौज के सी.ओ. और मेरे एस.पी. को यह ज़िम्मा लेना पड़ा। उन्होंने एलान किया कि आर.आर. और जे.के.पी. (जम्मू और कश्मीर पुलिस) के द्वारा संयुक्त रूप से चलाए गए सर्च-एंड-कॉर्डन ऑपरेशन के दौरान वह एक मुठभेड़ में मारा गया।

राष्ट्रीय अख़बारों में यह ख़बर इस तरह छपी : *'राष्ट्रीय राइफ़ल और जम्मू एवं कश्मीर पुलिस के संयुक्त अभियान में कई घंटे तक चली ज़बर्दस्त गोलीबारी के बाद एक ख़ूँख़ार आतंकवादी को मार गिराया गया। इस अभियान का नेतृत्व मेजर एक्सएक्स और पुलिस अधीक्षक वाईवाई कर रहे थे।'*

हम दोनों को, आर.आर. और जे.के.पी. को प्रशंसा प्रमाण-पत्र मिले और नक़द पुरस्कार भी दिया गया। हमने मिलिटैंट की लाश उसके परिवार को सौंप दी और गुपचुप तरीक़े से यह जानने की कोशिश की कि क्या किसी को सुराग़ मिला है कि उसकी हत्या किसने की। हमें कामयाबी नहीं मिली।

सात दिन बाद एक दूसरे गाँव में, एक दूसरे हिज्ब मिलिटेंट का सर कटा हुआ मिला। वह उस आदमी का सेकंड-इन-कमांड था, जिसकी लाश हमें पहले मिली थी। हिज्ब ने इस

हत्या का ज़िम्मा लिया। दबे-छिपे तौर पर उन्होंने यह ख़बर भी फैलाई कि उसे इसलिए मारा गया कि उसने अपने कमांडर की हत्या की थी और पच्चीस लाख की नक़दी चुराई थी जो कैडरों के बीच बाँटने के लिए रखी गई थी।

राष्ट्रीय प्रेस में यह ख़बर इस तरह आई :

आतंकवादियों द्वारा मासूम नागरिक की नृशंस हत्या।

प्रश्न 1 : इस कहानी का नायक कौन है?

मुख़बिर-1

त्राल का एक नोटिफ़ाइड इलाक़ा। गाँव का नाम नव डल। साल 1993। गाँव में मिलिटेंटों की भरमार है। यह एक 'आज़ाद' गाँव है। बाहरी हिस्से में फ़ौज तैनात है, लेकिन सिपाही गाँव में आने की हिम्मत नहीं करते। भारी टकराव के हालात हैं। गाँव का कोई आदमी फ़ौजी कैंप में नहीं जाता। सिपाहियों और गाँव वालों के बीच किसी तरह का लेन-देन नहीं है।

फिर भी, कैंप के कमांडिंग अफ़सर को मिलिटेंटों की हर हरकत की ख़बर रहती है। गाँव के कौन लोग मूवमेंट का समर्थन करते हैं, कौन नहीं करते, कौन मिलिटेंटों को ख़ुशी से खाना और रहने की जगह देता है, कौन नहीं देता।

कई दिनों तक कड़ी निगरानी रखी जाती है। गाँव का पंछी भी कैंप में पर नहीं मारता। कैंप का कोई सिपाही गाँव में नहीं घुसता। लेकिन तब भी फ़ौज तक ख़बरें पहुँच जाती हैं।

आख़िरकार मिलिटेंट गाँव में एक क़द्दावर काले बैल को देखते हैं जो नियमित रूप से कैंप में आता-जाता है। वे बैल को पकड़ते हैं। उसके सींगों पर बहुत सारे *तावीज़ों* के साथ (बीमारी, बुरी नज़र और नामर्दी से बचाने के लिए) जानकारियों से भरे हुए छोटे-छोटे पुर्जे हैं।

अगले दिन मिलिटेंट बैल के सींगों पर एक आईईडी बाँध देते हैं। जब वह कैंप पहुँचता है तो वे विस्फोट कर देते हैं।

किसी की मौत नहीं होती, लेकिन बैल बुरी तरह घायल हो जाता है। गाँव का कसाई उसे 'हलाल' करने के लिए आता है ताकि लोग गोश्त की दावत तो कर सकें।

मिलिटेंट फ़तवा देते हैं। यह एक मुख़बिर बैल है। किसी को इसका गोश्त खाने की इजाज़त नहीं है।

आमीन।

प्रश्न 1 : इस कहानी का नायक कौन है?

मुख़बिर-2

उसे लोगों को धोखा देना अच्छा लगता था क्योंकि इससे उसका अमानवीयकरण सबसे ज़्यादा होता था। अपने को अमानवीय बनाना मेरी सबसे बुनियादी प्रवृत्ति है।

ज्याँ जेने

अभी मेरी ख़ुशी का इलाज नहीं हुआ है।

आन्ना आख़्मातोवा

प्रश्न 1 : इस कहानी का नायक कौन है?

कुँवारा

फ़िदायीन ने फ़ौजी कैंप पर हमले की जो योजना बनाई थी उसे आख़िरी क्षण में किसी और ने नहीं, ख़ुद फ़िदायीन ने ही रद्द कर दिया। उन्होंने यह फ़ैसला इसलिए किया कि आबिद अहमद उर्फ़ आबिद सुज़ुकी नाम का ड्राइवर उस मारुति सुज़ुकी को बहुत बुरे तरीक़े से चला रहा था जिसमें वे लोग बैठे थे। यह कार कभी तेज़ी से बाएँ मुड़ रही थी, फिर तेज़ी से दाएँ मुड़ रही थी जैसे किसी को चकमा दे रही हो। उस समय सड़क ख़ाली थी और चकमा देने के लिए कोई था ही नहीं। जब आबिद सुज़ुकी के साथियों ने (उनमें से किसी को गाड़ी चलाना

नहीं आता था) उससे पूछा कि क्या मामला है तो उसने कहा कि उन सबको ले जाने के लिए जन्नत की हूरें आई हुई हैं। वे नंगी हैं और बोनट पर नाचकर उसका ध्यान बँटा रही हैं।

यह जानने का कोई उपाय नहीं था कि नंगी हूरें कुँवारी थीं या नहीं।

लेकिन आबिद सुज़ुकी ज़रूर कुँवारा था।

प्रश्न 1 : आबिद सुज़ुकी बुरे तरीक़े से गाड़ी क्यों चला रहा था?
प्रश्न 2 : किसी मर्द के कुँवारेपन को जानने का क्या उपाय है?

दिलेर

महमूद बडगाम का एक दर्ज़ी था। उसकी सबसे बड़ी तमन्ना यह थी कि बंदूक़ों के साथ फ़ोटो खिंचवाए। आख़िरकार उसके स्कूल के एक दोस्त ने, जो एक मिलिटेंट गुट में था, अपने ठिकाने पर ले जाकर उसका सपना सच कर दिया। महमूद उनके निगेटिव लेकर श्रीनगर आया और प्रिंट बनवाने ताज फ़ोटो स्टूडियो में गया। उसने हर फ़ोटो पर पच्चीस पैसे की छूट के लिए भाव-ताव किया। जब वह फ़ोटो लेने पहुँचा तो बॉर्डर सिक्योरिटी फ़ोर्स ने ताज फ़ोटो स्टूडियो पर घेरा डाल रखा था और उसे फ़ोटो के साथ रँगे हाथ पकड़ लिया। उसे एक कैंप में ले जाया गया और कई दिनों तक यातनाएँ दी गईं। उसने कोई जानकारी साझा नहीं की। उसे दस साल की सज़ा हुई।

जिस मिलिटेंट कमांडर ने फ़ोटो खींचने का इंतज़ाम करवाया था, उसे कुछ महीने बाद गिरफ़्तार कर लिया गया। उससे दो एके-47 और गोलियों के कई राउंड बरामद हुए। दो महीने बाद उसे रिहा कर दिया गया।

प्रश्न 1 : क्या यह बहुत बड़ी क़ीमत नहीं थी?

मौक़ापरस्त

वह लड़का हमेशा कुछ बनने की फ़िराक़ में रहता था। उसने चार मिलिटेंटों को रात के खाने पर घर बुलाया और खाने में नींद की गोलियाँ मिला दीं। जब उन्हें नींद आ गई तो उसने फ़ौज को बुला लिया। उन्होंने मिलिटेंटों को मार दिया और घर जलाकर राख कर दिया। फ़ौज ने लड़के को दो कनाल ज़मीन और एक लाख पचास हज़ार रुपये देने का वादा किया था। उन्होंने उसे सिर्फ़ पचास हज़ार रुपये दिए और फ़ौजी कैंप के बाहर एक क्वार्टर में रहने की जगह दे दी। उन्होंने उससे कहा कि अगर वह फ़ौज में दिहाड़ी मज़दूरी करने की बजाय कोई पक्की नौकरी चाहता है तो उसे दो विदेशी मिलिटेंट लाने होंगे। वह एक ज़िंदा पाकिस्तानी को तो ले आया, लेकिन दूसरे को लाने में कामयाब नहीं हुआ। 'बदक़िस्मती से इन दिनों धंधा बिल्कुल ठंडा है,' उसने पी.आई. से कहा। 'हालात ऐसे हैं कि अब आप किसी को भी पकड़कर और मारकर यह नहीं कह सकते कि वह विदेशी मिलिटेंट है। मतलब कि मेरी नौकरी पक्की होना मुश्किल है।'

पी.आई. ने उससे पूछा कि अगर जनमत-संग्रह किया जाए तो वह किसे वोट देगा—हिंदुस्तान को या पाकिस्तान को?

'बेशक पाकिस्तान को!'

'क्यों?'

'क्योंकि वह हमारा मुल्क है। लेकिन पाकिस्तान के मिलिटेंट हमारा कोई भला नहीं कर सकते। अगर मैं उन्हें मार सकूँ और अच्छी नौकरी पा सकूँ तो मेरा भला हो जाएगा।'

उसने पी.आई. से कहा कि जब कश्मीर पाकिस्तान का हिस्सा बन जाएगा तो वह (पी.आई.) वहाँ ज़िंदा नहीं रह सकता। लेकिन वह (लड़का) रह सकता है। उसने कहा, लेकिन यह तो ख़याली पुलाव है। इसलिए कि उसे जल्दी ही मार दिया जाएगा।

प्रश्न 1 : लड़के को मार दिए जाने का ख़तरा किससे महसूस हो रहा था?

(क) फ़ौज से

(ख) मिलिटेंटों से

(ग) पाकिस्तानियों से

(घ) जिस मकान को जलाया गया, उसके मालिक से।

नोबेल पुरस्कार विजेता

मनोहर मट्टू एक कश्मीरी पंडित थे जो तब भी घाटी में बने रहे जब दूसरे ज़्यादातर हिंदू जा चुके थे। वे भीतर ही भीतर अपने मुसलमान दोस्तों से उकताए हुए और उनकी चोटों से आहत थे क्योंकि वे कहते थे कि कश्मीर के तमाम हिंदू किसी न किसी रूप में हिंदुस्तान की क़ाबिज फ़ौज के एजेंट हैं। मनोहर ने सभी हिंदुस्तान-विरोधी प्रदर्शनों में हिस्सा लिया था और दूसरों से कहीं ज़्यादा ज़ोर से 'आज़ादी' के नारे लगाए थे। लेकिन यह किसी काम नहीं आया। एक वक़्त तो उन्होंने हथियार उठाने और हिज्ब में शामिल होने के बारे में भी सोचा, लेकिन फिर इरादा छोड़ दिया। एक दिन उनके स्कूल के एक दोस्त अज़ीज़ मोहम्मद, जो एक खुफ़िया अधिकारी थे, उनके घर आए और बोले कि वे उनके बारे में परेशान हैं। उन्होंने मट्टू की निगरानी रिपोर्ट देखी है, जिसमें कहा गया था कि उन पर निगाह रखी जाए क्योंकि उनमें 'राष्ट्रविरोधी प्रवृत्तियाँ' नज़र आती हैं।

यह सुनकर मट्टू बहुत ख़ुश हुए और गर्व से उनका सीना चौड़ा हो गया।

'तुमने तो मुझे नोबेल प्राइज़ दे दिया!' उन्होंने अपने दोस्त से कहा।

वे अज़ीज़ मोहम्मद को कैफ़े अरेबिका ले गए और उन्हें पाँच सौ रुपये की कॉफ़ी और पेस्ट्रियाँ पेश कीं।

एक साल बाद किसी अज्ञात बंदूक़धारी ने काफ़िर होने के आरोप में मट्टू की हत्या कर दी।

प्रश्न 1 : मट्टू की हत्या क्यों हुई?

(क) क्योंकि वे एक हिंदू थे

(ख) क्योंकि वे आज़ादी चाहते थे
(ग) क्योंकि उन्हें नोबेल प्राइज़ मिला था
(घ) इनमें से कोई नहीं
(ङ) इनमें से सभी

प्रश्न 2 : अज्ञात बंदूक़धारी कौन हो सकता था?
(क) एक इस्लामी मिलिटेंट, जो सोचता था कि तमाम काफ़िरों को मार दिया जाना चाहिए।
(ख) ऑक्युपेशन का कोई एजेंट, जो चाहता था कि लोग यह समझें कि तमाम इस्लामी मिलिटेंट तमाम काफ़िरों को मार देना चाहते हैं।
(ग) इनमें से कोई नहीं
(घ) ऐसा कोई आदमी, जो चाहता था कि हर कोई इसके बारे में अटकलें लगाता रहे।

ख़दीजा का कहना है...

कश्मीर में जब हम सुबह उठकर 'शुभ प्रभात' कहते हैं तो उसका मतलब होता है—शुभ मातम!

ज़माने के अंदाज़ बदले गए

बेगम दिल अफ़रोज़ एक जानी-मानी मौक़ापरस्त थीं जिनका वक़्त के साथ बदलने में पूरा यक़ीन था। जब मूवमेंट उफान पर दिखता तो वे अपनी कलाई-घड़ी को पाकिस्तान के स्टैंडर्ड टाइम से आधा घंटे आगे कर लेती थीं। फिर जब ऑक्युपेशन का शिकंजा कसता तो वे घड़ी को इंडियन स्टैंडर्ड टाइम पर ले आतीं। घाटी में यह बात मशहूर थी कि 'बेगम दिल अफ़रोज़ की घड़ी कोई घड़ी नहीं, बल्कि अख़बार है।'

प्रश्न 1 : इस कहानी का संदेश क्या है?

अप्रैल फूल दिवस, 2008 : असल में यह अप्रैल फूल की रात है। सारी रात यह ख़बर छिटपुट ढंग से मोबाइल से मोबाइल तक पहुँच रही है : *बांडीपोरा के एक गाँव में 'मुठभेड़'।* बी.एस.एफ़. और एस.टी.एफ़. का कहना है कि उन्हें यह पुख़्ता जानकारी मिली कि चिट्टी बांडी गाँव के एक घर में तीन आतंकवादी हैं—लश्करे-तैयबा का ऑपरेशन चीफ़ और कुछ दूसरे लोग। इसके बाद क्रैकडाउन शुरू हुआ। रात-भर मुठभेड़ चलती रही। आधी रात के बाद फ़ौज ने बताया कि ऑपरेशन कामयाब रहा। उन्होंने कहा कि दो आतंकवादियों को मार गिराया गया है। लेकिन पुलिस का कहना था कि वहाँ कोई लाश नहीं मिली।

मैं पी के साथ बांडीपोरा गई। हम एकदम सुबह निकले।

श्रीनगर से बांडीपोरा की सड़क सरसों के खेतों से गुज़रती है। वुलर झील शीशे जैसी रहस्यमय है। उस पर चुस्त क़िस्म की नावें फ़ैशन मॉडलों की तरह इतराती रहती हैं। पी ने मुझे बताया कि हाल ही में 'ऑपरेशन सद्भावना' के तहत फ़ौज इक्कीस बच्चों को नौसेना की एक नाव में पिकनिक पर ले गई। नाव उलट गई। इक्कीसों बच्चे डूब गए। जब डूबे हुए बच्चों के माँ-बाप ने प्रदर्शन किया तो उन पर गोली चलाई गई। जो लोग मरे, उन्हें ख़ुशनसीब समझा गया।

कहते हैं, बांडीपोरा एक 'मुक्त-क्षेत्र' है। जैसे कभी सोपोर था। जैसे शोपियाँ अब भी है। बांडीपोरा की पृष्ठभूमि में ऊँचे पहाड़ हैं। जब हम वहाँ पहुँचे तो देखा कि क्रैकडाउन चल ही रहा है।

गाँव वालों ने बताया कि क्रैकडाउन पिछले दिन दोपहर 3:30 बजे शुरू हुआ था। लोगों को बंदूक़ की नोक पर घरों से निकाला गया। उन्हें अपने खुले घर छोड़कर आना पड़ा। उनकी आधी पी हुई गर्म चाय, पढ़ी जा रही किताबें, अधूरा होमवर्क, चूल्हे पर पकता खाना, भुनते हुए प्याज़ और कटे हुए टमाटर—सब वहीं छूट गए।

गाँव वालों ने बताया कि एक हज़ार से ज़्यादा सिपाही थे। किसी ने कहा, चार हज़ार थे। रात में आतंक ज़्यादा बड़ा हो जाता

है, चिनार के पेड़ों की पत्तियाँ फ़ौजियों की तरह नज़र आती हैं। सुबह हो गई थी, लेकिन क्रैकडाउन जारी था। अचानक बरसने वाली गोलियों की आवाज़ के साथ-साथ कुछ और बारीक़ आवाज़ें भी लोगों को चीर रही थीं—अलमारियों को खोले जाने, नक़दी और गहनों को चुराए जाने, उनके करघों को तोड़े जाने की आवाज़ें। उनके मवेशियों को बाड़े में ज़िंदा भून दिए जाने की आवाज़ें।

एक शायर के भाई का बड़ा-सा मकान ढहा दिया गया। वह मलबे में बदल गया। कहीं कोई लाश नहीं मिली। मिलिटेंट भाग गए थे। या शायद वे वहाँ थे ही नहीं।

लेकिन फ़ौज अब भी वहाँ क्यों थी? मशीनगन, बेलचे और मोर्टार लांचरों से लैस सिपाही भीड़ पर क़ाबू पाने में लगे थे।

और भी ख़बरें :

दो नौजवान पास के एक पेट्रोल पंप से उठाए गए।

भीड़ टस से मस नहीं हो रही है।

फ़ौज पहले ही एलान कर चुकी है कि उसने चिट्टी बांडी में दो मिलिटेंटों को मार गिराया है। इसलिए उसे लाशों को पेश करना ज़रूरी है। लोग जानते हैं कि असल ज़िंदगी में क्या होता है। कभी-कभी उसकी पटकथा पहले ही लिख ली जाती है।

'अगर लड़कों की लाशें ताज़ा जली हुई निकलीं तो हम फ़ौज की बात को नहीं मानेंगे।'

गो इंडिया! गो बैक!

लोगों की नज़र गाँव की मस्जिद में एक फ़ौजी पर पड़ती है जो उनकी तरफ़ देख रहा है। इस पाक जगह में उसने अपने जूते नहीं उतारे हैं। इस पर एक ग़ुस्सैल पुकार उठती है। फ़ौजी की बंदूक़ की बैरल आहिस्ता से ऊपर उठती है और निशाना साधती है। हवा सिकुड़कर सख़्त हो जाती है।

शायर के भाई के ढहे हुए मकान से गोली की आवाज़ आती है। एक एलान होता है। फ़ौज वापस जा रही है। गाँव की सड़क ज़्यादा चौड़ी नहीं है, इसलिए हम फ़ौज को रास्ता देने के लिए घरों की दीवारों के बीच दुबक जाते हैं। फ़ौजी क़तार

में चल रहे हैं। हूटिंग उनका पीछा कर रही है जैसे गाँव की गली में हवा सीटी बजा रही हो। फ़ौजियों का ग़ुस्सा और झेंप साफ़ नज़र आ रहे हैं। उनकी लाचारी भी दिख रही है। लेकिन पल-भर में ही यह मंज़र बदल सकता है।

इसके लिए उन्हें बस पीछे मुड़ना और गोली दागनी होगी।

इसके लिए लोगों को बस लेट जाना और मर जाना होगा।

जब आख़िरी फ़ौजी भी चला गया तो लोग जले हुए मकान के मलबे पर चढ़ गए। टीन की चद्दरें जो कभी छत का काम करती थीं, अब भी दहक रही हैं। एक जला हुआ ट्रंक खुला पड़ा है जिसमें से अब भी लपटें निकल रही हैं। उसमें क्या रखा हुआ था जो इतनी ख़ूबसूरती से जल रहा है?

मलबे के छोटे-से धुँधुआते पहाड़ पर लोग खड़े हैं और जाप कर रहे हैं :

हम क्या चाहते?

आज़ादी!

और फिर वे लश्कर को आवाज़ देते हैं :

आयवा आयवा!

लश्करे-तायबा!

और भी ख़बरें आ रही हैं।

मुदस्सर नज़ीर को एसटीएफ़ ने उठा लिया है।

उसके पिता आते हैं। उनकी साँस उखड़ रही है। चेहरा राख जैसा है। वसंत के मौसम में पतझड़ का एक पत्ता।

वे उनके लड़के को कैंप में ले गए हैं।

'वह मिलिटेंट नहीं है। वह पिछले साल के मुज़ाहिरे में घायल हुआ था।'

'वे कह रहे हैं कि अगर तुम अपने बेटे को वापस चाहते हो तो अपनी बेटी को हमारे पास भेजो। वे कहते हैं कि वह एक ओजीडब्ल्यू—ओवरग्राउंड कार्यकर्ता—है। और यह कि सामान लाने-ले जाने में हिज्ब के एक आदमी की मदद करती है।'

हो सकता है करती हो, हो सकता है नहीं करती हो। दोनों

ही हालात में उसका बेड़ा ग़र्क है।

मैं हिज़्ब के आदमी को अपना सामान लाने-ले जाने में मदद करूँगी।

और फिर वह मुझे मेरे होने की वजह से मार डालेगा।
दुष्ट, बेहया औरत।
हिंदुस्तानी
हिंदुस्तानी ?
जो भी हो
वग़ैरह वग़ैरह।

कुछ नहीं

मैं ऐसी एक साफ़-सुथरी कहानी लिखना चाहती हूँ जिसमें भले ही कुछ ख़ास न होता हो, लेकिन लिखने लायक़ बहुत कुछ हो। इसे कश्मीर में नहीं लिखा जा सकता। यहाँ जो कुछ होता है वह ज़रा भी साफ़-सुथरा नहीं है। अच्छे साहित्य के लिहाज से यहाँ कुछ ज़्यादा ही ख़ून है।

प्रश्न 1 : यह साफ़-सुथरा क्यों नहीं है ?
प्रश्न 2 : अच्छे साहित्य के लिए ख़ून की कितनी मात्रा ज़रूरी है ?

❧

नोटबुक में आख़िरी प्रविष्टि फ़ौज का एक प्रेस रिलीज़ थी जिसे एक पन्ने पर चिपकाया गया था।

पत्र सूचना ब्यूरो (सुरक्षा विंग)
जनसंपर्क विभाग, भारत सरकार

सुरक्षा मंत्रालय, श्रीनगर

बांडीपोरा की लड़कियाँ भ्रमण पर निकलीं

बांडीपोरा 27 सितंबर : आज का दिन बांडीपोरा ज़िले में एरिन और दर्दपुरा गाँव की सत्रह लड़कियों के लिए महत्वपूर्ण था जब श्रीमती सोन्या मेहरा और 81 माउंटेन ब्रिगेड के कमांडर ब्रिगेडियर अनिल मेहरा ने एरिन गाँव के फ़िशरी मैदान से उनकी तेरह दिनों की सद्भावना यात्रा को हरी झंडी दिखाई। ये लड़कियाँ आगरा, दिल्ली और चंडीगढ़ का भ्रमण करेंगी। लड़कियों के साथ दो बुज़ुर्ग महिलाएँ और इलाक़े के दो पंच और 14 राष्ट्रीय राइफ़ल्स के अधिकारी हैं। वे आगरा, दिल्ली और चंडीगढ़ में ऐतिहासिक और शैक्षिक महत्व की जगहों का भ्रमण करेंगी। उन्हें अपने राज्य और पंजाब के राज्यपालों से मुलाक़ात का अवसर भी मिलेगा।

ब्रिगेडियर अनिल मेहरा, 81 माउंटेन ब्रिगेड के कमांडर, ने प्रतिभागियों को संबोधित करते हुए कहा कि उन्हें इस शानदार अवसर का भरपूर लाभ उठाना चाहिए। उन्होंने यह भी कहा कि उन्हें दूसरे राज्यों द्वारा की जा रही प्रगति को ग़ौर से देखना चाहिए और अपने को शांति की राजदूत मानना चाहिए। इस मौक़े पर 14 राष्ट्रीय राइफ़ल्स के कमांडिंग अफ़सर कर्नल प्रकाश सिंह नेगी, दो गाँवों के प्रतिनिधि सरपंच, प्रतिभागियों के अभिभावक और दूसरे स्थानीय लोग भी उपस्थित थे, जिन्होंने गर्मजोशी के साथ इस दल को विदाई दी।

द *रीडर्स डाइजेस्ट बुक ऑफ़ इंगलिश ग्रामर एंड कॉम्प्रीहेंसन फ़ॉर वेरी यंग चिल्ड्रन* दो बीड़ियों और चार सिगरेटों जितनी लंबी थी। बेशक, दोनों पढ़ने/धूम्रपान करने की रफ़्तार के हिसाब से अलग-अलग थीं।

तिलो मन ही मन मुस्कुराई और उसे एक दूसरी सद्भावना यात्रा याद आई, जिसे फ़ौज ने प्रेस रिलीज़ में दर्ज अभियान की ही तरह श्रीनगर के फ़ौजी अनाथालय 'मुस्कान' के बच्चों के लिए आयोजित किया था। मूसा ने उसे एक संदेश भेजा था, जिसमें लाल क़िले में मिलने की बात थी। यह क़रीब दस साल पहले की बात होगी। तब वह नागा के साथ रहती थी।

इस बार मूसा बड़ी होशियारी से उस टीम का ग़ैर-फ़ौजी प्रभारी होने का जोख़िम उठा रहा था। वे दिल्ली होते हुए ताजमहल देखने आगरा जा रहे थे। दिल्ली पहुँचने पर उन अनाथों को कुतुबमीनार, लाल क़िला, इंडिया गेट, राष्ट्रपति भवन, संसद भवन, बिरला हाउस (जहाँ गाँधी की हत्या हुई थी), तीन मूर्ति

(जहाँ नेहरू रहे थे) और एक सफ़दरजंग रोड (जहाँ सिख सुरक्षा गार्डों ने इंदिरा गाँधी की हत्या की थी) दिखाने ले जाया गया। मूसा पहचान में नहीं आता था। वह अपना नाम ज़हूर अहमद बताता था। ज़रूरत से ज़्यादा हँसता था और उसका हुलिया दब्बू, कुछ गँवार और चापलूस क़िस्म का था।

वह और तिलो ऐसे अजनबियों की तरह मिले जो किसी संयोग से लाल क़िले में साउंड एंड लाइट शो के दौरान अँधेरे में एक ही बेंच पर आ बैठे हों। दर्शकों में ज़्यादातर विदेशी पर्यटक थे। 'यह हमारी और सुरक्षा बलों की साझा पहल है,' मूसा ने फुसफुसाते हुए उससे कहा। 'ऐसी साझेदारियों में कभी-कभी साझेदारों को ही पता नहीं रहता कि वे साझेदार हैं। फ़ौज समझती है कि इस तरह हम बच्चों को अपनी मातृभूमि से प्रेम करना सिखा रहे हैं और हम सोचते हैं कि हम उन्हें अपने दुश्मन को पहचानना सिखा रहे हैं ताकि जब इस पीढ़ी के बच्चों के लड़ने की बारी आए तो उनका हश्र ऐसा न हो जैसा हसन लोन का हुआ।'

एक छोटा-सा, बड़े-बड़े कानों वाला बच्चा मूसा की गोद में चढ़ा और उसे बार-बार चूमकर चुपचाप बैठ गया और क़रीब तीन इंच दूरी पर अपनी गहरी और भावशून्य आँखों से तिलो की तरफ़ देखने लगा। उससे मूसा का व्यवहार कुछ रूखा था, लेकिन तिलो ने ग़ौर किया कि उसके चेहरे की मांसपेशियाँ फड़क रही हैं और आँखें कुछ देर एक चमक से भर उठी हैं।

उस क्षण को उसने बीत जाने दिया।

'हसन लोन कौन है?'

'वह मेरा पड़ोसी था। शानदार आदमी। एक बिरादर।'

जब किसी की बहुत तारीफ़ करना होती तो मूसा यही कहता था—'बिरादर।'

'वह मुजाहिद बनना चाहता था, लेकिन जब वह पहली बार हिंदुस्तान आया तो उसने बंबई के वीटी स्टेशन की भीड़ देखकर अपना इरादा ही छोड़ दिया। लौटने पर उसने कहा, "बिरादरो, तुमने देखा है वे कितने सारे लोग हैं? हमारे लिए कोई चांस ही नहीं है! मैं तो सरेंडर कर रहा हूँ।" उसने *वाक़ई* यही किया! अब वह छोटा-मोटा कपड़े का धंधा करता है।'

मूसा अँधेरे में खुलकर मुस्कुराया। अपने दोस्त हसन लोन को याद करते हुए उसने गोद में बैठे बच्चे के माथे को ज़ोर से चूमा। नन्हा बच्चा सीध में देखने लगा। ख़ुशी से चमकता हुआ।

कार्यक्रम में साउंड ट्रैक पर 1739 का साल था। बादशाह मोहम्मद शाह रँगीला को दिल्ली के तख़्ते-ताऊस पर बैठे तीस साल से ज़्यादा हो गए थे। वे

बहुत दिलचस्प बादशाह थे। वे ज़नाना कपड़े और जवाहरात-जड़े जूते पहनकर हाथियों की लड़ाई देखते थे। उनके संरक्षण में मुग़ल मिनियेचर चित्रों की एक नई शैली का जन्म हुआ, जिसमें खुली यौन-क्रीड़ाओं और देहाती भू-दृश्यों को चित्रित किया जाता था। लेकिन बात सिर्फ़ यौन-क्रीड़ाओं और विलासिता की नहीं थी। बड़े-बड़े कत्थक कलाकार और क़व्वाल उनके दरबार में कार्यक्रम पेश किया करते थे। शाह वलीउल्लाह जैसे आलिम फ़क़ीर ने फ़ारसी में क़ुरान का तर्जुमा किया था। चाँदनी चौक के चायख़ानों में ख़्वाज़ा मीर दर्द और मीर तक़ी मीर अपनी शायरी सुनाया करते थे :

ले साँस भी आहिस्ता कि नाज़ुक है बहुत काम,
आफ़ाक़ की इस कारगहे-शीशागरी का।

तभी घोड़ों की टापें सुनाई दीं। बच्चा मूसा की गोद में उठ खड़ा हुआ और यह जानने के लिए चारों तरफ़ देखने लगा कि आवाज़ कहाँ से आ रही है। यह नादिरशाह की घुड़सवार फ़ौज थी, जो फ़ारस से दिल्ली आ रही थी और रास्ते में पड़ने वाले शहरों में लूटपाट कर रही थी। तख़्ते-ताऊस पर बैठे बादशाह बेफ़िक्र थे। उनका मानना था कि जंग की बेहूदगी से शायरी, संगीत और साहित्य में कोई खलल नहीं पड़ना चाहिए। दीवान-ए-ख़ास की रोशनियों का रंग बदला। बैंजनी, लाल, हरा। साउंड ट्रैक पर ज़नानख़ाने की खिलखिलाहट। नर्तकियों के पैरों में घुँघरुओं की आवाज़। दरबार के हिजड़े की अचूक, गहरी, नखरीली हँसी।

शो के बाद यतीम बच्चों और उनके प्रभारी ने डिप्लोमैटिक एनक्लेव में विश्व युवक केंद्र की डॉरमेटरी में रात बिताई। यह जगह तिलो (और नागा) के घर से थोड़ी ही दूर थी।

तिलो जब घर पहुँची, टेलीविज़न चल रहा था और नागा सो रहा था। उसने उसे बंद किया और नागा की बग़ल में लेट गई। रात को सपने में उसने एक रेगिस्तानी सड़क देखी, जो बिना वजह पेचीदा थी। वह और मूसा उस पर टहल रहे थे। एक तरफ़ बसें खड़ी थीं और दूसरी तरफ़ सामान की ढुलाई के डिब्बे थे। हर डिब्बे में एक दरवाज़ा और फटा हुआ सूती पर्दा था। कुछ दरवाज़ों पर वेश्याएँ खड़ी थीं और कुछ पर सिपाही। सोमालिया के क़द्दावर सिपाही। बुरी तरह से ज़ख़्मी लोगों को बाहर और हथकड़ियाँ पहने हुए लोगों को अंदर ले जाया जा रहा था। मूसा सफ़ेद कपड़ों वाले एक आदमी से बात करने के लिए रुका। वह कोई पुराना दोस्त लगता था। मूसा उसके साथ सामान वाले

डिब्बे में गया और तिलो बाहर इंतज़ार करने लगी। जब वह बाहर नहीं आया तो वह उसे देखने के लिए भीतर गई। कमरे में लाल रंग की रोशनी थी। डिब्बे के एक कोने में एक आदमी और एक औरत बिस्तर पर संभोग कर रहे थे। एक बड़े से ड्रेसिंग टेबल पर शीशा लगा था। मूसा कमरे में नहीं था, लेकिन शीशे में उसका अक्स दिखाई दे रहा था। कमरे की छत से वह अपने दोनों हाथों के सहारे चारों तरफ़ झूल रहा था। मूसा की काँखों समेत पूरे कमरे में बहुत सारा टेल्कम पाउडर बिखरा था।

जागने पर तिलो को हैरानी हुई कि वह नाव पर कैसे आई। वह देर तक नागा को देखती रही और पल-भर के लिए प्यार जैसी कोई लहर उसके भीतर उमड़ी। वह उसे समझ नहीं पाई और लहर आई-गई हो गई।

तिलो ने हिसाब लगाया कि इस बात को तीस साल हो गए हैं जब वे सभी—नागा, गार्सन होबार्ट, मूसा और वह—पहली बार *नॉर्मन, इज़ दैट यू ?* के सेट पर मिले थे और अभी तक अपने अजब तरीक़ों से एक-दूसरे के इर्द-गिर्द चक्कर काट रहे थे।

*

आख़िरी कार्टन में फल नहीं थे और वह बाढ़ की 'बरामदगी' नहीं था। वह ह्युलेट-पैकर्ड का एक छोटा-सा प्रिंटर-कार्टरिज था, जिसमें अमरीक सिंह के वे दस्तावेज़ थे जिन्हें मूसा ने अपनी अमेरिका यात्रा से लौटने पर उसके पास रख छोड़ा था। उसने उसे यह जानने के लिए दोबारा देखा कि उसकी याददाश्त सही है या नहीं। सही थी। उसमें पुरानी तस्वीरों का एक पैकेट और अमरीक सिंह की आत्महत्या की ख़बरों की कतरनों का फोल्डर था। एक रिपोर्ट में अमरीक सिंह के क्लोविस वाले घर की तस्वीर थी, जिसके बाहर पुलिस की गाड़ियाँ खड़ी थीं और पुलिस वाले पीले फीते से चिह्नित 'नो गो ज़ोन' में घूम रहे थे, जैसा टीवी सीरियलों और अपराध-फ़िल्मों में दिखाई देता है। एक कोने में एक रोबोट ज़र्कसिस की तस्वीर थी, जिसके ऊपर एक कैमरा लगा था। इसे कैलिफ़ोर्निया पुलिस ने ख़ुद प्रवेश करने से पहले मकान के भीतर यह जाँचने के लिए भेजा था कि कोई वहाँ घात लगाए हुए तो नहीं बैठा। अख़बारी कतरनों के अलावा एक फ़ाइल में अमरीक सिंह और उसकी पत्नी के अमेरिका में शरण माँगने की दरख़्वास्तें थीं। मूसा ने उसे लंबे-चौड़े और नाटकीय ढंग से

बताया था कि ये फ़ाइलें उसे कैसे हासिल हुईं। वह एक वकील के साथ (जो वेस्टकोस्ट में शरण चाहने के सैकड़ों मामलों की पैरवी कर चुका था)—एक 'बिरादर' का दोस्त—क्लोविस में एक अमेरिकी सामाजिक कार्यकर्ता से मिलने गया था जो अमरीक सिंह के मामले को देख रहे थे। मूसा ने बताया कि सामाजिक कार्यकर्ता एक बेजोड़, दुर्बल, लेकिन अपने काम में डूबे हुए वृद्ध व्यक्ति थे। वे समाजवादी विचारों के और अपनी सरकार की आप्रवास नीति के कठोर आलोचक थे। उनका छोटा-सा दफ़्तर फ़ाइलों से भरा हुआ था, जिनमें उन सैकड़ों लोगों के क़ानूनी रिकॉर्ड थे जिन्हें अमेरिका में शरण दिलाने में वे मददगार रहे थे। इनमें ज़्यादातर 1984 में हिंदुस्तान से भागे हुए सिख थे। वे पंजाब में पुलिस ज़्यादती की कहानियों, स्वर्ण मंदिर में फ़ौजी आक्रमण और 1984 में इंदिरा गाँधी की हत्या के बाद हुए सिखों के क़त्लेआम से परिचित थे और अब भी उसी दौर में अटके हुए और ताज़ा घटनाओं से बेख़बर थे। इसलिए उन्होंने पंजाब और कश्मीर का घालमेल कर दिया और श्री और श्रीमती अमरीक सिंह को भी उसी चश्मे से देखा—एक और उत्पीड़ित सिख परिवार की तरह। उन्होंने मेज़ पर झुककर फुसफुसाते हुए कहा कि लगता है, त्रासदी का मूल कारण यह है कि पुलिस हिरासत में श्रीमती अमरीक सिंह के साथ ज़रूर बलात्कार हुआ होगा, लेकिन अमरीक सिंह और उनकी पत्नी यह बात पचा नहीं पाए हैं। उन्होंने श्रीमती सिंह को समझाने की कोशिश की कि बलात्कार का ज़िक्र करने से उन्हें शरण मिलने की संभावना बहुत बढ़ जाएगी। लेकिन वे इसे न मानने पर अड़ी रहीं और जब उन्होंने कहा कि इसमें शर्म की कोई बात नहीं है तो वे आगबबूला हो गईं।

'वे दोनों सरल और भले लोग थे और उन्हें बस अच्छी सलाह की ज़रूरत थी, उन्हें और उनके बच्चों को।' उन्होंने मूसा को उनके काग़ज़ात की प्रतिलिपियाँ देते हुए कहा, 'कुछ सलाह-मशविरा और कुछ अच्छे दोस्त। बस थोड़ी-सी मदद मिल जाती तो वे अभी ज़िंदा होते, लेकिन इस महान मुल्क से यह उम्मीद करना ज़्यादती होगी, है न?'

प्रिंटर-कार्टरिज में सबसे नीचे एक मोटी पुराने ढंग की क़ानूनी फ़ाइल थी, जिसके बारे में तिलो को याद नहीं आया कि उसे पहले कभी देखा था या नहीं। पचास या साठ खुले हुए, बिना बँधे पन्ने थे, जिन्हें एक गत्ते के साथ लाल फ़ीतों और सफ़ेद डोरियों से नत्थी किया गया था। वे क़रीब बीस साल पहले जालिब क़ादरी के मामले की गवाहियों के दस्तावेज़ थे :

ग़ुलाम नबी रसूल वल्द मुश्ताक़ नबी रसूल, बाशिंदा बरबरशाह। पेशा—पर्यटन विभाग की नौकरी। उम्र 37 साल। मेमोरेंडम धारा 161/सीआरपीसी के तहत दर्ज किया गया बयान।

गवाह का बयान निम्नलिखित है :

मैं श्रीनगर के बरबरशाह का बाशिंदा हूँ। मैंने 8.3.1995 के दिन पर्रेपोरा में एक फ़ौजी दस्ते को तैनात देखा। वे गाड़ियों की तलाशी ले रहे थे। एक फ़ौजी ट्रक और बख़्तरबंद गाड़ी भी वहाँ खड़ी थी। एक लंबा सिख फ़ौजी अफ़सर यूनिफ़ॉर्म पहने बहुत से दूसरे फ़ौजियों के साथ तलाशी ले रहा था। वहाँ एक प्राइवेट टैक्सी भी खड़ी थी। उस टैक्सी में लाल कंबल लपेटे हुए कुछ ग़ैर-फ़ौजी भी थे। मैं डर के मारे उस जगह से कुछ दूर खड़ा रहा। फिर मैंने एक सफ़ेद मारुति को आते देखा। उसे जालिब क़ादरी चला रहा था और उसकी बीवी बग़ल में बैठी थी। लंबे फ़ौजी अफ़सर ने जालिब क़ादरी की गाड़ी को रोका और उसे बाहर खींचा। उन्होंने उसे बख़्तरबंद गाड़ी में ठूँसा और फिर प्राइवेट टैक्सी समेत सभी गाड़ियों का काफ़िला बाइपास के रास्ते चला गया।

रहमत बजाड वल्द अब्दुल कलाम बजाड, बाशिंदा कुर्सू राजबाग़, श्रीनगर। पेशा—कृषि विभाग। उम्र 32 साल। मेमोरेंडम धारा 161/सीआरपीसी के तहत दर्ज किया गया बयान।

गवाह का बयान निम्नलिखित है :

मैं कुर्सू राजबाग़ का रहने वाला हूँ और कृषि महकमे में फ़ील्ड असिस्टेंट अफ़सर के रूप में काम करता हूँ। आज, 27.03.1995 को मैं जब घर में था तो मुझे बाहर शोर सुनाई दिया। बाहर आकर मैंने देखा कि लोग बोरे के भीतर रखी एक लाश को घेरे हुए खड़े हैं। यह लाश इसी इलाक़े के एक लड़के को झेलम बाढ़ नहर से मिली थी। उस लड़के ने बोरे से लाश को निकाला। मैंने देखा कि वह जालिब क़ादरी की लाश थी। मैंने उसे इस वजह से पहचाना कि वह पिछले बारह साल से मेरे पड़ोस में रहता था। जाँच करने पर मैंने उसके इन कपड़ों

को पहचाना :

1. ख़ाकी रंग का ऊनी स्वेटर
2. सफ़ेद कमीज़
3. भूरी पैंट
4. सफ़ेद बनियान।

इसके अलावा दोनों आँखें ग़ायब थीं। उसका माथा ख़ून से सना हुआ था। लाश सिकुड़ी और सड़ी हुई थी। पुलिस आई और लाश को कस्टडी में ले लिया और एक कस्टडी मेमो तैयार किया जिस पर मैंने दस्तख़त किए।

मारूफ़ अहमद डार वल्द अब्दुल अहमद डार, बाशिंदा कुर्सू राजबाग़, श्रीनगर। पेशा—व्यापार। उम्र 40 साल। मेमोरेंडम धारा 161/सीआरपीसी के तहत दर्ज किया गया बयान।

गवाह का बयान निम्नलिखित है :

मैं कुर्सू राजबाग का बाशिंदा हूँ और व्यापार करता हूँ। मुझे 27.03.1995 को फ़्लड चैनल के किनारे शोर सुनाई दिया। मैं उस जगह गया और देखा कि पुश्ते पर एक बोरे में रखी हुई जालिब क़ादरी की लाश पड़ी है। मैंने मृतक को पहचान लिया क्योंकि वह बीस साल से मेरे पड़ोस में रहता था और हम अपने इलाक़े की एक ही मस्जिद में नमाज़ पढ़ते थे। मृतक के बदन पर निम्नलिखित कपड़े देखे गए :

1. ख़ाकी रंग का ऊनी स्वेटर
2. सफ़ेद कमीज़
3. भूरी पैंट
4. सफ़ेद बनियान।

इसके अलावा दोनों आँखें ग़ायब थीं। उसका माथा ख़ून से सना हुआ था। लाश सिकुड़ी और सड़ी हुई थी। पुलिस आई और लाश को कस्टडी में ले लिया और एक कस्टडी मेमो तैयार किया जिस पर मैंने दस्तख़त किए।

मोहम्मद शफ़ीक़ भट वल्द अब्दुल अज़ीज़ भट, बाशिंदा गाँदरबल। पेशा—मिस्त्री। उम्र 30 साल। मेमोरेंडम धारा 161/सीआरपीसी के तहत दर्ज किया गया बयान।

गवाह का बयान निम्नलिखित है :

मैं गाँदरबल का हूँ। मैं पेशे से मिस्त्री हूँ और फ़िलहाल कुर्सू राजबाग़ में मोहम्मद अयूब डार के मकान में काम कर रहा हूँ। आज, 27.03.1995 को सुबह साढ़े छह बजे के आसपास मैं मुँह धोने के लिए झेलम बाढ़ नहर गया। मैंने देखा एक बोरे के भीतर एक लाश नदी में तैर रही है। बाहर से एक टाँग और एक बाँह दिखाई दे रही थी। डर की वजह से मैंने किसी को नहीं बताया। बाद में मैं मिस्त्री का काम करने मोहम्मद शब्बीर वार के घर गया। वहाँ मैंने एक बोरे में उसी लाश को देखा जिसे इलाक़े के लोग झेलम बाढ़ नहर से ला रहे थे। लाश सड़ गई थी और भीगी हुई थी। उसके बदन पर निम्नलिखित कपड़े थे :

1. ख़ाकी रंग का ऊनी स्वेटर
2. सफ़ेद कमीज़
3. भूरी पैंट
4. सफ़ेद बनियान।

इसके अलावा दोनों आँखें ग़ायब थीं। उसका माथा ख़ून से सना हुआ था। लाश सिकुड़ी हुई और सड़ी हुई थी। पुलिस आई और उसे कस्टडी में ले लिया और एक कस्टडी मेमो तैयार किया जिस पर मैंने दस्तख़त किए।

परवेज़ अहमद क़ादरी वल्द अल्ताफ़ क़ादरी, बाशिंदा अवंतीपुरा। पेशा—कला संस्कृति और भाषा अकादमी में नौकरी। उम्र 35 साल। मेमोरेंडम धारा 161/सीआरपीसी के तहत दर्ज किया गया बयान।

गवाह का बयान निम्नलिखित है :

मैं अवंतीपुरा का बाशिंदा हूँ और मृतक जालिब क़ादरी

का भाई हूँ। आज पोस्टमार्टम के बाद मैंने अपने भाई जालिब क़ादरी की लाश को पहचाना और पुलिस से उसे हासिल किया। पुलिस ने ज़ख़्मों का मेमो और लाश की रसीदें अलग-अलग तैयार कीं। मेमो में जो कुछ लिखा था, पुलिस ने मुझे पढ़कर सुनाया जो मेरे हिसाब से सही है।

मुश्ताक़ अहमद ख़ान उर्फ़ उस्मान उर्फ़ भाईटोठ, बाशिंदा जम्मू शहर। उम्र 30 साल। धारा 164/सीआरपीसी के तहत 12.06.95 को दर्ज किया गया बयान।

गवाह का बयान निम्नलिखित है :

श्रीमान जी मैं एक कांदुर बेकरी वाला हूँ। मेरी रावलपुरा में एक दूकान थी और मैं 1990-91 में फ़ौजियों को ब्रेड सप्लाई करता था। फिर कश्मीर में हालात बिगड़ गए और मिलिटेंटों ने मुझे फ़ौजियों को ब्रेड सप्लाई करने के कारण धमकी दी। क्योंकि मेरे धंधे की बुनियाद यही थी इसलिए मैंने बेकरी बंद कर दी और उड़ी में अपने गाँव चला गया। तीन महीने के बाद तीन मिलिटेंटों ने मेरी बीवी को सताना शुरू कर दिया। यही नहीं, उन्होंने मेरी पंद्रह साल की बहन का ज़बरन अपहरण किया और उसे अपने एक साथी से शादी करने पर मजबूर कर दिया। इस वजह से मैंने अपना गाँव छोड़ दिया और श्रीनगर लौट आया, और वहाँ मगरमल बाग़ में किराये पर घर लेकर रहा। कुछ समय बाद जम्मू-कश्मीर लिबरेशन फ्रंट (जेकेएलएफ़) के मिलिटेंट वहाँ पहुँचे और मुझे अपने साथ आने को कहा। बाद में बहुत से मिलिटेंट गुटों के आपसी टकराव के दौरान अल-उमर के मिलिटेंटों ने मुझे पकड़ा और मैं दो साल तक उनसे जुड़ा रहा। फिर सुरक्षा बलों ने मुझे परेशान करना शुरू किया और मेरे बच्चों को उठा लिया। इसलिए मैंने इंडिया ब्रावो (आईबी) के सामने समर्पण कर दिया और अपनी एके-47 राइफ़ल उन्हें सौंप दी। मुझे आठ महीने तक बारामुला में रखा गया और फिर इस शर्त पर छोड़ा गया कि मैं हर पंद्रह दिन में आईबी को रिपोर्ट करूँगा। मैंने तीन महीने तक यह किया, लेकिन फिर इस डर से भाग गया कि अगर

किसी ने मुझे आईबी वालों के साथ देख लिया तो जान को ख़तरा हो सकता है। श्रीनगर में अहमद अली भट उर्फ़ कोबरा नाम का एक आदमी मुझे मिला और उसने मुझे कोठीबाग़ पुलिस स्टेशन के डिप्टी एसपी से मिलवाया, जिन्होंने मुझे रावलपुरा कैंप में स्पेशल ऑपरेशन ग्रुप (एसओजी) के पास काम करने के लिए भेज दिया। कोबरा और परवाज़ भट इख़वानी थे और मेजर अमरीक सिंह के साथ कैंप में काम करते थे। उन्होंने मेजर अमरीक सिंह को मेरे ख़िलाफ़ उकसाया और कहा कि मैं सभी मिलिटेंटों को जानता हूँ और उन्हें गिरफ़्तार करने में मदद कर सकता हूँ। एक रोज़ मेजर अमरीक सिंह मुझे वज़ीरबाग़ में मिलिटेंटों के ठिकाने पर छापा मारने के मक़सद से अपने साथ ले गए, जहाँ दो मिलिटेंट पकड़े गए और उन्हें 40,000 रुपये के भुगतान के बाद छोड़ा गया। मैंने कई महीने मेजर अमरीक सिंह के साथ काम किया और उनके द्वारा निम्नलिखित लोगों के सफ़ाये का गवाह रहा :

1. ग़ुलाम रसूल वानी।
2. बसित अहमद खांडे, जो सेंचुरी होटल में काम करता था।
3. अब्दुल हफ़ीज़ पीर।
4. इशफ़ाक़ वाज़ा।
5. एक सिख दर्ज़ी जिसका नाम कुलदीप सिंह था।

तब से इन सभी के नाम ग़ायब हुए लोगों के तौर पर दर्ज हैं।

बाद में मार्च 1995 को एक मौक़े पर मेजर अमरीक सिंह और उसके दोस्त सलीम गोजरी ने, जो मेरी तरह सरेंडर किया हुआ मिलिटेंट था और कैंप में आता रहता था, एक आदमी को पकड़ा जो एक कोट, सफ़ेद कमीज़ और टाई और भूरी पैंट पहने हुए था। उस वक़्त सुखन सिंह, बलबीर सिंह और डॉक्टर वहाँ थे। कोट-पैंट वाला आदमी बहुत पढ़ा-लिखा था। उसने कैंप में उनसे पूछा, 'आप मुझे किस बात के लिए यहाँ गिरफ़्तार करके लाए हैं?' इस पर मेजर अमरीक सिंह भड़क गया और उन्हें बेरहमी से पीटने लगा और एक अलग कमरे में ले गया।

उन्हें बंद करने के बाद वह बाहर आया और बोला, 'क्या आप जानते हैं कि वह आदमी वही मशहूर वकील जालिब क़ादरी है? हमने उसे इसलिए पकड़ा कि जो कोई भी फ़ौज को बदनाम करेगा और मिलिटेंटों की मदद करेगा, उसे बख़्शा नहीं जाएगा, चाहे उसकी जो भी हैसियत हो।' सुबह मैंने उस कमरे से चीख़ने और चिल्लाने की आवाज़ सुनी जहाँ जालिब क़ादरी को बंद किया गया था। फिर मैंने उसी कमरे से गोलियों की आवाज़ सुनी। बाद में मैंने देखा कि एक बोरे को गाड़ी में लादा जा रहा था।

कुछ दिन बाद जब जालिब क़ादरी की लाश बरामद हुई और अख़बारों में इसकी ख़बरें छपीं, मेजर अमरीक सिंह ने अफ़सोस ज़ाहिर करते हुए मुझसे कहा कि उससे ग़लती हो गई और उसे जालिब क़ादरी को मारना नहीं चाहिए था। लेकिन वह लाचार था क्योंकि दूसरे अफ़सरों ने उसे और सलीम गोजरी को इस काम को अंजाम देने का हुक्म दिया था। जब उसने मुझसे यह कहा तो मुझे अपनी ज़िंदगी पर ख़तरा महसूस हुआ।

फिर सलीम गोजरी और उसके मददगारों, बांग्लादेश के ग़ैरक़ानूनी आप्रवासी मोहम्मद रमज़ान, मुनीर नासिर हजाम और मोहम्मद अकबर लवी ने कैंप आना बंद कर दिया। मेजर अमरीक सिंह ने मुझे सुखन सिंह और बलबीर सिंह के साथ गाड़ियों में उन्हें खोजने और कैंप में लाने के लिए भेजा। हमने सलीम गोजरी को बडगाम में एक दूकान पर बैठे हुए देखा और उससे पूछा कि वह एक हफ़्ते से कैंप क्यों नहीं आया है। उसने कहा कि वह छापे मारने में लगा था और अगले दिन आएगा। अगले दिन वह अपने तीन साथियों के साथ आया। उनके पास एक एंबेसडर टैक्सी थी। उनके हथियार गेट पर रखवा लिये गए। मेजर अमरीक सिंह ने उनसे कहा कि ऐसा इसलिए करना पड़ा कि कैंप में सी.ओ. साहब आ रहे हैं। इसके बाद मेजर अमरीक सिंह, सलीम गोजरी और उसके साथी अहाते में कुर्सियों पर बैठ गए और पीने लगे। दो घंटे बाद मेजर अमरीक सिंह, सलीम गोजरी और उसके साथियों को लेकर डाइनिंग रूम में

आए। मैं बरामदे में था। सुखन सिंह, बलबीर सिंह, एक मेजर अशोक और डॉक्टर ने सलीम गोजरी और उसके साथियों को रस्सियों से बाँधा और दरवाज़ा बंद कर दिया। अगले दिन उनकी लाशें टैक्सी ड्राइवर मुमताज़ अफ़ज़ल मलिक की लाश के साथ पंपोर के खेत में मिलीं। इसके बाद मैं बीवी-बच्चों के साथ अपने एक दोस्त के घर आ गया जो बाइपास पर रहता था। फिर मैं जम्मू भाग गया। आगे का मुझे कुछ पता नहीं है।

❦

तिलो ने फ़ाइलों और तस्वीरों के पैकेट को वापस कार्टन में डालकर मेज़ पर रख दिया। वे क़ानूनी काग़ज़ात थे और उनमें कुछ भी संदेहास्पद नहीं था।

उसने मूसा की 'बरामदगियों'—बंदूक़, चाक़ू, फ़ोन, पासपोर्ट, बोर्डिंग पास और तमाम चीज़ों—को खाने की चीज़ों के हवाबंद प्लास्टिक डिब्बों में पैक किया और उन्हें फ्रीजर में रख दिया। एक कार्टन के भीतर उसने सद्दाम हुसैन का विज़िटिंग कार्ड रखा ताकि मूसा को पता चल सके कि उसे कहाँ आना है। उसका रेफ़्रिजरेटर पुराना था—जिसे डीफ़्रॉस्ट न करने पर बहुत बर्फ़ जम जाती थी। उसे पता था कि अगर उसने जाने से पहले उसका तापमान बहुत कम कर दिया तो सभी ख़तरनाक साक्ष्य बर्फ़ की चट्टान बन जाएँगे। उसे यक़ीन था कि ये बरामदगियाँ अगर एक विनाशकारी बाढ़ में बची रह सकती हैं तो उनमें ज़रूर कोई ख़ास ताक़त होगी। वे छोटे-मोटे बर्फ़ीले तूफ़ान में भी बची रहेंगी।

उसने एक छोटे-से बैग में सामान रखा। कपड़े, किताबें, बच्ची का सामान, कम्प्यूटर, टूथब्रश। और अपनी माँ का अस्थि-कलश।

अब सिर्फ़ यह तय करना बाक़ी था कि केक और ग़ुब्बारों का क्या किया जाए।

वह बिस्तर पर लेटी थी—पूरे कपड़े पहने हुए, जाने के लिए तैयार।

सुबह के तीन बजे थे।

अभी तक सद्दाम हुसैन का अता-पता नहीं था। न उसकी गंध।

ऑटर वाले काग़ज़ात पढ़ना एक भूल थी। ज़बर्दस्त भूल। उसे लगा जैसे उसे तारकोल के एक पीपे में बंद कर दिया गया हो, उसके साथ और उन सबके साथ, जिन्हें उसने मारा था। वह उसकी गंध महसूस कर रही थी। और उसकी

ठंडी सपाट आँखों को देख रही थी, जब वह उसके सामने नाव पर बैठा था और उसकी तरफ़ एकटक देख रहा था। वह अपनी खोपड़ी पर उसके हाथ को महसूस कर रही थी।

जिस बिस्तर पर वह लेटी थी, वह दरअसल बिस्तर नहीं था, लाल सीमेंट के फ़र्श पर एक गद्दा-भर था। चींटियाँ केक के टुकड़ों को तेज़ी से ले जा रही थीं। गद्दे से गर्मी का भभका उठ रहा था और चादर उसकी त्वचा को खुरदरी लग रही थी। फ़र्श पर एक छिपकली का बच्चा रेंगता आ रहा था। कुछ दूर रुककर उसने अपना बड़ा-सा सर उठाया और चमकदार, बड़ी-सी आँखों से उसे देखने लगा। उसने भी पलटकर उसे देखा।

'छिप जाओ!' वह फुसफुसाई। 'शाकाहारी आ रहे हैं।'

तिलो ने मरे हुए मच्छरों के ढेर से एक मच्छर उसे खाने के लिए दिया, जिन्हें वह एक ख़ाली काग़ज़ पर जमा किए हुए थी। उसने मच्छर की लाश को अपने और छिपकली के बीचों-बीच रखा। छिपकली ने पहले उसे अनदेखा किया, लेकिन जब तिलो की निगाह कहीं और थी तो लपककर खा लिया।

मुझे यही होना चाहिए था, उसने सोचा, *छिपकलियों को खाना परोसने वाली।*

तेज़ नियोन लाइट चाँद का भ्रम पैदा करती हुई खिड़की से भीतर आ रही थी। कुछ ही हफ़्ते पहले रात में एक ढालदार और ख़ूब रोशन फ़्लाइओवर से गुज़रते हुए उसने दो साइकिल-सवारों को आपस में कहते सुना था, 'इस शहर में अब रात का भी सहारा नहीं मिलता।'

वह बिल्कुल निश्चेष्ट लेटी थी, मुर्दाघर की लाश जैसी।

उसके बाल बढ़ रहे थे।

उसके अँगूठे के नाखून भी।

उसके सर के बाल एकदम सफ़ेद थे।

उसकी टाँगों के बीच बालों का त्रिकोण एकदम काला था।

इसका क्या *मतलब* था? क्या वह बूढ़ी थी या अब भी जवान?

क्या वह मरी हुई थी या अब भी जीवित?

और फिर बिना सर घुमाए उसे पता चल गया कि वे आ गए हैं। साँड़। उजाले में उनके भारी सरों और शानदार सींगों की हँसिये जैसी छायाएँ पड़ रही थीं। वे दो थे। रात के रंग के। कभी जो-रात-हुआ-करती-थी उससे चुराए हुए रंग के। उनके भीगे हुए माथों पर हल्के लाल गुलूबंद जैसी खुरदरी लटें उभरी

थीं। उनके नम और मख़मली नथुने चमक रहे थे। उन्होंने अपने बैंजनी होठों को सिकोड़ा। कोई आवाज़ नहीं की। उसे कोई नुक़सान नहीं पहुँचाया, सिर्फ़ घूरते रहे। जब वे कमरे में इधर-उधर देख रहे थे तो उनकी आँखों के सफ़ेद हिस्से अर्ध-चंद्राकार दिखाई दे रहे थे। उनमें कोई उत्सुकता या ख़ास संजीदगी नहीं थी। वे डॉक्टरों की तरह थे जो किसी मरीज़ का मुआयना कर रहे हों और बीमारी पहचानने की कोशिश कर रहे हों।

क्या आप स्टेथोस्कोप्स लाना फिर भूल गए?

उनकी मौजूदगी में समय कुछ और ही हो गया था। वह नहीं जान पाई कि कब तक वे उसे देखते रहे। उसने पलटकर उन्हें नहीं देखा। उनके जाने का पता तभी चला ज़ब कमरे में रोशनी लौटी, जो उनकी वजह से रुकी हुई थी।

जब यह पक्का हो गया कि वे चले गए हैं तो वह खिड़की पर गई और उन्हें सिकुड़कर गली में समाते और दूर जाते हुए देखती रही। दो शहरी मक्कार। दो अदद गुंडे। उनमें से एक ने कुत्ते की तरह टाँग उठाई और एक कार की खिड़की पर पेशाब किया। एक बहुत ऊँचा कुत्ता। उसने बत्ती जलाई और डिक्शनरी में एक शब्द खोजा—'इंसुसियंट।' उसमें लिखा था, 'किसी चीज़ के बारे में मज़े से सरोकार-विहीन और बेफ़िक्र।' वह अपने बिस्तर के पास ढेर सारी डिक्शनरियाँ रखती थी।

उसने एक रीम से एक काग़ज़ निकाला, नीली पेंसिलों से भरे हुए कॉफ़ी के प्याले से एक पेंसिल उठाई और लिखना शुरू किया :

> प्रिय डॉक्टर,
>
> मैं एक विचित्र वैज्ञानिक घटना की गवाह हूँ। मेरे फ़्लैट के बाहर गली में दो साँड़ रहते हैं। दिन में वे बिल्कुल सामान्य नज़र आते हैं, लेकिन रात को उनका क़द बढ़ जाता है—शायद 'बुलंद हो जाता है' कहना ज़्यादा सही होगा—और वे दूसरी मंज़िल पर मेरी खिड़की से मुझे घूरने लगते हैं। जब वे पेशाब करते हैं तो कुत्तों की तरह टाँगें उठाते हैं। बीती रात को (क़रीब आठ बजे) मैं बाज़ार से लौट रही थी तो एक साँड़ मुझ पर गुर्राया। यह पक्की बात है। मेरा सवाल है : क्या ऐसा हो सकता है कि वे आनुवंशिक रूप से उन्नत किए गए साँड़ हों, जिनमें कुत्ते या भेड़िये जैसी बाढ़ के जीन डाले गए हों और जो किसी प्रयोगशाला से भागकर आए हों? अगर ऐसा है तो वे साँड़ हैं या कुत्ते? या भेड़िये?

मैंने जानवरों पर किए गए ऐसे प्रयोगों के बारे में नहीं सुना। आपने सुना है? मुझे ट्राउट मछली पर मनुष्यों के जीन डालकर उन्हें बड़ा करने के बारे में पता है। इन विशाल ट्राउट मछलियों का उत्पादन करने वाले कहते हैं कि वे ग़रीब मुल्कों की जनता की भूख के लिए ऐसा कर रहे हैं। मेरा सवाल यह है कि विशाल ट्राउट मछलियों की भूख को कौन शांत करेगा? मनुष्य जाति की बाढ़ के जींस का इस्तेमाल सुअरों पर भी हो रहा है। मैंने इस प्रयोग के नतीजे देखे हैं। वह भैंगी आँखों वाला उत्परिवर्तित जंतु होता है, और इतना भारी कि अपने बोझ को नहीं सँभाल सकता। उसे एक तख़्ते के सहारे खड़ा रखना पड़ता है। वह बहुत वीभत्स दीखता है।

इन दिनों यह तय करना मुश्किल हो चला है कि बैल एक कुत्ता है या एक भुट्टा किसी सुअर की टाँग है या गाय के मांस का टुकड़ा।

लेकिन शायद सच्ची आधुनिकता का रास्ता यही है? आख़िर एक गिलास एक जंगली चूहा क्यों नहीं हो सकता, और एक काँटेदार बाड़ एक आचार संहिता क्यों नहीं हो सकती, और इसी तरह बहुत कुछ?

आपकी,

तिलोत्तमा

पुनश्च : मैंने सुना है कि कुक्कुट उद्योग से जुड़े वैज्ञानिक मुर्ग़ियों की मातृत्व भावना को नियंत्रित करने की कोशिश में लगे हैं ताकि अंडे सेने की उनकी इच्छा को कुचला या पूरी तरह ख़त्म किया जा सके। लगता है उनका उद्देश्य मुर्ग़ियों को फ़ालतू चीज़ों में वक़्त बर्बाद न करके अंडा-उत्पादन की दक्षता बढ़ाने के लिए प्रेरित करना है। हालाँकि मैं निजी और सैद्धांतिक तौर पर दक्षता जैसी चीज़ के बिल्कुल ख़िलाफ़ हूँ, लेकिन मेरे ख़याल से इस तरह का प्रयोग (मेरा मतलब मातृत्व भावना पर नियंत्रण) माजी—द *मदर्स आफ़ द डिसएपीयर्ड* (लापता कश्मीरियों की माँओं) पर भी किया जाए तो इससे फ़ायदा होगा।

फ़िलहाल वे लद्धड़ क़िस्म की बंजर इकाइयाँ हैं और

. नाउम्मीदी जैसी उम्मीद की अनिवार्य ख़ुराक पर ज़िंदा हैं। वे अपने किचन गार्डेन में डोलती रहती हैं और हैरान होती रहती हैं कि अपने बेटों के लौटने पर क्या उगाएँगी और क्या पकाएँगी। मुझे विश्वास है कि आप इससे सहमत होंगे कि यह एक बुरी बात है। क्या आप इससे बेहतर कुछ सुझा सकते हैं? एक कारगर, यथार्थवादी (हालाँकि मैं यथार्थवाद के भी ख़िलाफ़ हूँ) फ़ॉर्मूला जो समुचित उम्मीद तक ले जाए? उनके मसले में तीन परिवर्तनशील राशियाँ हैं : मौत, अनुपस्थिति और पारिवारिक प्रेम। इसके अलावा प्रेम के दूसरे जितने भी रूप—अगर वे हैं तो—विचार के लायक़ नहीं हैं कि उनके बारे में सोचा जाए। बेशक, ख़ुदा से प्रेम के अलावा (कहने की ज़रूरत नहीं)।

पुनः पुनश्च : मैं निकल रही हूँ। पता नहीं मैं कहाँ जा रही हूँ।

इसी से मुझे उम्मीद बँधती है।

पत्र ख़त्म करने के बाद उसने सावधानी से उसे तहाकर बैग में रख लिया। उसने केक काटा, एक बॉक्स फ़ाइल में भरा और फ़्रिज में रख दिया। ग़ुब्बारों को एक-एक करके खोला और अलमारी में बंद किया। टीवी खोला और उसकी आवाज़ बंद कर दी। एक आदमी अपनी भौंहों की बोली लगा रहा था। उसने पाँच सौ डॉलर की पहली बोली ठुकरा दी। आख़िरकार वह एक हज़ार चार सौ डॉलर पर एक इलेक्ट्रिक शेवर से उन्हें मुँड़ाने पर राज़ी हो गया। उसके चेहरे पर एक मसखरी, भोंदू-सी मुस्कुराहट थी। वह 'द वैकी वैबिट' के एल्मर फड जैसा दिख रहा था।

भोर से पहले।

सद्दाम हुसैन अभी तक नहीं।

अपहरणकर्ता ने कुछ बेचैन होकर खिड़की से झाँका।

उसके फ़ोन पर एक संदेश :

लेट्स यूनाइट ऑन इंटरनेशनल योगा डे फ़ॉर पूलसाइड कैंडिल लाइट योगा एंड मेडिटेशन बाइ गुरु हनुमंत भारद्वाज।

उसने जवाब में टाइप किया :

प्लीज़ लेट्स नॉट।

स्कूल के जिस गेट पर पेंट की हुई नर्स पेंट किए हुए बच्चे को पेंट किया हुआ पोलियो वैक्सीन दे रही थी, उसकी ठीक बग़ल में एक छोटा-सा बच्चा था जो एक खुले हुए मैनहोल के किनारे किसी कॉमा के आकार का दिखता था। औरतें बेलचों-कुदालों को पकड़कर झुकी हुई थीं और अपने नन्हे सितारे के कारनामे के इंतज़ार में थीं। उस सितारे की आँखें एक औरत पर टकटकी लगाए हुए थीं। वह उसकी माँ थी। उसकी आत्मा उसके भीतर कुलबुलाई। उसने एक पोखर बना दिया। पीले पत्ते सरीखा। उसकी माँ ने कुदाल नीचे रखी और एक पुरानी बिसलेरी बोतल के गंदे पानी से उसके पुट्ठे धोये। बचे हुए पानी से हाथ धोकर उसने पीले पत्ते को मैनहोल में बहा दिया। शहर की कोई भी चीज़ उन औरतों की नहीं थी। ज़मीन का एक छोटा-सा टुकड़ा भी नहीं, झुग्गी-बस्ती में एक झुग्गी तक नहीं, सर के ऊपर टीन का छप्पर भी नहीं। सीवेज सिस्टम भी नहीं। लेकिन अब उन्होंने चलन के ख़िलाफ़ उस सिस्टम में एक सीधा दख़ल दिया था। शायद यह शहर में उनके पैर जमाने की शुरुआत थी। कॉमा की माँ ने उसे बाँहों में उठाया, कुदाल कंधे पर रखी और उनका दस्ता चल पड़ा।

सड़क ख़ाली थी।

और तब सद्दाम हुसैन प्रकट हुआ, जैसे कि वह आने से पहले औरतों के जाने का इंतज़ार कर रहा हो। वह इस तरतीब से आया :

आवाज़

दृश्य

गंध (दुर्गंध)।

नगरपालिका का पीला ट्रक छोटी-सी सर्विस लेन में मुड़ा और कुछ मकान छोड़कर रुक गया। सद्दाम हुसैन सीट से बाहर कूदा (उसी ठसक के साथ, जो घोड़े से उतरते समय उसमें नज़र आती थी)। उसकी निगाहें तिलो के मकान की दूसरी मंज़िल की खिड़की पर लगी थीं। तिलो ने सर बाहर निकालकर

इशारा किया कि गेट खुला है और वह ऊपर आ जाए।

वह उसे दरवाज़े पर भरे हुए सूटकेस, बच्ची और स्ट्रॉबरी केक से भरी बॉक्स फ़ाइल लिये हुए मिली। कॉमरेड लाली ने सद्दाम का स्वागत इस तरह किया जैसे कोई बिछुड़ा हुआ प्रेमी मिल रहा हो। वह सर तानकर बदन को इधर-उधर हिलाने लगी, उसके कान झुक गए और आँखें शरारती ढंग से तिरछी हो गईं।

'यह आपकी है?' सद्दाम ने शुरुआती परिचय के बाद तिलो से पूछा। 'इसे भी ले चलते हैं। जहाँ हम जा रहे हैं वहाँ बहुत जगह है।'

'उसके बच्चे भी हैं।'

'*अरे,* इसमें कौन-सी दिक़्क़त है... ?'

उसने आहिस्ता से वह बोरा खींचा जिस पर बच्चे थे, उसे खोला और उन्हें उसके अंदर डाल दिया—कुंकुआते-कसमसाते बैंगनों का एक ढेर। तिलो ने दरवाज़े पर ताला लगाया और वह छोटा-सा जुलूस सीढ़ियों से उतरकर गली में आ गया।

सद्दाम भरा हुआ सूटकेस और पिल्लों का बोरा लिये हुए था।

तिलो बच्ची और बॉक्स फ़ाइल को लिये हुए थी।

और कॉमरेड लाली पूरे भक्ति-भाव से अपने नए-नए इश्क़ के पीछे चल रही थी।

ड्राइवर का केबिन किसी होटल के छोटे कमरे जितना बड़ा था। ड्राइवर नीरज कुमार और सद्दाम हुसैन पुराने दोस्त थे। सद्दाम (अटकलों और बारीक़ियों का उस्ताद) ने ट्रक के दरवाज़े के पास फलों वाला लकड़ी का क्रेट रखा। एक कामचलाऊ सीढ़ी की तरह। कॉमरेड लाली अंदर कूदी, फिर तिलो और दूसरी मिस जबीन। वे पीछे की तरफ़ एक लाल बिस्तर-नुमा गद्दी पर बैठ गए, जहाँ लंबे सफ़र के दौरान थकान लगने पर ड्राइवर सो जाता है और सहायक ड्राइवर गाड़ी चलाता है (निगम के कूड़ा ट्रक लंबी दूरी तक नहीं जाते थे, लेकिन ऐसे बिस्तर उनमें भी होते थे)। सद्दाम आगे सवारी वाली सीट पर बैठ गया। उसने पिल्लों के बोरे को पैरों के बीच रखा, हवा आने के लिए उसे खोला, धूप का चश्मा चढ़ाया, बस कंडक्टर की तरह दो बार ट्रक के दरवाज़े को पीटा और सब चल पड़े।

पीला ट्रक झन्नाटे से शहर में निकला। फटी हुई गाय की बदबू छोड़ता हुआ। पिछली बार सद्दाम ने ऐसे ही सामान के साथ सफ़र किया था, लेकिन

इस बार वह देश की राजधानी में नगर निगम के ट्रक में था। गुजरात के लल्ला अभी गद्दी से साल-भर दूर थे, भगवा सुग्गे परदे की ओट में इंतज़ार कर रहे थे। इस तरह फ़िलहाल कोई ख़तरा नहीं था।

कार की मरम्मत की दूकानों, अभी तक सोये और ग्रीस से सने लोगों और कुत्तों से होता हुआ ट्रक चलता रहा।

रास्ते में एक बाज़ार पड़ा, एक गुरुद्वारा, फिर दूसरा बाज़ार। फिर रोगियों से भरा हुआ एक अस्पताल और बाहर सड़क पर डेरा डाले हुए उनके परिवार। चौबीसों घंटे खुली दवा की दूकानें। फ़्लाइओवर पर अब भी जलती हुई रोशनियाँ।

गार्डन सिटी के हरे-भरे चौराहे।

जैसे-जैसे ट्रक आगे बढ़ा, बाग़ीचे ग़ायब हो गए। ऊबड़-खाबड़ और गड्ढों से भरी सड़क आ गई, फ़ुटपाथों पर सोये लोगों की भीड़ दिखने लगी। कुत्ते, बकरियाँ, गायें, मनुष्य। एक के बाद एक साइकिल रिक्शे इस तरह खड़े थे जैसे साँपों के कंकाल की रीढ़ हों।

ट्रक पत्थरों की ढहती हुई मेहराबों के नीचे बदबू छोड़ता गया और लाल क़िले के कंगूरों से होता हुआ आगे बढ़ा। पुराने शहर से गुज़रता हुआ वह जन्नत गेस्ट हाउस और क़फ़न-दफ़न सेवा केंद्र पहुँचा।

अंजुम उनका इंतज़ार कर रही थी—क़ब्र के पत्थरों के बीच चमकती हुई शानदार मुस्कान के साथ।

वह आलीशान कपड़ों में थी। अपने पुराने गौरवशाली दिनों के सलमे-सितारों और साटिन के साथ। उसने मेकअप किया था और लिपस्टिक लगाई थी, बालों को रँगा था और उनका एक मोटा, लंबा, काला परांदा गूँथा था जिस पर लाल रिबन लगा था। उसने तिलो और मिस जबीन को बाँहों में भर लिया और उन्हें बार-बार चूमा।

उसने एक वेलकम होम पार्टी आयोजित की। जन्नत गेस्ट हाउस को ग़ुब्बारों और रिबनों से सजाया गया।

मेहमान शानदार कपड़ों में थे : ज़ैनब, जो अब सत्रह साल की गोल-मटोल लड़की थी और क़रीब ही एक पॉलिटेक्नीक में फ़ैशन डिज़ाइनिंग का कोर्स कर रही थी, सईदा (जो सादी साड़ी पहने हुए और ख़्वाबगाह की उस्ताद होने के साथ ट्रांसजेंडर लोगों के अधिकारों के लिए काम करने वाले एक एनजीओ की मुखिया भी थी), निम्मो गोरखपुरी (जो दावत के लिए मेवात से तीन किलो ताज़ा मटन लेकर आई थी), इशरत-सुंदरी (जो और कुछ दिनों के

लिए रुक गई थी), रोशन लाल (जिसका चेहरा अब भी सपाट था), इमाम ज़ियाउद्दीन (जिन्होंने अपनी दाढ़ी से मिस जबीन को गुदगुदाया, फिर उसे दुआ दी और दुआ पढ़ी)। उस्ताद हमीद हारमोनियम बजाने लगे और उन्होंने राग तिलक कामोद से अगवानी की।

ए री सखी मोरे पिया घर आए
बाग़ लगा इस आँगन को

सद्दाम और अंजुम तिलो को निचली मंज़िल के कमरे में ले गए, जो उसके लिए ख़ास तौर से ठीक किया गया था। उसे वहाँ कॉमरेड लाली और उसके बच्चों, मिस जबीन और अहलाम बाजी की क़ब्र के साथ रहना था। कमरे को ग़ुब्बारों और रिबनों से सजाया गया था। वे तय नहीं कर पाए थे कि दुनिया (और सिर्फ़ दुनिया ही नहीं, बल्कि साउथ दिल्ली की दुनिया) की एक औरत, एक सचमुच की औरत के लिए क्या-क्या इंतज़ाम किए जाने चाहिए। उन्होंने उसे इस तरह सजा दिया जैसे कोई ब्यूटी पार्लर हो—पुराने फ़र्नीचर मार्केट से लाया हुआ एक ड्रेसिंग टेबल, जिसमें बड़ा-सा शीशा लगा था। लोहे की एक ट्रॉली, जिसमें लक्मे नेल पॉलिश की कई रंगों वाली शीशियाँ और लिपस्टिक थीं, एक कंघी, बालों का ब्रश, रोलर्स, एक हेयर-ड्रायर और शैंपू की शीशी। निम्मो गोरखपुरी मेवात से फ़ैशन पत्रिकाओं का पूरा ज़खीरा उठा लाई थी और एक बड़े कॉफ़ी टेबल पर उन्हें सजा दिया था। बिस्तर की बग़ल में बच्ची की चारपाई थी, जिसके तकिये पर बड़ा-सा टेडी बियर रखा हुआ था। (यह विवादास्पद मसला बाद में उठाया जाने वाला था कि दूसरी मिस जबीन कहाँ सोएगी और कौन उसकी मम्मी—'बड़ी' मम्मी या 'छोटी' मम्मी नहीं, बल्कि 'मम्मी'—कहलाएगी। यह आसानी से सुलझने वाला था क्योंकि तिलो ख़ुशी से अंजुम की माँग को तुरंत मानने वाली थी)। अंजुम ने तिलो को अहलाम बाजी का परिचय कुछ इस तरह दिया जैसे वह अब भी ज़िंदा हो। उसने अहलाम बाजी के कारनामों और उपलब्धियों को गिनाया और शाहजहानाबाद के कई नामी लोगों के नाम लिये, जिन्हें दुनिया में लाने में उसने मदद की थी—बेकरी वाले अकबर मियाँ, जो पुराने शहर में सबसे अच्छा *शीरमाल* बनाते थे। दर्ज़ी जब्बार भाई, सबीहा अल्वी, जिसकी बेटी ने हाल ही में अपने घर की पहली मंज़िल पर बनारसी साड़ी एम्पोरियम खोला था। अंजुम ने यह सब इस तरह कहा जैसे तिलो इस दुनिया को जानती हो, एक ऐसी दुनिया, जिसे हर किसी को जानना चाहिए; बल्कि ऐसी अकेली दुनिया जो जानने के क़ाबिल है।

ज़िंदगी में पहली बार तिलो को लगा कि उसके शरीर में सभी अंगों के लिए जगह बची हुई है।

जिस क़स्बे में वह बड़ी हुई थी, वहाँ खुलने वाले पहले होटल का नाम होटल अंजलि था। इस नई और अनूठी शुरुआत के जो विज्ञापन सड़कों पर लगाए गए थे, उनमें लिखा था : 'शेष जीवन का पूरा आराम—होटल अंजलि में विश्राम।' यह दो अर्थों वाला विज्ञापन अनायास ही था, लेकिन बचपन में वह यही कल्पना करती थी कि होटल अंजलि में उन निश्चिंत क़िस्म के मेहमानों की लाशें भरी होंगी जिन्हें सोते समय मारा गया होगा और वे अब अपना शेष (मृत) जीवन वहीं बिताएँगे। तिलो को लगा कि यह जुमला जन्नत गेस्ट हाउस पर भी न सिर्फ़ सही बैठेगा, बल्कि अच्छा भी लगेगा। उसके भीतर से आवाज़ आई कि आख़िर उसे भी अपने शेष जीवन के लिए एक घर मिल गया है।

दावत शुरू होते-होते भोर हो गई। अंजुम दिन-भर ख़रीदारी करती (गोश्त और खिलौने और फ़र्नीचर) और रात-भर खाना पकाती रही थी।

व्यंजन इस प्रकार थे :

मटन क़ोरमा
मटन बिरयानी
भेजा करी
कश्मीरी रोग़न जोश
भुनी हुई कलेजी
शामी कबाब
नान
तंदूरी रोटी
शीरमाल
फ़ीरनी
तरबूज़ काले नमक के साथ।

क़ब्रिस्तान के इर्द-गिर्द रहने वाले नशेड़ी और ख़ानाबदोश लोग भी जश्न और दावत में पहुँचे। पायल ने जमकर फ़ीरनी सुड़की। डॉ. आज़ाद भारतीय कुछ देर से आए, लेकिन उनका ज़ोरदार स्वागत-सत्कार हुआ क्योंकि वे ही इस निकासी और घर-वापसी के प्रबंधक थे। उनका बेमियादी उपवास ग्यारहवें वर्ष के तीसरे महीने के पच्चीसवें दिन में प्रवेश कर चुका था। उन्होंने कुछ नहीं खाया, सिर्फ़ एक गिलास पानी के साथ पेट के कीड़े मारने की दवा ली।

कुछ कबाब और बिरयानी निगम के अफ़सरों के लिए बचा ली गई, जो

अगले दिन ज़रूर आने वाले थे।

'वे लोग भी हम हिजड़ों जैसे ही हैं।' अंजुम ने कहा और ख़ुशी से हँस पड़ी। 'वे सूँघ लेते हैं कि दावत कहाँ है और अपना हिस्सा लेने पहुँच जाते हैं।'

बीरू और कॉमरेड लाली ने हड्डियों और बचे-खुचे खाने से काम चलाया। ज़ैनब ने सतर्कता बरतते हुए पिल्लों को एक अलग जगह पर रख दिया था, जहाँ बीरू न पहुँच सके और फिर कई घंटे तक उनको देखकर चहकती रही और सद्दाम हुसैन से ज़बर्दस्त चुहल करती रही।

दूसरी मिस जबीन एक गोद से दूसरी गोद में जाती रही, ख़ूब चूमी और ख़ूब खिलाई जाती रही। इस तरह उसने अपनी नई ज़िंदगी का सफ़र शुरू किया। एक ऐसी जगह, जो उस जगह से मिलती-जुलती होने के बावजूद बहुत अलग थी, जहाँ अठारह साल पहले उसकी छोटी-सी पूर्वज पहली मिस जबीन की ज़िंदगी ख़त्म हुई थी।

एक क़ब्रिस्तान में।

एक दूसरे क़ब्रिस्तान में। यहाँ से थोड़ी ही दूर, उत्तर की तरफ़।

और वे मेरी बात पर सिर्फ़ इस वजह से यक़ीन नहीं करते थे कि वे जानते थे कि मैंने जो कुछ कहा था वह सच था।

जेम्स बाल्डविन

9

पहली मिस जबीन की असमय मृत्यु

जब वह ज़िद करने की उम्र में पहुँची तो मिस जबीन कहलाए जाने की ज़िद करने लगी। वह इस संबोधन के बाद ही जवाब देती थी। हर किसी को, माता-पिता, दादा-दादी और पड़ोसियों को भी उसे इसी नाम से पुकारना पड़ा। वह वक़्त से पहले ही 'मिस' कहलाए जाने के जुनून की शिकार हो गई थी, जो बग़ावत के शुरुआती दौर में कश्मीर घाटी को गिरफ़्त में लिये हुए था। अचानक ही, ख़ास तौर से क़स्बों में रहने वाली फ़ैशनेबल लड़कियों ने 'मिस' बनने की ज़िद ठान ली। मिस मोमिन, मिस ग़ज़ाला, मिस फ़रहाना। तब के बहुत-से जुनूनों में एक यह भी था। ख़ून से धुँधलाये हुए उस दौर में कुछ लोग ऐसे थे जिन्हें जुनूनों का ग़ुलाम ही कहा जा सकता था। 'मिस' के जुनून के अलावा एक नर्स जुनून था, एक पी.टी. (फ़िज़िकल ट्रेनिंग) इंस्ट्रक्टर जुनून और रोलर-स्केटिंग जुनून। इसी वजह से पूरी घाटी चेकपोस्टों, बंकरों, हथियारों, ग्रेनेडों, लैंडमाइनों, कैसिपीरों, दाँतेदार बाड़ों, सिपाहियों, घुसपैठियों, घुसपैठ-विरोधियों, जासूसों, दोहरे और तिहरे एजेंटों और सरहद की दोनों तरफ़ की ख़ुफ़िया एजेंसियों के नोटों से भरे सूटकेसों के साथ-साथ नर्सों, पी.टी. इंस्ट्रक्टरों और रोलर-स्केटरों से भी भर गई थी। और बेशक, 'मिसों' से भी।

मिस जबीन उन्हीं में थी, जिसे नर्स या एक रोलर-स्केटर बनने की उम्र भी नसीब नहीं हुई।

उसे मज़ारे-शुहदा यानी शहीदों के क़ब्रिस्तान में दफ़नाया गया। उसके गेट के ऊपर लगे लोहे के साइनबोर्ड पर (दो ज़बानों में) लिखा था : 'वी गेव अवर टुडेज़ फ़ॉर योर टुमॉरोज़' (हमने अपना आज तुम्हारे कल पर क़ुर्बान कर दिया)। अब वह जगह-जगह से खुरच गया है, उसका हरा पेंट धुँधला गया है और नाज़ुक लिखावट पर धूप से चकत्ते पड़ गए हैं, लेकिन इतने साल बाद वह अब भी वहाँ नीले आसमान और बर्फ़ीले, आरे के दाँतों जैसे पहाड़ों के सामने किनारीवाली सख़्त पट्टी की तरह मौजूद है।

अब भी वहाँ मौजूद है।

मिस जबीन उस कमेटी में नहीं थी, जिसने फ़ैसला किया था कि साइनबोर्ड पर क्या लिखा जाए। लेकिन वह इस फ़ैसले पर बहस करने की हालत में भी नहीं थी। मिस जबीन को ज़िंदगी में इतने 'आज' नसीब नहीं हुए थे कि उन्हें 'कल' में बदल सकती, लेकिन अंतहीन न्याय का बीजगणित भी इतना कठोर नहीं था। इस तरह पूरे मामले में भले ही उसकी राय न ली गई हो, वह मूवमेंट की सबसे कमउम्र शहीदों में मान ली गई। उसे अपनी माँ बेगम आरिफ़ा यस्वी की बग़ल में दफ़नाया गया। माँ और बेटी, दोनों की मौत एक ही गोली से हुई थी। वह मिस जबीन की बाईं कनपटी से सर में घुसी और माँ के दिल में जाकर ठहर गई। उसकी आख़िरी तस्वीर में गोली का घाव ऐसे दिखता था जैसे बाएँ कान के ऊपर गर्मियों में खिला हुआ गुलाब टँका हो। कुछ पंखुड़ियाँ सफ़ेद *क़फ़न* पर पड़ी थीं, जिसमें उसे दफ़नाए जाने से पहले लपेटा गया था।

मिस जबीन और उसकी माँ के साथ पंद्रह दूसरे लोग भी दफ़नाए गए और इस क़त्लेआम की तादाद सत्रह हो गई।

जनाज़े के वक़्त मज़ारे-शुहदा एक नयी जगह थी, हालाँकि वहाँ क़ब्रों की भीड़ बढ़ने लगी थी। इंतज़ामिया कमेटी मूवमेंट की शुरुआत से ही हवा का रुख़ भाँपती आ रही थी और आने वाले घटनाक्रम को लेकर उसका रवैया व्यावहारिक था। उसने बहुत बारीक़ी से क़ब्रों का ख़ाका इस तरह बनाया कि जितनी जगह मौजूद है उसका क़ायदे से और सही इस्तेमाल हो सके। सभी लोग मानते थे कि शहीदों की लाशों को सामूहिक क़ब्रिस्तान में दफ़नाना चाहिए, उन्हें (सैकड़ों की तादाद में) चिड़ियों को खिलाए जाने वाले दानों की तरह पहाड़ों में इधर-उधर छितराना नहीं चाहिए या जंगल में उन फ़ौजी कैंपों और यातना केंद्रों के आसपास नहीं बिखराना चाहिए जो पूरी घाटी में उग आए थे। जब जंग शुरू हुई और ऑक्युपेशन का शिकंजा कसा, तो आम लोगों के लिए अपने मृतकों को एक साथ दफ़नाना ख़ुद में एक नाफ़रमानी बन गया।

क़ब्रिस्तान में जो पहला आदमी दफ़्न हुआ, वह एक *गुमनाम शहीद* था। उसका ताबूत आधी रात को ले जाया गया। उसे अभी-क़ब्रिस्तान-नहीं-सरीखे-क़ब्रिस्तान में ग़मज़दा लोगों के जत्थे की मौजूदगी में पूरी इज़्ज़त और रस्मों के साथ दफ़नाया गया। अगली सुबह जब क़ब्र पर मोमबत्तियाँ जल रही थीं और गुलाब की ताज़ा पंखुड़ियाँ पड़ी थीं, मस्जिदों से जुमे की नमाज़ के लिए होने वाले एलान के नतीजे में हज़ारों लोगों ने नमाज़ पढ़ी। तब कमेटी ने वहाँ घास के मैदान जैसी एक चौड़ी पट्टी पर बाड़ लगाना शुरू किया। कुछ दिन बाद वहाँ एक बोर्ड लगा : मज़ारे-शुहदा।

अफ़वाह थी कि उस रात जिस गुमनाम शहीद—पहली लाश—को दफ़नाया गया, वह लाश नहीं, बल्कि एक ख़ाली डबल बैग था। कई साल बाद इस (कथित) योजना के (कथित) मास्टरमाइंड पर एक नौजवान *पत्थरबाज़* ने सवाल उठाया जो आज़ादी के लड़ाकुओं की नयी पीढ़ी का था और इस क़िस्से को सुनकर बहुत परेशान था, 'मगर *जनाब, जनाब,* क्या इसका मतलब ये है कि हमारा मूवमेंट, हमारी *तहरीक़* एक झूठ की बुनियाद पर खड़ी है?' सफ़ेद बालों वाले मास्टरमाइंड (कथित) का जवाब था, 'तुम नौजवानों के साथ यही तो दिक़्क़त है, तुम्हें कोई अंदाज़ा नहीं है कि लड़ाइयाँ कैसे लड़ी जाती हैं।'

लेकिन कई लोग यह मानते थे कि शहीद बैग के बारे में फैली अफ़वाह उन बेशुमार अफ़वाहों जैसी ही है जो श्रीनगर में सेना के मुख्यालय की बादामी बाग़ वाली अफ़वाह-ब्रांच से उड़ाई-फैलाई जाती हैं और यह ऑक्युपेशन ताक़तों की ही एक और चाल है ताकि मूवमेंट कमज़ोर पड़ जाए और लोग डाँवाडोल, दुविधाग्रस्त और शक्की बने रहें।

एक अफ़वाह यह थी कि सचमुच एक अफ़वाह-ब्रांच है जिसका मुखिया मेजर रैंक का एक अफ़सर है। जानकार लोगों के मुताबिक़, एक अफ़वाह यह थी कि नगालैंड की एक ख़तरनाक बटालियन (पूर्वोत्तर के लोग एक और ऑक्युपेशन के शिकार थे), जो सुअरों और कुत्तों को खाने के लिए मशहूर थी, कभी-कभी नाश्ते में लोगों का और ख़ासकर पुराने लोगों का गोश्त भी खाती थी। एक अफ़वाह यह थी कि जो भी आदमी तीन या चार किलो वज़न का एक तन्दुरुस्त उल्लू (उस इलाक़े में मोटे-ताज़े उल्लू भी इसके आधा वज़न के नहीं थे) लाएगा (किसी अनजान के लिए, पता नामालूम) उसे एक लाख का इनाम मिलेगा। लोगों ने बाज़ों, छोटे उल्लुओं और हर तरह की शिकारी चिड़ियों को फँसाना, उन्हें चूहे, चावल और मुनक्के खिलाना, स्टीरॉयड के इंजेक्शन देना और घंटे-घंटे भर में उनका वज़न तौलना शुरू कर दिया, हालाँकि उन्हें ठीक-

ठीक नहीं पता था कि ये किसे सौंपे जाएँगे। आलोचकों का कहना था कि यह फ़ौज की ही करतूत है जो हमेशा भोले-भाले लोगों को मशगूल रखने और मूवमेंट से दूर करने के तरीक़े ढूँढ़ती रहती है। अफ़वाहें थीं और अफ़वाहों को काटती हुई अफ़वाहें थीं। ऐसी अफ़वाहें थीं जो शायद सच थीं और ऐसे सच थे जिन्हें अफ़वाह होना चाहिए था। मिसाल के लिए, यह वाक़ई सच था कि फ़ौज के मानवाधिकार प्रकोष्ठ का मुखिया लेफ़्टिनेंट कर्नल स्तालिन था—दोस्ताना स्वभाव वाला, केरल के एक पुराने कम्युनिस्ट का बेटा। (अफ़वाह थी कि विधवाओं, अर्ध-विधवाओं, अनाथों और अर्ध-अनाथों के पुनर्वास के लिए 'मुस्कान' के नाम से फ़ौजी सद्भावना केंद्र खोलने का विचार उसी ने दिया था। इससे वे लोग ग़ुस्साये हुए थे जो फ़ौज पर अनाथों और विधवाओं को पैदा करने का आरोप लगाते थे। वे सद्भावना अनाथालयों और सिलाई केंद्रों को आग के हवाले कर देते थे, लेकिन उन्हें दोबारा बना लिया जाता था। पहले से ज़्यादा बड़ा, ज़्यादा अच्छा, ज़्यादा भव्य और ज़्यादा मददगार)।

शहीदों के क़ब्रिस्तान के मामले में इस सवाल का कोई ख़ास नतीजा नहीं निकला कि पहली क़ब्र में बैग को दफ़नाया गया या लाश को। ख़ास बात यह थी कि यह अपेक्षाकृत नया क़ब्रिस्तान भयानक रफ़्तार के साथ सचमुच की लाशों से भरने लगा था।

शहादत कश्मीर घाटी में दबे पाँव आई। नियंत्रण रेखा से, जहाँ चाँदनी में चमकते पहाड़ी दर्रों में सिपाही तैनात थे। रात-दर-रात वह नीली बर्फ़ीली चट्टानों से धागे की तरह लिपटे हुए सँकरे-पथरीले रास्तों से गुज़रती रही और बड़े-बड़े ग्लेशियरों और कमर तक ऊँची बर्फ़ के मैदानों के पार पहुँची। वह जमी हुई बर्फ़ में गोलियों से मारे गए नौजवानों, उनकी लाशों की क़तारों और बर्फ़ीले पठारों से गुज़रती रही जहाँ सर्द रात के आसमान में एक ज़र्द, बेरहम निगाह वाला चाँद था और तारे इतने क़रीब लगते थे कि उन्हें हाथ बढ़ाकर लगभग छुआ जा सके।

घाटी में पहुँचकर वह अखरोट के बाग़ों, ज़ाफ़रान के खेतों, सेब, आड़ू और चेरी के बाग़ानों में चुपचाप धुंध की तरह फैलने लगी। वह डॉक्टरों और इंजीनियरों, छात्रों और मज़दूरों, दर्ज़ियों और बढ़इयों, बुनकरों और किसानों, गडरियों, ख़ानसामों और शायरों के कान में जंग की ज़ुबान में फुसफुसाती रही। उन्होंने उसे ग़ौर से सुना और फिर अपनी किताबें और औज़ार, अपनी सुइयाँ, छेनियाँ, अपने हल, अपनी लाठियाँ, रुखानी और अपनी सलमेदार पोशाकें नीचे

रख दीं। उन्होंने करघे रोक दिये, जिन पर वे दुनिया के सबसे ख़ूबसूरत क़ालीन और सबसे महीन और मुलायम शॉल बुनते थे। वे अपनी गुट्ठलदार, हैरान अँगुलियाँ उन क्लाश्निकोवों की चिकनी नलियों पर फिराने लगे जिन्हें उनके पास आने वाले अजनबी लोग छूने के लिए कहते थे। वे इन नए जादूगरों के पीछे ऊँचे चरागाहों और पहाड़ी मैदानों में जाने लगे जहाँ ट्रेनिंग कैंप चल रहे थे। जब बंदूक़ें उन्हें अपने पास रखने के लिए दे दी गईं, जब उनकी अँगुलियाँ ट्रिगर पर जम गईं और उन्हें एक हल्की-सी जुंबिश महसूस हुई, जब उन्होंने मुश्किलों को तौल लिया और सोच लिया कि यही एक व्यावहारिक रास्ता है, तब उनके भीतर एक ग़ुस्से और शर्मिंदगी ने भी सर उठाया जो ग़ुलामी की देन था, जिसे वे दशकों और सदियों से झेलते चले रहे थे और जिसने उनकी रग़ों में दौड़ते ख़ून को धुएँ में बदल दिया था।

धुंध घुमड़ती और बेतहाशा भर्ती का अभियान चलाती रही। वह कालाबाज़ारियों, कट्टरपंथियों, ठगों और झाँसेबाज़ों के कान में फुसफुसाई। उन्होंने भी ग़ौर से सुना और फिर से अपनी योजनाओं का ख़ाक़ा बनाया। उन्होंने अपनी चालाक अँगुलियों से ग्रेनेडों के ठंडे लोहे के उभारों को टटोला, जो इस उदारता से दिए जा रहे थे जैसे वे ईद पर बाँटे जाने वाले क़ुर्बानी के गोश्त के टुकड़े हों। उन्होंने हत्याओं और नए घोटालों पर सलाह और आज़ादी की ज़बान रोप दी और पैसे, जायदाद और औरतों को हथियाने लगे।

बेशक, औरतों को।

औरतों को, बेशक।

इस तरह बग़ावत शुरू हुई। हर जगह मौत थी। हर चीज़ मौत थी। पेशा। ख़्वाहिश। ख़्वाब। शायरी। इश्क़। जवानी। मरना ज़िंदा रहने का दूसरा नाम बन गया। पार्कों और चरागाहों में, झरनों और नदियों के क़रीब, खेतों और जंगली रास्तों में क़ब्रिस्तान उभर आए। ज़मीन से क़ब्रों के पत्थर इस तरह उगने लगे जैसे बच्चों के दाँत उगते हैं। हर गाँव, हर बस्ती का अपना क़ब्रिस्तान था। जहाँ नहीं था वहाँ के लोगों को ग़द्दारों की तरह देखे जाने का अंदेशा पैदा होने लगा। दूर सरहदी इलाक़ों में नियंत्रण रेखा के पास लाशें लगातार जिस तेज़ी से दिखना शुरू हुईं और उनमें से कुछ जिस हालत में थीं, उसे बर्दाश्त करना आसान नहीं था। कुछ लाशें बोरों में आती थीं, कुछ छोटी पॉलिथीन की थैलियों में, गोश्त के टुकड़े, कुछ बाल, कुछ दाँत। मौत के सिपहसालार उन पर पुर्जे टाँक देते थे : *एक किलो, दो किलो सात सौ ग्राम, पाँच सौ ग्राम* (हाँ, एक और ऐसा सच, जिसे अफ़वाह ही होना चाहिए था)।

पर्यटक उड़ गए। पत्रकार उड़ आए। हनीमून वाले उड़ गए। फ़ौजी उड़ आए। पुलिस थानों और फ़ौजी कैंपों में औरतें उमड़ पड़ीं। वे अपने हाथों में अँगूठा-लगे, कोनों से मुड़े हुए और आँसुओं से गीले पासपोर्ट साइज़ की तस्वीरों का जंगल लिये घूमती थीं : हुज़ूर, *क्या आपने मेरे बेटे को कहीं देखा? क्या आपने मेरे शौहर को कहीं देखा? क्या मेरा भाई कहीं किसी तरह आपकी पकड़ में आया?* और हुज़ूर लोग अपना सीना फुलाते, अपनी मूँछें मरोड़ते, अपने तमग़ों से खेलते और आँखें सिकोड़कर अंदाज़ा लगाते कि किसकी तकलीफ़ को कितनी तबाह करने वाली उम्मीद में बदलना फ़ायदे का सौदा होगा (देखता हूँ मैं क्या कर सकता हूँ)। और इस उम्मीद से किसको क्या हासिल हो सकता है (*कुछ भुगतान? कोई दावत? एक संभोग? अखरोटों से भरा हुआ एक ट्रक?*)।

जेलें भर गईं, नौकरियाँ उड़ गईं। गाइड। भड़वे, घोड़ा-मालिक (और उनके घोड़े), होटलों के नौकर, वेटर, रिसेप्शनिस्ट, बर्फ़गाड़ियों वाले, बिसाती, फूल वाले और झील के मल्लाह और ज़्यादा ग़रीब, और ज़्यादा भूखे हो चले।

सिर्फ़ क़ब्र खोदने वालों को आराम नहीं था। उनके लिए फ़क़त कामकामकाम था। ओवर-टाइम या रात-पाली में किसी भुगतान के बग़ैर।

मज़ारे-शुहदा में मिस जबीन और उसकी मम्मी को अगल-बगल दफ़नाया गया। मूसा यस्वी ने अपनी बीवी की क़ब्र पर लिखवाया :

आरिफ़ा यस्वी
12 सितंबर 1968 —22 दिसंबर 1995
मूसा यस्वी की बेगम

और उसके नीचे :

अब वहाँ ख़ाक उड़ाती है ख़िज़ाँ
फूल ही फूल जहाँ थे पहले

उसकी बग़ल में मिस जबीन की क़ब्र पर लिखा था :

मिस जबीन
2 जनवरी 1992 —22 दिसंबर 1995
आरिफ़ा और मूसा यस्वी की अजीज़ बेटी

और एकदम नीचे दाईं तरफ़ मूसा ने क़ब्र का पत्थर लगाने वाले से बहुत छोटे अक्षरों में कुछ लिखवाया था जिसे लोग किसी शहीद के लिए वाजिब इबारत नहीं मान सकते थे। उसने ऐसी जगह चुनी थी जिसके बारे में पता था कि सर्दियों में वह लगभग पूरी तरह बर्फ़ से ढँक जाएगी और बाक़ी महीनों में लंबी घास और नर्गिस में छिपी रहेगी। कमोबेश। उसने लिखवाया था :

अख़ दलीला वन
यथ मंज़ न कहं बलाई अयासि
न आयस सौ कुइनी जंगलस मंज़ रोज़ान

मिस जबीन रात को सोते समय उसकी बग़ल में क़ालीन पर लेटकर उससे यही कहती थी—अपनी पीठ को फीके पड़े मख़मली मसनद पर टिकाए हुए (धुला हुआ, रफ़ू हुआ, फिर धुला हुआ) अपना फिरन पहने हुए (धुला हुआ, रफ़ू हुआ, फिर धुला हुआ), टीकोज़ी की तरह छोटी-सी (गर्दन और बाँहों पर हल्के गुलाबी बेल-बूटों के साथ फ़िरोज़ी) और अपने लेटे हुए पिता की हू-ब-हू नक़ल करती हुई—बाईं टाँग झुकी हुई, दाईं एड़ी बाएँ घुटने पर रखी हुई, उसकी बड़ी-सी मुट्ठी में अपनी छोटी-सी मुट्ठी रखे हुए। *अख़ दलीला वन*। मुझे कोई कहानी सुनाओ। और फिर वह ख़ुद ही चिल्ला-चिल्लाकर कहानी शुरू कर देती। कर्फ़्यूग्रस्त संजीदा रात में उसकी किलकारियाँ खिड़कियों से बाहर निकलकर पूरी बस्ती को जगा देतीं। *यथ मंज़ न कहं बलाई अयासि/ न आयस सौ कुइनी जंगलस मंज़ रोज़ान।* न कोई चुड़ैल थी और न वह जंगल में थी। मुझे ऐसी कहानी सुनाओ जिसमें चुड़ैल और जंगल वाली बकवास न हो। *असली* कहानी सुनाओ।

गर्म इलाक़ों से आए हुए ठंडे सिपाही अपने इलाक़े से गुज़रने वाले बर्फ़ीले हाइवे पर कान खड़े करते और बंदूक़ों के सेफ़्टी कैच खोल देते। *कौन है? यह आवाज़ कैसी है?* रुको, वरना गोली चला देंगे! वे दूर से आए थे और नहीं जानते थे कि 'रुको' या 'गोली' या 'कौन' को कश्मीरी में क्या कहते हैं। उन्हें जानने की ज़रूरत नहीं थी क्योंकि उनके पास बंदूक़ें थीं।

उनमें से सबसे युवा और अभी-अभी बालिग़ हुए एस. मुरुगेसन को पहले कभी ऐसी ठिठुरन महसूस नहीं हुई थी। उसने अभी तक बर्फ़ नहीं देखी थी और यह देखकर वह मुग्ध था कि उसकी साँस जमी हुई हवा में घनी होकर तरह-तरह की शक्लें बना रही है। 'देखो!' गश्त की पहली रात उसने अपने होठों पर दो अँगुलियाँ रखीं और एक काल्पनिक सिगरेट का कश लेकर नीले धुएँ का

ग़ुबार छोड़ते हुए कहा, 'मुफ़्त की सिगरेट!' उसके स्याह चेहरे की सफ़ेद हँसी रात में तैरने लगी, लेकिन अपने साथियों का कटाक्ष सुनकर मुरझा गई। 'लगे रहो, रजनीकांत।' उन्होंने कहा, 'पूरी डिब्बी पी डालो। जब वे तुम्हारा सर उड़ा देंगे तो सिगरेट पीने का मज़ा नहीं ले पाओगे।'

वे।

आख़िरकार वे उसे उड़ाने में कामयाब रहे। वह जिस बख़्तरबंद जीप में बैठा था, उसे कुपवाड़ा के बाहर हाइवे पर उड़ा दिया गया। वह और दूसरे दो फ़ौजी सड़क के किनारे ख़ून बहाते हुए मर गए।

ताबूत में रखा हुआ उसका शव तमिलनाडु के तंजावुर ज़िले में उसके गाँव के घर पहुँचाया गया, जिसमें किसी मेजर राजू द्वारा निर्देशित और रक्षा मंत्रालय द्वारा निर्मित एक वृत्त फ़िल्म 'सागा आफ़ अनटोल्ड वैलर' की डीवीडी भी थी। फ़िल्म में एस. मुरुगेसन कहीं नहीं था, लेकिन घर के लोगों को लगा कि वह है क्योंकि वे उसे देख ही नहीं पाए। उनके पास डीवीडी प्लेयर नहीं था।

गाँव के वन्नियार लोगों ने (जो 'अछूत' नहीं थे) एस. मुरुगेसन (जो 'अछूत' था) के शव को अंतिम संस्कार के लिए अपने घरों के सामने से गुज़रने की इजाज़त नहीं दी। इसलिए शवयात्रा को गाँव के कूड़े-कचरे की बग़ल में बने अछूतों के मरघट तक जाने के लिए लंबा रास्ता लेना पड़ा जो गाँव से होकर नहीं जाता था।

एस. मुरुगेसन को कश्मीर के बारे में जो बात गुपचुप ढंग से अच्छी लगती थी, वह यह थी कि गोरी चमड़ी वाले कश्मीरी अक्सर भारतीय सैनिकों की काली चमड़ी का मज़ाक़ उड़ाते और उन्हें 'चमार नस्ल' का कहते थे। उसे यह बात बड़ी मज़ेदार लगती थी कि उसके साथ के सिपाही ख़ुद को उच्च जाति का मानते हैं और उसे चमार कहने से नहीं हिचकते (जैसा आम तौर पर उत्तर भारतीय लोग सभी दलितों को कहते हैं, वे चाहे कई तरह से अछूत जातियों में से किसी भी जाति के हों), लेकिन अपने लिए यही संबोधन सुनकर भड़क उठते हैं। कश्मीर दुनिया की ऐसी बहुत कम जगहों में था जहाँ काली चमड़ी के लोग गोरी चमड़ी के लोगों पर शासन करते आए थे। इस उल्टी रीत के कारण कई क़िस्म की ख़राब गालियाँ इज़्ज़त पा चुकी थीं।

एस. मुरुगेसन की वीरता को श्रद्धांजलि के तौर पर फ़ौज ने गाँव के बाहर उसकी सीमेंट की मूर्ति लगाने के लिए चंदा दिया, जिसमें वह फ़ौजी पोशाक में कंधे पर राइफ़ल लिये हुए था। उसकी जवान विधवा उस मूर्ति को जब-तब

अपनी बेटी को दिखलाती, जो पिता की मृत्यु के समय छह महीने की थी। 'अप्पा।' वह अपनी माँ की नक़ल करती हुई मूर्ति की ओर मुस्कुराती हुई हाथ हिलाते हुए कहती। 'अप्पाप्पाप्पाप्पाप्पाप्पाप्पा,' और उसकी नन्ही कलाई पर चूड़ी की तरह बल पड़ जाता।

गाँव के शुरू में ही एक अछूत की मूर्ति लगाए जाने से सभी ख़ुश नहीं थे। ख़ास तौर से ऐसे अछूत की मूर्ति, जो हथियार लिये हुए हो। उन्हें लगा कि इससे ग़लत संदेश जाएगा और लोगों में इससे ग़लत धारणाएँ पैदा हो सकती हैं। मूर्ति लगने के तीन हफ़्ते बाद उसके कंधे की राइफ़ल ग़ायब हो गई। एस. मुरुगेसन के परिवार ने शिकायत लिखाने की कोशिश की, लेकिन पुलिस ने यह कहते हुए मामला दर्ज़ करने से इनकार कर दिया कि राइफ़ल गिर गई होगी या घटिया सीमेंट लगाए जाने से टूट गई होगी—यह एक मामूली भ्रष्टाचार था—और इसके लिए किसी को दोष नहीं दिया जा सकता। महीने-भर बाद मूर्ति के हाथ काट दिये गए। एक बार फिर पुलिस वालों ने शिकायत दर्ज़ करने से मना कर दिया, हालाँकि इस बार वे एक दबी हँसी हँसे और उन्होंने इसकी वजह बताने की ज़हमत भी नहीं उठाई। हाथ कटने के दो हफ़्ते बाद सिपाही एस. मुरुगेसन का सर कटा हुआ मिला। कुछ दिन तनाव रहा। पड़ोस के गाँव में एस. मुरुगेसन की जाति के लोगों ने विरोध-प्रदर्शन किया। वे बारी-बारी से मूर्ति के नीचे भूख हड़ताल पर बैठे। स्थानीय अदालत ने कहा कि वह मामले की जाँच के लिए मजिस्ट्रेटी कमेटी बनाएगी। उसने तब तक यथास्थिति बनाए रखने का आदेश दिया। भूख हड़ताल ख़त्म हो गई। मजिस्ट्रेटी जाँच कमेटी नहीं बनी।

कुछ मुल्क ऐसे हैं जहाँ सैनिकों को दो बार मरना पड़ता है।

बिना सर की मूर्ति गाँव के बाहर लगी रही। हालाँकि अब उस आदमी से वह ज़रा भी मेल नहीं खाती थी जिसके सम्मान में उसे लगाया गया था, लेकिन वह हमारे वक़्त का कहीं ज़्यादा बड़ा प्रतीक बन गई थी।

एस. मुरुगेसन की बेटी उसकी तरफ़ हाथ हिलाती रहती थी।

'अप्पाप्पाप्पाप्पाप्पाप्पाप्पा।'

कश्मीर में जैसे-जैसे जंग तेज़ होती गई, क़ब्रिस्तान उन बहुमंज़िला पार्किंग स्थलों की तरह आम हो गए जो फैलते-फूलते मैदानी शहरों में तेज़ी से बन रहे थे। जब जगह कम पड़ने लगी तो कुछ क़ब्रें दो-मंज़िला बना दी गईं—उन बसों की तरह, जो कभी कश्मीर में पर्यटकों को लाल चौक और बुलेवार्ड के बीच लाने-ले जाने का काम करती थीं।

ख़ुशक़िस्मती से मिस जबीन की क़ब्र का ऐसा हश्र नहीं हुआ। कई वर्ष बाद जब सरकार ने एलान किया कि बग़ावत पर क़ाबू पा लिया गया है (इसके लिए वहाँ पाँच लाख सिपाही तैनात थे), जब सभी प्रमुख मिलिटेंट गुट एक-दूसरे के दुश्मन बन गए (या बना दिए गए), जब तीर्थयात्री, पर्यटक और हनीमूनी जोड़े हिंदुस्तान से बर्फ़ में आमोद-प्रमोद के लिए (भूतपूर्व मिलिटेंटों द्वारा खींची जाने वाली बर्फ़गाड़ियों में बर्फ़ीली ढलानों पर चिल्लाते हुए उछलने और कूदने के लिए) फिर से आने लगे, जब जासूसों और मुख़बिरों को (सुव्यवस्था और भरपूर सतर्कता के लिए) उनके अपने ही हैंडलरों द्वारा मार दिया गया, जब इखवानियों को 'अमन' के सेक्टर में काम करने वाले हज़ारों एनजीओ ने बाक़ायदा नौकरियों पर रख लिया, जब फ़ौज को कोयला और अखरोट की लकड़ी सप्लाई करके मालामाल होने वाले स्थानीय व्यापारी अपना पैसा तेज़ी से पनपते हॉस्पिटैलिटी सेक्टर (जिसे 'शांति प्रक्रिया में लोगों की हिस्सेदारी' भी कहा जाता था) में लगाने लगे, जब वरिष्ठ बैंक प्रबंधकों ने मरे हुए मिलिटेंटों के बैंक खातों में जमा लावारिस पैसे को हड़प लिया, जब यातना केंद्र नेताओं के आलीशान बंगलों में तब्दील हो गए, जब शहीदों के क़ब्रिस्तान कुछ वीरान हो चले और शहीदों की तादाद घटकर बहुत कम रह गई (और आत्महत्याओं की तादाद अप्रत्याशित रूप से बढ़ गई), जब चुनाव संपन्न हो गए और लोकतंत्र का एलान हो गया, जब झेलम में बाढ़ आई और चली गई, जब बग़ावत फिर से बढ़ी और फिर से कुचल दी गई और फिर से बढ़ी और फिर से कुचल दी गई और फिर से बढ़ी—इसके बाद भी मिस जबीन की क़ब्र अकेली ही बनी रही।

वह ख़ुशक़िस्मत थी। उसकी क़ब्र बहुत सुंदर थी जिसके इर्द-गिर्द जंगली फूल उगे थे और बग़ल में उसकी माँ लेटी थी।

जिस क़त्ले-आम में उसकी मौत हुई, वह शहर में दो महीने के भीतर हुई दूसरी वारदात थी।

उस दिन मरने वाले सत्रह में से सात लोग मिस जबीन और उसकी माँ की ही तरह दर्शकों में शामिल थे। जब हज़ारों ग़मज़दा लोगों के साथ विश्वविद्यालय के एक लोकप्रिय प्राध्यापक उस्मान अब्दुल्लाह का जनाज़ा शहर की सड़कों से होकर जा रहा था तो वे घर के छज्जे से देख रही थीं। मिस जबीन को हल्का बुख़ार था और वह माँ की गोद में बैठी थी। उस्मान अब्दुल्लाह को जिसने गोली मारी थी, वह अधिकारियों के मुताबिक़ एक 'यूजी'—अनआइडेंटिफ़ाइड

गनमैन—था हालाँकि उसकी पहचान एक खुला रहस्य थी। उस्मान अब्दुल्लाह आज़ादी की जंग के एक जाने-माने सिद्धांतकार थे, लेकिन उन्हें कई बार नए उभरने वाले उन आक्रामक मिलिटेंट गुटों ने धमकियाँ दी थीं जो हाल ही में नियंत्रण रेखा से नए हथियार और नए कट्टर ख़यालात लेकर लौटे थे। उस्मान अब्दुल्लाह खुलेआम उनसे असहमत थे। उस्मान अब्दुल्लाह की हत्या इस बात का एलान थी कि वे कश्मीर में जिस तालमेल के हिमायती हैं, उसे बर्दाश्त नहीं किया जाएगा और अब पुराने दौर की फूहड़ रवायतों का कोई मतलब नहीं है। नए मिलिटेंटों ने एलान किया कि अब से घरेलू संतों और पीरों की इबादत नहीं होगी। अब और बेवकूफ़ी नहीं। अब सिर्फ़ अल्लाह है—एक ही ख़ुदा। सिर्फ़ क़ुरान है, सिर्फ़ पैग़म्बर मोहम्मद (सल्लल्लाहु अलैहि व सल्लम), इबादत का एक ही तरीक़ा है, ख़ुदाई क़ानून की एक ही व्याख्या है और आज़ादी की एक ही परिभाषा है—जो इस तरह है :

आज़ादी का मतलब क्या!
ला इलाह इलल्लाह

इस पर कोई बहस मुमकिन नहीं थी। भविष्य में सारे विवाद गोलियों से तय होंगे। शिया लोग मुसलमान नहीं हैं। और औरतों को सलीक़े के कपड़े पहनने होंगे।

बेशक़, औरतों को।

औरतों को, बेशक़।

लोग कुछ बातों से परेशान थे। वे अपनी ज़ियारतगाहों से बहुत जुड़े थे—ख़ास कर हज़रतबल से, जहाँ *मू-ए-मुक़द्दस* यानी हज़रत मोहम्मद का बाल रखा हुआ था। जब 1963 की सर्दियों में वह कहीं खो गया तो लाखों लोग सड़कों पर आकर रोने लगे। महीने-भर बाद जब वह मिला (और संबंधित अधिकारियों ने उसे असल क़रार दिया) तो लाखों लोग ख़ुश हो गए। लेकिन जब कट्टरपंथी अपने सफ़र से लौटे तो उन्होंने एलान किया कि स्थानीय पीरों और पाक जगह में रखे हुए बाल की ज़ियारत करना कुफ़्र है।

कट्टरपंथ ने घाटी को असमंजस में डाल दिया। लोग जानते थे कि वे जिस आज़ादी के लिए ललक रहे हैं, वह बग़ैर जंग के नहीं मिल सकती। और वे जानते थे कि कट्टरपंथी फ़िलहाल सबसे अच्छे लड़ाकू हैं। उन्हें सबसे बढ़िया ट्रेनिंग मिली हुई है, उनके पास बेहतर हथियार हैं और ख़ुदाई उसूल के मुताबिक़ उनके पाजामे ऊँचे और दाढ़ियाँ लंबी हैं। उन्हें नियंत्रण रेखा के दूसरी

तरफ़ से ख़ूब सारी हिमायत और ख़ूब सारा पैसा मिला है। अपने ठोस इस्पाती यक़ीन के चलते वे अनुशासित और नाक की सीध में चलने वाले लोग हैं—दुनिया की दूसरी सबसे बड़ी फ़ौज से लड़ने के लिए पूरी तरह लैस। ख़ुद को 'सेक्युलर' कहने वाले मिलिटेंट सख़्त कम और नरम ज़्यादा हैं। वे ज़्यादा फ़ैशनेबल, ज़्यादा चमकते-दमकते हुए हैं। वे शायरी करते हैं, नर्सों और रोलर-स्केटरों के साथ मटरगश्ती करते हैं और गलियों में टहलते वक़्त राइफ़लें लापरवाही से उनके कंधों पर झूलती रहती हैं। लेकिन उन्हें पता नहीं है कि जंग जीतने के लिए क्या करना पड़ता है।

लोग कम कट्टरपंथियों से मुहब्बत करते थे, लेकिन ज़्यादा कट्टरपंथियों से डरते थे और उन्हें इज़्ज़त से देखते थे। दोनों के बीच दबदबे की जंग थी जिसमें सैकड़ों लोगों को जान गँवानी पड़ी। आख़िरकार कम कट्टरपंथियों ने युद्धविराम की घोषणा कर दी, वे खुले में आ गए और अपना संघर्ष गाँधीवादियों की तर्ज पर चलाने लगे। कट्टरपंथियों ने जंग जारी रखी और वे अगले वर्षों में एक-एक करके मार दिये गए। जो भी मारा जाता, उसकी जगह लेने दूसरा आ जाता।

उस्मान अब्दुल्लाह की हत्या के कुछ महीने बाद फ़ौज ने उनके हत्यारे (जाना-पहचाना यूजी) को पकड़कर मार दिया। लाश उसके परिवार को सौंप दी गई। उस पर गोलियों के निशान और जलती सिगरेट के दाग़ थे। क़ब्रिस्तान कमेटी ने लंबी बहस के बाद तय किया कि वह भी एक शहीद है और उसे शहीदों के क़ब्रिस्तान में दफ़नाया जाएगा। उसे यह सोचकर क़ब्रिस्तान के दूसरी तरफ़ दफ़नाया गया कि उस्मान और उनके क़ातिल को जितना हो सके, दूर रखा जाए तो शायद मौत के बाद की ज़िंदगी में उनका आपसी झगड़ा नहीं होगा।

जंग जारी रहने के साथ घाटी में नरम लाइन धीरे-धीरे सख़्त हुई और सख़्त लाइन और भी सख़्त। हर लाइन ने और ज़्यादा लाइनों और उप-लाइनों को पैदा किया। कट्टरपंथ ने और ज़्यादा कट्टरपंथ पैदा किया। यह चमत्कार ही था कि लोग सबसे जुड़ते, सबको समर्थन देते, सबको छकाते रहे और फिर अपने पुराने मासूम ढंग से चलते रहे। 'मू-ए-मुक़द्दस' की अहमियत ज्यों की त्यों बनी रही। और जब वे कट्टरपंथ की तेज़ होती लहरों में बहने लगे तब भी कहीं बड़ी तादाद में ज़ियारतगाहों में रोने और अपने टूटे हुए दिलों का बोझ हल्का करने के लिए आते रहे।

मिस जबीन और उसकी माँ अपने सुरक्षित छज्जे से जनाज़े को आते हुए देख रही थीं। पुराने घरों के लकड़ी के छज्जों पर बैठकर नीचे सड़क पर देखती हुई दूसरी औरतों और बच्चों की ही तरह मिस जबीन और आरिफ़ा के पास भी एक बर्तन में ताज़ा गुलाब की पंखुड़ियाँ थीं जिन्हें उस्मान अब्दुल्लाह के शव पर फेंका जाना था। मिस जबीन सर्दी की वजह से दो स्वेटर और दस्ताने पहने हुए थी। सर पर एक छोटा-सा सफ़ेद ऊनी हिजाब था। 'आज़ादी! आज़ादी!' का नारा लगाते हुए हज़ारों लोग सँकरी गली में धीरे-धीरे भरने लगे। मिस जबीन और उसकी माँ ने भी नारे लगाए, हालाँकि हमेशा की शरारती मिस जबीन कभी-कभी ज़ोरों से 'आज़ादी!' की बजाय 'माताजी!' कह रही थी क्योंकि दोनों शब्द एक जैसे सुनाई देते थे और वह यह भी जानती थी कि ऐसा करने पर माँ उसकी तरफ़ देखेगी और मुस्कुराकर उसका चुम्मा लेगी।

जुलूस को बॉर्डर सिक्योरिटी फ़ोर्स की छब्बीसवीं बटालियन के एक बड़े बंकर से गुज़रना था जो उस जगह से सौ फ़ुट से भी कम दूरी पर था जहाँ आरिफ़ा और मिस जबीन बैठी थीं। टीन के पत्तरों और लकड़ी के तख़्तों से बनाए गए धूल-भरे बंकर की लोहे की जालीदार खिड़की से मशीनगनों के थूथन बाहर निकले हुए थे। बंकर में रेत के बोरे और दाँतेदार तार के बैरिकेड थे। फ़ौज को मिलने वाली ओल्ड मोंक और ट्रिपल एक्स रम की ख़ाली बोतलें बाड़ से लटकी थीं और घंटियों की तरह आपस में टकरा रही थीं। चेतावनी की घंटी का एक आदिम, लेकिन कारगर इंतज़ाम। तारों से ज़रा भी छेड़छाड़ करने पर बोतलें आपस में टकराने लगतीं। शराब की बोतलें राष्ट्र की सेवा में। उनसे मज़हबी मुसलमानों को ख़ास तौर पर तौहीन महसूस होती थी। बंकर के सिपाही उन आवारा कुत्तों को भी खाना देते थे जिनसे स्थानीय लोगों को नफ़रत थी (मज़हबी मुसलमान होने की वजह से)। इस तरह कुत्तों के कारण सुरक्षा घेरा दुगुना मज़बूत हो गया था। वे चारों तरफ़ बैठे रहते—सभी कारगुज़ारियाँ देखते हुए, सतर्क लेकिन निडर। जब जुलूस बंकर के क़रीब पहुँचा तो वे सिपाही कहीं अँधेरे में अदृश्य हो गए, जिनकी सर्दियों की पोशाक और बुलेटप्रूफ़ जैकेटों के नीचे पीठ पर ख़ौफ़ का ठंडा पसीना बह रहा था।

अचानक एक धमाका हुआ। बहुत तेज़ नहीं, लेकिन इतना तेज़ और क़रीब कि बहुत अफ़रा-तफ़री मच गई। सिपाही बंकर से बाहर आ गए और पोज़ीशन लेकर लाइट मशीनगनों से सँकरी गली में फँसी निहत्थी भीड़ पर गोलियाँ दागने लगे। गोलियाँ मारने के इरादे से दागी गईं। लोग भागने लगे, तब भी गोलियाँ

उनका पीछा करती रहीं और भागते हुए लोगों की पीठ और सर और पैरों में घुस गईं। घबराए हुए कुछ सिपाहियों ने अपने हथियार खिड़कियों और छज्जों पर बैठे लोगों की तरफ़ मोड़ दिये और लोगों और सलाख़ों, दीवारों और खिड़की के पल्लुओं के भीतर मैगजीनें ख़ाली कर दीं। मिस जबीन और उसकी माँ आरिफ़ा के भीतर भी।

उस्मान अब्दुल्लाह के ताबूत और ताबूत उठाने वालों को भी गोलियाँ लगीं। ताबूत टूट गया और दोबारा क़त्ल की गई उनकी लाश गली में गिर पड़ी—अजीब ढंग से तहायी हुई, बर्फ़ जैसे सफ़ेद कफ़न में लिपटी, मृतकों और घायलों के बीच दो बार मरी हुई।

कुछ कश्मीरी ऐसे होते हैं जिन्हें दो बार मरना पड़ता है।

गोलीबारी तभी बंद हुई जब सड़कें सुनसान हो गईं और सिर्फ़ मृतकों और घायलों के शरीर रह गए। और जूते भी। हज़ारों जूते।

और उस कानफाड़ू नारे को लगाने वाला वहाँ कोई नहीं बचा :

जिस कश्मीर को ख़ून से सींचा! वह कश्मीर हमारा है!

क़त्लेआम के बाद सभी रस्में बड़ी फुर्ती और होशियारी से निपटाई गईं—यह महारत लगातार अभ्यास से पैदा हुई थी। एक घंटे के भीतर लाशों को हटाकर पुलिस कंट्रोल-रूम के मुर्दाघर में भेज दिया गया और घायलों को अस्पताल में। गली के ख़ून को पानी के पाइपों से खुली नालियों में बहा दिया गया। दूकानें फिर से खुल गईं। हालात सामान्य होने का एलान हो गया (सामान्य हालात हमेशा एक एलान होता था।)।

बाद में पता चला कि धमाका एक कार से हुआ था, जो बग़ल की गली में मैंगो फ्रूटी के एक ख़ाली डिब्बे के ऊपर चढ़ गई थी। इसमें किसकी ग़लती थी? उसकी, जिसने मैंगो फ्रूटी (फ्रेश 'एन' जूसी) का डिब्बा गली में छोड़ दिया था? हिंदुस्तान की या कश्मीर की? या पाकिस्तान की? किसने उसे उस पर चढ़ाया? क़त्लेआम की वजहों की पड़ताल करने के लिए एक ट्राइब्यूनल गठित करने का हुक्म हुआ। कभी किसी तथ्य की पुष्टि नहीं हो पाई। किसी की ग़लती नहीं बताई गई। यह था कश्मीर। यह ग़लती कश्मीर की थी।

ज़िंदगी चलती रही। मौत चलती रही। जंग चलती रही।

जिन लोगों ने मूसा यस्वी को अपनी बीवी और बच्ची की लाशें दफ़नाते हुए देखा था, उन्होंने ग़ौर किया कि वह दिन-भर ख़ामोश रहा। उसने कोई अफ़सोस नहीं जताया। वह अनमना और बेज़ार था, जैसे वह वहाँ हो ही नहीं। शायद यही वजह थी कि उसे गिरफ़्तार किया गया। या फिर उसके दिल की धड़कन इसकी वजह रही हो। एक बेगुनाह नागरिक की तरह वह या तो बहुत तेज़ चल रही थी या बहुत सुस्त। बदनाम चेकपोस्टों पर तैनात सिपाही कभी-कभी नौजवानों के सीनों से अपने कान सटाते थे और उनके दिल की धड़कनें सुनते थे। अफ़वाहें थीं कि कुछ सिपाहियों के पास स्टेथेस्कोप भी हैं। 'इस आदमी का दिल आज़ादी के लिए धड़क रहा है,' वे कहते, और कोई बहुत तेज़ या बहुत सुस्त धड़कन उन्हें कार्गो या पापा-II, या शिराज़ सिनेमा भेजने के लिए काफ़ी होती। उन्हें घाटी के सबसे ख़तरनाक यातना केंद्रों में गिना जाता था।

मूसा को चेकपोस्ट पर गिरफ़्तार नहीं किया गया। उसे जनाज़े के बाद घर से उठाया गया। उन दिनों बीवी या बच्चे को दफ़नाते वक़्त लोगों की ख़ास क़िस्म की ख़ामोशी को भी अनदेखा नहीं किया जाता था।

शुरू में सभी लोग ख़ामोश थे, डरे हुए। जनाज़ा गहरी चुप्पी के साथ शहर के वीरान और दलदली इलाक़े से गुज़रा। मज़ारे-शुहदा की तरफ़ जाने वाली सड़क पर सिर्फ़ बिना मोजों के हज़ारों जूतों की 'स्लप-स्लप-स्लप' आवाज़ थी। नौजवान अपने कंधों पर सत्रह ताबूत उठाए हुए चल रहे थे। सत्रह जमा एक, यानी दो बार क़त्ल किए गए उस्मान अब्दुल्लाह, जिन्हें ज़ाहिरा तौर पर रजिस्टर में दो बार दर्ज नहीं किया जा सकता था। यानी टीन के सत्रह जमा एक ताबूत गलियों से गुज़र रहे थे, सर्दी के सूरज में चमचमाते हुए। चारों ओर ऊँचे पहाड़ों की शृंखला से अगर कोई शहर को देखता तो उसे यह जुलूस भूरी चींटियों की क़तार जैसा दिखाई देता, जो सत्रह जमा एक चीनी के टुकड़ों को अपनी बाँबी में रानी चींटी के लिए ले जा रही हों। शायद इतिहास और इंसानी जद्दोज़हद के किसी भी विद्यार्थी के लिए इस छोटे-से जुलूस का मतलब इतना ही होता : चींटियों की एक क़तार, जो किसी ऊँची-सी मेज़ से गिरे हुए कुछ टुकड़ों को ले जा रही है। लड़ाइयों के हिसाब से यह एक छोटी-सी लड़ाई थी जिस पर किसी ने ज़्यादा ग़ौर नहीं किया। इसलिए वह चलती और चलती रही। इसलिए दशकों तक शुरू होती और थमती रही। लोगों को अपने पागल आग़ोश में लेती रही। उसकी बेरहमियाँ बदलते मौसमों की तरह स्वाभाविक हो गईं, और हर मौसम अपने साथ अपनी ख़ास ख़ुशबुओं और फूलों को लाता था,

अपने नुक़सानों और अपनी भरपाइयों को, अपनी उथल-पुथल और मामूलियत को, अपनी बग़ावतों और चुनावों को।

सर्दी की उस सुबह चींटियाँ चीनी के जिन दानों को उठाकर ले गईं, उनमें सबसे छोटे दाने को मिस जबीन के नाम से जाना जाता था।

जो चींटियाँ जुलूस में शामिल होने से घबरा रही थीं, वे गलियों में पुरानी भूरी बर्फ़ के रपटीले सिरों पर खड़ी थीं—अपनी असली बाँहों को फिरन की गर्माहट में दबाए और फिरन की बाँहों को हवा में झुलाती हुईं। एक हथियारबंद बग़ावत के बीच बग़ैर हथियार के लोग। जो डर के मारे बाहर नहीं निकले, वे अपनी खिड़कियों और छज्जों से देख रहे थे (हालाँकि वे सतर्क थे कि ऐसा करना ख़तरे से ख़ाली नहीं है)। सबको मालूम था कि बंदूक़ें उन पर निगरानी रखे हुए हैं और सिपाही पूरे शहर में पोज़ीशन लिये हुए हैं—छतों पर, पुलों, नावों, मस्जिदों और पानी की टंकियों पर। वे होटलों, स्कूलों, दूकानों और कुछ घरों पर भी क़ब्ज़ा किए हुए हैं।

उस सुबह बहुत सर्दी थी; कई साल बाद झील जमी थी और अभी और बर्फ़ पड़ने की संभावना थी। पेड़ों की नंगी चितकबरी शाख़ें आसमान में इस तरह उठी थीं जैसे मातम मनाते हुए लोगों के हाथ हवा में जम गए हों।

क़ब्रिस्तान में सत्रह जमा एक क़ब्रें तैयार थीं। साफ़, ताज़ा, गहरी। हर गड्ढे से निकाली गई मिट्टी उसकी बग़ल में एक स्याह चॉकलेट के पिरामिड की तरह जमा थी। एक अग्रिम दस्ता लोहे के ख़ून-सने स्ट्रेचर लाया जिन पर पोस्टमॉर्टम के बाद लाशें रखकर उनके परिवारों को सौंपी गई थीं। वे पेड़ों के तनों से इस तरह टिकी थीं जैसे बड़े से पहाड़ी मांसाहारी फूलों की सख़्त लहूलुहान पंखुड़ियाँ हों।

जैसे ही जुलूस क़ब्रिस्तान के गेट के अंदर मुड़ा, प्रेस वालों का ताँता लग गया। वे दौड़ लगाने की तैयारी में कसमसाते खिलाड़ियों की तरह अपनी जगह से दौड़ पड़े। ताबूतों को एक क़तार में बर्फ़ीली ज़मीन पर रखकर खोला गया। भीड़ ने अदब के साथ प्रेस वालों के लिए जगह बनाई। उसे पता था कि अख़बारनवीसों और फ़ोटोग्राफ़रों के बग़ैर इस क़त्लेआम के निशान मिट जाएँगे और मरे हुए लोग सचमुच मर जाएँगे। इसलिए उन्हें उम्मीद और ग़ुस्से के साथ लाशें पेश की गईं। मौत का दस्तरख़्वान। ग़मज़दा रिश्तेदार, जो पीछे खड़े हो गए थे, फिर से फ्रेम में आने के लिए बुलाए गए। उनकी पीड़ा को बचाकर रखा जाने वाला था। अगले वर्षों में जब जंग जीने का तरीक़ा बन जाएगी तो बहुत-

सी किताबों और फ़िल्मों और फ़ोटो प्रदर्शनियों का दौर शुरू होगा, जो कश्मीर की पीड़ा और तबाही को बतलाती होंगी।

मूसा इनमें से किसी भी तस्वीर में नहीं होगा।

आकर्षण का केंद्र मिस जबीन थी। कैमरों की भीड़ बेचैन भालू की तरह उसे घेरे हुए थी। तस्वीरों की उस फ़सल में एक तस्वीर स्थानीय स्तर पर मशहूर हुई। वह कई वर्षों तक अभूतपूर्व ढंग से अख़बारों और पत्रिकाओं और मानवाधिकार दस्तावेज़ों के मुखपृष्ठों पर छपती रही, जिन्हें कभी कोई पढ़ता नहीं था। उनमें 'बर्फ़ में ख़ून,' 'आँसुओं की घाटी' और 'क्या इस दर्द का कोई अंत नहीं'? जैसे कैप्शन लिखे होते थे।

हिंदुस्तान में मिस जबीन की तस्वीर उतनी लोकप्रिय नहीं हुई। इसकी वजहें साफ़ थीं। दर्द के सुपर बाज़ार में यूनियन कार्बाइड गैस रिसाव का एक शिकार इस सूची में बहुत ऊपर था। मलबे की क़ब्र में गर्दन तक गहरे धँसे हुए एक बच्चे की एकटक, ज़हरीली गैस से अँधी हुई खुली, अपारदर्शी आँखों वाली वह मशहूर तस्वीर किसने खींची, इसे लेकर कई नामी फ़ोटोग्राफर दावे करते रहे। उसकी आँखें उस भयानक रात की दास्तान इस तरह बताती थीं जैसा कोई और नहीं बता सकता था। वे दुनिया-भर की रंगीन-चिकनी पत्रिकाओं के मुखपृष्ठों से घूरती रहीं। आख़िरकार इससे कोई फ़र्क़ नहीं पड़ा। कहानी पहले धधकी, फिर बुझ गई। तस्वीर के कॉपीराइट को लेकर कई साल तक लगभग वैसी ही लड़ाई चलती रही जैसी गैस रिसाव से तबाह हज़ारों लोगों के मुआवज़े की लड़ाई चल रही थी।

हड़बड़ाते कैमरे मिस जबीन को शांत, चुपचाप, सोया हुआ छोड़कर हट गए। उसका गर्मियों का गुलाब अब भी अपनी जगह पर था।

जब लाशों को क़ब्रों में रखा जा रहा था तो भीड़ ने दुआ पढ़ना शुरू की।

रब्बिश-रहली सद्री; व यस्सिर ली अमरी
वहलुल उक़दतम्-मिल्-लिसानी; यफ़क़हू कौली

(या ख़ुदा! मेरे सीने को खोल। और मेरे काम को आसान बना और मेरी ज़बान की गिरह खोल, ताकि वे मेरी बात समझ सकें।)

छोटे, कूल्हों तक आने वाले बच्चे औरतों वाले अलग हिस्से में थे, अपनी माँओं के खुरदुरे ऊनी कपड़ों में दबे हुए। वे ज़्यादा कुछ नहीं देख पा रहे थे, साँस भी मुश्किल से ले पा रहे थे, लेकिन वे भी अपने वार्तालाप में लगे थे। 'अगर तुम मुझे अपना छोटा-सा ग्रेनेड दो तो मैं तुम्हें छह ख़ाली कारतूस दूँगा।'

एक औरत की अकेली ऊँची आवाज़ आसमान में गूँजी, जिसमें पीड़ा की पैनी धार थी।

रो रही है ये ज़मीं! रो रहा है आसमान...

एक दूसरी औरत ने सुर मिलाया और फिर तीसरी ने।

रो रही है ये ज़मीं! रो रहा है आसमान...

कुछ देर के लिए चिड़ियों ने चहचहाना बंद कर दिया और अपनी गोल आँखों से इंसानी गीत को सुनने लगीं। गली के कुत्ते बग़ैर जाँच-पड़ताल के चेकपोस्टों से गुज़र रहे थे। उनके दिल की धड़कनें बिल्कुल दुरुस्त थीं। चील और बाज़ नियंत्रण रेखा के आर-पार मँडरा रहे थे जैसे नीचे इकट्ठा हुए इंसानों के छोटे-से धब्बे का मज़ाक़ उड़ा रहे हों।

जब आसमान विलाप से भरा हुआ था, कोई चीज़ सुलग उठी। नौजवान जलते हुए अंगारों की लपटों की तरह हवा में उछले। उछाल ऊँची, और ऊँची होने लगी जैसे उनके नीचे की ज़मीन में स्प्रिंग वाला तख़्ता लगा हो। वे अपनी पीड़ा को एक बख़्तर की तरह पहने हुए थे और ग़ुस्सा गोला-बारूद की पेटी की तरह बदन से बँधा हुआ था। इस वक़्त वे अपराजेय थे—शायद उन हथियारों से लैस होने की वजह से या इस वजह से कि उन्होंने मौत जैसी ज़िंदगी को अपनाना मंज़ूर कर लिया था या इस वजह से कि उन्हें पता था कि वे पहले ही मर चुके हैं।

मज़ारे-शुहदा में तैनात सिपाहियों को साफ़ हुक्म था कि चाहे कुछ भी हो, वे फ़ायर नहीं करेंगे। उनके मुख़बिरों को (भाई, भतीजे, पिता, चाचा, कज़िन) जो भीड़ में घुले-मिले थे और दूसरे लोगों की ही तरह जोशीले नारे लगा रहे थे (और सचमुच), साफ़ हुक्म था कि वे ग़ुस्से के सैलाब में आग की लपट की तरह उछलते हर नौजवान की तस्वीर खींचेंगे और मुमकिन हो तो वीडियो भी बनाएँगे।

जल्दी ही उनमें से हर नौजवान के दरवाज़े पर दस्तक होगी और उसे किसी चेकप्वाइंट पर एक तरफ़ को ले जाया जाएगा।

क्या तुम्हारा नाम फ़लाना है? क्या फ़लाने के लड़के हो? फ़लाँ-फ़लाँ नौकरी करते हो?

अक्सर इतनी-सी धमकी दी जाती थी—एक हल्की-फुल्की पड़ताल। कभी-कभी कश्मीर में किसी आदमी की ज़िंदगी बायोडाटा बताने-भर से उलट-पलट हो जाती थी।

कभी-कभी ऐसा नहीं भी होता था।

वे अपने रिवाज़ के मुताबिक़—सुबह चार बजे—मूसा के घर आए। वह जगा हुआ था और मेज़ पर चिट्ठी लिख रहा था। माँ बग़ल के कमरे में थी। उसे उनके रोने और बहनों और रिश्तेदारों के दिलासा देने की आवाज़ सुनाई दी। मिस जबीन का प्यारा, भुस-भरा (और उधड़ा हुआ) हरा हिप्पो—उसकी मुस्कुराहट अंग्रेज़ी के 'वी' आकार की थी और उस पर एक गुलाबी दिल कढ़ा हुआ था—अपनी जगह पर था। एक मसनद के सहारे टिका हुआ वह अपनी नन्ही-सी माँ और सोते समय की उसकी कहानी का इंतज़ार कर रहा था (*अख़ दलीला वन...*)। मूसा ने गाड़ी की आवाज़ सुनी। पहली मंज़िल की खिड़की से उसने देखा कि वह गली में आकर उसके घर के बाहर रुक गई है। बख़्तरबंद जिप्सी से उतरते हुए सिपाहियों को देखकर उसने कुछ भी महसूस नहीं किया, न ग़ुस्सा और न चिंता। उसके पिता शौक़त यस्वी (मूसा और उसके दोस्तों के लिए 'गॉड्ज़िला') भी जगे हुए, आगे के कमरे में पालथी मारे बैठे थे। वे मिलिट्री इंजीनियरिंग सर्विस के साथ काम करने वाले इमारती ठेकेदार थे और इमारती सामान की आपूर्ति करते और तैयारशुदा परियोजनाएँ बनाते थे। उन्होंने अपने बेटे को इस उम्मीद में वास्तुशिल्प पढ़ने दिल्ली भेजा था कि वह उनके धंधे में मदद करेगा। लेकिन जब 1990 में बग़ावत शुरू हुई और गॉड्ज़िला ने तब भी फ़ौज के लिए काम करना जारी रखा तो मूसा उनसे पूरी तरह कट गया। मूसा पिता के प्रति अपनी जिम्मेदारी और इस अफ़सोस के बीच फँसा हुआ था कि वह उस पैसे पर मौज कर रहा है जो उसकी निगाह में 'दुश्मन से दोस्ती' की देन है। उसके लिए पिता के साथ एक ही छत के नीचे रहना लगातार मुश्किल होता जा रहा था।

शौक़त यस्वी को शायद सिपाहियों के आने का खटका था। वे परेशान नहीं लगे। 'अमरीक सिंह का फ़ोन आया था। वे तुमसे बात करना चाहते हैं। फ़िक्र की कोई बात नहीं। सूरज उगने से पहले ही वे तुम्हें छोड़ देंगे।'

मूसा ने कोई जवाब नहीं दिया। उसने गॉड्ज़िला की तरफ़ आँख उठाकर

भी नहीं देखा। लेकिन उसके उचके हुए कंधों और तनी हुई पीठ से हिकारत टपक रही थी। वह दोनों तरफ़ दो हथियारबंद लोगों के साथ सामने के दरवाज़े से बाहर निकला और गाड़ी में बैठ गया। उसे हथकड़ी या हुड नहीं पहनाया गया। जिप्सी रपटीली-बर्फ़ीली गलियों से गुज़रने लगी। बर्फ़ फिर से पड़ना शुरू हो गई थी।

शिराज सिनेमा बैरकों और अफ़सरों के क्वार्टरों के एनक्लेव के बीच में था, जो पागलपन के लंबे-चौड़े तामझाम के साथ घेरा गया लगता था—नुकीले दाँतेदार तारों की दो बाड़ें थीं, जिनके बीच एक उथली और रेतीली खाई थी। चौथे और सबसे अंदरूनी घेरे में ऊँची दीवार थी जिस पर टूटे हुए काँच के धारदार टुकड़े लगे थे। पेचदार लोहे के गेट के दोनों तरफ़ निगरानी टॉवर थे जहाँ मशीनगनों से लैस सिपाही तैनात थे। मूसा को लाने वाली जिप्सी तेज़ी से चेकपोस्टों के भीतर आई जैसे उसका इंतज़ार हो रहा हो। अहाते से होती हुई वह सीधे मुख्य दरवाज़े तक पहुँची।

सिनेमाघर की लॉबी में तेज़ रोशनी थी। बारीक़ काम वाले सफ़ेद प्लास्टर ऑफ़ पेरिस की छत पर छोटे-छोटे शीशे जड़े थे, जैसे एक विराट और औंधे किए हुए शादी के केक पर आइसिंग की गई हो। वे सस्ते और चमकदार फ़ानूसों से निकलती हुई रोशनी को बढ़ा रहे थे। लाल रंग का क़ालीन घिसा और उधड़ा हुआ था जिससे सीमेंट का फ़र्श नज़र आता था। बासी और एक ही जगह घूमती हवा में बंदूक़ों और डीज़ल और पुराने कपड़ों की दुर्गंध थी। पहले जो सिनेमाघर का स्नैकबार होता था, अब यातना देने वालों और यातना पाने वालों का स्वागत और पंजीकरण केंद्र था। वहाँ अब भी उन चीज़ों के विज्ञापन थे जो वहाँ नहीं थीं—कैडबरीज़ फ्रूट एंड नट चॉकलेट्स और कई तरह की क्वालिटी आइस्क्रीम, चोको बार, ऑरेंज़ बार, मैंगो बार। पुरानी फ़िल्मों (*चाँदनी, मैंने प्यार किया, परिंदा* और *लॉयन आफ़* द डेजर्ट) के ज़र्द पोस्टर—अल्लाह टाइगर्स द्वारा फ़िल्मों पर पाबंदी लगाए जाने और सिनेमाघर बंद होने से पहले की याद—अब भी दीवार पर लगे थे और कुछ पर पान की पीक पड़ी थी। रस्सियों और हथकड़ियों में बँधे हुए नौजवान मुर्ग़ियों की तरह फ़र्श पर बैठे थे। उनमें से कुछ को इतना पीटा-घसीटा गया था कि वे बमुश्किल ज़िंदा लगते थे। वे उकड़ूँ बैठे थे और उनकी कलाइयाँ एड़ियों से बँधी हुई थीं। सिपाही टहल रहे थे, क़ैदियों को अंदर ला रहे थे, दूसरे क़ैदियों को पूछताछ के लिए ले जा रहे थे। ऑडिटोरियम के भव्य लकड़ी के दरवाज़ों से आती हुई धीमी आवाज़ें

किसी मारधाड़ वाली फ़िल्म के धीमे साउंडट्रैक जैसी लगती थीं। सीमेंट के कंगारू कूड़ेदान अपनी अनमनी मुस्कान और उन पर लिखे हुए शब्दों —'यूज़ मी' के साथ जैसे इस कंगारू अदालत की निगरानी कर रहे थे।

रिसेप्शन या रजिस्ट्रेशन वालों ने मूसा और उसके पहरेदारों को रोका नहीं। ज़ंजीरों से बँधे-पिटे हुए लोगों के बीच से होते हुए वे शाही, भव्य और घुमावदार सीढ़ियों से ऊपर गए जहाँ बॉलकनी सीटें—क्वींस सर्किल—थीं, और फिर उससे भी ऊपर कुछ और सँकरी सीढ़ियों से प्रोजेक्शन कक्ष में पहुँचे, जिसे बढ़ाकर दफ़्तर में बदल दिया गया था। मूसा को इसका एहसास था कि यह कोई सीधा-सादा नहीं, एक सोचा-समझा नाटक है।

मेजर अमरीक सिंह मूसा के स्वागत में अपनी मेज़ के पीछे से उठ खड़ा हुआ, जिस पर अजीबोग़रीब पेपरवेटों का अंबार लगा था—नोकदार, कँटीले समुद्री शंख, पीतल की मूर्तियाँ, पानी के जहाज़ और काँच के गोलों के भीतर बंद नर्तकियाँ। वह साँवला था असाधारण रूप से लंबा—मज़े से छह फुट दो इंच—और क़रीब पैंतीस की उम्र का। उस रात वह सिख वेश धारण किए हुए था। उसकी दाढ़ी से ऊपर गाल खुरदुरे थे। गहरी हरी पगड़ी कानों और माथे पर कसकर बँधी थी जिससे आँखों की कोरें और भौंहें ऊपर को खिंच आई थीं और वह उनींदा-सा लग रहा था। उसे थोड़ा भी जानने वाले जानते थे कि इस उनींदेपन को सच मानना भयंकर भूल होगी। वह मेज़ छोड़कर आया और गहरी दिलचस्पी और मुहब्बत जतलाते हुए उसने फ़िक्रमंदी के साथ मूसा का स्वागत किया। मूसा के साथ आए सिपाहियों को जाने के लिए कहा गया।

'*अस्सलामअलैकुम हुज़ूर*... प्लीज़ बैठिए, आप क्या लेंगे? चाय? या कॉफ़ी?'

उसकी आवाज़ में सवाल और हुक्म का मिला-जुला अंदाज़ था।

'कुछ नहीं। *शुक्रिया*।'

मूसा बैठ गया। अमरीक सिंह ने अपना लाल इंटरकॉम उठाया और चाय और 'आफ़िसर्स बिस्किट्स' लाने के लिए कहा। उसकी लंबी-चौड़ी क़द-काठी के सामने मेज़ कुछ छोटी और अटपटी लगती थी।

यह उनकी पहली मुलाक़ात नहीं थी। मूसा पहले कई बार अमरीक सिंह से मिल चुका था और वह भी अपने ही घर में, जहाँ वह गॉड्ज़िला से मुलाक़ात करने आता था। उसने उसके पिता को अपनी दोस्ती का तोहफ़ा देना तय किया था जिसे ठुकराना गॉड्ज़िला के वश के बाहर था। अमरीक सिंह से कुछ शुरुआती मुलाक़ातों में ही मूसा को लग गया कि घर के माहौल में कोई बड़ा बदलाव आ

गया है, एक अजीब-सी चुप्पी पसर गई है। उसके और उसके पिता के बीच जो तीखी सियासी बहसें होती थीं वे भी बंद हो गईं। लेकिन मूसा ने यह भी भाँप लिया कि गॉड्ज़िला की निगाहें अचानक शक्की हो गई हैं और वे लगातार उसे जाँच रही हैं जैसे उसे तौल रही हों, माप रही हों, उसकी थाह ले रही हों। एक दोपहर अपने कमरे से बाहर आते हुए मूसा सीढ़ियों से फिसल गया, फिर बीच में ही सँभला और अपने पैरों पर खड़ा हो गया। इस हरकत को देखकर गॉड्ज़िला ने मूसा को टोका। हालाँकि उन्होंने तेज़ आवाज़ में कुछ नहीं कहा, लेकिन वे ग़ुस्से में थे और मूसा ने देखा कि उनकी कनपटी की नस फड़क रही है।

'इस तरह फिसलना तुमने कहाँ से सीखा? किसने तुम्हें सिखाया?'

एक फ़िक्रमंद कश्मीरी पिता की दुनियादारी के साथ उन्होंने अपने बेटे को जाँचा। उन्होंने कुछ ख़ास चीज़ें खोजने की कोशिश की—ट्रिगर वाली अँगुली पर कोई गुट्ठल, घुटनों और कोहनियों की सख़्त ख़ाल और ऐसे ही निशान, जो उग्रवादी कैंपों में मिलने वाली ट्रेनिंग का संकेत देते हैं। उन्हें कुछ नहीं दिखा। उन्होंने मूसा को दोटूक ढंग से वह बात बताना ठीक समझा जो उन्हें अमरीक सिंह ने बताई थी—गाँदरबल में उनके पारिवारिक बाग़ीचे से भरे हुए 'लोहे के बॉक्स' भेजे जाने की बात। और पहाड़ी इलाक़ों में मूसा के जाने की बात। अपने कुछ 'दोस्तों' से मुलाक़ात की बात।

'इसके बारे में तुम्हारा क्या कहना है?'

'अपने दोस्त मेजर साहब से पूछिए। वे आपको बताएँगे कि जो जासूसी ख़बर कार्रवाई के लायक़ नहीं होती, वह कचरा होती है।'

'त्से छुइ मरनुई असी सारनीय ति मारनवख़,' गॉड्ज़िला ने कहा।

तुम तो मरोगे ही, अपने साथ हमें भी मरवाओगे।

अगली बार जब अमरीक सिंह आया तो गॉड्ज़िला ने जबरन मूसा को भी बुला लिया। वे एक फूलदार, प्लास्टिक के *दस्तरख़्वान* के इर्द-गिर्द पालथी मारकर बैठे और मूसा की माँ ने चाय पेश की (मूसा ने आरिफ़ा से साफ़ कह दिया था कि जब तक मेहमान घर में हैं, वह जबीन को लेकर सीढ़ियों से नीचे नहीं आएगी)। अमरीक सिंह का व्यवहार गर्मजोश और बिरादराना था। वह मसनदों के सहारे फैलकर बैठ गया। उसने संता सिंह और बंता सिंह के बारे में कुछ फूहड़ और मूर्खतापूर्ण चुटकुले सुनाए और उन पर सबसे ज़्यादा खुलकर खिलखिलाया। फिर यह दिखाते हुए कि कसी हुई बेल्ट से उसे भरपेट खाने में दिक़्क़त हो रही है, उसने उसे पिस्तौल समेत उतारकर मसनद पर रख दिया। अगर यह अदा मेज़बानों पर भरोसा करने और उनके साथ बेफ़िक्र होने का

संकेत करने के लिए थी तो इसका असर उल्टा हुआ। जालिब क़ादरी की हत्या अभी होनी बाक़ी थी, लेकिन दूसरी हत्याओं और अपहरणों के बारे में सबको पता था। नाश्ते में केक और दूसरी चीज़ों और नमकीन नून-चाय के थर्मस के बीच पिस्तौल बहुत डरावनी लग रही थी। डकार लेकर अमरीक सिंह जाने के लिए उठा तो पिस्तौल उठाना भूल गया या उसने भूलने का नाटक किया। गॉड्ज़िला ने पिस्तौल उठाई और उसे सौंप दी।

अमरीक सिंह सीधे मूसा की तरफ़ देखकर बेल्ट कसते हुए खिलखिलाया।

'कितना अच्छा है कि आपके अब्बा ने याद दिला दी। सोचिए, अगर कॉर्डन-एंड-सर्च हो रही होती और यह यहाँ मिलती। फिर मैं तो क्या, ख़ुदा भी आपकी मदद नहीं कर पाता। सोचिए।'

जैसे किसी हुक्म के तहत सभी हँस पड़े। मूसा ने देखा, अमरीक सिंह की आँखों में हँसी नहीं है। लगता था वे उजाला सोख रही हैं और कुछ भी ज़ाहिर नहीं कर रही हैं। वे अपारदर्शी थीं—उथले स्याह चकत्ते, जिनमें कोई चमक, कोई कौंध नहीं थी।

वही अपारदर्शी आँखें अब शिराज़ के प्रोजेक्शन कक्ष में पेपरवेटों से भरी हुई मेज़ के उस पार से मूसा पर लगी हुई थीं। मेज़ पर बैठे हुए अमरीक सिंह—यह एक असाधारण दृश्य था। यह भी साफ़ था कि उन्हें समझ नहीं आ रहा है कि इस मेज़ का स्मृति-चिह्नों को रखने के अलावा क्या इस्तेमाल हो सकता है। वह इस ढंग से रखी हुई थी कि कुर्सी पर थोड़ा पीछे झुकते ही वे दीवार पर बने एक छोटे आयताकार छेद से निगाह रख सकते थे कि मुख्य हॉल में क्या चल रहा है। पहले यह प्रोजेक्शन वाले के देखने की खिड़की थी और अब जासूसी की। पूछताछ की कोठरियाँ वहीं से शुरू होती थीं और दरवाज़ों के पार तक जाती थीं, जिनके ऊपर लाल नियोन लाइट में 'एक्ज़िट' का संकेत था जो कभी-कभी सच साबित होता था। स्क्रीन पर अब भी पुराने ज़माने का लाल मख़मली और फुँदनों वाला पर्दा था—जो पुराने दिनों में एक चालू धुन के साथ ऊपर उठता था : 'पापकॉर्न' या 'बेबी एलिफ़ेंट वॉक।' स्टॉल में कम दरों वाली सीटें हटा दी गई थीं, जिनका ढेर एक कोने में पड़ा था और वहाँ एक बैडमिंटन कोर्ट बन गया था ताकि खेल के ज़रिये सिपाही अपने तनाव को कुछ कम कर सकें। इस वक़्त भी अमरीक सिंह के दफ़्तर से शटल कॉक और रैकेट की हल्की *थ्वाक थ्वाक* सुनाई दे रही थी।

'मैंने आपको यहाँ इसलिए बुलाया कि जो कुछ हुआ, उसके लिए मैं

अफ़सोस और गहरी संवेदना पेश कर सकूँ।'

कश्मीर में गिरावट इतनी गहरी थी कि अमरीक सिंह को यह भी ख़याल नहीं रहा कि जिस आदमी की बीवी और बच्ची को हाल ही में गोली मार दी गई हो, उसे सांत्वना देने के लिए सुबह चार बजे हथियारबंद सिपाहियों के साथ जबरन यातना केंद्र में बुलाना कितनी बड़ी विडंबना है।

मूसा जानता था कि अमरीक सिंह गिरगिट जैसा आदमी है और पगड़ी के नीचे 'मोना' है—उसके सिखों जैसे लंबे केश नहीं हैं। उसने कई साल पहले सिख धर्म के नियमों के ख़िलाफ़ अपने केश कटवाने का गुनाह किया था। मूसा ने उसे गॉड्ज़िला के सामने शेख़ी बघारते हुए सुना था कि कैसे जब वह बग़ावत विरोधी ऑपरेशन में जाता है तो मौक़े के मुताबिक़ हिंदू, सिख या पंजाबी बोलने वाला पाकिस्तानी मुसलमान बन जाता है। उसने ठहाका लगाते हुए कहा कि 'मददगारों' की पहचान करने और उनका 'सफ़ाया' करने के लिए कैसे वह और उसके साथ के लोग सलवार-कमीज़—'ख़ान सूट'—पहनकर आधी रात को गाँव वालों के घरों में दस्तक देते हैं और ख़ुद को पाकिस्तानी मुजाहिद बताकर पनाह माँगते हैं। अगर पनाह मिल गई तो अगले दिन गाँव वालों को ओजीडब्ल्यू (ओवरग्राउंड वर्कर्स) कहकर गिरफ़्तार कर लिया जाता है।

'निहत्थे गाँव वालों से आप यह उम्मीद कैसे कर सकते हैं कि वे आधी रात बंदूक़ लेकर घर में दस्तक देने वालों को भगा देंगे ? वे चाहे मुजाहिद हों या फ़ौजी ?' मूसा ख़ुद को पूछने से रोक नहीं पाया।

'अरे, हमारे पास यह मापने का तरीक़ा है कि उनमें कितनी गर्मजोशी होती है,' अमरीक सिंह ने कहा। 'हमारे पास अपने थर्मामीटर हैं।'

हो सकता है। लेकिन आपको पता नहीं है कि कश्मीरी लोग अंदर से कितने दोहरे होते हैं। आपको पता नहीं कि हम लोग जो इस तरह के इतिहास और इस तरह के भूगोल से बचकर निकले हैं, हम लोग जानते हैं कि अपने ग़ुरूर को कैसे छिपाकर रखा जाए। दोहरापन ही हमारा हथियार है। आप नहीं जानते कि जब हमारे दिल टूट चुके होते हैं तो हम कितनी ख़ुशी से मुस्कुराते हैं। हम जिनसे प्यार करते हैं उनके साथ किस बेरहमी से पेश आते हैं और जिनसे नफ़रत करते हैं उनको आगे बढ़कर गले लगाते हैं। आप नहीं जानते कि हम कितनी गर्मजोशी से आपकी आवभगत करते हैं जबकि हम सिर्फ़ इतना चाहते हैं कि आप यहाँ से चले जाएँ। यहाँ आपका थर्मामीटर किसी काम का नहीं है।

एक नज़रिया यह था। दूसरी तरफ़, हो सकता है मूसा ही नादान रहा हो क्योंकि अमरीक सिंह गिरावट की इस पूरी दुनिया को बड़ी बारीक़ी से समझता

था—ऐसी गिरावट, जिसकी कोई सरहद नहीं थी, कोई वफ़ादारी नहीं थी और कोई दायरा नहीं था। अगर कश्मीरी मानसिकता सचमुच कोई चीज़ थी, तो अमरीक सिंह न उसे समझता था और न समझना चाहता था। उसके लिए यह एक खेल था, एक आखेट, जिसमें उसकी और उसके शिकार के दिमाग़ आमने-सामने थे। वह ख़ुद को फ़ौजी से ज़्यादा एक खिलाड़ी मानता था। यही उसकी ख़ुशमिजाज़ी का राज़ था। वह एक जुआरी था, एक जाँबाज़ अफ़सर, ख़तरनाक जल्लाद और ज़िंदादिल, बेरहम हत्यारा। उसे अपना काम बहुत रास आता और वह लगातार अपने मनोरंजन में वृद्धि करने के तरीक़े खोजता रहता। कुछ उग्रवादियों से भी उसका संपर्क था जो कभी-कभी उससे वायरलेस पर बात करते या वह उनसे किया करता और वे स्कूली लड़कों की तरह आपस में मज़ाक़ किया करते। 'अरे यार, मैं हूँ क्या, एक सीधा-सादा ट्रैवल एजेंट, और क्या?' यह उसका पसंदीदा जुमला था। 'तुम जिहादियों के लिए कश्मीर क्या है? एक ट्रांज़िट प्वाइंट, क्यों? तुम्हारी मंज़िल तो जन्नत है जहाँ हूरें तुम्हारा इंतज़ार कर रही हैं। मैं तो सिर्फ़ तुम्हारा सफ़र आसान करने के लिए आया हूँ।' वह अपने को जन्नत एक्सप्रेस कहता था। और जब वह अंग्रेज़ी में बोलता था (जिसका मतलब अक्सर यह था कि वह पिये हुए है) तो उसका अनुवाद करके पैराडाइज़ एक्सप्रेस कहता।

उसका एक मशहूर जुमला था : 'देखो मियाँ, मैं भारत सरकार का लंड हूँ, और मेरा काम है चोदना।'

उसमें अपने मनोरंजन की भूख इस क़दर थी कि कहते हैं, उसने बड़ी मुश्किलों का सामना करते हुए एक उग्रवादी को पकड़ा और फिर छोड़ दिया ताकि वह उसे दोबारा पकड़ने का आनंद ले सके। जब उसने अफ़सोस प्रकट करने के लिए मूसा को शिराज़ बुलाया तो यह उसके जज़्बे, उसकी विकृत निजी नियमावली के अनुकूल ही था। पिछले कुछ महीनों से अमरीक सिंह—शायद जायज़ ढंग से ही—मूसा को एक दमदार विरोधी के तौर पर देखने लगा था। एक ऐसा आदमी, जो उसके बिल्कुल उलट है, लेकिन जिसमें इतनी क़ूवत और अक़्ल है कि वह ऊँचे दाँव लगा सकता है और शायद शिकार करने के खेल को इस हद तक बदल सकता है कि यह जानना मुश्किल हो जाए कि कौन किसका शिकार है। यही वजह थी कि जब अमरीक सिंह को मूसा की बीवी और बच्ची की मौत का पता चला तो वह ख़ासा परेशान हो उठा। वह मूसा को बताना चाहता था कि इसमें उसका कोई हाथ नहीं है। यह बिल्कुल अप्रत्याशित घटना और उसकी निगाह में बहुत बड़ी ज़्यादती थी और कभी उसकी योजना

का हिस्सा नहीं थी। खेल को जारी रखने के लिए उसे अपने शिकार को यह बताना ज़रूरी लगा।

शिकार करना अमरीक सिंह का अकेला शौक़ नहीं था। उसके महँगे शौक़ थे और जीवन-शैली ऐसी, जो सिर्फ़ उसकी तनख़्वाह से नहीं चल सकती थी। इसलिए उसने ऐसे धंधों की संभावनाएँ खँगालना शुरू कीं जो किसी भी कामयाब फ़ौजी अभियान को सहज सुलभ होती हैं। अपहरण और उगाही के अलावा उसके पास पहाड़ में एक आरा मशीन (बीवी के नाम से) और घाटी में फ़र्नीचर का व्यापार था। वह एक साथ बेहद उदार और बेहद उग्र था और अपने पसंदीदा या काम के लोगों को नक़्क़ाशीदार कॉफ़ी टेबल और अखरोट की कुर्सियाँ उदारतापूर्वक भेंट देता था (दो बेडसाइड टेबल गॉड्ज़िला पर भी थोपे गए थे)। अमरीक सिंह की बीवी लवलीन कौर पाँच बहनों में से चौथी थी—तवलीन, हरप्रीत, गुरप्रीत, लवलीन और डिंपल, जो अपनी सुंदरता के लिए मशहूर थीं—और दो भाई भी थे। वे उन मुट्ठी-भर सिख परिवारों में थे जो सदियों पहले घाटी में आकर बसे थे। उनके पिता एक छोटे किसान थे जिनके पास बड़े परिवार के भरण-पोषण के साधन बहुत कम या नहीं के बराबर थे। कहते हैं कि परिवार इतना ग़रीब था कि जब एक बेटी स्कूल जाते समय गिर पड़ी और उसके टिफ़िन का खाना फ़ुटपाथ पर बिखर गया तो भूखी बहनों ने उसे भी उठाकर खा लिया। जब वे बड़ी हुईं तो उनके इर्द-गिर्द कई तरह के लोग कई तरह की पेशकश के साथ बर्रों की तरह मँडराने लगे, लेकिन किसी ने विवाह का प्रस्ताव नहीं किया। इसलिए उनके माता-पिता ने ख़ुशी से अपनी एक बेटी (बग़ैर दहेज के) घाटी से बाहर के एक सिख नौजवान से ब्याह दी जो कोई छोटा-मोटा आदमी नहीं, एक फ़ौजी अफ़सर था। विवाह के बाद अमरीक सिंह श्रीनगर और उसके आसपास कई कैंपों में तैनात रहा, लेकिन लवलीन उसके सरकारी क्वार्टर में रहने नहीं गई क्योंकि बताया जाता था (अफ़वाह थी) कि एक दूसरी औरत भी है, दूसरी 'बीवी'—सेंट्रल रिज़र्व पुलिस में उसकी एक सहयोगी, कोई ए.सी.पी. पिंकी, जो अक्सर फ़ील्ड ऑपरेशन और कैंपों में पूछताछ के दौरान उसके साथ रहती है। छुट्टी पड़ने पर जब अमरीक सिंह श्रीनगर की छोटी-सी सिख बस्ती जवाहर नगर में अपने पहली मंज़िल के फ़्लैट में पत्नी और छोटे-से बेटे से मिलने आता तो पड़ोसियों के बीच घरेलू हिंसा और बीवी की दबी-घुटी चीख़ों को लेकर कानाफूसी शुरू हो जाती। दख़ल देने की हिम्मत किसी में नहीं थी।

हालाँकि अमरीक सिंह बेरहमी से उग्रवादियों को मारता और उनका सफ़ाया

करता था, लेकिन वह कुछ शिकायती अंदाज़ में उनकी इज़्ज़त भी करता था—कम से कम उनमें से कुछ बेहतरीन लोगों की। वह कुछ की क़ब्रों पर जाकर माथा टेकने के लिए भी मशहूर था, जिनमें से कुछ तो वही होते थे जो उसके हाथों मारे गए थे (एक को ग़ैर-सरकारी तौर पर बंदूक़ों की सलामी भी नसीब हुई)। जिन लोगों के लिए उसके दिल में इज़्ज़त नहीं थी, बल्कि जिनसे नफ़रत थी, वे थे मानवाधिकार कार्यकर्ता—ज़्यादातर वकील, पत्रकार और अख़बारों के संपादक। उसकी निगाह में ये कीड़े-मकोड़े लगातार अपनी आलोचनाओं और पिनपिनाहटों से एक बड़े खेल के नियमों को बिगाड़ते, बर्बाद करते रहते थे। जब भी उनमें से किसी को उठाने या 'चुप' कराने का मौक़ा हाथ आता (ये 'इजाज़तें' कभी मारने के हुक्म के रूप में नहीं, बल्कि न मारने का हुक्म न होने के रूप में मिलती थीं), वह जोश-ख़रोश के साथ अपनी जिम्मेदारी निभाने से नहीं चूकता। लेकिन जालिब क़ादरी का मसला कुछ अलग था। हुक्म सिर्फ़ उन्हें धमकाने और हिरासत में लेने के लिए था। लेकिन चीज़ें गड़बड़ा गईं। जालिब क़ादरी ने हिम्मत दिखाने की ग़लती कर दी या पलटकर जवाब देने की। अमरीक सिंह को इस बात का अफ़सोस था कि उसने संयम खो दिया, और इससे भी ज़्यादा इस बात का कि इसके नतीजे में उसे अपने दोस्त और हमसफ़र इख़वान वाले सलीम गोजरी का भी सफ़ाया करना पड़ा। उसने और सलीम गोजरी ने साथ-साथ बढ़िया वक़्त बिताया था और कई अभियानों में कामयाबी हासिल की थी। वह जानता था कि अगर सलीम उसकी जगह होता तो वह भी यही करता और अमरीक सिंह भी इस बात को समझ जाता। कम से कम उसने ख़ुद से यही कहा। उसने जितने भी काम अंजाम दिये थे, उनमें सलीम गोजरी को मारना कुछ ऐसा था जिसने उसकी मुहिम पर कुछ रोक लगा दी। दुनिया में अकेला सलीम गोजरी था—पत्नी लवलीन समेत—जिसके लिए अमरीक सिंह को अपने भीतर प्यार जैसा कुछ महसूस होता था। जब इसे समझने का मौक़ा आया तो उसने ख़ुद ही अपने दोस्त पर पिस्तौल तान दी।

अमरीक सिंह सोच में डूबा रहने वाला प्राणी नहीं था और जल्दी ही हर चीज़ से उबर जाता था। मूसा के सामने मेज़ पर बैठा हुआ वह हमेशा की तरह मग़रूर और निश्चिंत था। हाँ, उसे फ़ील्ड से हटाकर डेस्क का काम दे दिया गया था, लेकिन अभी चीज़ें पूरी तरह साफ़ नहीं हुई थीं। वह अब भी फ़ील्ड में जाता था—ख़ासकर उन ऑपरेशनों में, जिनमें उसे किसी ख़ास उग्रवादी या खुले में काम करने वाले कार्यकर्ता के अतीत की जानकारी रहती थी। उसे

काफ़ी हद तक यक़ीन था कि उसने अपना ज़्यादा नुक़सान नहीं होने दिया और ख़तरा टल गया है।

'ऑफ़िसर्स बिस्किट' और चाय आ गई। मूसा को अपने पीछे से बैरे के प्रकट होने से पहले ट्रे में चाय के प्यालों की खनखनाहट सुनाई दी। मूसा और बैरे ने तुरंत एक-दूसरे को पहचान लिया, लेकिन उनके हाव-भाव उदासीन और अपारदर्शी बने रहे। अमरीक सिंह ने ग़ौर से दोनों को देखा। कमरा घुटन से भर गया। साँस लेना मुश्किल हो गया। साँस लेने का नाटक करना पड़ा।

जुनैद अहमद शाह हिज़्बुल-मुजाहिदीन का एरिया कमांडर था जिसे कुछ महीने पहले पकड़ा गया था क्योंकि उससे एक बहुत सामान्य, लेकिन भयानक भूल यह हुई कि सोपोर में अपनी बीवी और छोटे-से बच्चे से मिलने घर चला आया, जहाँ सिपाही उसकी घात में थे। वह लंबा-तगड़ा था, फ़ुर्तीला, जाना-माना और सुंदर नाक-नक़्श वाला। बहादुरी के कुछ सच और कुछ मनगढ़ंत क़िस्सों की वजह से लोग उसकी इज़्ज़त करने लगे थे। वह कभी लंबे बाल और घनी काली दाढ़ी रखता था, लेकिन अब सफ़ाचट था और बाल भी बहुत छोटे, हिंदुस्तानी फ़ौजी शैली के थे।

उसकी निस्तेज, धँसी हुई आँखें गहरे-खोखले कोटरों से झाँक रही थीं। वह पिंडलियों तक का एक फटा-पुराना ट्रैकसूट पाजामा, ऊनी मोज़े, फ़ौजी कैनवस के पी.टी. शू और गहरे लाल रंग की, पीतल के बटनों वाली फटी-पुरानी बैरा-जैकेट पहने हुए था जो इतनी छोटी थी कि वह मसख़रे जैसा लग रहा था। उसके हाथ काँप रहे थे जिससे ट्रे में क्रॉकरी खनखना रही थी।

'ठीक है। अब दफ़ा हो जाओ। यहाँ भीड़ क्यों लगाए हुए हो?' अमरीक सिंह ने जुनैद से कहा।

'जी जनाब! जय हिंद!'

जुनैद ने सैल्यूट किया और कमरे से बाहर चला गया। अमरीक सिंह फिर मूसा से मुख़ातिब हुआ। वह हमदर्दी की मूरत बना हुआ था।

'आपके साथ जो कुछ हुआ, वह किसी के साथ नहीं होना चाहिए। यह आपके लिए बड़ा सदमा है। लीजिए, यह क्रेकजैक लीजिए। अच्छा है। फ़िफ़्टी-फ़िफ़्टी। आधा मीठा आधा नमकीन।'

मूसा कुछ नहीं बोला।

अमरीक सिंह ने अपनी चाय ख़त्म की। मूसा ने उसे छुआ भी नहीं। आपके पास तो इंजीनियरिंग की डिग्री है, है ना?'

'नहीं। आर्किटेक्चर की।'

'मैं आपकी मदद करना चाहता हूँ। आप जानते हैं फ़ौज को हमेशा इंजीनियरों की ज़रूरत रहती है। काम बहुत है। पैसा भी ख़ूब है। बॉर्डर की फ़ेंसिंग, अनाथालय बनवाना। कुछ मनोरंजन केंद्र खोलने की योजना भी है, नौजवानों के लिए जिम, और इस जगह को भी कुछ सँवारना-सजाना है... मैं आपको कुछ बढ़िया ठेके दिला सकता हूँ। कम से कम इतना तो हमारा फ़र्ज़ बनता है।'

मूसा उसकी तरफ़ देखने की बजाय अपनी अँगुली से समुद्री शंखों के उभारों को सहलाता रहा।

'क्या मुझे गिरफ़्तार कर लिया गया है या जाने की इजाज़त है?' वह क्योंकि ऊपर की तरफ़ नहीं देख रहा था इसलिए यह नहीं देख पाया कि ग़ुस्से की एक अपारदर्शी झिल्ली अमरीक सिंह की आँखों में ख़ामोशी के साथ उतर आई जैसे एक छोटी-सी दीवार से बिल्ली कूदी हो।

'आप जा सकते हैं।'

अमरीक सिंह बैठा रहा, लेकिन मूसा उठा और कमरे से बाहर जाने लगा। अमरीक सिंह ने घंटी बजाई और अंदर आए आदमी से उसे बाहर ले जाने को कहा।

सीढ़ियों के नीचे सिनेमा हॉल की लॉबी में जैसे यातना छुट्टी पर थी। भाप छोड़ती हुई बड़ी केतलियों से सिपाहियों को चाय दी जा रही थी। लोहे की बाल्टियों में ठंडे समोसे रखे थे। हरेक के लिए दो। मूसा ने लॉबी पार की और उन बँधे हुए, पिटे हुए, लहूलुहान लड़कों में से एक पर उसकी निगाह टिक गई। उसे वह जानता था। वह जानता था कि लड़के की माँ अपने बेटे को खोजने के लिए इस कैंप से उस कैंप, इस थाने से उस थाने परेशान-हाल भटक रही है। उसकी पूरी ज़िंदगी इसी में खपने वाली थी। मूसा ने सोचा, कम से कम इस रात का यह बहुत अच्छा नतीजा रहा।

वह दरवाज़े से बाहर आया ही था कि सीढ़ियों पर अमरीक सिंह प्रकट हुआ—मुस्कुराता हुआ, ख़ुशमिजाज़, मिलनसार। मूसा ने प्रोजेक्शन कक्ष में उसका जो रूप देखा था, उससे बिल्कुल अलग। लॉबी में उसकी आवाज़ गूँज उठी।

'अरे हुज़ूर! एक चीज़ मैं बिल्कुल भूल ही गया था!'

यातना देने वालों और यातना पाने वालों की निगाहें उसकी तरफ़ मुड़ीं। यह भाँपकर कि अब सबका ध्यान उसकी तरफ़ है, अमरीक सिंह खिलाड़ी जैसी अदा में तेज़ क़दमों से उतरा, जैसे अपने प्यारे मेहमान को विदा करने आया

हुआ एक ख़ुश मेज़बान हो। उसने बड़े प्यार से मूसा को बाँहों में लिया और अपने हाथ की पैकेटबंद बोतल उसे थमायी।

'यह आपके अब्बाजान के लिए है। उनसे कहिएगा कि मैंने उनके लिए ख़ासतौर से मँगाई है।'

वह एक रेड स्टैग ह्विस्की थी।

लॉबी में ख़ामोशी छा गई। दर्शक और अभिनेता भी नाटक की पूरी पटकथा को समझ रहे थे। अगर मूसा इस भेंट को ठुकरा देता तो यह अमरीक सिंह से संभावित जंग का एलान होता जो मूसा के लिए सज़ा-ए-मौत साबित होती। अगर वह उसे स्वीकार कर लेता तो इसका मतलब यह था कि अमरीक सिंह ने मूसा की सज़ा का ज़िम्मा मिलिटेंटों को सौंप दिया है। इसलिए कि वह जानता था कि यह ख़बर बाहर ज़रूर फैलेगी और तमाम मिलिटेंट गुट, आपस में तमाम मतभेदों के बावजूद, इस बात पर सहमत हैं कि ऑक्युपेशन के मददगारों और दोस्तों की सज़ा सिर्फ़ मौत है। और शराब पीना—वे लोग भले ही मददगार न हों—एक ग़ैर-इस्लामी काम घोषित कर दिया गया था।

मूसा स्नैक बार तक गया और शराब की बोतल उस पर रख दी।

'मेरे अब्बा पीते नहीं हैं।'

'अरे, इसमें छिपाने की क्या बात है? इसमें कोई शर्म नहीं। आपके अब्बा बाक़ायदा पीते हैं! आप तो जानते ही हैं। मैंने यह ख़ासतौर से उनके लिए ख़रीदी है। कोई बात नहीं। मैं ख़ुद ही उन्हें दे दूँगा।'

अब भी मुस्कुराते हुए अमरीक सिंह ने अपने लोगों से मूसा को सुरक्षित घर तक पहुँचाने के लिए कहा। वह इस वारदात के नतीजे से ख़ुश था।

भोर हो रही थी। भूरे कबूतरी रंग के आसमान में एक गुलाबी चमक। मूसा वीरान सड़कों से होता हुआ घर पहुँचा। जिप्सी उससे एक सुरक्षित दूरी पर चल रही थी और उसका ड्राइवर अपनी वॉकी-टॉकी से चेक-पोस्टों को निर्देश देता जा रहा था कि वे मूसा को रोकें नहीं।

वह घर पहुँचा तो उसके कंधों पर बर्फ़ थी। लेकिन यह ठंड उस ठंड के सामने कुछ नहीं थी जो उसके भीतर जमा हो गई थी। माँ-बाप और बहनों ने जब उसका चेहरा देखा तो यह न पूछना ही बेहतर समझा कि वहाँ क्या हुआ। वह सीधे अपनी मेज़ पर गया और उस ख़त को पूरा करने लगा जिसे वह सिपाहियों के घर आने से पहले उर्दू में लिख रहा था। हड़बड़ी में, जैसे यह उसका आख़िरी काम हो, जैसे वह अपने बदन की गर्मी हमेशा के लिए चुक

जाने से पहले फ़ौजियों से लड़ने की कोशिश कर रहा हो।

ख़त मिस जबीन के नाम था।

बाबाजाना,

क्या तुम सोचती हो कि मुझे तुम्हारी कमी खलेगी? तुम ग़लत सोचती हो। मुझे कभी तुम्हारी कमी नहीं खलेगी क्योंकि तुम हमेशा मेरे साथ हो।

तुम मुझसे असल कहानियाँ सुनना चाहती थीं, लेकिन मुझे पता नहीं कि अब क्या असल है। जो चीज़ पहले असल थी, वह अब भोली परियों की बचकाना कहानी जैसी लगती है—जैसी मैं तुम्हें सुनाया करता था और जो तुम्हें बर्दाश्त नहीं होती थी। जो बात मैं पक्के तौर पर जानता हूँ वह सिर्फ़ यह है कि हमारे कश्मीर में मरे हुए लोग ही हमेशा ज़िंदा रहेंगे; और ज़िंदा लोग महज़ मरे हुए लोग हैं, बस जीने का दिखावा करते हैं।

अगले हफ़्ते हम तुम्हारा आइडेंटिटी कार्ड बनवाने वाले थे। तुम जानती हो, जाना, अब हम से कहीं ज़्यादा अहम हमारे कार्ड हैं। कार्ड हमारी सबसे बेशकीमती चीज़ बन गए हैं। वे किसी बेहतरीन क़ालीन या सबसे मुलायम, सबसे गर्म शॉल या सबसे बड़े बाग़ीचे या घाटी में हमारे बाग़ीचों की तमाम चेरियों और तमाम अखरोटों से भी ज़्यादा क़ीमती हैं। क्या तुम सोच सकती हो? मेरे आइडेंटिटी कार्ड का नंबर एम 108672जे है। तुमने मुझसे कहा था कि यह एक ख़ुशक़िस्मत नंबर है क्योंकि इसमें एम है जो मिस के लिए है और जे है जो जबीन के लिए है। अगर ऐसा है तो यह मुझे जल्दी ही तुम तक और तुम्हारी अम्मीजान तक पहुँचा देगा। इसलिए तुम जन्नत में अपने होमवर्क की तैयारी करती रहो। अगर मैं कहूँ कि तुम्हारे जनाज़े में एक लाख लोग थे तो इसका तुम क्या मतलब निकालोगी? तुम, जो सिर्फ़ उनसठ तक गिनना जानती थी। मैंने गिनना कहा न? मेरा मतलब है कि तुम चीख़-चीख़कर उनसठ तक की गिनती बतलाती थीं। मुझे उम्मीद है तुम जहाँ कहीं होगी, चीख़ नहीं

रही होगी। तुम्हें नरमी से बोलना सीखना चाहिए जैसे औरतें बोलती हैं। कभी-कभी ही सही।

मैं तुम्हें एक लाख का मतलब कैसे बताऊँ? यह एक बड़ी तादाद है।

क्या मैं मौसम की मिसाल देकर समझाऊँ? सोचो, वसंत के मौसम में पेड़ों पर कितनी पत्तियाँ होती हैं और जब बर्फ़ पिघल जाती है तो सोतों में कितने पत्थर दिखाई देने लगते हैं? सोचो कि चरागाहों में कितने लाल पोस्त खिले होते हैं? इससे तुम्हें अंदाज़ा हो जाएगा कि वसंत में एक लाख का क्या मतलब होता है। पतझड़ के मौसम में चिनार के पेड़ों से इतनी सारी पत्तियाँ गिरती हैं जितनी उस दिन हमारे पैरों के नीचे चरमरा रही थीं जब मैं तुम्हें यूनिवर्सिटी कैंपस घुमाने के लिए ले गया (और तुम उस बिल्ली से नाराज़ थीं जो तुम पर यक़ीन नहीं कर रही थी और तुम्हारी दी हुई रोटी नहीं खा रही थी। हम लोग कुछ-कुछ उस बिल्ली की तरह हो गए हैं, जाना। हम किसी पर यक़ीन नहीं करते। जो रोटी वे हमें देते हैं वह ख़तरनाक होती है क्योंकि वह हमें ग़ुलाम और ख़ुशामदी नौकर बनाती है। इस पर शायद तुम हम सबसे नाराज़ होगी)। बहरहाल। हम नंबर के बारे में बात कर रहे थे। एक लाख। सर्दियों में हमें आसमान से गिरने वाले बर्फ़ के फ़ाहों के बारे में सोचना होता है। याद है हम किस तरह उनकी गिनती करते थे?

तुम किस तरह उन्हें पकड़ने के लिए मचलती थीं? उतने सारे लोग एक लाख होते हैं। तुम्हें दफ़्न करते वक़्त लोगों ने ज़मीन को बर्फ़ के फ़ाहों की तरह ही ढँक लिया था। क्या अब तुम्हें इसका अंदाज़ा हो रहा है, इसकी कल्पना कर पा रही हो? अच्छा। यह सब सिर्फ़ लोगों की बात है। मैं उस आलसी भालू की तो बात ही क्या करूँ जो पहाड़ों से नीचे उतर रहा था, या हंगुल के बारे में, जो जंगल के भीतर से देख रहा था या बर्फ़ीले तेंदुए के बारे में, जिसने बर्फ़ में अपने पंजों के निशान छोड़े थे और उन चीलों के बारे में भी, जो आसमान में चक्कर लगा रही थीं जैसे हर

चीज़ की निगरानी कर रही हों। कुल मिलाकर ग़ज़ब का नज़ारा था। तुम यह देखकर बहुत ख़ुश होतीं क्योंकि मैं जानता हूँ तुम्हें भीड़-भाड़ बहुत अच्छी लगती है। तुम एक शहरी मिज़ाज की लड़की बनने जा रही थी। इतना तो शुरू से ही साफ़ था। अब तुम्हारी बारी है। तुम मुझे बताओ कि—

वाक्य पूरा करने से पहले ही मूसा जैसे सर्दी से हार गया। उसने लिखना बंद किया, ख़त को तहाया और जेब में रख लिया। उसने उसे कभी पूरा नहीं किया, लेकिन उसे हमेशा अपनी जेब में रखा।

उसे पता था कि उसके पास ज़्यादा वक़्त नहीं है। उसे बहुत जल्दी अमरीक सिंह की अगली चाल का अंदाज़ा लगाना होगा। वह ज़िंदगी, जिसे वह पहले जानता था, अब ख़त्म हो चुकी थी। वह जानता था कि उसे कश्मीर ने निगल लिया है और वह उसके भीतर समा चुका है।

दिन-भर वह ज़रूरी काम निपटाता रहा—सिगरेट की उधारी चुकाना, काग़ज़ों को नष्ट करना और थोड़ी-सी अपनी पसंद की चीज़ें पैक करना। अगली सुबह जब ग़मज़दा यस्वी परिवार जागा तो मूसा निकल चुका था। उसने अपनी बहन के लिए एक चिट्ठी छोड़ी थी, जिसमें उस लड़के का ज़िक्र था जो उसे शिराज़ में मिला था, और उसकी माँ का नाम और पता भी था।

इस तरह मूसा की ज़मींदोज़ ज़िंदगी शुरू हुई। यह ज़िंदगी ठीक नौ महीने चली—गर्भावस्था की तरह। फ़र्क़ यह था कि कुछ हद तक इसका नतीजा गर्भावस्था के उलट निकला। उसका अंत किसी जीवन में नहीं, एक तरह की मौत में हुआ।

फ़रारी के दौरान मूसा जगहें बदलता रहा और एक ही जगह लगातार दो रात नहीं रहा। उसके इर्द-गिर्द हमेशा लोग मौजूद रहते थे—जंगली ठिकानों में, व्यापारियों के आलीशान घरों में, दूकानों और तहख़ानों और गोदामों में—जहाँ कहीं भी बग़ावत को चाहने वाले लोग होते और अपनी एकजुटता दिखाते। उसे हथियारों की पूरी जानकारी हो गई—उन्हें कैसे ख़रीदा जाए, कैसे लाया, छिपाया और चलाया जाए। उसकी उन जगहों पर सचमुच के गुट्ठल बन गए जहाँ उसके पिता को उनके होने का वहम हुआ था—घुटनों और कुहनियों पर, ट्रिगर वाली अँगुली पर। वह बंदूक़ लेकर चलता था, लेकिन उसने कभी उसे चलाया

नहीं। अपने हमसफ़रों के साथ-साथ उसे भी उन गर्मजोश लोगों का प्यार मिला जो एक दूसरे के लिए जान देने को तैयार रहते थे। उनकी ज़िंदगियाँ छोटी थीं। उनमें से कइयों को मार दिया गया, जेल में डाल दिया गया या पागल होने की हद तक यातनाएँ दी गईं। उनकी जगह दूसरे लोगों ने ले ली। मूसा हर बार इस सफ़ाये से बचा रहा। धीरे-धीरे (और जान-बूझकर) पुराने जीवन से उसका नाता टूट गया। किसी को पता नहीं था कि वह दरअसल कौन है। कोई पूछता भी नहीं था। उसके परिवार को भी कुछ पता नहीं था। यह किसी एक गुट में भी नहीं रहा। यह एक बेइंतिहा दरिंदगी के ख़िलाफ़ एक गंदी जंग थी, लेकिन वह अपनी तरफ़ से अपने साथियों को यह समझाने की जी-तोड़ कोशिश करता रहा कि वे इंसानियत को न खोएँ और जिनसे नफ़रत करते हैं और जिनसे लड़ रहे हैं, उन्हीं के जैसे न बन जाएँ। इसमें वह न हमेशा कामयाब रहा और न हमेशा नाकाम। वह नेपथ्य में गुम हो जाने, भीड़ में घुल जाने, बुदबुदाने और छिपाने और उन रहस्यों को दफ़्न रखने के फ़न में इतना माहिर हो गया, जिन्हें वह इतनी गहराई से जानता था कि उन्हें जानने की याद ही उसे नहीं रह गई थी। वह ग़फ़लत और बोरियत की कला भी सीख गया था। वह कभी-कभार ही बोलता था। रात में जब उसके शरीर के तमाम हिस्से ख़ामोशी के इस साम्राज्य से तंग आ जाते तो झींगुरों की तरह आपस में बुदबुदाने लगते। उसकी तिल्ली और किडनी में जैसे एक तालमेल था। उसकी पाचक ग्रंथि उसके फेफ़ड़ों के ख़ामोश ख़ालीपन से फुसफुसाती।

हैलो
क्या मेरी आवाज़ सुनाई दे रही है?
क्या तुम अभी वहीं हो?

वह और भी रूखा और चुप्पा होता गया। उसके सर पर इनाम भी तेज़ी से बढ़ता गया—एक लाख से तीन लाख। जब नौ महीने बीत गए तो तिलो कश्मीर आई।

❧

तिलो वहीं थी जहाँ वह ज़्यादातर शामों को काम से लौटने पर होती थी—हज़रत निज़ामुद्दीन औलिया की दरगाह के क़रीब एक सँकरी गली में चाय की दूकान पर। एक नौजवान उसकी तरफ़ आया और यह जानने के बाद कि

उसका नाम एस. तिलोत्तमा है, उसने उसे एक पुर्जा थमाया। उसमें लिखा था : घाट नंबर 33, एचबी शाहीन, डल लेक, प्लीज़, बीस तारीख को आओ। उस पर किसी के दस्तख़त नहीं थे, सिर्फ़ एक कोने में एक घोड़े का छोटा-सा पेंसिल रेखांकन था। जब उसने निगाह उठाई तो हरकारा ग़ायब था।

तिलो ने नेहरू प्लेस में आर्किटेक्चर की एक फ़र्म में अपनी नौकरी से दो हफ़्ते की छुट्टी ली, जम्मू की ट्रेन पकड़ी और जम्मू से श्रीनगर के लिए सुबह की बस। एक अरसे से मूसा और उसका कोई संपर्क नहीं था। लेकिन वह गई क्योंकि उनके बीच मामला ही कुछ ऐसा था।

वह पहले कभी कश्मीर नहीं गई थी।

शाम होने जा रही थी जब उसकी बस एक लंबी सुरंग से बाहर आई। पहाड़ों के बीच खुदी हुई यह सुरंग हिंदुस्तान और कश्मीर के बीच एकमात्र संपर्क थी।

घाटी में पतझड़ बेहया क़िस्म की इफ़रात का मौसम होता है। खिले हुए ज़ाफ़रान के कासनी फूलों की धुंध पर धूप तिरछी पड़ रही थी। बाग़ान फलों से लदे थे, चिनार के पेड़ों पर जैसे आग लगी थी। तिलो के हमसफ़र—जिनमें ज़्यादातर कश्मीरी थे—हवा को छान सकते थे और बस की खिड़की पर आते झोंकों को सूँघकर न सिर्फ़ सेबों, नाशपातियों और पके हुए धान की गंध का फ़र्क़ बता सकते थे, बल्कि यह भी जानते थे कि यह किसके सेबों, किसकी नाशपातियों और किसके धान की गंध है। एक और गंध थी जिससे वे बख़ूबी परिचित थे। ख़ौफ़ की गंध। वह हवा में कड़वाहट घोल रही थी और उनके वजूद को पत्थर बना दे रही थी।

जब शोर मचाती खड़खड़ाती बस अपनी निःशब्द, ख़ामोश सवारियों को लेकर घाटी में उतरी तो तनाव इतना प्रत्यक्ष हो उठा कि उसे छुआ जा सकता था। सड़क के दोनों तरफ़ हर पचास मीटर पर एक हथियारबंद सिपाही खड़ा था, सतर्क और बेहद तनावग्रस्त। सिपाही खेतों में, बाग़ानों के बहुत अंदर तक, पुलों और पुलियों पर, दूकानों और बाज़ारों में और आपस में सटी हुई छतों पर तैनात थे और ज़ंजीर की शक्ल में दूर पहाड़ों तक फैले हुए थे। कश्मीर की मशहूर घाटी में लोग जो कुछ भी कर रहे हों, चल रहे हों, इबादत कर रहे हों, नहा रहे हों, लतीफ़े सुना रहे हों, अखरोट तोड़ रहे हों, प्रेम कर रहे हों या घर जाने के लिए बस पकड़ रहे हों, सब किसी न किसी सिपाही की राइफ़ल की ज़द में थे। और क्योंकि वे किसी न किसी सिपाही की राइफ़ल की ज़द में थे, वे जो कुछ भी कर रहे हों—चल रहे हों, इबादत कर रहे हों, नहा रहे हों, लतीफ़े

सुना रहे हों, अखरोट तोड़ रहे हों, प्रेम कर रहे हों या घर जाने के लिए बस पकड़ रहे हों—वे सब एक वाजिब निशाना थे।

हरेक चेक-प्वाइंट पर पहियों वाले बैरियर लगे थे, जिनमें किसी भी टायर को चीरकर चिंदी-चिंदी करने वाली लोहे की कीलें लगी थीं। बस को हर चेक-पोस्ट पर रुकना पड़ा और मुसाफ़िरों को उतरकर सामान के साथ तलाशी देनी पड़ी। सिपाहियों ने बस की छत पर रखे सामान को उलट-पलटकर देखा। मुसाफ़िर निगाहें नीचे किए रहे। छठी या सातवीं चेक-पोस्ट पर एक बख़्तरबंद जिप्सी सड़क की एक तरफ़ खड़ी थी जिसमें खिड़कियों की जगह छेद बने थे। जिप्सी में छिपे हुए किसी आदमी से बात करने के बाद एक चमचमाते-इठलाते नौजवान अफ़सर ने मुसाफ़िरों की क़तार से तीन नौजवानों को खींचा—तुम, तुम, और तुम। उन्हें एक फ़ौजी ट्रक में ठूँसा गया। वे बग़ैर एतराज़ के अंदर चले गए। दूसरे मुसाफ़िर निगाहें झुकाए रहे।

जब बस श्रीनगर पहुँची तो रोशनी बुझने लगी थी।

उन दिनों छोटा-सा शहर श्रीनगर रोशनी के साथ ही बुझ जाता था। दूकानें बंद हो जाती थीं और सड़कें वीरान।

बस स्टॉप पर एक आदमी चुपके से तिलो की तरफ़ आया और नाम पूछा। फिर वह एक के बाद एक लोगों की मार्फ़त आगे बढ़ती गई। एक ऑटोरिक्शा वाले ने उसे बस स्टैंड से बुलेवार्ड पहुँचाया। एक शिकारे पर बैठकर उसने झील पार की, जिसमें बैठने का नहीं, सिर्फ़ सुस्ताने का इंतज़ाम था। वह एक चमकीली, फूल से कढ़ी गद्दी पर सुस्ताने लगी—हनीमून पर बग़ैर किसी पति के। उसने कल्पना की कि शायद इस अभाव को दूर करने के लिए ही मल्लाह के खरपतवार काटने वाले चप्पुओं के अगले हिस्से दिल के आकार के बने हैं। झील बुरी तरह शांत थी। पानी में चप्पुओं की एकरस आवाज़ घाटी के दिल की असहज धड़कन जैसी लग रही थी।

प्लिफ़

प्लिफ़

प्लिफ़

दूसरे किनारे पर आपस में सटी हुई हाउसबोट अँधेरी और ख़ाली थीं—एचबी शाहीन, एचबी जन्नत, एचबी क्वीन विक्टोरिया, एचबी डर्बीशायर, एचबी स्नो व्यू, एचबी डेज़र्ट ब्रीज, एचबी ज़म-ज़म, एचबी गुलशन, एचबी न्यू गुलशन, एचबी गुलशन पैलेस, एचबी मैंडले, एचबी क्लिफ़्टन, एचबी न्यू क्लिफ़्टन।

मल्लाह ने बताया कि एचबी का मतलब है हाउसबोट।

एचबी शाहीन सबसे छोटी और फटेहाल थी। जब शिकारा क़रीब पहुँचा तो एक नाटा आदमी, जो लगभग एड़ी तक आने वाले भूरे रंग के घिसे हुए फिरन के भीतर समाया हुआ-सा लगता था, तिलो की अगवानी करने बाहर आया। बाद में पता चला कि उसका नाम गुलरेज़ है। उसने अगवानी ऐसे की जैसे उसे अच्छी तरह जानता हो, जैसे वह ज़िंदगी-भर वहीं रही हो और बाज़ार से सौदा-सुलुफ़ करके लौटी हो। उसका बड़ा-सा सर और अटपटी पतली गर्दन चौड़े मज़बूत कंधों पर टिकी थी। जब तिलो उसके साथ एक छोटे-से डाइनिंग रूम से होकर सँकरे क़ालीन वाले गलियारे से नीचे बेडरूम की ओर जा रही थी तो उसने बिल्लियों की आवाज़ सुनी। गुलरेज़ एक बेफ़िक्र बाप की तरह उनकी तरफ़ देखकर मुस्कुराया। उसकी पन्ने के रंग की आँखों में जादुई चमक थी।

छोटा-सा कमरा वहाँ रखे डबल बेड से थोड़ा ही बड़ा था, जिस पर बेलबूटों वाला पलंगपोश बिछा था। पास मेज़ पर प्लास्टिक की ट्रे थी जिस पर फूल बने थे और ज़रदोज़ी के काम वाला काँसे का जग था, दो रंगीन गिलास थे और एक छोटा सीडी प्लेयर। फ़र्श पर घिसा हुआ फूलों की बुनावट वाला क़ालीन था, अलमारी के दरवाज़ों पर अनगढ़ नक़्क़ाशी थी, लकड़ी की छत पर मधुमक्खियों के छत्ते जैसी डिजाइन थी, लुगदी का कूड़ेदान भी पेचीदा डिज़ाइन का था। तिलो ने आँखों को राहत देने के लिए कोई ऐसी जगह खोजने की कोशिश की जहाँ कोई सजावट, बेलबूटा, नक़्क़ाशी या कशीदाकारी न हो। ऐसी जगह नहीं दिखी तो वह कुछ परेशान सी हो गई। उसने लकड़ी की खिड़कियाँ खोलीं, लेकिन सामने भी कुछ फ़ुट दूर दूसरी हाउसबोट की बंद खिड़कियाँ ही दिख रही थीं। दोनों के बीच पानी में सिगरेट के ख़ाली पैकेट और ठूँठ तैर रहे थे। उसने बैग नीचे रखा, बरामदे में आकर सिगरेट सुलगाई और आसमान में तारों के उगने के साथ झील की चिकनी सतह को रुपहला होते देखा। अँधेरा घिर आया था, लेकिन पहाड़ों पर बर्फ़ कुछ देर फ़ास्फ़ोरस की तरह चमकती रही।

अगले दिन-भर उसने हाउसबोट पर इंतज़ार किया और गुलरेज़ को फ़र्नीचर की धूल साफ़ करते देखा, हालाँकि वहाँ कोई धूल नहीं थी। उसने गुलरेज़ को बोट के पीछे सब्ज़ियों के बाग़ीचे में बैंजनी रंग के बैंगनों और चौड़ी पत्तियों वाले हाख से बात करते हुए देखा। हल्के लंच के बाद वह तिलो को वह ज़ख़ीरा दिखाने लगा जो उसने बड़े से पीले रंग के हवाई अड्डे के ड्यूटी-फ्री

शॉपिंग बैग में रखा था और जिस पर लिखा था 'सी! बाइ! फ़्लाइ!' उसने उसे खोलकर चीज़ों को एक-एक करके डाइनिंग मेज़ पर सजा दिया। यह उसकी विज़िटर्स बुक थी : पोलो आफ़्टरशेव लोशन की ख़ाली शीशी, हवाई जहाज़ के कई क़िस्म के बोर्डिंग पास, एक छोटी दूरबीन, धूप का चश्मा जिसका एक शीशा गिर गया था, एक घिसी हुई लोनली प्लैनेट गाइड बुक, एक क्वांटास एयरलाइन टॉयलेट बैग, एक छोटी टॉर्च, हर्बल मॉस्किटो रिपेलांट की एक शीशी, सनटैन लोशन, दस्त रोकने की एक्सपायर्ड गोलियों का एक पत्ता और एक पुराने सिगरेट के टिन में ठुँसे हुए मार्क्स एंड स्पेंसर के लेडीज़ नेकर। उसने खिलखिलाकर शरारती आँखों के साथ नेकर मुलायम सिगार की तरह लपेटे और वापस टिन में रख दिये। तिलो ने अपना थैला उठाया और स्ट्रॉबेरी के आकार का एक रबर और क्लच पेंसिल लेड रखने की एक डिब्बी को उस संग्रह में शामिल कर दिया। गुलरेज़ ने ख़ुश होकर डिब्बी का ढक्कन खोला और फिर बंद कर दिया। कुछ सोचने के बाद उसने रबर को प्लास्टिक बैग में और डिब्बी को जेब में रख लिया। फिर वह कमरे से बाहर गया और पोस्टकार्ड साइज़ की एक तस्वीर लेकर आया, जिसमें वह बिल्ली के बच्चों को अपनी हथेलियों में लिये हुए था। इस तस्वीर को जिसे हाउसबोट के पिछले मेहमान ने खींचकर उसे दिया था। उसने उसे बाक़ायदा दोनों हाथों में थामकर तिलो को भेंट किया जैसे वह उसे योग्यता का प्रमाणपत्र दे रहा हो। तिलो ने सर झुकाकर उसे स्वीकार किया। इस तरह यह लेन-देन पूरा हुआ।

बातचीत के दौरान तिलो हिचकते हुए हिंदी बोल रही थी और गुलरेज़ की उर्दू लड़खड़ा रही थी। तिलो ने पाया कि गुलरेज़ जिस व्यक्ति के लिए 'मुज़-काक' का इस्तेमाल कर रहा था, वह कोई और नहीं, मूसा था। वह एक उर्दू अख़बार की कतरन निकालकर लाया जिसमें मिस जबीन और उसकी माँ के साथ गोली से एक ही दिन मारे गए लोगों की तस्वीरें छपी थीं। उसने छोटी-सी बच्ची और जवान महिला की ओर इशारा करते हुए कई बार कतरन को चूमा। तिलो को इस वृत्तांत की कड़ियाँ जोड़कर यह समझ में आया : वह महिला मूसा की पत्नी थी और बच्ची उनकी बेटी। तस्वीरों की छपाई इतनी ख़राब थी कि उनके नाक-नक़्श से पता नहीं चलता था कि वे किससे मिलती हैं। तिलो को समझाने के लिए गुलरेज़ ने अपने सर को टेढ़ा करके अपनी हथेलियों के तकिए पर रखा, बच्चे की तरह आँखें बंद कीं और आसमान की ओर इशारा किया।

'वे जन्नत में चली गई हैं।'

तिलो को पता नहीं था कि मूसा शादीशुदा है।

उसे उसने यह नहीं बताया था।

क्या उसे बताना चाहिए था?

क्यों बताना चाहिए था?

और उसे इसका बुरा क्यों लगना चाहिए था?

वह ख़ुद ही उसकी ज़िंदगी से निकल गई थी।

लेकिन उसे बुरा लग रहा था।

इसलिए नहीं कि वह शादीशुदा था, बल्कि इसलिए कि उसने उसे बताया नहीं।

दिन-भर उसके दिमाग़ में एक ऊटपटाँग मलयाली गीत बजता रहा। इस बरसाती गीत को निकरधारी छोटे बच्चों की फ़ौज गाया करती थी, जिसमें वह भी होती थी और तेज़ बारिश में कीचड़ के गड्ढों में पैरों से छपछप करती हुई और ख़ूब हरे, लतरों से भरे नदी-तट पर दौड़ती हुई ज़ोर से गाती थी :

डम! डम! पट्टालम
सारिंडे वीटिल कल्याणम
आना पिंडम चोरू
अट्टा वरतडू उप्पेरी
कोझि तीटम चमंडी

(डम! डम! फ़ौजी बैंड धमाधम
राजाजी के घर ब्याह झनाझन
हाथी की लीद का भात बना है
कनखजूरे हैं बढ़िया तले हुए!
मुर्ग़े की बीट का मसाला है तर)

वह कुछ समझ नहीं पाई थी। जो जानकारी उसे अभी मिली थी, उसके जवाब में इससे भी ज़्यादा अटपटा क्या हो सकता था? पाँच साल की उम्र के बाद उसे कभी यह गीत याद नहीं आया था। आज क्यों?

शायद उसके दिमाग़ में कोई बारिश हो रही थी। शायद यह एक दिमाग़ की अपने को बचाए रखने की एक तरकीब, एक रणनीति थी। अगर वह मूसा के दुःस्वप्नों की पेचीदा नक़्क़ाशी को अपने दुस्वप्नों से जोड़कर उसमें कोई अर्थ खोजने की मूर्खता करता तो बिल्कुल सुन्न हो जाता।

उसके पास ऐसा कोई टूरिस्ट गाइड नहीं था जो बता सकता कि कश्मीर के

दुःस्वप्न किस क़दर छिनाल हो चुके हैं। वे अपने मालिकों के भी वफ़ादार नहीं रह गए हैं। वे मनमाने तरीक़े से दूसरों के सपनों में अठखेलियाँ करते हैं। वे कोई नियम-क़ानून नहीं मानते और छापामारी के उस्ताद हैं। कोई क़िलेबंदी, कोई दीवार उन्हें रोक नहीं सकती। कश्मीर में दुःस्वप्नों के मामले में यही किया जा सकता है कि उन्हें पुराने दोस्तों की तरह गले लगाया जाए और पुराने दुश्मनों की तरह क़ाबू में रखा जाए। इस बात को वह जल्दी ही सीखने वाली थी। जल्दी ही।

वह हाउसबोट के बरामदे के गद्दीदार बेंच पर बैठ गई और एक बार फिर सूर्यास्त की तरफ़ देखने लगी। झील की स्याह गहराई से रात की मछली उभरी और पानी में पहाड़ों की परछाईं को निगल गई। समूची। गुलरेज़ मेज़ पर खाना लगा रहा था (दो के लिए, शायद उसे कुछ पता था)। तभी बोट के पिछवाड़े से अचानक और चुपचाप मूसा आ पहुँचा।

'सलाम।'

'सलाम।'

'तुम आ गईं।'

'बेशक।'

'कैसी हो? सफ़र कैसा रहा?'

'ठीक। तुम?'

'ठीक।'

तिलो के दिमाग़ में वह गीत एक सिंफ़नी की तरह छा गया।

'माफ़ करना, मुझे इतनी देर हो गई।'

उसने और कोई सफ़ाई नहीं दी। वह कुछ दुबला हो गया था, ज़्यादा बदला नहीं था और फिर भी पहचान में नहीं आ रहा था। उसकी दाढ़ी थोड़ी-सी बढ़ी हुई थी—लगभग दाढ़ी। आँखें सहसा चमकती और बुझती हुई दिखती थीं, जैसे उन्हें धोया गया हो और उनमें एक रंग फीका पड़ गया हो और दूसरा रंग बरक़रार हो। उसकी भूरी-हरी पुतलियों के इर्द-गिर्द स्याह लकीरों का घेरा था जिसकी याद तिलो को नहीं थी। उसने देखा कि उसका हुलिया—दुनियावी हुलिया —कुछ धुँधला और स्याह हो गया है। आसपास के माहौल में घुल जाने में वह पहले से ज़्यादा माहिर हो गया था। इसकी वजह वह आम कश्मीरी फिरन नहीं था जो उससे लिपटा हुआ था। जब उसने अपनी ऊनी टोपी उतारी तो तिलो ने देखा कि उसके बालों का एक बड़ा हिस्सा सफ़ेद हो चुका है। उसने भाँप लिया कि वह इसे भाँप गई है और उसने सतर्क होकर बालों पर अँगुलियाँ फिराईं। घोड़ों के रेखांकन बनाने वाली मज़बूत अँगुलियाँ और ट्रिगर दबाने

वाली अँगुली पर बना हुआ एक गुट्ठल। वे दोनों एक ही उम्र के थे। इकतीस के।

उनके बीच ख़ामोशी इस तरह सिकुड़ और फैल रही थी जैसे किसी अकॉर्डियन के पर्दे से कोई ख़ामोश धुन निकल रही हो, जिसे सिर्फ़ वे दोनों सुन पा रहे हों। मूसा को पता था कि उसे पता है कि उसे पता था कि उसे पता है। उनके बीच मामला हमेशा से कुछ ऐसा ही था।

गुलरेज़ चाय की ट्रे लेकर आया। उससे भी मूसा की कोई ख़ास दुआ-सलाम नहीं हुई, हालाँकि यह साफ़ था कि उनमें गहरी दोस्ती है, बल्कि मुहब्बत है। मूसा उसे गुल-काक कह रहा था और कभी-कभी 'मुत' भी। वह उसके लिए कान की दवा लाया था। और कान की दवा से चुप्पी इस तरह टूटी जैसी कान की दवा से ही टूट सकती है।

'इसके कान में इनफ़ेक्शन है। घबराया हुआ है। बुरी तरह।' मूसा ने बताया।

'क्या दर्द हो रहा है? दिन-भर तो ये ठीक लग रहे थे।'

'दर्द की वजह से नहीं। दर्द नहीं हो रहा है, बल्कि गोली लगने का डर है। उसका कहना है कि वह ठीक से सुन नहीं पा रहा है और डर है कि कहीं चेकपोस्ट पर 'रुको!' की आवाज़ नहीं सुन पाया तो मार दिया जाएगा। कभी-कभी ऐसा होता है कि वे लोग आपको जाने देते हैं और फिर पीछे से रुकने का हुक्म देते हैं। तो अगर कोई इसे न सुन पाए तो...'

कमरे में एक खिंचाव (और मुहब्बत) महसूस करते हुए गुलरेज़ को लगा कि उसे दूर करने में उसकी कोई भूमिका हो सकती है। उसने नाटकीय ढंग से फ़र्श पर घुटने टिकाकर अपना गाल मूसा की गोद में टिका दिया ताकि वह गोभी के फूल जैसे उसके कान में दवा डाल सके। मूसा ने दोनों फूलगोभियों पर दवा डाली, उनमें रुई के फ़ाहे ठूँसे और शीशी उसे दे दी।

'इसे सँभालकर रखना। जब मैं यहाँ नहीं होऊँ तो इनसे डलवा लेना।' उसने कहा, 'ये मेरी दोस्त हैं।'

गुलरेज़ हालाँकि प्लास्टिक के मुँहवाली छोटी-सी शीशी को बहुत चाहता था और 'सी! बाइ! फ़्लाइ!' वाली विज़िटर्स बुक को उसकी सही जगह मानता था, लेकिन उसने मुस्कुराते हुए वह तिलो को सौंप दी। पल-भर के लिए वे अपने आप एक परिवार में बदल गए। पापा भालू, मम्मी भालू, बेबी भालू।

बेबी भालू सबसे ज़्यादा ख़ुश था। उसने डिनर में पाँच तरह का गोश्त पेश किया : गुश्ताबा, रिस्ता, मर्लवांगन क़ोरमा, शामी कबाब, चिकन यख़नी।

'इतना सारा खाना...' तिलो ने कहा।

'गाय, बकरा, चिकन, दुंबा... ऐसा खाना ग़ुलाम लोग ही खाते हैं,' मूसा ने अपनी प्लेट में खाने का एक बेहया-सा ढेर रखते हुए कहा। 'हमारे पेट क़ब्रिस्तान हैं।'

तिलो को यक़ीन नहीं हुआ कि यह सब बेबी भालू ने अकेले बनाया होगा।

'ये तो दिन-भर बैंगनों से बात कर रहे थे और बिल्लियों से खेल रहे थे। मैंने इन्हें कुछ भी बनाते हुए नहीं देखा।'

'तुम्हारे आने से पहले ही उसने यह सब कर लिया होगा। वह ग़ज़ब का रसोइया है। उसके अब्बा तो एक पेशेवर वाज़ा हैं, गॉड्जिला के गाँव के।'

'लेकिन ये यहाँ अकेले क्यों रहते हैं?'

'अकेला नहीं है। उसके चारों तरफ़ बहुत-सी आँखें और कान और दिल हैं। लेकिन वह गाँव में नहीं रह सकता... यह उसके लिए ख़तरनाक होगा। गुल-काक जैसों को हम लोग 'मुत' कहते हैं—अपनी ही दुनिया में रहने और अपने ही नियम-क़ायदों वाले मस्त-बावले। कुछ-कुछ तुम्हारी तरह।' मूसा ने संजीदा ढंग से, बिना मुस्कुराए तिलो की ओर देखा।

'मतलब कि बेवकूफ़, गाँव का पगलैट?' तिलो ने भी बिना मुस्कुराए उसकी ओर देखा।

'मेरा मतलब ख़ास-उल-ख़ास इंसान। जिसे वरदान मिला हो।'

'किसका वरदान? वरदान का ऐसा बेहूदा चूतियापे का ढंग।'

'एक मुबारक रूह का वरदान। हम अपने 'मुतों' की बहुत इज़्ज़त करते हैं।'

मूसा ने काफ़ी समय के बाद और ख़ासकर किसी महिला के मुँह से ऐसी दोटूक गाली सुनी थी। वह एक झींगुर की तरह उसके दबे-घुटे दिल में उतर गई और उसने एक याद को जगा दिया कि उसे तिलो से क्यों और कैसे और कितनी मुहब्बत थी। उसने इस ख़याल को उसी बंद तहख़ाने में वापस ले जाने की कोशिश की, जहाँ से वह आया था।

'दो साल पहले हमने उसे क़रीब-क़रीब खो दिया था। उसके गाँव में घेरा पड़ा हुआ था। लोगों को बाहर आने और खेतों में लाइन लगाने के लिए कहा गया। गुल यह सोचकर सिपाहियों का स्वागत करने के लिए बाहर आया कि पाकिस्तानी फ़ौज आज़ाद कराने आई है। वह 'जीवे! जीवे! पाकिस्तान!' का नारा लगा रहा था। वह उनके हाथों को चूमना चाहता था। उन्होंने उसकी जाँघ में गोली मारी, राइफ़ल के कुंदों से पीटा और बर्फ़ में ख़ून बहाने के लिए छोड़ गए। इस घटना के बाद वह उन्माद की गिरफ़्त में आ गया और जब भी किसी

फ़ौजी को देखता तो भागने की कोशिश करता, जिसे यहाँ सबसे ख़तरनाक माना जाता है। इसलिए मैं उसे श्रीनगर अपने साथ रहने के लिए ले आया। लेकिन अब क्योंकि हमारे घर में मुश्किल से ही कोई मिलता है और मैं भी अब वहाँ नहीं रहता, तो वह भी नहीं रहना चाहता था। मैंने उसे यहाँ नौकरी दिला दी। यह एक दोस्त की हाउसबोट है; वह यहाँ मज़े से है और उसे बाहर जाने की ज़रूरत भी नहीं पड़ती। बस, यहाँ आने वाले इक्का-दुक्का मेहमानों के लिए खाना बनाना होता है, और वे भी कम ही आते हैं। सभी सामान उसे पहुँचा दिया जाता है। एक ही ख़तरा है कि हाउसबोट बहुत पुरानी है और डूब सकती है।'

'सचमुच?'

मूसा मुस्कुराया।

'नहीं। यह काफ़ी मज़बूत है।'

वह घर, जहाँ 'मुश्किल से ही कोई मिलता' था, अब खाने की मेज़ पर आ गया था। एक तीसरी मेहमान, जिसकी भूख एक भुक्खड़ ग़ुलाम जैसी थी।

'कश्मीर में क़रीब-क़रीब सभी 'मुत' मार दिए गए हैं। सबसे पहले उन्हीं को मारा गया क्योंकि उन्हें हुक्म मानना नहीं आता था। शायद इसीलिए हमें उनकी ज़रूरत पड़ती है। हमें यह सिखाने के लिए कि आज़ाद कैसे रहा जाए।'

'या कैसे मरा जाए?'

'यहाँ दोनों चीज़ें एक ही हैं। मरे हुए लोग ही आज़ाद हैं।'

मूसा ने मेज़ पर रखे तिलो के हाथ को देखा। वह उसे अपने हाथ से भी कहीं ज़्यादा जानता था। वह अब भी चाँदी की वह अँगूठी पहने थी जो मूसा ने कई साल पहले उसे दी थी, जब वह कोई और था। उसकी बीच की अँगुली पर अब भी स्याही लगी थी।

गुलरेज़ अच्छी तरह जानता था कि उसके बारे में बात हो रही है। वह फिरन की जेबों में बिल्ली के बच्चों को रखे हुए मेज़ के इर्द-गिर्द गिलासों और प्लेटों को बार-बार भरते हुए मँडराता रहा। जब बातचीत रुकी तो गुलरेज़ ने बिल्ली के बच्चों से आग़ा और ख़ानम कहकर परिचय कराया। धारीदार भूरा आग़ा था और काली-सफ़ेद मसखरे जैसी ख़ानम।

'और सुल्तान?' मूसा ने मुस्कुराते हुए पूछा, 'वह कैसा है?'

गुलरेज़ का चेहरा बुझ गया। उसने जवाब में जो कहा, उसमें कश्मीरी और उर्दू की मिली-जुली गालियाँ थीं। तिलो सिर्फ़ आख़िरी वाक्य समझ सकी :

'अरें उस बेवकूफ़ को अगर यहाँ मिंट्री के साथ रहना नहीं आता था तो फिर वह साला इस दुनिया में आया ही क्यों था?'

बेशक, यह बात गुलरेज़ के परेशान माँ-बाप या किसी पड़ोसी ने उसके बारे में कही होगी और अब वह उसी को सुल्तान की शिकायत के लिए इस्तेमाल कर रहा था। सुल्तान जो भी रहा हो।

मूसा हँसा, गुलरेज़ की तरफ़ बढ़ा और उसका सर चूमने लगा। गुल मुस्कुराया। एक ख़ुशमिज़ाज शैतान।

'सुल्तान कौन है?' तिलो ने मूसा से पूछा।

'बाद में बताऊँगा।'

खाना खाने के बाद वे सिगरेट पीने और ट्रांजिस्टर पर ख़बरें सुनने के लिए बाहर बरामदे में आए।

तीन मिलिटेंट मार दिए गए थे। कर्फ़्यू के बावजूद बारामुला में ज़बर्दस्त प्रदर्शन हुआ।

बग़ैर चाँद की रात थी। घनी अँधेरी। तेल की चिकनाई जैसा स्याह पानी।

झील के तट पर बुलेवार्ड में बने होटल बैरकों में बदल दिए गए थे—दाँतेदार तारों की बाड़, रेत के बोरों और तख़्तों से घिरे हुए। डाइनिंग रूम फ़ौजियों के सोने का कमरा था, रिसेप्शन दिन के वक़्त के लॉक-अप और कमरे यातना-केंद्र। मोटे बारीक़ क़शीदाकारी के पर्दों और नायाब क़ालीनों के भीतर उन नौजवानों की चीख़ें दब जाती थीं जिनके गुप्तांगों पर इलेक्ट्रिक शॉक दिए जाते थे और गुदा-द्वार में पेट्रोल डाला जाता था।

'जानती हो, आजकल यहाँ कौन है?' मूसा ने कहा। 'गार्सन होबार्ट। क्या इन दिनों उससे तुम्हारा कोई ताल्लुक़ है?'

'कई साल से नहीं है।'

'वह इंटेलिजेंस ब्यूरो का डिप्टी स्टेशन हेड है। काफ़ी अहम पोस्ट है।'

'यह उसके लिए अच्छा ही है।'

हवा नहीं चल रही थी। झील शांत थी, हाउसबोट स्थिर थी, ख़ामोशी अस्थिर।

'क्या तुम उससे प्यार करते थे?'

'करता था। मैंने तुम्हें बताना चाहा था।'

'क्यों?'

मूसा ने सिगरेट ख़त्म की और फिर दूसरी जला ली।

'मुझे पता नहीं। यह शायद इज़्ज़त का मसला था। तुम्हारी, मेरी और उसकी इज़्ज़त का।'

'तो तुमने क्यों नहीं बताया?'

'पता नहीं।'

'क्या रिश्ता घर वालों ने तय किया था?'

'नहीं।'

तिलो की बग़ल में बैठे हुए, बग़ल में साँस लेते हुए उसे लगा जैसे वह एक ख़ाली मकान है जिसकी खिड़कियाँ बंद हैं और दरवाज़े हल्के से चरमराते हुए खुलते हैं ताकि भीतर फँसे हुए प्रेतों को थोड़ी हवा मिल सके। जब उसने दुबारा बोलना शुरू किया तो इस तरह जैसे वह रात को सुना रहा हो, उन पहाड़ों को सुना रहा हो जो अब पूरी तरह अदृश्य थे और जहाँ सिर्फ़ फ़ौजी कैंपों में रोशनियाँ टिमटिमा रही थीं और किसी ख़ौफ़नाक समारोह की हल्की-फुल्की सजावट जैसी दिखती थीं।

'उससे मेरी मुलाक़ात एक भयानक तरीक़े से हुई...भयानक लेकिन ख़ूबसूरत...ऐसा सिर्फ़ यहीं हो सकता है। सन 91 का वसंत था। हमारा उथल-पुथल का साल। हम—शायद गॉड्ज़िला को छोड़कर सभी—सोचते थे कि आज़ादी आया ही चाहती है, सिर्फ़ एक धड़कन के फ़ासले पर है। रोज़ गोलियाँ चल रही थीं, धमाके हो रहे थे, मुठभेड़ों में मौतें हो रही थीं। सड़कों पर मुजाहिद खुलेआम हथियार दिखाते हुए चल रहे थे...'

मूसा का स्वर धीमा पड़ गया जैसे वह अपनी ही आवाज़ से घबरा गया हो। वह अपनी आवाज़ का आदी नहीं था। तिलो ने भी उसका बोझ हल्का करने की कोशिश नहीं की। जब मूसा वह प्रसंग सुना रहा था तो जैसे उसके वजूद का एक हिस्सा कहीं दुबक गया था, और उसे यह देखकर राहत मिली कि क़िस्सा दूसरी हल्की-फुल्की बातों की ओर मुड़ गया है।

'बहरहाल। उस साल—उस साल जब उससे मुलाक़ात हुई—मुझे नौकरी मिली ही थी। यह एक बड़ी बात होनी चाहिए थी, लेकिन ऐसा नहीं था क्योंकि उन दिनों हर चीज़ ठप पड़ी थी। कुछ भी नहीं हो रहा था...न अदालतें चल रही थीं, न कॉलेज, न स्कूल...रोज़मर्रा की ज़िंदगी पूरी तरह तबाह थी। कैसे बताऊँ कि किस तरह था...कैसा पागलपन...लड़ाई-भिड़ाई, लूटपाट, अपहरण, क़त्ल...स्कूल के इम्तिहानों में सामूहिक नक़ल। यह सबसे ज़्यादा मज़ेदार चीज़ थी। जंग के बीच लोगों को लगा कि मैट्रिक पास करना ज़रूरी है ताकि उन्हें सरकार से कम ब्याज पर क़र्ज मिल सके...मैं ख़ुद एक ऐसे परिवार को

जानता हूँ जिसकी तीन पीढ़ियों, दादा, वालिद और बेटे ने एक साथ मैट्रिक का इम्तिहान दिया। ज़रा सोचो। किसान, मज़दूर, फल वाले, जो हद से हद दो या तीन दर्जा पास थे, सबने इम्तिहान दिया, गाइड बुक से नक़ल की और अच्छे नंबरों से पास हो गए। यहाँ तक कि उन्होंने पन्नों के नीचे लिखी हुई इबारत 'कृपया पन्ना पलटें' को भी उतार लिया—अँगुली के इशारे वाली वह इबारत याद है न? वह हमारी किताबों में पेज के नीचे लिखी होती थी। आज भी अगर कोई आदमी बेवकूफ़ी दिखाता है तो उससे पूछा जाता है, "क्या तुम *नमतुक*-पास हो?"

तिलो जान रही थी कि वह जान-बूझकर बातों को इधर-उधर ले जा रहा है। उस कहानी के इर्द-गिर्द चक्कर लगा रहा है जिसे सुनाना उसके लिए उतना ही मुश्किल—बहुत मुश्किल—है जितना उसके लिए सुनना।

'यानी क्या तुम सन 91 के पास-आउट हो?' मूसा की मुलायम हँसी में अपने लोगों की कमज़ोरियों से मुहब्बत झलक रही थी।

तिलो को उसकी इसी चीज़ से प्यार था कि वह पूरी तरह से उन लोगों का था जिनसे वह मुहब्बत करता था और जिनका मज़ाक़ उड़ाता था, जिनकी शिकायत करता था और जिन्हें गालियाँ देता था, लेकिन कभी उनसे अलग नहीं होता था। शायद इसकी वजह यह थी कि ऐसा कोई नहीं था जिसे वह 'अपने लोग' कहती या कह सकती। शायद उन दो कुत्तों के सिवा, जो रोज़ सुबह ठीक छह बजे उसके मकान के बाहर पार्क में पहुँच जाते थे और जिन्हें वह खाने के लिए देती थी। शायद उन आवारा लोगों के सिवा, जिनके साथ वह दरगाह निज़ामुद्दीन के पास दूकान में चाय पिया करती थी। लेकिन वे भी नहीं। सचमुच में वे भी नहीं थे।

एक वक़्त था जब वह मूसा को 'अपने लोग' मानती थी। कुछ वक़्त के लिए वे साथ-साथ एक अजीब-सा मुल्क बन गए थे—एक द्वीप, एक गणराज्य, जो बाक़ी दुनिया से पूरी तरह कटा हुआ था। जिस दिन उनकी राहें अलग हुईं, तबसे कोई उसका 'अपने लोग' नहीं था।

'हम लोग आज़ादी के लिए लड़ रहे थे और हज़ारों की तादाद में मर रहे थे और ठीक उसी वक़्त हम उस सरकार से सस्ता क़र्ज भी ले रहे थे जिससे हमारी लड़ाई थी। हम बेवकूफ़ों और पगलेटों की घाटी हैं और हम बेवकूफ़ बनने की आज़ादी के लिए लड़ रहे हैं और—'

मूसा ने अपनी बात रोककर सर उठाया। फकफक करती एक गश्ती नाव पास से गुज़री। उसके सिपाहियों की तेज़ टॉर्चों की शहतीरें पानी की सतह का मुआअना

करने लगीं। उनके जाते ही वह उठ खड़ा हुआ। 'अंदर चलते हैं, बाबाजाना। सर्दी बढ़ रही है।'

प्यार का यह पुराना संबोधन सहज ही निकल पड़ा था। बाबाजाना! तिलो ने इस पर ग़ौर किया। मूसा ने नहीं। सर्दी नहीं थी। तब भी वे अंदर चले आए।

गुलरेज़ डाइनिंग की जगह क़ालीन पर सो रहा था। आग़ा और ख़ानम पूरी तरह जगे हुए थे और उसके बदन से इस तरह खेल रहे थे जैसे वह उनके मनोरंजन के लिए बना हुआ पार्क हो। आग़ा उसके घुटने के मोड़ पर छिपा था और ख़ानम पुट्ठे पर चढ़कर घात लगाए हुए था।

मूसा ने बेडरूम के नक़्क़ाशीदार, बेलबूटेदार, डिजाइनदार दरवाज़े पर खड़े होकर पूछा, 'क्या मैं आ सकता हूँ?' तिलो को इससे कुछ धक्का लगा।

'ग़ुलामों का इतना बेवक़ूफ़ होना ज़रूरी नहीं है, क्यों?' बिस्तर के एक छोर पर बैठी हुई वह पीठ के बल पीछे खिसकी। वह सर को हथेलियों से थामे हुए और पैरों को फ़र्श पर टिकाए हुए थी। मूसा आकर उसकी बग़ल में बैठ गया। उसने अपना हाथ उसके पेट पर रखा। खिंचाव किसी अजनबी मेहमान की तरह कमरे से खिसक गया। बरामदे की रोशनी के अलावा हर जगह अँधेरा था।

'क्या कोई कश्मीरी गाना चलाऊँ?'

'नहीं जनाब, शुक्रिया। मैं कोई कश्मीरी नेशनलिस्ट नहीं हूँ।'

'जल्दी ही हो जाओगी। बस, तीन या चार दिन में।'

'ऐसा क्यों?'

'बिल्कुल हो जाओगी। मैं तुम्हें जानता हूँ। जब तुम वह देखोगी जो देखने जा रही हो और वह सुनोगी जो सुनने जा रही हो तो तुम्हारे पास कोई चारा नहीं रहेगा। क्योंकि तुम आख़िर तुम हो।'

'क्या कोई कन्वोकेशन होने जा रहा है? क्या मुझे डिग्री मिलने वाली है?'

'हाँ। और तुम अव्वल दर्जे में पास हो जाओगी। मैं तुम्हें जानता हूँ।'

'नहीं जानते हो तुम मुझे अच्छी तरह से। मैं पक्की देशभक्त हूँ। मैं जब भी राष्ट्रीय झंडा देखती हूँ, रोंगटे खड़े हो जाते हैं। मैं इतनी भावुक हो जाती हूँ। मुझे झंडे और सिपाही और मार्च करती हुई परेड बहुत पसंद हैं। वह गाना कौन-सा है?'

'तुम्हें अच्छा लगेगा। मैं इसे कर्फ़्यू के बीच से तुम्हारे लिए लाया हूँ। यह शायद हमारे ही लिए लिखा गया, तुम्हारे और मेरे लिए। मेरे गाँव के एक आदमी लास कोन का लिखा हुआ है। तुम्हें अच्छा लगेगा।'

'नहीं लगेगा, मुझे अच्छी तरह पता है।'

'भई, एक मौक़ा तो दो।'

मूसा ने फिरन की जेब से एक सीडी निकाली और प्लेयर पर लगा दी। गिटार के तार झंकृत होने के साथ ही तिलो की आँखें चमक उठीं।

ट्रैवलिंग लेडी, स्टे अ ह्वाइल
अंटिल द नाइट इज़ ओवर।
आ'एम जस्ट अ स्टेशन ऑन योर वे,
आइ नो आ'एम नॉट योर लवर।

(मुसाफ़िर महिला, अभी रुको कुछ देर
जब तक बीत नहीं जाती यह रात
मैं महज़ एक पड़ाव तुम्हारे रस्ते में
प्रेमी नहीं तुम्हारा, पता है मुझे यह बात।)

'लियोनार्ड कोहेन।'

'हाँ। बेचारा वह भी नहीं जानता कि वह असल में कश्मीरी है। या फिर उसका सही नाम लॉस कोन है...'

वेल आइ लिव्ड विद अ चाइल्ड ऑफ़ स्नो
ह्वेन आइ वाज़ अ सोल्जर
एंड आइ फ़ॉट एवरीमैन फ़ॉर हर
अंटिल द नाइट्स ग्र्यू कोल्डर।

शी यूज़्ड टु वियर हर हेयर लाइक यू
एक्सेप्ट ह्वेन शी वाज़ स्लीपिंग,
एंड देन शी'ड वीव इट ऑन अ लूम
ऑफ़ स्मोक एंड गोल्ड एंड ब्रीदिंग।

एंड ह्वाई आर यू सो क्वाइट नाउ
स्टैंडिंग देअर इन द डोरवे?
यू चोज़ योर जर्नी लांग बिफ़ोर
यू केम अपॉन दिस हाइवे।

(रहता था मैं हिम-कन्या के संग
जब मैं था एक अदद सैनिक
मैं सबसे लड़ा उसी की ख़ातिर
रातें ठंडी होने से पहले तक।

उसके केश तुम्हारे जैसे होते थे,
जब वह सोयी हुई नहीं रहती थी
वे केश धुएँ और सोने और साँसों के
जिनको वह करघे पर बुनती थी।

और अब तुम क्यों हो ख़ामोश इस क़दर
खड़ी हुई वहाँ उस दरवाज़े पर?
पहले ही सोच लिया था तुमने
आना है इसी राह, करना है यही सफ़र।)

'उसे कैसे पता चला?'

'लास कोन को सब पता रहता है।'

'क्या उसके बाल भी मेरे जैसे थे?'

'वह एक शरीफ़ औरत थी, बाबाजाना। मुत नहीं।'

तिलो ने मूसा को चूमा। वह उसे जकड़े हुए थी और अपने से दूर नहीं होने दे रही थी, लेकिन उसने कहा, 'दूर हटो, गंदे पहाड़ी।'

'धुल-पुँछ के सफाचट, नदिया-नार।'

'तुम कब से नहीं नहाये हो?'

'नौ महीने से।'

'नहीं, सच बताओ।'

'शायद एक हफ़्ते से। पता नहीं।'

'गंदे हरामी।'

मूसा का नहाना देर तक चलता रहा। तिलो उसे लास कोन के साथ गुनगुनाते सुनती रही। वह नंगे बदन बाहर आया। कमर में तौलिया लपेटे हुए, साबुन और शैंपू की गंध के साथ। वह ख़ुशी से चहक उठी।

'तुमसे गर्मियों के गुलाब जैसी ख़ुशबू आ रही है।'

'मैं तो वाक़ई गुनहगार जैसा महसूस कर रहा हूँ।' मुस्कुराते हुए मूसा ने कहा।

'सही है। तुम लगते भी हो।'

'हफ़्तों तक जुओं और जोंकों को दावत देने के बाद आज मैंने उन्हें घर से निकाल दिया।'

तिलो के भीतर उसके लिए कुछ ज़्यादा प्यार उमड़ आया।

वे दोनों एक अनसुलझी (और शायद अनसुलझी रहने वाली) पहेली के हिस्सों की तरह एक दूसरे से जुड़े थे—उसके धुएँ के भीतर उसका सुडौलपन, उसके एकाकीपन के भीतर उसका जमघट, उसकी विचित्रता के भीतर उसकी बेबाकी, उसकी गुस्ताख़ी के भीतर उसका संयम। उसकी ख़ामोशी के भीतर उसकी ख़ामोशी।

बेशक, कुछ हिस्से ऐसे भी थे जो एक दूसरे से जुड़ नहीं पाते थे।

उस रात एचबी शाहीन में जो कुछ हुआ, शायद वह प्रेम कम और विलाप ज़्यादा था। घाव इतने पुराने थे और इतने नए, और इतने गहरे भी कि भर नहीं सकते थे। लेकिन उस उड़ते हुए क्षण में उन्होंने जुए के बढ़ते कर्ज़े की तरह उन ज़ख़्मों को आपस में मिला लिया और दुख में बराबरी का साझा कर लिया—उन्हें कोई नाम दिये बग़ैर या यह पूछे बग़ैर कि कौन-सा ज़ख़्म किसका है। उस उड़ते हुए क्षण में उन्होंने उस दुनिया को विदा कर दिया था जिसमें वे जी रहे थे और एक दूसरी दुनिया को मुमकिन कर लिया था।

लेकिन फिर, कुछ दूसरे हिस्से भी थे, जो एक-दूसरे में नहीं समाते थे।

तिलो को पता था कि बिस्तर के नीचे बंदूक़ रखी है। उसने इसका कोई ज़िक्र नहीं किया। तब भी नहीं, जब उसने मूसा के गुट्ठलों को गिन लिया। और उन्हें चूम लिया। वह उसके ऊपर फैलकर लेट गई जैसे वह गद्दा हो। अँगुलियाँ आपस में फँसाकर उसने उन पर ठुड्डी टिका ली। उसके पूरी तरह ग़ैर-कश्मीरी नितंब श्रीनगर की रात की चपेट में थे। उसे इस पर ख़ास आश्चर्य नहीं हुआ कि मूसा अपने सफ़र में कहाँ पहुँच गया है। उसे बहुत साल पहले, 1984 का वह दिन साफ़-साफ़ याद था (1984 को कौन भूल सकता है) जब ऐसी ख़बरें छपीं कि मक़बूल बट नाम के एक कश्मीरी को क़त्ल और देशद्रोह के जुर्म में दिल्ली की तिहाड़ जेल में फाँसी दे दी गई और लाश को इस डर के मारे जेल के भीतर ही दफ़ना दिया गया कि कहीं उसकी क़ब्र मज़ार में न बदल जाए और कश्मीर में कोई उग्र मुहिम न शुरू कर दे जो पहले से ही सुलग रहा

था। उनके कॉलेज के लिए इस ख़बर की कोई अहमियत नहीं थी—न छात्रों के लिए न प्रोफ़ेसरों के लिए। लेकिन उस रात मूसा ने ठंडे और सपाट ढंग से कहा था, 'एक दिन तुम्हें समझ में आएगा कि क्यों मेरे लिए इतिहास आज से शुरू हुआ है।' वह तब उसके शब्दों का आशय पूरी तरह नहीं समझ पाई थी, लेकिन उनकी शिद्दत उसके भीतर बनी रह गई।

'और केरल में क्वीन मदर का क्या हाल है?' मूसा ने अपनी प्रेमिका के घोंसले जैसे बालों की ओर देखते हुए पूछा।

'पता नहीं। मैं गई नहीं।'

'तुम्हें जाना चाहिए।'

'जानती हूँ।'

'वे तुम्हारी माँ हैं। वे तुम हो। तुम वे हो।'

'यह कश्मीरी नज़रिया होगा। हिंदुस्तान में ऐसा नहीं है।'

'मैं मज़ाक़ नहीं कर रहा हूँ। तुम अच्छा नहीं कर रही हो, बाबाजाना। तुम्हें जाना ही चाहिए।'

'पता है।'

मूसा ने उसकी रीढ़ के दोनों तरफ़ पेशियों पर अँगुलियाँ फिराईं। यह सहलाना जैसे एक शारीरिक परख बन गया और पल-भर के लिए मूसा अपने शक्की बाप में तब्दील हो गया। उसने उसके कंधों, उसकी पतली मांसल बाँहों की जाँच की।

'यह कैसे हुआ?'

'अभ्यास से।'

एक सेकेंड की ख़ामोशी। तिलो ने तय किया कि वह उसे उन मर्दों के बारे में नहीं बताएगी जो उसका पीछा करते थे, दिन-रात, वक़्त-बेवक़्त उसके दरवाज़े पर दस्तक देते थे, जिनमें एक रिटायर्ड पुलिस अफ़सर मिस्टर एस.पी.पी. राजेंद्रन भी था जो उसकी आर्किटेक्चर फ़र्म में प्रशासनिक पद पर था। उसे प्रशासनिक विशेषता से ज़्यादा इस वजह से रखा गया था कि सरकार में उसके लंबे-चौड़े संपर्क थे। वह दफ़्तर में खुलेआम उससे लंपटई करता, अश्लील बातें कहता, अक्सर उसकी मेज़ पर कोई उपहार रख देता, जिसे वह अनदेखा करती। लेकिन रात में, शायद शराब के जोश में, वह गाड़ी लेकर निज़ामुद्दीन आता और उसका दरवाज़ा खटखटाकर खोलने के लिए कहता। उसकी बेशर्मी की वजह यह थी कि अगर मामला बिगड़ गया या अदालत में चला गया तो उसी की बात मानी जाएगी। सार्वजनिक सेवा का उसका शानदार रिकॉर्ड था,

उसे वीरता का मेडल मिल चुका था, और वह एक अकेली औरत थी जो भद्दे कपड़े पहनती थी, सिगरेट पीती थी और उसमें ऐसा कुछ नहीं था जिससे लगे कि वह किसी 'भले' घर की है या उसका परिवार उसके बचाव के लिए आगे आएगा। तिलो इस बारे में सतर्क थी और एहतियाती उपाय कर चुकी थी। अगर मिस्टर राजेंद्रन अपनी क़िस्मत आज़माना चाहते तो उन्हें इसका एहसास होने से पहले ही वह उन्हें फ़र्श पर चारों खाने चित्त कर देती।

उसने यह सब नहीं बताया क्योंकि उसे लगा कि मूसा जिस चीज़ से गुज़र रहा है उसके सामने यह बेकार-सी और नगण्य बात है। वह उसकी देह से उतर गई।

'सुल्तान के बारे में बताओ... वह बेवकूफ़, जिससे गुलरेज़ इतना नाराज़ था। वह कौन है?'

मूसा मुस्कुराया।

'सुल्तान? सुल्तान कोई आदमी नहीं था और बेवकूफ़ भी नहीं। वह ख़ासा होशियार था। वह एक मुर्ग़ा था, एक अनाथ मुर्ग़ा जिसे गुलरेज़ तब से पाल रहा था जब वह नन्हा चूज़ा था। सुल्तान पूरी तरह उसका भक्त था। वह जहाँ भी जाता, वह उसके साथ होता और वे एक दूसरे से लंबी बातें किया करते जिसे कोई दूसरा समझ नहीं पाता था। उनकी जोड़ी अभिन्न थी। पूरे इलाक़े में सुल्तान की शोहरत थी। आसपास के गाँवों के लोग भी उसे देखने आते। उसके पंख बेहद ख़ूबसूरत थे। बैंजनी, नारंगी, लाल, और वह अकड़कर चलता था जैसे सचमुच का सुल्तान हो। मैं उसे अच्छी तरह जानता था... हम सब जानते थे। वह इतना...बुलंद था, उसका व्यवहार ऐसा था जैसे हम उसके कर्ज़दार हों... समझे न? एक दिन एक फ़ौजी कैप्टन कुछ सिपाहियों को लेकर गाँव में आया...पता नहीं उसका असली नाम क्या था, लेकिन अपने को कैप्टन जाँबाज़ कहता था...ये बंदे हमेशा अपना कोई फ़िल्मी नाम रख लेते हैं...वे वहाँ कॉर्डन-एंड-सर्च के लिए नहीं आए थे...सिर्फ़ गाँव के लोगों से बात करने, उन्हें थोड़ा डराने-धमकाने, थोड़ा बदतमीज़ी करने आए थे... यह एक आम चलन था। गाँव के लोगों को एक चौक में इकट्ठा किया गया। गुल-काक और सुल्तान की जानी-मानी जोड़ी भी वहाँ थी। सुल्तान भी इतने ग़ौर से सुन रहा था जैसे वह कोई इंसान या गाँव का कोई सयाना हो। कैप्टन के साथ एक कुत्ता था। पट्टे से बँधा हुआ एक बड़ा-सा जर्मन शेफ़र्ड। धमकियाँ देने और भाषण पिलाने के बाद उसने कुत्ते का पट्टा खोला और कहा 'जिमी! फ़ेच!' जिमी सुल्तान पर झपटा, उसने उसे मार डाला और सिपाही रात की दावत के लिए

उसे ले गए। गुल-काक बर्बाद हो गया। कई दिनों तक रोता रहा, जैसे लोग अपने मारे गए नातेदारों के लिए रोते हैं। सुल्तान उसका नातेदार था...इससे कम नहीं। और वह इसलिए परेशान था कि सुलतान ने उसे निराश किया, वह न तो पलटकर लड़ा और न भागा—जैसे वह कोई मुजाहिद हो जिसे सभी दाँव-पेंच पता रहने चाहिए थे। तो, गुल ने सुल्तान को गालियाँ दीं और रोता रहा, ''अगर तुम्हें मिंट्री के साथ रहना नहीं आता था तो तुम इस दुनिया में आए ही क्यों थे?'''

'तो तुम उसे इसकी याद क्यों दिला रहे थे? यह बड़ी घटिया बात है...'

'गुल मेरा छोटा भाई है, यार। हम एक-दूसरे के कपड़े पहनते हैं। एक दूसरे पर जान छिड़कते हैं। मैं उसके साथ कुछ भी कर सकता हूँ।'

'यह तो तुम अच्छा नहीं करते हो, मूसाकुट्टन। हिंदुस्तान में हम ऐसा नहीं करते...'

'हमारा नाम भी एक जैसा है...'

'मतलब?'

'मैं भी इसी नाम से जाना जाता हूँ। कमांडर गुलरेज़। मुझे मूसा यस्वी के नाम से कोई नहीं जानता।'

'यह सब क्या दिमाग़-चाटू चूतियापा है।'

'श्श्श...कश्मीर में हम ऐसी ज़बान नहीं बोलते।'

'हम तो बोलते हैं हिंदुस्तान में।'

'अब सोना चाहिए, बाबाजाना।'

'हाँ।'

'लेकिन पहले हम कपड़े पहन लें।'

'क्यों?'

'प्रोटोकॉल। यह कश्मीर है।'

इस मामूली से व्यवधान के बाद नींद उड़ना स्वाभाविक था। पूरी तरह कपड़े पहने हुए तिलो को कुछ आशंका हुई कि 'प्रोटोकॉल' का क्या मतलब है, लेकिन प्यार से निश्चिंत और रति-सुख से तृप्त वह अपनी कोहनी के सहारे बैठ गई।

'कुछ बात करो...'

'और अभी तक हम जो कर रहे थे वह क्या था?'

'इसे 'पूर्व-बात' कहते हैं।'

उसने अपना गाल मूसा की दाढ़ी के ठूँठों से रगड़ा और उसकी बग़ल में तकिये पर सर रखकर लेट गई।

'कौन-सी बात बताऊँ?'

'हरेक बात। बिना काट-छाँट के।'

उसने दो सिगरेटें सुलगाईं।

'मुझे वह कहानी सुनाओ... वह कहानी जो भयानक और सुंदर है... मुहब्बत की कहानी। असल कहानी सुनाओ।'

तिलो को समझ नहीं आया कि उसके यह कहने से मूसा ने क्यों उसे कसकर पकड़ा और क्यों उसकी आँखों में आँसुओं जैसी चमक आई। जब मूसा ने बुदबुदाकर 'अख़ दलीला वन...' कहा, तो उसका आशय उसे समझ में नहीं आया।

और फिर मूसा ने उसे इस तरह कस लिया जैसे वही उसकी ज़िंदगी हो, और उसे जबीन के बारे में बताया कि कैसे वह मिस जबीन कहलाने की ज़िद करती थी, सोते समय किस तरह की कहानियाँ सुनाने की फ़रमाइश करती थी और वह क्या-क्या शरारतें करती थी। उसने उसे आरिफ़ा के बारे में बताया कि किस तरह उनकी पहली मुलाक़ात श्रीनगर में स्टेशनरी की एक दूकान में हुई थी :

'उस दिन गॉड्ज़ी से मेरा ख़ूब झगड़ा हुआ था। अपने नए जूतों को लेकर। वे बहुत प्यारे बूट थे—अब गुल-काक उन्हें पहनता है। बहरहाल...मैं कुछ स्टेशनरी ख़रीदने जा रहा था और वही जूते पहने हुए था। गॉड्ज़ी ने मुझे उन्हें उतारकर साधारण जूते पहनने के लिए कहा क्योंकि बढ़िया बूट पहनने वाले नौजवानों को अक्सर मिलिटेंट कहकर गिरफ़्तार कर लिया जाता था—उन दिनों इतना ही सबूत काफ़ी होता था। बहरहाल, मैंने उनकी बात नहीं मानी, तो आख़िर में उन्होंने कहा, 'तुम जो चाहो करो, लेकिन मेरी बात याद रखना, ये जूते कोई मुसीबत लाकर रहेंगे।' उन्होंने ठीक कहा था...वे मुसीबत लाए—एक बड़ी मुसीबत, लेकिन वैसी नहीं जैसी आशंका वे कर रहे थे। मैं स्टेशनरी की जिस दूकान में जाता था, वह शहर के बीच लाल चौक में थी। जे.के. स्टेशनरी। जब मैं अंदर था तो बाहर सड़क पर एक ग्रेनेड फटा। उसे किसी मिलिटेंट ने एक सिपाही पर फेंका था। मेरे कानों के पर्दे फटते-फटते बचे। दूकान के भीतर हर चीज़ तितर-बितर हो गई थी, चारों ओर काँच बिखरे थे, बाज़ार में अफ़रा-तफ़री मची थी, लोग चीख़ रहे थे। ज़ाहिर है, सिपाही बौखला गए थे। उन्होंने दूकानों में तोड़-फोड़ की, अंदर घुसे और जो भी दिखा उसे पीटना शुरू कर

दिया। मैं फ़र्श पर था। उन्होंने मुझे लातें जड़ीं और राइफ़ल के कुंदे से पीटा। मुझे याद है, मैं वहाँ पड़ा हुआ अपनी खोपड़ी बचाने की कोशिश कर रहा था, अपने ख़ून को फ़र्श पर फैलते देख रहा था। मैं बुरी तरह घायल नहीं था, लेकिन उठने से डर लग रहा था। एक कुत्ते ने मेरी तरफ़ देखा जैसे हमदर्दी जता रहा हो। जब मैं इस धक्के से उबरा तो मुझे अपने पैरों पर कोई भारी चीज़ महसूस हुई। मुझे अपने नए बूटों की याद आई और सोचा कि उनका क्या हाल होगा। जैसे ही मुझे लगा कि अब कोई ख़तरा नहीं है, मैंने पूरी एहतियात से आहिस्ता से अपना सर उठाकर देखा। और मैंने देखा कि एक ख़ूबसूरत चेहरा मेरे बूटों पर टिका हुआ है। यह कुछ इस तरह था जैसे नरक में नींद खुली हो और एक फ़रिश्ता मेरे बूटों पर बैठा हो। वह आरिफ़ा थी। वह भी बेहिस थी और हिलने की हिम्मत नहीं कर रही थी। लेकिन वह बिल्कुल शांत थी। वह न मुस्कुराई और न अपना सर हिलाया। उसने मेरी तरफ़ देखा और कहा, ''बढ़िया बूट''। मुझे हैरानी हुई कि वह कैसे इतनी बेफ़िक्र थी। न कोई मातम, न चीख़, न रोना, न सुबकना—बस एकदम बेफ़िक्र। हम दोनों हँस पड़े। उसने हाल ही में वेटरनरी मेडिसिन की डिग्री ली थी। जब मैंने अपनी माँ को बताया कि मैं शादी करना चाहता हूँ तो वे हैरान रह गईं। उन्हें लगता था कि मैं कभी शादी नहीं करूँगा। उन्होंने मुझसे कोई उम्मीद करना भी छोड़ दिया था।'

तिलो और मूसा के लिए एक तीसरे प्रेम के बारे में ऐसी अजीब बातें करना संभव था क्योंकि वे एक साथ यार और पूर्व-यार थे, प्रेमी और पूर्व-प्रेमी थे, सहोदर और पूर्व-सहोदर, सहपाठी और पूर्व-सहपाठी थे, क्योंकि उन्हें ऐसे अनोखे ढंग से एक-दूसरे पर विश्वास था कि वे जानते थे कि उनमें से कोई जिससे भी प्यार करेगा वह सचमुच प्यार करने लायक़ होगा, भले ही यह किसी एक के दिल को चोट पहुँचाने वाला हो। दिल के मसलों पर उनके बीच जैसे सुरक्षा-बाड़ का एक जंगल ही उगा हुआ था।

मूसा ने तिलो को मिस जबीन और आरिफ़ा की तस्वीर दिखाई, जिसे वह अपने बटुए में रखता था। आरिफ़ा चाँदी की कढ़ाईवाला भूरा-मोतिया फिरन और सफ़ेद हिजाब पहने थी। मिस जबीन अपनी माँ का हाथ पकड़े हुए थी। वह एक डेनिम जंपसूट में थी जिसकी छाती पर दिल की शक्ल काढ़ी गई थी। उसके हँसते हुए, सेब जैसे गालों के चारों ओर सफ़ेद हिजाब बँधा था। तिलो देर तक तस्वीर को देखती रही, फिर उसे लौटा दिया। अचानक उसे मूसा बीमार और थका-हारा नज़र आया, लेकिन जल्दी ही सहज हो गया। उसने उसे बताया कि आरिफ़ा और मिस जबीन की मौत कैसे हुई। उसने अमरीक सिंह

और जालिब क़ादरी की हत्या के बारे में भी बताया और उसके बाद शुरू हुए हत्याओं के सिलसिले के बारे में भी। और शिराज़ में अमरीक सिंह की मनहूस माफ़ी के बारे में भी।

'मेरे परिवार के साथ जो कुछ हुआ उसका मुझे बुरा नहीं लगता, लेकिन मुझे बुरा नहीं लगने का बुरा लगता है। क्योंकि यह भी तो बहुत ज़रूरी है।'

वे रात-भर बातें करते रहे। कई घंटे के बाद तिलो ने फिर से तस्वीर की चर्चा छेड़ी।

'क्या उसे हिजाब पहनना अच्छा लगता था?'

'आरिफ़ा को?'

'नहीं, तुम्हारी बच्ची को।'

मूसा ने कंधे उचकाए। 'यह तो रिवाज़ है। हमारा रिवाज़।'

'मुझे पता नहीं था तुम इतने रिवाज़ वाले हो। अगर मैं तुमसे शादी कर लेती तो तुम मुझे भी हिजाब पहनाते?'

'नहीं, बाबाजाना। अगर तुम मुझसे शादी करतीं तो मैं हिजाब पहनता और तुम बंदूक़ लेकर ज़मींदोज़ हो जातीं।'

तिलो हँस पड़ी।

'और मेरी फ़ौज में कौन होता?'

'मालूम नहीं, इंसान तो नहीं होते।'

'पतिंगों का स्क्वाड्रन होता और नेवलों की ब्रिगेड।'

तिलो ने मूसा को अपनी उबाऊ नौकरी और दरगाह निज़ामुद्दीन के पास स्टोर रूम की रोमांचक ज़िंदगी के बारे में बताया। उस मुर्ग़े के बारे में भी, जो उसने दीवार पर बनाया था—'कितना अजीब है। हो सकता है सुल्तान किसी टेलीपैथी के ज़रिए मेरे पास आ गया हो (यह मोबाइल फ़ोन से पहले का दौर था इसलिए उसके पास दिखाने के लिए कोई तस्वीर नहीं थी)। उसने अपने पड़ोसी के बारे में बात की, जो एक फ़र्ज़ी सेक्स-हकीम थे, अपनी मूँछों पर मोम लगाते थे और जिनके यहाँ मरीज़ों की अंतहीन भीड़ रहती थी। उसने अपने आवारा और निकम्मे दोस्तों के बारे में बताया जिनके साथ वह हर सुबह गली में चाय पीती थी और जिनका ख़याल था कि वह किसी ड्रग माफ़िया के लिए काम करती है।

'मैं हँस देती हूँ, लेकिन इनकार नहीं करती। मैं इस ग़लतफ़हमी को दूर नहीं करती।'

'क्यों? यह तो ख़तरनाक है।'

'नहीं। इससे उलट है। इससे मुझे मुफ़्त की सुरक्षा मिली हुई है। उन्हें लगता है मेरी हिफ़ाज़त के लिए गुंडे मौजूद होंगे। कोई मुझे परेशान नहीं करता। चलो, सोने से पहले कोई कविता पढ़ते हैं।' यह पुरानी आदत थी, कॉलेज के दिनों की। कोई कहीं से भी किताब का कोई पन्ना खोल लेता और दूसरा कविता पढ़ने लगता। शायरी का यह रूलेट जुआ अक्सर उन्हें और उनके उस ख़ास पल को एक अलौकिक एहसास से भर देता। तिलो बिस्तर से उछली और ओसिप मांदेलस्ताम की एक पतली, पुरानी किताब उठा आई। मूसा ने किताब खोली। तिलो पढ़ने लगी :

आइ वाज़ वॉशिंग ऐट नाइट इन द कोर्टयार्ड,
हार्श स्टार्स शोन इन द स्काइ।
स्टारलाइट, लाइक साल्ट ऑन ऐन ऐक्स-हेड—
द रेन-बट वाज़ ब्रिम-फुल एंड फ़्रोज़न।

(मैं हाथ-मुँह धोता था अहाते में रात को,
कठोर तारे चमक रहे थे आसमान में।
तारों की रोशनी, जैसे कुल्हाड़ी की धार पर नमक-
बारिश का कुंदा, जो लबालब था और जमा हुआ।)

'बारिश का कुंदा क्या है? पता नहीं...पता करूँगी।'

द गेट्स आर लॉक्ड,
एंड द अर्थ इन ऑल कंसायंस इज़ ब्लीक।
देअर'ज़ स्कैर्सली ऐनिथिंग मोर बेसिक एंड प्योर
दैन टुथ्स क्लीन कैनवस।

अ स्टार मेल्ट्स, लाइक साल्ट, इन द बैरल
एंड द फ़्रीज़िंग वॉटर इज़ ब्लैकर,
डेथ क्लीनर, मिसफ़ॉर्च्यून सॉल्टियर,
एंड द अर्थ मोर टुथफ़ुल, मोर ऑफ़ुल।

(दरवाज़े बंद हैं,
वीरान है पृथ्वी का अंत:करण,

कुछ भी नहीं है इतना बुनियादी और शुद्ध
जितना सत्य का सफ़ेद कैनवस।

एक तारा पिघलता है पीपे में, नमक की तरह
और जमा हुआ पानी है ज़्यादा स्याह,
मृत्यु ज़्यादा साफ़-सुथरी, दुर्भाग्य ज़्यादा नमकीन
पृथ्वी ज़्यादा सच्ची, ज़्यादा भीषण।)

'एक और कश्मीरी कवि।'

'रूसी कश्मीरी।' तिलो ने कहा। 'उसकी मौत स्तालिन के गुलाग युग में एक यातना-शिविर में हुई थी। स्तालिन पर उसका क़सीदा वफ़ादारी से लिखा हुआ नहीं माना गया।

तिलो को कविता पढ़ने का अफ़सोस हुआ।

वे उचटी-सी नींद सोए। भोर होने से पहले अध-नींद में तिलो ने मूसा को फिर से बाथरूम में पानी उछालते, नहाते-धोते और पेस्ट करते हुए सुना (बेशक, तिलो के टूथब्रश से)। वह अपने गीले बाल सँवारे हुए बाहर आया और फिरन और टोपी पहनी। फिर तिलो ने देखा, वह नमाज़ पढ़ रहा है। यह उसने पहले कभी नहीं देखा था। वह बिस्तर पर बैठ गई। इससे उसका ध्यान नहीं बँटा। नमाज़ के बाद वह उसके पास बिस्तर पर बैठ गया।

'तुम्हें इससे परेशानी तो नहीं है?'

'होनी चाहिए क्या?'

'एक बड़ा बदलाव है...'

'हाँ। नहीं। बस...सोच रही हूँ।'

'हम सिर्फ़ अपनी देह के बल पर नहीं जीत सकते। अपनी रूह को भी शामिल करना होगा।'

तिलो ने फिर दो सिगरेटें सुलगाईं।

'पता है हमारे लिए सबसे मुश्किल चीज़ क्या है? जंग में सबसे मुश्किल चीज़? हमारे लिए ख़ुद पर तरस खाना आसान है... ऐसी-ऐसी भयानक चीज़ें यहाँ लोगों के साथ हुई हैं...हरेक घर में कुछ न कुछ बुरा हुआ है...लेकिन ख़ुद पर तरस खाना तो... ख़ुद को कमज़ोर बनाना है। बड़ी तौहीन होगी...अब यह आज़ादी से भी ज़्यादा अपनी ख़ुद्दारी को बचाए रखने की जंग है। और अपनी

ख़ुद्दारी को बचाए रखने का एक ही ज़रिया है कि हम भी पलटकर जवाब दें। भले ही हार जाएँ। भले ही मर जाएँ। लेकिन इसके लिए हमें—आम लोगों को—एक लड़ाकू ताक़त बनना होगा...एक फ़ौज। इसके लिए हमें अपने को आसान बनाना होगा, ख़ुद में एक मानक बनना होगा...अपने को सिकोड़ना होगा...हर एक को एक ही तरीक़े से सोचना होगा, एक ही ख़्वाहिश रखनी होगी...हमें अपनी पेचीदगियों, अपने मतभेदों, अपनी फूहड़ताओं, अपनी बारीक़ियों को दूर करना होगा...हमें उतना ही एक-दिमाग़ी...उतना ही अटूट...उतना ही बेवक़ूफ़ बनना होगा जितनी हिंदुस्तानी फ़ौज है जिसका हम सामना कर रहे हैं। लेकिन वे लोग पेशेवर हैं और हम महज़ अवाम हैं। ऑक्युपेशन की सबसे ख़राब बात यह रही...कि उसने हमें ऐसा बनने के लिए मजबूर कर दिया...यह कमतरी, यह मानकीकरण...यह बेवकूफ़ीकरण...क्या ऐसा कोई लफ़्ज़ बनता है?'

'अभी बन गया है।'

'ऐसा बेवकूफ़ीकरण...ऐसा अहमक़ीकरण...अगर और जब भी हमें हासिल हो पाएगा, वही हमें आज़ादी दिलाएगा। वही हमारी शिकस्त को नामुमकिन बनाएगा। पहले यह हमारी मुक्ति बनेगा और फिर...जब हमारी जीत हो जाएगी...तो यही हमारी ख़ामी में बदल जाएगा। पहले आज़ादी। फिर सफ़ाया। यही पैटर्न है।'

तिलो कुछ नहीं बोली।

'क्या तुम सुन रही हो?'

'बिल्कुल।'

'मैं इतनी संजीदगी से कह रहा हूँ और तुम कुछ बोल ही नहीं रही हो।'

तिलो ने उसकी तरफ़ देखा और उसके आगे के छिले हुए दाँतों के बीच अंग्रेज़ी के 'वी' में अपना अँगूठा धँसाया। मूसा ने उसका हाथ थामा और चाँदी की अँगूठी को चूम लिया।

'मुझे ख़ुशी है कि तुम अब भी इसे पहने हुए हो।'

'यह फँस गई है। अगर मैं चाहूँ भी तो निकलेगी नहीं।'

मूसा मुस्कुराया। वे ख़ामोशी से धुआँ उड़ाते रहे। सिगरेट ख़त्म होने पर वह ऐश-ट्रे को खिड़की पर ले गई और ठूँठों को पानी में फेंक दिया जहाँ बहुत से ठूँठ पहले ही तैर रहे थे। उसने आसमान की तरफ़ देखा और बिस्तर पर लौट आई।

'यह मैंने बड़ा गंदा काम किया। सॉरी।'

मूसा ने उसके माथे को चूमा और उठ खड़ा हुआ।

'क्या तुम जा रहे हो?'

'हाँ। नाव आने वाली है। पालक और तरबूज़ और गाजर और कमल

ककड़ी वाली। मैं हँ'ज़ बन जाऊँगा...झील के तैरते बाज़ार में सब्ज़ी बेचने वाला। मैं दाम घटाऊँगा, औरतों को अंधाधुंध सब्ज़ी बेचूँगा और उसी गहमागहमी में निकल जाऊँगा।'

'तुमसे कब मुलाक़ात होगी?'

'कोई तुम्हें लेने आएगा—ख़दीजा नाम की एक औरत। उस पर यक़ीन करना और साथ चली जाना। तुम सफ़र में रहोगी। मैं चाहता हूँ तुम हर चीज़ को देखो, हर चीज़ को जानो। तुम्हें कोई ख़तरा नहीं होगा।'

'तुमसे कब मुलाक़ात होगी?'

'तुम जब सोचती हो उससे पहले ही। मैं तुम्हें ढूँढ़ लूँगा। ख़ुदा हाफ़िज, बाबाजाना।'

और वह चला गया।

सुबह गुलरेज़ ने उसे कश्मीरी नाश्ता दिया। मक्खन और शहद के साथ लवासा रोटियाँ। बग़ैर चीनी का कहवा जिसमें छिले हुए बादाम थे जो उसने प्याले के तले से निकालकर खाए। आग़ा और ख़ानम अपनी शैतानियों में लगे थे, डाइनिंग मेज़ के ऊपर और नीचे कूदते हुए, बर्तनों को खनखनाते हुए, नमक को इधर-उधर गिराते हुए। ठीक दस बजे ख़दीजा अपने दो जवान बेटों के साथ आईं। उन्होंने शिकारे में बैठकर झील पार की और लाल रंग की मारुति 800 में बैठकर शहर की तरफ़ चल दीं।

अगले दस दिनों तक तिलो कश्मीर घाटी में घूमती रही, हर रोज़ नए लोगों के साथ। कभी आदमी, कभी औरत, कभी परिवार और कभी बच्चे। यह पहला सफ़र था जिसके बाद उसने तमाम वर्षों में कई सफ़र किए। कभी बस, साझा टैक्सी और कभी-कभी कार में। वह उन टूरिस्ट जगहों में गई जिन्हें हिंदी फ़िल्मों ने मशहूर कर दिया था—गुलमर्ग़, सोनमर्ग़, पहलगाम और बेताब वैली, जिसे वहाँ फ़िल्माई गई इसी नाम की फ़िल्म की वजह से यह नाम मिला था। जिन होटलों में फ़िल्मी सितारे रुकते थे, वे ख़ाली थे, हनीमून कॉटेज वीरान थे (उसके साथ सफ़र करने वाले मज़ाक़ में कहते थे कि यहीं उन पर ज़ुल्म करने वाले गर्भ में आए थे)। वह उन चरागाहों में पैदल घूमी जहाँ साल-भर पहले अमेरिका, ब्रिटेन, जर्मनी और नार्वे के छह टूरिस्टों को 'अल-फ़ारान' ने बंधक बनाया था, जो एक नया-नया मिलिटेंट संगठन था जिसके बारे में बहुत कम लोगों ने सुना था। छह में से पाँच की हत्या कर दी गई और एक बच निकला। नार्वे के एक नौजवान कवि और नृत्य कलाकार का सर काट दिया गया और

उसकी लाश पहलगाम की चारागाह में फेंक दी गई। अपहरणकर्ता उसे मारने से पहले जगह-जगह ले जाते थे तो वह काग़ज़ के पुर्जों पर कविताएँ लिखकर चोरी-छिपे लोगों में बाँटा करता था।

उसने लोलाब वैली का सफ़र किया, जिसे पूरे कश्मीर में सबसे सुंदर और सबसे ख़तरनाक माना जाता था और उसके जंगल मिलिटेंटों, सिपाहियों और इख़वानियों से भरे हुए थे। वह रफ़ीयाबाद के नामालूम जंगली रास्तों पर भी घूमी, जो नियंत्रण रेखा के पास पहाड़ी झरनों के घास-भरे किनारों से गुज़रते थे और जहाँ से उतरकर वह नीचे आती और सर्दी से नीले पड़े होंठों से एक प्यासे जानवर की तरह पानी पीकर प्यास बुझाती। वह बाग़ानों और क़ब्रिस्तानों से घिरे गाँवों में गई और गाँव वालों के घरों में रही। मूसा बग़ैर किसी सूचना के आता और चला जाता। वे दूर पहाड़ पर पत्थरों से बनी एक ख़ाली झोपड़ी में अलाव के इर्द-गिर्द बैठते, जहाँ गर्मियों में अपनी भेड़ों के साथ मैदानों से लौटते गूजर चरवाहे रुकते थे। मूसा ने एक रास्ते की तरफ़ इशारा किया, जिसका इस्तेमाल मिलिटेंट अक्सर नियंत्रण रेखा पार करने के लिए करते थे :

'बर्लिन में एक दीवार थी। हमारे पास दुनिया का सबसे ऊँचा पहाड़ है। वह गिरेगा नहीं, बल्कि लोग उसे फ़तह करेंगे।'

कुपवाड़ा के एक घर में तिलो की मुलाक़ात मुमताज़ अफ़ज़ल मलिक की बड़ी बहन से हुई। यह वही नौजवान था जो अमरीक सिंह के साथी सलीम गोजरी को उनकी हत्या के दिन टैक्सी से कैंप में लाया था। उसने तिलो को बताया कि जब एक खेत में उसके भाई की लाश मिली और उसे घर लाया गया तो उसकी मुट्ठियाँ भिंची हुई थीं, उनमें मिट्टी भरी थी और अँगुलियों के बीच से सरसों के पीले फूल उग रहे थे।

तिलो घाटी की यात्राओं से अकेली एचबी शाहीन लौटी। उसने और मूसा ने एक-दूसरे को अलविदा कह दिया था—यों ही, क्या पता। तिलो जल्दी ही जान गई कि ऐसे मामलों में लापरवाही और मज़ाक़ में कही गई बातें कहीं ज़्यादा संजीदा होती हैं और संजीदा बातों को आमतौर पर मज़ाक़ की शक्ल में कहा जाता है। वे तब भी कूट-भाषा का इस्तेमाल करते थे, जब इसकी ज़रूरत नहीं होती थी। अमरीक सिंह 'स्पॉटर' का कूट नाम इसी तरह पड़ा था : ऑटर (इसका कोई बाक़ायदा दीक्षांत समारोह नहीं हुआ था, लेकिन मज़ाक़ में ईजाद की गई डिग्री प्रदान कर दी गई थी और स्वीकार कर ली गई थी। हालाँकि 'आज़ादी का मतलब क्या? ला इलाह इललल्लाह' जैसे नारे पर तिलो का कोई यक़ीन नहीं था, लेकिन अब यह

तय था—और सही था—कि उसे राज्यसत्ता की दुश्मन माना जा सकता है)। लौटने के एक दिन बाद उसने गुलरेज़ को दो लोगों का खाना लगाते देखा तो वह समझ गई कि मूसा आने वाला है।

देर रात जब वह आया तो कुछ बेचैन लग रहा था। उसने बताया कि शहर में एक भयानक वारदात हुई है। वे रेडियो सुनने लगे।

इख़वानियों के एक गुट ने एक लड़के को मार डाला था और लाश ग़ायब कर दी थी। इसके बाद हुए प्रदर्शनों के दौरान चौदह लोग मार दिए गए। एक मुठभेड़ में तीन मिलिटेंट मारे गए। तीन पुलिस थानों को जलाया गया। उस दिन मरने वालों की तादाद अठारह थी।

मूसा ने जल्दी से खाना खाया और जाने के लिए उठा। उसने गुलरेज़ को बुदबुदाते हुए रुखाई से अलविदा कहा और तिलो के माथे को चूमा।

'ख़ुदा हाफ़िज़, बाबाजाना। एहतियात से जाना।'

मूसा ने उसे हाउसबोट में ही रहने और छोड़ने के लिए बाहर न आने को कहा। वह नहीं मानी। वह उसके साथ बाहर एक जर्जर से कामचलाऊ घाट पर आई, जहाँ एक छोटी लकड़ी की नाव इंतज़ार कर रही थी। मूसा उस पर चढ़ा और उसके फ़र्श पर चित्त लेट गया। मल्लाह ने उसे घास की बुनी एक चटाई उढ़ाई और ऊपर क़रीने से ख़ाली टोकरियाँ और सब्ज़ियों की कुछ बोरियाँ रख दीं। तिलो अपना जाना-पहचाना माल लेकर जाती हुई नाव को देखती रही। वह झील को पार करके बुलेवार्ड की तरफ़ नहीं, बल्कि हाउसबोटों की अंतहीन क़तार से होती हुई दूर जा रही थी।

नाव के तले पर ख़ाली टोकरियों के नीचे लेटे हुए मूसा का ख़याल आने पर उसके भीतर कुछ होने लगा। उसे लगा जैसे उसका दिल एक पहाड़ी झरने के नीचे पड़ा हुआ भूरा-सा पत्थर है और ऊपर से कोई बर्फ़ीली चीज़ बह रही है।

बिस्तर पर आकर उसने अलार्म लगाया ताकि सुबह जम्मू की बस पकड़ सके। अच्छा हुआ कि उसने 'कश्मीरी प्रोटोकॉल' का ख़याल रखा—इसलिए नहीं कि वह यही चाहती थी, बल्कि इसलिए कि वह बेहद थकी हुई थी। उसे गुल-काक की खटर-पटर और गुनगुनाहट सुनाई दी।

एक घंटे से भी कम में वह जाग गई —अचानक नहीं, बल्कि धीरे-धीरे नींद की परतों में तैरते हुए—पहले आवाज़ होने के कारण और फिर उसके न होने के कारण। पहले इंजनों की घरघर से, जो हर तरफ़ से आ रही थी। फिर उनके बंद होते ही अचानक छाने वाली ख़ामोशी से।

मोटरबोटें। बहुत सारी।

एचबी शाहीन डगमगाने लगा। बहुत नहीं, हल्के से।

जब उसके नक़्क़ाशीदार, बेलबूटेदार, सजावटदार बेडरूम को लातों से तोड़ा गया और कमरा सिपाहियों और बंदूक़ों से भर गया, तो वह पूरी तरह तनी हुई और तैयार थी।

अगले कुछ घंटों में जो कुछ हुआ, या तो बहुत तेज़ी से हुआ या बहुत धीरे-से। वह तय नहीं कर पाई। तस्वीर एकदम साफ़ थी और आवाज़ दो-टूक, हालाँकि कुछ दूर से आती हुई। ख़यालात कहीं पीछे छूट गए। उसका मुँह बंद किया गया, हाथ बाँधे गए और कमरे की तलाशी ली गई। वे उसे गलियारे से डाइनिंग रूम में ले गए जहाँ फ़र्श पर गुल-काक था जिसे कम से कम दस लोग लातों से पीट रहे थे।

वह कहाँ है?

मुझे नहीं पता।

तुम कौन हो?

गुलरेज़। गुलरेज़। गुलरेज़ आबरू। गुलरेज़ आबरू।

हर बार जब वह सच कहता तो वे उसे और भी ज़ोरों से पीटते।

उसकी चीख़ें तिलो के बदन को बरछियों की तरह चीरती हुई झील में फैल रही थीं। जब तिलो की आँखें बाहर अँधेरे की आदी हो गईं तो उसने देखा कि सिपाहियों से भरी हुई नावों की एक झालर स्याह पानी पर बुलबुलों की तरह उतरा रही है। कॉर्डन-एंड-सर्च का एक जल-संस्करण। वहाँ दो घेरे थे। बाहरी घेरे में दबिश टीम थी और भीतरी घेरे में सपोर्ट टीम। सपोर्ट टीम के सिपाही नावों पर खड़े थे और लंबे डंडों पर लगे बरछों से पानी को कुरेद-कुरेदकर चीर रहे थे—हार्पून की तरह—और देख रहे थे कि वे जिस आदमी की तलाश में आए हैं, उसने कहीं पानी के नीचे कोई सुरंग तो नहीं बनाई है (वे एक ताज़ा लेकिन ऐतिहासिक बन चुकी वारदात से शर्मिंदा थे कि हारून गाड—मछली हारून—तब भी भाग निकला जब छापामार दल को यक़ीन हो गया था कि उसने उलर झील के किनारे उसी के अड्डे में उसे घेर लिया है। झील ही अकेला रास्ता था जिससे वह भाग सकता था और जहाँ नौसेना का एक कमांडो दल उस पर घात लगाए हुए था। लेकिन हारून गाड खर-पतवार के ढेर में छिपकर बेंत के सहारे पानी के नीचे साँस लेता हुआ निकल गया। वह घंटों

छिपा रहा और फिर उसके खोजी हैरान होकर, हारकर चले गए)।

हमलावर दल को लाने वाली नाव अपनी कामयाबी के बाद सवारियों के लौटने का इंतज़ार कर रही थी। इस ऑपरेशन का मुखिया गहरी हरी पगड़ी पहने हुए एक लंबा सिख था। तिलो ने ठीक ही अनुमान लगाया कि वह अमरीक सिंह था। तिलो को धकियाकर नाव पर बिठाया गया। किसी ने उससे बात नहीं की। आसपास के हाउसबोट से भी कोई यह देखने नहीं आया कि क्या हो रहा है। सिपाहियों की छोटी टीमों ने पहले ही उनकी तलाशी ले ली थी।

कुछ ही देर में गुलरेज़ को लाया गया। वह चल नहीं पा रहा था इसलिए उसे घसीटा गया। उसका बड़ा-सा सर एक हुड से ढँका और आगे की तरफ़ झुका हुआ था। उसे तिलो के सामने बिठाया गया। हुड भी हुड जैसा नहीं था। वह एक बोरा था जिस पर सूर्या ब्रांड बासमती राइस छपा हुआ था। गुल-काक ख़ामोश और बुरी तरह घायल था। वह बिना सहारे के नहीं बैठ पा रहा था। दो सिपाहियों ने उसे पकड़कर उठाया। तिलो को लगा वह बेहोश है।

काफ़िला उसी दिशा में चल पड़ा जहाँ मूसा की नाव गई थी। हाउसबोटों की बेइंतिहा स्याह, ख़ाली क़तारों से होता हुआ दाईं तरफ़ को, जहाँ एक दलदली जगह थी।

किसी ने बात नहीं की और नाव के इंजनों की घरघर और बिल्ली के बच्चे के रोने को छोड़कर कुछ देर तक ख़ामोशी छाई रही, जिसने सिपाहियों को काफ़ी असहज कर दिया। बिल्ली की आवाज़ उनके साथ सफ़र कर रही थी, लेकिन नाव पर बिल्ली के बच्चे की मौजूदगी का कोई संकेत नहीं था। आख़िरकार ख़ानम गुलरेज़ की जेब में दिखाई दी। एक सिपाही ने उसे खींचा और कूड़े की तरह झील में फेंक दिया। वह चिल्लाती हुई अपने खुले हुए दाँतों और फैले हुए पंजों के साथ हवा में उड़ी, जैसे अकेले दम पूरी भारतीय फ़ौज से लड़ने जा रही हो। फिर वह बेआवाज़ डूब गई। इस तरह एक और 'बेवकूफ़' का अंत हुआ, जो 'मिंट्री' ऑक्युपेशन के साथ रहना नहीं जानती थी (उसका जुड़वाँ भाई बचा रहा—यह तय नहीं हो पाया कि साज़िशकर्ता की तरह या आम नागरिक या मुजाहिद की तरह)।

आसमान में चाँद चढ़ आया था और तिलो को बेंत के झुरमुट में उन हाउसबोटों की शक्लें दिखाई दे रही थीं जो पर्यटक हाउसबोटों से बहुत छोटी थीं। सड़े हुए पायदानों के पानी से ज़रा-सा ऊपर जर्जर तख़्तों के रास्ते से सटे हुए लकड़ी की जीर्ण-शीर्ण दूकानों के खोखे थे, जहाँ शायद वर्षों से कोई ग्राहक नहीं आया था। सभी दूकानें, केमिस्ट, ए-1 लेडीज़ स्टोर और स्थानीय

हस्तशिल्प के कई 'एंपोरियम' तालाबंद थे। छोटी नावें खंडहर हो चुके, दलदली द्वीपों की तरह लगने वाले पुराने लकड़ी के घरों के किनारों से सटी थीं। उस दलदल की डरावनी ख़ामोशी में लोगों की मौजूदगी का एहसास तभी होता था जब बंद सायों के भीतर से किसी रेडियो की भड़भड़ाती आवाज़ आती या किसी गीत के टुकड़े सुनाई देते। नाव पानी पर तिर रही थी। शैवाल से भरा हुआ झील का यह हिस्सा यथार्थ से इतना परे था कि लगता था वे एक स्याह पनीले मैदान को चीरते हुए चल रहे हैं। जगह-जगह सुबह के सब्ज़ी बाज़ार का कूड़ा बिखरा हुआ था।

तिलो सिर्फ़ मूसा की छोटी-सी नाव के बारे में सोच रही थी, जो घंटे-भर पहले इसी रास्ते से गई थी। उसमें मोटर नहीं लगी थी।

या ख़ुदा, तुम जो भी हो और जहाँ भी हो, हमारी नाव की रफ़्तार धीमी कर दो। उसे निकल जाने का वक़्त दे दो। धीमीधीमीधीमीधीमीधीमीधीमीधीमीधीमी।

किसी ने उसकी प्रार्थना सुन ली और उसका जवाब भी मिल गया। वह ख़ुदा तो नहीं ही रहा होगा।

तिलो और गुलरेज़ के साथ नाव में बैठे हुए अमरीक सिंह ने खड़े होकर सुरक्षा नावों को जाने का इशारा किया। उनके जाने के बाद उसने नाव के चालक से बाईं तरफ़ पानी के रास्ते पर जाने के लिए कहा, जो इतना सँकरा था कि रफ़्तार धीमी करनी पड़ी और बेंतों के झुरमुट को बमुश्किल ठेलते हुए रास्ता बनाना पड़ा। दस मिनट की घुटन के बाद वे दोबारा खुले पानी में आए। फिर एक बार और बाईं तरफ़ मुड़े। ड्राइवर ने मोटर बंद की और नाव को रोक दिया। इसके बाद जो कुछ हुआ, वह एक जानी-पहचानी क़वायद था। किसी को हुक्म की ज़रूरत नहीं थी। गुलरेज़ को उठाकर एक किनारे खींचा गया। नाव पर एक सिपाही तिलो के साथ रहा और अमरीक सिंह समेत बाक़ी लोग किनारे पर आ गए। तिलो को एक बड़े से उजाड़ मकान की छाया दिखाई दी। उसकी छत ढही हुई थी और लकड़ी की शहतीरों के कंकाल से चाँद झाँक रहा था—नुकीली पसलियों के ढाँचे के भीतर एक चमकता हुआ दिल।

गोली की आवाज़ और एक छोटे-से धमाके से ज़मीन में घोंसले बनाने वाली चिड़ियाँ डर गईं। कुछ पल के लिए आसमान बगुलों, जल-कौवों, बटानों और टिटहरियों की आवाज़ों से भर उठा, जैसे सुबह हो गई हो। लेकिन वे सिर्फ़ दिखाने के लिए ऐसा कर रही थीं और जल्दी ही बैठ गईं। वे ऑक्युपेशन के दौर की अटपटी आवाज़ों की अभ्यस्त थीं। जब फ़ौजी लौटकर आए तो गुलरेज़

उनके साथ नहीं था, बल्कि एक भारी, बेडौल बोरा था जिसे उठाने के लिए एक से ज़्यादा लोगों की ज़रूरत पड़ी।

इस तरह जो क़ैदी गुल-काक आबरू के नाम से नाव पर गया, वह ख़तरनाक आतंकवादी कमांडर गुलरेज़ की लाश के नाम से लौटा। उसके पकड़े और मारे जाने के पुरस्कार में हत्यारों को तीन लाख रुपये मिलने वाले थे।

उस दिन मारे गए लोगों की तादाद अठारह जमा एक थी।

*

अमरीक सिंह इस बार नाव में तिलो के ठीक सामने बैठा। 'आप जो भी हों, आप पर एक टेररिस्ट से साठ-गाँठ का आरोप है। लेकिन आप अगर हमें सारी बात बता दें तो आपका कोई नुक़सान नहीं होगा,' उसने ख़ुशमिजाज़ी के साथ कहा, 'बेशक, आपके पास अभी वक़्त है। लेकिन हम एक-एक ब्योरा चाहते हैं। आप उसे कैसे जानती थीं। कहाँ-कहाँ गईं। किससे मिलीं। हर चीज़। आराम से बताइए। और आपको बता दूँ कि ये सारी बातें हमें पहले से ही पता हैं। आप हमारी मदद नहीं कर रही हैं, बल्कि हम आपका इम्तिहान लेंगे।'

वही उथली, ख़ाली, काली आँखें, जिन्होंने मूसा के घर में अपनी पिस्तौल भूलने का नाटक करते हुए उस पर खिलखिलाने का दिखावा किया था, अब चाँदनी में चमकते दलदल के बीच तिलो के सामने थीं। उस टकटकी से उसके ख़ून में कोई चीज़ उबलने लगी—एक ख़ामोश क्रोध, एक ज़िद्दी, आत्मघाती जज़्बा और एक बेवक़ूफ़ाना संकल्प कि चाहे कुछ भी हो, वह कुछ नहीं बताएगी।

ख़ुशक़िस्मती से इम्तिहान नहीं लिया गया। इसकी नौबत नहीं आई।

नाव ने बीस मिनट और सफ़र किया। एक पेड़ के नीचे बख़्तरबंद जिप्सी और खुला फ़ौजी ट्रक शिराज़ ले जाने के लिए तैयार थे। उसमें बैठने से पहले अमरीक सिंह ने तिलो के मुँह की पट्टी हटा दी, लेकिन हाथों को बँधा रहने दिया।

सिनेमा हॉल की लॉबी इस वक़्त भी किसी बस अड्डे की तरह भरी हुई थी। तिलो को एसीपी पिंकी के सिपुर्द कर दिया गया, जिसे इस असाधारण क़ैदी से निपटने के लिए नींद से जगाकर बुलाया गया था। गिरफ़्तारी दर्ज नहीं की गई। यहाँ तक कि उन्होंने क़ैदी का नाम भी नहीं पूछा। एसीपी पिंकी उसे रिसेप्शन काउंटर से ले गई, जहाँ नौ महीने पहले मूसा ने अमरीक सिंह की दी हुई रेड स्टैग ह्विस्की की बोतल छोड़ी थी, जहाँ अब भी कैडबरी चॉकलेट और

क्वालिटी आइस्क्रीम के विज्ञापन और *'चाँदनी,' 'मैंने प्यार किया,' 'परिंदा'* और *'लॉयन आफ़ द डेजर्ट'* के बदरंग पोस्टर लगे थे। वे बँधे और पिटे हुए लोगों की नयी टोली और सीमेंट के कंगारूनुमा कूड़ेदानों से होते हुए गईं, फिर थियेटर में घुसे, कामचलाऊ बैडमिंटन कोर्ट को पार किया, पर्दे के पास वाले दरवाज़े से बाहर निकलीं और फिर एक और दरवाज़ा पार किया जो पीछे के अहाते में खुलता था। जब वे शिराज़ के मुख्य यातना केंद्र की तरफ़ जा रही थीं तो कुछ दिलचस्प निगाहों और अश्लील बुदबुदाहटों से उनका सामना हुआ।

वह एक अलग-थलग इमारत थी—मामूली, लंबा, आयताकार कमरा, जहाँ बदबू सबसे ख़ास चीज़ थी। पेशाब और पसीने की बदबू पर पुराने ख़ून की बदबू हावी थी। हालाँकि दरवाज़े पर इंटरोगेशन सेंटर लिखा हुआ था, लेकिन यह दरअसल एक यातना केंद्र था। कश्मीर में 'इंटरोगेशन' दरअसल अलग से कोई चीज़ नहीं थी, बल्कि 'क्वेशचनिंग' थी, जिसका मतलब था कुछ तमाचे और लातें; और 'इंटरोगेशन' था, जिसका मतलब था यातना।

कमरे में सिर्फ़ एक दरवाज़ा था। खिड़कियाँ नहीं थीं। एसीपी पिंकी कोने में एक मेज़ पर गई, दराज़ से एक क़लम और कुछ कोरे काग़ज़ निकाले और उन्हें मेज़ पर पटका।

'हम एक-दूसरे का वक़्त बर्बाद न करें। लिखो। मैं अभी दस मिनट में आती हूँ।'

उसने तिलो के हाथ खोल दिये और दरवाज़ा भेड़कर चली गई।

तिलो ने कुछ देर इंतज़ार किया ताकि उसकी सुन्न पड़ी अँगुलियों में ख़ून लौटे और फिर क़लम उठाया। तीन बार कोशिश करने पर भी वह कुछ नहीं लिख पाई। उसके हाथ इस क़दर काँप रहे थे कि वह अपने लिखे हुए को भी नहीं पढ़ पा रही थी। उसने आँखें बंद कीं और साँस लेने की कसरत को याद किया। यह कारगर रहा। उसने साफ़-साफ़ अक्षरों में लिखा :

> *'कृपया मिस्टर बिप्लब दासगुप्ता, डिप्टी स्टेशन हेड इंडिया ब्रावो से संपर्क कीजिए उन्हें यह संदेश भेजिए : गा-र्स-न हो-बा-र्ट'*

एसीपी पिंकी के लौटने तक उसने कमरे में इधर-उधर देखा। पहली नज़र में वह औज़ारों के उजाड़ सायबान जैसा लगा, जिसमें कुछ बढ़इयों की मेज़ें थीं, हथौड़े, पेचकस, चिमटियाँ, रस्सियाँ, छोटे पत्थर या सीमेंट के खंभे, पाइप, गंदे पानी का एक टब, पेट्रोल का जेरीकैन, धातु की छलनियाँ, तार, बिजली के

एक्सटेंशन बोर्ड, लिपटे हुए तारों के गुच्छे, कई तरह की छड़ें और कुछ कुदालें और सब्बल थे।

एक खाने में पिसी हुई लाल मिर्चों का बर्तन था। फ़र्श पर सिगरेट के ठूँठ पड़े थे। तिलो पिछले दस दिनों में काफ़ी कुछ जान गई थी कि इन मामूली चीज़ों का बहुत ग़ैर-मामूली इस्तेमाल हो सकता है।

वह जानती थी कि कश्मीर में खंभे यातना देने के सबसे लोकप्रिय औज़ार हैं। उन्हें 'रोलर' की तरह इस्तेमाल किया जाता था और दो लोग उन्हें हाथ-पैर बँधे क़ैदियों के ऊपर चलाते थे, जिससे उनकी मांसपेशियाँ कुचल जाती थीं। इस 'रोलर-उपचार' से अक्सर उनके गुर्दे बेकार हो जाते थे। टब पानी उड़ेलने के लिए था, चिमटियाँ नाख़ून उखाड़ने के लिए, तार लोगों के गुप्तांगों में बिजली के झटके देने के लिए और मिर्च का चूरा उन छड़ों पर लगाने के लिए, जिन्हें क़ैदियों के गुदा द्वार में घुसाया जाता था या पानी में मिलाकर गले में डाला जाता था (कई वर्ष बाद एक दूसरी औरत, अमरीक सिंह की पत्नी लवलीन ने जब अमेरिका में शरण लेने के लिए आवेदन किया तो अपनी अर्ज़ी में इन्हीं तरीक़ों के गहन ज्ञान का प्रदर्शन किया था। इसी औज़ार-घर में उसने अपना शोध किया था, हालाँकि यह बात दीगर थी कि वह यहाँ शिकार के तौर पर नहीं, बल्कि यातना के मुखिया की पत्नी के तौर पर आई थी जब उसने अपने पति के दफ़्तर का दौरा किया था)।

ए.सी.पी. पिंकी मेजर अमरीक सिंह के साथ लौटी। उनकी भंगिमा और बात करने के अंतरंग अंदाज़ को देखकर तिलो भाँप गई कि वे सहकर्मी होने के अलावा और भी कुछ हैं। तिलो ने जो लिखा था, उसे ए.सी.पी. पिंकी ने कुछ अटक-अटक कर सुनाया। साफ़ था कि उसे पढ़ने की आदत नहीं है। अमरीक सिंह ने काग़ज़ उसके हाथ से ले लिया। तिलो ने उसके चेहरे के भाव बदलते हुए देखे।

'ये तुम्हारे कौन हैं, ये दासगुप्ता?'

'दोस्त।'

'*दोस्त*? तुम एक साथ कितने लोगों से चुदवाती हो?' यह ए.सी.पी. पिंकी थी।

तिलो कुछ नहीं बोली।

'मैंने तुमसे सवाल पूछा है। तुम एक साथ कितने लोगों से चुदवाती हो?'

तिलो की ख़ामोशी ने कुछ और भी जानी-पहचानी गालियों को जन्म दिया (जिनमें से उसे 'काली,' 'रंडी' और 'जिहादी' समझ आए)। और फिर वही

सवाल दुबारा पूछा गया। तिलो की लगातार ख़ामोशी किसी ज़िद या दुस्साहस के कारण नहीं थी, बल्कि उसके पास कोई दूसरा रास्ता ही नहीं था। उसका जैसे ख़ून जम गया था।

ए.सी.पी. पिंकी ने अमरीक सिंह के चेहरे पर एक कुटिल मुस्कान देखी—साफ़ था कि वह कहीं न कहीं तिलो की अक्खड़ता से प्रभावित है। उसने उसके चेहरे पर बहुत कुछ पढ़ लिया और भीतर से सुलग उठी। अमरीक सिंह काग़ज़ लेकर चला गया। फिर दरवाज़े से पीछे मुड़ा और बोला :

'जो भी पता कर सकती हैं, कीजिए। लेकिन कोई निशान नहीं पड़ने चाहिए। वे एक सीनियर अफ़सर हैं, जिनका नाम उसने इसमें लिखा है। मुझे पता करने दीजिए। हो सकता है यह सब बकवास हो, लेकिन तब तक कोई निशान नहीं पड़ने चाहिए।'

'कोई निशान नहीं पड़ने' वाली बात ए.सी.पी. के लिए दिक़्क़ततलब थी। इस मामले में वह नौसिखिया थी क्योंकि उसने यातना देने का कोई प्रशिक्षण नहीं पाया था और इस हुनर को हड़बड़ी में, जंग के मैदान में ही सीखा था और फिर 'कोई निशान नहीं पड़ने' वाला बर्ताव कश्मीरियों की क़िस्मत में नहीं था। उसे यक़ीन नहीं हुआ कि अमरीक सिंह ने एक सीनियर अफ़सर की वजह से ऐसा कहा है। उसने उसकी आँखों के भाव पहचान लिये क्योंकि वह जानती थी कि अमरीक सिंह को औरतों में कौन-सी बात आकर्षित करती है। ख़ुद पर क़ाबू रखने की मजबूरी उसके ग़ुरूर को आहत कर रही थी और इससे उसके तेवर ठंडे नहीं पड़े। उसके तमाचों और लातों (जो 'क्वेश्चनिंग' के तहत आते थे) से क़ैदी की भावशून्य, ठंडी ख़ामोशी के अलावा कुछ भी हासिल नहीं हुआ।

अमरीक सिंह को बिप्लब दासगुप्ता का पता लगाने और डाचीगाम के फ़ॉरेस्ट गेस्ट हाउस में हॉटलाइन पर बात करने में घंटे-भर से भी ज़्यादा वक़्त लग गया। वह इस बात से चौंक गया कि वह राज्यपाल के सप्ताहांत के काफ़िले के साथ है। इसमें कोई शक़ नहीं था कि वह उस औरत को जानता है। और अच्छी तरह से। लगता था इंडिया ब्रावो के डिप्टी डायरेक्टर को पूरी तरह पता है कि गा-र्स-न हो-बा-र्ट का क्या मतलब है। लेकिन अमरीक सिंह के भीतर का शिकारी अपनी हिचक और संकोच को पहचानता था। वह जानता था कि इससे कोई ज़्यादा संकट, बड़ा संकट आ सकता है, लेकिन अगर वह उस औरत को कोई चोट पहुँचाए बग़ैर छोड़ दे तो मुसीबत टलने में भी देर नहीं लगेगी। इसमें दाँवपेंच की गुंज़ाइश थी। ज़्यादा नुक़सान रोकने के मक़सद से वह वापस यातना केंद्र में गया। उसे थोड़ी देर हो गई थी, लेकिन बहुत ज़्यादा नहीं।

ए.सी.पी. पिंकी ने समस्या के समाधान के लिए एक घटिया, घिसा-पिटा तरीक़ा खोजा था। सबक़-सिखाने-लायक़ औरत के लिए सज़ा का एक आदिम तरीक़ा। उसके प्रतिशोधी अंदाज़ का आतंकवाद-निरोध या कश्मीर से बहुत लेना-देना नहीं था—सिवाय इसके कि वह जगह ख़ुद में हर क़िस्म के पागलपन का उत्पादन-केंद्र थी।

जब अमरीक सिंह कमरे में पहुँचा तो कैंप का नाई मोहम्मद सुभान हज्जाम बाहर निकल रहा था।

तिलो लकड़ी की कुर्सी पर बैठी थी और उसकी बाँहें जकड़ी हुई थीं। उसके लंबे बाल फ़र्श पर पड़े थे, छितराये हुए, घुँघराले, जो अब उसके नहीं थे और गंदगी और सिगरेट के ठूँठों में घुल-मिल गए थे। गंजा करते वक़्त सुभान हज्जाम उसके कानों में फुसफुसाया था, 'माफ़ कर दें, मैडम, माफ़ कर दें।'

अमरीक सिंह और ए.सी.पी. पिंकी के बीच प्रेमियों वाला विवाद मारपीट की हद तक पहुँचने लगा। पिंकी चिड़चिड़ी लेकिन अड़ी हुई थी।

'मुझे वह क़ानून दिखाइए जिसमें बाल काटने की मनाही हो।'

अमरीक सिंह ने तिलो की रस्सियाँ खोलीं और उसे अपने पैरों पर खड़े होने में मदद की। उसके कंधे से बाल हटाने का नाटक किया। फिर संरक्षण की मुद्रा में अपना बड़ा-सा हाथ उसकी खोपड़ी पर रख दिया—कसाई की दुआ जैसा। उस स्पर्श की बेहूदगी को भूलने में तिलो को कई साल लगे। उसने उसका सर ढँकने के लिए ऊनी कनटोप मँगवाया। इस बीच उसने कहा, 'इसके लिए अफ़सोस है। यह नहीं होना चाहिए था। हम आपको छोड़ने जा रहे हैं। जो हुआ सो हुआ। इस बारे में अब बात मत कीजिएगा। मैं भी नहीं करूँगा। आप करेंगी तो मुझे भी करनी होगी। और अगर मैं करूँगा तो आप और आपके अफ़सर दोस्त मुसीबत में पड़ जाएँगे। टेररिस्टों से ताल्लुक़ रखना कोई मामूली बात नहीं।'

कनटोप आया और उसके साथ पौंड्स ड्रीमफ़्लॉवर टाल्क का छोटा-सा गुलाबी डिब्बा भी। अमरीक सिंह ने तिलो की गंजी खोपड़ी पर पाउडर छिड़का। कनटोप मरी हुई मछली से भी ख़राब बदबू छोड़ रहा था। लेकिन तिलो ने उसे सर पर पहनाने दिया। वे यातना केंद्र से बाहर निकले और अहाते और फ़ायर एग्ज़िट से होते हुए एक छोटे-से दफ़्तर में आए। वहाँ कोई नहीं था। अमरीक सिंह ने बताया कि यह कैंप के स्पेशल अपीयरेंस ग्रुप के डिप्टी कमांडेंट अशफ़ाक़ मीर का दफ़्तर है। वे किसी ऑपरेशन में गए हैं, लेकिन जल्दी ही उसे उस आदमी के सिपुर्द करने के लिए आने वाले हैं जिसे बिप्लब दासगुप्ता सर भेज रहे हैं।

अमरीक सिंह ने चाय और पानी के लिए पूछा, लेकिन तिलो ने शराफ़त से इनकार कर दिया। वह तिलो को कमरे में छोड़कर चला गया। साफ़ था कि वह इस अध्याय को यहीं ख़त्म करना चाहता है। यह उससे तिलो की आख़िरी मुलाक़ात थी और फिर सोलह से भी ज़्यादा साल बाद उसे अख़बारों से पता चला कि उसने अमेरिका के एक छोटे-से शहर में अपने घर में ख़ुद को और अपनी पत्नी और तीन जवान होते बेटों को गोली मार दी है। वह अख़बारों में छपे एक सूजे हुए, चर्बीदार चेहरे, बिना दाढ़ी और डरी हुई आँखों वाले आदमी की तस्वीर का तालमेल उस आदमी से नहीं बिठा पाई, जिसने गुल-काक की हत्या की थी और उदार और लगभग कोमल ढंग से उसकी गंजी खोपड़ी पर पाउडर मला था।

वह ख़ाली दफ़्तर में बैठी हुई सफ़ेद बोर्ड के नामों को देखती रही, जिनके आगे (किल्ड), (किल्ड), (किल्ड) लिखा था और फिर दीवार से चिपके एक पोस्टर को जो बताता था कि :

हम करते हैं अपने क़ायदों का पालन
हम हैं सबसे भीषण
हर तरह से घातक
लहरों को बाँधें हम
तूफ़ानों से खेलें हम
सही है आपका अनुमान
हम हैं
वर्दीधारी लोग

दो घंटे बीतने पर नागा दरवाज़े से भीतर आया और उसके पीछे अशफ़ाक़ मीर—चहकता, कोलोन की गंध से महकता हुआ। अशफ़ाक़ मीर को अपना वह नाटक पूरा करने में एक घंटा लगा, जिसमें एक घायल लश्कर मिलिटेंट मंच की साज-सज्जा की तरह था, जिसके बीच उसने ऑमलेट और कबाब पेश किए और 'सिपुर्दगी' की प्रक्रिया पूरी की। इस पूरी बैठक और नागा के हाथों में हाथ देकर ख़ाली सड़कों से होते हुए अहदूस तक जाने के दौरान तिलो को सिर्फ़ सूर्या ब्रांड बासमती राइस के बोरे में गुल-काक के लुढ़के हुए सर (किसी वजह से उसे बोरे के हैंडल ख़ासतौर से भीषण अपमानजनक लगे) और छोटी नाव के तले पर ख़ाली टोकरियों के नीचे अनंत की ओर जाते हुए मूसा की याद आती रही।

नागा ने सोच-समझकर अहदूस में उसका कमरा अपनी बगल में बुक करवाया था। उसने उससे पूछा कि क्या वह उसके साथ रहना चाहेगी ('एकदम आदर्शवादी ढंग से,' जैसा उसने कहा था)। जब उसने मना किया तो उसने उसे बाँहों में भरा और नींद की दो गोलियाँ दीं ('क्या तुम गाँजा पीना चाहोगी? मेरे पास एक सिगरेट तैयार है')। उसने होटल वालों से उसे दो बाल्टी गर्म पानी देने के लिए कहा। तिलो को उसकी दयानतदारी अच्छी लगी। उसने यह पहले कभी नहीं देखा था। उसने कपड़े बदलने के लिए उसे एक इस्तरी की हुई कमीज़ और पैंट दी और कहा कि वे दोपहर बाद की फ़्लाइट से दिल्ली जा सकते हैं। तिलो ने कहा कि वह बाद में बताएगी। वह जानती थी कि वह मूसा से बात किए बिना नहीं जा सकती। बिल्कुल नहीं। और वह जानती थी कि कोई न कोई ख़बर मिलेगी, किसी न किसी तरह मिलेगी। बिस्तर पर लेटी हुई वह आँखें बंद नहीं कर पा रही थी, पलकें झपकाने से भी घबरा रही थी और डरी हुई थी कि पता नहीं कौन-सा भूत सामने आ जाएगा। उसके वजूद का एक अज्ञात-सा हिस्सा चाहता था कि वापस शिराज़ जाए और ए.सी.पी. पिंकी से एक ज़बर्दस्त मुठभेड़ करे। लेकिन यह अनूठा ख़याल उसे तब आया जब उसका वक़्त निकल गया। उसे लगा कि यह भी एक सतही और घटिया बात है। ए.सी.पी. पिंकी महज़ एक ख़ूँख़ार और नाराज़ क़िस्म की औरत थी। वह हत्यारी मशीन ऑटर नहीं थी। तो फिर प्रतिशोध की यह बहकी हुई तमन्ना क्यों?

उसे अपने बालों का न होना बेहद अखर रहा था। उसने फिर कभी उन्हें बढ़ने नहीं दिया। गुल-काक की याद में।

सुबह क़रीब दस बजे दरवाज़े पर एक धीमी-सी बमुश्किल सुनाई देने वाली दस्तक हुई। उसने सोचा कि नागा होगा, लेकिन वह ख़दीजा थी। वे बमुश्किल एक-दूसरे को जानती-भर थीं, लेकिन दुनिया में ऐसा कोई नहीं था (मूसा के अलावा) जिससे मिलकर तिलो इतनी ख़ुश होती। ख़दीजा ने जल्दी-जल्दी बताया कि उसने तिलो को कैसे खोजा : 'हमारे लोग भी मौजूद रहते हैं।' उसे खोजने में कॉर्डन-एंड-सर्च टीम की एक नाव के चालक और आसपास की हाउसबोटों और रास्ते में मिलने वालों ने मदद की और वे सही वक़्त पर ख़बर पहुँचाते रहे। शिराज़ सिनेमा में नाई मोहम्मद सुभान हज्जाम था। और अहदूस में एक वेटर।

ख़दीजा ख़बर लाई थी। फ़ौज ने ख़तरनाक आतंकवादी गुलरेज़ को पकड़कर मारे जाने का ऐलान किया था। मूसा श्रीनगर में ही था। वह जनाज़े में आने वाला था। बहुत से मिलिटेंट गुटों के कमांडर गुलरेज़ को बंदूक़ों के सैल्यूट से

अलविदा कहने आने वाले थे। सड़कों पर हज़ारों लोगों के बीच में वे सुरक्षित आ-जा सकते थे। फ़ौज को व्यापक क़त्लेआम टालने के लिए पीछे हटना पड़ेगा। तिलो को उसके साथ ख़ानक़ाहे-मौला में एक सुरक्षित घर में जाना है, जहाँ जनाज़े के बाद मूसा उससे मिलेगा। उसने कहा था कि मुलाक़ात ज़रूरी है। ख़दीजा तिलो के लिए साफ़ कपड़े लाई थी—एक सलवार-कमीज़, एक फिरन और नींबुई हरे रंग का एक हिजाब। उसके दोटूक अंदाज़ ने तिलो को आत्मदया के उस दलदल से बाहर निकाल लिया, जिसमें वह डूबी हुई थी। इससे उसे याद आया कि वह उन लोगों के बीच है जो पिछली रात को मिली यंत्रणा को सामान्य ज़िंदगी मानते हैं।

गर्म पानी आ गया। तिलो ने नहाने के बाद नए कपड़े पहने। ख़दीजा ने उसे चेहरे के इर्द-गिर्द हिजाब पहनना सिखाया। इससे वह किसी शाही इथोपियाई रानी जैसी लगने लगी। उसे यह अच्छा लगा, हालाँकि अपने बाल उसे कहीं ज़्यादा पसंद थे। भूतपूर्व बाल। उसने एक नोट लिखकर नागा के दरवाज़े के नीचे खिसका दिया कि वह शाम को लौटेगी। दोनों औरतें होटल से बाहर उस शहर की सड़क पर आ गईं, जो तभी जागता था जब उसे अपने मृतकों को दफ़नाना होता था।

जनाज़ों का शहर अचानक जाग उठा था, हलचल करता हुआ और ऊर्जा से भरपूर। हर तरफ़ चहल-पहल थी। गलियाँ लोगों की छोटी-छोटी नदियाँ बन गई थीं और उस दहाने की तरफ़ जा रही थीं जिसका नाम मज़ारे-शुहदा था। छोटे दस्ते, बड़े दस्ते, पुराने शहर और नए शहर के लोग, गाँव और दूसरे शहरों के लोग तेज़ी से इकट्ठा हो रहे थे। सबसे सँकरी गलियों तक में औरतों और मर्दों और बहुत छोटे बच्चों के झुंड भी 'आज़ादी! आज़ादी! ' का नारा लगा रहे थे। पूरे रास्ते में नौजवानों ने दूर से आने वालों के लिए पानी और सामूहिक खाने का इंतज़ाम किया था। पानी पिलाते हुए, प्लेट में खाना देते हुए, खाते और पीते हुए, साँस लेते हुए और चलते हुए और एक ऐसे काल्पनिक ड्रम की थाप सुनते हुए, जिसे सिर्फ़ वही सुन सकते थे, वे चीख़ रहे थे, 'आज़ादी! आज़ादी!'

लगता था कि ख़दीजा के दिमाग़ में अपने शहर के गली-कूचों का पूरा नक़्शा मौजूद है। तिलो इससे बहुत प्रभावित हुई (क्योंकि यह कला उसे बिल्कुल नहीं आती थी)। वे एक लंबे घुमावदार रास्ते से गुज़रे। 'आज़ादी!' का तराना एक तूफ़ान की तरह गूँज-गरज रहा था (डाचीगाम में राज्यपाल के काफ़िले में फँसा हुआ गार्सन होबार्ट सड़कों के सुरक्षित होने तक लौटने में असमर्थ था और अपने सचिव के फ़ोन पर इन आवाज़ों को सुन रहा था)। मिस जबीन के

जनाज़े के नौ महीने बाद यह एक और वारदात थी। इस बार कुल उन्नीस ताबूत थे। उनमें से एक उस लड़के के लिए ख़ाली छोड़ा गया जिसकी लाश को इखवानियों ने चुरा लिया था। दूसरे ताबूत में पन्ने के रँग की आँखों वाले उस छोटे-से आदमी के क्षत-विक्षत अवशेष थे, जो जन्नत में सुल्तान से, अपने प्यारे 'बेवक़ूफ़' से मिलने जा रहा था।

'मैं जनाज़े में जाना चाहती हूँ,' तिलो ने ख़दीजा से कहा।

'जा सकते हैं। लेकिन इसमें जोख़िम है। हमें देर हो जाएगी। और हम बहुत क़रीब भी नहीं जा पाएँगे। औरतों को क़ब्र के पास जाने की इजाज़त नहीं है। हम बाद में वहाँ जा सकते हैं, जब सब चले जाएँगे।'

औरतों को इजाज़त नहीं है। औरतों को इजाज़त नहीं है। औरतों को इजाज़त नहीं है।

क्या यह क़ब्र को औरतों से बचाने के लिए है या औरतों को क़ब्र से बचाने के लिए?

तिलो ने पूछा नहीं।

पैंतालीस मिनट चलने के बाद ख़दीजा ने कार खड़ी की और वे तेज़ी से शहर के उस हिस्से की सँकरी घुमावदार गलियों के जाल से गुज़रीं जो कई तरह से आपस में जुड़ी हुई लगती थीं—ज़मींदोज़ और ज़मीन के ऊपर, आड़ी और तिरछी, गलियों और छतों और गुप्त रास्तों से होती हुईं, जैसे वे एक जैविक इकाई हों। एक विशाल प्रवाल द्वीप या चींटियों की बाँबी।

'शहर का यह हिस्सा अब भी हमारा है,' ख़दीजा ने कहा। 'फ़ौज यहाँ नहीं आ सकती।'

छोटे-से लकड़ी के दरवाज़े से वे अंदर एक हरे ग़लीचे वाले ख़ाली कमरे में आईं। एक नौजवान ने बग़ैर किसी मुस्कुराहट के उनकी अगवानी की और उन्हें अंदर ले गया। वह तेज़ी से दो कमरों से होते हुए उन्हें तीसरे कमरे में ले गया जहाँ उसने एक बड़ी अलमारी जैसी चीज़ खोली। वहाँ एक चोर दरवाज़ा था जहाँ से खड़ी और सँकरी सीढ़ियाँ एक गुप्त तहख़ाने में चली गई थीं। तिलो ख़दीजा के पीछे-पीछे सीढ़ियाँ उतरी। कमरे में फ़र्नीचर नहीं था, लेकिन फ़र्श पर कुछ गद्दे और गाव-तकिये थे। दीवार पर दो साल पुराना एक कैलेंडर था। उसका थैला एक कोने में रखा हुआ था। किसी ने उसे एच.बी. शाहीन से लाने का जोख़िम उठाया था। एक जवान लड़की ने सीढ़ियों से उतरकर प्लास्टिक का एक दस्तरख़्वान बिछाया। उसके पीछे एक अधेड़ औरत चाय की ट्रे और प्याले,

रस और कटे हुए स्पंज केक की प्लेट लेकर आई। उसने तिलो का चेहरा अपने हाथों में लिया और उसका माथा चूमा। उन्होंने कोई ख़ास बात नहीं की, लेकिन माँ और बेटी दोनों कमरे में ही रहीं।

जब तिलो ने चाय पी ली तो ख़दीजा ने उस गद्दे को थपथपाया, जिस पर वे बैठे थे।

'सो जाओ। उसे यहाँ पहुँचने में कम से कम दो या तीन घंटे लगेंगे।'

तिलो लेट गई। ख़दीजा ने उसे एक कंबल उढ़ा दिया। उसने कंबल से हाथ निकाला और ख़दीजा का हाथ कंबल के भीतर खींच लिया। अगले वर्षों में वे गहरे दोस्त बनने वाले थे। तिलो की आँखें मुँद गईं। औरतों की धीमी आवाज़ों का मतलब उसे समझ नहीं आ रहा था, लेकिन वे उसे अपनी घायल त्वचा पर मरहम की तरह महसूस हुईं।

जब मूसा पहुँचा तो तिलो सो रही थी। वह पालथी लगाकर उसके पास बैठ गया—देर तक उसके सोते हुए चेहरे को देखता हुआ और सोचता हुआ कि काश, वह उसे एक दूसरी और बेहतर दुनिया में जगा सकता। वह जानता था कि अब वे लंबे वक़्त के बाद ही मिल सकेंगे। और वह भी तब, जब उनकी क़िस्मत साथ दे।

ज़्यादा वक़्त नहीं बचा था। उसे उफान के बीच, सड़कों पर लोगों का क़ब्ज़ा रहने के दौरान चले जाना था। उसने बहुत आहिस्ता से उसे उठाया।

'बाबाजाना, उठो।'

उसने आँखें खोलीं और उसे खींचकर अपने पास बिठा लिया। बड़ी देर तक उनके पास कहने के लिए कुछ नहीं था। कुछ भी नहीं।

और फिर तिलो ने जो कुछ हुआ था, वह सब बयान किया, लेकिन ऐसी आवाज़ में जो फुसफुसाहट से ज़्यादा तेज़ नहीं थी और जब तेज़ होने लगती तो अपने ही बोझ से टूटने लगती। वह कुछ भी नहीं भूली थी। एक भी चीज़ नहीं। एक आवाज़ भी नहीं। किसी भी जज़्बे को नहीं। कहे गए या न कहे गए किसी भी शब्द को नहीं।

मूसा ने उसका माथा चूमा।

'वे नहीं जानते कि उन्होंने क्या किया है। सचमुच नहीं जानते।'

और फिर चलने का वक़्त हो गया।

'बाबाजाना, ग़ौर से सुनो। जब तुम दिल्ली लौटकर जाओ तो किसी भी सूरत में अकेले मत रहना। यह बेहद ख़तरनाक होगा। दोस्तों के साथ रहो—नागा के साथ भी रह सकती हो। यह कहने के लिए तुम मुझसे नफ़रत करोगी,

मगर तुम या तो शादी कर लो या अपनी माँ के पास चली जाओ। तुम्हें किसी ओट की ज़रूरत है। कम से कम कुछ वक़्त के लिए। जब तक हम ऑटर से नहीं निपट लेते। हम यह जंग जीतेंगे और फिर हम, तुम और मैं साथ रहेंगे। मैं हिजाब पहनूँगा—हालाँकि तुम उसमें कहीं ज़्यादा प्यारी लगती हो—और तुम हथियार उठा सकती हो। ठीक है?'

'ठीक है।'

लेकिन चीज़ें इस तरह घटित नहीं हुईं।

चलने से पहले मूसा ने उसे एक लिफ़ाफ़ा दिया।

'इसे अभी नहीं खोलना। ख़ुदा हाफ़िज़।'

जब वह दोबारा उससे मिली तो दो साल बीत चुके थे।

जब ख़दीजा और तिलो मज़ारे-शुहदा पहुँचे तो सूरज ढलने में देर थी। कमांडर गुलरेज़ की क़ब्र बाक़ी क़ब्रों से अलग थी। उस पर बाँस का एक ढाँचा बना था। वह सुनहरी और चमकीली सफ़ेद चाँदी और सोने की पन्नियों और हरी झंडियों से सजा था। आज़ादी के चहेते एक जाँबाज़ का फ़ौरी मज़ार, जिसने अपने लोगों के 'कल' पर अपने 'आज' को क़ुर्बान कर दिया था। एक आदमी, जिसके आँसू बह रहे थे, दूर से उसे देख रहा था।

'वह एक पुराना मुजाहिद है,' ख़दीजा फुसफुसाकर बोली। 'कई साल तक जेल में रहा। बेचारा, ग़लत आदमी के लिए रो रहा है।'

'शायद नहीं।' तिलो ने कहा। 'गुल-काक के लिए तो सारी दुनिया को रोना चाहिए।'

उन्होंने गुल-काक की क़ब्र पर गुलाब की पंखुड़ियाँ चढ़ाकर एक मोमबत्ती जलाई। ख़दीजा ने आरिफ़ा और पहली मिस जबीन की क़ब्रें खोजीं और वहाँ भी यही किया। उसने मिस जबीन की क़ब्र के पत्थर पर लिखे हुए को पढ़कर सुनाया :

मिस जिबीन
2 जनवरी 1992—22 दिसंबर 1995
आरिफ़ा और मूसा यस्वी की अजीज़ बेटी

और उसके नीचे लगभग छिपे हुए शब्द :

अख़ दलीला वन
यथ मंज़ न कहँ बलाई आयसि
न आयसि सौ कुइनि जंगलस मंज़ रोज़ान

ख़दीजा ने उसका तर्जुमा करके सुनाया, लेकिन दोनों में से कोई इसका मतलब नहीं समझ पाई।

तिलो के दिमाग़ में मांदेलस्ताम की उस कविता की आख़िरी पंक्तियाँ गूँजने लगीं जो उसने मूसा के साथ पढ़ी थीं (और सोचा, काश न पढ़ी होतीं)।

मृत्यु ज़्यादा साफ़-सुथरी, दुर्भाग्य ज़्यादा नमकीन,
पृथ्वी ज़्यादा सच्ची, ज़्यादा भीषण।

वे अहदूस लौट आए। जब तक तिलो अपने कमरे में नहीं गई, ख़दीजा भी वहीं रही। ख़दीजा के जाने पर तिलो ने नागा को फ़ोन करके बताया कि वह आ गई है और सोने जा रही है। मूसा का दिया हुआ लिफ़ाफ़ा खोलने से पहले उसने एक छोटी-सी प्रार्थना की—किसी वजह से, जिसे वह नहीं जानती थी; किसी ईश्वर के लिए, जिसे वह नहीं जानती थी।

उसमें कान की दवा का नुस्ख़ा और गुल-काक की तस्वीर थी। वह ख़ाक़ी कमीज़, जंगी पोशाक और मूसा के 'असल बूट' पहने हुए और मुस्कुराते हुए कैमरे की तरफ़ देख रहा था। उसके दोनों कंधों पर शानदार चमड़े की गोलियों वाली पेटी और कमर पर पिस्तौल का खोल था। वह पूरा हथियारों से लैस था। चमड़े की गोलियों वाले हरेक फंदे में एक हरी मिर्च थी। पिस्तौल वाले खाने में एक रसदार, ताज़ा पत्तियों वाली सफ़ेद मूली थी।

तस्वीर के पीछे मूसा ने लिखा था : 'हमारा अजीज़ कमांडर गुलरेज़।'

आधी रात तिलो ने नागा के दरवाज़े पर दस्तक दी। उसने दरवाज़ा खोला और उसे अपनी बाँह में ले लिया। रात उन्होंने शुद्ध आदर्शवादी ढंग से बिताई।

❧

तिलो से चूक हो गई थी।

मौत की घाटी से वह छोटी-सी ज़िंदगी लेकर लौटी थी।

उसकी और नागा की शादी के दो महीने बाद तो उसने पाया कि वह गर्भवती है। शादी ने अभी वह रूप नहीं लिया था जिसे 'मुकम्मल' होना कहा जाता है। इसलिए उसे ज़रा भी संदेह नहीं हुआ कि बच्चे का पिता कौन है।

उसने सोचा, ऐसे ही चलने दिया जाए। क्यों नहीं? अगर लड़का हुआ तो गुलरेज़। अगर लड़की हुई तो जबीन। उसने कभी न माँ के रूप में अपनी कल्पना की थी और न दुल्हन के रूप में, हालाँकि वह दुल्हन रह चुकी थी, बन चुकी थी और बची हुई रही थी। फिर यह भी क्यों नहीं?

आख़िरकार उसने जो फ़ैसला किया, उसका ताल्लुक़ नागा के प्रति उसकी भावनाओं या मूसा के प्रति प्यार से नहीं था। वह कहीं अधिक मूलभूत था। उसकी चिंता यह थी कि वह जिस नन्ही-सी प्राणी को जन्म देगी, उसे भी विचित्र और ख़तरनाक मछलियों के उसी समुद्र को पार करना पड़ेगा जो उसे अपनी माँ के साथ अपने संबंधों में पार करना पड़ा था। उसे विश्वास नहीं था कि वह मरियम आइप से बेहतर अभिभावक साबित हो सकेगी। उसका पक्का अनुमान था कि वह कहीं ज़्यादा बुरी साबित होगी। वह न ख़ुद को उस बच्चे पर थोपना चाहती थी और न दुनिया पर अपना कोई प्रतिरूप थोपना चाहती थी।

समस्या पैसे की थी। उसके पास थोड़ा-सा था, लेकिन ज़्यादा नहीं। ग़ैरहाज़िरी के चलते उसे नौकरी से हटा दिया गया था और दूसरी नौकरी मिली नहीं थी। नागा से वह लेना नहीं चाहती थी, इसलिए वह एक सरकारी अस्पताल की शरण में गई।

अस्पताल का प्रतीक्षालय उन हताश औरतों से भरा था, जिन्हें गर्भ धारण न कर सकने के कारण उनके पतियों ने घर से निकाल दिया था। वे वहाँ अपनी प्रजनन-क्षमता की जाँच कराने आई थीं। जब उन्हें पता चला कि तिलो वहाँ ऐसे काम के लिए आई है जिसे एमटीपी—मेडिकल टर्मिनेशन ऑफ़ प्रेगनेंसी—कहा जाता है, तो उनकी घृणा और शत्रुता छिपाए नहीं छिपी। डॉक्टरों ने भी मना किया। वह उनकी भावुक बातें सुनती रही। जब उसने बताया कि वह अपना फ़ैसला नहीं बदलेगी तो उन्होंने कहा कि वे उसे तभी बेहोश कर सकते हैं, जब सहमति के फ़ॉर्म पर दस्तख़त करने के लिए अव्वल तो बच्चे का पिता या फिर कोई और व्यक्ति उसके साथ हो। उसने बिना बेहोश हुए गर्भ गिराना तय किया। उसे तेज़ दर्द ने ही बेहोश कर दिया और फिर उसकी नींद एक जनरल वार्ड में खुली। बिस्तर पर उसके साथ कोई और भी था। गुर्दे की बीमारी वाला एक बच्चा, जो दर्द से चीख़ रहा था। हरेक बिस्तर पर एक से ज़्यादा मरीज़ थे। फ़र्श पर भी मरीज़ थे और उनके आसपास तीमारदारों और परिवार के लोगों की भीड़ भी उतनी ही बीमार लग रही थी। इस अफ़रा-तफ़री के बीच डॉक्टरों और नर्सों की आवाजाही थी। किसी जंग के दौर के वार्ड जैसा लगता था। सिवा

इसके कि दिल्ली में उस आम जंग के अलावा और कोई जंग नहीं थी—ग़रीबों के ख़िलाफ़ अमीरों की जंग।

तिलो उठी और लड़खड़ाती हुई वार्ड से बाहर आई। बीमार, मृतप्राय लोगों से भरे अस्पताल के गंदे बरामदों में वह रास्ता भटक गई। निचली मंज़िल पर उसने एक नाटे-से आदमी से बाहर का रास्ता पूछा, जिसकी बाँहों की पेशियाँ ऐसे दिखती थीं जैसे वे किसी दूसरे की हों। उसके बताए रास्ते से तिलो अस्पताल के पिछवाड़े पहुँची। वहाँ एक मुर्दाघर था और उससे परे एक उजाड़ क़ब्रिस्तान, जो अब इस्तेमाल में नहीं लगता था।

चमगादड़ पुराने विशाल पेड़ों की शाखों से इस तरह लटक रहे थे जैसे लोगों के किसी पुराने विरोध-प्रदर्शन के मुचड़े हुए काले झंडे हों। आसपास कोई नहीं था। तिलो एक टूटी हुई क़ब्र पर बैठ गई और ख़ुद को सँभालने की कोशिश करने लगी।

सुर्ख़ लाल रंग का बैरों वाला कोट पहने हुए एक दुबला-गंजा आदमी एक पुरानी साइकिल पर खटर-पटर करता हुआ आया। उसकी साइकिल की सीट पर गेंदे के फूलों का छोटा-सा गुच्छा था। वह फूल और एक झाड़न लेकर एक क़ब्र की तरफ़ गया। उसकी धूल साफ़ करने के बाद उसने उस पर फूल रखे, थोड़ी देर ख़ामोश खड़ा रहा और फिर चल दिया।

तिलो क़ब्र पर पहुँची। जहाँ तक उसे याद है, वह अकेली क़ब्र थी जिसके पत्थर पर अंग्रेज़ी के अक्षर खुदे हुए थे। यह रोमानिया की बेली डांसर बेगम रेनाता मुमताज़ मैडम की क़ब्र थी, जिसकी मौत इश्क़ में धोखा मिलने से हुई थी।

वह आदमी रोशन लाल था और रोज़बड रेस्टो-ओ-बार से यह उसकी छुट्टी का दिन था। सत्रह साल बाद तिलो उससे तब मिलने वाली थी जब वह दूसरी मिस जबीन के साथ क़ब्रिस्तान लौटेगी। वह उसे नहीं पहचानने वाली थी। वह उस क़ब्रिस्तान को भी नहीं पहचानने वाली थी क्योंकि तब वह भूले-बिसरे मृतकों की उजाड़ जगह नहीं रह गया होगा।

रोशन लाल चला गया तो तिलो बेगम रेनाता मुमताज़ मैडम की क़ब्र पर लेट गई। वह थोड़ा-सा रोयी और फिर उसे नींद आ गई। नींद खुलने पर लगा कि अब वह घर जाने और अपनी बची हुई ज़िंदगी का सामना करने के लिए तैयार है।

इस बची हुई ज़िंदगी में सप्ताह में कम से कम एक बार नीचे जाकर ऐंबेसडर शिवशंकर और उनकी पत्नी के साथ डिनर करना भी शामिल था,

जिनके ख़यालात कश्मीर समेत लगभग सभी चीज़ों के बारे में ऐसे थे कि तिलो के हाथ काँप उठते थे और उसकी प्लेट के छुरी-काँटे खनखनाने लगते थे।

हिंदुस्तान का बेवकूफ़ीकरण अकल्पनीय ढंग से बढ़ रहा था और इसके लिए किसी फ़ौजी ऑक्युपेशन की ज़रूरत नहीं रह गई थी।

फिर मौसमों में परिवर्तन हुआ। 'यह भी एक यात्रा है,' एम ने कहा, 'और इसे वे हमसे छीन नहीं सकते।'

नादेज़्दा मांदेलस्ताम

10

अपार ख़ुशी का घराना

ग़रीब बस्तियों में यह चर्चा चल पड़ी कि क़ब्रिस्तान में एक कोई अक़्लमंद औरत आई है। लोग जन्नत गेस्ट हाउस में अपने बच्चों को दाख़िला दिलाने लगे, जहाँ तिलो उन्हें पढ़ाया करती थी। छात्र उसे तिलो मैडम या कभी उस्तानी जी कहते। हालाँकि उसे अपनी बरसाती के सामने वाले स्कूल में बच्चों के गीतों की याद आती थी, लेकिन उसने अपने छात्रों को किसी भी भाषा में 'हम होंगे कामयाब' गाना नहीं सिखाया। उसे इसका यक़ीन ही नहीं था कि 'कामयाबी' के ज़रा भी कोई आसार हैं। वह उन्हें गणित, ड्राइंग, कम्प्यूटर ग्राफ़िक्स (तीन पुराने इस्तेमालशुदा कम्प्यूटरों पर, जिन्हें वह बच्चों की मामूली-सी फ़ीस से ख़रीद लाई थी) थोड़ा-सा बुनियादी विज्ञान, अंग्रेज़ी और कुछ ख़ब्तीपन की शिक्षा देती थी। तिलो ने उनसे उर्दू सीखी और कुछ ख़ुश रहने की कला भी। उसने दिन-भर काम किया और ज़िंदगी में पहली बार पूरी रात सोई (दूसरी मिस जबीन अंजुम के साथ सो रही थी)। जैसे-जैसे दिन बीतते गए, तिलो को अपने दिमाग़ से मूसा की 'बरामदगी' जैसा कीचड़ साफ़ होता हुआ लगा। वह हर दूसरे दिन बरसाती में जाने के बारे में सोचती थी, लेकिन कभी गई नहीं। तब भी नहीं, जब उसकी कुछ चीज़ें लेने के लिए अंजुम और सद्दाम वहाँ गए थे (यह जानने की उत्सुकता के साथ कि जो अजीब सी औरत उनकी ज़िंदगी में आई है, वह कहाँ और कैसे रहती है) और गार्सन होबार्ट का संदेश भी लाए थे। वह उसके खाते में किराया जमा कराती रही और यह तब तक

ठीक भी था जब तक उसका सामान वहाँ पड़ा रहा। जब कुछ महीने बीत गए और मूसा की कोई ख़बर नहीं मिली तो तिलो ने 'बरामदगियाँ' पहुँचाने वाले फल विक्रेता के पास एक संदेशा छोड़ा। तब भी ख़बर नहीं मिली। फिर भी मूसा का आकस्मिक अंत होने की आशंका का जो बोझ इन तमाम वर्षों में उस पर हावी रहा था, वह कुछ हल्का हो गया। इसलिए नहीं कि उसके प्यार में कमी आ गई थी, बल्कि इसलिए कि क़ब्रिस्तान के टूटे-फूटे फ़रिश्ते, जो अपनी टूटी-फूटी ज़िम्मेदारियाँ निभाते रहते थे, दो दुनियाओं के बीच एक द्वार खोल चुके थे (एक अवैध दरार), ताकि मौजूदा और विदा ले चुकीं आत्माएँ किसी दावत के मेहमानों की तरह आपस में मिल-जुल सकें। इससे ज़िंदगी और मौत की सरहदें कुछ कम तयशुदा हो गईं। हर चीज़ को सहना पहले से थोड़ा आसान लगने लगा।

तिलो की ट्यूशन की कामयाबी और लोकप्रियता से प्रेरित होकर उस्ताद हमीद ने फिर से उन छात्रों को संगीत सिखाना शुरू किया, जिनमें उन्हें कुछ संभावना नज़र आती थी। अंजुम उनमें जाने लगी जैसे वे किसी इबादत का बुलावा हों। वह अब भी गा नहीं पाती थी, लेकिन इस तरह गुनगुनाने लगी थी जैसे तब करती थी जब उसने ज़ैनब नाम की मूस को गाना सिखाने की कोशिश की थी। ज़ैनब दूसरी मिस जबीन (जो तेज़ी से बड़ी होती हुई, शरारती और बिगड़ी हुई बच्ची बन रही थी) की देखभाल में अंजुम और तिलो की मदद करने के बहाने अपनी दोपहरें, शामें और कभी-कभी रातें भी क़ब्रिस्तान में बिताने लगी। लेकिन इसकी असल वजह—जिसका पता सबको था—सद्दाम हुसैन के साथ उसका ज़बर्दस्त इश्क़ था। उसने पॉलिटेक्निक की पढ़ाई पूरी कर ली थी, गोलमटोल फ़ैशनबाज़ हो गई थी और ऑर्डर पर महिलाओं के कपड़े सिलने का काम करती थी। उसने निम्मो गोरखपुरी की पुरानी फ़ैशन पत्रिकाएँ और बाल घुँघराले करने वाली मशीनें और प्रसाधन सामग्री अपने पास रख ली, जो पहले तिलो की अगवानी के वक़्त कमरे में रखी गई थीं। सद्दाम ने अपने इश्क़ का पहला और ख़ामोश एलान इस तरह किया कि जब ज़ैनब ने चुहलबाज़ी करते हुए उसके हाथ-पैर के नाख़ूनों पर गहरी लाल नेल पॉलिश लगाई तो दोनों खिलखिलाते रहे। सद्दाम ने नेल-पॉलिश तब तक नहीं मिटाई जब तक वह अपने आप नहीं मिट गई।

ज़ैनब और सद्दाम ने क़ब्रिस्तान को एक चिड़ियाघर में बदल दिया। जैसे ज़ख़्मी जानवरों के लिए नूह की नाव। एक मोर था जो उड़ नहीं सकता था और एक मोरनी, शायद उसकी माँ, जो उसे छोड़कर नहीं जाती थी। तीन बूढ़ी गाएँ

थीं जो सारा दिन सोती रहतीं। एक दिन ज़ैनब एक ऑटोरिक्शे में बहुत सारे पिंजड़े लेकर आई जिनमें तीन दर्जन बजरीगर चिड़ियाँ ठुँसी थीं जिन पर भद्दे-से चटख़ रंग पोते हुए थे। उन्हें उसने ग़ुस्से में आकर पुराने शहर के एक पक्षी विक्रेता से ख़रीदा था, जो साइकिल के पीछे बँधे उनके पिंजड़े बेच रहा था। सद्दाम ने कहा कि उनका रंग ऐसा है कि उन्हें छोड़ नहीं सकते क्योंकि बाज देखते ही उन पर झपट पड़ेंगे। इसलिए उसने उनके लिए एक ऊँचा, हवादार पिंजड़े बनाया जो दो क़ब्रों के बराबर चौड़ा था। बजरीगर उसके अंदर समा गईं। रात में वे मोटे-मोटे जुगनुओं की तरह चमकती थीं। एक छोटा पालतू कछुआ, जिसे सद्दाम ने एक पार्क में लावारिस हालत में पाया था और जिसकी एक नाक में तिपतिया घास का एक तिनका चिपका था, टैरेस पर अपनी मिट्टी के ढेर में पड़ा हुआ था। पायल घोड़ी का साथी एक लँगड़ा गदहा था। उसका नाम महेश रखा गया जिसकी वजह किसी को पता नहीं थी। बीरू बूढ़ा हो रहा था, लेकिन उसकी और कॉमरेड लाली की संतानों में कई गुना बढ़ोतरी हो गई थी और वे इधर-उधर लुढ़कती रहती थीं। बहुत सारी बिल्लियाँ आती-जाती थीं। जन्नत गेस्ट हाउस के मेहमानों की ही तरह।

गेस्ट हाउस के पीछे सब्ज़ियों का बाग़ीचा भी फल-फूल रहा था। क़ब्रिस्तान की मिट्टी उसके लिए पुरानी खाद का भंडार थी। हालाँकि सब्ज़ियाँ किसी को ख़ास पसंद नहीं थीं (ज़ैनब को तो बिल्कुल नहीं), लेकिन वे बैंगन, सेम, मिर्चें, टमाटर और कई तरह की लौकियाँ उगाते थे और सड़कों के भारी ट्रैफ़िक से निकलते धुएँ और धूल के बावजूद वहाँ कई तरह की तितलियाँ मँडराने लगी थीं। बाग़ीचे और पशुओं की देखभाल के लिए कुछ काम-लायक़ नशेड़ियों को रखा गया था। इससे उन्हें भी कुछ देर राहत मिल जाती थी।

अंजुम ने सुझाव दिया कि जन्नत गेस्ट हाउस में एक स्वीमिंग पूल होना चाहिए। 'क्यों न हो?' उसने कहा, 'स्वीमिंग पूल सिर्फ़ अमीरों के यहाँ क्यों होने चाहिए? हमारे यहाँ क्यों नहीं?'

जब सद्दाम ने बताया कि स्वीमिंग पूल के लिए पानी सबसे ज़रूरी होता है और शायद उसके बग़ैर पूल चलाने में समस्या होगी तो अंजुम ने कहा कि पानी नहीं होगा तो भी ग़रीब लोगों को स्वीमिंग पूल अच्छा लगेगा। उसने कुछ फ़ुट गहरी खुदाई की, एक बड़े-से पानी के टैंक के आकार में और उस पर नीले रंग के बाथरूम टाइल जमा दिए। उसकी बात सही थी। लोगों को अच्छा लगा। वे उसे देखने आए और उस दिन के लिए दुआ करने लगे ('इंशा अल्लाह, इंशा अल्लाह') जब वह साफ़ नीले पानी से भर जाएगा।

इस तरह कुल मिलाकर जनता के पूल, जनता के चिड़ियाघर और जनता के स्कूल के साथ पुराना क़ब्रिस्तान बढ़िया चल पड़ा। बहरहाल, यह बात दुनिया के बारे में नहीं कही जा सकती थी।

अंजुम के पुराने दोस्त डी.डी. गुप्ता बग़दाद से—या उसका जो कुछ भी बचा रह गया था वहाँ से—लौट आए थे। उनके पास जंग और क़त्लेआम, बमबारी और कसाइयत के डरावने क़िस्से थे—किस तरह एक समूचे इलाक़े को जान-बूझकर और बाक़ायदा धरती का नरक बना दिया गया। वे शुक्रगुज़ार थे कि ज़िंदा बचे हुए हैं और उनके पास लौटने के लिए एक घर है। अब उनकी ब्लास्ट वॉल बनाने या कहें, किसी भी तरह के धंधे की इच्छा नहीं रह गई थी और वे यह देखकर ख़ुश थे कि इराक़ जाते समय वे जिस उजड़े हुए दयार को पीछे छोड़ गए थे, वह अब फल-फूल रहा है। वे अंजुम के साथ गपशप करते, टीवी पर पुरानी फ़िल्में देखते और वहाँ विस्तार और नये निर्माण कार्य की योजनाएँ बनाते (स्वीमिंग पूल उन्हीं की देखरेख में बना था)। मिसेज गुप्ता अपने तईं सांसारिक प्रेम का परित्याग कर चुकी थीं और सारा समय अपने पूजा के कमरे में भगवान कृष्ण की भक्ति में लीन रहती थीं।

घरेलू मोर्चे पर एक नरक दस्तक दे रहा था। गुजरात के लल्ला ने बहुमत से चुनाव जीत लिया था और अब वे नये प्रधानमंत्री थे। लोग उन्हें पूजने लगे थे और छोटे-छोटे शहरों में उनकी मूर्तियों के मंदिर बनने लगे थे। एक भक्त ने उन्हें एक ऐसा सूट भेंट किया जिसके ताने-बाने पर 'लल्लालल्लालल्ला' लिखा था। वे विदेशी मुखियाओं का स्वागत करते वक़्त उसे पहनते। हर हफ़्ते रेडियो प्रसारण के ज़रिये वे नाटकीय भावुकता से देशवासियों को संबोधित करते। उनके संबोधनों में अक्सर किसी पौराणिक प्रसंग या लोककथा या किसी दैवी नियम के हवाले से स्वच्छता, शुद्धता और राष्ट्र के लिए त्याग का संदेश पाया जाता था। वे सार्वजनिक पार्कों में सामूहिक योग को बढ़ावा देते। हर महीने कम से कम एक बार वे किसी ग़रीब बस्ती में पधारते और गलियों में झाड़ू लगाते। लोकप्रियता बढ़ने के साथ वे मानसिक उन्माद और गोपनीयता के शिकार हो गए। वे किसी पर यक़ीन नहीं करते और कोई सलाह नहीं लेते थे। अकेले रहते, अकेले खाते और किसी से घुलते-मिलते नहीं थे। अपनी हिफ़ाज़त के लिए उन्होंने दूसरे देशों से भोजन जाँचने वाले और सुरक्षा गार्ड मँगवाए थे। वे नाटकीय घोषणाएँ करने और कठोर फ़ैसले लेने में माहिर थे, जिनका दूरगामी असर होता था।

जो संगठन उन्हें सत्ता में लाया था, वह व्यक्ति-पूजा पर यक़ीन नहीं रखता

था और इतिहास के बारे में कुछ दूर की सोचता था। संगठन उनका समर्थन कर रहा था, लेकिन उनके किसी उत्तराधिकारी को भी गुपचुप बढ़ावा दे रहा था।

भगवा सुग्गे सही मौक़े की टोह ले रहे थे। सो उन्हें छुट्टा छोड़ दिया गया। वे विश्वविद्यालयों और अदालतों में छा गए, संगीत सभाओं में उत्पात मचाने लगे, सिनेमाघरों में तोड़-फोड़ करने लगे और किताबें जलाने लगे। शिक्षा की एक सुग्गा समिति गठित की गई जो इतिहास को मिथक में और मिथक को इतिहास में बदलने की प्रक्रिया तैयार करने लगी। लाल क़िले के साउंड एंड लाइट शो में संशोधन होने वाला था। जल्दी ही सदियों के मुस्लिम शासन से उसकी शायरी, संगीत और वास्तुकला को हटाकर उसे तलवारों की टकराहट और ख़ून जमा देने वाली जंगी ललकारों तक सीमित कर दिया जाने वाला था, हालाँकि उसका दौर उस फुसफुसाती, दबी हुई हँसी से थोड़ा ही ज़्यादा रहा था, जिस पर उस्ताद कुलसूम बी ने अपनी तमाम उम्मीदें टिका रखी थीं। फिर बचे हुए वक़्त में हिंदू गौरव की कहानियाँ ठूँसी जाने वाली थीं। हमेशा की तरह, इतिहास जिस हद तक अतीत का अध्ययन था, उतना ही भविष्य का रहस्योद्घाटन भी बनने जा रहा था।

गुंडों के छोटे-छोटे गिरोह, जो अपने को 'हिंदू धर्म के रक्षक' कहते थे, देहातों में काम करने और जो भी फ़ायदा उठा सकते थे, उठाने लगे। नेता बनने की ख़्वाहिश रखने वाले लोग अपना कैरियर चमकाने के लिए नफ़रत उगलने या मुसलमानों को पीटने की घटनाओं के वीडियो यू-ट्यूब पर डालने लगे। हर हिंदू तीर्थयात्रा और धार्मिक उत्सव भड़काऊ-उकसाऊ विजय जुलूसों में बदल गया। तीर्थयात्रियों और मनचलों के झुंड अगल-बग़ल हथियारबंद सुरक्षा बलों के साथ ट्रकों और मोटर साइकिलों पर चलते और शांत बस्तियों में झगड़े पैदा करते। अब वे भगवा झंडों की बजाय गर्व के साथ राष्ट्रीय ध्वज फहराने लगे थे—यह तरकीब उन्होंने जंतर-मंतर पर मिस्टर अग्रवाल और उनके गोल-मटोल गाँधीवादी प्रतीक से सीखी थी।

पवित्र गाय राष्ट्रीय प्रतीक बन गई। सरकार गौमूत्र को लोकप्रिय बनाने (पेय और डिटर्जेंट के रूप में) के लिए चलने वाले अभियानों को बढ़ावा देने लगी। लल्ला के प्रभाव-क्षेत्रों से गोमांस खाने या गायों को मारने के आरोप में लोगों को सार्वजनिक रूप से मारने-काटने की ख़बरें आने लगीं।

इराक़ में अपने ताज़ा अनुभव के आधार पर मिस्टर डी.डी. गुप्ता जैसे दुनियावी आदमी का पक्का अनुमान था कि ये सब कारगुज़ारियाँ हमें ब्लास्ट वॉल का बाज़ार बनने तक ले जाएँगी।

एक सप्ताहांत निम्मो गोरखपुरी वहाँ आई और उसने एक-एक करके पूरी घटना सुनाई (हू-ब-हू) कि किस तरह भीड़ ने उसके एक पड़ोसी के दोस्त के रिश्तेदार को गाय मारने और गोमांस खाने का आरोप लगाकर परिवार के सामने ही पीट-पीटकर मार डाला।

'तुम्हारे यहाँ जो भी बूढ़ी गाएँ हैं, उन्हें भगा दो तो बेहतर होगा,' उसने कहा, 'अगर वे यहाँ मर गईं—अगर नहीं, जब भी वे मरेंगी—वे कहेंगे कि तुमने उन्हें मारा है और इसके साथ वे तुम्हें भी ख़त्म कर देंगे। उनकी निगाहें अब इस जायदाद पर गड़ी हुई हैं। आजकल यही सब हो रहा है। वे गाय का गोश्त खाने का इल्ज़ाम लगाते हैं और फिर घर और ज़मीन पर क़ब्ज़ा करके लोगों को शरणार्थी कैंपों में भेज देते हैं। उनको गायों से नहीं, ज़मीन से मतलब है। होशियारी से काम लो।'

'कैसी होशियारी?' सद्दाम चिल्लाया। 'इन हरामियों से होशियारी का एक ही तरीक़ा है कि हम अपना वजूद मिटा दें! अगर वे तुम्हें मारना चाहें तो मारेंगे, चाहे तुम होशियार रहो या न रहो, चाहे तुमने कोई गाय मारी हो या न मारी हो, चाहे तुमने किसी गाय को देखा भी हो या न देखा हो।' यह पहली बार हुआ कि किसी ने सद्दाम को इतना ग़ुस्से में देखा। हर कोई सन्न रह गया। उसकी कहानी किसी को मालूम नहीं थी। अंजुम ने किसी को बताई नहीं थी। राज़ छिपाने में वह ओलंपिक के दर्ज़े की उस्ताद थी।

स्वतंत्रता दिवस पर—जो अब एक कर्मकांड बन चुका था—सद्दाम अंजुम की बग़ल में धूप का चश्मा लगाए हुए लाल सोफ़े पर बैठा था। वह लाल क़िले से गुजरात के लल्ला के ललकारते हुए भाषण और गुजरात में एक विशाल विरोध प्रदर्शन की ख़बरों के चैनल बदलता रहा। हज़ारों लोग, ज़्यादातर दलित लोग ऊना ज़िले में पाँच दलितों की पिटाई के विरोध में प्रदर्शन कर रहे थे क्योंकि उनके ट्रक पर एक गाय की लाश मिली थी। गाय को उन्होंने नहीं मारा था। उन्होंने सिर्फ़ उसकी लाश उठाई थी, जैसा कुछ वर्ष पहले सद्दाम के बाप ने किया था। इस घटना से अपमानित महसूस करते हुए पाँचों ने आत्महत्या की कोशिश की थी। एक इसमें कामयाब भी हुआ।

'पहले उन्होंने मुसलमानों और ईसाइयों को ख़त्म करने की कोशिश की और अब चमारों पर टूट पड़े हैं।' अंजुम ने कहा।

'बात ठीक इसके उलट है।' सद्दाम ने कहा। उसने अपनी बात का मतलब नहीं समझाया, लेकिन वह यह देखकर ख़ुश था कि प्रदर्शन में सभी वक्ता यह संकल्प ले रहे थे कि वे ऊँची जाति के हिंदुओं की गायों की लाश कभी नहीं उठाएँगे।

टीवी ने उन गुंडा गिरोहों को नहीं दिखाया जो प्रदर्शन की जगह से गुज़रने वाले राजमार्गों पर जमा थे और लौटते हुए प्रदर्शनकारियों को निशाना बनाने की फ़िराक़ में थे।

टीवी पर अंजुम और सद्दाम का स्वतंत्रता दिवस-दर्शन का कर्मकांड अचानक ज़ैनब की चीख़ों से भंग हुआ, जो धुले हुए कपड़े सुखाने के लिए बाहर डाल रही थी। सद्दाम तेज़ी से बाहर गया और उसके पीछे धीरे-धीरे, चिंतित अंजुम। कुछ देर बाद ही उन्हें समझ में आया कि उन्होंने जो देखा था, वह कोई भ्रम नहीं, बल्कि यथार्थ है। आसमान की तरफ़ टकटकी लगाए हुए ज़ैनब डरी हुई, स्तब्ध थी।

हवा में एक कौवा स्थिर था और उसका एक डैना हाथ-पंखे की तरह फैला हुआ था। एक अदृश्य क्रॉस पर तिरछा झूलता पंख वाला ईसा मसीह। आसमान में तुरंत हज़ारों उत्तेजित कौवे मँडराने लगे जिनकी काँव-काँव शहर की दूसरी तमाम आवाज़ों पर भारी पड़ रही थी। आसमान की ऊपरी सतह पर पतंगों की ख़ामोश, उत्सुक, लेकिन रहस्यमय उड़ान जारी थी। सूली पर चढ़ा हुआ कौवा ज़रा भी हिल-डुल नहीं रहा था। जल्दी ही कुछ लोग यह दृश्य देखने के लिए जमा हो गए और बुरी तरह एक-दूसरे को डराने लगे। वे हवा में लटके कौवे को अशुभ संकेत मान रहे थे और बता रहे थे कि इससे क्या-क्या मुसीबतें आ सकती हैं।

इस घटना में कोई रहस्य नहीं था। उड़ते समय कौवे के पंख एक पतंग के अदृश्य माँझे से उलझ गए थे जो क़ब्रिस्तान के पुराने बरगद की शाखों में झूल रही थी। बैंजनी काग़ज़ की वह बेचारी पतंग पत्तों के बीच से किसी गुनहगार की तरह झाँक रही थी। माँझा मज़बूत, पारदर्शी प्लास्टिक और पिसे हुए काँच की परत से बना हुआ चीनी माल था जो अचानक बाज़ारों में छा गया था। स्वतंत्रता दिवस के पतंग-योद्धा एक-दूसरे की डोर काटकर उन्हें धराशायी करने के लिए ऐसे माँझों का इस्तेमाल करने लगे थे। इससे शहर में अब तक कई दुर्घटनाएँ भी हो चुकी थीं।

कौवे ने पहले तो अपने को छुड़ाने की कोशिश की, लेकिन फिर उसे लगा कि ऐसा करते समय माँझा उसके पंख में और गहरे धँस रहा है। इसलिए वह एक जगह स्थिर हो गया और सर नीचा करके हैरान, चमकीली आँख से नीचे भीड़ को देखने लगा। जैसे-जैसे समय बीता, आसमान परेशान और बौखलाये हुए कौवों से और ज़्यादा भर गया।

स्थिति को भाँपकर सद्दाम तेज़ी से गया और पार्सल के छोटे और मोटे फीते और कपड़े सुखाने की एक लंबी डोर लाया। उसने उसके एक सिरे पर पत्थर बाँधा और धूप के चश्मे में से सूरज की तरफ़ आँखें टेढ़ी करके उसने अदृश्य माँझे की जगह का अंदाज़ा लगाया और पत्थर को आसमान में फेंका। उसका ख़याल था कि माँझा रस्सी में फँस जाएगा और पत्थर के वज़न से नीचे आ जाएगा। उसने कई बार कोशिश की और पत्थर भी बदलकर देखे (उसे इतना हल्का होना चाहिए था कि हवा में उछल सके और इतना भारी होना चाहिए था कि माँझे के ऊपर जाकर उसे पत्तों के बीच से खींच सके)। आख़िरकार कामयाबी मिली तो माँझा ज़मीन पर आ गया। कौवा पहले नीचे को आया और फिर एक चमत्कार की तरह उड़ चला। आसमान हल्का हो गया, काँव-काँव बंद हो गई।

हालात सामान्य होने का ऐलान हो गया।

क़ब्रिस्तान के तमाशाई (सबके सब, उस्तानी जी समेत) तर्क और वैज्ञानिक समझ से परे थे और उन्हें लगा कि क़यामत टल गई है और सबका कल्याण हो गया है।

उस तात्कालिक हीरो की जय-जयकार हुई, उसे बाँहों में भरा और चूमा गया।

सद्दाम इस मौक़े को हाथ से निकलने देने वाला नहीं था। उसे लगा कि उसका वक़्त आ पहुँचा है।

देर रात वह अंजुम के कमरे में गया। वह कोहनी के सहारे एक करवट लेटी थी और प्यार से दूसरी मिस जबीन को देख रही थी जो गहरी नींद में थी (सोते समय की ख़राब कहानियों का दौर अभी नहीं आया था)।

'ज़रा सोचो,' उसने कहा, 'वह तो ख़ुदा की मेहरबानी थी वरना यह नन्ही जान अभी किसी सरकारी यतीमख़ाने में होती।'

सद्दाम सोच-समझकर पल-भर के लिए एक इज़्ज़तदार ख़ामोशी बनाए रहा और फिर उसने ज़ैनब से शादी का प्रस्ताव रखा। अंजुम ने निगाह उठाए बग़ैर कुछ तल्ख़ी से जवाब दिया, जैसे उसके भीतर कोई पुराना दर्द जाग उठा हो।

'मुझसे क्यों पूछते हो? सईदा से पूछो। उसकी अम्मी वही है।'

'मैं पूरी कहानी जानता हूँ, इसीलिए तुमसे पूछ रहा हूँ।'

अंजुम को यह सुनकर ख़ुशी हुई, लेकिन उसने ज़ाहिर नहीं होने दिया।

उसने ऊपर से नीचे तक सद्दाम पर नज़र डाली जैसे वह कोई अजनबी हो।

'मुझे कोई वजह तो बताओ कि ज़ैनब को क्यों ऐसे आदमी से शादी करनी चाहिए जो जुर्म करने की सोच रहा हो और इराक़ के सद्दाम हुसैन की तरह फाँसी पर चढ़ना चाहता हो।'

'अर्रे यार, अब वह सब ख़त्म हो चुका है। अब मेरे लोग खड़े हो गए हैं।' सद्दाम ने अपने मोबाइल पर सद्दाम हुसैन की फाँसी का वीडियो निकाला। 'देखो, मैं इसे तुम्हारे सामने ही हटा देता हूँ। देखो, डिलीट कर दिया। अब मुझे इसकी ज़रूरत नहीं। मेरे पास अब एक नया वीडियो है। देखो तो सही।'

चिड़चिड़ाती हुई वह बिस्तर से उठी और बैठ गई। फिर शराफ़त से बुदबुदाई, 'या अल्लाह! मैंने क्या जुर्म किया होगा जो इस पागल से पाला पड़ा?' उसने पढ़ने का चश्मा लगाया।

सद्दाम ने जो नया वीडियो उसे दिखाया, उसके शुरू में बहुत सारे ज़ंग-खाए ट्रक थे जो औपनिवेशिक दौर के एक संभ्रांत बँगले के अहाते में खड़े थे। यह गुजरात के एक ज़िला मजिस्ट्रेट का दफ़्तर था। ट्रकों में ऊपर तक गायों की पुरानी लाशें और कंकाल भरे हुए थे। ग़ुस्साए हुए दलित मर्द लाशों को उतार रहे थे और बंगले के लंबे-चौड़े खंभों वाले बरामदे में फेंक रहे थे। उन्होंने गायों के वीभत्स कंकाल बंगले की गाड़ी के रास्ते में डाल दिए, ज़िला मजिस्ट्रेट की मेज़ पर एक बड़ी-सी सींग वाली खोपड़ी रख दी और ख़ूबसूरत कुर्सियों पर गायों की रीढ़ के सर्पीले ढाँचे तौलियों की तरह सजा दिए।

वीडियो देखकर अंजुम सन्न रह गई। मोबाइल की रोशनी उसके नक़ली सफ़ेद दाँत पर चमक रही थी। साफ़ था कि वे लोग चिल्ला रहे हैं, लेकिन वह सुन नहीं पाई क्योंकि सद्दाम ने फ़ोन की आवाज़ बहुत कम कर दी थी ताकि मिस जबीन की नींद न टूट जाए।

'वे क्या कह रहे हैं? क्या यह गुजराती में है?' उसने सद्दाम से पूछा।

'यह तुम्हारी माँ है! इसका ख़याल तुम रखो!' सद्दाम ने फुसफुसाकर कहा।

'आय हाय! अब इन लड़कों के साथ क्या होगा?'

'वे कर भी क्या सकते हैं? चूतिये कहीं के। अपनी टट्टी तो साफ़ कर नहीं सकते। अपनी माँओं को भी नहीं दफ़ना सकते। मुझे क्या पता कि वे क्या करेंगे। लेकिन यह उनका मसला है, हमारा नहीं।'

'तो अब?' अंजुम ने कहा। 'तुमने सद्दाम वाला वीडियो तो हटा दिया...तो अब तुम उस हरामज़ादे पुलिस वाले को मारने नहीं जा रहे हो?' उसकी आवाज़

में मायूसी थी। जैसे यह बात उसे पसंद न आई हो।

'अब उसे मारने की ज़रूरत नहीं। तुमने नया वीडियो तो देख लिया है—अब अपने लोग उठ खड़े हुए हैं! उन्होंने लड़ाई छेड़ दी है! अब हमारे लिए अकेला सहरावत क्या है? कुछ नहीं!'

'क्या तुम ज़िंदगी के सारे फ़ैसले वीडियो देखकर करते हो?'

'आजकल यही होता है, यार। दुनिया अब कुछ नहीं, सिर्फ़ वीडियो है। लेकिन ज़रा देखो कि उन्होंने क्या किया! यह सच्ची घटना है। कोई फ़िल्म नहीं है। और ये लोग कोई ऐक्टर नहीं हैं। फिर से दिखाऊँ?'

'अर्रे, यह उतना आसान थोड़े है, बाबू। वे उन्हें पीट-पाटकर भगा देंगे, ख़रीद लेंगे...आजकल यही हो रहा है...और अगर वे यह काम छोड़ देंगे तो कमाएँगे कहाँ से? खाएँगे क्या? चलो, बाद में सोचा जाएगा। क्या तुम्हारे पास अपने अब्बा की कोई अच्छी-सी तस्वीर है? उसे टीवी वाले कमरे में लगाएँगे।'

अंजुम का सुझाव था कि सद्दाम के अब्बा की तस्वीर टीवी के कमरे में लगी नोटों की माला वाली ज़ाकिर मियाँ की तस्वीर की बग़ल में लगाई जाए। यह इस बात का संकेत करने का उसका अपना तरीक़ा था कि उसने सद्दाम को दामाद बनाना मंज़ूर कर लिया है।

सईदा मगन थी और ज़ैनब भी ख़ुशी से फूली नहीं समा रही थी। शादी की तैयारियाँ शुरू हो गईं। नये कपड़ों के लिए तिलो मैडम समेत सबका नाप लिया गया ताकि ज़ैनब उन्हें डिजाइन कर सके। शादी से एक महीने पहले सद्दाम ने ऐलान किया कि वह पूरे ख़ानदान को एक ख़ास दावत देने जा रहा है। यह अप्रत्याशित था। इमाम ज़ियाउद्दीन बहुत कमज़ोर होने की वजह से जाने लायक़ नहीं थे और फिर उस दिन उस्ताद हमीद के पोते का जन्मदिन भी था। डॉ. आज़ाद भारतीय ने कहा कि सद्दाम ने दावत के लिए जो जगह चुनी है, वे उसूलन उसके ख़िलाफ़ हैं और वैसे भी भूख हड़ताल के कारण खा नहीं सकते। इस तरह पार्टी में अंजुम, सईदा, निम्मो गोरखपुरी, ज़ैनब, तिलो, दूसरी मिस जबीन और ख़ुद सद्दाम शामिल हुए। किसी ने सपने में भी नहीं सोचा कि वह क्या दिखाने ले जा रहा है।

सद्दाम का एक दोस्त नरेश कुमार, एक करोड़पति उद्योगपति के पाँच शॉफ़रों में एक था। उनके पास एक महलनुमा घर और महँगी कारों का बेड़ा था हालाँकि दिल्ली में वे महीने में तीन या चार दिन ही रहते थे। नरेश कुमार इस

पार्टी को लेने अपने मालिक की चमड़े की सीट वाली सिल्वर रंग की मर्सेडीज़-बेंज़ में क़ब्रिस्तान आया। ज़ैनब अगली सीट पर सद्दाम की गोद में बैठ गई और बाक़ी सब पीछे ठुँस गए। तिलो ने कभी मर्सेडीज़ में बैठकर दिल्ली की सड़कों का लुत्फ़ उठाने की ख़्वाहिश भी नहीं की थी। लेकिन तुरंत उसे यह भी लगा कि इसकी वजह यह है कि उसकी ख़्वाहिशें ही बहुत सीमित हैं। कार ने रफ़्तार पकड़ी तो सवारियाँ चीख़ने लगीं। सद्दाम ने किसी को नहीं बताया था कि वह उन्हें कहाँ ले जा रहा है। पुराने शहर से गुज़रते हुए उन्होंने उत्सुकता से इस उम्मीद में खिड़कियों से बाहर देखा कि शायद कोई दोस्त या परिचित उन्हें देख ले। जब वे साउथ दिल्ली पहुँचे तो गाड़ी और लोग उसमें बैठे अटपटे यात्रियों को कभी उत्सुकता तो कभी नाराज़गी से देखने लगे। गाड़ी वालों ने घबराकर शीशे चढ़ा लिये। पेड़ों से सजे एक लंबे एवेन्यू के बाद वे एक चौराहे की ट्रैफ़िक बत्ती पर रुके जहाँ हिजड़ों का एक दल सजी-धजी पोशाक में भीख माँग रहा था—कहने को भीख माँग रहा था, लेकिन दरअसल कार की खिड़कियों को थपथपाकर पैसा वसूल रहा था। वहाँ रुकी सभी कारों के शीशे चढ़े हुए थे। उनमें बैठे लोग हिजड़ों से आँखें मिलाने से बचने की कोशिश कर रहे थे। जब उन्हें सिल्वर रंग की मर्सेडीज़ नज़र आई तो दौलत की गंध पाते ही चारों हिजड़े उस पर टूट पड़े और उन्हें लगा कि शायद कार में कोई भोला-भाला विदेशी बैठा होगा। लेकिन उनके धावा बोलने से पहले ही जब कार के शीशे नीचे हुए और अंजुम, सईदा और निम्मो गोरखपुरी उन्हें देखकर मुस्कुराईं और अँगुलियाँ चौड़ी करके हिजड़ा-ताली बजाने लगीं तो वे हैरत में पड़ गईं। यह मुठभेड़ तुरंत गपशप में बदल गई। तुम चारों किस घराने की हो? तुम्हारी उस्ताद कौन है? और उस्ताद की उस्ताद? वे चारों मर्सेडीज़ की खिड़कियों से अंदर को झुकीं। उनकी कोहनियाँ शीशों के किनारों पर टिकी थीं और पुट्ठों के उत्तेजक उभार ट्रैफ़िक की तरफ़ थे। बत्ती हरी हुई तो पीछे की कारें बेसब्री से हॉर्न बजाने लगीं। जवाब में उन्होंने नायाब गालियों की बौछार की। सद्दाम ने उन्हें एक सौ का नोट और अपना विज़िटिंग कार्ड थमाया और उन्हें शादी में आने का न्योता दिया।

'ज़रूर आना!'

उन्होंने हँसते हुए हाथ हिलाकर विदा ली और बौखलाए हुए ट्रैफ़िक के बीच मज़े से चल दीं। कार चली तो सईदा ने बताया कि लिंग-परिवर्तन की सर्जरी अब सस्ती, आसान और लोकप्रिय हो रही है, इसलिए जल्दी ही हिजड़े ग़ायब हो जाएँगे। 'किसी को भी वह सब नहीं भुगतना पड़ेगा जो हमने भुगता।'

'मतलब कि अब हिंदुस्तान-पाकिस्तान ख़त्म?' निम्मो गोरखपुरी बोली।

'यह इतना बुरा भी नहीं था।' अंजुम ने कहा 'मुझे तो लगता है अगर हमारी नस्ल ग़ायब हो गई तो बड़े दुख की बात होगी।'

'था। यह सब बुरा था।' निम्मो गोरखपुरी ने कहा। 'तुम उस फ़र्जी हकीम डॉ. मुख़्तार को भूल गईं? उसने तुम्हें कितना लूटा।'

कार दो घंटे से भी ज़्यादा एक इस्पाती बुलबुले की मानिंद चौड़ी और सँकरी, चिकनी और गड्ढेदार सड़कों पर उमगती रही। वे अपार्टमेंटों के घने जंगलों से, सीमेंट के विशाल मनोरंजन पार्कों, विचित्र डिजाइन वाले विवाह-स्थलों और ऊँची इमारतों जैसी सीमेंट की मूर्तियों, सीमेंट की चीते जैसी ख़ाल का लँगोट पहने हुए और गर्दन पर सीमेंट का साँप लटकाए शिव की मूर्ति और एक मेट्रो लाइन के ऊपर से झाँकते विशालकाय हनुमान से गुज़रते हुए गए। वे बीस लेन वाले एक फ़्लाइओवर पर चढ़े जो गेहूँ के खेत जितना चौड़ा था, जहाँ पेशाब करने का सवाल ही नहीं उठता था और जिसके दोनों तरफ़ इस्पात और काँच की मीनारें खड़ी थीं। लेकिन जब वे वहाँ से बाहर निकले तो फ़्लाइओवर के नीचे एक दूसरी ही दुनिया थी : बे-राह, बे-लेन, बे-रोशन, बे-तरतीब, बीहड़ और भयानक। वहाँ बसें, ट्रक, बैल, रिक्शे, साइकिलें, हाथठेले और पैदल लोग अपने वजूद को बचाने की जद्दोज़हद में लगे थे। एक क़िस्म की दुनिया एक दूसरी किस्म की दुनिया के ऊपर से उड़ रही थी और दोनों में दुआ-सलाम का भी रिश्ता नहीं था।

इस्पाती बुलबुला ज़र्द-बैंजनी धुंध में डूबी ग़रीब बस्तियों और दलदली औद्योगिक इलाक़ों और रेल की पटरियों के दोनों तरफ़ कूड़े-करकट और झोपड़-बस्तियों के बीच से तैरता हुआ गया और आख़िरकार अपने गंतव्य पर पहुँचा। एक छोर। जहाँ एक देहात बड़ी तेज़ी से फूहड़ और त्रासद ढंग से शहर बनने की कोशिश कर रहा था।

एक मॉल।

मर्सेडीज़ ने जब पार्किंग के तहख़ाने में प्रवेश किया तो उसकी सवारियाँ अवाक् रह गईं। गाड़ी में बम की जाँच के लिए अपने बोनट और डिक्की को ऊपर किया जैसे कोई लड़की अपनी स्कर्ट उठा रही हो, और फिर कारों से भरे तहख़ाने में दाख़िल हो गई।

चमचमाते शॉपिंग ऑर्केड के नये माहौल में सद्दाम और ज़ैनब ज़रा भी असहज नहीं हुए, बल्कि ख़ुशी और उत्तेजना से भर उठे। उस्तानी संमेत दूसरे

लोगों को लग रहा था जैसे वे प्रवेशद्वार से होकर किसी दूसरे ही लोक में आ पहुँचे हैं। शुरू में स्वचालित सीढ़ियों पर एक दिक़्क़त पेश आई। अंजुम ने उनमें जाने से इनकार कर दिया। क़रीब पंद्रह मिनट उसे समझाने और उसका हौसला बढ़ाने में लगे। आख़िरकार सद्दाम सीढ़ी पर अंजुम की बग़ल में अपना हाथ उसके कंधों पर डालकर खड़ा हुआ, ज़ैनब एक सीढ़ी ऊपर उसकी तरफ़ मुँह करके और उसके दोनों हाथ पकड़कर खड़ी हुई और तिलो ने दूसरी मिस जबीन को अपने साथ ले लिया। इस तरह सहारा पाकर अंजुम थरथराती और 'आय! हाय!' चिल्लाती हुई ऊपर पहुँची जैसे किसी ख़तरनाक खेल में उसकी ज़िंदगी दाँव पर लगी हो। जब वे हैरानी के साथ घूम रहे थे और ग्राहकों और दूकानों में रखे पुतलों का फ़र्क़ समझने की कोशिश कर रहे थे तो सबसे पहले निम्मो गोरखपुरी ही सहज हुई। उसने हॉटपैंट और मिनी स्कर्ट वाली उन महिलाओं को सराहना के साथ देखा, जो बड़े-बड़े शौपिंग बैग लिये और अपने घने, ब्लो-ड्राइड बालों में धूप के चश्मे खोंसे हुए थीं।

'देखो, जब मैं जवान थी तो ऐसी ही दिखना चाहती थी। मुझे फ़ैशन की ज़बर्दस्त समझ थी। लेकिन कोई इसे समझ नहीं पाया। मैं अपने ज़माने से बहुत आगे थी।'

घंटे-भर तक खिड़कियों में ताक-झाँक करने और कुछ न ख़रीदने के बाद उन्होंने 'नैंदोज़ रेस्तराँ' में खाना खाया। ख़ूब सारा और ख़ूब तला हुआ चिकन। ज़ैनब का ध्यान निम्मो गोरखपुरी पर और सद्दाम का ध्यान अंजुम पर था क्योंकि दोनों ही पहले कभी किसी रेस्तराँ में नहीं गई थीं। अंजुम हैरानी से बग़ल की मेज़ पर बैठे चार लोगों के परिवार को घूर रही थी—एक अधेड़ और एक नौजवान दंपति। वे महिलाएँ माँ-बेटी थीं और दोनों एक जैसे बिना बाँह के फूलदार टॉप और ट्राउज़र में थीं और चेहरे मेकअप से पुते थे। जवान आदमी शायद लड़की का मँगेतर था। वह मेज़ पर कोहनियाँ टिकाए हुए था और बार-बार मुग्ध भाव से अपनी बाँहों की पेशियाँ देख रहा था जो उसकी नीली टी-शर्ट से बाहर निकली हुई थीं। सिर्फ़ अधेड़ आदमी ऐसा दिखता था जैसे उसे मज़ा नहीं आ रहा हो। वह बार-बार इस तरह चारों तरफ़ नज़र डालता जैसे किसी काल्पनिक खंभे के पीछे छिपकर देख रहा हो। ज़रा-ज़रा देर में वे बातचीत बंद कर रहे थे, उनकी मुस्कान स्थिर हो रही थी और वे सेल्फ़ी ले रहे थे—मैन्यू के साथ, वेटर के साथ, खाने के साथ और एक-दूसरे के साथ। हर सेल्फ़ी के बाद वे अपने मोबाइलों को देखने के लिए एक-दूसरे के हाथ में दे रहे थे। उनका ध्यान रेस्तराँ में बैठे दूसरे लोगों पर बिल्कुल नहीं था।

अंजुम प्लेट में रखे खाने से ज़्यादा उन लोगों में दिलचस्पी ले रही थी। खाना उसे ज़रा भी पसंद नहीं आया। बिल चुकाने के बाद सद्दाम ने जश्न वाले अंदाज़ में मेज़ पर नज़र डाली।

'तुम लोगों को हैरानी हो रही होगी कि मैं तुम्हें इतनी दूर क्यों लाया।'

'हमें दुनिया दिखाने के लिए?' अंजुम ने इस तरह कहा जैसे यह सवाल किसी टीवी क्विज़-शो में पूछा गया हो।

'नहीं। तुम लोगों को अपने अब्बा से मिलाने। इसी जगह उनकी मौत हुई थी। ठीक यहीं पर। जहाँ अब यह इमारत खड़ी है। इसके बनने से पहले यहाँ गाँव थे, इर्द-गिर्द गेहूँ के खेत थे। एक पुलिस थाना था...एक सड़क...'

सद्दाम ने उन्हें बताया कि उसके अब्बा के साथ क्या हुआ था। उसने उन्हें दुलीना पुलिस थाने के दारोग़ा सहरावत की हत्या करने के इरादे के बारे में बताया और यह भी कि उसने क्यों यह इरादा छोड़ दिया। वे मेज़ पर बारी-बारी से उसके मोबाइल पर वह वीडियो देखते रहे, जिसमें ज़िला मजिस्ट्रेट के बंगले पर मरी हुई गायों को फेंका जा रहा था।

'मेरे अब्बा की रूह यहीं भटक रही होगी, इसी जगह में क़ैद।'

सभी ने कल्पना करने की कोशिश की—तेज़ रोशनियों में खोया हुआ, मॉल से बाहर आने का रास्ता खोजता हुआ एक देहाती चमार।

'यह उनका मज़ार है।' अंजुम ने कहा।

'हिंदुओं को दफ़नाया नहीं जाता। उनके मज़ार नहीं होते, बड़ी मम्मी,' ज़ैनब ने कहा।

शायद यह पूरी दुनिया का ही मज़ार है, तिलो ने सोचा, लेकिन कहा नहीं। *शायद वे पुतलेनुमा ख़रीदार भूत हैं जो ऐसी चीज़ खरीदना चाहते हैं जिसका वजूद ही नहीं है।*

'यह अच्छी बात नहीं,' अंजुम बोली। 'इस मामले को ऐसे नहीं छोड़ सकते। तुम्हारे अब्बा का सही ढंग से कफ़न-दफ़न होना चाहिए।'

'हुआ था,' सद्दाम ने कहा। 'गाँव में उनकी अंत्येष्टि हुई थी। उनकी चिता को आग मैंने दी थी।'

अंजुम को यक़ीन नहीं हुआ। वह सद्दाम के पिता के लिए और भी कुछ करना चाहती थी ताकि उनकी आत्मा को शांति मिले। लंबी-चौड़ी बहस के बाद उन्होंने तय किया कि वे उनके नाम पर एक कमीज़ ख़रीदेंगे (जैसे लोग दरगाहों में चढ़ाने के लिए चादर ख़रीदते हैं) और उसे क़ब्रिस्तान में दफ़नाएँगे ताकि सद्दाम और ज़ैनब के बच्चे बड़े होकर महसूस करें कि उनके अब्बा

कहीं आसपास ही हैं।

'मैं एक हिंदू प्रार्थना जानती हूँ!' अचानक ज़ैनब बोली, 'क्या अब्बाजान की याद में सुना सकती हूँ?'

सभी सुनने के लिए आपस में सट गए और फिर उस फ़ास्ट-फ़ूड रेस्तराँ की मेज़ पर ज़ैनब ने अपने मृतक और भावी ससुर के लिए प्रेम के पैग़ाम के रूप में गायत्री मंत्र पढ़ा, जिसे बचपन में उसे अंजुम ने सिखाया था (ताकि वह हमलावर भीड़ के सामने अपनी जान बचा सके)।

ओम् भुर्भुवः स्वः
तत् सवितुर्वरेण्यं
भर्गो देवस्य धीमहि
धियो यो नः प्रचोदयात्

सद्दाम हुसैन के पिता के दूसरे कफ़न-दफ़न की सुबह तिलो ने कुछ और भी सबके सामने रखा। सचमुच। उसने अपनी माँ की अस्थियों का छोटा-सा कलश निकाला और कहा कि वह उसे भी पुराने क़ब्रिस्तान में दफ़नाना चाहती है। एक दिन में दो अंत्येष्टियाँ करने का फ़ैसला लिया गया। अगर कोचीन में हुए विद्युत शवदाह गृह वाली अंत्येष्टि को जोड़ा जाए तो यह मरियम आइप की भी दूसरी अंत्येष्टि थी। क़ब्र खोदने का काम सद्दाम हुसैन ने किया। एक क़ब्र में सुंदर, मद्रासी चौख़ाने की कमीज़ रखी गई। दूसरी क़ब्र में अस्थि-कलश रखा गया। इमाम ज़ियाउद्दीन को इस तरह के परंपरा-विरोधी काम से एतराज़ था, लेकिन फिर वे भी नमाज़ पढ़ने के लिए तैयार हो गए। अंजुम ने तिलो से पूछा कि क्या वह अपनी माँ के लिए ईसाई प्रार्थना भी करना चाहती है। तिलो ने कहा कि चर्च ने उसकी माँ को दफ़नाने से मना कर दिया था इसलिए कोई भी प्रार्थना चलेगी। जब वह अपनी माँ की क़ब्र की बग़ल में खड़ी थी तो अचानक उसे वह बात याद आई, जिसे मरियम आइप आईसीयू में पागलपन के दौरे पड़ने पर बार-बार दोहराती थी।

लगता है मैं हिजड़ों से घिर गई हूँ। ऐसा ही है क्या?

तब लगता था कि यह और कुछ नहीं, आईसीयू में माँ की गालियों की बौछार का ही हिस्सा है। लेकिन अब इसे याद करते हुए तिलो काँप उठी। उसे

यह कैसे पता चला होगा? जब अस्थि-कलश दफ़्न हो गया और क़ब्र पर मिट्टी डाल दी गई तो तिलो ने आँखें बंद कीं और मन ही मन शेक्सपीयर की कविता का एक हिस्सा दोहराया, जो उसकी माँ को बहुत पसंद था। उस एक पल के लिए वह दुनिया, जो पहले ही एक अजीब जगह थी, और भी अजीब हो गई।

एंड क्रिस्पिन क्रिस्पियन शैल नेवर गो बाय,
फ़्रॉम दिस डे टु द एंडिंग ऑफ़ द वर्ल्ड,
बट वी इन इट शैल बी रिमेंबर्ड—
वी फ़्यू, वी हैप्पी फ़्यू, वी बैंड ऑफ़ ब्रदर्स;
फ़ॉर ही टुडे दैट शेड्स हिज़ ब्लड विद मी
शैल बी माइ ब्रदर; बी ही नेवर सो वाइल,
दिस डे शैल जेंटल हिज़ कंडीशन;
एंड जेंटलमेन इन इंग्लैंड नाउ अ-बेड
शैल थिंक देमसेल्व्स अकर्स्ड दे वर नॉट हियर,
एंड होल्ड देअर मैनहुड्स चीप ह्वाइल्स ऐनी स्पीक्स
दैट फ़ॉट विद अस अपॉन सेंट क्रिस्पिं'स डे।

(और क्रिस्पिन क्रिस्पियन दिवस कभी नहीं जाएगा,
इस दिन से लेकर दुनिया के अंत तक,
हमें याद किए बग़ैर—
हम कुछ प्रसन्न प्राणी, हम भाइयों का एक समूह;
इसलिए कि जो आज मेरे साथ बहाएगा रक्त
वही बनेगा मेरा बंधु; चाहे कैसा भी हो वह,
उसे ऊँचा उठा देगा आज का दिन;
और इंग्लैंड के भद्रजन जो अब नींद में होंगे
सोचेंगे कितने शापित थे हम कि वहाँ नहीं हुए,
और कोसेंगे अपने पुरुषत्व को जब वह बोल रहा होगा
जो संत क्रिस्पिन दिवस पर लड़ा होगा हमारे संग।)

वह कभी समझ नहीं पाई कि उसकी माँ को यह मर्दाना, फ़ौजी और जंगी क़िस्म का हिस्सा ख़ास तौर से क्यों पसंद था। लेकिन था। जब तिलो ने अपनी आँखें खोलीं तो यह देखकर हैरान रह गई कि वह रो रही है।

महीने–भर बाद ज़ैनब और सद्दाम की शादी हो गई। कई तरह के मेहमान पधारे—पूरी दिल्ली के हिजड़े (वे भी जो ट्रैफ़िक लाइट पर उनके दोस्त बने थे)। ज़ैनब के दोस्त जिनमें ज़्यादातर फ़ैशन डिज़ाइनिंग के छात्र थे, कुछ उस्तानीजी के छात्र और उनके अभिभावक, ज़ाकिर मियाँ का परिवार और सद्दाम हुसैन के पुराने साथी जो उसके विभिन्न पेशों के दौरान दोस्त बने थे—सफ़ाईकर्मी, मुर्दाघर के नौकर, नगर निगम के ट्रक ड्राइवर और सुरक्षाकर्मी। डॉ. आज़ाद भारतीय, डी.डी. गुप्ता और रोशन लाल तो थे ही। जी.बी. रोड से अनवर भाई और उनकी औरतें और उनका बेटा भी, जो फ्रॉक्स पहनने की उम्र पार कर चुका था। और इंदौर से इशरत–सुंदरी आई जिसने दूसरी मिस जबीन को बचाने में शानदार भूमिका निभाई थी। तिलो और डॉ. आज़ाद भारतीय का नाटा दोस्त मोची, जिसने धूल में अपने पिता के ट्यूमर का नक़्शा बनाया था, कुछ देर के लिए आया। बूढ़े डॉ. भगत भी आए जो अब भी सफ़ेद पोशाक में डटे और पसीना सोखने वाले बैंड पर घड़ी पहने हुए थे। फ़र्ज़ी हकीम मुख़्तार को न्यौता नहीं दिया गया। दूसरी मिस जबीन एक छोटी–सी राजकुमारी की तरह सजी हुई थी। वह एक मुकुट और बुग्गीदार पोशाक और चूँ–चूँ करने वाले जूते पहने थी। इस नौजवान जोड़े को जितने उपहार मिले, उनमें सबसे बढ़िया निम्मो गोरखपुरी का दिया हुआ बकरा था जो उसने ख़ास तौर से ईरान से मँगवाया था।

उस्ताद हमीद और उनके शागिर्दों ने गाना पेश किया।

हर कोई नाच रहा था।

बाद में अंजुम सद्दाम और ज़ैनब को हज़रत सरमद की दरगाह पर ले गई। तिलो, सईदा और दूसरी मिस जबीन भी साथ थीं। रास्ते में उन्हें इत्र और पाज़ेब बेचने वाले, ज़ायरीनों के जूतों के रखवाले, भिखारी और ईद की क़ुर्बानी के लिए मोटे किए जा रहे बकरों के दर्शन हुए।

इस बात को साठ साल हो गए थे जब जहाँआरा बेगम ने अपने बेटे आफ़ताब को हज़रत सरमद के दर पर ले जाकर उनसे यह सिखाने के लिए कहा था कि वह किस तरह उससे प्यार करे। इस बात को पंद्रह साल हो गए थे जब अंजुम मूस को सिफ़्ली जादू भगाने के लिए उनके पास ले गई थी। इस बात को एक साल से भी ज़्यादा हो गया था जब दूसरी मिस जबीन पहली बार वहाँ गई।

जहाँआरा बेगम का बेटा उसकी बेटी बन गया और मूस अब एक बहू बन गई थी। इसके अलावा ज़्यादा कुछ नहीं बदला था। फ़र्श लाल था, दीवारें लाल

थीं और छत लाल थी। हज़रत सरमद का ख़ून पोंछा नहीं जा सका था।

मधुमक्खी जैसी धारियोंवाली नमाज़ी टोपी में एक दुबला आदमी अपनी सबीह के साथ सरमद के सामने हाथ फैलाए हुए था। रंगीन साड़ी पहने एक दुबली-सी औरत ने जंगले पर एक लाल चूड़ी बाँधी और फिर अपनी बच्ची का माथा फ़र्श पर झुकाया। तिलो ने दूसरी मिस जबीन से भी ऐसा ही करवाया, जो उसे एक खेल समझकर बार-बार माथा झुकाती रही। ज़ैनब और सद्दाम ने जंगले पर चूड़ियाँ बाँधी और सलमे-सितारों से जड़ी एक मख़मली चादर हज़रत सरमद की क़ब्र पर चढ़ाई।

अंजुम ने दुआ की और उनसे नौजवान जोड़ी को इनायत बख़्शने के लिए कहा।

और अपार ख़ुशी के मालिक, बेक़रारों के क़रार और दुविधाग्रस्तों के दिलासे, आस्तिकों के बीच नास्तिक और नास्तिकों के बीच आस्तिक सरमद ने इनायत बख़्शी।

तीन हफ़्ते बाद पुराने क़ब्रिस्तान में एक तीसरा कफ़न-दफ़न हुआ।

एक सुबह डॉ. आज़ाद भारतीय एक चिट्ठी लेकर जन्नत गेस्ट हाउस पहुँचे, जो उनके नाम आई थी। उसे एक महिला ने उन्हें सौंपा था जिसने अपनी पहचान नहीं बताई, सिर्फ़ इतना ही कहा कि यह बस्तर के जंगल से आई है। अंजुम को पता नहीं था कि यह जंगल क्या और कहाँ है। डॉ. आज़ाद ने संक्षेप में बस्तर, वहाँ रहने वाली आदिवासी जातियों, उनकी ज़मीन पर निगाहें गड़ाने वाली खनन कंपनियों और माओवादी गुरिल्लाओं के बारे में बताया जो उन कंपनियों के लिए ज़मीन को मुक्त कराने की कोशिश करने वाले सुरक्षा बलों के ख़िलाफ़ लड़ाई छेड़े हुए थे। चिट्ठी में अंग्रेज़ी के अक्षर बहुत छोटे और सटाकर लिखे हुए थे। उस पर कोई तारीख़ नहीं थी। डॉ. आज़ाद भारतीय ने बताया कि यह दूसरी मिस जबीन की असली माँ की चिट्ठी है।

'फाड़ कर फेंक दो इसे!' अंजुम गरजी। 'उसने अपनी संतान को फेंक दिया और अब कह रही है कि वह उसकी असली माँ है!' सद्दाम ने उसे चिट्ठी को छीनने से रोका।

'चिंता मत करो,' डॉ. आज़ाद भारतीय ने कहा, 'वह लौटकर यहाँ नहीं आएगी।'

चिट्ठी लंबी थी—पन्नों के दोनों तरफ़ लिखी हुई, जिसके कई हिस्से काटे गए थे और वाक्य एक-दूसरे से गुँथे हुए थे जैसे काग़ज़ कम पड़ गया हो। पन्नों के बीच में कुछ फूल दबे हुए थे जो चिट्ठी को तहाकर गोल बनाने की वजह से चूरा हो गए थे। डॉ. आज़ाद भारतीय ने उसे पढ़कर सुनाया और मोटा-मोटी जितना अनुवाद कर सकते थे, करते रहे। श्रोताओं की भूमिका में अंजुम, तिलो और सद्दाम हुसैन थे। और दूसरी मिस जबीन भी, जो इस कार्रवाई में भरपूर खलल डाल रही थी।

> प्रिय कॉमरेड आज़ाद भारतीय गारू,
> मैं आपको लिख रही हूँ क्योंकि जंतर-मंतर में तीन दिन के भीतर मैंने बड़े ग़ौर से आपको देखा। मुझे लगता है अगर किसी को मेरी बच्ची का अता-पता मालूम है, तो वे आप ही हैं। मैं एक तेलुगु महिला हूँ और माफ़ कीजिए कि मुझे हिंदी नहीं आती। मेरी अंग्रेज़ी भी कोई अच्छी नहीं है इसके लिए अफ़सोस। मैं रेवती हूँ और कम्युनिस्ट पार्टी ऑफ़ इंडिया (माओवादी) की पूर्णकालिक कार्यकर्ता। जब तक आपको यह ख़त मिलेगा मैं मारी जा चुकी हूँगी।

अंजुम, जो अभी तक आगे को झुकी हुई तल्लीन होकर सुन रही थी, जैसे राहत महसूस करते हुए पीछे की तरफ़ हो गई। लगा कि उसकी कोई दिलचस्पी नहीं रह गई है। लेकिन जब डॉ. आज़ाद भारतीय ने पढ़ना जारी रखा तो धीरे-धीरे उसकी दिलचस्पी बढ़ी और वह चुपचाप सुनती रही।

> मेरी कॉमरेड सुगुना जानती है कि यह ख़त वह आपको मेरे न रहने के बाद भेजेगी। आप जानते होंगे हम प्रतिबंधित, भूमिगत लोग हैं और मेरे इस ख़त को आप भूमिगत से भी भूमिगत मान सकते हैं। इसलिए सुरक्षित ढंग से इसे आप तक पहुँचने में पाँच या छह हफ़्ते का वक़्त कम से कम लगेगा। दिल्ली में अपनी बच्ची को छोड़ने के बाद मेरा मन बहुत ख़राब है। मैं न सो सकती हूँ न चैन से रह सकती हूँ। मैं उसे नहीं चाहती। लेकिन मैं यह नहीं चाहती कि वह मुसीबतें झेले। इसलिए आप अगर जानते हों कि वह कहाँ है

तो मैं उसकी कहानी आपको साफ़-साफ़ बताना चाहती हूँ। बाक़ी आप जो भी सोचें। मैंने उसका नाम उदया रखा था। तेलुगु में इसका मतलब होता है सूर्योदय। मैंने उसे यह नाम इसलिए दिया क्योंकि वह दंडकारण्य के जंगल में सूर्योदय के वक़्त पैदा हुई। जब वह पैदा हुई तो मुझे उससे बहुत नफ़रत हुई और मैंने उसको मार डालने की सोची। मुझे सच में लगा कि वह मेरी नहीं है। सचमुच वह मेरी नहीं है। सचमुच जो कहानी मैं यहाँ लिख रही हूँ उसे पढ़कर आपको लगेगा कि मैं उसकी असली माँ नहीं हूँ। उसकी माँ नदी है और उसका पिता जंगल। यह उदया और रेवती की कहानी है। मैं रेवती आंध्रप्रदेश के ईस्ट गोदावरी ज़िले की हूँ। मेरी जाति सेट्टीबालिजा है जो बैकवर्ड कास्ट में आती है। मेरी माँ का नाम इंदुमति है, वह एसएसएलसी स्कूल पास है। मेरे पिता से उसका विवाह होता है जब वह अठारह साल की होती है। पिता फ़ौज में थे, वे माँ से कई साल बड़े थे। वे जब छुट्टियों में घर आए तो प्रेम में पड़ गए क्योंकि माँ बड़ी गोरी और सुंदर है। सगाई के बाद और शादी से पहले पिता को फ़ौज के हथियारों के डिपो के पास सिगरेट पीने की वजह से कोर्ट-मार्शल हो गया। वे अपने गाँव में रहने आ गए जो कि गोदावरी नदी के किनारे मेरी माँ के गाँव के उस पार है। उनका परिवार भी उसी जाति का है, लेकिन वह माँ के परिवार से ज़्यादा अमीर था। जब शादी हो रही थी तो उन्होंने माँ को पंडाल से उठा दिया और ज़्यादा दहेज की माँग की। मेरे दादा कहीं से क़र्ज लेने के लिए भागे। इसके बाद ही वे तैयार हुए और शादी हुई। शादी के तुरंत बाद पिता का दिमाग़ कुछ गड़बड़ा गया और वे माँ को सताने लगे। वे चाहते थे कि माँ छोटे कपड़े पहने और बॉलरूम डांस करे। जब उसने इनकार किया तो उन्होंने ब्लेड से जगह-जगह उसे काटा और शिकायत करने लगे कि वह उन्हें संतुष्ट नहीं कर पाती है। कुछ महीनों के बाद उन्होंने उसे मेरे दादा के घर भेज दिया। जब उसके गर्भ में मुझे पाँच महीने हो गए तो माँ का छोटा भाई उसे एक नाव पर पिता

के घर ले गया। वह बहुत अच्छी साड़ी और गहने पहने हुए थी और दो चाँदी के डिब्बों में मिठाई और अपनी सास के लिए पच्चीस नई साड़ियाँ ले गई। पिता उस समय घर पर नहीं थे। सास-ससुर ने उसे अंदर नहीं आने दिया और ख़ुद बाहर आकर मिठाई के डिब्बों को लात मारकर फेंक दिया। माँ बहुत शर्मिंदा हुई। वापस लौटते समय नदी के बीचों-बीच उसने अपने गहने उतारे और नाव से कूद गई। तब मैं उसके पेट में पाँच महीने की थी। नाव वाले ने उसे बचाया और घर पहुँचाया। मेरा जन्म मेरी ननिहाल में हुआ। गर्भ के दौरान मेरी माँ का पेट बहुत बड़ा हो गया था। उसने सोचा था कि जुड़वाँ बच्चे होंगे। गोरे रंग के, उसके और उसके पति जैसे। लेकिन पैदा हुई मैं। मैं काली और वज़नी थी। मेरा रंग देखकर माँ दो दिन तक बेहोश रही। लेकिन उसके बाद उसने मुझे कभी नहीं छोड़ा। सारा गाँव बात करने लगा। मेरे पिता के परिवार को पता चल गया कि मैं कितनी काली हूँ। उनके अंदर जाति और रंग का भेद बहुत ज़्यादा था। वे कहने लगे कि मैं उनकी बेटी नहीं हूँ बल्कि एक माला या माडिगा की लड़की हूँ, बी.सी. नहीं बल्कि एस.सी. शैड्यूल कास्ट लड़की। मैं दादा के घर में ही पली-बढ़ी। वे एक एनिमल हस्बैंडरी में काम करते थे। वे कम्युनिस्ट थे। उनके घर में फूस का छप्पर था, लेकिन बहुत सारी किताबें भी थीं। जब मेरे दादा बूढ़े हो गए तो अंधे भी हो गए। जब मैं स्कूल में थी तो उन्हें पढ़कर सुनाया करती। मैं उन्हें *इलेस्ट्रेटेड वीकली, कम्पीटीशन सक्सेस रिव्यू* और *सोवियत लैंड* पढ़कर सुनाती थी। मैंने उनको लिटिल ब्लैक फ़िश की कहानी भी सुनाई। हमारे यहाँ पीपुल्स पब्लिशिंग हाउस की बहुत किताबें थीं। मेरे पिता रात को मेरे नाना के घर आते और माँ को तंग किया करते। मैं उनसे नफ़रत करने लगी। वे रात में साँप की तरह घर के अंदर घूमते। माँ उनके पीछे-पीछे जाती, लेकिन वे उसे सताने और उसे काटने लगते और वापस भेज देते। वे उसे बार-बार बुलाते और वह बार-बार जाती। इसके कुछ समय बाद वे फिर से उसे गाँव ले गए

और अपने साथ रखा। वह दोबारा गर्भवती हो गई। मेरे नाना के गाँव की औरतों ने दुआ की कि दूसरी संतान भी मेरे जैसी काली हो ताकि माँ एक वफ़ादार पत्नी साबित हो सके। उन्होंने इसके लिए मंदिर में तीस मुर्ग़ियों की बलि चढ़ाई। शुक्र है कि मेरा भाई भी काला ही निकला। लेकिन तब पिता ने माँ को वापस भेज दिया और दूसरी औरत से शादी कर ली। मैं वकील बनना चाहती थी और अपने पिता को हमेशा के लिए जेल में डालना चाहती थी। लेकिन जल्दी ही मैं कम्युनिज़्म और क्रांतिकारी विचारधारा के संपर्क में आई। मैंने कम्युनिस्ट साहित्य पढ़ा। मेरे नाना ने मुझे क्रांतिकारी गीत सिखाए, जिन्हें हम दोनों साथ-साथ गाते थे। मेरी माँ और नानी नारियल चुराकर बेचते और मेरे स्कूल की फ़ीस देते। वे मेरे लिए छोटी-छोटी चीज़ें लाते थे और मेरा ख़ूब फ़ैशन करते थे। और कई लड़के थे जो मुझे चाहते थे। इंटरमीडिएट पास करने के बाद मैं मेडिकल के इम्तहान में बैठी और मेरा सिलेक्शन हो गया। लेकिन हमारे पास फ़ीस का पैसा नहीं था। इसलिए मैंने वारंगल के सरकारी डिग्री कॉलेज में दाख़िला ले लिया। वहाँ मूवमेंट बहुत मज़बूत था। जंगल में, लेकिन जंगल से बाहर भी। पहले ही साल मुझे कॉमरेड निर्मलक्का और कॉमरेड लक्ष्मी ने भर्ती कर लिया जो लड़कियों के हॉस्टल में आती थीं और हम लड़कियों को जनता के दुश्मन के शोषण और हमारे देश में ग़रीबी की भयानक हालत के बारे में बताती थी। कॉलेज के दिनों से ही मैं पार्टी के लिए पार्टटाइम और कूरियर का काम करने लगी। बाद में मैंने महिला संघम में काम किया और झोपड़ बस्तियों और गाँव में वर्ग चेतना फैलाने लगी। हम पूरे तेलंगाना में पार्टी का संचार माध्यम बन गए। हम लोग बस से पुस्तिकाएँ और पैंफलेट लेकर बैठकों में जाते थे। प्रतिरोध सभाओं में गीत गाते और नाचते। मैंने मार्क्स और लेनिन और माओ को पढ़ा और माओवाद में विश्वास करने लगी।

उस समय हालत बहुत ख़तरनाक थी। चारों तरफ़ तमाम

पुलिस, कोबरा, ग्रेहाउंड, आंध्रा पुलिस थी। सैकड़ों पार्टी कार्यकर्ता बुरी तरह मारे जा रहे थे। पुलिस को महिला कार्यकर्ताओं से ज़्यादा ही नफ़रत थी। कॉमरेड निर्मलक्का जब मारी गई तो उन्होंने पेट चीर डाला और हर चीज़ बाहर निकाल दी। कॉमरेड लक्ष्मी को भी सिर्फ़ मारा ही नहीं, बल्कि काट डाला और आँखें निकाल दीं। उस पर बहुत ज़्यादा विरोध प्रदर्शन हुआ। दूसरी कॉमरेड पदमक्का उन्होंने पकड़ी और उसके दोनों घुटने तोड़ डाले जिससे वह चल न सके और उसे इतना पीटा कि किडनी ख़राब हो गई, लीवर बर्बाद हो गया। इतनी बर्बादी। वह जेल से वापस आ गई। अब अमरुला बंधु मित्रुला संगठन में काम करती है। जब भी पार्टी के लोग मारे जाते हैं और अगर फ़ेमिली ग़रीब है और अपने आदमी की लाश लेने नहीं जा पाती है तो वह जाती है। ट्रैक्टर में, टेम्पो में, कैसे भी, और लाश को अंतिम संस्कार और ऐसी ही चीज़ों के लिए उस फ़ेमिली को सौंप देती है। सन् 2008 में जंगल के अंदर स्थिति बहुत ख़राब थी। सरकार द्वारा ऑपरेशन ग्रीन हंट का ऐलान होता है। अवाम के ख़िलाफ़ लड़ाई। जंगल में पुलिस और पैरामिलिट्री के हज़ारों लोग हैं। आदिवासियों को मार रहे हैं, गाँव जला रहे हैं। कोई आदिवासी अपने घर में या अपने गाँव में नहीं रह सकता। वे रात में जंगल के बाहर सोते हैं क्योंकि रात में पुलिस आती थी, सौ, दो सौ, कभी पाँच सौ, वे हर चीज़ हथिया लेते हैं, हर चीज़ जला देते हैं, हर चीज़ चुरा लेते हैं, मुर्ग़ियाँ, बकरे, पैसे। वे चाहते हैं आदिवासी लोग जंगल ख़ाली कर दें जिससे कि वहाँ इस्पात का टाउनशिप और खदानें बनाई जा सकें। हज़ारों जेल में हैं। यह सारी बात आपको बाहर भी पढ़ने को मिल जाएगी या हमारी मैगज़ीन *पीपुल्स मार्च* में। इसलिए मैं आपको सिर्फ़ उदया के बारे में बताती हूँ। जब ग्रीन हंट चल रहा था, तो पार्टी ने पीएलजीए—पीपुल्स लिबरेशन गोरिल्ला आर्मी—में भर्ती का ऐलान किया। उस दौरान मैं दो और लोगों के साथ हथियारों की ट्रेनिंग लेने बस्तर के जंगल में गई। वहाँ मैंने छह साल

से भी ज़्यादा काम किया। अंदर कभी-कभी मुझे कॉमरेड मासे भी कहा जाता है यानी कि काली लड़की। यह नाम मुझे पसंद है। लेकिन हम दूसरे नाम भी रखते हैं, एक-दूसरे के नाम। हालाँकि मैं पीएलजीए में हूँ क्योंकि मैं पढ़ी-लिखी हूँ, पार्टी मुझे बाहर का काम भी सौंपती है। कभी-कभी मुझे वारंगल, भद्राचलम या खम्मम जाना पड़ता है। कभी-कभी नारायणपुर भी। यह सबसे ख़तरनाक है, इसलिए कि अब गाँव में और क़स्बों में बहुत ज़्यादा जासूस हैं, हमारे ख़िलाफ़ काम करने वाले। एक बार जब मैं बाहर से लौट रही थी तो कुदुर गाँव में पुलिस के हाथ लग गई। उस वक़्त मैं साड़ी और चूड़ियाँ पहने हुए थी और मेरे पास हैंडबैग और नक़ली मोती की दो लड़ियाँ थीं। मैं लड़ नहीं पाई। मेरी गिरफ़्तारी कहीं दर्ज नहीं हुई। मेरे हाथ-पैर बाँधे गए और क्लोरोफार्म सुंघाया गया और एक जगह ले जाया गया जिसे मैं जानती नहीं। जब होश में आई तो अँधेरा था। मैं दो दरवाज़ों और दो खिड़कियों वाले एक कमरे में थी। वह एक क्लासरूम था। वहाँ एक ब्लैकबोर्ड था, लेकिन फ़र्नीचर नहीं। यह एक सरकारी स्कूल था। जंगलों के भीतर सभी सरकारी स्कूल पुलिस के कैंप हैं। न अध्यापक आते हैं न बच्चे। मैं बिल्कुल नंगी थी। छह पुलिस वाले मेरे चारों तरफ़ थे। एक चाक़ू से मेरी चमड़ी पर चीरे लगा रहा था। 'तो तुम अपने को बहुत बड़ी हीरोइन समझती हो?' उसने पूछा। अगर मैंने आँखें बंद कीं तो मेरे झापड़ मारते हैं। दो लोगों ने मेरे हाथ पकड़ रखे हैं और दो लोगों ने पैर। 'हम तुम्हारी पार्टी के लिए तुम्हें एक तोहफ़ा देना चाहते हैं।' वे सिगरेट पी रहे हैं और जली हुई सिगरेट से मेरे को दाग रहे हैं। 'तुम लोग बहुत चिल्लाते हो!' 'ज़रा अब चिल्लाओ, और फिर देखो क्या होता है!' मुझे लगा वे मुझे पदमक्का और लक्ष्मी की तरह मारने जा रहे हैं। लेकिन वे बोले, 'फिकर मत कर कलूटी, हम तुझे छोड़ देंगे। और जाकर उन्हें ज़रूर बताना कि हमने तुम्हारे साथ क्या किया है। तुम बहुत बड़ी हीरोइन हो। तुम उन लोगों को गोलियाँ, मलेरिया की दवाएँ, खाना,

टूथब्रश सप्लाई करती हो। हम सब जानते हैं। तुमने कितनी मासूम लड़कियों को पार्टी में भर्ती होने को भेजा? तुम हर किसी को तबाह कर रही हो। अब जाओ और कहीं शादी कर लो। चुपचाप गृहस्थी चलाओ। लेकिन पहले हम तुम्हें शादी का अनुभव देंगे।' वे मेरे को दागते रहे और चीरे लगाते गए। लेकिन मैं चीख़ नहीं रही हूँ। 'तुम चीख़ती क्यों नहीं हो? तुम्हारे महान नेता तुम्हें बचाने के लिए आने वाले हैं? तुम लोग चीख़ते नहीं हो?' तब एक आदमी ने मेरे को मुँह खोलने का हुक्म दिया और एक आदमी ने अपना लिंग मेरे मुँह में डाल दिया। मेरी साँस रुक गई। लगा मैं मर जाऊँगी। वे मेरे मुँह में पानी डालते रहे। फिर कई बार उन्होंने मेरे से बलात्कार किया। उदया का बाप उन्हीं में से एक था। कौन-सा, मैं कैसे कह सकती हूँ! मैं बेहोश हो गई थी। जब मैं उठी तो हर जगह ख़ून बह रहा था। दरवाज़ा खुला था। वे बाहर सिगरेट पी रहे थे। मैंने अपनी साड़ी देखी। धीरे-से उसे उठाया। पीछे का दरवाज़ा थोड़ा-सा खुला था और वहाँ एक धान का खेत था। उन्होंने मेरे को भागते हुए देखा तो पहले वे भी मेरे पीछे दौड़े और मैं गिर पड़ी, लेकिन फिर उन्होंने कहा, 'छोड़ो, जाने दो।' जंगल में बहुत-सी औरतों के साथ ऐसा ही हुआ था। इससे मेरे में हिम्मत बँधी। मैं खेतों से भागती रही। चाँदनी रात थी। मैं कोलतार की एक सड़क तक पहुँची। मैं उस पर आई। मेरे पास सिर्फ़ साड़ी थी। न ब्लाउज़, न पेटीकोट। किसी तरह उसे मैंने लपेट लिया। एक बस आई। मैं उसमें चढ़ गई। मैं नंगे पैर थी। ख़ून बह रहा था। मेरा चेहरा कद्दू जैसा है। मुँह भी सूजा हुआ है क्योंकि उन्होंने कई बार काटा है। बस ख़ाली थी। कंडक्टर ने मेरे को कुछ नहीं कहा। मेरे को टिकट के लिए नहीं पूछा। मैं खिड़की के पास बैठ गई और क्लोरोफ़ार्म के कारण नींद आ गई। खम्मम आने पर उसने मेरे को जगाया और बोला, 'यह आख़िरी स्टॉप है।' मैं बस से उतर गई। यह पता चलने पर कि यह खम्मम है, मुझे ख़ुशी हुई क्योंकि मैं एक डॉक्टर गौरीनाथ को अच्छी तरह

जानती थी, जिनका वहाँ क्लीनिक था। मैं वहाँ गई। मैं ऐसे चल रही थी जैसे शराबी चलते हैं। मैंने दरवाज़ा खटखटाया और उनकी पत्नी ने खोला और वह चीख़ पड़ी। मैं उनके बिस्तर पर बैठ गई। मैं बिल्कुल पागल जैसी लग रही थी। सिगरेट के सारे दाग़ फफोले बन गए थे, मेरे चेहरे पर, छाती पर, चूचियों पर, पेट पर। उनके बिस्तर पर ख़ून ही ख़ून हो गया। डॉक्टर गौरीनाथ आए और मुझे कुछ फर्स्ट एड दिए। मैं हमेशा सो रही हूँ क्लोरोफ़ार्म की वजह से। जब मैं जाग रही हूँ तो बस रो रही हूँ। मैं बस जंगल में अपने कॉमरेडों के पास जाना चाहती हूँ, रेणू, दमयंती, नर्मदा अक्का। डॉक्टर गौरीनाथ ने दस दिन मुझे रखा। उसके बाद अंदर किसी से मेरा संपर्क हुआ और मैं जंगल में चली आई। मैं बारह किलोमीटर चली। फिर एक पीएलजीए का दस्ता आया और हम पाँच घंटे चलकर एक कैंप में पहुँचे जहाँ डिस्ट्रिक्ट कमेटी के सदस्य थे। हमारे मुख्य नेता कॉमरेड पी.के. ने मुझसे पूछा क्या हुआ है। अब वे नहीं रहे। उनका भी एनकाउंटर हो गया। जब मैं उन्हें बता रही थी तो रो रही थी और उन्हें कुछ भी समझ में नहीं आया। पहले उन्हें लगा कि मेरे को किसी पार्टी कामरेड से शिकायत है। कॉमरेड पी.के. बोले, 'मुझे ये फ़ालतू भावुकता समझ नहीं आती। हम लोग सैनिक हैं। तुम मुझे रिपोर्ट करो, बग़ैर किसी भावुकता के।' तो मैंने रिपोर्ट किया, लेकिन मेरे को पता ही नहीं चला कि मेरी आँखें रो रही हैं। मैंने महिला कॉमरेडों से अपने ज़ख़्मों का मुआयना करवाया। इसके बाद उन्होंने दो दिन बैठक की कि क्या करना चाहिए। तब कमेटी ने मेरे को फिर से बुलाया और कहा मुझे बाहर जाना चाहिए और 'रेवती अत्याचार वेदिरेक कमेटी'—रेवती बलात्कार विरोधी समिति—गठित करनी चाहिए। इसके अलावा मेरे को एक झुग्गी बस्ती में प्रोग्राम चलाने का ज़िम्मा भी दिया, जहाँ दो हज़ार लोग और सिर्फ़ दो हैंडपंप थे। मेरे को इतनी बीमारी है, और मुझे ज़्यादा हैंडपंपों के लिए लोगों की रैलियाँ आयोजित करनी हैं। मेरे को इस पर यक़ीन नहीं हुआ।

लेकिन वे बोले कि मुझे ख़ुद अपनी देखरेख करनी पड़ेगी। लेकिन बाहर नहीं जा सकी क्योंकि उस वक़्त तक मैं चल ही नहीं सकती थी। ख़ून बहना बंद नहीं हुआ था। मेरे को दौरे पड़ रहे थे। मेरे घाव सड़ने लगे थे। मैं बाहर नहीं जा सकती थी। मैं दस्तों के साथ मार्च नहीं कर सकती थी। मुझे फिर जंगल के भीतर गाँव में छोड़ दिया गया। तीन महीने बाद मैं चलने लायक़ हुई तो पता चला कि मुझे गर्भ ठहर गया है। मैंने परवाह नहीं की। मैं फिर से पीएलजीए में चली गई। लेकिन जब पार्टी को पता चला तो उन्होंने फिर से मुझे बाहर जाने को कहा क्योंकि पीएलजीए की महिलाओं को बच्चे पैदा करने की मनाही है। मैं उदया के होने तक गाँव में ही रही। मैंने जब पहली बार उसे देखा तो नफ़रत हुई। मुझे लगा जैसे पुलिस वाले मुझे ब्लेड से चीर रहे हैं और सिगरेट से दाग रहे हैं। मैंने उसे मारने की सोची। मैंने अपनी बंदूक़ उसके सर पर रखी, लेकिन उसे चला नहीं पाई क्योंकि वह छोटी और प्यारी बच्ची थी। उस वक़्त जंगल के बाहर 'वार ऑन पीपुल' के ख़िलाफ़ बड़ा आंदोलन चल रहा था। दिल्ली के कई बड़े ग्रुपों ने जन-सुनवाई बुलाई थी। आदिवासी लोग जो शिकार हुए थे, नेशनल मीडिया से बात करने के लिए दिल्ली बुलाए गए। पार्टी ने मुझे कुछ स्थानीय वकीलों और कार्यकर्ताओं को लेकर उनके साथ जाने के लिए कहा। मेरी बच्ची छोटी थी इसलिए यह एक बढ़िया ओट थी। मैं तेलुगु बहुत अच्छी बोलती थी और सारे तथ्य जानती थी। दिल्ली में उनके पास अच्छे अनुवाद करने वाले लोग थे। जन-सुनवाई के बाद मैं तीन दिन उत्पीड़ित आदिवासियों के साथ जंतर-मंतर पर प्रदर्शन करने के लिए बैठी। मैं वहाँ बहुत-से अच्छे लोगों को देखी। लेकिन मैं उनकी तरह बाहर की दुनिया में नहीं रह सकती थी।

मेरी पार्टी ही मेरी माता और पिता है। कई बार वह ग़लत चीज़ें भी करती है। ग़लत लोगों को मारती है। महिलाएँ इसलिए उसमें भर्ती होती हैं क्योंकि वे क्रांतिकारी होती हैं। लेकिन इसलिए भी कि वे अपने घर में तकलीफ़ें

नहीं झेल सकतीं। पार्टी कहती है कि पुरुष और महिलाएँ बराबर हैं, लेकिन अभी तक वे इसे मानते नहीं। मुझे पता है कॉमरेड स्टालिन और चेयरमैन माओ कई अच्छे काम किए और कई ग़लत भी किए। लेकिन मैं पार्टी छोड़कर नहीं जा सकती। मैं बाहर नहीं रह सकती। जंतर-मंतर पर मैंने कई अच्छे लोगों को देखा। इसलिए मैं सोची कि उदया को वहाँ छोड़ दूँ। मैं आपकी और उनकी तरह नहीं हो सकती। मैं भूख हड़ताल पर नहीं बैठ सकती और गुज़ारिश नहीं कर सकती। जंगल में पुलिस हर दिन ग़रीब लोगों को जला रही है, मार रही है, बलात्कार कर रही है। बाहर आप लोग लड़ रहे हैं और मुद्दों को उठा रहे हैं। लेकिन अंदर सिर्फ़ हम हैं। तो मैं वापस दंडकारण्य में अपनी बंदूक़ के साथ मरने के लिए लौट आई हूँ।

इस ख़त को पढ़ने के लिए शुक्रिया कॉमरेड।

लाल सलाम!

रेवती

❦

'लाल सलाम आलेकुम,' अंजुम की पहली सहज और बेसाख़्ता प्रतिक्रिया यही थी। यहाँ से एक अच्छा-ख़ासा राजनीतिक आंदोलन खड़ा हो सकता था, लेकिन उसने यह सिर्फ़ इस तरह कहा था जैसे दिल को छूनेवाली किसी तक़रीर को सुनने के बाद 'आमीन' कहा जाता है।

सभी श्रोताओं को अपने-अपने तरीक़े से एहसास हुआ कि इस अनजान, सुदूर और दुनिया से विदा हो चुकी औरत की कहानी में कहीं न कहीं उनकी अपनी ज़िंदगियाँ और उनकी अपनी कहानियाँ भी मौजूद हैं। सबके अपने-अपने हिंदुस्तान-पाकिस्तान। इससे वे दूसरी मिस जबीन के इर्द-गिर्द पेड़ों या हाथियों के झुंड की तरह एकजुट हो गईं—एक अभेद्य क़िले की तरह, जिसके भीतर वह बहुत मुहब्बत और हिफ़ाज़त के साथ बड़ी होने वाली थी—अपनी माँ की नियति के ठीक उलट।

लेकिन क़ब्रिस्तान के पोलित ब्यूरो में बहस का फ़ौरी मुद्दा यह था कि दूसरी मिस जबीन को इस चिट्ठी के बारे में बताया जाए या नहीं। जनरल

सेक्रेटरी अंजुम की निश्चित राय थी। दूसरी मिस जबीन उसकी गोद में बैठी थी और उसकी नाक को बुरी तरह मरोड़ रही थी। अंजुम ने कहा, 'बेशक, उसे माँ के बारे में पता रहना चाहिए। लेकिन बाप के बारे में हरगिज़ नहीं।'

तय पाया गया कि रेवती को पूरी इज़्ज़त के साथ क़ब्रिस्तान में दफ़नाया जाए। उसकी लाश मौजूद नहीं है तो उसकी चिट्ठी को ही क़ब्र में रखा जाएगा (तिलो ने रिकॉर्ड के लिए उसकी फ़ोटोकॉपी रख ली थी)। अंजुम जानना चाहती थी कि किसी कम्युनिस्ट के कफ़न-दफ़न में ठीक-ठीक क्या किया जाता है (उसने *लाल सलामी* कहा।) जब डॉ. आज़ाद भारतीय ने कहा कि जहाँ तक उन्हें पता है, कोई ख़ास संस्कार नहीं होता तो अंजुम को कुछ तौहीन जैसा महसूस हुआ। 'यह क्या बात हुई? ये किस तरह के लोग हैं जो अपने मरे हुओं को बग़ैर किसी इबादत के यों ही छोड़ देते हैं?'

अगले दिन डॉ. आज़ाद भारतीय कहीं से एक झंडा लाए। रेवती की चिट्ठी को एक बर्तन में सील-बंद किया गया और उसके चारों ओर झंडे को लपेटा गया। दफ़्न करते वक़्त उन्होंने कम्युनिस्ट इंटरनेशनल 'उठ जाग ओ भूखे बंदी' गाया और भिंची हुई मुट्ठी से लाल सलाम किया। इस तरह दूसरी मिस जबीन की पहली, दूसरी या तीसरी माँ—आप जो भी सोचें—का दूसरा अंतिम संस्कार हुआ।

पोलित-ब्यूरो ने तय किया कि अब से दूसरी मिस जबीन का पूरा नाम मिस उदया जबीन होगा। उसकी माँ के क़ब्र के पत्थर पर सिर्फ़ इतना लिखा गया :

कॉमरेड मासे रेवती
मिस उदया जबीन की अजीज़ अम्मी
लाल सलाम

डॉ. आज़ाद भारतीय ने छह पिताओं और तीन माँओं (जो रोशनी के कुछ धागों से आपस में जुड़ी थीं) की मिस उदया जबीन को मुट्ठी बंद करके अपनी माँ को आख़िरी 'लाल सलाम' कहना सिखाया।

'...'आल सलाम,' उसने तुतलाती हुई आवाज़ में कहा।

11

मकानमालिक

मैं अब भी यहीं हूँ। बेशक़, आपका यही अनुमान रहा होगा। मैं नशा-मुक्ति केंद्र में नहीं गया। पहली बार यहाँ आने पर शराबख़ोरी का जो दौर शुरू हुआ था, वह कमोबेश क़रीब छह महीने चला। जो भी हो, अब संयम से हूँ—शायद कहना चाहता हूँ कि फ़िलहाल शराब को छुए हुए मुझे एक साल से ऊपर हो गया है। लेकिन अब बहुत देर हो चुकी है। मैंने अपनी नौकरी खो दी। चित्रा ने मुझे छोड़ दिया और राबिया और आन्या मुझसे बात नहीं करतीं। यह अजीब है कि अपनी आशंका के विपरीत मुझे किसी भी बात से दुख नहीं हुआ। अकेलापन मुझे रास आने लगा है।

पिछले कुछ महीनों से मैं एकांतवास में हूँ। बेतहाशा पीने की बजाय बेतहाशा पढ़ रहा हूँ। अब इस अपार्टमेंट की हर फ़ाइल के एक-एक पुर्जे को ग़ौर से देखना ही मेरा एकमात्र काम है—हर दस्तावेज़, हर रिपोर्ट, हर चिट्ठी, हर वीडियो, हर पीला पोस्ट-इट और हर तस्वीर। मेरा अनुमान है, आप यही कहेंगे कि मेरा व्यसनी क़िस्म का व्यक्तित्व इस परियोजना में भी काम कर रहा है—मेरा मतलब है कि तीव्र ग्लानि और निरर्थक अनुताप से भरा हुआ इकतरफ़ा दिमाग़। जब मैंने इस बीहड़ संग्रहालय को देखा तो इसके बिखराव को ठीक करके कुछ सुसंगत और व्यवस्थित कर दिया और इस तरह अपनी वासना का थोड़ा पश्चाताप भी कर लिया। लेकिन हो सकता है, यह भी एक दूसरी तरह का अतिक्रमण हो। जो भी हो, फ़ाइलों और तस्वीरों को मैंने फिर से क़रीने के

साथ सहेज दिया है और उन्हें डिब्बों में बंद कर दिया है ताकि तिलो जब भी आए, इन्हें आसानी से ले जा सके। नोटिस बोर्ड उतार लिये हैं और तस्वीरों और पोस्ट-इट पुर्जों को इस तरह पैक कर दिया है कि उन्हें दुबारा निकालने और पहले जैसे क्रम में रखने में दिक़्क़त न हो। कहने का मतलब कि मैं यहीं हूँ। अब इसी अपार्टमेंट में रह रहा हूँ। मेरे पास रहने के लिए कोई दूसरी जगह नहीं है। नीचे के फ़्लैट से मिलने वाला किराया ही मेरी प्रमुख आमदनी है। तिलो अब भी मेरे खाते में पैसे भेजती है, लेकिन मैं सोचता हूँ कि अगर उससे फिर कभी मुलाक़ात हुई तो लौटा दूँगा।

मुझे स्वीकार करना चाहिए कि इस खुदाई का नतीजा यह रहा कि कश्मीर के बारे में मेरे ख़यालात बदल गए। मैं जानता हूँ, कि अब जाकर यह कहना कुछ घटिया और आसान है—शायद मैं उन फ़ौजी जनरलों जैसी ही बात कर रहा हूँ जो ज़िंदगी-भर जंग छेड़े रहते हैं और जब सेवानिवृत्त होते हैं तो अचानक शुद्ध-बुद्ध, परमाणु अस्त्रों के विरोधी शांतिदूत बन जाते हैं। उनमें और मुझमें इतना ही फ़र्क़ है कि मैं अपने ये नए ख़यालात अपने तक ही रखूँगा, हालाँकि यह आसान नहीं है। अगर मैं चाहूँ और अपने पत्ते सही चलूँ तो शायद कोई बड़ा खेल खेल सकता हूँ या कहें कि अगर खोल दूँ तो एक राजनीतिक तूफ़ान खड़ा हो सकता है क्योंकि ख़बरों से मुझे लगता है कि कुछ साल की धोखादेह शांति के बाद कश्मीर फिर से सुलग उठा है।

जहाँ तक मुझे दिख रहा है, अब मसला यह नहीं है कि सुरक्षा बल लोगों पर हमले कर रहे हैं। अब इसके उलट होता हुआ लगता है। लोग—आम लोग, उग्रवादी नहीं—फ़ौज पर हमले कर रहे हैं। सड़कों पर हाथ में पत्थर लिये हुए बच्चे बंदूक़धारी सिपाहियों के सामने खड़े हैं; ग्रामीण लोग लाठियों और फावड़ों से लैस होकर पहाड़ों से उतर रहे हैं और फ़ौजी कैंपों की तरफ उमड़ रहे हैं। अगर फ़ौज उन पर गोली चलाती है और कुछ लोगों को मारती है तो प्रदर्शन और भी उग्र हो उठते हैं। अर्धसैनिक बल लोगों को अंधा बनाने वाली पेलेट बंदूक़ों का इस्तेमाल कर रहे हैं, जो मेरे ख़याल से जान से मारने से बेहतर है, लेकिन जनसंपर्क के नज़रिये से कहीं ज़्यादा बुरा है। दुनिया लाशों के ढेर देखने की अभ्यस्त हो चुकी है, लेकिन सैकड़ों की तादाद में उन ज़िंदा लोगों को देखने की नहीं, जिन्हें अंधा कर दिया गया है। भदेस ढंग से कहने के लिए मुझे माफ़ करेंगे, लेकिन आप कल्पना कर सकते हैं कि ऐसे दृश्य देखकर लोगों के दिलों पर क्या गुज़रती होगी। और फिर, यह तरीक़ा भी तो कारगर नहीं रहा। जिन लड़कों की एक आँख चली गई है, वे फिर से सड़कों पर उतर आए हैं

और दूसरी आँख गँवाने के लिए तैयार हैं। इस तरह के उन्माद से कैसे निपटेंगे?

इसमें शक़ नहीं कि एक बार फिर हम उन्हें मात दे सकते हैं—देंगे ही। लेकिन यह सब कहाँ जाकर थमेगा? युद्ध। परमाणु युद्ध। यही इसका व्यावहारिक जवाब दिखाई देता है। हर शाम जब मैं ख़बरें देखता हूँ तो अज्ञान और मूर्खता का प्रदर्शन देखकर हैरान रह जाता हूँ। और सोचिए कि मैं ज़िंदगी-भर इसी सबका हिस्सा रहा। मैं अख़बारों में लिखने से अपने को बमुश्किल ही रोक पाता हूँ क्योंकि इससे एक बर्ख़ास्त, पियक्कड़, फ़ौज छोड़ने वाले आलोचक के तौर पर मेरा मज़ाक़ ही उड़ाया जाएगा। और यही सब।

बेशक, अब मैं मूसा को जानता हूँ—इस अर्थ में कि जब लगता था कि वह मर चुका है, वह मरा नहीं था। इन तमाम वर्षों में वह यहीं था और कहना न होगा कि मेरी किराएदार यह बात जानती थी। इसका पता भी कुछ ही देर में चल गया जब देर तक बिजली गुल रहने के कारण मुझे वे चीज़ें देखने को मिलीं जो उसने फ़्रिज में रखी थीं।

तो कल्पना कीजिए कि उस रात मुझे कितनी ख़ुशी हुई होगी जब एक चाबी से मेरा दरवाज़ा खुला और मूसा अंदर आया, और मुझे देखकर उसे जो हैरानी हुई उतनी मुझे उसे देखकर नहीं हुई। इस मुठभेड़ के शुरुआती कुछ मिनट तनावपूर्ण थे। वह जाने को हुआ, लेकिन मैंने उससे कुछ देर रुकने और कम से कम एक कॉफ़ी पीकर जाने का आग्रह किया। उसे देखकर मुझे अच्छा लग रहा था। पिछली बार हमारी मुलाक़ात दो बहुत जवान लोगों की तरह हुई थी। बल्कि दो छोकरों की तरह। अब मेरे बाल लगभग उड़ चुके हैं और उसके चाँदी जैसे सफ़ेद हैं। जब मैंने उसे बताया कि मैं ब्यूरो छोड़ चुका हूँ तो उसे राहत महसूस हुई। हमने वह रात साथ बिताई और ज़्यादातर अगला दिन भी। हमने ख़ूब बातें कीं—जब मैं उस मुलाक़ात को याद करता हूँ तो यह सोचकर स्तब्ध रह जाता हूँ कि उसने किस ख़ूबी के साथ मुझसे तमाम चीज़ें जान लीं। उसकी बातों में फ़िक्रमंदी और उत्सुकता का ऐसा तालमेल था, जिसमें प्रशंसा से ज़्यादा जिज्ञासा का भाव होता है। शायद उसे यह भरोसा दिलाने के लिए कि मैं 'दुश्मन' नहीं हूँ, ज़्यादातर मैं ही बोलता रहा। मुझे इस पर आश्चर्य हुआ कि उसे ब्यूरो के कामकाज के बारे में इतनी गहराई से पता है। उसने कुछ अफ़सरों के बारे में इस तरह बात की जैसे वे उसके ख़ास दोस्त हों। हम जैसे दो सहकर्मियों की तरह एक दूसरे से चीज़ें साझा कर रहे थे। वार्तालाप में इतनी चैनदारी और बेपरवाही थी जैसी दोस्तों के बीच सामान्य गपशप में होती है। लेकिन उसके जाने पर ही मुझे एहसास हुआ कि क्या बात हुई है। हमने सियासत

के बारे में कोई ख़ास बात नहीं की। हमने तिलो के बारे में बात नहीं की। मेरी रसोई में जो भी मसाले थे, उनसे उसने खाना बनाने की पेशकश की। बेशक, मैं जानता था कि वह मेरे फ़्रीजर को खोलकर देखना चाहता है। वहाँ और कुछ नहीं, सिर्फ़ एक किलो बढ़िया मटन रखा हुआ था। मैंने उससे कहा कि अपार्टमेंट में तिलो का जो भी सामान था, उसे और मूसा के सभी पासपोर्ट और दूसरी चीज़ों पैक कर दिया गया है और वह जब चाहे, उन्हें ले जा सकती है।

हमारी चर्चा के केंद्र में कश्मीर था, लेकिन एक अमूर्त ढंग से।

'हो सकता है तुम सही निकलो,' मैंने रसोई में उससे कहा। 'तुम सही हो सकते हो, लेकिन तुम कभी जीत नहीं सकते।'

'मैं इसके उलट सोचता हूँ,' वह बर्तन में लाजवाब ख़ुशबू छोड़ रहे रोग़नजोश को चलाते हुए मुस्कुराया। 'हम ग़लत साबित हो सकते हैं, लेकिन हम पहले से ही जीते हुए हैं।'

मैंने बात आगे नहीं बढ़ाई। मुझे नहीं लगता कि उसे इसका एहसास था कि ज़मीन के उस छोटे-से टुकड़े को अपने पास रखने के लिए भारत की सरकार किस हद तक जा सकती है। एक बड़ा ख़ून-ख़राबा हो सकता है जिसके आगे 1990 का दशक भी बच्चों के खेल की तरह नज़र आए। यह भी हो सकता है कि मुझे पता न हो कि कश्मीरी लोग किस हद तक जाँबाज़ बनने के लिए तैयार बैठे हैं। दोनों तरफ़ दाँव इतने ऊँचे हैं जैसे पहले कभी नहीं थे। या हो सकता है इस बारे में हमारे नज़रिये बहुत अलग हों कि 'जीत' का मतलब आख़िर क्या है।

खाना लज़ीज़ बना था। मूसा एक मस्त और हुनरमंद खानसामा था। उसने नागा के बारे में पूछा। 'मैंने बहुत दिन से उसे टीवी पर नहीं देखा। वह ठीक है?'

विचित्र बात यह है कि मैं अपने एकांतवास में कभी-कभी जिस व्यक्ति से मिला हूँ, वह नागा ही है। उसने अख़बार से इस्तीफ़ा दे दिया है और इतना ख़ुश नज़र आता है जितना मैंने उसे पहले कभी नहीं देखा। शायद इस राहत के पीछे यह विडंबना काम कर रही हो कि तिलो अंतिम रूप से हमारी ज़िंदगियों और हमारी दुनिया से बाहर चली गई है। मैंने मूसा से कहा कि नागा और मैं एक योजना पर काम कर रहे हैं—अभी उसका ख़ाका ही बना है—कि रेडियो पर या शायद पोडकास्ट पर पुराने संगीत का एक चैनल शुरू किया जाए। नागा पश्चिमी संगीत, रॉक-'एन'-रोल, ब्लूज़, जैज़ करेगा और मैं विश्व संगीत। मेरे पास अफ़ग़ानी, ईरानी और सीरियाई लोक संगीत का एक दिलचस्प, बल्कि कहें कि बेजोड़ संग्रह है। यह कहने के बाद मुझे लगा, मेरी बातें उथली और सतही हैं।

लेकिन मूसा सचमुच दिलचस्पी दिखा रहा था और हम थोड़ी देर तक संगीत के बारे में बढ़िया बातें करते रहे।

अगली सुबह वह बाज़ार से एक छोटा-सा टेम्पो लाया और दो लोगों ने गत्ते के डिब्बों और तिलो की बाक़ी चीज़ों को उस पर रखा। लगता था वह जानता है कि तिलो कहाँ है, लेकिन उसने बताया नहीं, सो मैंने भी पूछा नहीं। लेकिन एक बात थी जो उसके जाने से पहले मुझे पूछनी ज़रूरी लगी, वरना मुझे तीस साल और बेताबी से इंतज़ार करना पड़ता। अगर नहीं पूछता तो वह मुझे ज़िंदगी-भर परेशान करती रहती। मुझे पूछनी ही थी। इसे पूछने का कोई बारीक़ तरीक़ा नहीं आता था। आसान न होते हुए भी आख़िरकार मेरे मुँह से बात निकल गई।

'क्या अमरीक सिंह को तुमने मारा था?'

'नहीं।' उसने मेरी तरफ़ देखा। उसकी आँखें ग्रीन टी के रंग की थीं। 'मैंने नहीं मारा।'

पल-भर वह ख़ामोश रहा, लेकिन उसकी निगाह बतलाती थी कि वह मुझे तौल रहा है और सोच रहा है कि इसके आगे कुछ बताए या नहीं। मैंने कहा कि मैंने अमरीक सिंह के शरण माँगने की दरख़्वास्त और अमेरिका की हवाई उड़ानों के बोर्डिंग पास देखे हैं, जिन पर लिखे हुए नाम मूसा के एक जाली पासपोर्ट के नाम जैसे हैं। मुझे क्लोविस में किराये पर कार देने वाली एक कंपनी की रसीद भी मिली थी। उनकी तारीख़ें भी समान थीं, इसलिए मुझे लगता था कि मूसा इस पूरे प्रकरण से कहीं न कहीं जुड़ा है, लेकिन किस रूप में, यह मुझे मालूम नहीं था।

'मैं सिर्फ़ जानना चाहता हूँ,' मैंने कहा। 'इससे कोई फ़र्क़ नहीं पड़ता कि तुमने मारा है। वह मारे जाने के ही लायक़ था।'

'उसे मैंने नहीं मारा। उसी ने ख़ुद को मारा। लेकिन हमने उसके लिए ख़ुद को मारने के हालात पैदा किए।'

मैं समझ नहीं पाया कि यह क्या बकवास है।

'मैं अमेरिका उसकी तलाश करने नहीं गया था। मैं किसी दूसरे काम से वहाँ था। मैंने अख़बारों में पढ़ा कि उसे अपनी बीवी पर हमला करने की वजह से गिरफ़्तार किया गया है। उसके घर का पता सबको चल गया था। मैं कई साल से उसे ढूँढ़ रहा था। उसके साथ मुझे कुछ हिसाब निपटाने थे। हममें से कइयों को निपटाने थे। तो मैं क्लोविस गया, कुछ पूछताछ की और आख़िरकार उसे ट्रकों की धुलाई के एक गैराज और वर्कशॉप में पाया जहाँ वह अपने ट्रक

की सर्विसिंग के लिए जाता था। अब वह पूरी तरह दूसरा ही आदमी था—हम जिस हत्यारे को, जालिब क़ादरी और दूसरे बहुत से लोगों के क़ातिल को जानते थे, उससे बिल्कुल अलग। उसके पास अब वह सरकारी तंत्र नहीं था जो सज़ा से बचे रहने की गारंटी देता है और जिसके दम पर उसने कश्मीर में कारनामे किए थे। वह डरा हुआ और निराश आदमी था। मुझे अफ़सोस जैसा हुआ। मैंने उसे यक़ीन दिलाया कि मैं उसे कोई नुक़सान पहुँचाने नहीं जा रहा हूँ और यह कि मैं उससे सिर्फ़ यह कहने के लिए आया हूँ कि हम तुम्हें वह सब कभी भूलने नहीं देंगे जो तुमने किया है।'

मूसा और मैं नीचे गली में बात कर रहे थे। मैं उसे छोड़ने आया था।

'यह ख़बर दूसरे कश्मीरियों ने भी पढ़ी। इसलिए वे यह देखने क्लोविस आने लगे कि कश्मीर का कसाई अब किस तरह रहता है। कुछ अख़बारनवीस थे, कुछ अदीब, फोटोग्राफर, वकील...कुछ मामूली लोग। वे उसकी नौकरी की जगह जाते, उसके घर, सुपर मार्केट में, सड़क पर, उसके बच्चों के स्कूल में। हर रोज़। उसे मजबूर होकर हमें देखना पड़ता। मजबूर होकर याद करना पड़ता। शायद इस सबने उसे पागल कर दिया। आख़िरकार उसे ख़ुद का ख़ात्मा करना पड़ा। तो...तुम्हारे सवाल का जवाब है...नहीं, मैंने उसे नहीं मारा।'

इसके बाद मूसा ने स्कूल के गेट पर बच्ची को पोलियो का इंजेक्शन लगाती हुई उस राक्षसी नर्स की पेंटिंग के सामने खड़े होकर जो कुछ कहा, वह ऐसा था... ऐसा था जैसे वह मुझे बर्फ़ का इंजेक्शन दे रहा हो। और भी ज़्यादा इसलिए कि वह दोस्ताना और मिलनसार तरीक़े से यह सब कह रहा था, ख़ुशनुमा मुस्कुराहट के साथ, जैसे मज़ाक़ कर रहा हो।

'एक रोज़ कश्मीर इसी तरीक़े से हिंदुस्तान को ख़ुदकुशी के लिए मजबूर करेगा। आप तब तक अपनी पेलेट बंदूक़ों से हम सबको, एक-एक को अंधा कर चुके होंगे। लेकिन आपकी आँखें तब भी यह देखने के लिए बची रहेंगी कि आपने हमारे साथ क्या किया है। आप हमें ख़त्म नहीं कर रहे हैं। आप हमारी तामीर कर रहे हैं। आप ख़ुद अपने को ख़त्म कर रहे हैं। ख़ुदा हाफ़िज, गार्सन भाई।'

इसके साथ ही वह चला गया। मैंने उसे फिर कभी नहीं देखा।

अगर वह सही साबित हुआ तो? हमने बड़े-बड़े मुल्कों को रातों-रात बर्बाद होते देखा है। इस क़तार में हम भी हों तो? इस ख़याल ने मुझे घनघोर मायूसी से भर दिया।

अगर पिछवाड़े की इस गली से कोई संकेत मिलता है तो शायद छिन्न-

भिन्न होना शुरू हो गया है। हर चीज़ ने अचानक ख़ामोशी ओढ़ ली है। सारा निर्माण-कार्य ठप पड़ गया है। मज़दूर लापता हो चुके हैं। वेश्याएँ और समलैंगिक और महँगे कोट पहने हुए कुत्ते कहाँ चले गए? मुझे उनकी याद आ रही है। कैसे यह सब इतनी तेज़ी से लोप हो गया?

मुझे एक बूढ़े बेवक़ूफ़ अतीत-जीवी की तरह यहाँ खड़े नहीं रहना चाहिए।

हालात बेहतर होंगे। उन्हें होना ही है।

लौटते हुए मैं अपनी दिलकश और बातूनी किराएदार अंकिता से बचते हुए सीढ़ियों पर चढ़ा और ख़ाली अपार्टमेंट में लौटा, जहाँ विदा हो चुके गत्ते के डिब्बों और उनमें बंद कहानियों के प्रेत हमेशा-हमेशा मँडराने के लिए छूट गए हैं।

और एक महिला की अनुपस्थिति भी, जिसे मैं अपने कमज़ोर, हिचकिचाते हुए ढंग से प्यार करना कभी बंद नहीं कर पाऊँगा।

मेरा क्या होगा? मैं ख़ुद थोड़ा अमरीक सिंह जैसा हूँ—बूढ़ा, सूजा हुआ, डरा हुआ और उस सुविधा से वंचित, जिसे मूसा ने बड़ी ख़ूबसूरती से 'सज़ा से बचे रहने की गारंटी देने वाला सरकारी तंत्र' कहा था और जिसके बल पर मैं ज़िंदगी-भर काम करता रहा। अगर मैं भी ख़ुद का ख़ात्मा कर दूँ तो?

कर सकता हूँ—अगर संगीत मुझे नहीं बचा पाएगा तो।

मुझे नागा से संपर्क करना चाहिए। मुझे पोडकास्ट वाली योजना पर काम करना चाहिए।

लेकिन उससे पहले मुझे एक पेग चाहिए।

12

ग्वीह क्योम

जन्नत गेस्ट हाउस में यह मूसा की तीसरी रात थी। कुछ दिन पहले वह सामान पहुँचाने वाले आदमी के तौर पर एक टेम्पो में गत्ते के कार्टन लेकर आया था। उसे देखकर उस्तानीजी का चेहरा खिल उठा, जिससे सभी ख़ुश हुए। कार्टनों को तिलो के कमरे में दीवार से सटाकर रख दिया गया जहाँ वह अहलाम बाजी के साथ रहती थी। तिलो जन्नत गेस्ट हाउस के बारे में जो कुछ जानती थी, वह सब मूसा को बता चुकी थी। आख़िरी रात अपने बिस्तर पर उसकी बग़ल में लेटकर वह अपने उर्दू-ज्ञान को आज़मा रही थी। डॉ. आज़ाद भारतीय से सुनी हुई शायरी उसकी नोटबुक में दर्ज थी :

मर गई बुलबुल क़फ़स में,
कह गई सय्याद से
अपनी सुनहरी गाँड में
तू ठूँस ले फ़स्ले-बहार

'यह तो बमों से लैस किसी जाँबाज़ का तराना लगता है,' मूसा ने कहा।

तिलो ने उसे डॉ. आज़ाद भारतीय के बारे में बताया कि जब उस रात को पुलिस जंतर-मंतर पर उनसे तफ़्तीश करने गई थी तो उन्होंने यह शे'र सुनाया था (वह कथित रात, वह संबंधित रात, वह पूर्व-लिखित रात, वह रात, जिसे इसके बाद 'रात' कहा जाएगा)।

'मैं चाहती हूँ,' तिलो ने हँसते हुए कहा, 'जब मैं मरूँ तो इसे मेरी क़ब्र पर खुदवाया जाए।'

अहलाम बाजी ने क़ब्र में कुछ गालियाँ बुद्बुदाकर अपनी नाराज़गी ज़ाहिर की।

मूसा ने नोटबुक के एक पन्ने पर नज़र डाली, जहाँ तिलो ने एक कविता दर्ज़ की थी।

लिखा था :

कैसे
बयान किया जाए
उस
दास्तान को
जो छिन्न-भिन्न हो?

धीरे-धीरे
हर कोई
होकर।
नहीं।
धीरे-धीरे हर चीज़ होकर।

यह ज़रूर सोचने लायक़ बात है, मूसा ने सोचा।

वह अपने वर्षों पुराने प्यार की तरफ़ मुड़ा। उस औरत की तरफ़, जिसका अनोखापन उसे इतना अज़ीज़ हो चला था, और उसने उसे अपने पास खींच लिया।

तिलो के नए घर में ऐसा कुछ था जिससे मूसा को मुमताज़ अफ़ज़ल मलिक की कहानी याद आई—उस नौजवान टैक्सी ड्राइवर की, जिसे अमरीक सिंह ने मारा था, जिसकी लाश एक खेत में मिली थी और उसके परिवार के सिपुर्द की गई थी और उसकी भिंची हुई मुट्ठियों में मिट्टी भरी थी और अँगुलियों में से सरसों के फूल उग रहे थे। यह कहानी मूसा के साथ हमेशा बनी रही—शायद इस वजह से कि उसमें एक साथ उम्मीद और तकलीफ़ इतनी मज़बूती और अटूट तरीक़े से गुँथी हुई थीं।

अगली सुबह मूसा कश्मीर के लिए चल देगा। एक पुरानी जंग के नए दौर के लिए, जहाँ से इस बार वह लौटने वाला नहीं। वह उसी तरह मरने वाला है

जिस तरह चाहता है, अपने असल बूट पहने हुए। वह उसी तरह दफ़्न होगा जिस तरह चाहता है—बग़ैर नाम की एक क़ब्र में बग़ैर चेहरे का आदमी। जो नए-नए जवान उसकी जगह लेने आएँगे, वे कहीं ज़्यादा कड़ियल, ज़्यादा कट्टर और कम रहमदिल होंगे। लगता यही है कि वे जो भी लड़ाई लड़ेंगे, उसे जीत जाएँगे क्योंकि वे एक ऐसी पीढ़ी के लोग हैं जो जंग के अलावा कुछ भी नहीं जान पाई।

तिलो को ख़दीजा से एक ख़त मिलेगा—मुस्कुराते हुए जवान मूसा और गुल-काक की तस्वीर। उसके पीछे ख़दीजा ने लिखा होगा : *कमांडर गुलरेज़ और गुलरेज़ अब एक साथ हैं।* तिलो मूसा के गुज़रने पर गहरा शोक करेगी, लेकिन उसका शोक उसे तोड़ नहीं पाएगा क्योंकि वह उसे लगातार ख़त लिखती रहेगी और दरवाज़े की उस दरार के ज़रिये अक्सर उससे मिलती रहेगी जिसे क़ब्रिस्तान के टूटे-फूटे फ़रिश्तों ने (अवैध ढंग से) उसके लिए बना दिया था।

उनके पंखों से मुर्ग़ियों के दड़बे के निचले हिस्से जैसी बदबू नहीं आती थी।

वह आख़िरी रात थी जब तिलो और मूसा एक-दूसरे को बाँहों में लेकर इस तरह सोये जैसे वे अभी-अभी मिले हों।

उस रात अंजुम बेचैन थी और सो नहीं पा रही थी। वह क़ब्रिस्तान में अपनी जायदाद का मुआयना करती हुई भटकती रही। कुछ देर बांबे सिल्क की क़ब्र पर रुककर उसने दुआ पढ़ी और अपने कूल्हों से चिपकी मिस उदया जबीन को बताया कि उसने बांबे सिल्क को पहली बार तब देखा था जब वह चितली कबर में एक चूड़ीहार से चूड़ियाँ ख़रीद रही थी और उसके पीछे-पीछे गली दकोतान तक चली गई थी। उसने नीचे झुककर बेगम रेनाता मुमताज़ मैडम की क़ब्र पर रखे रोशनलाल के फूलों में से एक फूल उठाया और उसे कॉमरेड मासे की क़ब्र पर रख दिया। इस मामूली साझेदारी के बाद उसने कुछ बेहतर महसूस किया। उसने मुड़कर इत्मीनान और कामयाबी के एहसास के साथ जन्नत गेस्ट हाउस को देखा। अचानक उसने तय किया कि मिस उदया जबीन को थोड़ी देर आधी रात की सैर पर ले जाए ताकि वह अपने पास-पड़ोस को जान सके और शहर की रोशनियाँ देख सके।

वह मुख्य सड़क पर अस्पताल की कार पार्किंग और मुर्दाघर को पार करते हुए गई। उस वक़्त ज़्यादा ट्रैफ़िक नहीं था, फिर भी एहतियात के तौर पर वे पार्क किए हुए साइकिल रिक्शों और सोते हुए लोगों के बीच से रास्ता बनाती हुईं फ़ुटपाथ पर ही चलती रहीं। उन्होंने एक दुबले, नंगे आदमी को देखा

जिसकी दाढ़ी में कँटीले तार का एक टुकड़ा था। उसने हाथ हिलाकर अभिवादन किया और तेज़ी से चल दिया जैसे उसे दफ़्तर के लिए देर हो रही हो। मिस उदया जबीन ने कहा, 'मम्मी, सू-सू!' अंजुम ने उसे सड़क की रोशनी के नीचे बिठाया। अपनी माँ पर टकटकी लगाए हुए उसने पेशाब की, फिर कूल्हे उठाए और अपने ही बनाए हुए पोखर में झिलमिलाते हुए रात के आसमान और तारों और हज़ार साल पुराने शहर को देखकर वह चकित रह गई। अंजुम ने उसे उठाया, चूमा और घर की तरफ़ चल दी।

जब वह घर पहुँची तो रोशनियाँ गुल थीं और सब सो चुके थे। सब, यानी गोबर के कीड़े ग्वीह क्योम को छोड़कर। वह पूरी तरह जागा हुआ था और पीठ के बल लेटकर टाँगों को हवा में उठाए हुए अपने काम में लगा था ताकि अगर कहीं यह आसमान गिर पड़े तो वह उसे थाम ले। लेकिन उसे भी पता था कि अंत में सब ठीक हो जाएगा। होगा ही। इसलिए कि उसे होना ही है।

इसलिए कि मिस जबीन, मिस उदया जबीन आ चुकी थी।

ॐ

आभार

जिन लोगों के नाम नीचे दिए गए हैं, उनके प्यार और दोस्ती से मैंने यह क़ालीन बुना है जिस पर बैठकर मैं इस किताब को लिखने के इन वर्षों के दौरान सोचती, सोती, सपने देखती, भागती और उड़ती रही। उन सबका बहुत शुक्रिया :

जॉन बर्जर, जिन्होंने इसे शुरू करने में मेरी मदद की और इसके पूरा होने का इंतज़ार किया।

मयंक ऑस्टन सूफ़ी और ऐजाज़ हुसैन जिन्हें पता है कि क्यों। बताने की ज़रूरत नहीं।

परवेज़ बुख़ारी। उपरिलिखित।

शोहिनी घोष, प्यारी नटखट खेल बिगाड़ने वाली।

जावेद नक़वी, संगीत, शैतानी शायरी और ढेर सारे लिली के फूलों की ख़ातिर।

उस्ताद हमीद, जिन्होंने मुझे सिखाया कि संगीत में आप किन्हीं भी दो सुरों के बीच तैर सकते हैं, डूब और उड़ सकते हैं और अठखेलियाँ कर सकते हैं।

दयानीता सिंह, जिनके साथ मैं एक बार ख़ूब भटकी और एक ख़याल सुलग उठा।

मीना बाज़ार की मुन्नी और शिगोरी, घंटों तक हवाख़ोरी के लिए।

झिंझानवी ख़ानदान सबीहा और नसीर-उल-हसन, शाहीना और मुनीर-उल-हसन, शाहजहानाबाद के ठिकाने के लिए।

तरुण भारतीय, प्रशांत भूषण, मोहम्मद जुनैद, आरिफ़ अयाज़ पर्रे, ख़ुर्रम परवेज़, परवेज़ इमरोज़, पी.जी. रसूल, अर्जुन रैना, जितेंद्र यादव, अश्विन देसाई,

जी.एन. साईबाबा, रोना विल्सन, नंदिनी ओज़ा, श्रीपाद धर्माधिकारी, हिमांशु ठक्कर, निखिल डे, आनंद, डिओन बुशा, चित्तरूपा पालित, सबा नक़वी और रेवरेंड सुनील सरदार, जिनकी अक़्लमंदियाँ कहीं-न-कहीं इस घराने की बुनियाद में हैं।

सावित्री और रवि कुमार, साझा यात्राओं और दूसरी बहुत-सी चीज़ों के लिए।

जे.जे. (उफ़्फ़!) फिर भी वह इसी में कहीं है।

रेबेका जॉन, चंदर उदय सिंह, जवाहर राजा, ऋषभ संचेती, हर्ष बोरा, मिस्टर देशपांडे और अक्षय सुदामे, जिन्होंने मुझे जेल से बाहर रखने का काम किया (अभी तक तो)।

सुसाना ली और लिसेते वरहागन, ख़ुशी के घराने की राजदूत। हेदर गॉडविन और फ़िलिपा सिटर्स, बेस कैंप के रखवाले।

डेविड एल्ड्रिज, असाधारण कवर डिज़ाइनर। दो किताबें, एक दूसरी से बीस साल के फ़ासले पर।

आइरिस वाइन्स्टाइन, ख़ूबसूरत पन्नों के लिए।

एली स्मिथ, सेरा कावर्ड, अर्पिता बसु, जॉर्ज वेन, बेंजामिन हैमिल्टन, मारिया मैसी और जेनिफ़र कुरडिला। अंतरंग पाठक, गंभीर कॉपी संपादक और अटलांटिक-पार कॉमा-जंग की योद्धा।

पंकज मिश्रा, प्रथम पाठक, अब तक।

रॉबिन डेसर और साइमन प्रॉसर। दुर्लभ संपादक।

मेरी अद्भुत प्रकाशक सोनी मेहता, मेरू गोखले (प्रकाशन के साथ-साथ लज़ीज़ खाने के लिए, हांस युर्गन बालास, अँतुआँ गालीमार, लुइजी ब्रियोस्की, होर्खे हेर्राल्दे, दोरोतिया ब्रांबर्ग और वे सभी, जिनसे मैं निजी तौर पर नहीं मिली।

सुमन परिहार, मोहम्मद सुमोन, कृष्णा भोट और अशोक कुमार, जिन्होंने तब भी मुझे चलाए रखा जब यह आसान नहीं था।

सूज़ी क्यू, मोबाइल मनोचिकित्सक, प्यारी दोस्त और लंदन की सबसे अच्छी कैब ड्राइवर।

कृष्णन तिवारी, शर्मिला मित्र और दीपा वर्मा। मेरे पसीने, दिमाग़ी सेहत और हँसी की दैनिक ख़ुराक के लिए।

जॉन क्यूसाक, सुपर स्वीटहार्ट, मुक्ति के घोषणापत्र के सह-लेखक।

ईव ऐंसलर और बिंदिया थापर। अज़ीज़।

तुझ जैसा कोई नहीं, मेरी माँ मैरी रॉय, सबसे अनोखी।

मेरी भाई एल.के.सी., मेरे विवेक का रक्षक, और भाभी मैरी। दोनों ही, मेरी तरह, बचे रहे।

गोलक। गो। सबसे पुराना दोस्त।

मितवा और पिया। नन्ही। अब भी मेरी।

डेविड गॉडविन। उड़न-छू एजेंट। ख़ास बंदा। जिनके बग़ैर तो

एंथनी आर्नोव, कॉमरेड, एजेंट, प्रकाशक, चट्टान।

प्रदीप कृष्ण, कई वर्षों के प्यार, मानद वृक्ष।

संजय काक। गुफा। हमेशा से ही।

और

बेगम फ़िल्दी जान और माटी के. लाल—प्राणी।

विशेष आभार :

जिस अंश को घुन-प्रोफ़ेसर अपनी घुन-कक्षा में पढ़कर सुनाते हैं, वह जॉन ग्रे के 'स्ट्रॉ डॉग्स' से लिया गया है।

'डार्क टु लाइट एंड लाइट टु डार्क' गीत आयोना गीका के 'गॉन' से लिया गया है।

'दुनिया की महफ़िलों से उकता गया हूँ या रब' शेर अल्लामा इक़बाल का है।

आरिफ़ा यस्वी की क़ब्र के पत्थर पर खुदा शेर अहमद फ़राज़ का है।

अनुमतियाँ :

पृष्ठ सात की सूक्ति नाज़िम हिकमत, 'नाज़िम हिकमत की कविताएँ' में रोमियो और जूलियट प्रसंग का उद्धरण। अनुवाद कॉपीराइट (c) 1994, रैडी ब्लेज़िंग अैर मुत्लू कोनुक। प्रकाशकों पर्सी बुक्स, इंक, (न्यूयॉर्क) की अनुमति से पुनर्मुद्रित, www.perseabooks.com सर्वाधिकार सुरक्षित।

पृष्ठ 97 की सूक्ति पाब्लो नेरूदा, LXVI अंश, 'द बुक ऑफ़ क्वेश्चन्स' से, अनुवादक : विलियम ओ'दाली। कॉपीराइट (c) 1991, 2001 विलियम ओ'दाली। कॉपर कैन्योन प्रेस की ओर से द परमिशंस कंपनी, इंक की अनुमति से पुनर्मुद्रित www.coppercanyonpress.org.

पृष्ठ 141 की सूक्ति। 'श्रीनगर में मुहर्रम, 1992' आग़ा शाहिद अली की 'द कंट्री विदआउट अ पोस्ट ऑफ़िस।' कॉपीराइट (c) 1997, आग़ा शाहिद अली। डब्ल्यूडब्ल्यू नॉर्टन ऐंड कंपनी इंक की अनुमति से प्रकाशित।

पृष्ठ 207 की सूक्ति। ज़्याँ जेने के 'अवर लेडी ऑफ़ द फ़्लावर्स' से उद्धृत। कॉपीराइट (c) ज़्या जेने, 1943, 1951, 1964, 1973। अनुवाद कॉपीराइट (c) बर्नार्ड फ़्रेख्टमान 1942, 1951, 1964, 1973। फ़ेबर ऐंड फ़ेबर की अनुमति से पुनर्प्रस्तुत।

पृष्ठ 228 के गीत 'नो गुड मैन' के शब्द और संगीत आयरीन हिग्गिन बॉथम, दान फिशर और सैमी गैलप के हैं, कॉपीराइट 1944, यूनिवर्सल म्यूज़िक कॉर्प। यूनिवर्सल/एमसीए म्यूज़िक लिमिटेड। सर्वाधिकार सुरक्षित। इंटरनेशनल कॉपीराइट सिक्योर्ड। म्यूज़िक सेल्स लिमिटेड की अनुमति से प्रस्तुत; कॉपीराइट (c) 1945 (नवीनीकृत), सैमी गैलप म्यूज़िक कंपनी (ASCAP). डब्ल्यूबी म्यूज़िक कॉर्प। द्वारा प्रशासित सैमी गैलप म्यूज़िक की ओर से सर्वाधिकार।

पृष्ठ 259 का गीत 'गॉन' है। शब्द और संगीत आयोना गिकस, कॉपीराइट (c) यूपीजी म्यूज़िक पब्लिशिंग, 2012। यूनिवर्सल/एमसीए म्यूज़िक लिमिटेड, सर्वाधिकार सुरक्षित। इंटरनेशनल कॉपीराइट सिक्योर्ड। म्यूज़िक सेल्स लिमिटेड की अनुमति से प्रस्तुत।

पृष्ठ 299 की सूक्ति जेम्स बाल्डविन के 'द फ़ायर नेक्स्ट टाइम' का एक अंश पुनर्प्रस्तुत करने की अनुमति के लिए प्रकाशक आभारी है। पेंग्विन क्लासिक्स द्वारा प्रकाशित, द बाल्डविन एस्टेट की अनुमति से पुनर्मुद्रित।

पृष्ठ 348-49 का गीत 'विंटर लेडी' से लिया गया है, शब्द और संगीत लियोनार्ड कोहेन, कॉपीराइट (c) सोनी/एटीवी सांग्स एलएलसी, 1966। क्राइस्लिस सांग्स लिमिटेड। सर्वाधिकार सुरक्षित। इंटरनेशनल कॉपीराइट सिक्योर्ड।

पृष्ठ 357-58 की कविता : ओसिप मांदेलस्ताम, 'सेलेक्टेड पोयम्स', अनुवाद जेम्स ग्रीन (पेंग्विन बुक्स; (c) जेम्स ग्रीन, 1989, 1991); एंजेल बुक्स की अनुमति से।

पृष्ठ 381 की सूक्ति नादेज़्दा मांदेलस्ताम की 'होप अगेंस्ट होप' से मैक्स हैवर्ड द्वारा अनूदित, हार्विल प्रेस द्वारा प्रकाशित। द रैंडम हाउस ग्रुप लिमिटेड की अनुमति से पुनर्मुद्रित। कॉपीराइट (c) एथीनियम पब्लिशर्स, 1970।

अनुवादक की ओर से

अरुंधति रॉय ने अपने नए उपन्यास को 'एक छिन्न-भिन्न कहानी' कहा है जिसे 'हर चीज़ होकर' ही कहा जा सकता था। यानी उसे शायद सायास ढंग से उतने ही छिन्न-भिन्न शिल्प में लिखा गया है। उसकी तुलना अरुंधति के पिछले उपन्यास 'मामूली चीज़ों का देवता' से करना आसान तो है, लेकिन वह निरर्थक और भ्रामक क़वायद होगी। 'मामूली चीज़ों का देवता' एक सीमित भूगोल (आयमनम) के छोटे से समुदाय (सीरियाई ईसाई) की सुखद-त्रासद और जैविक कथा है, एक करुण पारिवारिक काव्य, लेकिन 'अपार ख़ुशी का घराना' एक विशाल-बीहड़ भूगोल (केरल-दिल्ली-कश्मीर) तक खंड-खंड फैला हुआ एक महावृत्तान्त है, यथार्थों का एक यथार्थ, जिसके पात्र असमान, विजातीय पृष्ठभूमियों से आए हैं और उनमें कोई जैवीय एकता नहीं है, लेकिन वे एक समग्र और आत्यंतिक यथार्थ की तामीर करते हैं—वह भारत के भीतर एक समकालीन महाभारत है जिसकी बहुत-सी घटनाएँ हाल ही में हुई हैं या हमारी गवाही में हो रही हैं या शायद होने-होने को भी हैं। यहाँ चित्रित हर ज़िंदगी अपने साथ-साथ अपने समय की दारुण उथल-पुथल को भी रूपायित करती है। इन तमाम ज़िंदगियों के अलग-अलग परिवेश हैं, अलग-अलग पृष्ठभूमियाँ और मूल्य या मूल्यहीनताएँ हैं। कहते हैं, उपन्यास कल्पना में तथ्य का भ्रम रचते हैं, लेकिन यह कृति शायद इसके उलट करती है और इस तरह उपन्यास के प्रचलित-पारंपरिक ढाँचे में भी कुछ तोड़फोड़ करती है।

ऐसी महाकाव्यात्मक कृति के अनुवाद की अपनी चुनौतियाँ हैं। अनुवाद के संसार में बहुत-सी मान्यताएँ और सैद्धांतिकियाँ प्रचलित हैं और मूल के प्रति पूरी वफ़ादारी से लेकर अनुवादक की स्वाधीनता-स्वायत्तता या उसे अनुवादक की रचना का ही विस्तार मानने तक चाहे जितने भी रास्ते हों, उन सबमें समान बात यह

है कि अनुवादक को एक साथ दो आयामों में रहना होता है : उसे मूल कृति की रक्षा करनी होती है और उसके अनुवाद को अपनी भाषा की कृति भी बनाना होता है। अरुंधति रॉय की ज़्यादातर रचनाओं की तरह इस उपन्यास की भाषाई सरलता काफी भ्रामक है और वह एक भीतरी जटिलता के प्रवेश द्वार की तरह है। हर अध्याय में हर चरित्र की भाषा, भंगिमा और विन्यास जिस तरह बदलते हैं उसे बरक़रार रखना भी अनुवाद की आन्तरिक ज़रूरत थी। लेकिन अनुवाद अंततः एक अधूरी परियोजना होता है और कभी 'परिपूर्ण' या अंतिम' नहीं हो पाता इसलिए मुझे इसका एहसास है कि मेरी कोशिश में भी बहुत-सी खामियाँ रह गई होंगी।

सबसे पहले अरुंधति रॉय का आभार कि उन्होंने मुझ पर पूरा भरोसा करते हुए यह किताब अनुवाद के लिए सौंपी। मैं असद जैदी, उपन्यास की उर्दू अनुवादक अर्जुमंद आरा, संजय काक, आलोक राय, सरबजित गरचा, प्रमोद कौंसवाल, शिवप्रसाद जोशी, रवींद्र त्रिपाठी और अल्मा डबराल का शुक्रगुज़ार हूँ जिन्होंने अनुवाद को अधिक सहज-पठनीय बनाने के लिए बहुमूल्य सुझाव दिये और संशोधन सुझाए या दूसरे रूपों में मदद की। आर चेतनक्रांति ने कई सुझाव देने के अलावा उर्दू शब्दों के नुक्ते ठीक करने में मदद की और कई बार अनुवाद को पढ़ा। उनके साथ-साथ राजकमल प्रकाशन के अशोक महेश्वरी और सत्यानन्द निरुपम का भी आभार। अनुवाद के दौरान टाइपिंग में सहयोग के लिए हरीश कुमार शर्मा और प्रवीण अभिषेक को धन्यवाद।

दिसम्बर, 2018 **—मंगलेश डबराल**